山河故人

文澜珊 著

远方出版社

·呼和浩特·

图书在版编目（CIP）数据

山河故人 / 文澜珊著. -- 呼和浩特：远方出版社，2024. 12. -- ISBN 978-7-5555-1869-3

Ⅰ.I247.5

中国国家版本馆 CIP 数据核字第 2024K6C677 号

山河故人
SHANHE GUREN

著　　者	文澜珊
责任编辑	奥丽雅
策划编辑	汪　鑫
装帧设计	青年作家网
出版发行	远方出版社
社　　址	呼和浩特市乌兰察布东路 666 号　邮编 010010
电　　话	（0471）2236473 总编室　2236460 发行部
经　　销	新华书店
印　　刷	永清县晔盛亚胶印有限公司
开　　本	787 毫米×1092 毫米　1/16
字　　数	448 千
印　　张	28.25
版　　次	2024 年 12 月第 1 版
印　　次	2024 年 12 月第 1 次印刷
标准书号	ISBN 978-7-5555-1869-3
定　　价	98.00 元

如发现印装质量问题，请与出版社联系调换

谨以此书

献给生于二十世纪八九十年代的人

献给生我养我的故乡

献给我的母亲

自　序

从二〇〇九年我下笔在纸质本上写下第一行字开始，到如今二〇二四年第一部定稿，已近十五年时间。这本书，在我的脑海中跌宕起伏，在我的枕边辗转反侧，在我的心里忽冷忽热。

有时，我深感文辞枯竭，无能为力；有时，又感觉激情澎湃，笔下滔滔；有时，我想放弃，想逃避，但书中的人们总会莫名跳进我的梦里，用各种方式召唤我，提醒我，警示我，把这本书写下去，写完整！

在这十多年的时间里，无数次，我走过孤独的荒漠，任由那寂寞的细沙吹落在我的身上，眼里，以至于模糊了前路，不知所措。

无数次，我穿过冰冷的人群，像一个外星人，或悲或喜，或笑或泪，全然只有我一人。

无数次，我写得筋疲力尽，趴在只有我一个人的漫长赛道上，仰天长啸！

无数次，我写到忘记了时间和空间，在无涯的荒野里，天地之间，仿佛只我一人。

无数次，我仿佛跟着书中的人们，穿越时空，回到了童年，间或站在时空之外，俯瞰千秋……

无数次，我凝视着窗外的夜和满天星斗，信誓旦旦，斗志昂扬！

无数次，我拥夜而眠，抱晨而醒。

无数次，我用冷嘲和热讽清洗那股傲然之气。

无数次，我的心，死了又活，活了又死，在生生死死间，苟延残喘。

无数次，我想象着用这本书敲开文学殿堂的大门，有时却突然失掉了勇气。

无数次，我被笔下的人和事感动到泪流满面，情不能已。

无数次，我被笔下奔涌而出的字句所震撼，以至于怀疑那不是我自己所写。

无数次，我被笔下的趣事逗得嘴角上扬，捧腹大笑。仿佛，我只是一位平庸的画家，用自己的笔触临摹出那些生动有趣的场景。

无数次，我在童年的回忆中游荡，搜肠刮肚，想要还原那个时代所发生的一切。

无数次，我尝试着从眼前的碗中，吃出童年的味道。

无数次，我穿梭在家乡的大街小巷，寻找着曾经的故事和故事中的物件。

无数次，我站在故土的坟地，看着那一座座墓碑和一树树寒鸦，在心里告慰故人，你们的事，我来写！

无数次，我看着秦岭、北塬和渭河，告诉我家乡的山川与河流，我会为你们写几笔不朽与传说……

无数次，我跌倒在时空隧道里，痴痴傻傻，找不到出口……

无数次，我仿佛看到了曹雪芹、柳青、路遥、陈忠实等前辈艰难跋涉的足迹。他们远远地为我摇旗呐喊，鼓励我，向前进！莫放弃！

无数次，我打开记忆宝盒，与母亲团聚，与故人叙旧……

无数次，我写了改，改了写，反反复复，字斟句酌，力求文不加点。

无数次，我用咖啡麻醉自己，忘掉一切功名与利禄，进入无我的创作状态。

无数次，我用假想中的鲜花和掌声激励自己，披荆斩棘，向死而生！

无数次，我用冷漠和现实对抗，却始终，弃不掉这本书！

这是我用十五年的青春和热血抒写的故事，也许依然单薄；这是一本跟着我走过万水千山的书，也许依然浅薄；这是一本见证八〇后、九〇后成长的书，也许依然淡薄。

谨以此书，致敬那个美好的时代，还有时代中的山、河、故人！

文澜珊

2022年6月7日写

2024年11月26日改

于北京

目 录

第一卷

第一章　红莲勇上磨性山 3

第二章　事与愿违险弃婴 11

第三章　死里逃生因病残 18

第四章　伐树盖房踏胡墼 23

第五章　掌勺先做大锅饭 30

第六章　奇人落脚南河滩 33

第七章　巧购电视众人欢 36

第八章　苦忆金莲笑风声 41

第九章　听婆盲讲猴背媳 43

第十章　火烧眉毛被摸脸 51

第十一章　幼姐为弟洗尿布 55

第十二章　抗洪救灾显英豪 61

第十三章　三孩大战黄鼠狼 65

第十四章　夏日会友打四角 68

第十五章　瓜地偷菜被母训 73

第十六章　被拐女孩昔胜今 76

第十七章　悔过自新雪花膏 79

第十八章　爬树比赛英姿飒 83

第二卷

第十九章 吾家有女初长成 91

第二十章 学前分班斗心智 93

第二十一章 秋烤玉米蒸南瓜 95

第二十二章 乔迁新校遇良师 99

第二十三章 跳皮筋来练轻功 104

第二十四章 狗狗葬礼小友悲 108

第二十五章 亲娘教女碾辣椒 111

第二十六章 制镜玻璃伤人手 115

第二十七章 村花出嫁排场大 121

第二十八章 海峰上学路坎坷 124

第二十九章 问诊西安遇善人 126

第三十章 天然温泉冬洗衣 130

第三十一章 豆花惹得四子闹 133

第三十二章 为民修路得民心 140

第三十三章 街头纳凉听故事 143

第三十四章 学戏唱歌追梦人 147

第三十五章 古庙会上待亲戚 152

第三十六章 露天电影人潮涌 156

第三卷

第三十七章 南河滩村七少聚 163

第三十八章 拔草惊蛇显身手 166

第三十九章　金秋携友钩拐枣 ... 170

第四十章　　新手打井自寻方 ... 172

第四十一章　背儿秦岭寻神医 ... 177

第四十二章　挖坑训子爱成疯 ... 186

第四十三章　妹妹救哥泪两行 ... 190

第四十四章　公共澡堂忒羞怯 ... 194

第四十五章　浣衣南河打落水 ... 199

第四十六章　人到中年失饭碗 ... 206

第四十七章　山河故人两相看 ... 210

第四十八章　两只小猪养肥肥 ... 215

第四十九章　清扫猪圈人追猪 ... 217

第五十章　　勤劳致富把妻娶 ... 220

第五十一章　南滩春游槐花香 ... 228

第五十二章　舅舅买裙度六一 ... 232

第五十三章　假扮孪生编手绳 ... 239

第五十四章　种地间苗交公粮 ... 243

第五十五章　和平鸽见婆媳斗 ... 246

第五十六章　少年命丧毛退渠 ... 250

第四卷

第五十七章　班长班副抄题忙 ... 255

第五十八章　虢镇东门卖天天 ... 258

第五十九章　寒窗苦读作业缘 ... 261

第六十章　顽弟损姐画家梦	265
第六十一章　课后辅导三人行	267
第六十二章　差生进步父母拦	271
第六十三章　飞雪迎冬六畜怕	273
第六十四章　过了腊八就是年	277
第六十五章　城门何来祭灶神	280
第六十六章　米饭蛋糕人鼠战	283
第六十七章　扫舍探箱撕麦草	290
第六十八章　抹白土忆开木锁	299
第六十九章　跟年集识西虢城	306
第七十章　平阳探亲买年画	319
第七十一章　母女忙蒸西府包	328
第七十二章　除夕拜年上祖坟	335
第七十三章　初一邂逅讲究多	369
第七十四章　初二回门莲花山	379
第七十五章　坐山观虎争水槽	390
第七十六章　破五泼汤送五穷	395
第七十七章　舅送灯笼齐进城	397
第七十八章　古井打水杨沟村	406
第七十九章　老母替儿走亲戚	412
第八十章　游灯唱歌遇打灯	423
第八十一章　烟花作别元宵节	430
后　　记	438

第一卷

第一章　红莲勇上磨性山

那是一九八六年，阳春三月，乍暖还寒。俗话说："一年之计在于春。"于是，人们都欢喜着，脸上洋溢着喜悦，铆足了劲要在这个春天大干一场。女人们摸黑便起床，拉风箱做饭；男人们则脚踩露水，扛着锄头下地了。

每天早晨都是检验一个家庭勤劳与否的关键时刻。女人们不约而同地暗暗较劲，这一切都从拉风箱做饭开始。在关中平原的乡村，谁家的风箱拉得早，谁家的烟囱冒烟早，就代表谁家的女人勤快、贤惠。于是，每天早晨，只要听到隔壁风箱响动了，女人们就立刻从温暖的被窝中跳起来，穿好衣服，三下五除二地梳洗完便去厨房拉风箱做饭了。

男人们一早去地里，除除草，翻翻地，间或蹲到田间地头抽根烟，边休息，边看看村庄里谁家的烟囱冒烟了，闲谝（意为"闲聊"）几句。

一个阳光明媚的早晨，一个身材矮小的女人用手抚着肚子和村里的妇人们一起赶往庙会。只见她消瘦的脸庞上，一双略显疲惫的大眼睛散发着柔和的光。她颧骨略高，抿着嘴唇，一根黑油油的辫子垂在胸前，脖子上围着红色的围巾，身上穿着粗布红格子上衣和黑色裤子，脚上穿着枣红色方口松紧布鞋。虽然她已三十岁，面容朴素，却在人群中格外显眼。

她的名字叫南红莲，母亲给她起名的时候，恰逢莲花盛开的季节。母亲希望她如红色的莲花一般，美丽而圣洁，于是便有了"红莲"这个名字。

这一天是农历二月十五，一年一度的磨性山庙会。方圆百里的人都会在这一天赶往磨性山，上庙里烧香祈福。即使刚吵过架的女人，一旦旁边有人叫去赶庙会，也会立刻转怒为喜，和一群妇人说着家长里短赶往庙会。

红莲听村子里的老人们说，磨性山本是道教丘处机道长炼丹修道的地方，丹房后有混元洞，洞中有两块大石，一大一小，状如圆球，十分光滑。丘道长每日晨起便将两块石头从山上滚下，再从山下搬到山上。每日数次，往复不断，以此磨炼自己的心性。故此石被称作"磨性石"，而此山便被唤作"磨性山"。

磨性山庙会，想来是为了纪念丘处机而设。农历二月十五是道家创始人老子的诞辰，因此，磨性山庙会选在农历二月十五，顺理成章。

红莲每每来磨性山都暗暗钦佩丘道长很会选地方。因那磨性山背靠土塬，门前有条引渭渠，可谓依山傍水。站在庙里俯视下方，风光旖旎，八百里秦川，尽收眼底，可算得上是方圆百里数一数二的风水宝地。

原本只有农历二月十五这一天过庙会，后因此庙求卦灵验，为了满足远近八方民众的愿望，庙会扩期到现在的三天。不过十五这一天是"正会"，求卦最灵，来赶庙会的人也最多。除了进庙拜神求签祈福外，人们还可以看到许多新鲜玩意儿。在通往寺庙的大大小小的路上，布满了各种小货摊，吃的，穿的，用的，戴的，凡有应有，无所不有。

这一年的庙会很热闹，听说磨性山下的西泉村和东泉村请了戏班子来唱戏。

红莲的肚子看起来并不大，只是有点圆。老话说："肚子尖尖生儿子，肚子圆圆抱闺女。"因此，她很担心这次又生女孩。尽管这次怀孕与怀大女儿的时候感觉有些不同，但这已经是第三胎了，如果还是闺女，可如何是好？

于是，红莲想去庙里求一求。她提前几日告知了丈夫孙友成，没想到他竟然应允了，且专门请了假在家里照看两个孩子。

临出门，红莲仔细打量自己的男人，瘦瘦高高，脸型也是长长瘦瘦，眼睛不大，鼻梁挺拔，配合线条优美的唇形，五官搭配得算完美，长相算得上英俊。她心想，为什么长得这么好看的人，会如此重男轻女？

想当初，母亲就是相中他五官端正，人模人样，料想人如其貌，人品应该也不差，就将自己许配给了他。却未料，外表好看的人，人品不一定好，孙友成的性格并没有像他的外貌那样美好。他性格偏执，脾气大，从小就跟父母争执，并且深受封建礼教影响，重男轻女的思想很严重。自从红莲怀孕，孙友成整天对着她唠唠叨叨地说个没完："这回一定要生个男娃，再生个女娃，你就回娘家去。"

红莲之所以挺着大肚子来赶庙会，正因此事。

福侠嫂子起初不愿意跟着红莲来赶庙会，苦劝红莲别去了，怕万一出事。

红莲却说："磨性山是十方道场，村里人都说灵。距离预产期还有二十多天，虽然现在去庙会有点危险，但所幸肚子没那么大，走路还算灵便，求一求，拜一拜，没准生个儿子呢。"

对红莲而言，这次去庙会有点临时抱佛脚的嫌疑，但也没有别的办法了，而咏勤她娘觉得无所谓。在农村，孕妇哪有什么特殊优待。怀了孕，该做饭做饭，该洗衣服洗衣服，没有人供着你。除了产后坐月子的三十天还有人来嘘寒问暖，前后照顾，其余时间，孕妇就是正常人。她自己也是这么过来的。因此，红莲一喊，她就跟着来了。

福侠嫂子和咏勤她娘，是红莲在南河滩村最要好的女伴（读"盼"，意为"闺蜜"）。此刻，她俩如左右护法一般，紧紧守护着红莲。

她们跟在赶庙会的人潮中，不一会儿，便走到了磨性山脚下。红莲抬头看了看磨性山，还是那座丰神俊朗的山，而她已经记不清自己是第几次到这里了。因为这山下的村子里住着她的娘舅和俩姨，所以一年总得来几回。

幸好，她们三人来得早，人还不多，估计戏刚开场。于是，三人一起左拐走到了戏场。那是一块以戏楼为中心的场地，平日里堆放村民们的柴火，唱戏的时候，便腾挪出来作为观众站立或就座的地方。

红莲下意识地一手抚着肚子，一手搭到额头上，远远地看了看戏台上的演出，正是《穆桂英挂帅》。在戏台两侧的墙壁上，可以看到红纸黑字写的剧目。

台上，武旦们身手了得，手上舞刀弄枪，脚下莲步轻移，不在话下；台下，人头攒动，欢呼雀跃，戏台已被围得密不透风。

红莲既无心也无力挤到戏台跟前去，三人只听了一会儿，便动身去庙上烧香了。

路上，红莲抬头看了看那高高耸立的山，再看看眼前，人山人海，络绎不绝。她深深地叹了口气，这可如何去得了庙里？这么多人！

就在这时，身后有人喊叫："让一下！让一下！"三人不约而同回头一看，一位头发灰白的老汉拉着架子车走来，车里装了各种小工具，有鞋刷子、扫炕的小扫帚、刷锅的刷子，还有打搅团用的Y形木叉等。

他们一边看，一边躲闪到路边，人流立时被这辆架子车划开了一条小路。红莲立马拉了福侠嫂子和咏勤她娘，一起跟在架子车后面。

"怎么样？这主意不错吧？"红莲高兴地说。

"运气好，这运气好！"咏勤她娘附和道。

"就像有人给你鸣金开道一样。"福侠嫂子也附和道。

三人一边聊着，一边跟在架子车后面。人多的地方，老汉拉得很吃力。如果说摆摊的话，他来得显然已经有些晚了。像他卖的这种日用工具，一般都摆在引渭渠旁的上坡路边。

虽然庙会没有人为划分区域，但仿佛约定俗成，卖礼当（意为"礼物"）、甘蔗水果的都聚集在庙会各路入口处；戏台四周是各种吃食、小摊；从坡下往庙上走，一路都搭着木架子、木床板，有卖衣服、卖床单被罩的，还有推着自行车卖瓜子花生和其他小零食的；五金件集中在坡路边售卖；牲畜家禽等活物交易则集中在坡路右边的一块麦场上。

三人跟在架子车后面，边走边看，一点儿也不拥挤。到了土坡处，咏勤她娘还给老汉搭把手推了车子。

老汉一路把车子拉到引渭渠边也没有看到摊位，最后只好把架子车摆在引渭渠边。

她们跟在架子车后面，顺利抵达磨性山的山门下。这里人不多，她们便坐在石桌旁歇了会儿，看了会儿山下的景。

一马平川的沃野，麦子已抽出了新绿。在希望的田野上，还有一片片金黄色的油菜花点缀其间，一派生机盎然！

红莲将目光由远及近收了回来，看了看庙会的主干道，除了小摊贩的布棚，红的、黑的、蓝的、白的，其余皆是黑压压的人头。

庙，建在半山腰，一共三层，上面两层是小殿，下面一层是大殿。所谓的大殿，就是里面供奉的神仙级别高，庙堂建得大。严格来说，这里应该被称作"道观"，然而人们已经习惯称它为"庙"。这样的习惯也不知该上溯到何年何月。

歇了会儿，三人继续向庙上走去。幸好，除了那陡峭笔直的石阶，还有第二条通往庙上的路，便是那条人为踩出来的土路。

同行的咏勤她娘，是一个目不识丁的女人，四方脸，目光中透着怒气，宽大的嘴唇遮不住两排参差不齐的牙齿。她走起路来大摇大摆，缺乏女性的柔美，然而，她却跟红莲关系甚密。或许是因为他们两家在村里都相对贫穷，又或许是因为两家的孩子年纪相仿，经常一起玩耍，住得又近，所以她俩不知不觉也就走得近了。每逢逛庙会或者赶集买东西，她俩都会叫上对方，这次也不例外。

福侠嫂子，则同属孙氏族人。福侠嫂子的丈夫跟红莲的丈夫是堂兄弟，再往上数两辈，是一个祖宗。因此，福侠嫂子与红莲也算是同族先后（意为"妯娌"）。

福侠嫂子与咏勤她娘一路扶着红莲顺利抵达庙里。红莲在娘娘庙里看到了肚子凸状程度不同的女人，一个少妇直直地跪在蒲团上，嘴里念念有声，满脸虔诚。站在旁边排队等着许愿的人焦急不堪，都等着往蒲团上跪拜求签。红莲只细细打量那山洞里泥塑彩绘的"娘娘"，古代女子的样貌和装扮，身上已经被披了很多条花色各异、颜色深浅不一的"红被面"。这些都是还愿的人为表感激给娘娘披上去的。左右站着的金童玉女彩色塑像，身上也挂了红被面。不论是蒲团上跪着的人，还是旁边站着的人心情如何，娘娘始终那样慈眉善目。她坐在一米多高的土台子上，仿佛一位慈祥的老人，耐心倾听着每个人的心声，或心愿，或感谢，或忏悔。神像两旁的墙壁上则挂满了锦旗，有新有旧，都是来此还愿的人挂上去的。

等到红莲上香时，她双手捧着点好的香，小心翼翼地躬身拜了三拜，然后将香轻轻地插入香炉中。在福侠嫂子和咏勤她娘的左右搀扶下，她两手托着肚子，战战兢兢地跪到高高的麦草编织的蒲团上，无法弯曲叩拜，只能直直地跪在蒲团上。她双手合十，闭着眼睛，在心里虔诚地膜拜着娘娘，说："弟子南红莲，已生一子，无奈患了小儿麻痹症，又生一女，这是第三胎了，丈夫整天骂骂咧咧，要我生个男娃，给他们孙家传宗接代。求娘娘大发慈悲，保佑弟子生个男娃。"说完，红莲起身点了三次头，权当跪拜了。

从庙里出来后，咏勤她娘问："你不求一签？"红莲摆摆手，说："不用了，万一是个下下签，那连一点儿希望都看不到了。"

回去的时候，红莲看着山下主干道已经挤得水泄不通，有些犯难。这时候,福侠嫂子边比画边说:"咱们这样走,沿着引渭渠往东,前面有路口可以下到东泉村,再从东泉村里穿过,一路向南,就能到咱们村了。"

果然,这条下山的路上没有那么拥挤,卖东西的小商贩也不多。三人边走边逛,又吃了些东西,红莲吃了擀面皮,想借辣椒催生,而福侠嫂子吃了鸡蛋醪糟,咏勤她娘则吃了蜂蜜粽子。卖擀面皮的一般也卖饸饹,卖鸡蛋醪糟的也卖粽子。两个小食摊紧挨着,她们就坐在那条低矮发旧的长木凳上,吃着,聊着。

回去的路上,红莲买了一把新筷子和三个蜂蜜粽子,用红布兜拎着。福侠嫂子买了几只土陶碗,用草绳提着。咏勤她娘一手捏着一纸包瓜子,一手将买的甘蔗扛在肩上。

红莲到家时,发现家里静悄悄的,友成陪着女儿海珍睡了。红莲感觉身子发沉,很是困乏,想躺下睡一会儿,结果刚躺下就觉得肚子有点痛。孩子开始踢腾,她感觉肚子越来越痛。幸好福侠嫂子还没有走出院门,听到红莲"哎哟"喊了一声,她赶紧转身进屋看了看,说:"看样子快临盆了。"

虽是第三胎,友成依旧手忙脚乱。福侠嫂子思路清晰,立刻让友成去麦场里撕麦草,然后,她三步并作两步跑到城门内,去孙家报信。友成的父亲孙世列已七十三岁高龄,家族中大小事务统统交由老大孙友德去安排。

孙友德得知消息,立刻派了媳妇改香跟着福侠嫂子去帮忙。原本这档事应该安排年轻一些的老四媳妇张凤芹去,然而,她也怀孕了,距离预产期不到三个月,因此只能安排自己媳妇去。

福侠嫂子一向不喜欢李改香。她个子不高,眼睛不大,嘴唇单薄,脸盘窄小,耳朵却长得圆润垂长,颇有寿相;为人既圆滑又精明,嫌贫爱富,却深得婆婆喜欢。福侠嫂子愤愤地带着她跑到红莲跟前。

这时候,友成背了麦草回来,一岁多的小海珍也已醒来,正在啼哭。红莲满脸憔悴地靠在墙上,安慰女儿。福侠嫂子与李改香迅速将麦草铺展在架子车里。友成拿出一床褥子来铺到麦草上,又放了枕头。友成把红莲从炕上抱起来小心翼翼地安放进架子车里,又盖了一床红花背面的被子,接着拉了车子就往平阳医院赶去,李改香一路紧跟在架子车侧边。福侠嫂子则自觉留了下来，帮忙照顾海珍和海峰。

红莲在架子车上忍不住呻吟着，压低了嗓门喊着，咬着被角。友成听了，拉着车一路小跑。沿途的人看到孙友成拉着车，红莲在架子车中痛苦万状，纷纷议论："看这样子快生了。"

原本一个小时的脚程，这次只用了半小时，孙友成连走带跑到了平阳医院的院里时，已大汗淋漓。他扶着架子车把，站在靠近挂号处的地方大喊："大夫，大夫，我媳妇快生了，赶紧看看！"李改香知道红莲的母亲刘春花在这个医院上班，专门给医院清洗病房的床单被罩，于是，径直向医院水龙头那边寻去。

此时的刘春花，戴着白色帽子，穿着白大褂，跟医生一样的装扮，正在埋头认真地搓洗医院病房的床单。

李改香急切地说："她姨，你姐姐（意为'女儿'）快生了，赶紧找个大夫吧！"

刘春花闻言，拧了水龙头，扔下床单，急忙跑了过去。看到女儿的样子，很虚弱，也很痛苦，她立刻问友成："红莲怎么了？"

"快生了！"孙友成气喘吁吁地说。刘春花这才恍然大悟，跑进一楼产科大喊："刘主任，刘主任，赶紧过来看看，我女儿快生了！"

红莲被推进了手术室，孙友成在丈母娘的指导下，楼上楼下跑完了住院手续，然后坐在手术室门外淡黄色木条长椅上，焦灼不堪。李改香也坐在临近的长椅上，表情平静。

孙友成低着头，弯着腰，两手紧紧地贴在脑门上，心里想着：这回一定要生个男娃，一定要是个男娃！不然会被别人看不起！刘春花坐一会儿，站一会儿，不时趴在手术室的门缝往里面瞅。其实，手术室的玻璃门内有白色纱帘，从外面看不到里面。她心里反复祈求，菩萨保佑，保佑我女儿平平安安，如果能生个儿子最好，如果还是个女儿，那就是命了，是命，咱得认！不管怎样，母子也好，母女也罢，平平安安就行！

孙友成看着手术室门上那个古老的钟表，滴滴答答，感觉时间过得很慢。正在担忧时，手术室的门开了。

李改香稳稳地坐着，看到三弟友成和他丈母娘腾地站了起来，才注意到医生出来了。

刘主任走出来，高兴地说："顺产，母女平安！"孙友成听到这个消息，顿觉晴天霹雳，失望至极，立时变得垂头丧气。

刘主任看到孩子的父亲这般表情，边走边嘟囔："这男人，啥人嘛，母女平安，还哭丧着脸？"

李改香听到母女平安，满意地露出了微笑。

产科病房里，孙友成看了看红莲，说："辛苦了，让我姨（此处指'丈母娘'）好好照顾你们，海峰和海珍还得人照顾，我先回家去了。"说完，从兜里掏出一卷十元、五元的纸币塞到红莲枕头下，头也不回就走了。

李改香寒暄了几句，也跟着友成一起往回走了。

红莲知道是个女孩，又看到丈夫这样的态度，眼泪哗哗，情难自已。

十月怀胎的辛酸，男人永远不会懂！红莲一边抹眼泪，一边心里想，男孩，难道我不想要个男孩吗？正在伤心难过时，她的母亲抱着刚刚打完疫苗的新生儿进来了。刘春花环视一周，不见女婿，便问了句："友成走了？"红莲抹着眼泪说："走了！"刘春花愤愤不平地说："自己的孩子，都不知道看一眼，这就走了？这还是个人吗！哎……"

刘春花把孩子放到红莲的被窝里，说："算了，走了就走了，就当没他这个人！你看这娃，长得多胖乎，比海峰和海珍出生的时候胖乎多了，多可爱啊！"刘春花一边说，一边用手逗着襁褓里的小女孩。

红莲微微挪动身体，感觉浑身瘫软，散架了一般。她看了看躺在身边的胖乎乎的小女儿，愁也不是，乐也不是。想到丈夫那失望的表情，决然离去的背影，再看看身边胖嘟嘟的小女儿，泪水立刻溢满了眼眶。

刘春花从兜里掏出一卷纸递给红莲，红莲接过来，擦了擦眼泪。刘春花又从另一个兜里拿出自己不用的的确良白帽子给女儿戴在头上，说："别哭了，你刚生完孩子，身子还很虚弱，不能伤心流眼泪。"

停了几秒，刘春花接着说："你看这娃，比前一个还胖乎，看起来很健壮。你看看吧，不想要的话，趁早说，娘给你想办法，找个好人家送了去。"

红莲再次侧脸看了看，小女儿不哭不闹乖乖地睡着，于是，坚定地说："不，我不送人，这个女儿我要了，她是我身上掉下的一块肉，我不想送人!"

刘春花说:"娘知道,你又何尝不是娘身上掉下的肉,娘知道你心疼,可你看看友成那样子,还有你们那个大家族,你还敢要吗?这已经是第三胎了,超生了,要罚款的!你们家现在这条件交得起罚款吗!"

红莲听后默默流泪,一语不发。

第二章 事与愿违险弃婴

红莲在病房住了三天,友成没再出现。红莲的公公婆婆、大姑子、小姑子们也没有一个人来医院看看她们母女俩,仿佛这孩子不曾出生一般,仿佛她不是孙家的儿媳妇,仿佛这孩子不是孙氏的子孙。

盼了三天,不见一个人来,红莲很绝望,也不再指望谁能来看望她们娘俩。同屋住的其他两个病床的女人,每天都有七大姑八大姨来探望,各种水果、挂面摆满了床边柜。唯独红莲的床边,除了小女孩,空无一物,冷冷清清。

护士说之前交的三天钱已经花完了,如果还要住,就再交钱。红莲听了,直接说不住了,然后让母亲将她搬进了自己的医院宿舍。

宿舍就在一个三层高的筒子楼里,医院里的职工都住在这栋楼里。母亲细心地照顾着红莲,每天早起给红莲蒸红糖鸡蛋羹,然后去医院的水龙头那里洗衣服。

红莲的母亲刘春花是个能干却苦命的女人。她出生于一九三六年。她的父亲原本在油坊磨油,但在她出生前一两个月,意外受伤去世了。从出生起,她就没见过自己亲爹一面,这也成了她毕生的遗憾。

后来,她的母亲为了养活她和她的哥哥,迫不得已,在守丧三年后改嫁了。继父家与他们老家只隔了一条村路。后来,她的母亲与她的继父又生了一子一女。因为家里穷,她从小吃尽苦头,端茶倒水、喂马劈柴、种地放羊、烧火做饭以及照顾年幼的弟弟妹妹,全是她的事情。

刘春花十三岁时，家里穷，但张嘴吃饭的人多。她的母亲只好托人给她找对象，最后找了红塬村一户退伍的军官，家里相对富裕。没过几天，就把她嫁过去做了人家的童养媳。

　　那个军官名叫南万良，父母早亡，比刘春花年长十四岁。虽然年龄相差悬殊，刘春花心中并不乐意，但她没有任何选择的权利。"父母之命，媒妁之言"，她只能服从母亲的安排，所有的委屈和不满只能吞进肚子里。

　　在一个春光明媚的日子里，南万良骑了高头大马，领着一众人马，抬了花轿，敲锣打鼓，把刘春花从东泉村抬到了红塬村。从此，刘春花便成了红塬村的媳妇。婚后，她有诸多不满，也因此与她的母亲暗生嫌隙，鲜少往来。

　　时光如梭，四年后，刘春花十七岁，生下大儿子南思孝；二十岁，生下大女儿南红莲；二十二岁，生下小女儿南素菊；二十七岁，生下小儿子南应孝。在那个年代，即使她生了四个孩子，放在村里都算少的。村里的女人大多生六个、八个，还有极个别生十个孩子的。

　　有一年，村里选妇联主任，由于刘春花的丈夫当过军官，于是，刘春花有了竞选优势。最后，在众多妇女中，她崭露头角，当选了村妇联主任。那时候，刘春花青春貌美，独立、干练，能说会道又会做事，深受村民爱戴。

　　家里四个孩子要吃饭穿衣，而她的丈夫因早年南征北战，积劳成疾，加之常年抽旱烟袋，得了肺病，常年吃药，导致家里异常窘困。刘春花为了养家糊口，不得不辞去收入微薄的妇联主任职务，转而去了离村不远的平阳镇找工作。

　　那时候，平阳镇上有个单位食堂正好在招工。她便鼓起勇气去试活（意为"应聘"），结果成了。因此，她每天要很早起床，给一家老小做完饭，就得赶去单位食堂做早饭。给单位食堂做饭的工资有三十多元钱，在那时不算低了，足够一家老小开支。然而，等到思孝、红莲长大了些，上学要花钱时，收入又不够了。

　　一九七〇年，派出所隔壁新开的平阳镇医院招洗衣工，专门负责清洗病房的床单被罩，工资比食堂做饭高得多，于是，刘春花辞掉了食堂工作，顺利进入医院后勤处工作。

因为刘春花在医院洗衣服，久而久之，医院的医生、护士，她全都认识了。于是，村里有人看病找大夫，都先去找刘春花，让她帮忙挂号或者找大夫。刘春花为人热情，几乎有求必应，帮了不少人。一来二去，她的人缘便如在村里那般，越来越好。

村里有人找对象的，找工作的，或是找算卦的，诸如此类的事情都会找刘春花帮忙。刘春花虽然辞了妇联主任的职务，但事实上还兼着妇联主任的工作。

关中地区曾经连年大旱，又逢蝗灾，蝗虫遍野，大部分田地颗粒无收。几年后，刘春花家已无存粮，四个孩子等着吃饭。为了一家老小能活命，刘春花万般无奈之下狠了狠心，将三岁的小女儿南素菊送给了同村的一户有钱人家，换回了三斗粮食。这样小女儿的生计不愁了，其余三个孩子也有了饭吃。与其一家人都饿死，不如能活一个是一个。这时，刘春花才彻底体会和理解了当年她母亲的心理。那时候，她才十三岁就被嫁到红塬村，而今，她的小女儿才三岁，就不得不送给旁人当闺女了。

五十岁的刘春花看着眼前的小外孙女，想起了自己的前尘往事，想起了她曾经狠心把小女儿送人的画面，如今，却催着女儿红莲把她刚出生的小女儿送人。这样悲惨的历史难道还要再次上演？她忍不住老泪纵横……

每日除了正常工作，清洗一大堆医院的床单被罩外，还得照顾女儿和外孙女的生活起居，洗衣做饭，着实不易。红莲深知母亲的辛苦。

晚上，刘春花开始拨弄小孙女的小手指，开始关注这个小生命。红莲喝着鸡汤若有所思。忽然，红莲说："娘，要不送人吧？"刘春花惊讶不已，坐到红莲身边问："为什么呀？之前，你不是说过不送人了吗？不是说要养她吗？怎么今天又变卦了？你看这个娃，虽是个女娃，但长得乖巧，不哭闹，挺乖的，你怎么就不想要了呢？"

红莲说："不要了，不能让娃跟着我受苦，吃不好，穿不好，还要受人歧视。找个家里只有男娃想要个女娃的有钱人家，我娃一辈子不受苦，强过跟我吃苦受罪……"说着便哽咽了起来。

刘春花摸着小孙女的小脸蛋，愁眉不展，半响才说："好吧，为了孩子，也为了你，娘就当一次黑心人，明天我就去找下家（此处意为'收养人'）"。

红莲听了只是抽泣，不作回应。

小女孩尚在襁褓中，眼睛已经睁开了，两只小手在空中随意舞动着，咿咿呀呀，或许什么都不懂，对大人们的谈话也一无所知，只能任由命运摆布。

过了五天，红莲渐觉身体恢复了些，没有那么虚弱了，可以照顾自己和女儿了，但她还住在母亲不到十平方米的宿舍里，和她的母亲、孩子挤在一张一米五宽的木板床上。

这几天，刘春花托人百般寻找，终于找到一户合适的人家。她匆匆进屋，红莲正在给孩子喂奶。刘春花进门后顾不上喝一口水，赶忙说："找到了，在王庄村，离你们家不远，你想她了还可以去看看。那户人家有两个男孩，条件不错，男的是工人，女的在家种地，在他们村算得上是有钱人，人品也不错，邻里关系和睦，你看咋向（意为'怎么样'）？"

红莲闻状，抱紧了孩子，惊慌地问："他们啥时候过来？"刘春花说："今天下午，天气也暖和。"红莲听了，迟疑了半晌不说话。知女莫若母。刘春花看到红莲的表情，立刻明白了女儿的心思，赶忙补充说："咋了？你又不想送人了？都说好了，我四处托人，问东问西，千挑百选，好不容易才找到这么合适的下家。"

红莲听了试探性地问："能不能不给了？"

刘春花斩钉截铁地说："不可能！我都把话给人说了，你要反悔，我这张老脸往哪放？做人得讲信用！再说，你在医院待了那么多天，友成也没说来看你一眼，你要再打算养她，你们以后的日子可咋过？本来就穷得叮当响，再添一张吃饭的嘴，你们往后喝西北风吗？这都不算，友成那臭脾气，还不得天天骂你，折磨你？听娘的话，乖乖把娃送人，娃不受罪，你也不受罪，两全其美。那户人家也是熟人，不怕他们会虐待娃，你也不用再受骂。人家还指望你再生个儿子呢。哎……女人，一辈子就是苦，娘已经认命了，你也就认命吧！"

红莲紧紧抱着小女儿，泪水滴滴答答地落到孩子的小脸蛋上，冰冷冰冷的，比这关中平原上春三月的倒春寒还要冷。

在小女儿出生后的第十天，孙友成终于在他父亲的劝导下，拉着架子车往医院徐徐走来，准备接红莲和孩子回家。

关于小女儿的名字，他一直在思考。经过深思熟虑，他终于想到一个很好的办法：既能让三个孩子的名字连起来，体现出兄妹关系，还能让各自的名字听着既顺耳又有意义。这个办法其实也很简单，就是"中南海"。因为孙友成早年去北京当过兵，而且在北京卫戍区保卫过中南海重要领导的安全，所以对中南海有特殊的感情。虽然他小学六年级都没毕业，但他从小喜欢看书写字，读过各种小说、历史书、医书等。对于取名字的事情，他觉得很重要，人如其名，往往如此，因此他不会随便给孩子取名。

大儿子叫海峰，大女儿叫海珍，小女儿自然就叫海兰了，他一路思忖着名字的事情，一路乐悠悠地走着……

约定的时间快到了，红莲下床穿戴了一番，梳洗了头发，还特意涂抹了母亲紫色铁圆盒的雪花膏，好似要参加庄重的典礼或仪式。

红莲刚梳洗停当，门响了。红莲以为是母亲回来了，便随手开了门，进来的却不是母亲，而是高大清瘦的丈夫。红莲怔住了，半天没反应过来，等她反应过来时，孙友成早已放下手中一大布包吃的，抱起了襁褓中的小女儿。小女孩自打出生，第一次看到陌生人，禁不住哇哇大哭起来。红莲听到哭声，怒火中烧，大声对孙友成嚷道："你来做什么？还知道有我们娘俩？出去！给我出去！"红莲心想："孩子都出生这么久了，你才过来看望我们娘俩！"

孙友成才不理会，只管抱着小女儿笑着，哄着。他那只熊掌一样的大手，轻轻地拍着襁褓。小孩子感觉到这轻抚，厚重却亲切，很舒服，竟不哭了。毕竟，血浓于水；毕竟，这个在她出生时只瞟了一眼，然后头也不回地离去，而今又莫名其妙出现的男人，是她的父亲。

女儿的哭声止住了，红莲也不怒了，门仍然开着，孙友成仍在逗小女儿玩。看到红莲一语不发，孙友成说："没钱了吧？我寻思着你钱不够了，今天带了些。"红莲不语。孙友成想了想又说："这里再好，肯定没有家里舒服，这宿舍跟手术室都在一栋筒子楼里，到处都是消毒水的味道，我拉着架子车来的，一会儿咱们回家去。孩子的名字我已经想好了，就叫海兰吧，咋样？这名字还可以吧？"红莲仍然不语，孙友成急了，提了提嗓门说："你到底是咋了？不说话是啥意思？我知道你在想啥，想这么多天为啥不来看你。我就是不喜欢女娃，女娃能干啥？辛辛苦苦养大给人家了。这么多地，以后老了，谁来种地扛麻袋？老了连送埋的人都没有。你看大哥、二哥、四弟，还有大姐、二姐，人家家里都有男娃，咱们一生一个女娃，我在人家面前抬不起头！不管你咋想，不管你说啥，我就是不喜欢女娃！"停顿了一会儿，孙友成观察了一下红莲的表情，接着说："你不回家，我无所谓，你看海峰跟海珍年纪都还小，海珍才两岁，每天哭着喊着要妈妈，我要照顾两个孩子，怎么上班赚钱养家，哪里忙得过来？今天我把医院的账结了，你就跟我回家吧，至于这孩子……"

正说着，刘春花领了一对夫妇进来了。关了门，海兰就开始疯狂地哭了起来，杀猪似的哭声，使红莲不由得又伤心落泪。

刘春花看到女婿，没好气地对他说："友成，你还知道来呢？"孙友成见了丈母娘总跟老鼠见了猫一般，颤颤巍巍。他鼓起勇气说："我来接红莲回家。""你早就该来了！"刘春花斥责道。接着，她转身指着屋里的夫妇说："好了，闲话不多说，这两位是王庄村的老杨夫妇，有两个儿子，一心想要个女娃，你不喜欢女娃，就让他们抱走吧。"

孙友成看了看小女儿，怔住了。

老杨夫妇五十多岁，平易近人，和善可亲。他们从红莲手里抱过来小女孩，左看看，右看看，老杨媳妇居然还在小海兰的屁股上轻轻拍了一巴掌，顿时，哭声更烈。他们听了反而点点头，表示满意，当即就说："我们要了。"然后，老杨媳妇乐呵呵地抱着孩子不放手。

老杨一边逗孩子乐，一边对孙友成说："你们还年轻，再生一个，物极必反，后面肯定就是男娃了。我们两口子这年纪了，就缺个女娃，都说女娃是父母的小棉袄，老了有人照顾。这娃长得胖乎乎的，讨人喜欢，我们就抱走了。'手续'啥的都跟你娘说好了，也办完了。"

"对，这个一会儿跟你们说。"刘春花又对那中年夫妇说，"你们答应我的，咱们都是熟人介绍的，今天当着娃她爹妈的面，咱们把话说清楚，你们两个都是好人，我希望你们以后对娃好一些，要是哪天我听人说你们打我外孙女了，那你们也就别怪我到时候不客气。孙家和南家，都不是低门小户，你们也应该打听过了。"

老杨夫妇听罢，恭恭敬敬地说："她姨，你放心，只要我们老两口有一口吃的，就不会让娃饿着；有一口喝的，绝不叫娃渴着。我们一定好好对待娃，只当是亲生闺女一般疼爱。"

"那就好，希望你们说话算话，说到做到。红莲、友成，你们看，还有啥要交代的？没有的话，就让他们抱走了。"刘春花如释重负地说，接着看了看墙上挂的钟表，下午三点半，再过一会儿下班了，走廊里人多，就不好办了。

红莲只是看着女儿不说话，孙友成也一时语塞，刘春花这时的思路却格外清晰。看女儿女婿不言语，就对老杨夫妇说："好了，你们抱走吧，好好看承（意为'照顾'）咱娃。"

老两口如获至宝般从随手带的包里取出一条崭新的红色牡丹花毛绒毯，立刻将小女婴包裹住，一路欢天喜地走了……

路是土路，很少有车，人们出行基本靠两条腿走路，家庭好点儿的人家有牛车、马车，新式家庭还买了自行车，路上偶尔会过去一辆敞篷的三轮蹦蹦车，那老两口已经走了二十多分钟。

"还好小丫头一路睡着了，没哭没闹，真是个乖孩子。"老杨媳妇说。正在此时，却听到后面有人大喊："等……等，等……等，等一等！"老杨夫妇回头一看，居然是孩子她爹！顿时大吃一惊，立刻抱紧孩子站在路边。看到刚刚一面之缘的孩子生父，居然一路狂跑，飞奔过来。

老杨媳妇随即问："咋了？有啥问题？"孙友成跑过来气喘吁吁地说："对不住了，杨大哥，我不想送人了，这孩子我还是抱回家吧。"说完就往老杨媳妇手里塞了一百元钱，抱过小女儿，径直回了医院。

老杨夫妇一脸茫然，半天才缓过神来。老杨说："算了，人家不愿意，咱就不勉强了。咱们给了他丈母娘一百元，孩子爹又还给咱们一百元，这事情就这样吧。"老杨媳妇说："嗯，算了，反正咱也不吃亏，兴许咱们跟这孩子没有缘分。"夫妇二人商量着，往家走去……

第三章　死里逃生因病残

一九八七年，发生了很多事情，法门寺地宫，掘开了半个盛唐。

这一年，海兰才一岁，海珍不满三岁。红莲每每出门，左手抱一个，右手抱一个。孙友成一直都喜欢大女儿，所以偶尔也会抱抱大女儿，但他从来不抱小女儿，说不出为什么，不喜欢就是不喜欢。

红莲的大儿子海峰，生于一九七八年，已经九岁了。跟正常的孩子比，他的头稍显大了些，脑袋圆圆的，眼睛也是圆圆的，眸子很黑，皮肤白皙，两只耳朵却显得又尖又小，还贴着脑袋。即便如此，并不影响他的整体美感，人人都说他是个好看的男孩子。他的身体发育都很正常，除了两条腿，被诊断为肌肉萎缩。如果他不走路，没有人会发现他是个有点儿残疾的儿童。

当年红莲跟孙友成结婚的时候，一家人挤在四合院里，那是村里唯一一处四合院。孙友成的祖上是村里的大地主，后来打土豪分田地，才让他们家一夜之间从土豪变成了贫农。但瘦死的骆驼比马大，从绫罗绸缎到粗茶淡饭，一家人过得仍然很好。岁月变迁，大门外的两只石狮子已残破不全，进门后就能看到的石质雕花影壁也没了。幸好，精雕细刻的汉白玉二门牌坊还高高在上。跟孙友成家里比，红莲的家族算是小门小户，所以嫁过来时，红莲一家人都很高兴，她自己也很满意。

婚后第一年她就怀上了，第二年就生了个儿子，全家几十口人都对她刮目相看。因为她的儿子海峰是孙家等了十一年的男孩。

作为孙氏的一家之主，孙世列重男轻女的思想已经根深蒂固。他一心想抱几个大胖孙子，延续孙家的香火。等了十一年，大儿子、二儿子相继生了五个孩子，除了志峰一个男娃，其余都是女娃娃，孙世列很着急。一向顶嘴又叛逆的三儿子友成，这回出乎意料地给他们孙家添了男丁，他喜上眉梢，乐不可支。他吩咐家中老小，以后老三媳妇不用做饭了，只需照顾好他的小孙子。

母凭子贵，红莲因为生了儿子，不仅丈夫对她照顾有加，就连公公婆婆也对她另眼相看，好像她为这个家做了天大的贡献。然而，她的先后们却并不待见她。当着公公婆婆们的面，几个媳妇都一味地讨好红莲，送吃送喝的，但背着公婆，老大媳妇、老二媳妇都很嫉妒她，凭什么她一生就是儿子，而她们各自生了前两胎都是闺女。老四媳妇，因为刚嫁过来没几年，对这个大家庭还不甚了解，所以远离是非，独善其身。因此，红莲被孤立，表面的一团和气也抵不过私下的暗流汹涌。

海峰五岁时，谁也没想到，这个生下来就让整个家族为之侧目的小男孩，突然发烧了。家里没有体温计，村里也没有诊所，铁路以北倒是有个乡村卫生院。

孙友成觉得小孩子发烧是很正常的事情，不用大老远跑去看医生，找条湿毛巾放额头上，降降温，睡一觉，出出汗就好了。于是，他趁着红莲去给孩子买药的时候，抱着孩子睡着了。为了出汗，他还特意给孩子盖了厚被子。

不多时，红莲从乡卫生院赶了回来。看着爷俩睡着了，她蹑手蹑脚地走进屋内，轻轻地揭开被子，看到熟睡的儿子满脸通红。她赶紧摸了摸额头，发现烫得厉害！红莲立刻慌了。她掀开被子，摇了摇熟睡的丈夫，然后抱起儿子，大喊道："快起来！快起来！孩子都烧成这样了，你还给他捂着被子，赶紧起来，带孩子去医院！"

听到妻子急切地呼唤，孙友成揉揉眼睛，立刻从炕上坐起来，穿了鞋子。与此同时，红莲已经给孩子穿戴整齐。夫妇二人抱着孩子，急匆匆往医院赶去。

他们在马路边等了很久才坐上一个三轮蹦蹦车，一路摇摇晃晃，十分颠簸。经过半个多小时才到平阳医院。孙友成抱着孩子跑进急诊室，抓住大夫的胳膊，让给孩子看病。医生扶了扶眼镜，看了看友成夫妇和孩子，镇定自若地把体温计从衣兜里掏出来，递给红莲说："先去试表吧！"夫妻俩只好先给孩子测体温。

赶上快下班的时间，医院里病人不多。测完体温，医生看了看体温计，皱起了眉头，接着给孩子把了把脉，又用听诊器听了听心脏和肺部，然后，垂头丧气地说："都烧了四十多度，你们才送过来！孩子都烧坏了，再晚一步，恐怕性命难保！"

大夫叹了口气,一边在纸上写着病历、药方,一边说:"性命虽是保住了,但某些神经系统已经烧坏了,恐怕今后走路会有问题。"

听到医生的话,夫妻俩吓傻了,脸色苍白,无语凝噎。

红莲努力地克制住情绪,问:"还有没有治疗办法?"

"先给孩子打一针退烧药,让温度降下来,再输点液,吃点药。其他问题,你们带孩子去大医院看看吧。我这能做的就是退烧保命。"医生一脸难色,摆摆手让他们走了。

看到孩子打针时痛哭流涕的模样,红莲已经忍不住眼泪哗哗了。这是她辛辛苦苦、怀胎十月的第一个孩子!多么可爱的孩子,怎么好端端的就发高烧了?为什么会这样? 为什么呢!

红莲为此痛苦了很久,不是自责就是骂孩子他爹,为什么没有照顾好海峰!

过了一段时间,海峰的病好了,却再也无法正常走路了。他的腿部肌肉开始逐日萎缩,不知不觉中,变得一条腿粗,一条腿细,走路一瘸一拐,已经无法平衡身体了。

海峰七岁时,同龄的孩子先后都去上学了,而海峰因为腿脚不便,红莲没有让他去,怕他被别的孩子欺负,可海峰哭着闹着非要上学。他羡慕别的孩子能背着书包去上学,自己为什么不能去?他常常站在村口,远远地看着那些同龄人去上学。红莲看到儿子求知若渴的样子,次年便给海峰在学校报了名。

当时的小学是曾经地主家的私塾。地主被打倒了,私塾被没收公有,成了村里的学堂。所有孩子都在这个四合院里上学,按照年级分配在不同的屋子里。整个学堂只有一位校长,三名老师。校长也教书,老师也做后勤。四个人把一个学堂的所有事情都兼着做了。整个学堂分学前班、一年级、三年级、五年级。由于课本稀缺,三五个孩子看一本白纸黑字的书。

一九八六年的金秋九月,海峰如愿上了学,进了学前班。八岁的海峰在学前班已属大龄儿童。学前班基本是六七岁的孩子,除去学习很差留级的,八岁的孩子大都上一年级了。因为他年龄大,加之走路腿脚不灵便,所以总被班里一些坏孩子欺负。他不但被班里比他年纪小的男孩们欺负,"瘸子,瘸子来上学了";还被个别女孩子嘲笑,"走都走不稳,还上什么学"。

但他热爱学习，就像他的母亲一样，他也喜欢上学。因为上学不仅可以学到很多知识，还能认识很多同学。然而，当那些坏孩子奚落他的时候，他的内心无比痛苦。他是多么热爱这些同学，他们却这样待他。他只是走路不利落而已，并不是瘸子。他攥紧拳头，多想冲着骂他的人狠狠地打过去，然而有气无力，只能逆来顺受。

有的同学只是言语奚落他，有的却冷不丁地从他背后一脚将他踹倒。当他坐在地上，四处寻找那个踹他的人时，围在他周围的同学全都冲着他哈哈大笑，而他，欲哭无泪。他想去老师跟前告状，却不知该告哪一个。

在学校挨打挨骂也就罢了，回到村里，遇到同龄人，他还会被摁在墙上拳打脚踢。

欺软怕硬，怕不是成年人独有的品性，有的孩子早已无师自通，并且运用得炉火纯青了。善与恶，在一个人的童年，就已充分展露。

海峰挨了揍，不敢跟母亲讲。他怕说完，母亲就不让他上学了，而他会因此失去学习的机会，失去成为一个正常人的机会。

然而有时候，他被打得鼻青脸肿，母亲也能看出来，于是就让他在家里休养，连续若干天不送他去学校。

有一次，母亲告诉班主任权老师，谁谁谁欺负了海峰。权老师便当众批评了那些坏学生。结果，事情陷入恶性循环，那些坏学生变本加厉地打他。

红莲每天都要一大早起床，打扫卫生，清扫院落，收拾柴火，给孩子们做饭。孙友成懒得去送儿子上学。在他看来，身体都这样了，上不上学都无所谓。他小学没毕业，也没觉得自己混得有多差。在他看来，读书没有多大用处，认识几个字，会加减乘除，就可以应付这个世上许多事情了。

对于读书这件事，红莲的看法与丈夫截然不同，毕竟她是高中毕业，她始终认为"知识改变命运"。因此，再难，她也要让儿子上学，让他识文断字，汲取知识的营养，成为一个懂是非、明事理的君子。

于是，每天早晨，孙友成上班前，得先看着两个女儿，等到红莲送完大儿子上学回到家，他才能去上班。好在学校上课早，工厂上班晚，家里、学校、厂房，相距都不远。

红莲多么希望丈夫能送儿子去上学。因为他所在的制镜厂位于家和学校之间，如果他送儿子到学校，再返回工厂，既省时又省力，但他就是不愿意。如果红莲多劝几次，孙友成便会说："别上学了，上啥学呢，有啥可学的？在家里待着，吃好睡好，把身体养好就行了，学习又不能当饭吃。"

因此，红莲不再指望自己的丈夫送儿子上学，她只能靠自己。

春日午后，红莲正坐在炕上给大女儿海珍喂奶，突然，她的大嫂李改香悄么声地掀起门帘进来了。红莲被吓了一跳，赶紧将撩起的衣服放低，并侧过身去，然后，说："嫂子来了。"

"嗯，喂奶呢？"

"是啊。"

在红莲看来，她大嫂是个很有福气的女人，因为嫁给了孙家的长子孙友德。孙友德高中毕业，学习好，为人正直，好打抱不平，在村里很有名气。他教过几年书，后来通过选举进入了大队公社。再后来步步高升，进到乡委会当了乡官。所以，她大嫂也算得上是"官夫人"。

李改香进屋就看到炕上躺着的小海兰正抱着奶瓶在喝牛奶。她心里一阵欢喜，转而又醋溜溜地说："红莲，你这小娃蛮得很（意为'乖得很'），我还是头一次看到这么小的孩子能自己抱着奶瓶喝奶的，你这娃以后了不得。"李改香说着，摸了摸小海兰圆嘟嘟的脸蛋。

红莲一边喂奶一边说："嗯，希望她长大能有出息。"

李改香转而看着红莲怀里的海珍，说："海珍咋长得这么瘦小，好好照顾娃呀。"

红莲解释道："哎……奶水不多，勉强够喂一个孩子。岁（意为'小'）女娃长得胖，一出生就给她喝的牛奶；大女娃虽然两岁多了，但是长得瘦弱，就没敢断奶，还吃着母乳。"

李改香说："这样也合理，你有两个女娃也是福气，以后老了，不愁没人照顾你们。"

"说的也是。"红莲低着头回答。她的心里有说不出的滋味，妯娌之间向来如此，都在父母们面前邀功请好，私下互相挤对，她不知道这是大嫂的真心话，还是嘲笑。儿子海峰若是能走，这会儿她也该趾高气扬的了，然而事实却无法改变。她已连生了两个女孩，友成这一脉以后可怎么传下去？想到这里，她立刻自卑了起来。

李改香看到南红莲低沉的脸，便从炕边站起来说："你忙吧，我本来要去南滩地里，刚好路过你们家，顺便进来看看。我走了，你哄娃吧。"说着往屋外走去。

"行，辛苦大嫂了。"红莲强颜欢笑地说。

两个孩子看到一个陌生女人走进来又出去了，她们只是瞟了一眼这个陌生人，镇定自若，不哭不闹地各自喝着奶。

第四章 伐树盖房踏胡墼

孙友成年轻的时候多才多艺，"十八般武艺"样样行，不仅会盖房搭灶、炒菜做饭、踩缝纫机缝补衣服、剪头发、做雨伞、糊风筝、吹笛子、打太极拳，还略懂医术，会针灸。除此之外，他还做过电工、泥瓦匠、木匠。家里的桌椅板凳、门窗、风箱、锅盖、木箱等，全都由他亲手打制。木材取自他种在院里的泡桐树，还是他自己爬树、砍伐、切割成的。

一九八八年，十岁的海峰因为腿脚不灵便，已经没法爬树，但还能帮父亲拉木锯，拉绳子。他回想以前六七岁时，每次秋收以后，父亲要伐树，他就爬到树干高处，帮父亲把绳子绑好,然后哧溜溜从树上滑下来。等父亲把树底下的土全部刨出来，露出树根时，就能用到绳子了。

一家三口排列有序，铆着劲拉绳子，跟拔萝卜一样，在孙友成的带领下，一起喊着"一二、一二"，就像玩捉迷藏那样欢乐。往往拉到树干纹丝不动的时候，大家瞬间默契地松开绳子，柔弱的根茎便啪啪作响，随即断裂；而强壮的根茎，还要负隅顽抗。这时，再拉再松，如此反复几次，树干便在前后多次的摇晃中，将深土中强壮的根茎逐渐拽断。当支撑树干的主要根茎断裂后，树便会缓缓往下倒。

这时，一家三口既紧张又兴奋地快速躲远。孙友成往往会拉住系在树腰的备用绳子，以便控制方向，避免树倒时，砸向房屋或围墙。

等树轰然倒地后，孙友成便用自制的大木锯先把枝丫全部锯掉，只剩粗壮滚圆的树干；然后，把树干锯成两段，又将每段木头锯成厚约一厘米的木片；接着，用卷尺测量木片的长和宽，用铅笔做好要切割的标记；再将铅笔夹到耳后，拿出墨斗，将线固定在标记处，给宽大的厚木片弹上墨线。这时，他换了中号木锯，沿着墨线一点点将木片切成宽窄不同的木板，接着将木板刀劈斧砍修理平整。

他将窄木板挑出来，测量、标记一番，然后左手拿木钻刀，右手拿小铁锤，在木板的侧面一点点凿开榫卯接口。最后，将做好的三块木板拼接成木框，留一个活口，再将修整好的木板一块块嵌入木框中，再留一块木板，用木头胶和铁钉二次加固，一扇简易的门就算做成了。

每每他做这些手艺活的时候，海峰都会跟着看。有时，他会帮父亲拉锯，一起锯木头；有时，他会帮父亲钉钉子。父子俩经常在院子里忙得不亦乐乎。

家里几乎集齐了孙友成做手艺活所需的各种工具。就连这些工具，有一部分也是他自己制作的，比如各种型号的木推子、老式木工锯的木柄、斧头木柄、木尺、喷墨盒、铁锹木柄、镰刀刀柄及架子车等。在海峰看来，父亲就是这个世界上最厉害的人，是他心目中的超人，无所不知，无所不能。

孙友成记得刚搬到村子南边时，这里还是荒郊野地。放眼往南看去，可以看到农场和不远处的渭河河堤。就在这片荒地上，他因为得了儿子海峰，高兴地办了独生子女证，而独生子女家庭可以申请一块庄基地。于是他写的申请，很快得到了村里的批准。父亲资助他盖房的钱，为此，兄嫂弟媳们都很眼红。

那是一九八〇年春分后，麦子青青，随风摇曳。关中平原，正值少雨期。

红莲的父亲南万良得知闺女家要盖房子，特意从红塬村赶来帮忙。他中等个头，略瘦，高颧骨，瓜子脸。五十五岁的他，头发已花白，寸短的头发直挺挺地立在脑袋上。任谁看了都会觉得这个老人气场很足，性格倔强，不是个好说话的主儿。但是，为了女儿，他愿意放下架子来帮忙盖房，他不愿意女儿嫁过来被人看不起。

盖房不是一件容易的事情。那时候，家家户户都是土房，会盖房的人并不多。盖房前得踏胡墼（意为制作长方体形状且未经烧制的土坯砖，"胡墼"简写为"胡基"），这项工作看似简单，却颇有讲究，好在南万良年轻时就已学会了这门手艺。

南河滩村往南，基本是沙地，因为靠近渭河边。踏胡墼需要黏土，而不能用沙土，所以只能去土场窖。那是村子西北方向的一大块坡地，比村里其他地方高出三五米，紧邻陇海铁路。村里每家都有一块土场窖的地，窄小如豆腐块。谁家踏胡墼，或是给猪圈填土、给粪坑填土，或是盘炕、盘灶台等，都会到土场窖去挖土。

日复一日，土场窖原本高高的土坡被各家各户挖去了近半，剩余的部分参差不齐，形成了一片特殊地貌。

孙友成将架子车放在自家地头，然后指着小路左右两侧的地，跟老丈人说："你看左边是高高的坡，右边却是平地，而坡上和坡下，却是同一家的地。"

南万良看了看各家半隐半露在地头的界石，有的用半块红砖头，有的用木头楔子，有的用拳头大的石头，有的用玻璃瓶碎片。他从地上抓起一把土攥在手里，接着松开手，土掉下去，散开了。

他微笑着说："老话说，'抓起一疙瘩，掉下散开花'，今天这土可以踏胡墼。"

孙友成听了很高兴，二话没说，从架子车里拿出铁筛子、镢头、铁锨、T型石锤、木制模具和一攀笼（意为"竹篮"）草木灰。

孙友成一边摆放一人高的铁筛子，一边对老丈人说："青石板就在那儿，我已经提前摆好了。"

接着，他便抓起镢头，开始挖土。

南万良从怀里掏出了手掌大小的烟斗和一包旱烟末，两只手娴熟地倒腾着将烟末塞满烟斗，随即用兜里的火柴点着，叼着烟斗吧唧吧唧地吸着烟，蹲在地头看着女婿干活。

孙友成年富力强，很快就挖了一堆土。他放下镢头，拿起铁锨，铲起土，一锹又一锹，扔到铁筛子上。

南万良看到一堆素净的土被筛出来了，立刻收起烟斗，在鞋底扣了几下，又放回怀里。

这烟斗对他而言是老古董了，是他父亲留给他的唯一念想。因此，他每回用完都会仔细收好，生怕丢失。

他拿起模具放到青石板上，然后提起一攀笼草木灰在模具上抖了几下，以便草木灰能均匀地撒在模具上，避免土粘着模具。

接着，他拿起铁锹往模具里面铲了一铁锹筛出来的净土，对女婿大声说："你听过踏胡墼的口诀吗？"

孙友成一边挖土，一边回应："小时候我爹讲过，现在都忘了。"

南万良说："一把灰，三锹土，连踏带打二十五。"

"对，就是这话，我想起来了，好像还有一个说法是'三锹六脚十二个杵窝'。"

"是的，这两个口诀的意思互补。"南万良一边回应，一边在模具里的土上踩着。

孙友成一口气挖了一大堆土，已经汗流浃背，回头看到老丈人正在模具上用脚踩土。这时，孙友成想起了小时候猜过的谜语：四四方方一堵城，城上立个鬼子怂，不跳不跃不得行，谜底就是踏胡墼。

他暗自笑着，原来这个谜语是这样来的，真是实践出真知啊！

南万良用脚踩完土，然后用铁锹将模具上的土刮平，接着双手抓起石锤的T形手柄，使劲提起石锤捶到模具的土中间，上下左右各捶两遍。胡墼的大小，横着可砸三个石锤印，竖着砸四个石锤印，加起来就是十二个石锤印。这样将土层夯实后，一块胡墼就踏好了。

南万良将石锤放到旁边，一脚踩在模具边框上，另一只脚熟练地将模具的外拉杆打开了。他弯腰用双手小心翼翼地将木模具垂直提了起来，放到一旁，然后轻轻地将踏好的胡墼从石板上端了起来。

这时，孙友成已经用铁锹在老四家的地中间平了一块地，专门用来堆放打好的胡墼。他高兴地双手接过老丈人踏好的胡墼，仔细看了看，做工确实好，他不由地暗暗钦佩老丈人。

老丈人闷声不语，踏一会儿胡墼就咳嗽不断，好在红莲送来了一壶茶水，他干一会儿活就端着他的搪瓷带盖水杯蹲在地头喝一会儿茶水，或者，抽一会儿旱烟。

尔后，两人合作一起踏胡墼。

孙友成用攀笼在模具里抖了抖草木灰，接着，老丈人用铁锹往模具里添了三锹土。孙友成用脚踩了几下，将土踩实了，便提起石锤，照着模具里的土捶了下去。他知道捶的力度很重要，捶轻了，土夯不实；捶重了，石板和模具都可能受损。所以他一边用石锤捶土，一边心里默念着老丈人讲的口诀。好在他还有点劳动天赋，第一块胡墼踏好了，虽然不如老丈人的那块看着顺眼，但没有碎裂，在他看来，能用就行。

偌大的土场窑，孙友成自觉像一只忙碌的蜜蜂，一会儿踏胡墼，一会儿挖土、筛土。老丈人则守在模具那负责踏胡墼，摞胡墼。

孙友成知道摞胡墼也是一门手艺活，有句俗语说："会打不会摞，不如屋里坐。"如果摞不好，胡墼不仅晾不干，还容易倒塌，前功尽弃。因此，有老丈人坐镇，他心里很踏实。

摞胡墼有很多方法和形式，但不外乎每块胡墼要保持大约三厘米宽的距离，并且要让胡墼立起来，不能躺平。每层胡墼可以全都竖着放，也可以纵横交错放，整体可以呈长方形摆放，也可以围成一个圈，总之，保证胡墼摞子四平八稳就行。

第一天，老丈人和女婿一起踏了六百多块胡墼，孙友成十分欢喜，他看着那一摞摞胡墼，就像看到了自己家的新土房。

经过三天努力，两千多块胡墼分三摞子呈长方形摆放，把隔壁老四的地都堆满了。老四孙友怀虽然不高兴，但他知道，房子盖起来，很快就能把地腾空了。

孙友成在胡墼摞子上面分别用化肥袋里层的透明塑料盖上了，避免太阳暴晒使胡墼干裂，也避免下雨浇湿了胡墼。

孙世列特意去土场窑看踏好的胡墼，看完就找村里一位风水先生，看好了黄道吉日。

吉日清晨，孙友成按照父亲写的吉时，带着族中几个壮丁来到了庄基地。按照村里的习俗，他在庄基地的正中摆了桌子，放了一盘猪头肉和一盘苹果，又在四个角落，各插了一根香。然后，孙友成手捧三炷香，朝东、南、西、北四个方向各拜了三拜，心中默念：望各位神灵莫怪，村民孙友成今天要在这里盖房子，还望神灵们保佑一切顺利。拜完后，他把香插到了香炉里，接着倒了一盅白酒，洒在了地上。他的四弟孙友怀帮忙点燃鞭炮。鞭炮声响起，村里的大人小孩都赶来围观。

孙友成要盖的房子是简单的三间联排瓦房，靠近庄基地的东侧，头一间是厨房，中间是大屋，后面是小屋，西侧空着留作院子，北边是院门和柴房的位置，南边是后院、厕所。这是当时十分流行的房屋布局。

孙友成的二哥孙友东也来了，他四十多岁，身形高大，腰背挺直，不胖不瘦，面容俊秀。当过几年兵，退伍后进了县建筑队做木工。他为三弟的房子做了简单规划，几番测量后，他在纸上写写算算，然后指导着三弟和四弟用白石灰划好了房子的地基线。

接着，孙友怀领着几个族人开始动土，挖地基，一挖一建，三天过去了。地基全都用石块堆砌，而地上部分就用到了胡墼。

土场窖里的胡墼经过几天晾晒，已经达到了使用标准。孙友成带着三个族人将胡墼从土场窖全部拉了回来，放在规划好的院子角落里。他们又在庄基地后面的树林里伐木，然后，把砍伐的木材做成房屋架构需要的梁、柱、椽、檩、门、窗等。

等到盖房人用胡墼和木柱把房子的主体架构砌好后，便用到了孙友成做好的"人"字形木梁架。为了增加木梁的坚固性，孙友东带着三弟一起，把木梁架做成了"伞"字形状。

"架梁"（又称"上梁"或"上大梁"）是盖房的关键环节，也是一栋房子宣告"诞生"的喜庆时刻。架梁不仅影响房子的质量，还影响一户人家的兴衰，老话说："房顶有梁，家中有粮；房顶无梁，六畜不旺。"因此，村里不论谁家盖房，到了架梁时，都要找风水先生算个黄道吉日，提前通知亲友来见证。孙友成本来不打算按照"老规矩"办，在他看来放串鞭炮就完事了，但他拗不过他的父亲和大哥。

"架梁"那天，孙友成的兄弟姐妹都来了，村里人也都来围观了。孙世列高兴地拄着拐棍里里外外地走着，老大自觉负责招待亲友，老二指挥"工人"们架梁，老四帮忙打杂。

老大媳妇忙着制作"福"包。她按照婆婆的嘱咐，取了五色粮（即小麦、红豆、绿豆、黑豆、玉米粒）装进了手掌大小的红色布袋里缝好，递给了老三。

孙友成拿着寓意五谷丰登的"福"包和五枚铜钱，用红布紧紧裹缠在大梁的正中间；然后把老大递过来的上面写着"上梁大吉"的红纸，用打好的浆糊贴到了大梁上；最后，在门框上贴了对联：玉柱坚挺千秋固，金梁耀辉百代荣。横批：紫气东来。

架梁之前，孙友成拿废旧的瓷碗盛了半碗沙子，放到半成品的"房"中，点了三根香，拜了拜，然后将香插入沙中，拿了三个苹果放到洋瓷碗中，摆在旁边。

过了一会儿，他将香和贡果拿了出去。老二过来指挥族人们开始"上梁"。

红莲的母亲刘春花用包袱提着蒸好的一笼花馍和红布来时，梁已经架好了。

红莲赶紧拿出长长的红布系了个布花递给丈夫，孙友成将布花挂在了梁上。这时，老四点响了鞭炮。男女老少捂着耳朵，看着鞭炮和那挂了红花的大木梁，就像迎接着一个新生命的到来，人们的脸上满是喜悦。

院里临时拉了一根绳子，上面搭了十多条不同花色、不同质量的被面，这都是来贺喜的亲戚朋友和族人们送来的"贺礼"，要挂在院子里给人们看。被面上用别针别了个小纸签，上面写着送礼者的名字。

院外摆了五桌酒席，老大媳妇指挥着红莲和其他孙氏族内先后在临时搭建的锅灶上炒菜做饭。

孙友成将三盒宝成牌香烟拆开，散放在桌上的木盘里。架完梁，男人们纷纷走到桌前，抽着烟闲聊，坐等吃席。

女人们配合默契，凉菜很快就被端上桌，男人们就着凉菜，开始喝酒吃菜，女人们又赶忙炒热菜，并端出热腾腾、香喷喷的馒头。

刘春花赶忙去了城门里的孙氏祖宅，问候亲家母王氏后，就进了红莲的屋里，两岁的小海峰睡得正香，她便坐在炕上，照看小外孙。

红莲端了饭菜给公公婆婆和自己的母亲。孙友成这一天忙前忙后，累得够呛。

宴席结束意味着架梁仪式结束了，也意味着这座宅子正式落定了。

接着，椽和檩纵横交错，覆盖屋顶。为了省钱，在椽和檩交错的缝隙，孙友成没用竹席而选择用细竹棍紧密地排列遮蔽缝隙，之后，将树枝和做木工时锯下来的一指长的不规则小木屑，连同黏稠的湿泥糊在了细竹棍上，最后，泥上撒了青砖瓦，土房就算建成了。

为了防止胡墼晒后裂缝，孙友成在父亲的指导下，将干麦草撕碎了，扔进一大堆土中，加水搅拌均匀用来糊墙皮。为了保证泥土黏和，他和老四脱了鞋子，一起用脚踩泥。等泥土与麦草充分混合后，兄弟俩用铁锨将黏稠的泥倒进了铁盆里，端到墙跟前，从里到外将胡墼摞起来的土墙抹了一遍泥皮（也叫墙皮）。

等到墙皮干了后，土黄色夹着麦草的墙皮看起来有些黯淡无光。

孙友成便去乡里买回来几块白土，又用刷墙的毛刷子，沾着用水泡开的白土，将墙皮里里外外刷了几层。

等白土干了，孙友成再看这三间土房，顿时焕然一新。

只是三间土房，实际修建起来，却比屋檐下的燕子垒窝还要慢，前后耗时半年光景。孙友成深感土房的建造手艺恐怕从他这代人开始就得失传了，因为砖窑里烧制的红砖已经不知何时逐渐出现在世人眼中，并且有要替代胡墼（也可称土砖）的趋势。

第五章　掌勺先做大锅饭

在友成忙着盖房时，红莲每日不仅要给盖房子的父亲和族人们送水送饭，还要照顾年幼的儿子，一个人忙得晕头转向。

她时常怀念未出阁时，上有哥哥，下有弟弟，而妹妹很小就被送了人，家中只有她一个女娃，因此，父母比较偏爱她，家中粗重的活都是父亲和哥哥担着。

原以为嫁到孙家能活得更轻松些，却不料吃了不少苦头。红莲回忆起一九七六年，刚结婚那会儿，她不仅每天要下地干活挣工分，回到家里还要给全家人做饭。

孙友成的母亲王氏可不愿让她的女儿玉兵去做饭。虽然玉兵与红莲年纪相仿，但是孙家人多，四个儿子两个女儿，大女儿出嫁了，就剩下小女儿，能不宠着吗？所以，那时候红莲每天要做二十几口人的饭。

孙家的厨房设在二门进来后的院子左侧，是一间十分宽敞的屋子。挨着窗户放的案板就有三米长、两米宽，和面的瓷盆跟铁锅差不多大，厨房的角落里还放着一口直径一米的黑色水缸。

那时候，人们喝水都从城门里的水井打水，而这口井也养育了整个南河滩村的祖辈们。直到压水井的出现，才取代了它在村里不可动摇的地位。

灶台上嵌了一大一小两口铁锅，大锅直径一米五，小锅直径一米。大锅烧水、煮面、蒸馒头；小锅炒菜、烧水。这一大一小，一主一辅，相辅相成。

灶台侧面是风箱，煽风点火都在这里。还有一个古老实木雕花大橱柜，深栗色，看起来很厚重。据说是祖上传下来的，大约是清代的物件。

红莲仔细打量完厨房便开始和面。因为她长得瘦小，一次和十几斤面便已累得气喘吁吁。和面也就罢了，擀面更累。和好的面有脸盆那么大，得揉好半天才能用擀面杖擀，不然面不筋道，吃起来口感差。她是个实诚的人，那时候才二十出头，并不擅长做饭，但为了能揉动那个面团，她站在矮凳上，使尽浑身力气揉面。因为面的韧劲大，所以揉面是个相当吃力的活儿，揉到汗流浃背，险些从凳子上摔下去。

等揉好了面团时，她才茅塞顿开，想到应该先把大面团切成五个小面块，分别揉一揉，再用擀面杖擀开。

陕西的面有几十种甚至上百种吃法，而关中地区主要吃臊子面、油泼面，还有过节吃的擀面皮。

这天，她第一次掌勺，所以就做了最简单的油泼面。

油泼面还分两种：油泼棍棍面和油泼扯面。棍棍面类似于拉条子，但不是拉出来的，而是用手搓出来的，形状类似于拉条子，但比拉条子更粗更筋道。红莲最喜欢吃的，其实是棍棍面。她曾经和母亲一起搓过棍棍面，一块面切成四棱的细条，用手搓成圆棱的，再搓成小拇指粗细就成了。油泼扯面则是需要把面加了盐水和好后，醒一醒，过一两个小时，面发起来了，切成条，搓成圆棱，再用擀面杖压扁。

西府（指陕西关中平原以西区域，宝鸡及周边区域）的男人们都喜欢吃宽面，女人们则喜欢吃细面。所以，红莲便做了粗细两种面。

这一早晨，过得十分漫长。妯娌们没有一个出来帮忙，都想看她的笑话，而她却不屈不挠，非要做出一顿像样的饭给一大家人。

她深知这个时代重男轻女，家家户户都是男尊女卑的状态。所以，她先煮了宽面条盛到碗里，又放了干辣椒和煮好的豆芽、青菜，还特意加了蒜末，最后将烧好的油泼到配料上，随着"滋"的一声，厨房里顿时香味扑鼻。

不一会儿，香味就引来了她的婆婆。王氏用黑色的发套在脑后绾了一个发髻，上面别着一只银制雕花的发簪，身上穿着黑色斜襟大褂，黑色的裤腿下，露出了白色的缠脚布，足蹬一双绣着石榴花的三寸绣鞋。她拄着枣花木凤头拐杖左摇右晃，徐徐来到厨房，跟红莲寒暄道："第一次做这么多人的饭，为难我娃了。"

红莲一边煮面一边回应："没事，习惯就好了，婆婆，您先休息一下，稍等片刻，饭马上就做好了。"

王氏板着脸说："好，那你忙，我去喊他们出来吃饭。"

红莲一边应和，一边忙着将盛好的饭碗整齐地摆放在案板上。

王氏走到厨房门外，喊了一句："开饭咧。"

女人们都自觉地进厨房端饭，各自都将大老碗递给了自己的男人，然后再进厨房端自己和孩子的饭。男人们已经习惯这样被伺候的生活，接过饭就蹲在院子中间，狼吞虎咽地吃起来。女人们几乎都是找个角落，坐在小凳上细嚼慢咽。红莲坐在厨房，观察着门外每个人的动向，发现只有二嫂回屋去吃了。

不一会儿，几个人端着碗进了厨房，说吃完了，味道不错，还要再吃一碗。红莲完全顾不上自己吃饭，也顾不上照顾别人，只能拉风箱，抓紧时间煮面。厨房内，忙碌不堪；厨房外，人们悠闲地聊天打诨。小孩子们通常吃几口母亲碗里的饭，就开始在院里嬉戏玩耍。

而这个家族的族长，也就是红莲的公公孙世列，从未见他蹲着吃饭。

他一贯保持他的尊严和高傲，坐在四合院主屋的八仙桌前，跟他的老伴一起吃饭。

第六章 奇人落脚南河滩

一九八九年秋，风萧萧兮，落叶满地。

四合院里再也不是昔日几十口人一起吃饭聊天的样子。自从老三搬走，不久后，老大媳妇撺掇老大也搬出去自立门户了，老二随后在媳妇的帮衬下也走了，只剩老四一家跟老两口住在一起。

时代变了，年轻人也变了，都不喜欢跟老人们一起住，孙世列能理解儿子儿媳们的心思。毕竟，孩子们都已结婚生子，四合院已经住不下这么多人了。想想父亲活着的时候，这个四合院有多大？别说几十人，就是上百人也住得下。然而，在自己手里，这个家族的宅院因为各种原因被分被拆，只剩下最里面的四合院了，但他却无能为力，一切都变了。

四个儿子都已娶妻生子，两个闺女也已嫁人，自己年纪大了，老胳膊老腿的，也没法出去干活了。每天晒晒太阳，看看门前走过的人，抽抽旱烟，煮点罐罐茶，生活于他已没有多少意思了。于是，他去了城门外的道观。

村里有一个古老的城门，谁也说不上来那是哪年盖的。一座土木结合的建筑，约五米宽，十米高。原有一对大木门，颜色已褪去，门的两边是窄窄的水槽，据说是排水沟。门高五米左右，门上面有一个二层小土楼，曾被用作碉堡。一九四九年以后，小土楼里塑了金刚和罗汉，再后来破四旧，都给拆掉了。

这个城门里，最开始只住着九户人家。城门的作用就是守卫城内住着的人。每天早晚，城门都有人轮番值守。后来，因为打仗、闹饥荒，一批人相继从甘肃、宁夏、河南、山西、湖北、四川等周边省份迁徙至此，就在城门外住下了。若干年后，这个村子就从九户人家，变成了百十来户。

因此，人们走街串巷的时候，通常都会说，我要去城门里哪家，或者我要去城门外哪家。这个古老而残破的城门，在那时，是地位和尊卑的象征。

就在村子不断变迁的过程中，若干年前的某一日，来了一位道士。剑眉星目，十分清瘦，头上挽着发髻，别着一根木簪，留着长长的胡须，身穿青蓝色粗布长衫，白布缠了裤脚，足蹬一双十方鞋。据说这是道教特有的鞋子，上面的十个孔代表十个方位，意为"云游十方，无量度人"。

当道士进了城门里孙家化缘的时候，孙世列看到这么一个气宇轩昂、神采奕奕的人，就给了他吃的和盘缠。道士正在困乏之际，拿到馒头和银钱，非常感激，便在城门外的大树下坐下来吃馒头。他仔细看了看这个村子，感觉很投缘，于是，打算在这里安营扎寨了。

他找了城门外一处荒废的房子，将其打扫得干干净净，然后把道教的尊师太上老君的画像挂在了客厅正中，每日早起敲着木鱼念经。为了能自食其力，他把院里收拾干净，借了邻家的农具，在院子里挖了一块地，用孙家给的银钱买了点种子，种下去，一年四季，都有蔬菜瓜果吃。

村子本就小，来了这么一位超凡脱俗的人，大家跟看稀罕物似的都围过去看。孙世列知道这个道士没走，留下来了，便也去看了。他看到道士一个人在打扫院子，就去帮忙打扫。道士种菜，他就给种子，一起种菜。在这个过程中。孙世列与道士结下了深厚的友谊。偶尔，他会找道士谝一谝（意为"聊一聊"），说说烦心事。道士会用道家的思想，给他化解一些心中的困惑。他听了感觉很宽慰，原本很闹心的事情，经他那么一说道，心里就不堵了。他把这个事情告诉了村里其他人。后来，道士的住处，大家都称之为"道场"。

夏收秋忙的时候，尽管道士不用出去受苦受累，只管在他的住处打坐修行，但是村里人没有一个觉得他是懒汉，每个人都很尊重他。他每天开着门浇菜、种地，把原本荒废的一处院子整修得欣欣向荣。村里不断有人去拜访道士，也不断有人送米面给他，所以他从来不会挨饿，并且还会把多余的食物，分给村里吃不起饭的穷人。

道士每年都会择天气好时，出去云游四方。道士一走，村里就会显得冷清许多。平日里，道士在家时，村民们便三五结伴，一起去听道士念经、讲经，尤其是男人们，农闲时，闲来无事就去找道士谝闲传（意为

"闲聊")。一堆人围在道士家里,聊得热火朝天。道场,俨然成了村里人放松休息的地方。

经过道士几年的努力,村里有几个人对道士佩服得五体投地,真就拜了道士为师,入了道教,跟着道士学习修行。而第一批入教的人里面,少不了孙世列,他可是道士来村里认识的第一位有缘人。他也十分佩服道士,被他的才华折服,于是,跟村里几个年轻人一起拜了道士,从那以后,他就开始吃素。他的媳妇王田课,也跟着他吃素。这一吃,就是二十多年,此是后话。

道士收了徒弟后,轻松了许多。徒弟们轮流照看院子,道士更能放心出门云游。不论走多久,他终会回到这个地方,虽说修行要了无牵挂,但是对于道士而言,这个村子就是他的道场,凡夫们所谓的"家"。无论他走多远,都始终放不下这个他一手建立起来的道场,还有村里那些善良的人。也因为这份挥之不去的牵挂,让道士迟迟无法"悟道"。

道士日复一日地修行,不厌其烦地打坐、念经,坚持不懈。经过多年遍访名山大川后,他觉得自己参透了,就回到了道场,从此闭门不出,于一阳光明媚的清晨,羽化而去,享年不知。村里的老人只记得他来的时候,头发、胡须都是黑色的,如今已全白,约莫七八十岁,兴许百岁也未可知。

出殡那天时值五月,天空下起了小雨,天人同悲。除了他的弟子们披麻戴孝,痛哭流涕,还有村里诸多与他非亲非故的人,也都来给道士送行。

起灵后,走在队伍前面的是三个乐手,一个长号走在最前方引路,两个唢呐紧随其后,吹着哀乐,更添伤悲。每一段哀乐结束,都会有长号奏起低沉的哀鸣,就像歌者,唱完歌后,一次又一次的叹息。虽是哀乐,但曲调哀婉动人,甚至可以说很好听。只是听了让人悲伤难过,有种想哭的冲动。

走在乐手后面的是木棺队列,棺材是红色油漆打底,黑色油漆描画,白色布花左右点缀,由八位徒弟抬着。紧随其后的是道士的大徒弟孙世列,他披麻戴孝,双手捧着道士的遗像,脸色凝重,几近痛哭地缓缓向前。道士的其他徒弟紧随其后,手捧纸糊的童男、童女、金山、银山、摇钱树、聚宝盆等。跟在后面的村民捧着各式各样的花圈，大约有二三十个，队伍浩浩荡荡，进了南河滩村的坟地。

这块坟地有年头了，很久以前，村里实行散葬，基本埋在自家的田间地头。后来实行集中安葬，便有了这块坟地，位于村子东北方向两三里外，邻近陇海铁路。刚开始埋着一个人，后来，坟地不断添人，面积从一个圆点变成了一大片。

五月的坟地，长满了各种花草树木。然而，大部分都是说不出名字的矮树，还有几棵较高的松树，更多的是草，那种带刺的长蔓草，铺满了整个墓地。还有蒿草，长了一米多高，遮蔽了整个坟地，远远看去几乎看不到坟头。偶尔会看到一些野花，有黄色的满天星，还有一种白色的类似鸡冠花的那种，俗称"死人花"。老人们常说，这种小白花开着的地方，意味着地下埋过人。村民们出门种地，都对此花避而远之。坟地里常年待着几只乌鸦，它们很少叫唤，一般都栖息在坟地中最高的那棵柿子树上。

负责下葬的七八个村民扛着铁锹和镢头，已经早早地到了墓地候着。当所有人都到墓地后，他们就开始卸下木棍，其余村民们帮忙拉着木棺，缓缓下葬。徒弟们，村民们，看着，哭着。有人声嘶力竭地哭着、喊着，有人趴在墓坑边上号啕大哭。

就在道士入土的时候，雨越下越大，哭声被雨声渐渐淹没……

从此，道士安息了……

虽然他的徒弟们没有按照道教的仪轨给他操办葬礼，而是按照常人那样，但道士想必也是满意的。因为徒弟们把他当作亲人一样敬爱有加，如果他泉下有知，应该瞑目了。

第七章 巧购电视众人欢

一九九〇年的关中乡村地区，电视机尚未普及。人们只在城里偶尔见到，或是听收音机节目中说过。因为买电视机需要"票"，而这电视票最是难得。

　　海峰退学在家的这几年，每天听着收音机度过漫长的白天和黑夜。白天，他听听新闻和秦腔；夜里，他会准时收听《小喇叭》节目："中央人民广播电台，现在对学龄前儿童广播。"伴随着一阵笛子和钢琴合奏的欢快的《找朋友》乐曲，传来熟悉而亲切的童声："小朋友，小喇叭开始广播啦！嗒嘀嗒，嗒嘀嗒，嗒嘀嗒，嗒、滴。"

　　海峰最初听到的童话广播剧是《小乌鸦和他的妈妈》："在一棵又高又大的杨树上，住着乌鸦妈妈和刚刚破壳出来的小乌鸦，乌鸦妈妈可疼爱小乌鸦了……"后来，他听了孙敬修爷爷播讲的《西游记》。如果说他在这个世界上还有一个朋友的话，那就是收音机。

　　制镜厂组织活动，友成跟同事们一起去了扶风县法门寺参观地宫出土的文物。看过了外面的世界，当他回到家，看到大儿子还在听收音机的时候，突然意识到，海峰与这个世界有了距离。

　　为了让海峰的生活过得丰富多彩，也让他看看外面的世界，友成决定买一台电视机给他，也算是送给儿子十二岁的生日礼物。

　　友成做事几乎从不求人，但这次为了儿子，他去了城里找大姐孙秀兵帮忙。大姐在城里的国营五金店上班，她们店里就卖电视机。

　　孙秀兵知道三弟的为人，兄弟姊妹几个就属他嘴硬不求人，这是三弟破天荒头一次找她办事，她一口答应下来，让他三日后来取。电视票奇缺，思来想去，她只好用自己的票买了电视，然后原价转给三弟。

　　三日后，友成骑着自行车将一台十四寸的黄河牌黑白电视机从虢镇城里载了回去。从此，南河滩村有了第一台电视机，虽然屏幕很小，还是黑白的。

　　村里有人看到友成自行车后座上的电视机箱子，瞬间一传十，十传百。友成刚到家打开纸箱子时，村里的男女老少鱼贯而入，都围到他家里来看稀罕。谁也没有安装过电视机，友成只能自己看着安装说明书研究，不时还有年长的老汉指导他安装天线。红莲把四方木桌抬了出来，友成将电视机抱起来放在桌上，于是，男女老少开始"参观"电视。这个摸一摸，那个摸一摸，仿佛在迎接一位天外来客。

　　四岁的海兰和六岁的海珍也好奇地站在电视机前端详，时不时用手触摸一下这个小机器。

村里的电工刘雪厚也来了，跟友成一起研究了一会儿电视机说明书，帮着友成从里屋接引出一条电线，连接了电视机的电源接口。友成旋转了旋钮开关，这时，电视机发出了声音，屏幕上却出现了雪花状的东西。两个人面面相觑，又开始研究天线。友成把电视机自带的拉杆天线拉到了最长，并调整了多个方向，然而电视屏幕依然是雪花状。最后，他搭了木梯，爬到了房顶，刘雪厚站在梯子上把"工"字形的外置天线和一根长木棍递给了友成，梯子下面是一群叽叽喳喳的小孩子，抢着帮忙扶梯子。

还有几位白发苍苍的老人，竟已搬了小木凳，坐在了电视机前，等待第一时间观看。年轻人依然在研究电视，南街东头住的刘军旭，还有隔壁住的孙孝宁，已经开始旋转屏幕右侧的两个按钮，试图调出正常的影像来。

房顶上，友成和电工刘雪厚用细铁丝将天线牢牢地捆绑在木棍上，又将木棍插在房脊上。屋檐下，院子里，调频的调频，围观的围观，还有几个与友成同龄的中年人站在靠墙跟的位置，七嘴八舌地指挥天线的方位。"天线向左一点，偏了偏了，向右一点。"几个妇人站在旁边一边闲聊，一边看着男人们干活。

这一下午，围了一院子的男女老少，热闹程度快赶上过年时候了。直到夜幕降临，红莲拉起风箱开始做晚饭的时候，大人们才渐渐散去，也有父母站在友成家门口，喊孩子回去吃饭的。

当红彤彤的太阳从参差不齐的土墙豁口一点点落下去时，电视机终于调试成功。友成高兴地用衣角擦擦额头上的汗，跟电工紧紧地握了握手，相视一笑，不约而同说："成功了！"

电视机上出现了"陕西一套"的字样，又出现了转播的中央电视台《新闻联播》。海兰站在屏幕跟前，目不转睛地看着，海珍也站在旁边看着，还有几个没有回家的小孩，还有吃完饭又赶过来的邻居。当清晰的画面出现时，围观的大人小孩都欢呼雀跃，不约而同鼓起掌来。

红莲在厨房一边烧锅熬红豆麦仁稀饭，一边扭头看看门外的大人小孩们，围着电视机屏幕前的那一张张笑脸，无比开心。这么多年了，在人前总感觉抬不起头，今天，男人总算像个男人了！

晚饭后,村民们络绎不绝地拿着凳子过来看电视。友成狼吞虎咽地吃了几口饭,就把海峰从屋里抱了出来,放到躺椅上。这把躺椅也是他亲手给儿子做的,用自家院里种的木头做椅架,旧的帆布袋当靠背。

海峰看到电视机时,心里美滋滋的,他知道这是父亲买给他的生日礼物。虽然"生日快乐"这四个字一贯都是母亲给他说,父亲似乎羞于启齿,但他能领会父亲的心意。

夏夜,泡桐树下,乘着微凉的风,南河滩村的男女老少簇拥着坐在孙友成家的院子里,聚精会神地看着电视剧《杨乃武与小白菜》。墙外虫鸣蛙叫,夜,显得那样宁静……

随着剧情的跌宕起伏,观众的表情也跟着齐齐地或喜或悲。大家时而静悄悄,时而议论纷纷讨论剧情,时而义愤填膺为小白菜喊冤……

电视机前少说已有五六十人,友成家的院子俨然成了南河滩村的小剧场。还好院子足够大,虽然院子是土质的,但是压得瓷实,就是角落里免不了有青苔和小草。

调皮的少年们则爬到院子里的泡桐树上看电视,有的人没地坐了,就站在后面看。看电视的人姿态各异,有蹲着的,坐着的,站着的,还有骑在树上的。

在城门洞以里住着的人,一贯都有点高傲,在他们眼里,城门是这个村子的核心。以城门洞为准,城门洞内的街巷叫城门里,城门洞以东的街巷叫东街,以南叫南街,以西叫西街,以北叫北街。这个村子原本就起源于城门内的几户人家,尤以孙氏为主。

在城门外住的人,多是后来闹饥荒时,从河南、山西、甘肃、四川等地逃难过来落脚此处的。当然,也有城门内的后世子孙分家,单另搬出来住的,友成家就是如此。虽然他是这个村里唯一一个四合院主人的嫡系子孙,但搬出了城门,似乎也失掉了那份"尊荣"。因此,依然被城门里住着的人嗤之以鼻。

然而,没想到的是,因为这台电视机,南街却成了全村最热闹的地方。

红莲觉得自己的丈夫,有时虽然蛮不讲理,有时却让人意外惊喜。

孙世列听说儿子买了电视机,心里特高兴。自小被他用鞋底抽打的老三，这回算是给他长脸了。这几年，他老了，在村里的地位江河日下，还好大儿子在乡委干得不错，多少给他长了脸，否则这村里的江湖就不是他能把持的了。村里其他三大家族——邹家、刘家、梁家都已迅速繁衍，暗自崛起，并且人才辈出。老大的地位从爷爷的手里传到现在，百年之久，看着仿佛就要毁在他手里了，他心有不甘，却无力回天。

电视机的出现为友成聚拢了人气，也为南街带来了欢喜。东街、西街、北街，还有城门里住的乡亲们，大多过来看几眼便走了。留下来长久看电视的，还是在南街住的男女老少。

之后很长一段时间里，白天，电视机放在海峰的屋内；晚上，就摆在院子里公放。若遇下雨天，人们只能挤在海峰的屋里，炕上坐的，地上或坐或站的，满满一屋子人。

九月六日，从念青唐古拉山采集的第十一届北京亚运会火炬传递到宝鸡。晚上，南街的友邻们一起在海峰屋里观看了宝鸡一套的新闻报道。众人看到火炬时，都激动不已。

九月二十二日晚，友成特意把电视机搬到了院子里，男女老少几十人，一起观看了《新闻联播》里播放的亚运会开幕式片段。人们精神振奋，欢声笑语。友成非常高兴，能与乡亲们共同见证这样激动人心的时刻。

红莲从那天开始，哼唱起了亚运会的主题曲《亚洲雄风》：

我们亚洲，山是高昂的头，我们亚洲，河像热血流。
我们亚洲，树都根连根，我们亚洲，云也手握手，
莽原缠玉带，田野织彩绸，亚洲风乍起，亚洲雄风震天吼……

大家围在一起看电视，也算得上大人和小孩的共同乐趣了。在这件事情上，友成从不计较电费，也不怕挪动电视机，他觉得大家开心就好。人活着，就是图个乐呵。能为村民们做点事情，他自己也很高兴。

然而，他想的太简单了，那三大家族早已有人看不惯，也按捺不住了。

是年冬天，邹家的邹树财也买了电视机，而且还是彩色电视机。没过

多久，刘家的刘文厚、梁家的梁望权也相继买了电视机。这样村里的热闹就不只在南街，也不只在孙家了。

一时间，电视机成了香饽饽，被人们奉若"神明"一般供在高高的衣柜上或者墙壁的架子上，大家看电视都得仰起脖子，抬着头。

第八章 苦忆金莲笑风声

孙世列的妻子王田课，是从王庄村嫁过来的，生于晚清末期，从小就被她的母亲缠了足。缠足的陋习在当时十分盛行，"三寸金莲"是对缠足女子的最高褒奖。谁家的姑娘若无三寸金莲，就连做父母的都会脸上无光，被人耻笑家风不正。因此，王田课从四五岁开始，就被她的母亲拿着白布条子给缠了足。刚开始她是十分抗拒的，疼到掉眼泪，母亲看到孩子疼痛难忍，再下不了狠手，就央求村里的一位梁婆婆。梁婆婆六十多岁，以缠足而小有名气，方圆几里的姑娘，都是她给缠足的。

夏日晚间，村里人都在门外闲坐纳凉。趁着梁婆婆不忙，王氏便请她到家里。梁婆婆进门就看到王姑娘穿着红布衣衫坐在炕上，从被子里露出了双脚。王姑娘同时也上下打量着梁婆婆，只见她长着四方的脸，眯缝的眼，嘴毛很浓，身板健壮，脑后盘着发髻，额头上搭着一条黑色绣花抹额，十分夺目，身穿灰色斜襟短衫。如果不看脚和头，真有些男人相。

打量完，王姑娘心下就害怕了。梁婆婆坐在炕边，开始跟王田课聊起天，年芳几何，有没有寻到好人家等。一边聊着，手已经把住了姑娘的脚，嘴上不停，手下使劲一掰，只听一声闷响，王姑娘感觉四根脚趾骨似乎已经断了。脚渐渐发肿，却没有流血。梁婆婆赶紧拿出随身带的红花油给王姑娘抹上，然后把四根脚趾头掰到脚底，整个脚掰成了粽子一般，再用白布条缠足，那白布约莫一丈长，一层又一层，一只脚足足缠了一刻钟。王姑娘在脚趾骨断裂时惨叫了一声，之后咬牙切齿地生忍着剧痛，紧紧地攥住被子，不再喊叫。缠到最后，她已经痛得失去知觉，任由梁婆婆摆弄。王氏看到自己女儿疼痛万状，却也不能心软，因为大脚的女人嫁不出去。为了女儿的终身大事，她只能狠了心做一次坏人，哪怕女儿恨她，她也甘愿。

经几个月的恢复，脚伤好了，也不疼了。王田课自此便有了一双小巧玲珑的三寸金莲。虽然达不到梁婆婆所说的标准，但也八九不离十了。她的母亲十分满意，但是王田课自己却高兴不起来，再也不能大步流星地走路了。受了那么多苦，并没有让人更好，反而更糟糕了。

时光流转，岁月更迭，转眼，王田课十六岁，长大成人了，对社会、对人都有了自己的看法。就拿缠足来说，她觉得这个社会是如此不公。男人想怎样都可以，而女人生来就要受各种罪。给女孩缠足，难道是怕女孩们长大了，会跟花木兰、穆桂英或梁红玉那般吗？缠足完全是男权社会对女性的限制和束缚。但她生在这个时代，无可奈何。越想越烦，她干脆不想了，难得糊涂。

年底，王田课嫁到了南河滩村，与地主孙长清的儿子孙世列从此举案齐眉。婚后育有八个孩子，成了四子两女。两个孩子不幸夭折。困难的时候，家家吃不上饭，还好老孙家有存粮，一家老小度过了艰难时期。除了老三孙友成长得瘦弱单薄了些，其余都很健壮。

王田课除了照顾六个孩子，每天闲余时间都会纺线织布。在他们四合院的主屋，进门就是客厅，旁边放着一辆纺线用的纺车，角落里摆放着一架古老的织布机，家里人的穿戴基本是用这个织布机织出来的布匹做的。原来有刘长工的媳妇帮忙织布，后来只有她自己忙碌了。

孙家隔壁住的刘长工，名叫刘传宗，原是孙家的长工，专门负责给孙家种地，饲养牲畜。后来土改，原本孙家用来饲养牲畜的一间房连同三间草房并一个院子的房产，全部划到了他的名下。一夜间，刘长工获得了自由、房产和土地。

不久，刘长工便娶了渭河南岸的一个女人。草棚留了一间，其余都一点点改建成了土房。后来，刘长工夫妇相继生了三个儿子，名叫刘根许、刘根全、刘全许。再后来，老大、老二相继搬出了老屋，在城门外各自安了家。小儿子刘全许守着祖宅，后来有了两子一女，叫刘民主、刘民生、刘民芳。刘氏一族自此发展起来。

王田课因为常年在昏暗的煤油灯下织布纺线，眼睛渐渐看不清东西了。从视力模糊到一只眼睛出现黑点，渐渐地，那只眼睛完全看不见了。再后来，等到她的小孙女海兰长到五岁的时候，王田课虽然只有六十九岁，双目却基本失明。然而，失明后，她却发觉自己的嗅觉、触觉、味觉比先前更加敏锐了。许是上天可怜她这老太婆，半生茹素，不曾做过伤天害理之事，因而才能让她好似开了心灯一般，谁来了她都可以通过走路的声响、气息、感觉等判断出来者何人。

失明的王田课，走路更显艰难。人老了，连浑身骨头都仿佛跟着缩水了一般，尤其是那双小脚，已经被年轻人看不起了。但凡出门，路上的小孩子都会喊"小脚老太太出来了"。她索性也很少出门了，吃完饭就坐在炕上念念经，实在坐得烦闷，就到后院里坐一坐，晒晒太阳。

在这个村里，重男轻女的思想始终盛行。男人若是坐在大门外或者村里的任何地方，都是理所当然、光明正大的。女人若是独自坐在大门外，却会被人笑话，哪怕是七老八十的女人。除非三五个老婆子坐在一起，人多力量大，就不会显得尴尬。王田课因为多年来视力不好，除了家人，已经很少与外界沟通了，所以她很少坐到大门外，偶尔有几个同龄的老婆子来找她聊天，喝茶，抽旱烟。世界于她而言，最后，只剩孙家的四合院那么大了。

第九章 听婆盲讲猴背媳

一九九一年，孙友成的小女儿海兰已经五岁了，长得圆嘟嘟胖乎乎。圆圆的脑袋，圆圆的脸，鼻头也是圆圆的，抿着嘴唇的样子看起来既可爱又倔强。

孙友成看到小女儿的头发长长了，便给她剪了个时兴的短发。一方面，他觉得自己理发手艺好，因为这么多年，他和海峰的头发都是他自己剪的，熟能生巧，手艺自然差不了。另一方面，也是为了省钱。自家能解决的问题，就不用去外面的理发店花钱。虽然他不怎么喜欢小女儿，但是红莲很喜欢小女儿，小女儿像极了她小时候的样子，聪明又顽皮。

一日，骄阳似火，炙烤着关中大地，连鸟儿都有些困倦，躲在树上休息。一家人都在午休。海兰睡不着，便出去玩耍。

大晌午，街巷没有人。她独自一人有点害怕，为了壮胆，她边走边唱起了电视剧《戏说乾隆》的主题曲："山川载不动太多悲哀，岁月禁不起太长的等待，春花最爱向风中摇摆，黄沙偏要将痴和怨掩埋……"

海兰不知不觉走到了爷爷家。她知道，只要去爷爷家，爷爷奶奶就会给她好吃的，或者给她讲故事。她最喜欢听奶奶讲故事，吃着糖果听故事是海兰认为很幸福的一件事。奶奶的故事千奇百怪，跌宕起伏，引人入胜，使她难以忘却。

海兰蹦蹦跳跳到了四合院门口，大门虚掩着，门槛很高，海兰使了吃奶的劲才迈进去，接着，穿堂入室，到了爷爷奶奶的屋里。

这个屋是整个四合院的主屋，进门是客厅，摆着老式的木质雕花桌椅板凳、花瓶摆件等，古色古香。左手边是卧室，有单独的小门；右手边的角落摆放着织布机和纺车。

卧室门半掩着，海兰蹑手蹑脚地趴在门缝朝里看，还没有看清楚里面的状况，就听见奶奶说："是小海兰吧？快进来吧。"

听到声音，海兰被吓了一跳，险些跌倒。她立刻回应："婆，是我！婆，你咋知道是我的？"

奶奶答："听你的脚步声就知道了，几天没见我的小孙女了，婆还挺想你的，快坐到炕上来，婆有好吃的给你。"

海兰高兴地坐在炕边的四方木椅上，脱了鞋子，然后从椅子上爬到炕上，坐到了奶奶身边，她看到爷爷在炕那头睡着了。

虽然现在是新中国了，可奶奶仍旧梳着过去的发式，花白的头发，稀稀落落，但她梳理得整整齐齐。脑后挽了个发髻，用黑色的发套套着，还别了一支做工精致的银钗。

在海兰的印象中，不论何时去奶奶家，看到她时，她从来都是梳洗整齐的样子，没有一次是乱糟糟的。所以在海兰的心目中，奶奶是个让她肃然起敬的女人。

海兰乖乖地坐在奶奶身边，奶奶拉着小孙女的手，高兴得合不拢嘴。一边说着"婆给你拿好吃的"，一边将手放到身后竹席的后面，摸索出几颗糖果，然后又摸索着小孙女的手说："快拿着，好吃的糖果。"海兰欣然接过，吃着糖果，高兴得乐不思蜀。

王氏听到小孙女吧唧着小嘴吃糖果的声音，就开始跟小孙女讲故事了。

她若有所思地说："婆今天给你讲一个猴子背媳妇的故事。"海兰高兴得拍着手，小声说："好啊！好啊！"然后，吃着糖果靠在墙上，安安静静地听着奶奶讲。

很久很久以前，在一处深山老林里，有一个村子，名唤石山村。村子三面环山，依山而建，正前方有一湖，景色秀丽。村里有一户有钱人，大家都称其为员外。老员外有一个待字闺中的女儿，名叫桃花，长得如花似玉。

一日，桃花跟丫鬟杏儿一起出门去玩耍。二人走在树林里，打打闹闹，玩起了捉迷藏。这时，树上有几只猴子在嬉戏玩耍，恰巧看到了两个姑娘一追一躲，往他们这边跑来了。其他猴子立刻攀缘着树枝往别处躲避，唯独猴王的儿子硕石呆呆地坐在树枝上看着，没有跑。

桃花蒙着眼睛找杏儿，杏儿看着小姐往后退着步说："小姐，我在这呢，快来抓我呀。"桃花循着声音边往前摸索走着边喊："小丫头，就你会藏，看我不抓住你。"就在这时，桃花使劲往前一扑，扑了个空，不小心跌到了湖边的草丛中，眼看就要掉进湖里的时候，硕石以迅雷不及掩耳之势，飞扑过来抓住了桃花的胳膊。这时，杏儿也急匆匆地跑了过来，看到这般危险的情况，再看到救了小姐的不是人，而是一只猴子，顿时吓哭了。她边哭边喊："小姐，小姐，你还好吗？"桃花往下掉的瞬间，心都快蹦出来了，还好有人拉住了她，她一只手悬着，另一只手赶紧摘下了蒙眼布。她抬头一看，拉她的竟是只猴子！吓得她直打哆嗦，却不敢松手。往下看，那湖方圆百里，深不见底，于是，只好由着猴子把她拽了上去。

接着，硕石攀缘到树上，飞跳几下后就不见了踪影。桃花和杏儿都没来得及看清楚那猴子的样貌，只看到一个穿着粗陋棕衣的背影。主仆二人吓得喘了半天气。杏儿不停地道歉赔不是，桃花只淡淡地说："没事，都怪我自己不小心，跟你没关系。一会儿回去，可千万不能跟老爷说这件事。"杏儿连连点头。

桃花和杏儿整理了一下头发和衣服，手拉着手往回走，边走边聊猴子的事。此时，硕石正站在那树杈上，默默地看着她们渐行渐远。

夜里，桃花躺下后，脑中不断回想起下午在湖边的情景。她原以为自己会死掉，没想到会被搭救，然而，救她的却是只猴子。要是个公子哥，说不定，她就愿意嫁给那个人了。她思来想去，辗转难眠。

次日，午饭时，员外跟女儿说："你也老大不小了，该嫁人了。父亲找了媒婆帮你物色了村里几个家境好、有才学的后生，这几天安排他们跟你见一见。"桃花听后，却没有一丝喜悦，只是点点头说："全凭父亲做主。"桃花的母亲几年前就去世了，老员外没有续弦。

这一日，硕石再次来到湖边，还是待在那棵树上。一边吃着东西，一边看着村子，看了很久很久……自此，硕石日日都来这里坐一坐，等一等，看一看。

不久，此事便在村里传开了。有人说，这段时间村子东边的那棵大树上，每日都有一只猴子坐在那里，每天都来。这话也传到了桃花耳里，桃花心想，会不会是等她的？竟有点窃喜，仔细一想，那可是只猴子！怎么能胡思乱想呢？但是不管什么原因，她就想去看看。于是，她偷偷拉了丫鬟，趁着老员外午休的时候又跑出去了。

她们小心翼翼地往那棵树走去，远远的，真的看到了一只猴子。她们想走过去，却有点害怕，站在路上看了半天，犹豫了半天。最后，桃花还是鼓起勇气说："去吧，不管怎样，至少当面说声谢谢。"于是，杏儿跟着桃花，二人大步流星地往树下走去。

硕石等了多日，终于看到了他那天搭救的姑娘走过来了，沉默的表情立刻泛起了笑意，他咧着嘴笑了。两位姑娘走到树下时，他从树干高处攀缘而下，坐到了最低的树杈上。

上回没看清楚，这回桃花瞪大了眼睛，仔仔细细打量了这只猴子。看起来也不丑啊，最古怪的是他居然穿着人的衣服。

看完，她想了想，说："猴子，你好！我是桃花，今日前来，是为了感谢你的搭救之恩。"说完便作揖拜了拜。

顽石回礼作揖说:"小姐客气了,举手之劳而已。"

桃花和杏儿听完,吓得浑身哆嗦。桃花心想,这只猴子居然会说话?接着,她说:"我先回家了,爹爹找我还有事。"说完就与杏儿一起转身溜走了。

顽石已经见怪不怪了,他蹲在树上,看到桃花逐渐消失的背影,便跳入丛林不见了。

之后的每一天,顽石还会出现在这棵大树上,远远地眺望石山村。

桃花的家在整个村子的中间,围墙很高,地基也高,院子四周栽种了竹子,老远就能看到,十分显眼。

桃花有时无聊也会站在院子里,看看那棵树,却没有想过再去找那只猴子。她心想,一只会说人话的猴子,没准是妖怪变的。

接下来的几日,老员外给女儿安排了相亲。他邀请了村里几个大户人家的公子来家里做客,让女儿在屏风后暗自选择。

杏儿扶着小姐,站在屏风后看了又看,还一边给小姐指点,这个好,那个好。小姐不理会,逐个看了一遍就拉了丫鬟回房去了。

回到房中,小姐闷闷不乐,躺到床上。不一会儿,员外进来了,

"闺女,今天来的六位公子,仪表堂堂,才华横溢,爹爹看了很是满意,不知道你有没有相中的?"

桃花自顾自地躺在床上,看着帷帐发呆。

"闺女,你这是怎么了?"员外走近问,"大白天发什么呆?"

桃花这才回过神来,忙从床上坐起,说:"父亲,这六位公子都很好,可是都不能令我心悦。"

"这是何意?你嫌他们不够好?"

"不是,不是,"桃花忙摆摆手说,"您就我这么一个女儿,我还是陪在您身边照顾您吧,女儿不想嫁人了。"

"男大当婚,女大当嫁。哪有不嫁人的道理?难不成,你有意中人了?"老员外说到这,自己都惊讶了,"可是,你哪有机会去接触意中人?"

老员外转念一想,立刻怒喊道:"杏儿快说,小姐这几日可曾出过

门？从实招来，不然家法伺候！"

桃花赶忙解释："父亲，真的没有，我哪里出得去，我们两个终日在家里玩耍，做女红。"桃花一边劝父亲，一边给跪着的杏儿使眼色让她出去。杏儿也机灵，看到小姐掩护自己就赶忙跑出去了。

老员外在女儿的劝说下，情绪平复了些。他语重心长地对女儿讲："闺女，你年纪不小了，你娘走得早，爹一个人把你拉扯大不容易，爹希望你找个好婆家，以后好好生活。虽然爹舍不得你嫁人走了，剩下我一个人孤零零的，但是爹不想为了自己而耽误你的幸福。"老员外说的一把鼻涕一把泪。

桃花听了，差点落泪，劝说道："父亲看中了哪位公子，我就同意哪位，可好？父亲别难过了。"老员外见女儿回心转意，立刻破涕为笑说："这才是我的乖女儿。"

顽石很多天没见到桃花，觉得可能有事发生，就根据记忆中桃花回家的路线，找去桃花家里了。他很聪明，在夜幕降临时才悄悄潜入村中，然后，从各家屋顶和墙垣上攀爬到桃花家的屋顶，他听到了老员外跟管家的对话。

老员外说："明天就通知苏公子来下聘礼，再请村里的神算子，择吉日给桃花把婚事办了。"

管家说："好的，老爷，明天一早我就去办。"

顽石听后，心头一颤，立刻跳跃，去找桃花的屋子。还好屋子不多，只见桃花与丫鬟正在庭院里聊天。

桃花问："怎样才算如意郎君？像苏公子那样，家世显赫，风度翩翩？"

杏儿说："小姐，我觉得只要对你好，其他的都不重要。"

正在此时，顽石在屋顶上动了一下，被桃花发现了，他只好跳到院子里。

桃花问："你偷听我们谈话？"

顽石说："没有，我刚到这里，见你多日不来大树这儿，就寻过来了。"

桃花顿时满脸羞红，说："你快走吧，我过几日就要成亲了。"

顽石看了看桃花，没再说什么，落寞地跳上墙垣就不见了。

杏儿问道："小姐，他是不是喜欢你？那你还嫁人吗？"

桃花羞怯地说:"去去去,你个小丫头,不许乱说话。"

订婚的事情很快就办完了。顽石起初生了几天气,但后来还是念念不忘,又去寻桃花。这回,他看到整个员外府张灯结彩,人来人往,都在筹备明日的婚礼。他在墙外竹林里等到深夜,人们都安睡了,他才蹑手蹑脚,偷偷潜入小姐的房中。

桃花其实没有睡着,听到动静,立刻问道:"是谁?"

顽石回答:"是我。"

桃花听到声音就知道是顽石,她也预料到顽石会来找她,于是,起身点了蜡烛。

桃花坐在桌前无精打采地说:"原本觉得无所谓,但是一想到明天就要嫁给一个素不相识的人,心里总觉得别扭,想跑!"

顽石呆呆地看着桃花说:"不如,不如你随我走吧!我带你去我的山洞里玩几天。"

桃花顿时兴奋起来,看着顽石说:"好啊,只要不结婚,去哪里都好!"

顽石高兴得手舞足蹈,说:"那咱们现在就走吧!"

桃花犹豫道:"今夜不妥,明日卯时,我穿戴整齐,你就坐在我家门前的大石墩上等我,装扮成新郎的样子,戴上帽子,背我离开这里,别人也不会起疑。"

顽石连连点头,没有多想,商议结束,就去桃花所指的不远处的苏公子家偷衣服去了。还好他动作敏捷,没有被发现。

桃花在屋里收拾好逃跑的包袱,然后把包袱藏进被子里就躺下睡了。却不知,这一切都已被自己的父亲看在眼里,听在耳中。

老员外早就私下审讯了丫鬟杏儿。杏儿被逼无奈,如实相告,将小姐与猴子见面的事情抖了出来。老员外就怕结婚前一日女儿有异动,遂派人一直盯着小姐的屋里屋外。发现了猴子,老员外立刻赶来偷听他们的谈话。

老员外本不是坏人,但也不是慈悲菩萨,眼见女儿的婚事要被这泼猴给搅黄了,怎能不生气。为了避免打草惊蛇,他偷听后赶紧回到自己的屋里,心下就有了一计,叫了管家来,耳语了如此这般,管家只管点头。

次日卯时,天还未亮,顽石穿上新郎的衣服,还把尾巴特意藏了起来，学着人走路的样子走到了员外府的门前。四下张望没有人，顽石便撩起衣服往门口石墩上坐了下去。这一坐可不得了，原来那个石墩已被管家烧得滚烫滚烫，还撒了辣椒和盐。顽石坐下后，屁股瞬间被烫开了花，不仅把裤子烫破了，就连屁股上的毛也被烫没了。顽石捂着屁股，叫苦连天。

这时候，老员外跟管家推门而出，老员外笑哈哈地看着猴子捂着屁股蹦跶。然后，放了句狠话："我的女儿岂是你这泼猴能惦记的！赶紧滚回你的山洞去！"

顽石听到此话，顿感万箭穿心。他误以为是桃花跟老员外联手害他，于是，头也不回，捂着屁股，绝望地哀号着跑回了树林。

"这个故事就是讲猴子的屁股为什么是红色的。"王氏说。

她一气呵成讲了如此长的故事，讲到她自己都有种陷进去的感觉。她原以为听着故事，小孙女应该睡着了，没想到，小孙女立刻追问："婆，婆，那后来呢？猴子怎么样了？桃花呢？"

王氏清了清嗓子说："讲了半天，婆口渴了，你帮婆把桌子上的水端过来吧。"海兰听话地爬到炕那头，顺着炕边，爬到了木柜上。然后，小心翼翼端了白瓷茶杯递给奶奶。

王氏喝了水，心想，其实我母亲也只是给我讲到这里，但是这小丫头非要打破砂锅问到底，我就随便编几句吧。

于是，她接着说："后来桃花出门去找顽石的时候，只看到他的父亲站在门口，却不见顽石。等了很久，还不见来，以为顽石言而无信，伤透了心。在父亲的不断催促下，她没再等下去，最后嫁给了苏公子。顽石自打被那石墩烫伤后，就再也没在大树和石山村出现过。若干年后，石山村多了一个叫顽石的孩子，这个孩子就是桃花与苏公子的儿子。真正的顽石已经成了猴群首领，并立下规矩：不准猴群靠近人类，不准猴族与外族通婚。"

王氏顿了顿，说："故事讲完了。"

海兰瞪大了眼睛看着奶奶，显然意犹未尽。王氏接着说："海兰，婆乏了，想睡会儿。"海兰点点头说："婆你睡吧，我回家了，下次还要听您讲故事。"

王氏一边缓缓躺下，一边说："好的，婆下次还给你讲故事。乖，快回家去吧，不然你妈妈找不到你，该着急了。"说完，就盖上薄被子睡下了。

海兰从炕边顺着椅子爬了下来，笨手笨脚地穿好了鞋子，悄悄地走了出去，顺手将卧室门也给奶奶掩上了。然后，回忆着奶奶讲的故事，走回了自己家……

奶奶的故事总是让她既害怕又着迷，仿佛奶奶讲的是一个真实的事，她总会信以为真。因为奶奶讲的是那样声情并茂，有名有姓的。外婆也给她讲故事，不过外婆讲的故事都是发生在人身边的事，并不传奇，却很诡异，故事里都有"鬼"，而她害怕鬼。但她并不那么害怕奶奶故事里的妖怪。大概是因为妖怪能够看到，而鬼魂总是神出鬼没，看不到吧。

不论怎样，海兰更喜欢奶奶讲的故事。虽然她的眼睛看不到，眼皮遮住了眼球，偶尔露出一点眼白，但她每次讲故事的时候，仿佛重获新生一般，那眼神里散发着微弱的光亮，就好像能看到眼前的一切。她深感，奶奶讲的故事总会给她惊喜，而外婆的故事常常充满惊吓。

第十章 火烧眉毛被摸脸

时光飞逝，四季轮转，一九九二年春天，院子里的小树苗长大了。

海兰想去磨性山逛庙会，但是母亲怀孕了，没法带她出去玩。姐姐已经上学前班了，她一个人在家很无聊。于是，六岁的海兰便与她的伙伴刘天虹、孙云飞、梁少峰结伴去了庙会。

靠近戏楼的路上，人山人海，路两边更是摆满了各式各样的小货摊。

海兰四五岁时，也跟母亲来逛庙会，但这次是她长大后第一次脱离大人出来玩。她感到了一丝兴奋和刺激，转而便感到害怕和胆怯。

九岁的刘天虹是他们四个当中年纪最大，个子最高的。她脸如银盘，眼似水杏，目光炯炯有神，鼻子短小，鼻梁不高，嘴唇略小，一年四季红光满面。

人多的地方，海兰就紧紧抓住刘天虹的手。刘天虹感觉到海兰的手心在冒汗，于是，一路小心地牵着她。

孙云飞时而与海兰并肩，时而跟在海兰后面，像只猴子一般活跃。他五官端正，大眼睛，双眼皮，高鼻梁，嘴唇略厚，短发，跟海兰是同族亲戚，年纪相仿，只比海兰小三个月。

七岁的梁少峰，个子与孙云飞一般高，圆脸，五官长得秀气，眼睛不大，嘴唇略薄，鼻子小巧，肤色略黑。他稳稳地与走着，不急不缓。

四个人有说有笑，很快就到了庙会会场。他们随着人流挤到了杂耍处，兴致勃勃地围观一个耍猴的人。只见那猴子穿着一件红色绣花小马甲，戴着一顶绣花小帽，在卖艺人的肩膀和手上跳上跳下，又钻铁圈，又耍猴棍，海兰跟着围观的人一起欢呼喝彩，鼓起掌来。

突然，她感觉到一双冰冷的手贴在了她的脸上。她下意识地仰起头，原以为是刘天虹，结果映入眼帘的是一个长相丑陋的成年男子，像一只大猩猩咧着白色的大龅牙嘴，正冲她猥琐地笑。海兰在那一刻被吓傻了，她不敢喊也不敢叫，只是快速扫了一眼，立刻跑到了刘天虹的身旁，并紧紧抓住了她的胳膊。刘天虹看到神色慌张的海兰，却没有回过神来，还在兴奋地看猴子表演。海兰吓得瑟瑟发抖，她长这么大，头一次被一个陌生男人摸了脸蛋，这种感觉很难受，就像她穿了一件新衣服被人扔了一块泥巴那样难受，甚至比被人打了一巴掌还要难受，她有种"哑巴吃黄连，有苦说不出"的感觉，顿时感到自己的脸变脏了。

她贴着刘天虹站着，一只手从兜里掏出了手帕，将脸擦了又擦。她生怕那个坏人追了过来，然后偷偷侧脸瞄了眼那个人。还好，那个人并没有追过来。

这时，海兰战战兢兢地偷偷观察那个坏人，她要记住那个恶魔的样子，就仿佛她可以像电视剧《封神榜》里的那些神仙一样施法报仇。

那个人个子很矮，与旁边的老太太一边高。颧骨高耸，眼睛圆鼓鼓的，脸色黝黑，戴着一顶绿色鸭舌帽，帽檐歪到了耳边。他双手插在裤兜里，正傻呵呵地看着猴子表演。那表情让她不觉想起了二伯家的云卫哥。

海兰看到那个坏人挪动了脚步,便立刻拉着刘天虹往山上跑去,孙云飞和梁少峰紧跟在后面。回家的路上,她才将此事告诉了他们三人。

"你怎么不早说,你早说,我给他扔块砖头。"孙云飞说。

"那个人是不是四方脸,一脸微笑,穿着破衣烂衫?"刘天虹问。

"是啊,我看了半天,那个人就一直傻呵呵地笑。"海兰边说边用袖子擦脸。

"我知道是谁了,那个人就是山下不知道哪个村的二愣子。"刘天虹说着低下头,因为她也被那个傻子偷袭过,也是在人堆里被摸了脸。

"原来是他,我妈说他经常满村子跑,背个背篓,有时候捡破烂,有时候捡柴火,有时候从别人家的地里捡烂菜叶子。"

海兰心里很难过,第一次离开母亲偷偷出远门,没想到遇到了坏人。回到家,她用香皂把脸洗了一遍又一遍。

直到母亲问她,她才忍不住讲出这件事。

红莲坐在炕上,侧身搂着小女儿,摸着她的头发,安抚了半天,说:"没人知道那个坏人的名字,大家都管他叫"二百五"。因此,二百五成了他的名字。据说他就住在磨性山附近,平日里背个背篓,拿个镰刀,割草喂羊。每逢各村庙会唱戏,他就会出现在各种热闹的地方,比如杂耍处,或者戏台子周围。专好摸女孩子的脸,已经臭名昭著。你以后看见这种人记得躲远点儿。"

"还有,你年纪小,不要到处乱跑,还有两个月左右,你就有一个弟弟或者妹妹了,妈妈现在没法跟你出远门,没法保护你。你要像你姐那样乖乖听话,以后可不能去远处玩,太危险了。你姐现在上学了,不能每天陪你玩,但很快就到九月了,到时候你就跟她一起去上学。"

海兰眼里含着泪,点点头。

之后的几天,海兰只要想起那个场景,就会觉得恶心想吐。她忍不住用手绢将脸擦了又擦。即便如此,她仍然觉得脸脏。被一个陌生男子摸了脸的感觉,让她深感羞耻和愤恨!那种猝不及防被偷袭的感觉,让她气到想把所有东西都砸碎了!虽然只是被人摸了脸,可对于一个六岁的小女孩而言,这已经是极大的冒犯了!

她反复洗脸的时候,想起了坏人笑呵呵的样子,很像堂哥。

记得前不久，十二岁的孙云卫独自在南街上玩耍，用火柴将南街上坑坑洼洼的土路里嵌入的沾满干土的塑料袋点着了。然后，他拿起一根木棍将着火的塑料袋挑了起来，转着圈玩。

大门敞开，海兰看到堂哥在门外玩火，不假思索就想去制止。因为距离不远处是南河滩村的南场，那里堆放着几十个麦草垛和几百捆晒干的玉米秆。一旦引起火灾，后果不堪设想。

"云卫哥，你快放下火棍，这里好多柴火，你这样拿着太危险了。"海兰跑出家门，大喊道。

然而，孙云卫歪着脑袋挑着正在燃烧的塑料袋，远远地竟然朝海兰扔了过来。海兰躲闪不及，被燃烧中的塑料袋击中左侧额头。本能驱使她迅速用手将那塑料袋打飞在地。然而，一块塑料燃烧碎片粘在了她的额头上，瞬间，她就闻到了一股烧焦的味道。

海兰用手一摸，她的左边眉毛和一缕刘海儿被烧焦了，顿时，她感到额头上有种火辣辣的灼热感和疼痛感，她疼得唉哟一声，气不打一处来。云卫哥却歪着脑袋在乐呵呵地看着她傻笑。

"云卫哥，这样很危险你知不知道，把我眉毛都烧了！"海兰手捂额头，生气地大声喊道。

孙云卫只是笑，并没有说话。他紧接着蹲到地上，继续点燃塑料袋，然后用木棍挑起来，再次朝海兰追过来。海兰捂着脸，惊叫着飞也似的跑回家，关上大门，拉上木门闩，又拿了一根木头顶住了门。孙云卫在门外笑呵呵地说："耍呢，没事，开门！"

那一刻，堂哥在海兰眼中如怪兽一般。那种惊恐，让她难以忘却！

她关了门就飞奔到哥哥屋里，一下午都没敢出门……

洗完脸，她站在镜子前看着自己，黑色的短发，红扑扑又圆嘟嘟的脸庞，眼睛不大，嘴唇小巧，鼻头圆圆。她摸了摸眉毛，被烧过的地方并没有完全恢复，左右眉毛明显不对称，而额头上被烫伤的地方，还是肉红色的。

原本这一天是她六岁生日，她不想家里冷冷清清的，想高高兴兴、热热闹闹地过个生日，却没想到赶庙会还能遇到危险。

第十一章 幼姐为弟洗尿布

　　孙友成看了看挂在炕头墙壁上的挂历，想到大儿子海峰已经十四岁了，不由地叹息一声。海峰每日在家，或坐或卧，腿已经萎缩到无法正常走路了。对于传宗接代这件事，孙友成看得比谁都重。因此，自从知道大儿子的腿无法医治后，他心如死灰。对于红莲腹中的孩子是男是女，他已不抱多少希望。

　　然而，人生往往出乎意料。五月传来喜讯，红莲终于生了儿子！孙友成多年求子终如愿，他惊喜不已，骑着自行车一路狂奔到平阳医院门口。锁好自行车，他迟疑了几秒，转身去了医院外的商店。进门就看到女店员正嗑着瓜子在听收音机里播放的《凡人歌》：

你我皆凡人，生在人世间
终日奔波苦，一刻不得闲
既然不是仙，难免有杂念
…………

　　孙友成听着歌曲，觉得歌词写得真好。或许是因为人逢喜事精神爽，此刻听什么都觉得好听。他挑都没挑，直接让女店员拿了一条最贵最好的红色花朵儿童毛绒毯，然后喜气洋洋地拿进了病房，给他的小儿子裹上了。

　　海兰和海珍跟着母亲提前两天到的医院。她们站在床前，看着父母眉开眼笑的样子也跟着高兴起来。红莲心想，这么多年，难得看到丈夫这样开心。

　　刘春花看到小外孙出生也喜出望外，心想她的女儿总算得偿所愿，以后不必再被人笑话了。待了半晌，孙友成又去买了很多补品给红莲，还往红莲兜里塞了一沓钱，然后就带着大女儿回家了，因为海珍已经上学前班了，不能耽误上课。临走前，孙友成说明天再来看望他们。

海兰长大了，可以帮忙干些杂活，于是，主动留下来照顾母亲和弟弟。

孙友成骑着他的飞鸽牌自行车，载着大女儿海珍回家了。

海兰站在医院门口，看着姐姐坐到自行车上，好生羡慕，却也只能羡慕，父亲买了自行车后，似乎还未载过她。她垂头丧气地回到病房，趴在母亲身边，看着毛毯里裹着的弟弟，用手指轻轻地拨弄着弟弟的小手，渐渐地，她被可爱的弟弟逗乐了，忍不住说："弟弟真可爱，我好喜欢他呀！"

红莲摸了摸小女儿的头发，说："喜欢就好，从今天起，你就是小姐姐了，以后要好好照顾你弟弟。"

海兰高兴地说："好的，我会努力照顾好他的。"

在病房住了三天，红莲就搬到母亲的宿舍住了。这回已经不是一楼那个阴暗潮湿的宿舍了，而是搬到了二楼朝南的房间。

一日下午，母亲和弟弟都睡着了，海兰一个人趴在外婆的窗台上，看着遥远的天边，略过近在眼前的医院大院，还有火车站，再往南边眺望，是巍峨的秦岭山脉，它是那样清晰，又那样深沉。再看看西边的太阳，红彤彤的，然后一点一点往下落，没几分钟就消失了，只剩下残红一片。

海兰看着远山发了会儿呆，外婆进来了。

刘春花一进门就说："太阳落山了，这会儿天气不热了，海兰，你去水池那边帮你弟弟洗尿布吧。"海兰爽快地答应了，接过外婆给的一盆尿布，乖乖地去了水龙头那儿。"

医院的水龙头砌在院子中央，靠近厨房和自行车棚，一排有六个水龙头，砌了近两米高的水泥台，水池将近一米高。对于六岁的海兰而言，这无疑是一个高大建筑，快赶上她的身高了。

她端着盆子到了水池边，左看右看，完全看不到可以爬到池子上的把手之类的东西。她想了想，要怎么洗衣服呢？还好这会儿没人。于是，她突然想起了动画片里的一休。她也学着一休，放下盆子，用左右各一根手指在头上画圈，不一会儿，感觉真的开窍了。然后，她在水池附近寻找砖块，没想到还找到了几块。她就在最边上的水龙头池子下垫了几块砖头，然后把脸盆放进水池，接着两手抓住水泥槽边，左脚踩在垫起来的砖头上，右脚伸进水槽，用力翻进了水槽里。

她把外婆留下的搓衣板摆好，蹲在水槽里，就开始洗尿布了。

平生第一次洗尿布，她也不知道要怎么洗。她先往盆里接满了水，把尿布放进去，用手摆一摆，再放到搓衣板上搓几下。她原本以为尿布就是尿布，没想到这堆尿布里还裹着屎，可把她给恶心坏了。

又脏又臭也就罢了，她最担心的是自己洗尿布时被旁人看到。这毕竟是水池，人家都在这里接水、洗脸、刷牙，甚至洗碗、洗衣服，她却在洗尿布，总感觉自己在干坏事，有点做贼心虚的感觉。所以，她低着头快速洗着。但是，医院里的医生、护士、病人、家属都会使用水龙头，怎么可能长时间没有人用。

不一会儿，就来了一个阿姨。她看着一个小孩子蹲在水槽里洗尿布，感到诧异。只要有人开了水龙头，海兰就立刻从水槽里挪到边上，两脚站在水槽边上洗尿布，避免打扰人家洗东西。

就这样，她每天都会爬到水槽里给弟弟洗尿布。一来二去，院子里的人都知道了她是老刘的外孙女海兰。有时候，她感觉很尴尬，因为只有她在洗尿布，而其他五个水龙头前都站满了人，男女老少都有，有的在拿桶接水，有的在洗菜，有的在洗衣服，有的在洗铝饭盒，有的在洗水果。她就感觉很不好意思，不敢抬头，只能低着头认认真真地洗。除了这个水槽，她也不知道哪里还能洗尿布。刘春花对外孙女说："你把脸皮放厚一点，不用管那么多，就在水槽里洗。我每天还在里面洗病人的床单被罩呢，那可全是血，那有啥呢？水槽就是用来洗东西的。"海兰听到外婆的话，这才宽了心，继续洗。

有时候，她洗着洗着，猛一抬头，发现在旁边用水龙头的人都齐刷刷地看着她。当她抬头看他们时，眼光交会的刹那，大家似乎都很尴尬，于是立刻低头，各忙各的。

有时候，会有年老的奶奶问："小姑娘，你给谁洗尿布呢？洗得这么好。"海兰听到人家夸她，脸都红了，不好意思地说："是我弟弟，他刚出生没多久，他长得很可爱。"老奶奶又说："原来是给弟弟洗尿布呢，真是个好姐姐。"

有时候，会有大叔过来，一边给烧水壶接水，一边观察洗尿布的海兰，然后喃喃自语地说："这个小姑娘不简单，长大以后肯定有出息。"

有时候，会有外婆的女同事，穿着白大褂走过来洗手，看着正在专心洗尿布的海兰就会问："小姑娘，你就是老刘的外孙女吧？"海兰抬头看看这个大夫，说："是的。"心想，她怎么知道的？原来他们都管外婆叫老刘呢，真有意思。

有时候，她洗得太认真，一抬头就磕到了水龙头上；有时候，别人来拧水龙头，她没来得及躲闪，就被溅湿了衣裤；有时候，用水龙头的人太多，排起队来，她就不得不蹲到水槽一掌见宽的槽边上，让开地方，让人家先接水。

刘春花的女同事李大夫与红莲是同龄人，有一次，她带着六岁的儿子高攀来水槽边接水，看到了海兰。李大夫仔细打量海兰，又看了看自己的儿子，脸上露出了笑容。

她私下对刘春花说："老刘，我看你的外孙女天天洗尿布，洗得那么认真，那么小却这么懂事，还挺喜欢这个小丫头的。要不考虑考虑，跟我儿子定个娃娃亲？"

刘春花听了，先是一愣，随后笑着说："别开玩笑了，李大夫，您的公子长大后，哪里会看得上我孙女呢。这话又说回来，孩子都还小呢，以后看他们的缘分吧。"

李大夫苦笑了一声，说："老刘，你真是抬举我儿子了。好吧，儿孙自有儿孙福，以后看他们的缘分吧。"

从此以后，李大夫便把两个儿子不穿的衣服给了刘春花的两个外孙女穿。李大夫为人心善，也知道老刘的闺女红莲嫁的男人不争气，家里比较穷，所以常拿闲置衣物接济刘春花的闺女，也算是行善积德了。

红莲产后在母亲的宿舍住了半个月，因为回家也没人照顾她。孙友成每天都要去制镜厂上班，早出晚归。她一个人也照顾不了孩子和自己。

海兰就在医院陪着母亲和弟弟，洗了半个月的尿布。也因此，整个医院，没有不认识她的。在人们眼里，她就是给弟弟洗尿布的小女孩。

对海兰来说，最艰难的其实不是洗尿布，而是上厕所和倒垃圾。

自从医院的厕所围墙被推倒后，原本独属医院的厕所变成了整个平阳镇的公共厕所，因而，免费厕所也成了收费厕所。收费倒是其次，医院的人都不用收费。那收费的大叔大婶也颇为眼尖，医院的大夫他们几乎都记住了，医院的家属也只需打个招呼即可通行。这些都是其次，最要命的是厕所卫生。

医院的厕所是旱厕蹲坑,那坑口距离地面约莫两米高,并且还很宽。一到夏天,那气味简直能熏死人。夜里只有一只灯泡挂在坑上方的木棚梁上。出了厕所门,往医院宿舍走去,一路都是黑暗笼罩。若是一个人去,必然会感觉到害怕,而海兰不得不来倒尿盆,或者扔垃圾。

每回夜里去厕所,成了海兰的心头病。外婆有时候会陪着她,有时候嫌烦,就说你自己去吧,这么大个人了,怕啥!外婆理解不了一个六岁的小女孩对于黑暗的恐惧,而母亲虚弱无比,躺在床上,还要照顾弟弟。她只能一次次挑战自己的心理极限,闻着奇臭无比的气味,看着肮脏不堪的厕所,抵御令人毛骨悚然的黑暗!

半个月后的清晨,天气还算清凉。孙友成带着大女儿海珍,拉着架子车来到医院,打算接红莲和孩子们回家。

在医院宿舍门口东侧,卖音响磁带的小货摊正在播放小虎队演唱的《爱》:

向天空大声地呼唤说声我爱你
向那流浪的白云说声我想你
让那天空听得见
让那白云看得见
谁也擦不掉我们许下的诺言
…………

孙友成哼着歌曲,心情愉快地走到二楼丈母娘的宿舍,说明来意后,刘春花并不挽留,还抱怨女婿说:"你终于想起来接她娘俩回家了?你这个没良心的短寿,我真是瞎了眼才把闺女嫁给你,孩子出生都半个月了,你才想着来接回去?你早干啥去了?"

孙友成知道自己不会照顾产妇也不想那么麻烦,所以才让红莲在丈母娘处住这么久。他还是嘿嘿一笑,说:"娃都要了四个了,还说啥后悔呢?你是红莲她亲娘,能照顾得好,我一个大老粗,又不会照顾人。"

刘春花也知道女儿回去只有吃苦的份,心下却还是愤愤不平,执意要骂两句出出气。

红莲没有说话，她有了儿子，心里高兴无比。这么多年，生了一个又一个。遭了多大的罪，只有她自己知道。为了给孙家传宗接代，她拼了命地生，如今终于心满意足。

红莲深知，母亲和孙友成之间的争执和斗争已经延续了数十年，战火不会熄灭，只会持续。母亲看不起她的丈夫，嫌弃他又穷又懒，太窝囊。而她又能怎样？嫁鸡随鸡，嫁狗随狗，她只能忍气吞声，凑合过日子。她也不怪母亲，如果这是她的穷命、苦命，她南红莲认了！

简单收拾行李后，孙友成抱着小儿子高兴地笑着往外走。刘春花把自己平日里洗衣服时戴的小白帽给女儿戴上了。虽是夏天，但生怕女儿受了凉。她扶着女儿，慢慢地走出了医院的宿舍楼。海兰拎着大包小包的衣服和洗漱用品跟在后面。

海珍扶着架子车站在宿舍门一侧。车里铺了一层厚厚的干麦草，麦草上又铺了褥子，褥子上还放了一床补丁摞补丁的牡丹花图案的红色被子和一个荞麦枕头。孙友成把孩子交到丈母娘手里，他亲自扶着架子车。海珍扶着母亲在架子车里躺好，刘春花把小外孙放进女儿怀里，盖上了被子。海兰和海珍一左一右，跟在架子车旁。孙友成把架子车的攀带往肩膀上斜着一挂，两手抓住车把，往回走去。

红莲躺在车中，抬起头跟母亲摆摆手，说："娘，我们回去了。"海兰和海珍也礼貌地跟外婆挥挥手，异口同声说："婆，我们回家了，您回去吧。"

刘春花看着架子车里戴着白帽子、脸色蜡黄的女儿，心里有种说不出的愧疚和难过。她这辈子最后悔的事就是亲手将自己最爱的女儿推进了"火坑"！

从平阳医院回家的路，是用石头和煤渣铺成的。五米见宽，没有多少人和车。遇到上坡路，海兰和海珍使劲从旁推着；遇到下坡路，孙友成就让两个女儿坐在车子的左右木框上，顺一段路。红莲抱着小儿子在这颠簸的路上，迷迷糊糊地睡着了。还好小儿子听话，一路都很乖，没有哭闹。一家人就这样开开心心地回了家。

在医院里的日子，红莲产后恢复得还算好，但仍气血不足，蹲下再站起来就会感觉头晕目眩。小儿子出生时的分量虽然没有海兰重，过程却十分痛苦。都说"怀闺女养人，怀儿子败人"，老话说的一点儿没错。生完小儿子，她的脸颊上出现了大片雀斑，连法令纹都变得明显了。

第十二章 抗洪救灾显英豪

自从小儿子出生后，孙友成心情大悦。他每天从制镜厂下班后，便会买各种好吃的给儿子和女儿。小儿子每天除了吃奶就是睡觉，一整天几乎都在睡觉，玩耍的时间很少，又因为长得像熊猫一样可爱，所以，孙友成就给小儿子取名叫海熊，熊猫的"熊"，大名叫孙海熊。这个名字很特别，方圆数百里可以说是独一无二，孙友成对自己给孩子们取的名字很满意。

六月，关中地区暴雨连绵，暴雨持续一周后，村子南边的渭河水势大涨，黄沙般浑浊的河水一涨再涨。沿岸几百公里的百姓看大堤快守不住了，上面派下来的抗洪救灾的物资也不够用了，于是，沿河北岸的村子里，各村村主任陆续发动村民参与抗洪抢险。每家拿出所有空闲的化肥袋，装了沙土，运往河堤，协助市里派下来的解放军一起抗洪。

为了防止洪水越过渭河大堤，冲毁村庄，村里的男人们在靠近村子两公里的河堤埂上，用沙袋堆砌了一条长长的堤坝，这是最后的防线。如果还是顶不住，那么全村都得火速撤离了。

市长、县长、乡长等领导，这几天都冲在渭河堤岸的抗洪一线指挥作战。村主任和各村民小组组长则守在河堤埂上，全力指挥村民装沙袋加固堤坝。

在渭河大堤跟河堤埂之间，还有一大片农田，也叫南滩地，主要种植蔬菜、瓜果。暴雨连续多日后，许多瓜果被打落在地，还有被水浸泡而腐烂的，损失惨重。

瓢泼大雨下，抗洪人员穿的衣服和雨鞋全都湿透了。虽是六月，但下了一周的雨,天气凉如秋。即便如此也没有人懈怠,大家仍旧紧张而忙碌地抗洪抢险。两道防护堤旁,男人们空前团结地装运沙袋,堆砌沙袋,加固河堤。

值得庆幸的是,在村子与渭河大堤的中间,有一条小河,被称为"小南河"。小河边上就是河堤埂,也叫小河堤。不知道是自然形成的,还是为了防止渭河泛滥而专门挖凿的。历史悠久,无从考证。

孙友成在垒砌堤坝时,一直暗暗佩服建村的老祖宗。这条小南河虽然只有两三米宽,但是低于旁边的农田两三米,可以起到一定的泄洪作用,将田里的一部分洪水纳入河中。而小南河紧邻小河堤,小河堤又高出农田两三米,如此一低一高的水利建设,在平日里除了洗衣放羊,似乎无甚用处,但在这个紧要关头,却真正体现了它们的价值。

目下,按照南河滩村村组长孙保良的指挥,大家只需将小河堤加高加厚就可以事半功倍。于是,孙友成大胆猜测,这条小南河就是人工挖凿的。挖河的泥沙堆成了旁边的小河堤。这就等于建在渭河边不远处的南河滩村,有两道堤坝守护。

男人们几天几夜轮流守堤。女人们在家做饭带孩子,顺便收拾一些重要物件,装好包袱,做好随时逃难的准备。

在暴雨连绵的第八天夜里,村里有人报信,洪水已经越过渭河大堤,快要到小河堤了。村组长孙保良对着筑堤的男人们说:"全体撤退!所有人火速回到家中,带着妻儿老小往铁路以北撤退!"

不一会儿,村子广播站的大喇叭里发出了通知:"请全体村民紧急撤退到铁路以北。洪水已经越过渭河大堤,快要进村了!请大家抓紧时间撤退!请大家抓紧时间撤退!请大家抓紧时间撤退!"

女人们等到各自的男人回到家中后,都抓了包袱,一家人往北跑去。孙友成家在村子最南边,如果洪水来袭,第一个被冲毁的恐怕就是他们南街上的这一排人家,包括他家。当他听到村组长说撤退的口令后,立刻扛了铁锹,踩着烂泥,在暴雨中往回狂奔。

到了家里,一看海峰屋子外的屋檐都已开始漏雨了。屋里,红莲抱着熟睡中的小儿子海熊,两个女儿也都红着眼睛坐在炕边。他进屋一手抓起两个包袱,然后一手抓起柜子上的一串钥匙,紧张而又坚定地说:"咱们快走，洪水马上就来了！"

红莲让大女儿海珍锁了门，然后各自戴上了草帽，孙友成进了海峰的屋里，把大儿子背到背上。之后，一家六口慌慌张张地出了门。

这时候雨小了些，没有路灯也没有星光，前路一片漆黑。海兰和海珍牵着手走在最前面，各自背了一个小包袱。海兰打着手电筒为大家照亮。

孙友成背着海峰边走边说："咱们往北一直走，去制镜厂里我的宿舍暂时避一避，那是三层楼，问题不大。"

红莲抱着小儿子紧跟在孙友成后面。泥泞的路上，又湿又滑，一家六口人，艰难地往前走着……

红莲看着走在前面的丈夫、儿子和女儿，再看看怀抱里的小儿子，一家人在这漆黑无比的夜里，仅靠着一个手电筒打出的亮光，才隐约看得到彼此。那一刻，时间仿佛静止。或许，洪水将吞噬一切，而这一家人，也将被淹没其中；或许，还有活下去的希望。无论怎样，只要一家人在一起，在她看来就知足了。生或死，都已不重要……

就在他们往杨沟村走的途中，看到了许多村民站在路边，打着手电筒，议论纷纷。有人说铁路以北有亲戚的人早已去投靠，没有亲戚的无处投靠，不知道要去哪里。

这时候，孙友成的心里顿时升腾起一股力量，一种责任感。用曾经当兵时那种保家卫国的奋发意气，他大声喊道："大家跟我走，去我们制镜厂的宿舍避一避。"

就这样，在漆黑的夜里，许多村民跟着孙友成往北走去。只有村组长孙保良一人还在村里的广播室反反复复地喊着："洪水来了，请大家快速撤离！"他不知道的是，在他广播后十五分钟左右，整个村子几乎都走空了。在生死面前，这是人的本能。然而，总有例外，正面的比如村组长孙保良，反面的比如梁守财，仍旧搭了梯子站在房顶上，拿着手电筒举目远眺，观察洪水动向，守着一匣子的钱不忍离去。

在孙友成的带领下，村民们陆续抵达了制镜厂宿舍三楼。孙友成的宿舍很小，只有二十平方米，两张硬板床。他让跟过来的妇女儿童待在房子里，年纪小的睡在床上，年纪大的铺点报纸坐在地上，男人们则安排在门外的走廊里，或坐或卧。

宿舍门开着，十五瓦灯泡照着，昏暗的走廊里挤满了人。然而没几分钟，停电了，大家不约而同叹了口气。孙友成跑下楼，找看门的大爷借了两根蜡烛点上，然后站在宿舍走廊的尽头，看着窗外的电闪雷鸣。他在担心，洪水会不会冲毁整个村庄？村组长孙保良是否已经安全撤退？还好父母早已由四弟带去了王庄村的舅舅家，想到这里，友成如释重负。

深夜，红莲看着满宿舍的人，已没有了恐慌。孩子们比想象中坚强，他们没有哭闹，而是很听话地跟着、跑着。小儿子虽然刚过满月，却也懂事地没有哭闹。

为了安抚大家的情绪，孙友成打开了自己值班时用的海鸥牌收音机，调到了中央人民广播电台，刚好是《今晚八点半》节目，正在播放歌曲《让世界充满爱》：

轻轻地捧着你的脸，为你把眼泪擦干。
这颗心永远属于你，告诉我不再孤单。
深深地凝望你的眼，不需要更多的语言。
紧紧地握住你的手，这温暖依旧未改变。
我们同欢乐，我们同忍受，我们怀着同样的期待。
我们同风雨，我们共追求，我们珍存同一样的爱
…………

在一首充满爱的歌声中，小孩儿们不知不觉睡着了。夜很静，看着大人们脸上平静的表情，红莲关上了收音机，她的心里有些骄傲。在大难临头之际，自己的丈夫能挺身而出，帮助其他村民，还拿出宿舍给大家充当避难所。这件事情，足以让她对丈夫刮目相看。

次日天亮，雨停了。孙友成几乎一宿未合眼，一晚上都在盯梢，生怕洪水越过铁路。

男人们纷纷起来，回村去看情况。他们发现洪水已经逐渐退去，只是小河堤到渭河大堤之间的农田被淹没了。村组长孙保良在广播里通知大家："天气预报说未来三天都是晴天，大家可以暂回家中休整。"于是，男人们跑去制镜厂接回了家眷。

十多年不遇的洪水，随着阳光普照，渐渐退去。村组长孙保良带领南河滩村的村民们将淹没的农田全部清理了一遍淤泥和漂浮物，帮助村民们尽快恢复了正常生产和生活。

经历了抗洪救灾，村民们变得更加团结了，见面打招呼也比往日更热情。因为一起经历了生死，感情变得更深厚了。

孙保良在这次抗洪救灾中充分发挥了一名党员的先锋模范作用，得到了上级表彰，也受到了村民们的好评和爱戴。

第十三章 三孩大战黄鼠狼

时间过得很快，八月桂花遍地开时，海兰已经期待着九月上学前班的事情了，因为在家里待着没意思。

一日午后，知了声声叫着，村子里很安静。海兰又去四合院里找奶奶听故事去了。这会儿爷爷在城门洞下棋，不在屋里。奶奶靠墙坐在凉席上，扇着扇子。因为土炕盘得高，海兰依旧脱了鞋子，顺着椅子爬到了炕上。

奶奶照例从席子后面拿出来一块冰糖给她。她吃着冰糖，竖起耳朵听奶奶讲故事。

奶奶说："婆今天给你讲黄鼠狼的故事。"

很久很久以前，在秦岭大山里面，有一户人家生了三个儿子。大儿子六岁，叫天官；二儿子五岁，叫门官；三儿子四岁，叫环环。孩子的父亲去茶马古道做生意了，妇人独自照顾三个儿子。

一日，妇人要去镇上赶集。临走前，妇人嘱咐三个孩子："你们在家里好好待着，我走以后，你们把门锁上。谁叫门都不许开，等我喊：'天官门官，又叫环环，赶紧给娘把门开开吧。'你们再开门。"三个孩子乖顺地点点头。

因为山路不好走，妇人一时迷路，回来时天色已晚。三个孩子已经把家里能吃的都吃完了，正在屋里打闹，忽听到门外有人喊："天官门官又叫环环，赶紧给娘把门开开吧。"天官年纪最大，跑出房门，走到大门口，仔细听了一遍，是自己的娘。于是，他开了门。孩子们见到娘亲回来了，高兴得不得了。

就在此时，屋顶上一只饿得皮包骨头的黄鼠狼偷偷地笑了，因为它目睹了这一幕。

过了许多日，家里柴米油盐不多了，妇人又要出门去赶集。三个孩子还是锁了门在家待着。等到天黑，三个孩子焦急地等着娘亲回家。等了很久，终于听到门口有人喊："天官门官又叫环环，赶紧给娘把门开开吧。"

仍旧是天官最先跑出去，站在门口仔细听了一遍，是娘亲的声音，他赶紧开了门，看到娘亲头上包着头巾，问："娘，你怎么了，为什么包着头巾呢？"妇人说："娘今天头疼，怕风吹得着凉了，就包着头巾。娘买了很多好吃的给你们，快来吃东西吧。"

一进门，妇人就把蜡烛吹灭了。三个孩子诧异地问："娘，娘，为什么要吹灭蜡烛呢？"

妇人说："娘今天眼睛疼，蜡烛的光太刺眼了。"

门官问："娘，娘，那我们怎么吃水果？"

妇人说："没蜡烛也能吃的，你们一人一个苹果，吃完了就赶紧睡吧。娘今天太累了，明天再给你们吃其他好吃的。"

三个孩子很听话，坐在炕上吃完了苹果。

妇人说："今晚环环挨着娘睡吧，环环最小。你们两个睡炕那头，这样睡得松快。"

孩子们吃完东西困了，娘说咋办就咋办。孩子们按照妇人的指示，睡下了。

睡到半夜，大儿子天官被咯吱咯吱的声音吵醒了，他仔细听了听，好像是炕那头的声音。他就问："娘，娘，大半夜，你在吃什么？吃得那么香？"

妇人说："娘饿了，就起来拿了根红萝卜吃呢，你快睡吧。"

天官听到娘的回复后迷迷糊糊睡着了。睡了不知道多久，天官又被咯吱咯吱的声音吵醒了。

这回妇人说:"门官,门官,你来娘跟前睡,娘好久没有抱着你睡了。"

天官把门官叫醒,门官就闭着眼睛迷迷糊糊地钻进娘的被窝里去了。这回天官睡不着了,好奇娘在大半夜咯吱咯吱的吃什么呢。他睁大了眼睛,偷偷地往炕那头瞅。

这时,窗外月光皎洁,照进了屋里。他被眼前的一切吓坏了,差点喊出了声。他看到一只围着头巾、露着狼面的东西,在炕那头吃他的弟弟。他的胃里瞬间恶心得险些吐出来。他使劲捂住自己的嘴,竭尽全力让自己冷静下来。然后,他对炕那头的"妇人"说:"娘,娘,我想尿尿。"

"妇人"说:"尿炕上吧!"

天官说:"炕尿湿了没法睡觉。"

"妇人"又说:"尿地上吧!"

天官说:"尿地上太臭。"

"妇人"只好说:"那你出去尿吧,尿完赶紧回来,别着凉了。"

天官温顺地回了句:"好的,娘。"

说完就快速从炕上溜下去,逃出了门外。他蹑手蹑脚地走到大门口,轻轻地打开门闩,鞋子都没穿,一溜烟向门外狂奔而去……

屋子里,当"妇人"正在琢磨天官怎么还没回来时,屋外,天官举着火把,带了十几个村民将屋子团团围住。村主任带了几个壮汉冲进屋内,"妇人"见状,摘掉头巾,窜出窗户,却不料一头扎进了渔网里。

这时,黄鼠狼终于现形了。

原来,黄鼠狼已经盯了这母子四人好多日。据说,大山深处的黄鼠狼会学人说话,有的还会幻化成人形,但需要人皮做掩护。黄鼠狼先是在路上吃了妇人,然后披上妇人的皮,再来吃三个小孩。它把两个年纪最小的孩子都吃掉了,却没想到被年纪最大的孩子发现了。

海兰听到这里的时候,又是恶心又是害怕。

王氏说:"听完这个故事,你要记得,以后不要随便给陌生人开门。"

海兰说:"记住了,婆。"

故事刚讲完,海兰吓得缩到奶奶身后,屋里静得出奇。就在这时,海兰的堂姐丽梅推门而入,顿时把婆孙二人吓得惊叫起来。

丽梅是王氏的四子孙友怀的大女儿，比海兰年长四岁。虽只有十岁，却个子高挑，标准的国字脸，长着一双水汪汪的大眼睛，鼻梁高挺，十分漂亮，也很聪明。

王氏说："丽梅，你陪妹妹玩会儿吧，婆乏了，想睡会儿。"

丽梅回答："好的，婆，您睡会儿吧，我陪妹妹玩。"说完就拉着海兰的手坐在炕边。

丽梅问海兰："九月份，你是不是要上学了？"

"是的，丽梅姐，上学是不是很好玩？"

"还好吧，对了，你有文具盒吗？"

海兰诧异地问："什么是文具盒？"

丽梅走出屋外，不一会儿，拿进来一个铁盒子，已经有点生锈发旧。

"就是这个。"她打开盒子给海兰看，"这里面是用来放铅笔、橡皮的。"

"哦，原来如此，可惜，我没有这个东西。"

"没事，我刚买了一个新的，这个给你吧。"

海兰简直不敢相信自己的耳朵，丽梅姐说要送给自己一个文具盒。

"真的假的？"海兰惊讶地问。

"当然是真的，我还有一个，这个给你。"丽梅爽快地递过去。

海兰激动地接过文具盒，感动地都快落泪了。这好像是她人生中第一次收到别人赠送的东西，虽然是旧的，但于她而言，如获至宝。

跟丽梅姐告别后，海兰怀揣着文具盒欢天喜地跑回家了。对于一个稚气未脱的孩子而言，一件小小的礼物便是大大的恩赐。对于懂得感恩的人而言，莫不如是。

第十四章 夏日会友打四角

奶奶身体不大好，海兰也不好意思频频过去打扰她休息。九月就要去上学，和小伙伴们自由自在玩耍的日子不多了，她想趁着未上学的时候，尽情玩耍。

五月槐花香的日子早已过去。吃过了洋槐饭，终于到了可以吃西红柿和黄瓜的时令，那是夏日里最可口的蔬菜，海兰觉得这两样东西更像是她的零食。

她想让父亲每年都种些黄瓜、西红柿，可父亲觉得田地那么宝贵，应该用来种粮食，吃饭才是首要的，蔬菜可有可无。所以，他并没有腾出一整块地来种蔬菜，海兰的希望在这一年又落空了。

烈日当空，晒得空气仿佛都静止了。晌午饭后，一家人都在午休，只有海兰在院子里的大泡桐树下，独自打着四角。

所谓"四角"，就是小孩们自制的一种正方形手工折纸玩具。男孩们几乎都喜欢打四角，因为制作简单，不用花钱，只需两张长方形的纸，可以是作业本，也可以是撕下来的旧书页，各自对折，然后交叉成"十"字状；以中间重叠的正方形为界边，再将纸的四个边缘部分折成三角形，三角形的朝向要一致，再将每个三角形依次向内折叠，一个压一个，就像折纸箱底部那样，把最后一个三角形塞进纸缝里，就做成了一个"四角"。

这四四方方的四角，正面看是两条对角线，反面看是完整的正方形。因为纸张的不同厚度而有了薄厚、轻重之分。有的素淡，有的花里胡哨。有人作弊时，便将牛皮纸或铁片之类塞进四角的最里层，表面看不出来。这样打四角时，对方扇不动，但作弊者就能轻易地将对方的四角打翻，从而赢得比赛。

正在海兰无聊的时候，听到有人敲门。她快速跑到门口看了看，是孙云飞，他们家就住在海兰家正对面。

"你在干什么呢？"孙云飞问。

海兰边拉门闩边说："打四角呢。"

"你一个人打四角？"孙云飞惊讶地问。

"对啊，不可以吗？"海兰反问。

"一起打吧？"孙云飞看着海兰说。

"好啊！"想到家人都在午休，海兰补充说，"咱们去门外吧。"

"行啊，你说了算。"孙云飞爽快地答应了。

于是，海兰从窗台上拿了五个大小不一的四角出了门。孙云飞则跑回家拿了一摞又脏又旧的四角出来。他们就在家门口的洋槐树下打起了四角。虽然地面是坑洼不平的土路，但对打四角的人而言，这是最理想的地形了，容易赢也容易输。地面越是平滑，越难分出胜负。有时候，打了半天，胳膊都酸疼了，还分不出胜负来。

海兰和孙云飞用石头剪刀布决出打四角的先后次序。孙云飞输了，心甘情愿地把他那个又大又厚的牛皮纸折的大四角放到了地上。他放的时候，在地面上走来走去，看了半天地形，最后找了个相对平整的地方放了下去，并且用手压了压。

"你可真够贼的！"海兰忍不住说。

"什么呀，大家不都这么干吗？"孙云飞嬉笑着说。

他心里正打着如意算盘，要用这个大四角，把海兰的四角全赢到手里。海兰还不知道他已在四角里做了手脚。为了增加四角的重量，他在四角的"芯"里，偷偷放了一块硬背纸。

海兰毫不知情，只看到孙云飞放在地上的这个四角形状比自己手里的这一堆都要大，有些忧心忡忡。不过，她才不怕，打四角凭的是技术，靠的是运气，可不是以大小论胜负的。

她拿着手里最大的四角，绕着地上的那个大四角，转了一圈又一圈。她在观察从哪个角度打过去，可以将地上的"庞然大物"掀翻。

"快点啊，别转了。"孙云飞忍不住催促。

话音刚落，海兰高高扬起手中的四角，然后倾斜着身体，将她的四角斜着打到了孙云飞的四角上。没想到那"庞然大物"好似被风吹了一下而已，只是微微动了一下，而海兰的四角却像一只兔子撞到了树上，斜躺到了旁边。

孙云飞看到，心里乐开了花，大声说："看我的！"

说着，他捡起自己的那个四角，转着圈，观察了一个角度，然后斜着砸了过去，海兰的四角立刻被打翻。孙云飞高兴得手舞足蹈，赶紧将海兰的四角收入囊中。

海兰有些失落，指着孙云飞说："这不公平，你拿那么大的四角跟我的打，你也拿小的。"

孙云飞笑着说:"这有啥不公平的,你有大的也可以拿出来啊!"

"哼!"海兰有些生气,原本想着能以小博大,没料到,开局就这么轻易输掉了。

正当他们要开始第二场比试的时候,梁少峰来了。他家住在孙云飞家的西隔壁,与海兰家斜对门。

梁少峰问:"你们打四角呢?"

"是啊,你也一起玩吧。"海兰输了,一边说,一边用手把四角的四个角弄了个折痕,然后把四角放在地上,那折痕仿佛把四角扣在了地上。

"来吧,一起打啊!"孙云飞也殷勤地邀请他。

梁少峰摸了摸口袋,刚好有两个四角,于是开心地加入比试中。

孙云飞再次用他的大四角打海兰的四角。不料,这次没有翻动,反而有一边趴在了海兰的四角上。这可给了梁少峰一个绝好的机会。他拿出自己的一个"常胜将军",就好像一个人拿出一只战无不胜的"蛐蛐"那般。他将那个手掌大小的四角放在嘴边,朝着四角中心吹了吹气,然后倾斜着身子,站远了,边跑边扇了下来。没想到,孙云飞的大四角居然被扇翻了。

三个人不约而同地叫了起来:"啊!"

梁少峰高兴地拾起自己的"战利品",却没想到孙云飞的大四角那么重。他一猜就知道其中有诈,拆开四角,果然里面有东西。

"这是什么?"梁少峰笑着抠出那个硬背纸。

孙云飞有些不好意思地赶紧将自己的四角装进口袋,海兰既惊讶又生气。

"好家伙,原来你使诈呢,怪不得我扇下去,你的四角纹丝不动!"

"又没有人说不能放东西!"孙云飞尴尬地狡辩着。

"给我,快点给我。"海兰追上去索要。

"不给,就不给!"孙云飞边跑边躲。

一个躲,一个抢,好不热闹。海兰将抢到的四角里塞的东西统统给抠了出来。梁少峰站在旁边,就跟看热闹似的。

清理了作弊的东西,海兰这才放下心来。

"来,咱们继续打,我就不信赢不了你!"海兰说着,把粉色衬衫的袖子撸了上去。

"继续吧！"梁少峰说着，便将他的四角用旋转手法扔到了地上。

这回，海兰让孙云飞先打。孙云飞也学梁少峰，站出五米开外，跑了过来，结果一下打过去，打偏了，压根碰都没有碰到梁少峰的四角，三个人不约而同地哈哈大笑起来。

海兰看到孙云飞的四角停在了一处坑洼的地方，那简直就跟白送一样。她瞪大了眼睛，蹲在地上，瞅准了角度，拿着自己的四角从立起的四角背面发力，只轻轻一扇，孙云飞的四角便被掀翻了。海兰开心地跳了起来，立刻将战利品抓在手里。

梁少峰也跟着笑了起来。孙云飞看到四角被赢走，苦笑着说："别高兴得太早，一会儿我就赢回来！"

赢了就可以连打一次。于是，海兰继续找角度，打梁少峰的四角。结果打下去，那四角只是挪了一点点位置而已，并没有要翻动的迹象。

接着，梁少峰发动猛攻。他瞅准了角度，使劲砸了下去，但四角没动静。双方进入僵持战。于是，你一下，我一下，他俩拿着各自的四角，打了十几个回合，但依然没有分出胜负。

海兰耸了耸肩膀，将右胳膊抡圈转了转，说："我胳膊都疼了。"

"我也是啊！"梁少峰说着，也转了转自己的胳膊。

"你俩能不能快点，我看着都累了。"孙云飞已经从站着看变成了蹲着看。

前面几次，海兰都是从侧面打，这次，海兰想换个办法。于是，她拿起四角使劲从正面砸了下去。没料想，这个正面进攻居然生生将那趴着的四角给打翻了。海兰再次欢呼起来："太好啦，我赢了！"

梁少峰看到自己的"常胜将军"被人打翻了，心里有些不爽。孙云飞看到四角原地翻身的时候，边鼓掌边站了起来，说："厉害，厉害！"说完，还竖起了大拇指。

正在此时，突然听到有人大声呵斥："谁家小孩在闹呢？大中午的，还让不让人睡午觉了！要闹去河边闹！"

那声音像是孙云飞的伯母周艳秋。

三个人霎时停止了说话，大气都不敢喘一声，空气仿佛都在那一刻凝结了。

第十五章 瓜地偷菜被母训

屏气凝神了几十秒,海兰用手指压在嘴唇上说:"咱们去河滩玩吧。"于是,大家各自拿着四角,悄悄地向南河滩走去。直到出了村口,三个人才蹦蹦跳跳。

当他们走到南河滩的一片菜地时,看到了一片黄瓜和西红柿。三个人不约而同地放慢了脚步,眼睛不由自主地盯着那带刺的黄瓜和那红润得看起来十分可口的西红柿,垂涎三尺。

原本大家商量着往渭河边去看河景,还没走到渭河边,却被这一畦绿油油的黄瓜和红艳艳的西红柿给"绊倒"了。

孙云飞看看左右两边,梁少峰和海兰似乎也都在咂巴嘴。

"咱们要不要摘些黄瓜和西红柿吃?"他试探性地问了句,然后四下张望,看看有没有人。

"这不是摘吧?是偷。"梁少峰淡定地说。

"你怎么想偷东西了?"海兰义正词严地反问。

"这不是偷,就是吃两个。偷东西是要卖钱的啊,咱们又不拿去卖,就尝尝新鲜。"孙云飞有些不好意思地强词夺理说。

"说的也是啊。"梁少峰一边挠着头发一边说。

"来吧,你们两个不好意思,我可不管,我想吃。"孙云飞一边说着,一边弯腰飞速跑向菜地,路上扭头悄声说,"你们给我放哨啊!"

梁少峰回应道:"知道了,快去快回。"

只见他以迅雷不及掩耳之势,快速摘下了三根黄瓜,从菜地里跑了出来。

梁少峰看到孙云飞这么勇敢,自己有点不好意思了。于是,他迅速跑进菜地,摘了三个西红柿出来。

这时,海兰有点傻眼了,看到两位小伙伴都去摘了瓜果,自己不去,有点不好意思。于是,她左看右看,正当她跃跃欲试想要跑进菜地摘西红柿的时候,忽然传来一个声音:"谁偷我家的菜呢?是谁家小孩?给我站住!"三个小伙伴寻声望去,看到村口处有一个瘦瘦高高的大爷,正快速朝他们跑来。

来不及看清楚是谁,三个人撒腿就跑,跑得比兔子还快。他们穿过田埂,绕着南滩地的田野跑了一大圈。

海兰边跑边回头看,那个大爷还在追,他们只好加速跑。

"咱们跑哪儿去啊?"孙云飞一边跑一边气喘吁吁地问。

"要不跑回家躲着吧?"梁少峰边跑边气喘吁吁地回答。

"回家吧,南滩地这里太容易被发现了,没地方躲。"海兰也气喘吁吁地说,脚下却一刻也不敢松懈,生怕人家追上。

追在后面的人,是邹爱田,年逾五十,瘦瘦高高,胡子拉碴,长方形的脸如同西葫芦似的。他的腿脚不甚灵便,追着这三个小孩跑得上气不接下气。跑一段,他停下来大声喊几句:"兔崽子们,给我站住!看我不抓住你们,打断你们的腿!"

邹爱田在后面边追边骂,海兰他们疯狂地跑着,拼了命地抄近道,从小河堤上的路跑向马王庙前的一条小路,又穿过一堆堆麦草垛,大家默契地四散跑开,一溜烟各自逃回了家。

邹爱田汗流浃背,穷追不舍,终于追到了麦草垛那。他恍惚看到三个孩子跑向了三个地方。其中距离他最近的便是门朝西的那家。他心想,难道是梁望权的小儿子梁少峰?他想进去问问,走到人家门口却突然想起来,梁望权可是村里的领导,俗话说"民不与官争,穷不与富斗",还是算了,看那几个小孩儿也没偷多少东西,但是他要给他们一顿教训。那是他辛辛苦苦,面朝黄土背朝天种出来的蔬菜,本来指望下午摘了去卖钱的,却被这几个小孩儿给糟蹋了。他难过极了,但他还算清醒。

于是,他转身进了南街。他没看仔细,只看到人影进了孙友成和孙得寿家。他猜想,可能是孙云飞和孙海兰,这两个孩子比较淘气。于是,他大步流星朝孙友成家走去。

海兰飞奔回家,关了门,要往厕所那边躲避,正好看到母亲从屋里出来了。

红莲疑惑地问:"你慌慌张张的,干什么呢?"

"一会儿有人来找我,就说我不在家。"海兰话音刚落,只听到外面有人"咣咣咣"地砸门了。

"谁啊?"红莲边问,边向门口走去。

海兰快速窜进后院,躲到了一摞旧砖头后面。看到父亲扛回来的玉米秆还有几捆,她立刻抱起玉米秆,掩住了砖头的侧后方。这样从外面看,前面是砖头,侧面是玉米秆,看不到一堆砖头后面是什么。

红莲开了门,一看是邹爱田,问了句:"叔,你来了?"

邹爱田满脸怒气,二话不说,只管走进屋里四处寻找小偷。

"叔,你在找什么?"红莲假装好奇地跟在他后面问。

"找小偷呢,小偷摘了我家的黄瓜,跑进你们家了!"

"怎么可能,我们家一直关着门呢,没看到有人进来啊。"

"咋啦?"孙友成从屋里走出来,看到了邹爱田,问,"叔,有啥事吗?"

"抓小偷呢!"邹爱田不依不饶,面不改色。

海珍听到外面的动静,也伸伸懒腰,赶紧起床去看热闹。她站在父亲身旁,没敢说话。

邹爱田怒气冲冲,看完厨房看卧室,看完卧室又看柴房,最后朝后院走去。

红莲赶紧说:"叔,你真看错了,没有人进我们家,哪里来的小偷。"

邹爱田才不理会,健步如飞地走到了后院。

红莲假装镇定,紧跟在邹爱田后面。

邹爱田跟搜查队一样,左看看右看看。看到猪圈里的两头猪,正在惊讶地看着他;又看看厕所,没人;再看看砖头堆,也没人。

到底去哪儿了呢?他站在后院看着猪,挠挠头。突然,他的目光转向厕所旁边土墙上的豁口,心想,会不会是从豁口翻出墙外了?

"可恶,可恶的小偷!"邹爱田狠狠地骂着,往地上啐了一口。

友成两手叉腰,站在院子中央没说话。

邹爱田骂完,昂首阔步走出了孙友成家。

"什么人!不问青红皂白就上人家里搜查小偷!"红莲忍不住一边斥责,一边走到门口,将门闩插上了。她听到对面,邹爱田正在孙得寿家盘问。

关了门，红莲往后院走去，只见友成已经在后院数落海兰。

"你是不是偷人家的菜了？"友成恶狠狠地问。

"我没有！"海兰低头说。

"那为什么人家找上门了？"友成依然厉声问道。

"我怎么知道，反正我没偷！"海兰抬起头，看着父亲那毒辣的眼神，早已面红耳赤。

"你丢不丢人，多大的人了，都快上学了，还偷东西！"友成继续批评她。

"我没偷！"海兰辩解着，泪水却忍不住奔涌而出。

"好了，好了，别说孩子了！"红莲赶紧跑过去劝说他。

她搂着海兰，温柔地安慰着："好了，别哭了。"

友成数落完，背着手，气呼呼地出门去了。

海珍看到父亲出门了，赶紧跑过来同母亲一起安慰妹妹。在母亲苦口婆心的劝导下，海兰交代了事情经过。

红莲听完后说："你想吃，就跟妈妈说，我给你买，但是记住，不要跟云飞学坏了。偷东西是不对的，这点你必须记住！"

海兰红着脸，点点头。

第十六章 被拐女孩昔胜今

周末上午，天气晴好，海兰在哥哥屋里看了一集电视剧《青青河边草》，便和小伙伴邹书苗一起去了刘兮兮家玩。

邹书苗中等个头，脸型较长，肤色偏黄，额头较高，头发是深棕色自来卷，有些稀疏。她与海兰同年同月，海兰只比她早出生几天。

刘兮兮家位于东街，走到他们家门口，一座饱经风霜的土门楼矗立在眼前。进门便是过道，左手边紧挨着的两间土房是厨房。正前方映入眼帘的是一棵柿子树，树下是一人高的影壁，上面凿了一个洞，供奉了一尊土地公公的泥塑像。

刘兮兮家虽不是四合院，却也是家大人多。南河滩村的四大家族是孙、刘、邹、梁，其余姓氏没几家，人很少。刘兮兮家便是村里的四大家族——刘氏家族中的一个分支。

刘兮兮的奶奶刘氏，育有两子两女。女儿都出嫁了，两个儿子除了务农之外，农闲时都做些不同的营生。大儿子叫刘乖尔，农闲时跟着建筑队去给人盖房子。小儿子叫刘乖录，农闲时夫妇二人就去邻村、北塬或者很远的地方摆摊套圈圈，一般都是跟着庙会走，唱戏的在哪里搭台子，他们就在哪里摆摊。

两个儿子各自育有一子一女。刘兮兮便是大儿子刘乖尔的女儿，也是孙辈中年纪最大的孩子。因为性格温顺，深得奶奶刘氏的喜欢，但刘氏对大孙女的喜欢中，掺杂了一些怜爱之情。

在刘兮兮五岁时，她的父亲刘乖尔带着她去西安游玩。上厕所时，其父让刘兮兮独自在厕所门口等他。但是，没有料到，等他从厕所出来后，却找不到他的女儿了。

刘乖尔，身高一米八，国字形脸，比较瘦，完美地遗传了母亲刘氏的容貌，长得白净，性格温和。他的女儿刘兮兮，也完美地遗传了他的长相，个子比同龄孩子高，也长得白净，一双水汪汪的大眼睛，看起来十分漂亮。

一个性格温和的人，就在他发现找不到女儿时，顿时如疯了一般，狂喊着孩子的名字："兮兮！兮兮！兮兮！"他找遍了整个男厕所，甚至女厕所，又将厕所周围无数个地方，仔仔细细寻了遍，仍旧没有找到。

一个五岁，已经略微懂事的女孩，不可能自己走丢了。即便自己走的，也走不了多远啊，八成是被人贩子拐走了。于是，走投无路之际，刘乖尔报了警。

他在西安找了很多天，没有音讯，盘缠用完了，只好回老家。回去后，因为丢了女儿，被媳妇又打又骂，闹了很多天。他只埋头痛哭，不做任何反抗。

后来，他们夫妇二人去了西安很多次，甚至去了周边的村落和山区寻找女儿。他们还手写了许多寻人启事，骑着自行车四处张贴，最后还登了报寻找，但都杳无音信。

直到一九九一年，警察把电话打到了村委会，通知刘乖尔去西安接孩子。

夫妻二人欢天喜地买了孩子素日里爱吃的东西还有漂亮衣服赶去了派出所。然而，见到孩子的那一刻，夫妻二人愣住了。他们万万没想到，三年后，他们见到的孩子，已经不再是以前那个活蹦乱跳、聪明可爱的女儿了。除了美貌依旧，站在他们面前的女孩，无精打采，呆若木鸡。

夫妻二人愣了几秒才缓过神来，立刻上去抱住孩子，放声大哭！"兮兮！兮兮！我是妈妈，快叫妈妈！这是爸爸！"刘兮兮突然傻笑了一下，仍旧没有说话，还表现出害怕和躲避的样子。

夫妻二人随即与女警沟通，刘乖尔问："孩子是怎么找到的？"

女警说："她是从一次专项打拐行动中解救出来的。"

刘兮兮的母亲阁玉翠，是一位长相普通，个子不高，却很精干的女人，立刻追问："她现在怎么看起来有点不对劲呢？"

女警看了看夫妇二人，摸了摸孩子的头，叹息一声，说："哎，被拐卖的孩子，解救后基本都这样，身心受过极大的痛苦。回去好好照顾吧，能否恢复到以前，全靠你们了。"说完，女警起身走了。

夫妇二人面面相觑，没再言语，带上孩子就回老家了。一路上，他们紧紧拉着孩子的手，生怕再丢了。

刘兮兮被拐事件曾在全村甚至全县范围内传得沸沸扬扬，以至于许多家长们上厕所时，再也不敢让自己的小孩离开视野。出远门时，女人们也不敢让男人单独带孩子了。

时隔三年，刘兮兮回村的时候，已经是个八岁的小姑娘了。虽然没有欢呼声，但整村的人都早早地围在了刘家的大门口，大家都为刘乖尔感到高兴，终于找回了孩子，实属万幸！

谁也说不清，刘兮兮在被拐卖的三年里受了多少苦，但是看到兮兮如今痴痴傻傻的样子，刘氏着实心疼。那么聪明伶俐的孩子，如今成了这般模样。

所以，在儿子儿媳都出去打工时，刘氏便承担起照顾孙子孙女的重担。

第十七章 悔过自新雪花膏

早晨十点多，海兰和邹书苗走进刘兮兮家的院里时，刘氏在扫院子。

"婆，兮兮在不在？"邹书苗问。

"兮兮还在睡觉。"刘氏慈眉善目，头发花白，用发网扎着一个小小的低矮的发髻在脑后，弯腰驼背也不减她的身高。

"我进去看看。"邹书苗微笑着说。

"去吧，这时候也该叫她起床了，你去叫一叫。"刘氏边扫边说，话语那么柔和。

海兰跟在邹书苗身后，走进了刘兮兮家的院子。这是一个南北狭长的院子，院子左右是两排土房，一排高，一排低。低的这排有三间土房，正是刘兮兮家的屋子和她奶奶的屋子，外加一个小厨房；而高的那排有两间新砌的房子，贴着地基的部分用了砖头，上半部分仍旧是土木结构，那便是刘氏的小儿子家。

有道是"人往高处走，水往低处流"，因为这房屋的一高一低，导致下雨时，小儿子家房檐下的水，自然而然地涌向了大儿子家的屋檐下。两个儿媳为此事对骂了许多次，甚至不惜大打出手。

究其本质，倒不是房檐排水的问题，而是房子的问题。大儿媳妇嫌弃公公婆婆偏心，凭什么盖了新房就全都给了老二家住，而他们家还在老土房里。二媳妇家世比大媳妇好，本就盛气凌人，哪里受得了一点儿委屈。两个儿媳都不是省油的灯，但两个儿子却不尽然，脾气秉性几乎完全相反。大儿子刘乖尔温文尔雅，性格软弱；小儿子刘乖录却嚣张跋扈，脾气暴烈，动不动就跟媳妇吵架、摔东西。

因此，每回两个媳妇吵架时，个子不高、皮肤黝黑、毛发稀疏的刘乖录会帮着媳妇一起骂他嫂子，刘乖尔却只会拉着自己媳妇往屋里走，关门关窗。刘氏劝说多次无用。最后，只能等着刘老头出场，平地一声炸雷般怒吼："别吵了！吵什么吵！再吵都给我滚出去！别回来了！"顿时，两家都安静了。

这家里，谁再厉害，见到刘老头都要颤三颤。虽说他长得很像《西游记》里面的沙僧模样，剑眉怒目，皮肤黝黑，额头川字纹，谢顶，但那暴脾气全村闻名。他话不多，却够狠，如刀劈斧凿般，能瞬间平息一场"战乱"。

因此，少有人来这种"是非"之家。海兰每次都是跟着邹书苗一起来，从不敢独自前来。因为她感觉到这家人，除了刘奶奶和刘兮兮的父亲看起来比较和善，其余人都给人一种不寒而栗之感，并不友好。

"起床啦，兮兮！"邹书苗说着就掀起了门帘。刘兮兮立刻从炕上坐起来，头发如鸡窝一般，乱七八糟。她学着奶奶的样子，用手将头发向后捋了捋，眼中无神，木然却警惕地看着邹书苗和海兰。

虽说她回来已有一年多了，精神恢复了一些，但仍旧没见有多大起色。

"快起来吧，太阳晒屁股了！"邹书苗微笑着抓住被角，几欲掀被子。

刘兮兮见状，呆滞了几秒，然后慢慢地溜下了炕。她穿着一双黄色的塑料拖鞋，那本是系带的塑料凉鞋，剪掉了后面的带子，改造成现在的样子。这在乡村地区很常见。

刘兮兮从脸盆架上取了脸盆，去了院子里，用压水井压了水，又放回脸盆架上，开始洗脸。海兰不知道说什么，就靠着炕边，看着刘兮兮。

虽说是夏天，但早晨压水井里的水还是很凉的。她居然没有加暖壶里的水，而是直接用凉水洗脸。也因此，大家给她取了绰号叫"梁兮兮"。这个"梁"不是姓氏，而是"傻"的意思。

她笨拙地洗脸、擦脸，然后走近红色立式衣柜，从柜子里面取出了一瓶粉红色的雪花膏。当她打开的一瞬间，那扑鼻的香气熏得海兰忍不住打了个喷嚏。刘兮兮傻呵呵地笑着，对着镜子抹雪花膏。她看着镜中的自己，用手在脸上点了好几处雪花膏，然后傻呵呵地一边笑一边抹，都没有抹匀。邹书苗站在旁边看着，忍不住用手帮她涂抹均匀了。

邹书苗的母亲贾红瑛和刘兮兮的母亲阎玉翠来自同一个村子阎地堡，所以关系十分要好，他们两家的关系也因此变得格外亲密。虽不是同族人，却经常互相串门，就连逢年过节都会互相走动。因此，刘兮兮回村后的第一个朋友便是邹书苗，而不是她日日能见到，还住在一个院子里的堂妹刘晓雯。

海兰和邹书苗同岁，经常一起玩耍。邹书苗经常带着刘兮兮，所以海兰与刘兮兮也渐渐熟悉了起来。但比起邹书苗，她与刘兮兮还是生分的。

就在刘兮兮抹雪花膏的时候，海兰对这个雪花膏产生了极大的兴趣。她看到刘兮兮擦完那个雪花膏，突然就变得容光焕发，十分漂亮。因此，她也想尝试一下。于是，她将那雪花膏拿在手中，看了又看，闻了又闻，才放下。

海兰心想，当自己还在用蓝色铁盒的雪花膏时，刘兮兮已经在用袋装的雪花膏了；当母亲买了袋装的雪花膏时，刘兮兮已经用上了瓶装的高级雪花膏了。爱美之心人皆有之，她多么想抹一抹那高级的雪花膏。

之后，她与邹书苗往返刘兮兮家很多次。有一次，她见刘兮兮家没有大人，就顺手将雪花膏装到裤兜里。回到家后，她趁着母亲在厨房做饭，将雪花膏藏进了衣柜的最深处。

一天，趁着家中没人时，海兰拿出了刘兮兮的雪花膏，站在镜子前，仔仔细细地抹在了自己的脸上。对着镜子，她照了又照，却发现自己并没有变得那么好看，还是跟原来一样。她不知道她偷这雪花膏是因为那好闻的气味，还是因为抹完后好看，或是因为每个人都要经历"偷东西"的考验。

她知道偷东西是不对的，却还是偷了。这种行径，与父母、老师的教导完全背道而驰。她想，一切过错都有弥补的办法，于是，她决定将偷来的雪花膏还回去。

然而，天意弄人。

还没等她还回去，晚饭后，刘兮兮的母亲阁玉翠找上门来，质问红莲："我买的雪花膏，是不是被你们家海兰偷走了？"

红莲说："怎么可能呢？海兰没有偷过东西啊！"

阁玉翠居然一边说着，一边开始在屋里用眼神搜寻她的雪花膏，并且说："你们家海兰来过我们家以后，我的雪花膏就找不到了，不是你们家海兰偷的，还能飞了不成？"

红莲反驳道："空口无凭，你怎么就认定是我们家海兰偷的？"

阁玉翠说："前不久，你们家海兰可因为偷黄瓜的事情被邹爱田追着在河滩那跑呢，全村人都知道你们家海兰是偷过东西的小偷！"

红莲听到阁玉翠这么说话，顿时来了气："撒谎能不能先打个草稿？谁见我们家海兰偷黄瓜了？不要信口雌黄，污蔑一个孩子！"

阁玉翠反击道："人都追到你们家了，谁不知道？全村人都知道了！"

红莲反驳道："说话也要讲证据，随意污蔑一个小女孩，这样不合适吧！无凭无据就说我们家孩子偷了你的东西，是不是太可笑了？"

阁玉翠咄咄逼人，说："可笑？那就让我搜一搜，搜不到，就当我说错了！"

红莲说："清者自清，怕你不成！想搜，来，搜吧！"

海兰站在妈妈身后，看到阁玉翠时她心里很慌张，看到人家要搜家时，她更紧张了。

红莲原本说说而已，没想到阁玉翠居然真的开始翻找。她在红莲家的炕上、席子下、木柜下四处翻找，又打开衣柜、抽屉翻看，然而并未找到。

海兰一直紧张不安，更不敢看阁玉翠的脸，还好没有找到。

红莲说："怎么样？我们家海兰没有偷你的雪花膏吧？"

阁玉翠没找到，也不好意思再去厨房等地翻找。她想，她是"突袭"孙家，那雪花膏若是海兰偷了，肯定会放在平日里能用的地方，不会藏在厨房、柴房。

于是，她悻悻然地走了。

阁玉翠走后，红莲非常生气。她没想到流言是如此可怕，没有证据的事情，居然被全村人传得沸沸扬扬。她更没想到自己的女儿，会因为偷东西而两次被人追到家里。

海兰自知羞愧，一言不发。

红莲双手叉腰，气愤地问海兰："你到底有没有偷人家的雪花膏？"

海兰摇头小声说："没有，我没有偷。"

红莲接着说："咱们家虽然穷，但人穷志不穷！你记住，这辈子无论做什么，都不要去做鸡鸣狗盗之事。做人，要有骨气！"

海兰没说话，却泪流满面。

她深感悔恨，当初没有胆量下手偷黄瓜，却被人污蔑为小偷，如今真的当了一次小偷，再次被追上家门。她幼小的心灵，遭受了前所未有的打击。

阎玉翠去过海兰家里后,就告诫刘兮兮再也不要与海兰往来。于是,海兰也不好意思再去刘兮兮家,那瓶雪花膏就迟迟没有还回去。但是,海兰又怕被母亲发现,令母亲失望,于是,趁着家人不在屋里时,偷偷将那瓶雪花膏埋进了后院的葡萄树下。

然而她没想到,有一天,父亲清理后院时,将那瓶雪花膏挖了出来,随着粪土倒进了小河堤旁边的垃圾堆。

从此,雪花膏的秘密便无人知晓了。

但是偶尔想起,海兰依然深感不安,自惭形秽。每个人,或许在年少无知的时候,都免不了犯一些错误。她十分感谢母亲,幸好她的母亲通情达理,循循善诱,给了她一个反思和改过的机会,让她能洗心革面,重新做人。

第十八章 爬树比赛英姿飒

在乡村长大的孩子,从小便有一种无师自通的技能,能自制各种各样好玩的玩具和游戏,比如,打四角、跳皮筋、放风筝、抓石子、弹弹珠、绊泥沟、河里抓蝌蚪、爬树等。可以说,乡村里的孩子把周围一切自然存在发挥到了极致。

海兰家有很多树,满院子都是,大大小小十几棵。据说一开始,院中只有一两棵泡桐树,后来不知怎的,就满院子都是泡桐树了,仿佛那泡桐树也会开花结果生孩子一般。再后来,满院子都是泡桐树的"孩子",有的粗壮,有的纤细,就像"龙生九子,各个不同"。

因为树多,所以爬树便成了一项近在眼前的乐趣。

海兰喜欢爬树登高。她还没上学,因而那性子就仿佛刚从石头缝里蹦出来的孙猴子,有点野。

心情不好的时候,她就爬到树上坐一会儿。她抱着树杈,看一看南边的秦岭，北面的塬，再看看村子里的房屋农舍，心情自然也就好了些。

有一天，孙云飞来了，仰头看到海兰正坐在树上，便问："你怎么爬得那么高？"

"你来啦，要不要爬上来？"海兰问。

"你先下来吧。"孙云飞用手勾了勾，示意她下来。

"下来？咱比赛爬树吧！"海兰说。

"咱们两个人比赛没啥意思，要不叫梁少峰和刘胜辉过来一起玩？"

"可以啊，你去叫吧，顺便把你妹云婷，还有梁少峰的妹妹少红也喊过来。"

于是，孙云飞走出门去呼朋唤友了，海兰就在树上等着，她发现院子里的泡桐树有粗有细，有高有矮，如同人一般，有的长得高高瘦瘦，有的长得又矮又胖。

不到一会儿，院子里站满了小伙伴，有的来参加爬树比赛，有的来看热闹。

除了刘天虹、孙云婷、梁少红，还有刘胜辉，他眼睛较大，颧骨突出，脸型较长，眉毛很淡，长着一对扇风耳。在男孩子堆里，刘胜辉算个子最高的。他与刘天虹同属刘氏宗族。

"大家各自选一棵树吧！"海兰说着，已经从树上溜了下来，并且走到那棵最高的树面前，心想，这棵树得有三层楼那么高，粗细如腰，正合适。

"谁来当裁判呢？"孙云飞站在海兰左侧的树前问，说完，他挽起袖子抱着树，已经跃跃欲试了。

"书苗，你比赛吗？如果不比赛，可以给我们当裁判吗？"海兰一边用手抱着树，一边问。

"我就不爬了吧，我给你们当裁判吧！"书苗站在房檐下的台阶上，看着海兰说。

"那好，你喊开始，我们就爬，比速度，也比高度。"海兰说。

"好的。"邹书苗点点头说。

梁少峰站在海兰右侧的树前，刘胜辉站在靠近后院的一棵小树旁，而刘天虹则站在了院里最粗壮的那棵树下，海兰把那棵树称为"树王"。

"你们都准备好了吗？站好了，我就喊开始啦！"邹书苗一边环视几位小伙伴的状态，一边说。

"好了，开始吧！"大家各自抱着树，异口同声地回答。

"好，那我喊了。"邹书苗说着自己倒先笑了起来，"预备……开始！"

参赛选手们听到口令声，个个你追我赶，开始爬树。

海兰抱着树哧溜哧溜地往上爬。刘天虹抱的那棵树最粗壮，只爬了三五下，便滑了下去，自己也哈哈大笑起来。刘胜辉看到后，也跟着哈哈大笑，不料，这一笑，松了手，自己也从树上滑下去了。这时候，大家都忍不住哈哈大笑起来。

海兰因为爬过很多次树，已经有了经验，虽然也跟着笑，却知道用腿把树盘得紧紧的。她双手抱着树，身体略微往后仰，这样就不至于滑下去了。

孙云飞笑着往下滑了一点，却很机灵地用双腿夹住了树，不至于落地。梁少峰则丝毫不受影响，只是略微笑了笑。

比赛还在继续，刘天虹和刘胜辉从树上滑下来后，充当了观众。不一会儿，孙云飞和梁少峰的妹妹也来了，院子里热闹了起来。

"加油！加油！"观众也充当了啦啦队。

"还有三位选手，继续加油啊！"邹书苗仰头朝着树上的选手们喊道。

爬到能看见房顶的高度时，海兰到了第一个树杈，于是，她坐下来看了看旁边的两位竞争对手。

孙云飞也爬到了树杈上坐着，高度不相上下，而梁少峰已经领先，开始攀登第二个树杈了。海兰看看已经被树皮磨出了红印的手，再看看树下的小伙伴们，立刻抖擞精神，继续攀爬。

这泡桐树长得很有规律，基本都是长到距离地面两三米高的地方，便会生出第一个树杈，一分为二，这时候分出来的两股树干最为粗壮。之后，在这两股树干上又各自生叉，但树杈变得越来越细。

海兰却不知，这跟父亲的修剪有关。比如，院子中央那棵最粗壮的泡桐树，之所以长得那么粗壮，是因为从一开始就修剪了枝丫，让这棵树的营养只有一条路可以走，所以才会那么粗壮。直到搭上梯子也够不着的部位才放弃了修剪，任由树杈开枝散叶了。

爬树，最难爬的就是上面分叉的地方，有倾斜的角度，还比较滑溜。三个人都抱着树小心翼翼地爬着。这里不是马戏团，也不是拍戏。可以说，需要发挥出人类最本能的生存能力，徒手攀爬，因为没有任何防护措施，所以爬得越高，摔得越重，掉下去可不是开玩笑的。孙云飞抱着树杈，看了看地面，有点恐慌了。梁少峰还在找角度，钻研着继续向上爬的路径。

海兰已经爬到了第二个树杈上，那是分支的第一个树杈，如腿一般粗，相对比较细了。海兰坐在树杈上，看看左右两边的小伙伴。

孙云飞的树杈也相对较细了，倾斜着，属于旁逸斜出的一个树杈。他坐在那里，不敢再往上爬了。

梁少峰则成功爬到了第二个树杈，竟比海兰的位置还高一些。

大家互相看了看，继续爬着。

"慢点啊，不行就下来吧，安全第一！"刘天虹毕竟年长懂事，劝说道。

"不行就认输吧，孙云飞。"刘胜辉嬉笑着说。

"爬不上去就下来吧，哥！"孙云婷仰头看着树上的哥哥喊道。她比她哥小一岁，却更懂事。她性格温和，五官秀气，眉如远黛，圆圆的脸，扎着两个马尾辫。

孙云飞坐在那树杈上，感觉风吹过来，树都跟着晃了。他看到海兰和梁少峰还在较劲。于是，试图去抓更高处的树杈，但能够抓到的地方都有些远，还摇摇晃晃的，他有点害怕了。

"算了，我认输了，我下去了，你俩接着比吧！"孙云飞低头说着，便开始寻找下树的路径了。

有道是"上山容易下山难"，爬树也是一样，下去可并不那么容易，脚得找到支撑点，就跟攀岩差不多。若一不留神踩空了，就跌落下去了，所以也很危险。

就在孙云飞往下爬时，海兰爬到了第三个树杈上。彼时，那根树杈已经细如手腕了。海兰一动不敢动，生怕树枝折了。

她看了看梁少峰在攀登第三个树杈时，脚底踩着树皮滑了一跤，险些掉下去。还好他反应敏捷，用手抓住了树杈，身子腾在空中，又荡回了树干，然后用双脚紧紧盘住了树干，但是胆子却瞬间吓没了。原本鼓着劲要拿第一的梁少峰，瞬间没了斗志，于是，他开始慢慢往下爬。

就在这时，孙云飞为了快速溜下树，爬到了树干处，便放开了双腿往下溜。只听刺啦一声，大家寻声看去，顿时，众人忍不住哈哈大笑起来，原来是孙云飞的裤子扯开了。

海兰看到两位竞争者都下了树，自己却跟猴子似的吊在树顶的细枝丫上，于是，她也开始小心翼翼，一点点下树了。

"大家抬头看下，一目了然了吧？"邹书苗指着树说。

海兰摸索着爬到了树干处，在离地三米左右时，才放开了双腿，从树上跳了下来。

等到三个人都下了树，邹书苗拿出裁判员的架势，说："我宣布，今天爬树比赛的第一名是孙海兰，第二名是梁少峰，第三名是孙云飞。大家鼓掌祝贺！"

小伙伴们一边鼓掌，一边看着孙云飞两腿夹成麻花状的样子，都忍不住哈哈大笑起来……

第二卷

第十九章 吾家有女初长成

八月立秋以后，天气渐渐转凉。渭北平原以沙质土壤为主，早晚温差逐渐明显。地里的玉米已经长到一人高了，八百里秦川，放眼望去全是绿色的禾苗，一片连着一片，就像绿色的海洋，让人看到满眼的希望。

家长们忙得不亦乐乎，开始着手准备孩子们上学要用的书包、铅笔、文具盒等学习用品。村里同龄的孩子中，除了海兰和刘天虹用旧的，其他小孩的学习用品几乎都是新买的。除了书包，其他东西，海兰也都有了。

她有些发愁，一个人爬上树，坐在与屋顶齐平的树杈上，抱着树发呆。有道是"知女莫若母"，红莲似乎看透了小女儿的心事，就问她："你是不是想要个书包？"听到妈妈的话，海兰感到惊讶。她心想，妈妈好厉害，一下子就猜到了她的心思，她高兴地对妈妈点点头。

这时，友成也回来了，仰着脖子对树上的女儿说："快下来吧，爹这里有书包呢。"海兰听到"有书包"三个字，心情立刻阴转晴，转身就从树上跳了下来。

友成掀起门帘进了大屋，脱了鞋子就站到了炕上。他伸手从细竹竿、树枝和泥土混合搭建的天花板缝隙中抠出了一把仿古钥匙，然后打开了靠墙悬空架起的大木柜上挂的铜锁，接着从木柜里翻出了一个绿色帆布书包，顺手递给了小女儿，之后，锁上了柜子。

海兰拿到书包开始仔细打量，上面别着一颗红色五角星胸章。她里里外外翻了一遍包，说实在的，她并不喜欢，但她知道家里没钱，所以能有一个书包背，也知足了。

友成看到女儿有些失落的样子，便说："这是爹当兵复员回家时，从北京背回来的书包。你看，还新着呢，你背着上学吧。"

海兰拿着书包，面无表情地说："好的，爹。"

很快，学校张贴了通知，学生们在月底最后一周到校集中报到。红莲赶在第一天，一早就给两个女儿穿戴一新，带着她们早早地到学校去报到了。友成仍旧不闻不问，好像两个孩子跟他没关系一样。

学校在南河滩村的西北方向，需要穿过陇海铁路和西宝中线，地处杨沟村一处五六米高的崖上，坐北朝南，左右都是民房。这里曾是一处私塾，后来改为公立学堂，沿用至今。附近十个村子的人都送孩子来此读书，海峰就是在这里断断续续读的学前班，海珍也在这里上学。

红莲带着两个女儿抵达学校门口时，校门口前已经排起了长队。红莲接在队伍后面，等着报名缴费，海兰则跟着姐姐去参观学校，她一直觉得上学是件很神圣的事情。没有上学的孩子就像野猫野狗，没人疼没人爱；而上了学的孩子就像进了金銮殿，大人小孩都会爱护有加。

海兰从未见过学校，因而参观学校在她幼小的心中也成了一件很神圣的事情。她收敛了平日里爬树打闹的顽劣样子，尽可能地拿出乖巧稳重的样子，跟在姐姐身后看着，听着，思考着。

学校的门楼和爷爷家的相似。虽是土门楼，但有门楣和木质雕花装饰，显得颇为贵气。入门可见一方土院，铺了两条长长的石板，往里看是照壁，左右各是一排老房子。青石板堆砌的房檐下，台基足有两尺高，显得两边的房子高高在上，而进门的土院子就像一个土坑。

海兰抬头看了看屋顶上的瓦松，一排排整整齐齐，仿佛在列队迎接新生报到。房檐十分阔气，约莫两米见宽。这种纯木结构的房子，方圆十里内除了寺庙，已所剩无几。屋内摆了十几张原木色发旧的长桌和长条板凳，还有简陋的黑板和讲台。

出了教室，往照壁后面走去，只见一个拱形石门。

海兰继续跟在姐姐身后，看着眼前窜来窜去、进进出出的同龄人，和比自己年长的小孩们像赶集一样，满脸欢笑，互看一眼，各自走路。

进了石门，左右仍是两处老房子，正前方有三间小房子，锁着门。院子的角落里长了诸多野草野花，还有几处翠竹和几棵泡桐树。

海兰觉得学校比预想中破旧，到处都是断壁残垣。除了大门左右的两处土墙还算完整，其余门窗、土墙都有不同程度的破损。

看到这番衰败的景象，海兰最初的兴奋全没了。海珍看到妹妹不高兴了，便安慰道："学校暂时在这里，听说新校区正在盖着，过不了多久就会搬家了。"

海兰听后高兴地问："是真的吗？"

海珍坚定地说："当然是真的，所以开心点。"

参观完学校，姐妹俩牵着手，蹦蹦跳跳地去找妈妈了。

在一张红色桌子后面，坐着两个戴眼镜的女老师，她们都穿着白色的确良短袖衬衫，羊毛卷短发看起来既时髦又干练。她俩一个负责收钱，一个负责记账并发放报到证，看起来配合默契。

红莲排了好一会儿队才完成了两个孩子的报到手续。她拿着报到证，带着两个女儿去教室里找老师领了课本和作业本，然后母女三人开开心心地回了家。

第二十章 学前分班斗心智

在小女儿上学前，红莲已经打听过学校的老师。她想，虽是学前班，但也很重要。基础教育是起点，如果能选个好老师，以后的学习也不会差到哪去。

那时候，学前班只有两个老师，一个老师带一个班，老师既是班主任，也是代课老师，而且负责语文、数学、美术、音乐、体育、思想品德等学科的教学工作。

历届家长都觉得学前一班的老师比学前二班的好，不仅人好，教学水平也高。老师们也普遍反映从学前一班升级上来的学生，综合素质和学习能力都要优于学前二班的学生。

学前一班的老师叫权英仙，四十多岁，高中学历，身材高挑，圆脸长发，五官端正。她为人和善，对待学生友好，学生和家长对她一致好评。

学前二班的老师叫鲁晓芒，初中毕业，据说是村里某个领导的亲戚。她也是瘦高个，短发长脸，肤色暗黄，后背微驼，平时很严肃，总是一副冰山脸。她对待学生，非打即骂，教学水平连年都比一班差。

对比两个老师的情况，每个家长都想让孩子去一班，但分班的事情不是由家长或者学生自主选择决定的。

海峰上学时，很幸运地被分到了一班。海珍上学时，却被分到了二班。海珍有时候作业没写完就会被老师训斥，甚至打手。虽然海珍顺利升到一年级，但学习一般，因而等到海兰上学前班时，红莲特别希望小女儿能被分到一班。一班的班主任权英仙，说起来还是红莲的小姨的婆婆的外甥女。

几年前，红莲走亲戚时，在小姨家巧遇了权老师，便拉着小女儿见了权老师，并且表达了她的愿望，希望海兰能在权老师的班里上学。权老师看到可爱的小海兰，摸了摸她的小脸蛋，说问题不大。

红莲平日里做事从不攀关系，总觉得那样有违公平，但为了女儿的前途，她也豁出去了。开学前几天，她厚着脸皮买了东西，带着海兰去了小姨家。她不好意思直接去拜访权老师，就托小姨帮忙给权老师捎话，让海兰分到一班。

九月一日，开学第一天。海珍把妹妹送到学前班的教室后，自己去了一年级教室。海兰羞怯地坐到了最后一排座位上。

不多时，校长来到教室讲了几句欢迎词，介绍了两位班主任，说了分班的规则：报单数的学生去一班，报双数的学生去二班。他组织所有学生按照身高排成一行长长的队伍，然后挨个报数。接着，报单数的学生站一列，报双数的学生站一列。

以往分班，校长不会亲自监督，只由两个班主任组织分配。这次，在邵校长的眼皮底下，权英仙看着孩子们报数，心里忐忑不安，她看着红莲的闺女孙海兰的排列位置，心里默算她的报数，当她推算到孙海兰稍后会报单数时，心里顿时如释重负。一切都是天意，根本用不着她来调整。

海兰也听说一班好，当排在前面的同学报数时，她一直惴惴不安。同学们报数的速度远比想象中要快，因为快，加速了她的紧张，以至于她的手心都出了汗。好在轮到她报数时是单数，海兰终于称心如意了。

当学生们报完数后，邵校长命令报单数的学生向左一步出列，权英仙立刻站在了单数队列前面，鲁晓芒则站到了双数队列前面，两位老师各自作了开班讲话后，把学生带回了教室。

虽然分了班，但教室有限，两个班仍然挤在一个教室里上课，只是批改作业等诸多事务仍由各自班主任负责。

放学回家后，海兰兴高采烈地将分班的事情告诉了父母，红莲听了十分高兴，而友成觉得无所谓。红莲深知，良好的开端等于成功的一半。她也明白，对于普通家庭而言，知识是改变命运的唯一途径。虽然她自己通过知识没有改变多少命运，但是她依然相信这个真理，因而把满满的希望寄托在孩子们的身上。

之后的每一天，红莲都会早早起来给两个女儿做饭。孩子们长大了，她也不用送，可以安心在家照顾不到半岁的小海熊和大儿子海峰。

海珍每天都会牵着妹妹海兰的手，带她一起去上学。有时候，海珍的同班同学刘咏勤还会上家里来喊她一起去上学。偶尔出门时，刚好遇到对门住的孙云妮，几个人便会同行。路上也时常会遇到二伯家的堂姐孙小云，她跟海珍是一个班的，但比海珍年长一岁。放学回家时，海兰就跟着姐姐和她的同学们一起往回走。因为学校离家有点远，步行需半小时，所以每天上学和放学的路上，不分男女，大家都是三五成群，结伴而行。

第二十一章 秋烤玉米蒸南瓜

一个周末的午后，海兰在院子里洗衣服时，突然闻到了阵阵烤玉米的香味，馋得她无法安心洗衣服。

虽说春夏秋冬各有其美，但海兰更喜欢春天。在百花齐放的日子里，阳光特别明媚。然而，秋天也不错，因为是收获的季节，可以吃到很多好吃的东西。比如，苹果、水晶柿子、拐枣、烤红薯、核桃、烤玉米和蒸南瓜。

香味让她迫不及待地站了起来。寻着香味，海兰踮起脚从土院墙的豁口处向外眺望，居然看到了孙云飞和梁少峰在烤玉米。

"你俩干吗呢？大中午不睡午觉。"海兰忍不住喊了句。

孙云飞和梁少峰正在全神贯注烤玉米，突然听到有人说话，吓得差点坐到地上，梁少峰看到土墙豁口处的海兰，立刻对孙云飞说："是你姑姑！"

孙云飞白了一眼梁少峰，说："你姑姑！"

梁少峰没搭理孙云飞，转而向海兰挥挥手，说："你要不要过来一起烤玉米？"

"好啊好啊，我这就过来！"海兰毫不犹豫，连连答应。

海兰家的院墙外，几乎成了男孩们玩耍的天堂。那里长着一棵高大的皂角树，满身是刺，自带"防护网"，谁也近不了身，更何谈爬树。树冠长得十分宽阔，有七八米。树下是个三不管地带，还有几户人家常年将干麦草、玉米秆堆在树下。于是，这几处麦草垛、玉米秆垛就成了孩子们捉迷藏、调皮嬉耍的天然庇护所。

海兰迅速跑出门，跑到皂角树下仔细看他们烤玉米，竟跟烤肉一般，架在铁丝架上烤，还用树枝来烧火。海兰一边看着他们烤玉米，一边陷入沉思。

她想到了关于玉米的很多种吃法。

关中地区，八九月的玉米用来烤着吃，最是香甜可口。通常玉米地头的十几根玉米棒子，到了成熟时节都会莫名"消失"，十有八九是被某某家的熊孩子掰去烤着吃了，还有一些大人也会不自觉地顺手牵羊掰走。家家如此，因而没有人会去认真纠察几根玉米棒丢失的事情。既然大家都丢，最后不过是张三拿了李四家的，李四拿了王五家的而已。

在海兰的认知里，架在火上烤出来的玉米不是最香的，放在锅灶下，埋在灶灰里烤出来的玉米才是上品。海兰最喜欢吃母亲每次做饭时，从灶灰下烤出来的玉米，玉米棒的首尾两端通常带着一点焦黄，甚至会烤煳几个颗粒，但剥去玉米叶子，喷香无比，再吃几口，简直回味无穷！什么"天上龙肉，地上驴肉"，在她嘴里，是"天上龙肉，地上烤玉米"。

有时候，海兰会把烤好的玉米棒放至常温，再将玉米粒搓下来放到糁子面里，或者泮汤里吃，或者去上学时往衣兜里装一些，路上边走边吃，间或分给小伙伴们一起吃。红莲为了给孩子们加强营养，会把鲜嫩的玉米掰下来，将玉米粒直接煮进白米粥里，或是放进泮汤里。

每逢秋收时节，把搬回来的玉米倒进院里时，友成会特意把绿色玉米皮，那种一看就未成熟的梭形的玉米棒，集中扔到房檐下一角。偶尔没来得及扔的,海兰便拿着菜盆,挨个玉米堆去翻找,就像在沙滩上捡贝壳一样。等到捡满一盆,剥去玉米叶子,再看看成色,淡黄色的通常比较嫩,而深黄色的便很老。海兰通常还要用手掐几颗玉米粒,确保是鲜嫩的,免得煮出来吃的时候把牙崩掉。

还有一种玉米棒,打开玉米叶子里面只有玉米芯,不仅没有几颗玉米粒,而且都有点老,友成便将这种玉米粒生搓下来,炒着吃。

炒玉米粒只需要一点油盐,炒出来的味道却十分可口。玉米粒因为有水分,也不是很硬,吃起来十分有嚼劲,与煮玉米、烤玉米比,又是另一种味道。

海兰蹲在旁边,看着他们两个烤完玉米,又用土将火堆埋了。她就在旁边的麦草垛上撕了一点麦草铺到地上,三个人席地而坐,吃着玉米,聊着天,别提有多开心了。

秋天是个丰收的季节,就连友成随意撒在后院葡萄树下的南瓜都"长大成人"了。

友成喜欢吃南瓜,而一颗南瓜在孙家,效用简直可以被发挥到极致!

友成喜欢吃什么,红莲就得做什么。新摘的南瓜,红莲用一块碎碗片充作削皮刀,把洗净的南瓜放在一个大菜盆中,用碎碗片一点点刮掉南瓜身上坚硬的皮,然后把刮下来的皮装进碗里,又把去了皮的南瓜洗了洗,切开,掏出里面的南瓜子和瓜瓤,再把其余部分切成小块。就像蒸红薯那样,锅中间扣一碗水,碗的周围堆满了南瓜块,再添点水,没过南瓜块。

在架上柴火烧着的同时,她把刚才那些刮下来的南瓜皮洗了洗,然后跟面粉混合搅拌,很快便和好了一团面。红莲快速将一团面揉了揉,擀成了面饼,又把面饼切成香皂块那么大的小面饼,架上蒸笼,再将小面饼放上去。这时候,大铁锅的肚子里,上面是南瓜饼,下面是南瓜,一股淡淡的甜味扑鼻而来,刺激着味蕾,让人垂涎三尺。

人就是这样容易被美食所打败,即便再苦再累,当人吃到美味可口的食物时,烦恼顷刻间便烟消云散了,仿佛美食可以击退烦恼的缠绕。

当南瓜蒸好的时候,南瓜饼也一同蒸好了。

红莲看到天快黑了,吩咐海珍去喊妹妹回家吃饭。她依旧在厨房里制作汤汁,这是吃南瓜饼的关键佐料。她往碗里放了辣椒面、五香粉和少许盐，还有蒜末和醋，然后烧开了油，直接泼进调料碗中，在一声"滋滋滋"过后，汤汁算是调好了。那香味从厨房散出去，飘向它所能飘的每一个地方，仿佛为主厨歌功颂德一般，述说着主厨是何等贤惠。闻到香味的人们，也不约而同地赞美一句："谁家做饭呢，真香！"

红莲在海峰专用的洋瓷碗中盛满了蒸好的南瓜，又拿了几块南瓜饼和一小碗蒜汁，一同放入红漆木的托盘中，端进海峰的房间，放在凳子上。她得先把海峰从炕上扶起来，让他坐稳了，才把吃的端过来，一口一口喂给他吃。

海峰最喜欢吃母亲做的南瓜饼。那饼的颜色，有点淡黄又夹着深绿色的南瓜碎皮。每一块蒸熟了之后，都有点弯曲的样子，沾上浇好的蒜汁，味道实在美妙，简直妙不可言！蒸熟的南瓜错落有致地堆在碗中，金灿灿的，看起来是那样好看，吃起来更是那样绵软可口，放一点白砂糖，简直就是神仙的日子。就在这一刻，海峰顿悟：原来美食，竟是他对这个世界最留恋的东西。

等到海峰吃完饭，红莲疲惫地收走了碗筷，放进厨房案板上，她又径直去了后院，从后院拿出来一个大号饮料空瓶，这是海峰上厕所用的尿瓶。因为他个子高，身体沉。红莲每次挪动他都十分吃力，有一次还摔到了地上。从那以后，友成就在铁路边捡了几个大桶饮料瓶子，拿回来给海峰当尿瓶使。尿完了，红莲拿去倒掉。有时候，红莲忙不过来，海珍和海兰便会去倒尿瓶。

海峰的尊严已经随着他残败的身体，渐渐失去了。当父母不在家的时候，他只能喊来妹妹帮忙拿尿瓶，倒尿瓶。他已经长大了，知道了羞耻，却无法独立完成作为一个人最基本的吃喝拉撒，这让他十分恼火，却无能为力。

海兰手捧着半根烤玉米，进门便去了哥哥屋里，第一个拿给哥哥尝，然后再分给其他人。

吃饭的时候，友成赞不绝口，称赞红莲做的南瓜饼非常好吃。那种青色的带南瓜皮的小面饼，沾了蒜汁，实在太好吃！

在一家老小吃饭时，红莲又去厨房把南瓜子淘洗出来，然后放到蒸布上，准备次日晾晒，等晾干了，就可以装在兜里当零食吃了。

第二十二章 乔迁新校遇良师

九月已入秋,到处都是收获的景象。庄稼地里的玉米已经长到一人高,塬上塬下是一片片望不到边的玉米地。

开学不到半个月,学校发了通知,要搬到新校区。

上课铃响后,权英仙站在讲台前对同学们讲:"咱们要搬到校区了,新校区距离此处不远,属于坡下地,紧邻废弃的砖瓦厂,占地十亩,环境很好。"同学们听了欢呼雀跃,海兰也跟着欢呼起来。

邵校长让学前班的学生只拿各自的书包往新校区走,而高年级的学生,不分男女,都需要帮忙搬挪桌椅。整个学校,从老师到学生,如蚂蚁搬家一般,忙得不亦乐乎。

海珍斜挎着母亲给她缝制的红色布书包,两手端着长木凳,吃力地和同学们往新校区走着,旁边几个男同学抬着掉了漆的枣红色木桌子。

海兰斜挎着父亲的绿色帆布包,跟着班级的队伍正往新校区走着。路上,她看到了每个同学和老师的脸上都露出了灿烂的笑容。当她回头时,看到了姐姐一个人费力地搬着长条凳,于是,跑过去帮忙,姐妹俩一人抬一头,高高兴兴地往新校区走去。

从老校区的私塾到新校区,原来步行就十分钟。上个坡就看到了砖瓦厂高耸入云的大烟囱,再往前走,海兰看到用红砖砌的一排排楼房,十分气派!

她忍不住高兴地喊道:"太棒了!"竟不自觉地松了手,长木凳差点砸到她的脚踝。姐妹俩吓了一大跳,继而又哈哈大笑起来。

新学校的校门外廓呈"八"字形,左右的白灰墙上写着"好好学习,天天向上"八个蓝色大字。

紧邻校门,左右各有两层办公楼。中轴线是一条宽阔的红砖路,路两旁搭了葡萄架,葡萄架的两侧是两处宽阔的土院子。在院子围墙处,摆着几块水泥台面的乒乓球案。

在红砖路尽头,砌了升旗台,立着十几米高的国旗杆。升旗台后面是个六边弧形的大花园，里面种满了月季花。花园的北侧是一块巨大的砖砌影壁。教学楼的入口在影壁后面，总共两栋楼，前一栋楼有两层，后一栋楼有三层，前后每一层楼都有三个教室。楼道设在中间偏东侧，楼道的左边有两个教室，右边有一个教室。两栋教学楼之间是广阔的土院子。院子北侧教学楼前有两个红砖砌的小花坛。

学校前后的院子都是土质的，没有铺砖。大概是因为资金不足，并且砖块太硬，容易磕伤，小孩们都擅长奔跑，在松软的土质院子里奔跑，不易受伤。但凡事有利便有弊，如若下了雨，院子里便泥泞不堪了。

操场设在学校西面围墙外，是一处矮崖下的荒草地。半个足球场的面积，放了两个篮球架。

姐妹俩抬着长木凳进了校门后，一路沿着中轴线红砖路走到了旗杆处。之后，海珍让妹妹先去后面那栋楼的教室报道，她独自搬着凳子去自己的教室了。

过了很久，当海珍班里的桌椅都摆弄整齐后，她去找妹妹，跟她讲学校的布局。

"你们学前一班在二号教学楼一层最西侧，紧邻学前二班。你们前面的一号教学楼正对的是一年级一班和二班。学前班加一、二年级是低年级，都分布在一层；而三、四、五、六年级都算高年级，集中在二楼、三楼。两栋楼都是高年级在上，低年级在下。"

"所以，你们教室在我们教室的斜前方？"海兰看着姐姐说。

"是的，算你聪明。"海珍说完就挥手跟妹妹告别，回了教室和同学们一起打扫卫生了。

海兰看了看自己的教室，宽敞明亮。她又数了数窗户，一共有六扇玻璃窗，其中四扇是十一格大窗户，上下各四块正方形玻璃，中间有三格长方形玻璃，其中两侧长方形窗格可以打开。还有两扇六格小窗户，紧挨着前门和后门，上下各两块正方形，中间两块长方形窗格也可以打开。

据说除了学前班和一年级用的还是从私塾搬来的旧桌凳，其余年级都换了新的枣红色桌凳。

海兰很欣喜，上学没多久就能搬进新校区新教室，班主任权老师也十分友善。这一切都让她高兴不已。

有了宽敞的学习环境,学校开始组织全校师生一起学习第八套广播体操。刚开始几天,有一位男体育老师站在队伍前面教大家。后来,大家都学会了,海兰也不例外。

每天早晨十点出操的时候,所有人都站在教学楼前的土操场上一起做操。在欢快的广播体操音乐伴奏下,所有人的动作整齐划一。这种集体参与的感觉,让海兰找到了一种前所未有的归属感。她心想,终于不用像个野丫头那样整日在村子里、南河滩和渭河边游荡了,上学的感觉真好!

每次做完操,海兰都会在教室前的花园边上玩一会儿,看看花园里的月季花、鸡冠花或者牵牛花。有时候,她会观察一下蜜蜂采蜜,或者蝴蝶在花丛中翩翩起舞。她感觉这样的校园生活是她喜欢的样子。

一天,烈日当头,太阳火辣辣地炙烤着大地,秋老虎出来发威了。

下午体育课后,海兰刚回到教室里坐下,突然发觉血从鼻孔里流了下来。她吓坏了,用手一摸,真的是血。她以为自己要死了,因为电视剧里,人死的时候,鼻子里才流血。她想哭,但又不好意思哭出来。

这时,班主任权英仙看到了,赶紧从讲台下的抽屉里找出了一卷卫生纸,给海兰擦了擦鼻子,然后又捏了个小纸团塞到海兰的一只鼻孔里,接着又给她端了一盆凉水。海兰蹲在教室后面洗鼻子,结果越洗血越流。她赶紧用新的纸团塞紧鼻孔,按照权老师的指导,她仰着头,不一会儿,血暂时止住了。下节课是自习,权英仙为了不影响别的学生上课,就把海兰单独叫出了教室。

海兰的白衬衫上染了血,也溅了水。权英仙就带着她去了自己独立的办公室,拿出一件花衬衫,让海兰换上了。然后,她端了两个小木凳,带着海兰坐在学校大门口的阴凉处乘凉。

正当海兰与权老师面面相觑,有些尴尬时,来了一位女老师。海兰打量着这位老师,她的年纪比权老师大些,四十多岁,圆脸,小眼睛,短发,个子较矮,微胖。她也拿了小凳子坐在旁边,与权老师攀谈起来,说着各自班级的学生趣事。

海兰就坐在旁边,听着两位女老师聊天。

短发女老师说:"我们班有个'混世魔王',调皮捣蛋得不行,每天上课迟到不说,还总上课说话,不写作业。老师提问的时候,还会顶嘴,说也不听，打也不行，整得我没辙了。"

权老师问："你说的是孙俊杰吧？"

短发女老师疑惑地问："你怎么知道？"

权老师说："他上学前班时，在我班里，那时候就调皮捣蛋。"

短发女老师说："哎，原来如此，愁人得很！"

权老师说："每个班似乎都有这样调皮捣蛋的小孩，我们班也是。现在家长对教育都比较重视，我们只能想办法劝导。"

海兰听着两个老师的对话，顿时产生了好奇，短发女老师说的"混世魔王"是谁呢？居然把老师都整头疼了。

不一会儿，放学铃声响了，同学们背着书包络绎不绝地走出校门。

在学校大门口，海兰穿着权老师的大花布衬衫坐在小凳上，一只鼻孔里还塞着团血红的卫生纸，身旁的地上放着一盆水。认识的，不认识的，走过校门口时，都会看一看她。

海兰很腼腆，被人看得脸都红了，赶紧转过身去，面朝办公楼的方向，不让同学们看见她。但通往公办楼的楼梯却横在眼前，下课后的老师们，拿着教案或书本上楼梯的时候，也会瞅她一眼。

左也不是，右也不是，她实在尴尬至极，却不敢主动跟老师说：我要回家。她尴尬地不断调整坐姿，哪边人少就冲哪边。她焦急地等着权老师发话说："回去吧。"她才好意思走。结果一直等到姐姐出来，权老师也没有说。

海珍看到妹妹坐在校门口穿着大花布衫，鼻子里塞着沾血的纸，知道妹妹流鼻血了，于是跑过去，问："海兰你怎么了？"

权英仙看到后说："你是海兰的姐姐吧，你妹妹流鼻血了，现在好多了。你快带她回家去吧，回去记得喝点藿香正气水。"

海珍说："好的，谢谢老师照顾我妹妹。"

权英仙又说："衣服先让你妹妹穿着，改天拿给我就好。这是她的衣服，你拿回去洗洗，上面被鼻血染红了。"

姐妹俩齐声说了句："好的，谢谢老师。"说完又向权老师鞠了一躬，然后回家去了。

短发女老师这时才仔细看了一眼海兰，说："这个女娃看起来很乖。"

权英仙说:"嗯,长得乖,学习也好。"说完,便收起凳子,二人摆摆手,各自回了办公室。

海珍姐妹俩一边聊天,一边往家走。

海珍说:"这几天秋老虎出来了,天气太热,我们班也有几个同学流鼻血了。"

海兰好奇地问:"他们怎么止血的?"

海珍说:"就去水龙头那冲一冲,洗一洗,鼻孔里塞个卫生纸。权老师对你还是挺好的,都让你穿着她的衣服了。"

海兰笑着说:"是啊,很多人都说权老师人好,我也觉得好,她确实是个好老师,能分到她的班里,我也算幸运。"

海珍听完,用一种羡慕的语气说:"是啊,你能分到一班,真的很幸运。我原来在学前二班,班主任老师动不动就打手,跟权老师比,差远了。"

说话间,二人已穿过了村庄,越过了公路和铁路道口,走过了田间小路,步行走了半小时,才到了家。进门后,看到妈妈正在院子里收晒好的被褥。

红莲看到小女儿的一只鼻孔里塞着带血的卫生纸,立刻关切地问:"你今天流鼻血了吗?下次注意点,太热了就去水龙头那洗洗脸,洗洗手,降降温。"

海兰听到,心里一阵温暖,还是妈妈好。

晚饭时,友成对小女儿说:"今晚睡前少喝点水,你已经长大了,都上学了,可不能再尿炕了。明天预报有雨,尿湿了,被褥没法晾晒。"

海兰听到父亲说自己尿炕的事情,顿时脸都红了,感觉很丢人,却又无奈。她知道很多小孩五岁就不尿炕了,而自己已经六岁了,偶尔还会尿炕,确实有点不好意思。正因如此,半夜里时常被父亲从被窝里拽出来,骂几句。然后,母亲起来找个旧床单对折几下,把尿湿的地方盖住,一家人挤在一个土炕上,只能接着睡。因为这件事,海兰深感自卑。而母亲的关怀,让她多了几分自信和从容。

第二十三章 跳皮筋来练轻功

一场秋雨一场寒,关中平原的秋天,说到就到,过了秋分,天气渐渐转凉,早晚都要穿着外套。不过,中午前后,秋高气爽,气温舒适。

海兰自从上学后,在学校里学会了跳皮筋。于是,周末,她跟母亲要皮筋玩儿。红莲便从她的针线蒲篮里翻出了一捆原本做裤腰用的白色红点皮筋绳,递给海兰。

海兰拿到皮筋高兴极了,立刻站在家门口喊孙云飞,又跟孙云飞到斜对门喊梁少峰一起玩。

这时,海兰的姐姐海珍、孙云飞的姐姐孙云妮、梁少峰的哥哥梁义红也都走到街巷来参与游戏。梁少峰五岁的妹妹梁少红和孙云飞四岁的妹妹孙云婷也站旁边看着。

几个人里面就数梁义红年龄最大,他出生于一九八二年,跟海兰的堂姐孙丽梅是同班同学,也是同龄人,已经上小学四年级了。

梁义红自然而然充当了队长的角色。他平静地说:"咱们先分组,一般都是按照人数平均分成两个组,咱们六个人,正好分两组。可以用手心手背的方法,也可以用石头剪刀布来分组。大家看用什么办法?"

有的喊:"手心手背。"

有的喊:"石头剪刀布。"

"那就手心手背,更简单。"梁义红接着说,"大家先围成圈,然后一起喊手心手背,同时伸出右手。"

众人一边说好,一边围成了圈,齐喊:"手心手背!"

结果五个手心,只有孙云飞一个人是手背,大家看了笑得前仰后合。

"没事,再来一次。"梁义红说。

"手心手背!"大家再次围成圈齐喊,并伸出了手。结果很有趣,这次刚好三个手心,三个手背。

"好,结果出来了,海兰、海珍和云飞一组;我和我弟还有云妮一组。"

"哪组先来呢？"海兰问。

"这样吧，每组出个代表，石头剪刀布，一局定先后。我们组我来代表，你们组谁来？"梁义红说。

"我来！"海珍说着就攥起了拳头。

"好。"梁义红说着也伸出了拳头。

两个人不约而同地晃着拳头喊了句："石头剪刀布！"其他人站在他们跟前围观战况。

"我赢了！"海珍高兴地跳了起来。她出了布，而梁义红出了石头。

"好吧，你们组先跳。"梁义红略带尴尬地和梁少峰一起将皮筋撑了起来。

"咱们跳哪个？马兰开花还是跳门？"海兰问。

"马兰开花怎么跳？"梁少峰问。

"我会，我给你们演示一下。你俩先把皮筋崩开一点。"孙云妮说着，就站到了皮筋的一侧。她一边跳，一边念："一二三四五六七，马兰开花二十一，二五六，二五七，二八二九三十一。"

男生们都看蒙了，因为这个跳法看起来好复杂。

这时，海兰说："我也会，我给你们再跳一遍。"说着，海兰也一边念口诀，一边跳了起来。

跳完，她解释说："这个跳法很简单，咱们就想象自己在皮筋上编花，用两脚带动皮筋，跟着跳皮筋的口诀有节奏地跳动。这种感觉就像拉风箱烧火，右手拉风箱是主力，左手添柴是辅助。跳皮筋也一样，右脚作为主跳，左脚则在皮筋前面点一点，后面点一点。如果两条皮筋缠在一起，那么就算败了。"

大家一边听，一边不自觉地两只脚开始摆动起来。孙云飞的两只脚扭在一起，直接摔倒在地，大家跟着又是哈哈大笑。

海珍接着说："我妹刚说的是跳法，还没有说级别。按照跳法的难易程度，马兰开花的第一级是两个撑皮筋的人要同时把皮筋圈套在脚踝的位置，玩的人要边念口诀边跳，从左边跳到右边，动作要连贯无误，才算第一级通过。第二级就要把皮筋圈升高到膝盖处，跳法还是一样。第三级是把皮筋圈升高到腰部，第四级升高到腋下，第五级升高到肩膀处，第六级升高到脖子处，第七级升高到耳朵上方，同时两手撑开皮筋，第八级升高到头顶位置，第九级是把皮筋圈双手高举，这也是最高难度。跳到最高级，就算通关了。不过马兰开花一般很少有人能通关，玩到腰部位置就已经很厉害了。"

海珍一边说，刘义红和梁少峰一边挪动皮筋圈的位置，大家边听边看。

"算了吧，这个太复杂，咱们还是玩跳门吧。"梁义红提议。

"是啊，跳门最简单。男生都喜欢玩这个，大家都会玩。"梁少峰说。

然后，大家七嘴八舌附和道："行。""好的。""可以。"

梁义红和孙云妮将皮筋圈撑开，一起放到了脚踝的位置。

孙云飞说："我先跳。"于是，他走到皮筋的侧后方三米开外，铆足了劲儿快速跑到皮筋的中间位置，然后双脚使劲跳起，像跳高那样从皮筋的侧面跳进了由长方形的皮筋圈围成的"门"里；接着两脚同时跳出两根绳子外，这时他的两脚跨在两根绳子上；之后再两脚一起跳进皮筋圈内，最后双脚并拢，同时从皮筋门内跳了出去，跳门成功。

孙云飞一脸骄傲地对海兰说："怎么样，我跳得不错吧？"

海兰点点头说："不错，接下来我跳。"海兰没有助跑，而是直接原地起跳，动作轻盈且连贯，很快就顺利过关。

"跳得漂亮，妹妹。"海珍说着，也立刻跳了起来。

孙云飞和海兰站在旁边，给海珍加油。海珍很快就跳完了。

三个人不约而同地高兴地击掌说："第一级过了！"

梁义红和孙云妮自觉地将皮筋圈提到了膝盖处，由于他俩身高有差距，按照游戏规则，以个子高的为准。

孙云飞高兴地再次双脚跳进了门里，当他双脚跳起分开的时候，一只脚没有跳出去，踩到了皮筋。

"你失败了，换我们组跳。"梁少峰站在一旁嬉笑着说。

海兰和海珍自觉接过皮筋圈，撑到了脚踝处。

这时，梁义红、孙云妮、梁少峰三个人很快就通过了第一级、第二级。

海兰和海珍直接将皮筋圈放到了腰部。

梁义红和孙云妮个子高，很快就通关了。等到梁少峰跳的时候，他用跳高的姿势，跳进了皮筋圈里。他跃跃欲试，双脚跨立，但皮筋丝毫未动，原来他只是原地跨跳了一下，根本没有跳出皮筋，大家都忍不住哈哈大笑起来……

"你这青蛙跳还不如我呢，换我们组了。"孙云飞直接把梁少峰拉出了皮筋圈。

"他们两个都通关了，只有我没过。"梁少峰辩解道。

"那也不行，得一个组的人都过了才能升级。"海兰解释。

梁义红和孙云妮已经将皮筋圈撑开了，并且还停在刚才膝盖处的高度。

这时，孙云飞使了牛劲儿跳，三个人这才通过了第二级。接着他们又通过了第三级、第四级，到第五级肩膀处时，他们三个人都犯难了。

孙云飞使劲用单脚先后跳进了皮筋圈里，结果一个踉跄，脚没站稳，头不小心钻到了皮筋的"门"外，他自己尴尬到脸红。大家再次忍不住哈哈大笑起来，旁观的两个妹妹笑得坐在了地上，连树上的麻雀都跟着喳喳叫了。

这时，孙云飞家隔壁的堂弟孙少辉、堂姐孙少梅、孙少女各自端着一碗搅团，边吃边围观。

欢笑声洒满了南街，回响在南河滩村的上空……

夜里，海兰和父亲在哥哥屋里看电视剧《雪山飞狐》。看到里面的侠客们能飞檐走壁，她十分羡慕，于是问父亲："真的有人能跳到墙上吗？我要怎么练，才能跟人家一样学会轻功，来去自如？"

友成被小女儿的问题给难住了，想了想说："过去练武的人，可以跳到墙上。你想练轻功，可以试试在腿上绑个沙袋练一练。时间久了，拆掉沙袋，自然就身轻如燕。"

海兰信以为真，次日就找了两片旧布，动手缝了两个布袋，然后去南滩地里装了沙子，封了袋口，做成了所谓的沙袋。

后来的日子，她每天放学吃完晚饭后，就将自制的沙袋用布带绑在脚踝处练习走路。

友成看到女儿绑着沙袋在院子里走来走去，不免被她给惊到了。他心想，这丫头可真够天真的，算了，随她去吧。

刚开始海兰就在院子里走，她感觉沙袋很重，抬脚都吃力，而且走几步，沙袋就掉地上了，她就不断绑沙袋。坚持走了几天后，她发觉沙袋越来越轻。于是，她搭了木梯爬到了后院的砖头墙上去练习跳高。她双脚绑着沙袋从一米多高的墙上跳了下去，土院儿稳稳地接住了这个小女孩。接着，海兰又爬到砖墙上，这时，她感觉双腿发抖，有点儿害怕了。

友成站在院里，看着小女儿说："跳吧，没事，大不了摔一下。"

海兰心想，第一跳想都没想就跳下去了，怎么第二跳还腿抖了。她看着潮湿的地面，像一块土灰色的海绵，接着一咬牙就跳了下去。当她跳下去时，发现地面绵软，并没有想象中那么可怕，只是下落中那几秒失重的感觉有点吓人。

如此地上、墙上反复练习了几周后，父亲让她取下沙袋来走几步。她试了试，果然有种身轻如燕的感觉。于是，她高兴得爬上了屋顶，但自家的屋顶一上去就感觉脚底下打滑，根本没法像电视里演得那样，在屋顶上奔跑。这时，她才意识到电视里的轻功和飞檐走壁是假的。

海兰并没有很快就放弃飞檐走壁的愿望，仍坚持练习绑着沙袋走路，跳上跳下，以至于后来，她走路的速度比常人快了许多。有时，她还会学戏曲里面那些旦角出场时莲步轻移的样子，她觉得那样走路很优美。但终究没能实现飞檐走壁。

第二十四章 狗狗葬礼小友悲

寒露过后，关中平原上的玉米基本收完了，冬小麦也播种完了，地里基本安顿好了，人们便也闲散了许多。

午饭后，海兰去喊梁少红一起玩耍，进门就看到他们一家人围站在院子里。海兰凑过去看，发现少红的大哥梁义红蹲在地上抚摸着他的小黄狗，看起来十分伤心。他的母亲站在一旁叫他先去吃饭，父亲看着大黄狗没说话，他的弟弟、妹妹都蹲着，抚摸着侧躺在地的小黄狗。

海兰一向心直口快，问梁少红："你哥的小黄狗怎么了？去世了吗？"梁少红没有说话，只是点了点头。

海兰看着他们伤感的样子说："别难过了，它只是睡着了而已。"

过了一会儿，孙海珍、孙云飞、孙云妮都来了，大家都不约而同地为小黄狗默哀起来。

忽然，梁义红站起来对父亲说："我想去找个地方把小黄埋了。"梁望权看看儿子，说："好，爸给你找个平板车去。"梁义红站起来去屋里找化肥袋。

小伙伴们开始七嘴八舌，议论纷纷。

孙云飞问梁少峰："小黄怎么会死的？"

梁少峰指了指狗的头部说："你看看它的嘴边，吐过白沫，估计是误食了老鼠药。"

孙云妮说："会不会是被人喂了有毒的东西？"

海珍说："有可能。"

梁义红把洗干净的化肥袋拿了出来，大家一边议论，一边把狗狗抬起来放到了袋子上。

这时，梁望权推着一辆平板木质独轮车进院里来了。大家拽着袋子的四个角，合力抬起小黄狗放到独轮车上。看到这么多小孩子，梁望权就把独轮车交给了大儿子梁义红来推，毕竟他已经长大了，该放手让他自己推车子。

梁义红从父亲手中接过独轮车，这是他平生第一次推独轮车，他颤抖地抓着两个把手，慢慢往前推着，车子晃晃悠悠。他没想到这个独轮车是这样难以驾驭，比两个轮子的架子车要难得多。还好有一群小伙伴们跟着，左右扶着，走了几步就稳当了些。

梁少峰扛着铁锨，孙云飞拿着小铁铲，两个人并肩走在前面开道。其余小伙伴则合力推着独轮车。

从梁义红家出发，一路都是崎岖不平、沟沟坎坎的土路。七个小伙伴就像临时组成了一支送葬队伍，庄严地往不知名的"坟地"走去。

梁义红边推着独轮车，边想着坟地的选址。他很喜欢村里不远处的一条林荫小路，心想，那条路相对安静，不如就埋在那里吧。

村子南边有大片大片的农田，还有几个农庄，都是其他村的。本村的地和邻村的地中间，有一条约莫三米宽的土路作为分界线。

这条路很长很长，路两旁种了白桦树。树有碗口粗细，整整齐齐，高大而挺拔。每当站在树下抬头看，会有一种特别的感觉，感觉自己像一只小蚂蚁，而树是那样高大。每当秋风吹来时，树上的叶子仿佛全都被染了金色，随风轻舞着，在枝头上打个旋儿然后簌簌落下。飘落一地的树叶，像是给这条看起来有点狭长的小路铺了一条金色的地毯，显得格外美丽。

一到周末，海兰就和小伙伴们到这个林荫小路来玩耍，捉迷藏、丢沙包，夏天的时候甚至还会来旁边的小南河下游捉鱼虾。

梁义红推着独轮车走到林荫道中间靠路边的位置停下了。大家一起将小黄从车上抬了下来，放在草地上。梁义红用脚在草地上画了个圈，说："就这吧！"接着，梁少峰和孙云飞就开始挖"坟地"了。

梁义红蹲在小黄旁边，用手轻轻地梳理着它的毛发，一脸悲伤。他心想，小黄埋在这里，就可以看到这些美丽的树叶。在这条林荫道上，除了落叶，还有秋天盛开的野花，红的、白的、紫的、黄的、粉的，各色小雏菊，就像一朵朵迷你版的太阳花。

海兰和其他小伙伴一起到旁边的草地上摘了野花。

不一会儿，坟挖好了，一个长方形的土坑。大家默默注视了一会儿小黄，然后一起将它抬起来，慢慢地放进了土坑里。

海兰提议说："要不给小黄的身上盖点树叶，这样它就能暖和点了。"

大家一致同意，于是，海兰、海珍、梁少红和孙云妮一起在地上捡树叶，然后一片片盖在了小黄的身上。

海兰看着小黄蜷缩在那个土坑里，身上盖着金黄色的叶子，仿佛披着一条金色的毛毯睡着了，神情是那样安详。

梁义红站起来，最后看了一眼小黄，咬咬牙说："埋吧！"于是，小伙伴们便蹲下来，围成一圈，一起用手刨土掩埋。一眨眼的工夫，已经看不到小黄了。黄土越堆越高，梁义红湿了眼眶。这是他从磨性山庙会上买回来，养了好几年的小黄狗，却平白无故就死掉了，他十分伤心，一时无法接受这个残酷的现实。

海兰等四个女孩将摘来的野花用马尾草扎成了一束束花，插在了小黄的坟头上。梁义红在林荫路上转悠了半天，寻到了一块木条，于是，用随身携带的铅笔刀，刻了一个墓碑给小黄。

这是小伙伴们第一次参加"葬礼"，也是第一次亲手埋葬了一位"小伙伴"。大家插好花，立好了"墓碑"，然后一起给小黄鞠躬。

对于六岁的海兰而言，这场小小的葬礼让她感受到生命的可贵与脆弱。小黄狗对她而言，是跟人一样平等存在的生命。她想，每个人或许都要死去，但是不论明天怎样，也在要今天努力实现自己的愿望，这样才能无怨无悔地离开人间吧。

秋风萧瑟，埋完小黄，夜幕已经悄悄降临，梁义红仍旧推着独轮车，其余小伙伴们紧跟在他两侧，大家一路默然无语地往回走……

第二十五章 亲娘教女碾辣椒

秋收以后，家家户户仿佛被玉米包裹了一般。门前、院子里、房顶上、院墙上，甚至房檐下，全都挂上了金黄色的玉米。家家户户，仿佛置身于玉米的海洋，看起来是那样殷实和富足。

每逢霜降时节，红辣椒在秋阳的持续暴晒下，变成了干辣椒。红莲安顿小儿子睡午觉后，便从大屋出来，走到大门口的土地堂前，用手捏了捏挂在土墙上的红辣椒，又将其中一个辣椒从辣椒串上摘下来，双手掰开，仔细看了看，说："干了，可以碾辣椒面了。"她一边自言自语，一边走到后院柴房中拿出一个大簸箕，折返后又将院墙上挂着的几串红辣椒摘下来放进簸箕里。

她将簸箕端放在院中阳光下，又进厨房，从门后用力将许久不用的药碾子搬了出来。药碾子上已经落了一层灰土。这东西虽说叫药碾子，但家里很少用它来碾药，多用来碾辣椒和五香粉。

红莲将药碾子放进水池里，正要压水清洗时，海兰从门外进来了，她刚去刘天虹家玩耍了。

"妈，你在弄什么？"

"准备洗一洗药碾子,碾辣椒。"红莲一边用压水井压水,一边说。红莲尽可能轻手轻脚地干活,好在海熊睡觉沉稳,没被吵醒。

"我帮你洗吧!"海兰说着就接过压水井的压杆。红莲便放开手,任由小女儿去洗。她从柴房找了铁剪刀出来,坐在小凳上,将一簸箕的红辣椒一个个掐头去尾剪短。

海兰一边在水池里清洗药碾子,一边问母亲:"这个碾子不是石头的,看起来像铁的。"

"是铁的。记得我小时候,村里只有一个石磨盘,有牛有驴的人家用牲畜拉磨,没有的就用人拉。全村就一个磨盘,刮风下雨天还弄不成,只能等风和日丽的时候,因此要排队,每次都要等很久。现在方便多了,铁质的碾子,很多人家都有。虽然重了些,容易生锈,但总归是方便多了。"

海兰一边仔细清洗,一边观察着这个大物件。一个梭形的碾槽,两头尖,中间大而空,一个碾盘,木柄从盘心穿过。她仿佛从未注意过这个东西一般,看了又看。清洗完后,她两手抓住木柄,使劲将碾盘提起来,放到了院中。她又试图将碾槽提起来,然而竭尽全力,碾槽岿然不动。她见过梁少红家的碾子,比自家的小巧。她感觉同样是药碾子,小巧的显得精致,大的反而笨重。

因为拎不动碾槽,她去厨房喊了母亲帮忙。厨房里已经散出辣椒的呛人味,海兰忍不住咳嗽了几下,红莲忍着呛,已经将剪短的红辣椒放在大铁锅中炒干了。她一边用铁锅铲将辣椒舀出来放入圆形铁盘中,一边跟海兰讲:"炒辣椒的火候十分重要,等你长大了,一定要记住,火候只能小,不能大,要小火慢烤,还要不停地翻搅,要将整个辣椒炒均匀,看到辣椒略微出现焦黄,就要停火。"

海兰用手捂着鼻子,回应母亲:"好的,我记下了。"

"对了,碾子洗好了。"海兰跟着母亲的步伐,走出了厨房。

红莲麻利地将一簸箕炒好的红辣椒端了出来,放在院中,又进厨房拿来抹布,将碾子细细擦干,放在阳光下晾晒了一会儿。

海兰帮母亲从厨房拿了三只洋瓷碗、一只铁汤勺和一只小铁勺。

红莲用手摸了摸碾子,已经干透。她用铁汤勺将辣椒从铁盘中盛出来，放入碾槽中，放到靠近碾槽边缘线的时候才停手。然后，她抓住手柄，双手提起碾盘放入碾槽中，只听咯吱吱一声声脆响。红莲双手快速推动碾盘，在碾槽中不停地前后滚动。

海兰坐在母亲身旁，看着碾槽中的辣椒由大变小，由多到少，辣椒面渐渐成型。空气中弥漫着一种又辣又香的味道，呛的海兰直打喷嚏。

"自家做的辣椒面就是'蹿'。"海兰忍不住赞叹。

"就是的！"红莲转过头，用胳膊捂住嘴，打了个喷嚏。

"妈，让我试试吧，我也想碾辣椒。"海兰忍不住脱口而出。

"可以，你只要不嫌呛人就试试看，我先把这一槽的粗辣面倒出来。"红莲说完就将碾盘提了出来，放在簸箕上。她又用铁汤勺将辣椒面舀出来放入洋瓷碗中，用小铁勺将碾槽中最下面的辣椒面刮了刮，倒入碗中，然后站了起来，把座位让给了小女儿，又将碾盘小心翼翼地抬起来，放入碾槽中。

海兰兴高采烈地接过母亲手中的碾盘，坐在小凳上，回忆着母亲刚才的流程，将炒好的辣椒段放入碾槽中，然后开始碾辣椒。

然而，碾盘在她手中，就像醉酒的人一般，左摇右晃，将碾槽中的辣椒段都挤出了槽外。

"看起来很简单，没想到做起来却不容易。"海兰说着试图稳住碾盘。

"人世间有很多事情都是这样的，说起来容易，做起来却往往没那么简单。"红莲说着，蹲下身帮女儿纠正姿势。

在母亲的帮助下，海兰很快便掌握了碾辣椒的基本要领。碾盘很重，双手抓着碾盘前后推来推去，推了二十多分钟，海兰便已经感到肩酸胳膊痛了。

红莲看到女儿碾辣椒已经有模有样了，便进了厨房，将昨夜发好的一盆面端到厨房，开始揉面，准备蒸馒头。

她将案板上整理了一下，留出一大片空间，用干抹布擦了擦，撒上面，又将那一大盆面倒扣在案板上。她用力将面从盆中撕扯下来，先整体揉了一遍，又将面切割成三块，分别揉了揉。

红莲很想给孩子们蒸点儿包子吃，但蒸包子实在费时间，她如今一个人照顾四个孩子，力不从心。蒸菜包子和三角形的糖包，只能推到年底，平日里只能蒸点馒头、花卷。

面揉了一遍又一遍，揉到光洁如丝的程度才作罢。这样蒸出来的馒头，细软喷香。揉完面之后，她又将面用菜盆盖住，再醒一次。

院子里，海兰碾辣椒面的速度越来越慢了，因为太累，她实在没有想到碾辣椒面如此费力。碾到后来，她从凳子上站了起来，双手推着碾盘，就像四脚兽那样，整个身体拱起来，来回推动碾盘。

按照母亲的要求，她碾了粗面、中细、细面三种辣椒面。

"妈，为啥要碾三种辣椒面？"海兰忍不住问母亲。

"三种辣椒面有不同的吃法，一般吃油泼辣子面时，用粗面辣椒泼油；吃油泼蒜汁时，用中细辣椒面泼油；吃臊子面时，用细面辣椒泼辣椒油。当然，这是咱家的吃法，有时候也不分这么多，粗的细的都一起吃，也可以混合吃，就看各家口味。"红莲仔细回答女儿的疑问。

"原来如此。"海兰恍然大悟。她感觉她对这个世界的认识，一年比一年深，对同一件事情的认识也一年比一年多。就一个辣椒面，竟然还有这么多门道。

"你要累了，妈教你另一个办法。不要站着碾辣椒，太危险了，一不留神就趴在碾槽里了。"红莲说着，已经进了里屋，端出来一把红漆木椅放在了碾子一端。海兰默契地配合母亲，将小凳移到了旁边。

"来，你看看。"红莲说着坐在凳子上，将鞋子脱掉，然后双脚踩着碾盘的木柄，快速蹬了起来。

"用脚踩相对省力些，但不好控制。不过练一练也就会了，没什么难度。"红莲说完就放下碾盘，穿上了鞋子。

"来，你试试！"

"好的，我试试看！"海兰说着也坐到椅子上，学着母亲的样子，脱了鞋，双脚踩到碾盘的木柄上。结果，没有踩稳当，差点将碾盘踩翻了，还好母亲扶住了。

"别着急，慢慢来。"红莲赶紧把碾盘扶起来，海兰重新踩上去。

"脚掌轻推，然后，脚尖用力将碾盘钩回来。"红莲在旁指导着。

红莲觉得小女儿十分聪慧，一学就会，果然，她很快就掌握了技巧。

"好了，你慢慢来，还剩下一点，不要着急，稳住，我去蒸馒头了。"

你一会儿碾完辣椒，记得把这里收拾干净，再剥点蒜。"

"好的，妈。"海兰高兴地双手抓住椅子边，双脚稳稳地扣住碾盘，来回推动。

红莲回到厨房，这时候，揉好的面已经再次虚发。她专心蒸起了馒头。厨房内外，母女二人，各自忙碌着。在忙碌中，感悟着各自的人生。

这时候，阳光从西墙外的豁口处照了进来，整个院子，洒满了金辉。

第二十六章 制镜玻璃伤人手

冬天在不知不觉中到来了关中平原，雪花总是在无数次期盼后，才懒洋洋地飘落，而大部分时间，因为气温不够低，落地即化。关中地区的冬季基本维持三个月。过了正月，不出意外，崖壁上的迎春花都会盛开。

用阳历来计算节气，通常不如农历计算准确，而农历也称作阴历，属于民间流行的计时方法，所以关中平原上的人通常用农历记录生日，婚丧嫁娶也看农历择吉日。

一九九二年的冬天，天气比往年冷，鹅毛大雪覆盖了整个平原，南有秦岭护着，北有土塬遮挡，中间这块八百里平原上的人很幸运，很多年都是风调雨顺过下来的，关中平原上的人过得也相对安逸，没吃过太多饥寒交迫的苦头。因而，这片土地孕育了深厚的农耕文化，西周的基业在此处落地生根，秦都也建在了北塬上的雍城。诸葛亮七擒七纵孟获，最后鞠躬尽瘁，埋在了五丈原。韩信出谋帮刘邦夺取关中的著名战役，"明修栈道、暗度陈仓"也在此处……

友成每每想到自己出生的地方有这么厚重的历史，常常引以为傲。他深爱着这片土地，但是，却没有找到一条让自己的才能充分发挥的地方。

从部队退伍转业后，他到了杨沟乡的制镜厂，这个厂属于公办工厂。每个月除去工资，还经常发放劳保用品。自从他进了厂，家里一年四季用的手套、毛巾、枕巾、香皂、洗衣粉就没缺过。每到年底，炕头上悬挂的大木箱里都快被塞满了。厂子里每年还组织旅游，周边的钓鱼台、周公庙、炎帝陵、法门寺、大雁塔、兵马俑全都去过，这样的待遇在当时算很好了。然而，待遇好的地方也有危机，这是友成未曾料到的。

某夜凌晨十二点多，他从噩梦中惊醒。孩子们被他吓得蹬了一下腿，红莲睡在旁边，也被吓得心脏怦怦跳，立刻问他怎么了。

友成从炕上坐起来，头上还冒着冷汗，却很冷静地说："做了一个梦，梦到一只大黑狗追着咬我，我就使劲跑，跑到了一处悬崖峭壁，无路可退，没有跑脱，被恶狗咬了手，咬得很疼，那种被咬的疼痛感现在还在手上。"说完，他下意识地举起梦里被咬的左手看了看，没有任何咬痕，手完好无损。

红莲听到这个梦后，眉头紧锁，心里总觉得不好。她想了想说："你明天要不别去上班了，在家里待着吧。"

友成摆摆手说："没事，就是个梦而已，没什么大不了，我不信鬼神，更何况一个梦！我只信科学，不说了，睡吧。"说完就躺下了，没事人一般，不一会儿，呼噜声都响起来了。红莲听完这个梦，却半宿没有睡好。因为她信鬼神，她的母亲给她讲过许多神奇事件。

次日一早，雪照亮了天地。放眼看去，村庄、农田都是白茫茫一片，整个大地仿佛穿上了洁白的睡衣。向南望去，遥远而又逼近的秦岭山头上也覆盖了白雪，看起来是那样亲切。冬天的树上，只有麻雀不惧冷，一早在枝头喳喳叫着。友成吃完早饭，一边欣赏着雪景，一边往工厂走去。

大女儿带着小女儿去上学了。红莲抱着小儿子坐在暖炕上喂奶。海熊不知道为何，就是不肯好好吃奶，闹腾了好半天。红莲的右眼皮突然猛跳了几下，她嘴里念着："左眼跳财右眼跳灾，会是啥事呢？哎……是福不是祸，是祸也躲不过，罢了。"

不一会儿，听到有人推开大门，急匆匆往屋里走来，还没看到人，就听到来人喊："嫂子，嫂子，在吗？不好了！友成哥受伤了，你快去看看！"来人竟是友成的同事黄商仁。

红莲听到这话，立刻给小儿子穿戴好棉衣，抱起儿子就跟着黄商仁走出了大门。这人比友成小几岁，长得五大三粗，长方形脸，很黑，颧骨高耸。海熊满月时，他来喝过满月酒。红莲一路在想，好端端的怎么会受伤呢？

她不由得边走边问："你友成哥怎么样了？哪里受伤了？怎么会受伤呢？"

黄商仁支支吾吾地答："他的左手被玻璃划了，手上的皮被划破了，人已经在县医院了。"

红莲听后，脑袋一阵眩晕，浑身顿觉无力，险些摔倒在地。小儿子这时也不知怎么哭了起来，哭得很大声，仿佛听懂了大人们的谈话。红莲使劲裹了裹包孩子的褥子。此时漫天飞雪，她三步并作两步，走到了路边，打了一辆三轮蹦蹦车。黄商仁并没有随她去医院，而是回了制镜厂。

那时，乡下很少能看到汽车，人们出行主要靠步行或者骑自行车。太远的地方，就坐三轮蹦蹦车。一辆三轮车加个棚顶，里面挤一挤可以坐七八个人，五角钱可以走十公里。

从家里到县医院，蹦蹦车足足行了半个多小时。红莲急得直冒汗，海熊还算乖，一路挤在蹦蹦车里也没有哭闹。

到了医院，问了护士，她就到急诊室的病房里找到了友成。看到丈夫躺在病床上，一只手裹满了绷带，她顿时泪如泉涌。她甚至都没有留意到病床边还站着友成的大姐孙秀兵和制镜厂的厂长刘德贵。

她把孩子放到床上，就趴在床边歇斯底里地哭了起来。她无法抑制自己的眼泪，而海熊听到母亲的哭声后，也跟着哭了起来。整个病房八张床，其他床铺的病人及家属都不约而同地看着他们。友成看到媳妇跟儿子来了，也忍不住心里酸酸的。男子汉大丈夫，流血流汗不流泪，他忍住没落泪。

孙秀兵在一旁安慰弟媳说："红莲，没事了，别哭了，已经缝好针了，现在脱离危险了，明天可以转普通病房了。"

厂长刘德贵，戴着黑毡帽，大腹便便的样子。他扶了扶方框眼镜，很不好意思地对红莲说："这件事情，实在抱歉，友成跟王拴柱抬玻璃的时候，不小心把手划伤了。这个……这个医药费我们厂全部负责，这几天给他算病假，好好休息，好好养伤。"

友成第一次看到厂长这么低声下气地跟人说话，平日里他都是一副趾高气扬的样子。他觉得要给领导一个台阶下，于是连忙说："厂长，我没事了，您先回去吧，这里有我媳妇和我姐在呢，您放心吧，过几天就好了。"

孙秀兵也顺势搭腔说："是的，您先回去吧，这里有我们看着呢。"

刘德贵听到友成的话，如抓了一把救命稻草在手，赶紧说："好的好的，那你先好好休息，手术费、住院费我都交过钱了，你就不操心了，好好休息养伤，过几天我再来看你。"说完，灰溜溜地走了。

红莲哭了一阵，哄了哄儿子，哄睡着了，就把他放在友成的右边。看到厂长这么心虚地走了，红莲觉得事情不简单。

孙秀兵看到厂长走了，自己待着有点碍事，就跟友成说："你好好休息，红莲在这照顾你，我先回去上班了，下午再来看你。"

友成说："好的姐，你先回去忙吧，我没事了，红莲在这呢。"

红莲也接过话说："是的，大姐，你先忙，这里有我呢。"

孙秀兵走了，红莲坐到床边，泪眼婆娑地问友成："手还疼不疼？"

友成脸色苍白，疲惫地靠在床头，有气无力地说："刚做完手术不疼，这会儿麻药的药效过去了，非常疼！"

红莲听了，难过得不知道说什么，又问："到底是怎么回事？谁伤的你？怎么会伤成这样？"

友成说："我跟王拴柱一早抬玻璃装车，雪还没有化，地上比较滑。记不清当时是我们俩谁先滑了一脚，人家反应快，瞬间撒手，把玻璃推给我，自己跑远了。我原本也想撒手，但不忍玻璃破碎，想挽救一下，结果一沓十片大玻璃就从我的手掌到手背划了下去。手筋断了，手背上的皮和肉全都被玻璃刮掉了，地上的雪都被染红了一大片。当时，我疼得死去活来，同事们找了布条给我把手裹住，用厂子里的货车送我到医院的。还好只是伤了皮肉和筋，没有伤到骨头里面，不然这只手就废了！"

红莲听后很难过，她知道一块玻璃的面积有多大，通常得有二乘二平方米，十块玻璃的重量，两个成年人抬起来都很吃力。

她说："王拴柱就是车间主任黄商仁的表弟吧？就是他来家里说你受伤的，难怪他没有跟我来医院，合着是怕我骂他吧。他表弟什么德行？跟你搭档，不好好干活，整天溜奸耍滑。你们那个车间主任是故意把这种懒人分给你做搭档吗？看你老实人，勤快。前几天你不是说他跟你商量，想偷偷拿走厂里几块镜子吗？你没有同意，那这事，他是故意的吗？以此报复你？"

友成听了红莲的分析，说："这事不好说，地上全是雪，脚底打滑也是正常的，但说打击报复也有可能，谁让人家的表哥是车间主任呢，有恃无恐。这事说不清楚，怪只能怪我自己，谁让我反应慢呢。眼看镜子都快装到车上了，谁能想到就在那一瞬间，出事了！人家都撒手跳开了，而我却傻不拉几，怕镜子摔碎了，赶忙用手接着，结果手也划了，镜子也碎了。"

友成叹了口气，接着说："哎……命背得很！"

"出了事，王拴柱人呢，怎么不来呢？好歹他也得给咱一个说法。"红莲义愤填膺地问。

"送我到医院后，人不知道去哪里了。"友成解释道。

"做贼心虚！过几天我去找他理论，不管怎样，他都要给我个说法！你这受了多大罪，手上的筋都断了，皮肉都没有了，以后怎么办？"

"哎……算了，别去了，去了也白去，自认倒霉吧。你去找他，他能说是他故意的吗？他肯定会说是我滑了一跤，他反应快，跑掉了，这事说不清楚，又没有证人。车在厂子外面，当时就我们俩在抬玻璃装车，其他人都在生产车间。他哥哥是车间主任，得罪了没咱好果子吃。咱们既然已经吃了亏，厂里也承担全部医药费，咱们就别追究了，下次我多留心就好。"

红莲听完丈夫的分析，眼里噙着泪，看来这事只能忍气吞声了，但是她不甘心。她已经想到过几天去厂里侧面打听打听，了解一下情况。

红莲问："那你的手以后还能下地干活吗？"

友成说："没有伤到骨头，应该不影响上班工作。只是伤好后，手就不是正常的手了，表皮可能会比较吓人。"友成原本想说，医生叮嘱他以后不能拿重物，但是看到媳妇这么担心，便将那句话压到了心里。

红莲了解情况后，心里踏实了一些。她嘱咐友成躺下睡会儿，顺便看着海熊，自己去医院商店买了饭盒和筷子，又去食堂买了饭票。

等她再次回到病房时，友成的父亲孙世列、大哥友德、二哥友东、四弟友怀、妹妹玉兵全都围在了床边。红莲点头问了好，然后对坐在床边的公公说："爹，对不起，是我不好，没照顾好友成。"

孙世列看到儿子的伤势，已经气得嘴唇发紫，虽然四个儿子里面，就数老三友成最淘气、最无能，他最不喜欢的就是老三，但是看到儿子受伤的这一刻，他的心也如针扎一般地痛，差点当着众人的面老泪纵横，他强忍着才没有落泪。孙世列戴着黑色圆顶毡帽，拄着龙头拐杖，穿着黑色对襟褂子和阔腿裤，足蹬一双深蓝色老布鞋。一身打扮，活脱脱就像民国时期的地主。

听到儿媳道歉，他板着脸说："没事，不关你的事。"

他用那根金丝楠木精雕细琢的龙头拐杖在地上顿了几下，用命令一般的口吻对大儿子孙友德说："去找那个王拴柱问话，问清楚到底怎么回事儿。"

孙友德连忙说："好的好的，我这就去问。"说完就走了。平日里出门，几乎所有人都对他点头哈腰，但是在他的父亲面前，他知道自己几斤几两，一直都是唯唯诺诺、百依百顺的孝子模样。

孙世列又对儿媳说："你今天趁着天亮先回家，还有海峰、海珍、海兰等着你回家照顾。友成这里，我让秀兵、玉兵她俩轮流照顾。"红莲点头说好。

过了一会儿，公公等一行人回去了，红莲顿时松了口气。海熊也比较乖，睡得熟，没有哭闹。

下午三点，友成催着红莲抱着孩子回家去。冬天，天黑得早，虽然雪停了，但路上不好走，车少。

红莲正在犹豫时，大姑子孙秀兵提了一网兜苹果进来，跟红莲说："你回去照顾娃们吧，这里有姐呢，你放心吧！"

人一旦受了伤，就会变得脆弱。友成竟有点儿舍不得媳妇跟儿子走，但是他也知道，家里还有三个孩子，不舍得也得舍。

红莲的内心很矛盾，心想，丈夫受了这么重的伤，自己应该陪在身边，但是家里的孩子能交给谁呢？婆婆的眼睛近乎失明，公公腿脚不便，其他妯娌也都忙着操持各自的家，而母亲远在平阳上班，谁来帮忙照顾孩子们呢？想了半天，只能回家去了。好在大姑子在虢镇，照顾起来也方便。

红莲抱着儿子，依依不舍地离开了医院。想到丈夫被玻璃划伤的那一幕，想到那只血肉模糊的手，想到他的手上被缝了无数针，她心痛不已，泪水止不住的流着……

第二十七章 村花出嫁排场大

友成的大姐孙秀兵，家里排行老二。她个子高挑，一米七，瓜子脸，肤白貌美，算得上全村最漂亮的姑娘，就是方圆十里的姑娘加起来，她排第二，没人能排第一。

早年间，孙秀兵心高气傲。当时村里的姑娘都嫁给了邻村的人，最远的也就渭河以南的地方。村里的几个帅小伙都爱慕她，上门提亲，她都让父母一一谢绝了。

初中毕业后，她去了城里打工，进了一家国营五金店，当了柜台售货员。

工作中，她遇到了一位倾慕她的男顾客，对她照顾有加，送礼请客，无不殷勤。后来，她就想嫁给那个男的。

但是那个男的个子不高，家境一般，长得皮糙肉厚。为此，遭到全家人的强烈反对。大家都觉得那个男的实在配不上他们孙大小姐。

孙秀兵坚持抗争，要自由恋爱，不听父母之命、媒妁之言，不愿嫁给邻村村主任家的儿子。后来，孙世列的好友，住在城门外的道士说了几句话：姻缘天注定，强求不得。孙世列听后如醍醐灌顶一般，回去就同意了女儿的婚事。

从此，孙家大小姐如愿嫁到了城里。虽然从外表看，那个姑爷配不上他女儿，大家也都看在眼里，好在人算老实，孙世列也就放心了一些。

孙秀兵出嫁那天，孙世列给大女儿的嫁妆让村里人瞠目结舌，连连赞叹。食撂几十个，龙凤呈祥的绣被十床，古式的五子登科绣枕套十件，新式四方带裙边的秀枕六套，梅兰竹菊图样的绣鞋各一双，金钗、银钗等各种头饰若干件，绣花喜服若干。

还有那时候结婚讲究的三转一响，即收音机、缝纫机、自行车为"三转"，手表为"一响"，一样不缺。除此之外，有两个新式大红皮箱、衣帽架、梳妆镜、红囍字脸盆、脸盆架，还有十几食撂的花馍等。

花馍，在关中地区有很多样式。西府的花馍和东府的花馍形成了各自特色，但相同点都是在白馍的基础上点缀各种面花。花馍又叫面塑。常见的面塑有花、鸟、虫、鱼、兽等形状。

西府花馍最简单的样式莫过于在蒸好的大白馍上，点六个花瓣形的红点。复杂一点，就将各种简单的面花贴在白馍上；再复杂一点，面花单独制作，最后用竹签之类将面花插到白馍上。

还有一种花馍叫曲莲，是用白馍做的形似加宽加厚的花环样。可以在曲莲上点缀彩绘的花鸟鱼虫，也可插上各种形状的面花。

通常给孩子过满月时，都要送曲莲。结婚时，亲人也有送曲莲的。

曲莲一般放在食擩里供人观赏，孩子满月通常送单层的曲莲，结婚一般都送双层的曲莲。

宴会时，曲莲会被切成厚馍片，蒸热了分给亲朋好友品尝，也是分享喜悦和幸福，吃了就表示同沾喜气。而花馍一般会当作回礼装进食擩或包袱里回赠给送礼的亲友。

花馍属于礼尚往来的馍馍，承载着人们朴素而美好的祝福。一般谁家结婚都会提前两三天找村里健康长寿，家里无病无灾、心灵手巧的老人们一起制作。

做花馍需要一整天的工夫。先和面，然后把生面捏成各种形状，再放入锅内蒸熟，等馍馍自然冷却后，用红、黄、蓝、绿、紫五种植物颜料给馍馍上色，这种颜料一般吃了也没事。

婚嫁的曲莲，一般做成龙凤呈祥的样式，曲莲相当于花馍里的主角，再加四到六个大花馍做配角，就组成了婚嫁时的一套花馍。

舅舅、姑姑这样的重要角色在侄女出嫁时都需要送这样一套花馍，外加别的东西。

在二十世纪七八十年代的关中地区，花馍是走亲访友、礼尚往来的必备礼物。谁家婚嫁时收到的花馍多，说明家族昌盛。

孙家人丁兴旺，亲朋众多，在整个南河滩村独一无二。单是给女儿的曲莲就抬了十食擩，代表着十全十美的寓意。那一天，据说盛放嫁妆的食擩从孙家大门口摆到了城门外，全村人都来围观了。

人们边看嫁妆，边议论纷纷。

有的说："这姑爷长得太矮了，配不上孙家大小姐。"

有的说："矮就矮吧，人家从村里嫁到了城里，以后是城里人了。"

有的说:"身高不是问题,人家喜欢就行了,你们有啥不满意的。"

有的说:"嫁得挺好,你看咱们村有几个女娃嫁到城里的?这是第一个。"

人生是一场未知的旅途,旅途中充满了无数次选择。谁也看不清自己的命运,怎么选是对的,怎么选是错的。

想当初,红莲在他们红塬村也是小有名气。从小学到高中,她都算得上学校的校花。每次学校文艺汇演,她都是主持人;每次表演节目,台下都是一片欢呼声。她虽然个子不高,但论长相也不逊于大姑子,然而命运却有天壤之别。

她的婚姻是父母之命定下的,而非自由恋爱。她的母亲掌管家中一切,比较强势,母亲说嫁给谁,她就得嫁给谁。

红莲想起友成给她讲过的大姑子的故事,甚至有几分羡慕和佩服。虽然那个男的长得差强人意,但人家是城镇户口,人家的孩子从一出生就在城里,住在干净整齐的楼房里。她呢,曾经的校花,现在却沦为笑话,嫁给了一个普普通通的男人,除了个子高,长得端正,祖上是大户人家外,什么也没有。

看到大姑子穿戴得那么时髦,再看看自己,一身村妇装扮,年纪轻轻却是要多土有多土,她的心里有点不是滋味,甚至有点后悔,上学时没有谈一场轰轰烈烈的自由恋爱,但现在后悔也晚了。

记得当时班里有多少男生追她,她都拒绝了。她后悔自己当时的高傲和冷僻。曾经追求她的一个男生,后来追求了自己的好友,两个人一起去了北京。如今,已经在首都定居了。

回家的路上,她思绪纷乱。她跟这个男人之间没有什么深刻的感情,纯粹是父母之命、媒妁之言使然的婚姻而已。没有生小儿子之前,友成是怎样奚落她生不出儿子来,怎样百般辱骂她的,她大概一辈子都忘不掉,但是看到友成受了伤,她还是免不了心里难过。毕竟一日夫妻百日恩,更何况这么多年都过来了,或许她已习惯了这样的生活。虽然这并不是她想要的生活,但也无可奈何,这或许就是命吧。这样想着,她的心里舒坦了很多。

第二十八章 海峰上学路坎坷

为了省钱,友成在医院只待了七天,拆完线就出院了。这七天,红莲抱着小儿子往返于医院和家里好几回。还好,医院离家不算很远,来回两小时,也幸亏小儿子海熊喜欢睡觉,抱着他也不闹腾。

厂里说给报销所有费用,但最终只是出了前期的手术费和诊疗费,后期康复阶段的医药费全部由自己承担。友成没敢跟父亲说,怕他让大哥去找王拴柱算账,影响复工。毕竟王拴柱的表哥是车间主任,而这件事既没有目击证人,即便有,也不会有人站出来做证,又没有旁的证据,只能不了了之。

出院以后,友成的手还没有恢复好,无法上班,只能居家静养。

时间或许是最好的良药。在家待了一个月,友成渐感恢复得差不多了,手可以活动了,只是手上的皮还没有完全长好。大概因为冬天冷,伤口恢复得慢。

在家里的这段时间,他发现大儿子的腿越来越不好了,原来还能走几步,现在下床,腿都站不直。

想到大儿子以前放学回家时经常是鼻青脸肿的,不是被人打的,就是自己摔的,他就很心疼。因为海峰的病情特殊,学校知道情况后特批他上课下课时间可以灵活安排,也可以随时走,当然学费一分不少。

为了避免上学路上被别的孩子欺负,海峰通常都会避开正常上课时间去学校。吃完早饭,他会回自己屋里睡一会儿后再出发。

到学校时,如果老师在讲课,他就坐在门外房檐下等一会儿,等老师下课,他才进去。如果出现腿抽筋,或逢雨雪天,他干脆就不去上课了。

因为同学们对他异样的目光,他的自尊心很受打击,也因此失掉了自信,上学也不如以前那么积极了。他这样断断续续地上课,导致学前班读了两年,都没有升级。

虽然在课堂上,权老师问"3+5=?"等类似的问题时,他总是第一个举手回答,并且每次都回答正确,权老师也经常夸赞他,但是也禁不起少数同学的嫉妒和打击。下了课，他坐在桌前，班里的"淘气鬼"就来捉弄他。

尽管会有好心的同学过来帮忙劝解，但是没用，对于那些坏同学，他们背后都有高年级的"大哥"撑腰，大部分同学是能躲就躲，绝不招惹。

一次课间，五个坏同学来欺负他，骂他是瘸子，他回骂了一句："你才是瘸子！"结果被打倒在地，半天站不起来。他也还手了，但是双拳难敌四手，最后被人家打得鼻青脸肿。

回到家，母亲问他是不是又跟同学打架了，他说："不是我的原因，人家先骂我，我还了嘴，人家一起打我。"红莲听后难过极了。

次日，她带着海峰去学校找班主任权老师说明情况。权老师知道后在班会上狠狠地批评了那五个学生，并且让他们写检讨，也罚了站。但是，并没有达到以儆效尤的目的，他们反而变本加厉地欺负海峰。

在一天放学路上，海峰跟同村的刘伟兵一起往回走着，半路就被截住了。那五个欺负他的坏同学居然找了两个高年级的同学，七个人围了上来。其中，个子最高的男生恶狠狠地说："你就是海峰吧？来，从我们七个人裤裆下钻过去，钻过去今天就饶了你，不然揍死你！"说着，七个人跨步一字排开，用嘲讽的表情看着他们。

海峰虽然腿不好，但是很有志气。看到这群人的时候，他并没有害怕，而是站在那里大声说："休想！"刘伟兵看到人多势众，已经怯场，拉着海峰的衣袖悄悄往旁边挪，却被海峰一下甩开了。这些人见海峰是个硬骨头，不由分说就开始围攻海峰。

就在这时，邵校长恰巧路过，看到学生们在打架，立刻大喊："住手，都给我住手！"那些坏学生看到是校长，立刻四散奔逃。之后，海峰连续好几天都没去上课。

海峰在学前班的第一年，常常过着被欺负的日子。第二年，他学会了隐忍，打不还手，骂不还口。那些坏同学，有的升到一年级，不在一个班了，个别几个留级了。因为海峰的一忍再忍，他们觉得欺负他没意思了，往后就很少欺负他了。

后来，等他想上一年级时，母亲忙着照顾两个妹妹，根本腾不出时间来送他去上学，而父亲一贯主张学习没用，自此，他就辍学了。等到两个妹妹都长大了些，他还想去上学，然而他的腿却走不动了，需要人背着才行。

家里负担太重,他很理解,为了治他的病,父母几乎花光了家里的积蓄。刚从爷爷家分出来时,他们家在村里也算富裕,但因为他的病,现在已经很困难了。他没法因为自己的上学梦而给家人再添负担。再者,他的脚已经无法平直地踩到地面了。如果非要把脚放平,那无异于在掰断他的脚筋,使他痛苦异常。种种原因,他只能辍学,从此,再也无法上学了。

第二十九章 问诊西安遇善人

回顾这些年,孙友成感慨万千,也许人生病的时候更容易回忆过去吧。从大儿子海峰出生到现在,十五年时间,他从未放弃过医治海峰。海峰比同龄的孩子聪慧懂事,有时候还会劝他放弃,但是他不甘心。曾经一出生就让整个家族都为之侧目的孩子,曾经被他的爷爷奶奶器重的小孙子,为什么会成现在这样?他一直在纠结这件事。这么多年,他反反复复,不断思考,究竟为什么?难道是我做了什么缺德事,上天要报复我?那冲我来就好了,为何要这般残害我的儿子?为什么?为什么?每次想到这些,友成便痛不欲生。

他为了治好海峰的病,几乎走遍大江南北。

海峰六岁时,走路经常摔跤。他起初带儿子去县医院问诊,县医院说找不到原因,可能是之前发烧烧坏神经了。友成又背着儿子去了市医院,排了几天队,带着儿子在医院的走廊门口打地铺,最终挂上了专家号。专家给孩子拍了片子,开了药,说是小儿麻痹症,但是吃完药,一点儿不见效。

打针吃药对海峰而言,是家常便饭。从他六岁记事开始,这样的事情已持续了很多年。起初他很排斥,也抗拒过,但所有的抗拒到了父亲那里都是无效的。药很苦,针很疼,对于一个六岁的小孩来说,抗拒是正常的,但是友成不管,海峰要是连续反抗几次,他就直接一巴掌打过去了。

只打了一次，海峰便再也不反抗了，因为他知道反抗是徒劳的。再苦他也要哭着咽下去，再疼他也要咬牙忍着。红莲劝不住友成，为此，夫妻俩常常吵架。红莲怕儿子喝中药太苦，儿子想加点糖，她就同意给加糖，但是友成不同意，他说加了糖就没药效了，一生气就把一包糖全打落在地。

在市医院花了不少钱，但是没有见效。那时的海峰已经七岁了，比同龄的孩子长得还高，而且皮肤白皙，眼睛很大，长得很好看。看到这样聪明可爱的儿子，友成的心里又喜又悲。他咬咬牙，告诉自己不能放弃！儿子身高已经够到自己腰部往上了，而且长大了，他已经抱不动了。于是，他带了盘缠、干粮，背着海峰去了省儿童医院找名医，他不信儿子的病治不好。

记得一九九〇年的夏天，天气闷热，西安火车站人很多，也很乱。当他背着儿子排队等公交车时，突然感觉挂在侧面的背包动了一下，他回头看了一眼，没发现异常，儿子已经累得趴在他的肩膀上睡着了。等公交车的人很多，队伍排得很长。然而过了一会儿，背包似乎又动了一下，一回头他发现背包被划开了一条长长的口子，而小偷拿着他的钱包正快速逃跑。他的心顿时咯噔一下，悬了空。他二话没说，背着儿子拼命去追，然而人太多，挤在人群中又背着孩子，他跑不快。他边追边大声嘶喊："站住，还我钱包！"

那两个小偷显然是惯犯，狂奔了一会儿就消失在人群中。当友成追赶着跑到五路口时，已经完全看不到小偷的踪影了。钱包没了，他心如死灰。那是他这些年辛辛苦苦攒下的一万元，这里面饱含着一位父亲对儿子的希望，然而就这样没了！就这样神不知鬼不觉地没了！

那一刻，他站在原地心乱如麻。有那么一瞬间，他的大脑一片空白，他忘了自己是谁，为何会来到这里，而后背上的孩子又是谁？他险些疯掉。儿子就是他的命！然而治病的钱没了！他甚至想去死！

海峰感受到父亲狂奔时，已经被惊醒了。他紧紧抱着父亲的肩膀，跟着父亲一起狂喊："站住！小偷！站住！"当小偷从视野消失后，他看到父亲的眼角噙着泪，他知道父亲从不流泪，从他记事起就没见过父亲流泪，然而，那一刻，他真的看到父亲的泪光了，他知道这件事对父亲的打击是多么大。他吓得不敢说话，甚至不敢喘息。他知道都是因为他，才会出现这样的事情。如果不是为了给他看病，就不会来这里，钱也不会丢，然而说什么都没用，钱没了！

友成站在人流中思考了好一会儿，从希望到绝望，当他的意识重新恢复时，他感受到背部儿子的重量，又燃起希望。他看到五路口这里居然有一个长途汽车站，于是，他背着儿子跑进汽车站里面寻找小偷。他清楚记得那个小偷穿着黑色衬衫，戴着黑色帽子，个子不高，从背影看去年纪十七八岁。于是，他问了很多汽车司机，是否见过那样的人，一些司机很不耐烦地摆摆手说没有。他甚至去了厕所找，也寻无踪迹。

最后，他找得筋疲力尽，汗流浃背，实在找不到了，就带着儿子去了火车站派出所报警。当他描述完情况后，警察说："都快一个小时了，你怎么现在才来报警。"

友成无奈地说："我要先找你们，小偷就从我眼皮底下跑了。再说，我以前当过兵，也做过侦查。"

警察不客气地说："那么厉害也没追到小偷啊。"

友成有点生气地说："至少，我已经尽力了。"

警察恢复了严肃的语气，说："根据您提供的线索，我们会尽快寻找小偷，但是提前说一声，火车站每天都会发生多起失窃案，丢了东西能找回来的，寥寥无几，你做好心理准备吧。"

友成早就料到报警作用不大，杀人放火的大事，警察都忙不过来，谁还有工夫管那些小毛贼。对于警察而言，这是件小事；但是对他和儿子来说，这是件天大的事。然而，没有人会管这些。

从派出所出来后，友成几乎失去了希望，已经断定这钱找不回来了，他已经彻底绝望！因为绝望了，便也没有了希望的负担，心情反而轻松了一些。身无分文的父子俩，无奈地徘徊在东大街上。路过音像店时，友成听到了《梦醒时分》，那几句歌词仿佛诉说着他心里的苦。

你说你犯了不该犯的错
心中满是悔恨
你说你尝尽了生活的苦
找不到可以相信的人

你说你感到万分沮丧
甚至开始怀疑人生
…………

友成一筹莫展，还没有想到怎么解决问题，但想到这是儿子第一次来西安，就先带着他在东大街上转一转吧。

海峰看到父亲的脸色没那么难看了，也抑制不住自己的好奇心，开始四处看街景。

繁华的都市，店铺林立，人来人往。放眼望去，满大街都是自行车，还有几辆无轨电车。海峰第一次看到这样宽阔的马路，这样多的人，还有穿着各色好看衣服的大人和小孩儿。街道两侧的店铺门前，满是推着三轮车的小货摊，售卖着各种各样的风味美食，有棉花糖、冰糖葫芦、西安烤鸭、羊肉泡馍、兰州拉面、热包子和煎饼馃子等，还有几个卖西瓜、苹果、石榴、葡萄的水果摊。钟楼跟前还有一个小店在卖小奶糕，海峰看得直流口水。他多想吃一个钟楼小奶糕，但他知道，父亲此刻已经身无分文了。

十二岁的海峰，双脚基本无法落地正常走路。友成长得又高又瘦，虽然有劲，但是背的时间长了，也有些体力不支。他抱一会儿，背一会儿。儿子想自己走，友成不愿意，生怕孩子在人群中走丢。扶着他也走不了几步路，腿就抽筋了。与其儿子痛苦，不如自己劳累。他永远都记得，村里的刘乖尔旅游时把自己亲闺女弄丢的事，这件事足以让全村人吸取教训。钱包丢了事小，孩子要是丢了，他就只能去跳渭河了。

他背着海峰边走边看，从路北侧走到了路南侧。突然看到一个饭庄门口贴的招聘启事。他定睛一看，饭庄在招聘服务员和洗碗工。顿时，他仿佛看到了希望，于是背着海峰去应聘。

大堂经理见友成背着孩子来应聘，原本不想要。当他说明情况后，大堂经理当下有点为难，如果拒绝，就是置人于死地了；如果同意，怕上面领导不答应。正在犹豫之际，老板进来了，问清楚情况后，说可以留下。

友成很高兴能绝处逢生，找到落脚地，有饭吃，有地住，还能赚点路费。

后面的一个月时间，海峰有时会坐在饭庄的角落里等父亲；有时在员工宿舍的床上躺一天；有时，他感到昏昏沉沉，哪里也去不了，也不敢去，不能再给父亲添麻烦了。

友成每天端盘子洗碗，忙得团团转。午休时间，他回到宿舍给儿子端点饭吃，然后，父子俩挤在一张小床上休息。饭庄到钟楼邮局很近，他抽空给家里写了封挂号信，说明了目前的状况，好在身份证装在贴身的衣兜里没丢。

领到工资后，友成告别了饭庄的人，饭庄的员工知道友成的情况后，自发组织了捐款。在友成告别时，大堂经理把工友们的捐款装到信封里，厚厚一沓塞给了友成。友成背着儿子深深地鞠了一躬，然后背着儿子去了省儿童医院。

这一次，他原本以为会花很多钱，但没想到，医生告诉他，海峰患的病比较罕见，不好定性，暂时可以定义为肌肉萎缩症，也就是说，他腿部的肌肉会不断萎缩，但骨骼却会正常生长。时间久了，腿就会变形，脚就无法落地走路。这是友成认为比较可信的诊断。医生说这种病极为罕见，目前医学还没有治愈的办法，只能开点止疼药，缓解孩子的痛苦。

听完医生的诊断，友成垂头丧气，背着儿子走了很远很远，才想起来坐公交车去火车站……

后来，他又攒了些钱，带着海峰去了北京儿童医院。父子俩每天吃锅盔、泡面度日。到了医院，医生的回答还是肌肉萎缩症，没有治疗的办法。

从北京回来后，他消沉了很长一段时间，之后又开始四处打听民间神医。他想，如果科学治不好，那就只能求助神学偏方了。虽然他不信这些，但是为了他的儿子，哪怕有千万分之一的机会，他也愿意去尝试，没准还有希望呢！

第三十章 天然温泉冬洗衣

关中地区的冬天格外冷。没有陕北冬暖夏凉的窑洞，平地上盖起来的房子，在冬季总显得那么单薄，经不起北风的呼啸。

到了冬天，麦子盖上几层雪被子，便是男人们的农闲时期。吃完饭，抹抹嘴，便可以名正言顺地挤在城门楼下或者某人家里"掀花花"。女人们则永远没有农闲时期，一年四季都在忙前忙后。一日三餐，穿衣吃饭，相夫教子，还有干不完的家务活和针线活。因此，在乡村地区，女人们衰老的速度显然比男人们更快。过去人们找对象时，流行男的比女的年长三五岁，甚至七八岁，或许是想以此将衰老的状态人为地拉齐吧？

冬天里，女人们最辛苦的不是针线活或农活，而是洗衣服。

下了雪反而没有那么冷。最怕没有雪的时候，手放入冷水中，那水仿佛化为万根寒针一般刺入每一根手指。冰冷从指尖开始，一点点渗入每一个细胞，寒冷渐渐遍袭全身，五脏六腑仿佛也被冻僵，张嘴说话都有种破冰的感觉。当寒冷浸透整个身体，肢体的感觉就渐渐迟钝，以至于麻木了。

用自家的井水洗衣服，压水井磨损太高，以至于连接压水井和压水杆的那根又粗又长的铁帽钉，往往不到半年就被磨断了。水滴石穿，更何况每日里要经受几百次的旋转磨损，再硬的铁钉子也有被磨断的时候。

遇到冬日暖阳的天气，如果有人浇地，红莲便会提着两竹篮衣服去水渠边洗，距离水泵越近，水似乎越暖和。到了下游，水已冰凉无比。因此，在水泵出口处，通常会有两个并排的，出口方向相反的，一米宽的水泥槽。槽边蹲着三四个人洗衣服，每人占一掌宽的水泥边当搓衣板用。水十分清澈，但危险的是，如果一不小心水泵跳闸，那么衣服就会被溅湿，还有可能因蹲不稳而掉进水槽里。如果是夏天，没准还会从水泵里抽出来几只青蛙、蛤蟆，甚至水蛇、泥鳅或者水草等生物。因此，在水泵出口处的人最容易看到，甚至不小心碰触到。虽是好地方，人人都想占用，但也有一定的危险。

红莲每次都选择在午休人少的时候，挤到水泵跟前的水泥墩上洗衣服。很多时候，她会在水渠中下游找个人少的地方，把友成做的木头搓衣板横在土渠上，安安静静地洗衣服。偶尔喊上咏勤她娘或者福侠嫂子一起去水渠边洗衣服。洗衣服似乎也成了村里女人们一项重要的社交活动，但凡谁家浇地，洗衣服的女人们仿佛捡到了天上掉的馅饼一般开心。因为在水渠边洗衣服是免费的。家家户户都要浇地,家家户户也都免费,因此,三五成群,或腰间挎着两竹篮衣服,或背一背篓衣服,或端两个塑料盆,来者必是满满当当,恨不能把一年的衣服都拿过去洗掉。有的一次拿不上,还会往返水渠边若干次。

因为浇地的事情并不是每天都能赶上。如果是东边麦场浇地,洗衣服的队伍可谓盛况空前。这是距离村子最近的水渠,也是相对结实的水渠。村子北边的机井距离最远,并且只有水泵出口处一小段水泥夯实的水渠,其余都是散土,水不时会冲出渠四散而去。搓衣板也不好找位置,横着土太软,架不住,使不上劲。如果单边都放在一侧,摆动衣服时,衣服上容易沾搓衣板下的土。因而,东边麦场浇地时,是村里女人们最忙碌的时候。一条水渠看下去,从水泵出口到下游,齐刷刷全是脑袋,在水渠的两侧,几乎蹲满了年轻的女人,有白发苍苍的老太太,还有能干活的小女孩,也帮着家里洗衣服,几乎看不到男人。

一段时间,如果没有人浇地了,小南河里也没了水,村里的女人们就只好去别处寻找水源洗衣服了。

有的会去本村东边的天庙村,那里有个水泉,一年四季咕咚咕咚冒着温热的水,但人很多,去了得等。有的会去本村西边的太庙村,那里有个沙泉,一年四季也是温水,地方更宽敞,可同时容纳二三十人洗衣服。

一天下午,福侠嫂子要去沙泉洗衣服,红莲早就听说了沙泉,但一直没去,毕竟要穿过铁路和马路,走很远。刚好福侠嫂子要去,她就打算跟着去看看。她背了一背篓床单被罩、手织毛衣和孩子的衣服,与福侠嫂子步行去了沙泉。

路上,福侠嫂子给红莲讲沙泉的来历。她说:"沙泉由来已久,却没有人记得到底是哪年出现的。那是一处自然泉眼,水十分清澈,神奇的是,这口泉眼里冒出来的水,冬暖夏凉。以前,村里水井少的时候,这处泉眼是周围人们汲水的水源。后来,各村打了水井,再后来,很多人家打了压水井,此处便成了村民们浣洗衣服、担水浇地的地方。"

及至二人到了沙泉,站在路边就看到了热腾腾的水蒸气。红莲看到沙泉一侧是造纸厂,另一侧是村路主干道。沙泉及其流水形成的小河,就夹在两者中间。泉眼的位置与路面落差有五六米深,有残破的青砖铺就的台阶可以走下去。

泉眼处不知何时被人们用青砖砌了一个四方形水槽出水口，而泉眼外面是一条浅浅的河，从几块砖铺路，踩着泥泞洗衣服，到后来人们放了六块盖楼房用的废旧楼板，以至于沙泉终于可以容纳村里更多的人同时浣洗衣服。人们见证了沙泉的兴衰，而沙泉也见证着历史，从一群群梳着长辫子的女人，到剪了短发的女人，再到烫了卷发染了红棕色头发的女人。

靠近泉眼处已经蹲满了人，红莲和福侠嫂子只能蹲在下游洗衣服。

在寒冷刺骨的冬天，只有沙泉的水，那一池清清浅浅的小河水是温暖的。红莲一边洗衣服，一边用心感受这寒日里温暖的水。

来此地浣洗衣服的女人们多是来自周围的小村子。大家洗着衣服聊着天，无比欢快，原本辛苦的事情，在此处似乎也成了享受，而且在沙泉洗过衣服的手，更加滑嫩。

福侠嫂子说，距此不远，还有一处自然泉眼，流出来的水亦是冬暖夏凉，叫肖家泉。据说是过去一个肖姓的大户人家私用的，后来成了百姓公用的泉眼。比起沙泉，肖家泉显然小了许多，只能容纳七八人同时浣洗，但它依然用它的泉水滋养着附近百姓。

上了北坡，磨性山下的西泉村和东泉村，也有多处天然泉眼，村子也因泉而命名。距离村子较远的泉眼主要用于灌溉农田，而在村子里的泉眼就用来饮水和洗衣洗菜。

天然泉水仿佛是上天赐给人们的福祉。只那几处温泉，不知温暖了多少人的双手和心田。

第三十一章 豆花惹得四子闹

斗转星移，时间过得很快，炕头墙壁上，友成已经换成了一九九三年的山水画挂历。

冬去春又来，泡桐树开花了。南河滩村栽种最多的就是泡桐树，像什么槐树、杨树、柳树、枣树、柿子树等相对较少。泡桐树质地松软，从幼苗长成参天大树，只需五六年的工夫，成活率也高。

最有意思的是，这种树跟蔓草一个脾性，会自我复制，俗语叫"印"。如果院子里种一棵泡桐树，那么过不了一年，就会看到这棵树的周围冒出了许多它的小树苗。母树会长到七八米甚至十多米高，并且旁逸斜出很多枝枝丫丫。如果不及时修剪，树长不了多高；修剪得当，那么树就能成材。长高了，笔直笔直，可以用来做房梁、做桌椅农具等。

泡桐树，在关中地区常被称为桐树；泡桐花，自然就被称为桐花。它每年三月开花，四月花落，五月长出花籽。

泡桐树一年只开一次花，一旦开花却可以盛开半个月甚至一个月之久。它的与众不同之处是先长花苞，再开花，最后长出绿色硕大的叶子和花籽。花色以紫色和粉色偏多，一簇一簇，错落有致地嵌在枝头。花型呈喇叭状，每朵花都像一个放大了的喇叭花，却比喇叭花的花蕊要厚实些。喇叭花是单独成花，桐花则是一朵朵错落有致地簇拥在一起，形成花束，就像二三十个紫色的小铜铃挂在枝头，令人赏心悦目。

每年三月左右，杨絮落完，柳絮飞过以后，便是泡桐花盛开的时节。每每这个时候，南河滩村的清晨就像落入一片童话世界。远看炊烟袅袅，桐花朵朵，淡紫色、淡粉色，一簇簇，一片片，盛开在每家的院里、屋顶或路边。美丽的花朵，伴着鸡鸣狗吠，和远处隐隐浮现的秦岭山脉，颇有一种桃花源的景象。

清晨，友成站在小南河旁的河堤埂上看着眼前的美景，特别享受这样的感觉。然而，算算日子，他在家里已经待了三个月时间，手上的皮基本长好了。虽然那层皮薄如蝉翼，连手背的血管和经络都看得一清二楚，并且每逢阴天下雨，手背还会隐隐作痛，但俗话说"一年之计在于春"，一家六口还指着他赚钱糊口呢。恢复得如何都不重要了，三个月时间足够了。继续回去上班还是另谋生路，他思考良久，最后决定还是回制镜厂上班。

春和景明，一日下午，红莲烙完了韭菜饼，就带着小儿子去村里的城门洞口玩耍。

这个城门是南河滩村最具标志性的地方，也是村民开会集合的地方，平日里，老人小孩一般都在这里待着。这里有一棵大槐树，老人们在树下乘凉，妇人们带着孩子来玩耍，走街串巷卖东西的人也都知道这个地方人多，进了村都往这里走。

不一会儿，卖豆花的人来了，老远就听到了叫卖声："豆花，豆花，卖豆花了！好吃的豆花！"这几句话从小贩嘴里喊出来可不一般，他把这几个字用唱戏那样的腔调喊出来，每个字拉长了音却又不脱节，音调由低到高，很有特色。这样的叫卖声不是简单的大声喊叫，而是会在空中形成一种音丝，飘到很远很远的地方。

小贩在村子南边喊，村子最北边都能听到他的叫卖声。每次卖豆花的小贩还没有出现，大家便已闻声识人，知道是谁了。

卖豆花的人便是王长喜，是隔壁天庙村的一个农户，也是红莲的女伴——咏勤她娘的弟弟。家里很穷，媳妇走了，只留老母亲和孩子。农闲时间，他自己磨豆子做豆花，挑着三四十公斤的担子四处叫卖。

每次卖豆花的人一来，村里的小孩子全都不约而同地哄闹着围过来。这次也不例外，小孩们围过来了，大人们也跟着围了过来。有的会给孩子买；有的舍不得花钱，就不买，抱了孩子立刻往家走，孩子就大哭不止。

海熊看到豆花时两眼发直。虽然刚学会走路没多久，却也跟跟跄跄地围了过去，指着豆花看着妈妈，那可爱的表情示意妈妈，他想吃。自从友成受了伤，家里已经捉襟见肘，但是再穷也不能穷孩子，红莲不忍拒绝儿子的渴求，于是抱起儿子，回去拿上自家碗来买了豆花。

红莲仔细观察过盛豆花的碗，那是特制的小瓷碗，碗底有一道白圈，碗的外面靠碗托的部分也有一道白圈，碗托亦是白色，碗身内外的其余部分则是黑色，却黑得并不均匀。这种碗，碗底小而碗口大，因此，盛东西表面上显得多，实际分量则很少，这种碗的设计显然很符合小商贩们的需求。平阳镇小市场或者虢镇铁牛庙旁的东市卖擀面皮和蜂蜜粽子的，用的也都是这种黑瓷碗。

有些老婆子拿了自家碗来买豆花。王长喜心知，有的是考虑卫生问题，有的是想多盛点。他早已领教过一些村妇的狡猾，所以不论她们拿了多大的碗来买豆花，一碗只用那扁平的小铝汤勺点五下。有的村妇嫌给的少，让再加点，他也是个软性子，拗不过，只能给加一点儿。有的村妇说话客客气气，有的则专横跋扈。遇到那种特别挑剔的熟客，他便直接用自己的小黑碗当"秤"一般使，在小黑碗里盛满豆花，再倒进村妇的洋瓷碗中，这样谁也说不得少了。

豆花摊前已经围了些老少妇孺。小孩们一人一碗豆花，有的蹲在地上，有的趴在城门外的石墩或碌碡上，有的坐在电视房外靠墙堆放的长长的木头上，还有几个小脚老太太最喜欢吃豆花，坐在各自的小木凳或小竹凳上边吃边聊。

王长喜一边招呼围观的人来吃豆花，一边拿碗盛豆花，忙得不亦乐乎。一根扁担，两个桶，一桶装着豆花，一桶装着碗勺。装碗勺的桶里有水，为的是方便随时随地洗碗。

有的人吃完了，抹抹嘴，给他钱。他收了钱，立刻把干净的碗拿出来摆在豆花桶的木盖上，再把要洗的碗全都放进水桶里。有的人吃得干净，碗勺可以直接放进去清洗，有的人碗底还剩点儿，他就把残羹倒进排水沟里。倘或村里的野猫野狗看到了，便能饱餐一顿了。因此，每逢卖豆花的叫卖声响起，连那有灵性的猫猫狗狗都会跟着人一起围过来，眼馋地看着人们吃着，盯着那碗里残渣的去向。等到有食物了，猫和狗立刻一哄而上，抢吃起来，为了吃，猫和狗不惜大打出手。

红莲自小受母亲的影响，喜欢干净。因此，她拿了自家碗来买豆花，然后抱着海熊，端回家吃了。

恰好海兰跟海珍放学回到家，看到妈妈正坐在炕边喂弟弟吃豆花，姐妹俩都馋得直流口水。于是，红莲给两个女儿一人喂了一口豆花，喂到海兰时，海熊一手打了过去，打到了红莲的胳膊上，一勺子豆花溅了海兰一脸，海兰忍不住哇哇大哭起来，顺手打了一下弟弟的胳膊，海熊也立刻哇哇大哭起来。红莲看到两个孩子哭得稀里哗啦，一瞬间，怒火就上了头。

"你真不懂事！弟弟才多大，你怎么能打他！"说着举起手，差点打海兰，但她还是忍住了没打。

海珍看到弟弟妹妹大哭，赶紧从毛巾绳上拿了抹布来帮母亲擦炕上撒的豆花。红莲赶紧把豆花放到柜桌上，抱起小儿子狗娃蛮蛮哄了半天。海兰一边哭一边看着母亲在哄弟弟，却不搭理她，于是更加伤心了，泪如雨下。海珍擦完床单立刻拉了妹妹的手走出房门，海兰坐在厨房里的小凳上哭了好久。海珍哄了好半天，海兰才止住了哭泣。

每次一生气海兰就会去小屋找哥哥，哥哥大部分时间都躺在床上，动不了，躺得腰酸背痛了，便会喊家人扶他坐一会儿。哥哥的房门一般都敞着，一来通风，二来有事方便喊人。海兰从厨房走出来，闷声不语进了哥哥屋里，拿起哥哥枕边的连环画《三毛流浪记》，自己翻看起来。

海峰躺着，抬眼看到妹妹一脸不高兴地进来，知道妹妹肯定在生母亲的气了，他刚才听到了隔壁传来的弟弟妹妹的哭声。于是，他假装没看到，并不说话。等妹妹把整本画册看完后，他才问："今天上课怎么样？"

海兰一脸不高兴地回答："还好。"

兄妹俩再次陷入沉默。良久，海兰主动问哥哥："哥，你渴不渴？喝不喝水？海峰回答："渴了，给我倒点水吧。"海兰乖乖地拿了窗台上的大瓷杯子去厨房给哥哥倒了温开水。

她把倒好的水放到窗台上，然后脱了鞋子，爬到炕上，跪在哥哥身旁，用九牛二虎之力把哥哥连推带拉地扶了起来，端坐在炕上。对于哥哥的病症，她并不清楚，只知道哥哥全身除了胳膊稍微能抬起来一点儿，四肢几乎无力，连抬头都是费力的。每每把人扶起来，还要调整坐姿和角度，才能让他的头不至于耷拉着把整个身体拖倒。通常都得让哥哥用一只胳膊撑在炕上，再将两腿散盘起来支撑身体，才能勉强坐立，但凡有人轻轻碰一下，他立刻就会瘫倒在炕上。

哥哥坐好后，她又小心翼翼地喂哥哥喝水，生怕碰倒了他。之后，她关了门，坐在哥哥的炕边开始抹着眼泪，对哥哥说心里话。

海兰说："我觉得妈妈不爱我了，自从有了弟弟，她就再也没检查过我的作业。每次买了好吃的都给弟弟吃，不给我吃。哥哥，你说妈妈是不是被黄鼠狼抓走了？或者被坏人关进了地下监狱？现在这个妈妈，根本不是咱们的妈妈，而是妖怪变的？"

眼泪溢出了海兰的眼角，她低头说："为什么有了弟弟以后，她跟以前完全不同了？"

海峰听到妹妹的话，虽然惊讶，但有同感。没有弟弟以前，妈妈一天看他很多次。除了端饭倒水，天气好的时候，还会背他到院子里晒晒太阳。但自从有了弟弟，除了一日三餐，都很少倒水了。大概妈妈太忙了，也是能理解的。只是妹妹年纪太小，听了很多外婆和奶奶讲的妖魔鬼怪的故事，所以才会这样想。

海峰不知道该怎样安慰妹妹，只好说了几句连自己都觉得有点心虚的理由："不要乱说，妈妈还是那个妈妈，只是她一个人照顾咱们兄弟姐妹四人，忙不过来。弟弟年纪太小，她照顾得多些，也是正常的。可不要胡思乱想，没有黄鼠狼，也没有妖怪。"

海兰抹着眼泪说："可是婆和外婆都说有妖怪的，难道他们说谎了吗？"

海峰看到妹妹可怜兮兮的样子，连忙安慰说："别听他们的，他们讲的都是瞎编乱造的故事，骗你们小孩子的。"

海兰听完哥哥的话，心里还是觉得憋屈，但是也不知道该说什么，只是趴在炕边上，小声抽泣。她努力压低自己的哭声，生怕父亲回来听到了训斥她。

她一边哭，一边回忆弟弟出生以前的妈妈，对她嘘寒问暖、关怀备至的妈妈。可如今的妈妈却动不动就对她发脾气，妈妈难道也跟爹爹一样重男轻女吗？还是不爱她了？她边哭边想，最后，哭声如阵雨般渐渐散去，她觉得哥哥说的有道理。

"哭完了？"海峰问妹妹。

"哭完了。"海兰擦干眼泪回答。

"感觉好点没？"

"好多了。"

"那就好，扶我躺下吧，哥坐不住了。"

海兰再次跪在炕上，两手扶着哥哥的头和肩，把他慢慢地放在枕头上，又将盘着的两腿拉平，给他盖上被子后她溜下了炕，拉开门，回头看了一眼哥哥，就关门出去了。

海峰看到妹妹出去后，心里也有些伤感。他已经十五岁了，他明白母亲为何会一生再生，因为他长"残"了，父亲为了延续香火，所以才……原本这个家并不贫穷，但为了给他看病，父亲花掉了多年积蓄。如果他是健康的，家里不至于像现在这么穷。但是话又说回来，可能也见不到可爱的弟弟妹妹了，所以他十分矛盾。他希望自己有一天能站起来，跟弟弟妹妹们一起玩耍，如若不然，就早点死掉吧，省得给家里添负担，省的爹娘这样辛苦。想着想着，眼泪簌簌，滑落枕边……

当海兰在小屋抽泣时，红莲隐约听到了哭声。她回顾这几年的时间，为了生个儿子是多么不易，四处打听生子秘方，又去找多位老中医把脉，吃中药补身子，还去周塬算卦，去扶风法门寺和凤翔灵山烧香求子……回忆起来，这几年忙着生小儿子，确确实实忽视了大儿子和两个女儿的感受。

作为母亲，对待四个孩子，无论任何时候都是一视同仁的，但在日常生活中，难免会有倾斜。小儿子是千求万等才得到的，来之不易，所以显得金贵，更何况，海熊才一岁多。

友成一直重男轻女，从来都不喜欢女儿，他觉得养女儿太亏，觉得女孩种不了地，扛不了麻袋，搬不了砖，帮不上家里什么忙，养大了还得给别人家去当长工，因此，养闺女实在太亏。

这种论调，红莲向来嗤之以鼻，但也无力改变。友成心情不好的时候，回到家里不是骂她就是骂女儿。尤其是当他的手康复后再回到厂里，不管是谁的错，同事们对他都敬而远之，这让他很难接受，也觉得十分委屈。因此，制镜厂的工作越来越让他感觉难以为继。

晚上，友成下班回到家，红莲告诉了他下午发生的事情，她原以为丈夫会跟他一样，自省这两年对大儿子和女儿们的忽视，以后跟她一起改变，弥补他们。然而，友成听后并没有说什么，只是表情有些凝重。

友成吃着他最喜欢吃的韭菜饼，喝着红枣花生稀饭，蹲在海峰屋里的炕上，看着电视剧《新白娘子传奇》，陷入伤感中。虽然小儿子的出生带给他无尽的欢喜，但在他的心里，最爱的仍是大儿子海峰。虽然这个儿子让他费尽心力，付出了太多太多，却无力回天，仍然瘫在炕上，但依旧是他的心头肉，是他最爱的儿子，此生不变！

他没有想到小儿子的出生，会让其他三个孩子感觉自己被忽视了。作为父亲，他也感到心中惭愧，一碗水要端平着实不易。以前，他理解不了他的父亲为何偏爱大哥和四弟，如今，他自己却也有了偏爱，而这偏爱，说不清缘由，想改变似乎也很难……

第三十二章 为民修路得民心

当改革开放的号角吹响以后，祖国大地发生了翻天覆地的变化。这变化从南到北，从东到西，从城市到乡村，逐级推进。虽然对于西北地区而言，这推进速度着实慢了些，但总算有了变化。

当村里道路两边的围墙上刷了"要致富，先修路"的标语后，友成预测可能要有变化了。没想到不久后，距离渭河河堤北侧十几米远的地方，就开始"大动干戈"了。这一次，据说是修高速公路，而且是国道。后来友成才知修的是西宝高速，属于连霍高速的其中一段。

每天上厕所时，友成都忍不住看看土墙豁口外，一辆辆满载土渣或垃圾的卡车，络绎不绝地驶入渭河南岸边。站在村子里远眺，能看到远处那一道长长的尘土飞扬的施工现场。友成心想，不愧是国家工程，施工场面很壮观。看着那一条原本长满荒草的地方，逐渐夯起了一层层路基，让人看到了希望。

穿过村子的大卡车把村路压得凹凸不平。一到下雨天，路面坑坑洼洼，架子车要拉点东西十分不易，偶尔陷入大水坑里，两三个人合力都得拉一会儿才能拉上来。人走在坑坑洼洼的路上，偶尔也会摔跤，大人如此，小孩们更易摔倒。

新上任的村组长邹报国看在眼里，急在心上。有道是"新官上任三把火"，他要像前任村组长孙保良那样，为村民们做点事情。刚好政府颁布了新政策，要开始整修各村的主干道，于是邹报国很快便在村委会申请，办完了修路手续。

对于先修哪条路，邹报国做了缜密分析。他认为对南河滩村而言，出村的路有四条，南路通往河滩地，直抵渭河边，相对狭长；西路有两条小道，通往村子西边的田地；往东其实没有路，全是麦场和田地；往北却有两条路，把坟地夹在中间。坟地西边的路，为通往外界的主干道，最为宽阔、热闹，因此称为北路。坟地东边的路相对狭窄，因为靠近村子的东头，所以人们称这条小北路为东路。由此可知，最重要的路还是北路。出了北路，穿过陇海铁路，就到了西宝中线。从这条公路，向东可达平阳镇，向西可抵虢镇，向北可去塬上。

因此，他和村里几个干部敲定，修路首选北路。

趁着天晴气朗，邹报国扛着铁锨带着村里几个壮丁，耗时两天把北路上的坑坑洼洼连铲带填，平整了一番，还借来盖房打地基用的石夯，将填好土坑的地方全都夯实了。

第三天，他又带人去附近的煤场拉回了几车煤渣。原本只有五个人干活，友成看到村组长修路很是卖力，不是作秀，于是，他扛起铁锨，带头加入修路的行列，尽管他的手恢复得还不利索。其他村民看到后，也纷纷前来帮助村组长一起修路。于是，一条路看去，除了油光漆黑的煤渣，还有几十个人一起挥舞着铁锨在铺路。孙世列得知此事后，便命老四友怀开了自家的拖拉机，拉了碌碡也去帮忙。

当整个路面铺满煤渣后，邹报国正在发愁路面的夯实问题。这时，他听到拖拉机的突突声，紧接着看到了孙家的绿色拖拉机。

"来得正是时候！"邹报国从路中间一溜烟跑了过去，给孙友怀递了根烟，两个人边抽烟，边聊了几句。然后，邹报国转身用手示意修路的人往路两侧躲闪。

紧接着，孙友怀开着拖拉机，拉着石碌碡从老母庙旁的北路起点处，慢慢朝北开了过去。左右拿着铁锨的人，或站或蹲，全都微笑着看着他。这是他自开拖拉机以来，感觉最为荣光的一次。以前干活，不论是犁地，还是点玉米、种小麦，或是碾麦场、拉玉米秆，除了自家人，其余人都是收费的。这次免费干活却比挣钱时更快乐。

当南河滩村第一台绿色拖拉机冒着黑色的浓烟，拉着碌碡缓缓碾过煤渣时，友成倚着扎进地里的铁锨杆，给四弟挥了挥手，他既为有一个能干的弟弟而感到高兴，也为自己和孙家而高兴，更为南河滩村而欢喜。

修路是全村的大事，修好路是全村人民的福祉，能参与其中，尽一份自己的绵薄之力，友成倍觉荣幸。

人们看着拖拉机突突突地从煤渣路跑过三圈后，路面的煤渣都黏到了一起，路面顿时变得平整而结实，大家喜出望外，纷纷用脚踩踩路面，然后有说有笑，扛着铁锨回了家。

这条主干道距离陇海铁路有一两公里。

修好路，对于大人而言，拉车骑车方便省力；对于小孩子而言，雨天避免湿着鞋子，难为脚了。海兰热切地盼望北路能快点修好，因为家里没有雨鞋，每个雨雪天对于海兰姐妹而言，都是一场灾难。

冬天因为鞋子上沾了雪水，鞋子结冰，脚冻破。夏天暴雨，鞋子被雨水浸透，要湿着忍受一上午或者一下午时间，到家才能换干净的鞋子。

仅仅一双雨鞋，对海兰家而言，却是一件奢侈品，就跟雨伞一样。伞可以自己做出来，雨鞋却无法做出来。虽然很多人家都买了塑胶雨鞋，但海兰看到父亲每次去浇地，脚上穿的长筒雨鞋还是从大伯或者四爸家借来的。

每天上学路上，看到修路的进展，海兰就十分开心，现在路终于修好了！

放学回家的路上，海兰看到了一条黑色的煤渣路，就像眼前出现了一条拯救双脚的路。海兰和孙云飞、刘天虹、邹书苗、梁少峰一起开心地在路面上追逐嬉戏，奔跑起来。虽然刚修好的路踩上去有点硌脚，但总算不再尘土飞扬了。北路，从此被人们亲切地称为"煤渣路"。

就在煤渣路修好的第二天，居然下雨了，仿佛是在考验这条新修的路一般。村组长邹报国举着一柄黑伞呆呆地站在煤渣路口，凝视良久，生怕这雨将煤渣路给冲毁了。

还好，煤渣路经得住考验，雨水穿过煤渣渗入路面下了。因而，人们走在煤渣路上，既不会湿了鞋子，也不会踩着泥，但鞋底保不齐就变成了煤黑色。尽管如此，人们仍欢欣鼓舞。

路修好了，村民们议论纷纷，这位组长没白选，是个好组长，为老百姓做了一件大实事。

煤渣因为缺乏黏合性，所以日久天长、风吹雨淋逐渐散架。邹报国又找煤渣又找人，继续修补这条主干道。后来，邹报国带领群众，将村里其余方向的路也都铺上了煤渣。

群众的眼睛永远是雪亮的。友成发现，因为修路的事情，村里的人对于政府的满意度提高了，夏收秋收后，交公粮的积极性也提高了。这就是人民，需要这样的温暖，虽然这温暖很朴素，但深入民心，深得民意。

第三十三章 街头纳凉听故事

一年当中最热的七月大暑到了，知了每天在树上不厌其烦地叫唤，泡桐树叶子会在中午最晒的时候翻过去，用叶子的背面朝着太阳，好似在给自己遮阳，整片树叶、整棵树都会在中午发蔫，仿佛一个人无精打采的样子。每到这个时节，晚饭后，人们就拎着小凳，手摇竹扇，三五成群地坐在街巷一起纳凉。

一天，电视机坏了，没法看《过把瘾》了。可能电视机也感觉太热，所以休克了。友成把电视机送到镇子上去修，大家没得看了，于是各自拿了小凳围坐在南街东头的那棵洋槐树下聊天。红莲抱着小儿子，带着两个女儿也来凑热闹。

在海兰看来，乘凉就是听大人们说些东家长、西家短、三蛤蟆五只眼的事情，也会听到老人讲一些妖魔鬼怪的故事，而她最感兴趣的就是神话传说。

这晚是村里的刘老太太做主讲人，红莲听福侠嫂子说起过她。

刘老太太其实不姓刘，是从虢王村嫁过来的。她丈夫姓刘，所以大家都管她叫刘老太太或者刘老婆子。

她家住在东街西头，紧邻南街。她的男人叫刘根许，是刘长工的长子，从城门里搬到东街住的。老两口年轻时要不上孩子，后来从咸阳远亲处抱了个男孩叫刘抱海，刘抱海的女儿叫刘咏勤，他的媳妇人称咏勤她娘，也就是红莲的女伴。刘根许还有两个弟弟，大弟弟刘根全一脉当了工人进了城，很少回村。小弟弟刘全许的两个儿子守着城门内的祖宅。所以，刘老太太家，追根溯源是村里刘氏家族的一大支脉。

她出生年月不详，据说快九十岁了，但是看上去像七十岁的样子。满头斑驳的白发，牙齿都掉没了，身体消瘦，骨头上挂着皮的感觉。走路蜷缩着腰背，个头很矮，但精神矍铄，眼眶深陷，眼睛却乌黑发亮。

刘老太太常年穿着黑色或藏蓝色的斜襟布衫，即使在夏天也从不露胳膊，只穿一件浅色斜襟布衫。衣服上没有绣花，但头上常年戴着的发带却有十分精美的刺绣。红莲观察刘老太太的发型，跟婆婆的一样，也是脑后挽个发髻，戴个黑色发套。她也是村里为数不多的小脚老太太，足蹬三寸绣花鞋。发带、绣花鞋，全都是她亲手缝制的。

她出生以来历经了不同历史时期，但为何还保持着过去的装扮，红莲不得而知。她的婆婆王氏一年四季也是这番装扮。或许，她们骨子里有些念旧吧。

红莲听说刘老太太很早以前就吃斋念佛了。每逢初一、十五，或者逢年过节、村里庙会，刘老太太都会带着几个同龄的老婆子去村里的庙上打扫卫生、烧香磕头。在刘老太太之前，还有一个老太太，人称"君诚他娘"。以前是刘老太太跟着君诚他娘去做这些善事，后来君诚他娘腿脚不好，走不动了，刘老太太就接了过来，仿佛这是一种传承。虽然没有任何交接仪式，但刘老太太坚持了几十年，服侍村庙里的神仙娘娘，不论风吹雨打，从未耽误过。

村里现存两座庙，西边是老母庙。庙很小，只有一间庙堂，没有院子或偏堂。庙里有一米多高的土台子，台子中间坐着一位慈眉善目的彩色泥塑老母像，栩栩如生，白发，黄袍，手拄龙头拐杖，两边立着童男童女。此庙为祛病消灾、延年益寿而建，只有逢年过节才开门，平日里都是锁着的。红莲知道，钥匙就在刘老太太手里，锁着是为了保护庙不被破坏。

村子南边是马王庙，比老母庙大一点，有青砖垒砌的院墙。如今的马王庙，到处是衰败的景象，断壁残垣，瓦松长满了屋顶，壁画也被涂得乱七八糟，里面堆放着被烧过的炭灰。据说此庙是建村时就有的，年代久远，追溯起来无人知晓。没有塑像，也无人上锁，但是刘老太太依然会按时去里面打扫卫生，烧香磕头。

刘老太太除了烧香拜佛，还随身携带一杆铜制长烟斗。

这晚，刘老太太坐在小矮凳上，盘着腿，一边吸着长烟斗，一边跟大家讲村子里的故事。男女老少都呆呆地看着她，听她讲故事。

她抽了几口旱烟，缓缓地说："南河滩村看起来人不少，一百多户人家，但其实主要是孙家、刘家、梁家、邹家这四大家族，其余都是小门小姓，比如黄家、姚家等，没有几家人。我也是听别人说的，不知道对不对，说咱们这个村先有的孙家。孙家住在城门内，有村里唯一一个二进四合院。南河滩村的坟地里,第一个坟头就是孙家的祖先。刘家的发家人是孙家的长工,土改后,刘长工独立门户,开枝散叶,加上后来迁进村的刘姓,到如今也有几十户了。梁家后来也住进了城门内,家族人口不算多。邹家属于后起之秀,一开始住在城门外,没过几年,人丁兴旺。以前村里开会,都是四大家族的族长负责通知各族里的人,新中国成立后有了村委会,才开始用大喇叭通知。"

讲到这里时,一斗烟抽完了,刘老太太捂着嘴咳嗽了几声,她把长烟斗的头在脚底磕了磕,把烟灰磕了出来,然后从烟斗上挂着的绣花烟袋里捏出来一撮烟丝,再用大拇指把烟丝摁进了烟斗里,又麻利地划了一根火柴,点着了烟。她看着满天星斗,意味深长地吐了一口烟圈。这时候,她突然意识到南街西头住着黄家的人,于是,抬头扫视了一圈围观听众,还好,黄家的人没来。

围坐的十几个人里面,男女老少,四大家族的人都有,大家都静静地听着,平日里顽皮的孩子们此刻也都安安静静地听着。对满头银发的长者而言,这是一种莫大的尊重。刘老太太看着这些晚辈后生,觉得说的差不多了,该他们讲一讲了,就问:"你们谁来接着讲?"

大伙听到刘老太太讲完了,都交头接耳,啧啧称赞,觉得老太太知道的真不少,挺有见识。小孩子们则站起来,互相追逐玩闹。大人们也站起来伸了伸懒腰。

海熊已经熟睡,红莲起身抱了儿子回去休息。海珍跟海兰还想听故事,不想回家。红莲觉得孩子们大了,就由着他们吧。但是过了一会儿,她放心不下,又出来了。

看到刘广田在说话,就赶紧坐下来听。

刘广田家住在南街东头,紧邻村子南路的路边,门前有棵洋槐树。刘广田年轻时当过兵,后来当过几年南河滩村的村组长,如今专心在家务农。他为人低调,平时不苟言笑,是刘氏家族的族长。六十多岁,两鬓斑白,个子不高,眼睛不大,脸上棱角分明,走路腰板挺直,很硬气,看起来也很强硬。小孩们见了他都绕道而行,村民们有的喊他老组长,有的喊"军旭他爹"。

刘广田带着沉重的语气说:"我讲一个遇鬼的故事吧,不知道你们是否相信鬼神？"

在座的人议论纷纷，有的说相信，有的说不信。

刘广田端着自己的搪瓷水杯，喝了口茶，接着说："我年轻的时候，有一天走夜路，就是村里那条大路，也称北路，距离坟地五十多米。那天阴天，夜里约莫十二点，没有月亮星星，一片漆黑，伸手不见五指。路两边是麦地，风一吹，窸窸窣窣，有点吓人。

"我跟猪娃两个人越走心里越发虚，浑身直冒冷汗。我虽然很害怕，但还是忍不住看了一眼坟地那边，这时候，隐隐约约看到了坟地里有红色的光。我悄悄给猪娃说了一句：'你看那边。'这时候，我们远远地看到一个红球一样的东西，在坟地里飘着晃着，还到处移动着。看到这一幕时，我已经被吓得半死，猪娃也被吓得腿抖手抖。我们紧紧捂住自己的嘴，生怕喊出来被那东西听到了再跟上我们。然后猫着腰，以坟地和路之间的麦地为掩护，连跑带爬回了村里。

"回来后第二天，我俩都病倒了。我母亲知道这事后，叫了道观的人专门来驱邪作法。过了几天，我就能下地走路了。再去看猪娃，他说他头疼了几天，没在意，但是他去给羊割草时，把自己的腿割伤了。"

听完这个故事，海兰吓得浑身哆嗦，紧挨着姐姐坐，并且抓住了姐姐的胳膊。其他人也被吓得半天不敢说话了。其中，胆子大的孙得福说："村里好几个人都见过，咱们那边坟地确实有东西，有一次我夜里浇地，隐隐约约也看到了红色的鬼火。不过，我平时胆子大，见了就当是火把，没在意。"

这时，福侠嫂子说："你以后看到了回来给娘说一声，我给你送一送，可别沾上不好的东西了。"

孙得福一脸不高兴地说："没你事儿，你别管了！"

当着这么多人跟自己亲娘这样说话，别人看了都尴尬，而孙得福却浑然不觉，或许他都习惯了。

红莲不知道福侠嫂子本名叫什么，只知道她的大女儿叫福侠，所以就称她为"福侠嫂子"，别人也唤她"福侠她娘"。

她个头不高，皮肤白净，骨架瘦小，瓜子脸，眼眸深邃，鼻梁笔直，不说话就是个很好看的女人，虽然五十岁左右，但风韵犹存。美中不足的是她有龅牙，一说话就露馅了。她家住在红莲家斜对面，是红莲嫁到南河滩村后认识的第一个女伴，虽然与她年纪相差二十多岁，但说话做事比较投机，又因两家距离也近，所以时常往来，关系要好。听到孙得福这样说话，红莲真想替福侠嫂子上去抽她儿子一巴掌。

刘广田的媳妇，平时人称"军旭他娘"，性格却与刘广田相反。她长得很胖，个子也不高，乍看圆鼓鼓的，平日里爱说爱笑，人缘很好，街坊邻里的关系也处理得很好。夏夜的晚上，军旭他娘经常张罗街坊邻居们在她家门口聊天纳凉。她膝下两女一子，两个女儿是亲生的，儿子刘军旭是从邻村亲戚那里过继来的，十分宠爱。刘军旭也是村里男孩子的头头，调皮捣蛋，打架斗殴，无所不做。

军旭他娘听到孙得福这样说话，就忍不住说："得福，你好好地跟你娘说话，你儿子可在这里坐着呢，以后学你样子，跟你也这样说话可就不好了。"

孙得福听了没说话。毕竟她曾是村组长夫人，虽然村组长已退，但余威还在。大家对他们夫妇还保持着毕恭毕敬的态度。

就在这尴尬之际，天空突然掉下雨点来。夏天的雨就是这样莫名其妙，毫无征兆。大家纷纷端起凳子，举在头上，往家跑去。

第三十四章　学戏唱歌追梦人

海兰每天刻苦学习，上课认真听讲，下课及时写作业。在学校，她是不折不扣的好学生；课外时间，她会跟小伙伴们一起玩游戏。除了玩耍，她还有一个个人爱好，就是看电视。晚饭后，她就坐到哥哥的房间里，一直看到晚上九十点。家里买回电视机后的这段时间，海兰几乎把她看过的电视剧或者动画片的主题曲、片尾曲、插曲全都学会了，不仅如此，她还把歌词抄到了本子上，一有空就唱。

这几天，电视里在播《小龙人》。一到晚上，左邻右舍，还有很多小伙伴就会来看。走在路上,她会带着小伙伴们一起唱小龙人的片尾曲《我是一条小青龙》。

我头上有犄角,我身后有尾巴,谁也不知道,我有多少秘密。
我头上有犄角,我身后有尾巴,谁也不知道,我有多少秘密。
我是一条小青龙,我有许多小秘密,我是一条小青龙,我有许多小秘密。
我有许多的秘密,就不告诉你,就不告诉你,就不告诉你……

她不仅会教小伙伴们唱歌,有时还会带着他们编舞。把《两只老虎》的舞蹈动作做了简单改变,就改成了《我是一条小青龙》的舞蹈。因此,小伙伴们对她心服口服。每天早晨,小伙伴们都会背着书包来敲门,叫海兰一起去上学。

海兰喜欢唱歌跳舞,起因她自己也不晓得,或许跟遗传有关。母亲平日里洗衣做饭,心情好的时候就会哼唱几句歌曲或者戏曲,她就跟着唱。

记得一天夜里,月光皎洁,照进了窗内,关了灯,屋内如白昼一般亮堂。

海兰和妈妈睡在靠窗的一头,姐姐、弟弟和父亲睡在炕的另一头。

海兰小声跟妈妈说:"外婆跟我讲过你年轻时的故事,说你小时候嗓子好,唱歌好,长得也好看,是学校的校花,多次担任班里的文艺委员和学习委员。老师们都很喜欢你,每逢学校有文艺活动,都有你的精彩表演。外婆还说你会唱京剧《红灯记》,我很想学,妈妈,能不能教我唱?"

红莲听到小女儿的请求,便躺着哼唱起来:

"我家的表叔数不清,没有大事不登门。虽说是,虽说是亲眷又不相认,可他比亲眷还要亲。爹爹和奶奶齐声唤亲人,这里的奥妙我也能猜出几分。他们和爹爹都一样,都有一颗红亮的心。"

红莲不辞辛劳地教着,海兰饶有兴致地学着,红莲唱了两三遍,海兰就学会了。红莲夸赞女儿聪明,海兰听了跟吃了糖果一般,心里甜甜的。有了母亲的鼓励,海兰在学唱歌和唱戏方面,特意下了功夫。

那段时间，无数个美好的夜晚，海兰就跟着母亲学唱戏。

她学会了秦腔戏《白蛇传》中《断桥》选段。

西湖山水还依旧，憔悴难对满眼秋。
霜染丹枫寒林瘦，不堪回首忆旧游，忆旧游。
想当初，在峨眉，依经孤守，伴青灯，叩古磬，千年苦修。
久向往，人世间，繁花锦绣，弃黄冠，携青妹，佩剑云游。
按云头，现长堤，烟桃雨柳，清明天，我二人，来到杭州。
览不尽人间西湖景色秀，春情荡漾在心头。
遇官人真乃是良缘巧凑，挟风雨驱游人无限风流。
衔香泥筑新巢永盟白首，立家业效比翼生死同游。
实指望我夫妻天长地久，谁料想贼法海苦做对头。
到如今夫妻们东离西走，受奔波担惊慌长恨悠悠。
腹中疼痛难忍受，举目四海无处投，
眼望断桥心酸楚，手扶青妹向桥头。

当红莲唱《断桥》时，海兰跟着小声唱，因为曲调复杂，最后只记住了前几句。

红莲对女儿说："你小舅妈会唱这段折子戏，而且唱得特别好。"

海兰听了惊讶地说："没想到我小舅妈还会唱戏。"

红莲又说："你小舅不是拉二胡吗？你小舅妈就跟着学了几段，偶尔还跟你小舅一起下乡去演出呢。"

海兰这时想到了一个成语——夫唱妇随，大概就是小舅和小舅妈这样吧。

红莲又唱了一段《三滴血》中的《虎口缘》选段：

未开言来珠泪落，叫声相公小哥哥。
空山寂静少人过，虎豹豺狼常出没。
除过你来就是我，二老爹娘无下落。
你不救我谁救我，你若走脱我奈何。

常言说救人出水火，胜似焚香念弥陀。

这是红莲自学的秦腔经典唱段，她耐心地毫无保留地教给了女儿，不求女儿能有多高的艺术造诣，只希望她能有点艺术特长。她原本希望两个女儿都学会，怎奈海珍对唱歌唱戏毫无兴趣，每次都是海兰央求她教唱戏曲或者歌曲，海珍从不参与。

为了学秦腔，每到周末，海兰就打开家里的收音机听戏，还会准时观看陕西电视台的戏曲节目《秦之声》。跟着收音机和电视机，海兰自学了许多名家演唱的秦腔名段。

为了记住戏词，海兰拿着本子，听一句就速写一句，往往写好开头几个字和结尾几个字，收音机里就播下一句了，她又跟着速写下一句，一句戏文总是记不完整。她就看电视台播出的《戏曲大放送》，里面的唱段基本固定，一周循环播放好几次，海兰就在本子上一遍又一遍跟着速记戏词，往往跟记十多遍才能把一部戏词拼凑完整，她就这样默默地努力学习着戏曲。

一天夜里，海兰躺在炕上给母亲唱自己新学的秦腔《洪湖赤卫队》之《秋风吹》选段，突然想到了一个问题，就问母亲："小舅为什么会去剧团上班？"

红莲说："因为你外婆喜欢听戏，所以在你大舅、小舅年少时，就被你外婆送去学了板胡和二胡，后来你大舅当了工人，拉板胡就成了他的业余爱好。你小舅拉二胡拉得特别好，后来就进了塬上一个秦腔剧团上班。"

海兰若有所思地说："原来如此。"

红莲问女儿："你想不想跟你小舅去唱戏？"

海兰高兴地说："当然想，每次看戏，我都特别羡慕台上的演员，台下成千上万的人来看他们表演，给他们鼓掌。我也想当一名秦腔演员，成为像马友仙那样的秦腔名家。"

红莲听了很高兴，说："好，我娃有志向是好事，等咱们村过庙会时，我问问你小舅的意思。"

海兰听了满心欢喜。

农历七月初五是南河滩村的庙会，红莲的弟弟南应孝来家里走亲戚。

红莲跟弟弟说:"海兰最近很刻苦地在学唱戏,要不等毕业后,你带她去唱戏?"

南应孝问:"她都会唱哪些戏?"

红莲说:"《三滴血》祖籍陕西韩城县唱段、《五典坡》三击掌唱段、《血泪仇》手托孙女好悲伤唱段、《白蛇传》断桥唱段、《洪湖赤卫队》秋风吹唱段等。"

南应孝点点头说:"小小年纪会唱这么多,还不错。"

红莲不好意思地说:"都是折子戏,不值一提。"

南应孝接着问:"那她会不会唱《祝福》《状元媒》《金沙滩》《火焰驹》《白逼宫》《宝莲灯》《法门寺》《十五贯》《花亭相会》《三娘教子》《打柴劝弟》《杨门女将》《苏武牧羊》《周仁回府》《龙凤呈祥》里面的唱段?"

红莲听了摇摇头说:"不会,这些目前对她而言有点难。"

南应孝又问:"海兰学习怎么样?"

红莲说:"她学习很好,回回考试都是第一名。"

南应孝说:"那先让她读书吧,等小学毕业了再看情况。她现在读书好,别耽误了孩子以后考大学。"

红莲听了若有所思,觉得弟弟说的有道理,便没再多说。

海兰后来知道了母亲和舅舅的谈话,但她并不理解大人们说的"到时候再说"的言外之意,对唱戏这件事仍满怀憧憬。

一想到自己会成为一个"角",站在舞台上,就有点小激动,高兴了很多天。为此她拿着烧炕用的炕耙,练习武旦的动作,甚至拿炕耙练习孙悟空耍金箍棒的动作。她还琢磨练习花旦的莲步轻移。一边回忆电视里播过的秦腔戏曲片段,一边唱念做打。

夏天的夜里,满天星斗,她就在院子里一个人咿咿呀呀地唱着,拿着棍子练习着。冬天的晚上,满地的雪照亮了夜,院子里并不黑。海兰烧完炕就抢着炕耙,练习棍法。

父亲时不时地会给她指导,说:"你要唱戏,就得趁年纪小,骨头软,练习下腰、劈叉、翻跟头这些童子功。"

海兰常常独自一人在院子里练习父亲说的这些基本功。有时候,她会叫姐姐帮她下腰，自己练习翻跟头。有时候，孙云飞会跑过来，和她一起比赛翻跟头。结果，孙云飞总是伸不直腿，而海兰总能连打好几个"线轮"。有时候，他们会在墙根或者屋檐下一起练习倒立，孙云飞总是憋不住笑出声来，海兰总能憋住笑，倒立很久。

比起花旦、小旦或者青衣，海兰更喜欢穆桂英、梁红玉那些武旦。耍花枪的时候，让人忍不住拍案叫绝。

梦想终究是梦想，能不能实现，海兰一无所知。她一方面期待，一方面也担忧，但她知道"尽人事，听天命"。虽然她只是一个小学生，但母亲的谆谆教诲，她时刻铭记于心。

第三十五章 古庙会上待亲戚

俗话说，长江后浪推前浪。这几年，南河滩村最有钱的已不是孙家，也不是刘家、梁家，而是邹家。

邹氏家族辈分最高的邹立人，跟孙世列的父亲孙长清同辈，育有三子。

老大邹继学年轻时参了军，参加过解放战争，育有两子一女。女儿名叫邹树霞，从南河滩村嫁到了红塬村，且嫁到了红莲老家斜对门那家。小儿子名叫邹树利，育有一子一女。大儿子名叫邹树财，比友成小五岁，个头很高，是海兰的同学邹若婷的父亲。他从一个建筑队里的小工做起，做了几年后，自己当了包工头。后来生意做大，成立了建筑公司，从接小活开始到后来接大工程，在建筑行业摸爬滚打，赚了不少钱，没几年，就成了全村最有钱的人家，也日渐成为南河滩村里四大家族之一邹氏家族的中流砥柱。

邹立人的次子名为邹有学，育有三子，邹惠军、邹惠闫、邹惠章。其中，邹惠军的女儿邹书苗，与邹若婷既是同族人，也是同学。

邹立人的三子名为邹好学，终身未娶。后来进入村里的道场，跟随道士潜心学道，道士羽化后，他便驻守道场，直到离世。

邹氏家族的顶梁柱邹树财听说友成买了一台电视机,全村人都去他家里看电视,心里很不服气。心想,凭什么你打肿脸充胖子,而我这个首富却被晾到一边,这可不行。于是,他去镇上请了放映机,要给全村播放露天电影,名头就是村里七月初五古庙会,费用由他赞助。

放电影的事情,一时间在村里传得沸沸扬扬。来友成家看电视的人也少了许多,都去城门洞那棵大槐树下纳凉聊天了。大家都很期待看露天电影。在乡村,电影和电视一样,也是个稀罕物,露天电影好几年才能看一次。这次听说邹树财赞助了一场电影,男女老少都兴奋得不得了,天天盼着庙会赶紧到。

每年的农历七月初五,是南河滩村的古庙会。这个庙会大概可以追溯到很久很久以前。据说村子刚建成的时候,东、南、西、北四个方位各有一座寺庙镇守,东边的名为望云寺,南边的名为马王庙,西边的名为老母庙,北边的名为龙王庙。因为各种历史原因,望云寺被完全损毁,龙王庙也只剩古井前的影壁,村里现存只有两座庙了。虽然那马王庙只剩下断壁残垣,老母庙也只剩下一座庙,但逢年过节,村里的人都会去那里烧香,祈求无病无灾,六畜兴旺,家人平安。

南河滩村一年过两次庙会,一次是正月二十三给马王庙过会,一次是七月初五给望云寺过会。虽然望云寺已消失,但庙会延续至今。

每逢这一天,家家户户的七大姑八大姨便会用各式各样的布袋子、提篮子,拎着大包小包的礼当来家里做客,俗称"走亲戚"。

油炸的长条麻花,一捆十根,麻纸一包,细麻绳一捆,几乎是陕西关中西府地区走亲戚必备的礼当之一。如果女儿回娘家,一般都会拿三四样东西,甚至更多,但是一般不拿麻花。

前些年,礼当可以拿罐头、点心、挂面、鸡蛋,还有小馒头。这些年经济发展了,还增加了油茶、鸡蛋糕、盒装饼干等。如果是一般的亲戚,一般拿两三样,比如一捆麻花加一份点心,或者一捆麻花,一瓶罐头,再加一袋油茶等。

早晨五六点钟,小商小贩们已经赶到了南河滩村村口,路两边摆了各种小摊卖礼当,也有几个商贩卖冰糖葫芦、擀面皮、蜂蜜凉粽子、豆花或小孩玩的五彩气球等。

今年的庙会，村里没有唱戏，村民邹树财出资赞助了露天电影。

红莲的母亲、弟弟、大姨娘、小姨娘、舅舅，还有友成的两个姐姐，全都来了。每个亲戚都带了家人，屋里顿时显得很小。炕上坐满了人，炕下的凳子上也坐满了人，屋外还坐着人，海峰的小屋里也坐满了人。友成的两个姐姐很识大体，知道弟弟家不宽敞，亲戚多坐不下，进门寒暄了几句，放下礼当就走了。

每年过会时，海兰因为腼腆和自卑，常常害怕见亲戚，尤其是两个姑姑和舅舅。他们走了，她就没那么怯场了。母亲烧火做菜时，她就在边上择菜洗菜，一有进门的脚步声，她立刻跟老鼠一样，嗖的一下就躲进案板下面，而母亲擦擦手去接待进来的亲戚。海兰估摸亲戚在屋里坐稳了，才从案板下面爬出来，接着干活。

海珍倒是不胆怯，大大方方地在屋里待着，有时候迎接亲戚，有时候端茶倒水，或者把做好的饭菜端出去。海兰始终不肯露面，不论母亲怎么说都不听，只有亲戚们坐好吃饭的时候，她才出去端菜。

而友成呢？每次也都躲着，过会最忙的时候，他不来帮忙干活或者接待亲戚，而是去城门洞里跟老年人一起下象棋。红莲为此很生气，跟友成没少吵架，但是没有任何改变，友成就是这样的性格，他不愿意做的事情，谁也勉强不了。

海熊一岁多了，年龄尚小。幸亏母亲一早过来帮忙照看孩子，她才能在厨房忙活。

关中西府地区讲究过年时一早到舅舅家去吃臊子面，过庙会时不用吃早饭，只吃午饭。

来的人多，分坐两席，一桌为一席。炕上一桌，炕下一桌，炕上铺一块油布，饭菜都摆放在油布上，女人们或坐或跪在炕上吃饭；炕下摆一张圆木桌，男人们则围坐在桌前吃饭。吃饭的桌椅都是友成自己做的，就地取材，用院子里种的泡桐树。最初有十几棵树，为了院子宽敞一些，已经砍掉了很多。

红莲家招待亲戚的饭菜要比平时吃的"高级"很多。一桌坐八到十人，上十五个左右的菜，凉菜四五个，热菜八九个，再加一个汤。凉菜主要有：冻冻（陕西美食，红、黄、绿三种颜色的米粉块，一般切成长方形片，围成圆形摆在盘中，下面摆放煮好的豆芽、红萝卜丝和青菜，浇上拌凉菜的汤汁）、白糖拌西红柿、蒜泥拍黄瓜、炒花生米、西芹拌腐竹、凉拌香肠、凉拌莴笋丝、凉拌擀面皮、拌凉粉、蜂蜜粽子、糖衣花生、怪味豆和凉拌热萝卜丝等。

热菜一般有：西红柿炒西葫芦、青椒炒鸡蛋、蒜薹炒肉、黄豆芽炒红萝卜粉条、醋熘土豆丝、炝炒藕片、拔丝地瓜、素炸茄盒、鸡蛋炒韭菜、菜花炒肉、炸五色呱呱（意为"虾片"）和八宝甑糕等。这些都是关中西府地区的家常菜，样式简单，味道却很可口。主食一般都是馒头、红枣稀饭、臊子面。

馒头是红莲提前一天蒸的，麦香味很浓，吃起来很筋道。红莲不吃肉，友成吃肉也少，一家人全年以素食为主，只有逢年过节才买点猪肉，主要也是因为没钱买肉。时间久了，一家人对吃肉也就没了胃口，所以他们招待客人的饭菜也显得比较素。

在海珍、海兰看来，这一桌丰盛的饭菜简直堪比过年，平日里从来没有这样吃过。夏秋除了稀饭、馒头、凉拌黄瓜和凉拌洋葱，就是臊子面、擀面皮、凉粉、搅团；冬春除了凉拌红、白萝卜丝和凉拌莴笋丝，就是腌制的蒜薹和白萝卜条就馒头，相对简单。

俗话说，穷人家的孩子早当家。一中午姐妹俩忙着给亲戚们端菜倒水，饭后又帮母亲洗碗打扫厨房，很辛苦。红莲有两个女儿帮忙，省了很多事。饭后，亲戚们有的聊会儿天，有些年纪大的靠在炕上眯一会儿，年轻人通常会出去走走。

红莲跟两个闺女还在厨房挨个给亲戚们往袋子里装回盘。所谓回盘，就是亲戚走的时候，要返回的一部分礼当，具体多少由每家的女主人做主。红莲一般给亲戚们回三根麻花和十个小馒头，娘舅姑姨自然会多放一些。亲戚们拿的布袋子的颜色、大小不一样，也不易混淆。每个袋子里装好了回盘，就放在厨房的大案板上。

下午四五点钟，太阳渐渐落山，亲戚们陆续要回家了，红莲就拿着回盘送亲戚到村口。乡村人热情好客，送亲戚都要送到村口。不论去哪个亲戚家，都是这样的礼节。有的亲戚一家人先走，有的两三家结伴走，送几拨，都走完了。

除了小侄子，听说晚上要放电影，哭闹着不肯回家。红莲的弟弟南应孝很无奈，就把九岁的儿子南静军嘱托给姐姐，自己先回雍城了。他想着暑假让孩子在乡下待几天，锻炼一下也好。

海珍、海兰带着表哥出去玩了，红莲这时才躺到炕上略作休息。海熊吃完午饭又睡着了。友成跟亲戚们一起吃饭喝酒，吃完饭嘴一抹就开溜了。红莲一直想不通，他到底是懒惰，还是故意逃避跟亲戚们说话。他依然去城门洞找人下象棋，仿佛他也是自己的亲戚。大哥孙友德为此也说过他，让他勤快点，给家里干点活儿，过会的时候不要在城门洞里下象棋，丢人现眼。丈母娘也说过他，说他是个麻迷子（意为"不懂事，胡搅蛮缠"），一点儿都不知道心疼自己的媳妇。但友成不管，他们说他们的，他玩他的。

喧闹了一天的院子，随着夕阳西下安静了下来。海峰这一天也觉得辛苦，家里人忙得团团转，他什么忙也帮不上。亲戚们来了都会进屋来看看他，嘘寒问暖，然后带着一脸的悲悯和失望离开。妹妹端过来的午饭，他自己艰难地用手拿起筷子挑起来塞进口中，没有夹到的掉到了炕上。最后，母亲来收拾残局，扶他躺下了。

每当亲戚们来家里时，他既高兴又难过。一年两次庙会，亲戚们没啥事，基本一年也就来这两次。他见到亲戚们还是很开心的，但是又因自己是残疾人而难过，自卑又无奈。他躺下后，想到这些，眼泪哗哗地顺着耳边流到了枕头上。

红莲胡乱吃了几口饭，累得腰酸背痛，抱着小儿子睡着了。

第三十六章 露天电影人潮涌

小孩子们盼啊盼，终于盼到了天全黑下来。晚饭后，夜里八点多，海珍、海兰还有南静军，已经拿着小板凳往东街去看电影了。

红莲给两个儿子喂完饭后，抱着小儿子也出门了。

村里跟过年一般热闹，而村民们跟赶集一样高兴。东街就在南街旁边，中间只隔着一条土路，所以距离红莲家很近。东街有二十多户人家，街道又长又宽，房子分列路两边，整整齐齐，是南河滩村规划最为规整的一条街道。所以，选在这里放电影再合适不过了。

　　海兰和姐姐、表哥走过去时，距离开场还早。这是她和姐姐第一次看电影。对于新鲜事物，大家都很好奇，于是端了凳子凑到放映机跟前去看。

　　一位穿着的确良白衬衫的男放映员，二十多岁，头戴草帽，黝黑的脸庞，看起来很清瘦，正在认真调试卡带。放映机很大，放在三轮车上，两个大齿轮不断地转着，旁边还连着一台烧柴油的发电机，突突突地响着。

　　他们看了半天，突然发现很多人都已在幕布前占好了位子。白色的幕布前面都已经摆了十几排高矮不同的凳子，他们赶紧将凳子挨着人家后面摆放，也占了位置。

　　南静军只比海珍大几个月，比海兰大两岁，从小生活在雍城，衣食无忧。他长得白白净净，很好看，穿戴很时髦，人也机灵。表兄妹们一年见不了几次面。每次见面，姐妹俩都会因为谁坐在表哥身边而起争执，这次也不例外。

　　南静军刚把凳子放下，海珍立刻就把凳子放在表哥旁边，而海兰也不甘示弱，把凳子夹在中间，要塞到姐姐和表哥中间。塞了半天，海珍不让，姐妹俩快吵起来了。南静军一看不行，得想办法。突然，他灵机一动，把自己的凳子往后挪了一排。然而，海珍跟海兰立刻把凳子也往后挪了过去，左右两边，一人一把。这下姐妹俩都不吵了，也算满意了。南静军坐在姐妹俩中间，感觉有点别扭。

　　红莲抱着海熊走过去时，友成也将海峰抱了出来。电影已经开始放映了，幕布前人山人海，放眼望去黑压压全是人头。电影的幕布有一面墙那么大，四个角被绳子拴在了树上。幕布正面有三五百人，背面还有一两百人。本村的，附近几个村的人差不多都来了。大部分人都坐在凳子上看电影，也有很多人围在边上站着看的，还有人在自家房顶趴着看的，或骑在树上看的。电影光线下，每个人的脸看起来都是那么认真。

　　如此多的人围在一起看电影，没有聊天说话的，都在认真地看着幕布。这些认真的脸庞，红莲看着有点眼熟，她忽然想起来，家里买回电视机的前几天，乡亲们来看电视也是这样的表情，有些木讷，有些痴傻，又有点可爱。

海熊瞪大眼睛，好奇地看着这些人和眼前的机器，觉得很有意思。

这晚放映的电影名叫《鲁冰花》。红莲听说这部电影的口碑很好，报纸、电视、收音机里到处都在评论，说是一九八九年就已经上映了。

电影里的人笑，幕布前后的人们也跟着笑；电影里的人哭，幕布前后的人们也跟着哭。看到电影里的阿明跟姐姐哭的时候，海兰也忍不住哭了。看到阿明被装进棺材的时候，海兰已经哭得稀里哗啦。当片尾曲响起的时候，海兰已经哭得肝肠寸断。她突然想了自己的妈妈，下意识地回头看了看，在人群中寻找着妈妈的脸庞，但是，她没有找到。

"啊……啊……夜夜想起妈妈的话，闪闪的泪光鲁冰花，天上的星星不说话，地上的娃娃想妈妈，天上的眼睛眨呀眨，妈妈的心呀鲁冰花……啊……啊……"歌声久久飘荡在东街，飘荡在海兰的耳畔。

海珍看到妹妹难过得一直在抹眼泪，就拽了拽她的衣袖，海兰这才如梦初醒。她转念一想，我为什么会这么伤心？我为什么要哭？想到这里，她擦了擦眼泪。

南静军也有点想家想妈妈了，但是他没哭。海珍看完也很感动，但她觉得就是一部电影，不至于哭。她看到妹妹哭的泪人一般，就笑着说："你哭啥呢？这只是电影，不要哭了，已经演完了，咱们回家吧。"

红莲看了一半，小儿子睡着了，就抱回家休息去了。友成带着海峰看了一会儿，也回去了。

邹树财站在幕布后的角落里，双手抱臂，看着乡亲们脸上的笑容，心里有些感动。他心想，一个人有了钱，或许也有了一份说不清楚的责任，这种东西会促使人做一些有利于大众的事情。起初或许是为了挣面子，但后来发现，跟面子没关系。好歹是解放军的后代，高低也得做点为人民服务的事情，才对得起列祖列宗。

电影演完了，人们意犹未尽地聊着，坐在原地，久久不愿离去。

海兰拉着姐姐的手，跟在表哥后面回了家。兄妹三人洗了洗脚，就上炕了。只有一个炕，人多，只能头朝炕边横着睡。红莲让小侄子睡在靠窗那侧,她和海熊睡在侄子边上,两个女儿挨着海熊睡,而友成则睡在靠墙那边。然而,红莲分配完,两个女儿都不同意,都要挨着表哥睡,红莲很无奈。

红莲抱着儿子睡到了靠墙那边,把侄子旁边的床位让了出来。但南静军不想夹在中间睡,实在太拥挤。如果不是为了看电影,他肯定不会在姑姑家留宿。他打定主意要靠着窗边睡,而海珍和海兰拿着各自的枕头站在炕被上,僵持不下。海珍抢到了表哥旁边的位置,海兰立刻过去别她,两个人甚至拿枕头砸起对方来。最后,友成进屋来了,看到姐妹俩在争吵,立刻喊了一声:"别闹了,赶紧睡吧!"海珍立刻把枕头抢先放在了表哥身旁,海兰害怕父亲打她,只好委屈巴巴地挨着姐姐睡下了。

两个女儿最怕爹,爹爹一声吼,整座院子都要抖三抖。

海珍挨着表哥心满意足地睡下了,而海兰辗转反侧睡不着。她觉得很憋屈,为什么父亲总向着姐姐?但是她不敢说出来,她怕父亲打她。一晚上她挤在炕中间,眼泪湿了枕头……

第三卷

第三十七章 南河滩村七少聚

一九九三年,九月一日的清晨,院子里的泡桐树上,几只麻雀叽叽喳喳叫个不停,仿佛在催着海兰去上学。

海兰一早就起来洗漱打扮了。她的头发已经长长了,自己扎了个高马尾,穿了一件粉红色长袖衬衫,灰色的粗布裤子。那是母亲把外婆的裤子改小了给她穿的。她斜挎着一个浅粉色棉布书包,书包的背带很宽,做工比较粗糙,那是暑期她自己用碎布缝的。

暑假的快乐时光总是短暂的。海兰在学前班第二学期期末考试中名列前茅,顺利升到了一年级。母亲看到她的成绩单时,高兴得差点掉眼泪。或许她看到了曾经的自己。小时候,母亲每次考试也是全班甚至年级第一。

海兰仔细看了看镜子里的自己,觉得很好看,也很满意自己的打扮。她高兴地亲了熟睡中的弟弟的额头,就欢欢喜喜地跟着姐姐去学校了。

一年级一班的教室在一号教学楼一层最西侧,位于原来学前一班教室的正前方。

楼前杨柳依依,还有个长方形的小花园,里面种满了月季花。一个暑假的时间,校园仿佛荒废了一般,花园里满是杂草。花园的前面是土院子,院子四周也长满了青苔和杂草。这个院子就是每周一全校师生集合升旗、校长讲话、颁发流动红旗的地方。

姐姐给她指了指教室的位置,自己去了二号教学楼东侧的二年级二班教室。海兰背着书包走进挂着"一一班"门牌的教室,看到很多学前班的老同学,也有一些同学没看到。她知道那些同学是因为考试成绩不合格而留级了,心里顿时有点小伤感。她还看到一些陌生的面孔,那是留级下来的同学。教室后面的座位都已经有人了,只有讲台前面正对着的两张桌子有空位,于是她坐到了第二排。海兰整理了一下书本,跟同桌的女同学聊了几句,就端端正正地坐好了。

上课铃响起,教室里瞬间安静。老师进来了。她抬头看了一眼,简直不敢相信，原来这位就是班主任，居然是她曾经流鼻血时在校门口见过的那个短发女老师。没想到会是她，这么巧！

海兰仔细看了看班主任：短发，微胖，颧骨略高，脸型上宽下窄，皮肤蜡黄，雀斑明显。她穿着的确良印花短袖，浅色裤子，灰色系带方口布鞋，满面笑容地走进了教室。

没有人喊起立，但是大家不约而同、齐刷刷地站了起来，边鞠躬边参差不齐地喊："老师好！"老师笑呵呵地说了句："同学们好，请坐！"

大家刚坐下，正当老师要讲话时，从门外飞奔进来一位男同学，瘦瘦的，个子很高，气喘吁吁地站在门口，举起右手边敬礼边大声说："报告，老师！"班主任看到后有点生气。这时，所有同学目不转睛地看着这位男同学，海兰也仔细打量着他，流行的短发，瓜子脸，眼睛不大却炯炯有神，鼻梁挺拔，嘴唇厚厚的，白背心上还套了一件浅粉色衬衫，没有系扣，脚穿一双人字拖，手里拿着文具盒。他没有背书包，看起来不像好学生。

班主任本想发飙，但转念一想，这是第一堂课，不能因为这个混世魔王而给新同学留下坏印象。于是，她强颜欢笑说："好，快找个位子坐下！"

男同学也算机灵，一边往里面走一边环视教室，发现满满当当没有座位。他正尴尬时，突然看到有人给他指座位。他立刻看到原来眼皮底下就是空座，他迅速坐了下来。这个座位就在第一排中间，正对着讲台。

他坐下后，面对老师，不慌不忙。就在老师自我介绍时，他快速回头给坐在后面的海兰说了句谢谢。那嬉皮笑脸的样子，让海兰记忆深刻。

班主任讲完了，大家都知道了，她叫巨俊兰，带一年级一班已经十多年了，同时也知道了班规。巨俊兰面带微笑说："下面第一项，请每位同学站起来做一下自我介绍，从第一排开始，S型往后轮流介绍。"

教室里的桌椅，横着七排，竖着四列，海兰算了算人数，每桌坐两个人，一共五十六位同学。

第一排的孙云飞，紧张到哆哆嗦嗦地说："我叫孙云飞。"然后就坐下了。海兰记得他在学前二班的，怎么会升到一年级一班？她打算下课去问问。

轮到那个迟到的男同学时，他站起来泰然自若地说："大家好，我叫孙俊杰，是这个班的留级生，很高兴认识大家，希望大家多多关照。"

听到这个名字时，海兰觉得有点耳熟，好像在哪里听过。海兰在心里嘀咕了半天，却想不到是在哪里听过。海兰坐在他的正后方，看不到他的表情，但是听声音蛮好听的。有一点点沙哑，普通话很标准，说话感觉跟唱歌一样好听。

轮到海兰介绍时，孙俊杰回过头来看着她。她紧张得结结巴巴地说："大家好，我叫孙海兰，很高兴认识大家，希望以后能和大家成为好朋友。"坐下后，她感觉自己的额头都冒汗了。

孙俊杰听她介绍完，又嬉皮笑脸地回过头说："五百年前咱们还是一家呢。我也姓孙，孙悟空的"孙"。"说着做了一个猴子远眺的姿势，逗乐了同桌女孩。海兰不知道该说啥，就没吭声。

当她回头看时，看到了梁少峰、邹书苗、刘天虹，还有邹若婷、刘胜辉也从学前二班转入一班。算上孙云飞，这回他们"南河滩村七少年"聚齐了，她很开心。

自我介绍完了，接着第二项，巨俊兰让同学们推选班干部，也可以毛遂自荐。海兰的小伙伴都喊："孙海兰！孙海兰！"也有人喊梁涌文、吕丁、孙俊杰及别的同学。

根据同学们的推荐，结合他们学前班的毕业成绩，巨俊兰最终确定并宣读了班干部名单："班长孙海兰、副班长吕丁、学习委员梁涌文……被叫到的同学站起来亮个相，让大家记住你们。"

海兰和其他几个班干部不约而同地应声而起，微笑着左右点点头就坐下了。

第三项，巨俊兰开始给全班学生排座位。她先让所有同学站到教室外面的房檐下，按身高从低到高，男生站一列，女生站一列，横竖对齐。接着她喊进，每次同时进去一男一女，第一组坐到第一排第一列，第二组紧跟着进去坐到第一排第二列，以此类推；第一排座位坐满后，接着从第二排开始坐，也是S型流转。

这样随机组合排完座位后，海兰居然还坐在第二排第二列，而孙俊杰坐到了最后一排第四列。巨俊兰仔细看了看同学们的座位，然后个别调整了几个座位。之后，她把孙俊杰提到讲台跟前，还是他进门时坐的位子。

同学们都很纳闷，议论纷纷，巨俊兰解释道："孙俊杰学习纪律有待加强，上课爱捣乱，坐在前排，大家共同监督他，避免他扰乱秩序影响其他人。"

其实，很多看似冠冕堂皇的理由，都不是最本质的理由。巨俊兰跟孙俊杰的父亲是同学，特意交代要让他儿子坐在第一排。孙俊杰心里也清楚他父亲的安排。

第三十八章 拔草惊蛇显身手

开学第二天，学校通知让全校师生打扫卫生。巨俊兰是个能干的老师，她带的班曾多次获得优秀班级荣誉，她个人也多次获得优秀教师奖。

她很善于管理学生。由于黑板在墙壁中间，只有四米宽，两边的同学看黑板会不清楚。为了防止学生近视或者远视，她开创了一种座位横向平移轮换法。就是纵向四列座位的学生，横向一周轮换一次，第一周第一列的学生不动，第二周第一列的学生全部轮换到第二列座位，各自横排位置不变。原来坐第几排还坐第几排，第二列学生坐到第三列座位，第三列同学坐第四列座位，第四列学生坐到第一列座位，以此类推，不断轮换。对于这个安排，学生们都很满意，因为好位置大家都有机会享受。

为了照顾后排的学生，巨俊兰后来又将此法升级为横纵双向轮换法，这个办法比较复杂，所以一个月轮换一次。每个桌的学生在月末最后一天下课后，收拾自己座位的东西，换坐到后一排右手边的位置，最后一排的同学移到第一排。这样，等于每个座位既左右移动了，也前后移动了。巨俊兰觉得，这样调整不仅有助于调整和保护学生的视力，也能让每个学生公平地享受教学设备。

打扫卫生之前，她分配了任务。让左右两列靠窗户坐的学生作为第一组，负责提水擦窗户，中间两列的学生作为第二组，负责扫地、擦桌子。忙完这些后，所有男生作为第三组，到教室前面的花园里拔草。

每逢学校大扫除的时候，大家都很开心，因为干活比上课自由、好玩。一般这种时候，老师都在自己的办公室写教案或者批作业，由班干部代管班级事务。于是，海兰喊了吕丁和梁涌文商量了一下，每人负责一组，海兰负责中间扫地擦桌子的这组。

吕丁个子不高却很胖，眉毛又浓又黑，脸型较长，皮肤却很白，走路好像弹跳那样，很奇特。他的学习很好，仅次于海兰。

梁涌文，瘦高个，也是长脸，大眼睛，长睫毛，高鼻梁，长相帅气，学习也好。因为写字好，画画好，大家都称他为"神笔马良"。

三个班干部负责监督指导三个劳动小组干活，当然自己也得干活，不然同学们都不会听话了。

干完活后，海兰去老师办公室汇报情况，说卫生打扫完了，请老师过来检查。巨俊兰回到教室，看了半天，摸了摸窗户、桌凳，都很干净，表示很满意。

十点钟，学校召集一年级到三年级的学生去大操场拔草。大操场就在学校的西边，一条村路之隔，五六百平方米，因为是土质的，没有铺砖，又叫土操场，所以下雨时，体育课也没法上。

操场上只有一对篮球架，没有别的设施。每到寒暑假结束，操场上就长满了各种各样的野草野花，密密麻麻，十分茂盛。三个年级一共六个班，三百多人，放到操场上如同放了一群羊。

学校的生源主要来自杨沟乡太庙大队的十个小队，"大队"后来改为"村委会"，"小队"后来改称"村民小组"，每个小组就是一个小村子。太庙村第十组就是南河滩村，地理位置特殊，独在陇海铁路以南，其余九组都在铁路以北，且纵横交错，连成了一大片村庄，分布在学校的前、后、左、右。所以，学校的学生之间，不是邻居就是亲戚、族人。

校长叫邵志刚，是个高高瘦瘦、五十多岁的男老师，王庄村人。他戴着白框金丝眼镜，额头上有三道平行的抬头纹，为人比较严厉，大家都很怕他。这次操场拔草的活动，由校长亲自指挥。他让女生都站在操场外围靠路边的地方，拔一些低矮的小草。让个子高的男生去操场里面，靠近五米多高的土崖那儿，拔那些长得很高的蒿草。他告诉他们，那里可能有蛇，要注意安全。

海兰就跟姐姐待在一起拔小草。海珍的同学王彩霞站在旁边问:"这是你亲妹妹啊?"

海珍说:"是的,比咱们低一级。"

王彩霞说:"长得真可爱!"

海兰听了只腼腆地笑了笑,却不知道该说什么。

孙俊杰因为个子高,便跟着高年级的学生去操场里面拔蒿草。

就在海兰低头拔草时,听到男生那边突然喊叫起来。海兰站起来寻声望去,只见蒿草深处,男生堆里,孙俊杰提着一条蛇,正在抡圈甩着。

女生们见状有的躲得远远的,有的被吓得惊叫起来,有的喊着:"快扔了!快扔了!太吓人了!"孙俊杰却甩着蛇笑,跟手里提着玩具一样,还问旁边的男生谁要玩,男生们都怯怯地往后退了几步,没人敢接手。

邵校长看到后,也没有往跟前走,远远地喊了句:"快扔到崖上去!"孙俊杰玩了半天,看没人接,又听到校长的命令,就立刻甩了几下,扔到操场旁边的土崖上去了。

在场的女生几乎都被孙俊杰帅气的外表、过人的胆量所折服,都看着孙俊杰,而他就像英雄一般被众人崇拜。海兰对这个留级生又有了新的认识,感觉他很勇敢。她不知道的是,就在这时,他们班上长得最好看的女孩李傲霜,也在盯着孙俊杰看。

操场太大,草太多。人虽然不少,但都是小孩。拔了两三个小时,才将操场收拾得干干净净。没了草的操场,就像被剃了头的人一般,看起来光秃秃的。虽然精神,却总感觉少了些什么。

拔草这件事对海兰而言,是一件很愉快的事,因为可以少在教室里待一两节课,也是校园生活中很有趣的事。学校没有专门修剪林木、除草的园丁,也没有打扫卫生的清洁工。所有干活的事,都是同学们一起解决的。

海兰听堂姐丽梅说,打扫厕所是四五年级的学生承包的活儿。每个班级轮一周,包括教师专用厕所,每个班级也按组轮流打扫。

在上课时期,学校的土操场一般不会长草。因为七个年级十四个班的学生,每周至少会去操场上踩两次,更不用说下课后,学校附近的小孩们在上面戏耍玩闹。学校里没有篮球也没有足球,仅有的球只在上体育课的时候才会拿出来给学生玩。学生们也没钱买，家长们更不会花钱给孩子们买玩具。于是，课后的时间，除了嬉戏玩耍，就是自制一些玩具。

遇到多雨时节，没几天，操场上的草便已疯长。于是，体育课上，体育老师发布的第一项任务就是大家动手拔草，拔完草才能踢足球，打篮球。

到了六月、十月农忙时节，操场又成了学校周边村民的晒谷场。各家各户争先恐后地把麦子、玉米拉出来，圈一片地，晒几袋粮食。学校通常会在农忙时节放五到十天农忙假，因为老师们大部分也是农民，家里也有粮食要收种，尤其夏收时节，简直就是与天搏命。如果碰到大雨不休，那将颗粒无收。如果天放晴了，家家户户挥着镰刀，奋力抢收颗粒饱满、耷拉着脑袋的金黄色麦子。所以在乡村，夏收时节，学校放假，上到校长，下到学生都要回家收麦子。

平日里的教室卫生，也是各班自己安排值日。通常每天打扫一到两次，一般是早课前或午课后。学校教务处每天会有两个老师一起检查卫生，通常是副校长和教导主任。他们拿着检查表，从学习纪律和教室卫生两个方面考察评分，汇总分数后，评选出上周先进班级。为了激励各班级，学校从开始只颁发两个流动红旗变成了按照年级段，各颁发两个流动红旗。四、五、六年级为高年级，三年级及以下为低年级。每个年级段，颁发一个学习先进班级，一个卫生先进班级。等到周一升完国旗后，校长亲自颁发写着"先进班级"的三角形小红旗。每到周五放学前，先进班级需将流动红旗交回教务处。

如此一来，流动红旗在各班门口不断流动，而各班为了应付学校检查，会在打扫完卫生后洒水。除了每天的卫生打扫，每个月还有一次卫生大扫除，一般是最后一节自习课时，学校广播站会发出通知：卫生大扫除，各班级请注意打扫卫生。下课之前，校长会来检查。这种大扫除，一般是针对省、市、县、乡的教委领导来检查，除了扫地、擦桌子，还得擦玻璃。

教室内，每次扫地都是尘土飞扬。每天打扫卫生的时候，四、五、六年级的学生不仅要打扫自己的教室，还要打扫教室外面的公共区域。教室在楼上的班级要承包上下楼梯的卫生，校长办公室和会议室只允许六年级的学生打扫。老师们的办公室，勤快点的自己打扫，懒散些的会叫学生来打扫。

堂姐丽梅讲的关于学校打扫卫生的事情，海兰全记住了。第一次参与集体拔草，让她感觉到学校生活很有趣，也很好玩。

第三十九章 金秋携友钩拐枣

一日自习课，班主任巨俊兰转了一圈就走了。教室里的声音，就像调音喇叭一般，随着老师离开的步伐，音量逐"步"提高。直到老师的背影再也看不到，教室里的声音就从鸦雀无声顿时变成了人声鼎沸。

写作业的写作业，玩闹的玩闹，聊天的聊天。

海兰埋头写着作业，突然，坐在她前面的孙俊杰转身问："你看看我本子上的字，是个什么字？"他一手举着作业本，一手搭在海兰桌前的书上。

海兰认认真真地看了看那本子上如蚁般大的，写得十分潦草的字，脱口而出："这不是'傻'字吗？这，你都不认识？"

孙俊杰听后，哈哈大笑起来，连他的同桌肖晶晶也转过身来，跟着一起哈哈大笑。

"你可真是个傻子，我怎么会不认识。"孙俊杰说完又哈哈大笑起来。

海兰后知后觉，这才意识到被他戏耍了，立刻抓起书朝他胳膊打去，顺便说了句："真会戏弄人！"

孙俊杰反应敏捷，立刻抽回胳膊躲开了。他随手抓起一本书，举起来装作要扇回去的样子，海兰立刻往后躲闪。实际上，他只是吓唬她一下，并没有真的要打下去。

"真是个傻丫头，我才不会打女生呢。"孙俊杰边说，边收回了书。

此时，坐在后排的张大海看到了，立刻饶舌一般大声起哄说："傻子，傻子。"

"你个瓜怂，瞎说啥！"孙俊杰再次抄起书，站起来朝后排的张大海跑去，两个人在教室里嬉笑追逐着，你追我打，你打我躲，玩耍起来。

海兰没再搭理他们，赶紧低下头，继续写作业。

不知不觉，放学铃声响起，这铃声既单调又刺耳，然而几乎对每个学生而言，都是这世上最美妙的声音，就像一场战役胜利的号角吹响那样悦耳。

每次听到放学铃响，后排几个学生便卷着帆布书包，比赛一般冲出教室。与此同时，其他教室也有相似的情景。于是，整座教学楼在下课铃声响起的刹那，颇似万箭齐发的船舰。

放学后，刘天虹喊了海兰去钩拐枣。她比海兰年长三岁，因为家里缺钱，所以念书晚了，跟海兰成了同班同学。海兰自小跟妈妈一样悲天悯人，同情她的苦难身世，也知道她在村里没几个朋友，所以常常主动约她一起玩，也从不拒绝她的邀约。其实对海兰而言，拐枣并没有那么好吃。虽然她年纪小，但知道行侠仗义。

刘天虹从小吃苦，家务活样样在行。她自己做了一个铁钩子，绑在了长竹竿上。于是，她拉了海兰一起去刘兮兮家的后墙外钩拐枣。

整个村子没有几棵拐枣树，就像整个村子没有几棵皂角树一样。每逢秋天，拐枣树上的拐枣成熟以后，村里的老人小孩便会不谋而合前来钩取。

距离地面最近的树枝上长的拐枣，已经不知何时被何人给钩走了。

海兰和刘天虹抵达树下时，只剩下高处的拐枣，幸亏她们拿的竹竿够长。

刘天虹一边钩，一边提醒海兰看着掉下去的位置去捡。还没等她们钩下来，不一会儿工夫，三三两两来了几拨人，有男生，也有女生。一时间，拐枣树下，围满了仰望它的人。

对于一棵长在墙背后、院子外、水渠边的拐枣树而言，这应该是它一年之中最高兴也最悲伤的时刻了。高兴的是，有这么多人来仰望它；悲伤的是，它孕育了一年的果实，要失去了，并且还得被人攀爬折枝。

海兰和刘天虹一边聊天一边钩拐枣，却不想来了一群竞争者，于是，她们不得不打起精神，与几支长竹竿默默"较量"，看谁的竹竿"稳、准、狠"，能更快、更多地钩下拐枣。

刘天虹个子比海兰高半头，因此基本上都是刘天虹拿竹竿，海兰负责捡。在同龄人面前，海兰骨子里的好胜心十分强烈，但在比她年长三岁的刘天虹面前，她会自然收敛，化身妹妹般乖巧听话。

当海兰捡到拐枣时，端详了好一会儿，边看边对刘天虹说："你看拐枣，长得像不像生姜的缩小版？颜色像，形状也像。"

刘天虹一边伸长脖子钩拐枣，一边回应海兰："啊？拐枣像生姜？这差别也太大了吧，我还是头一次听人这么说。"

海兰指着拐枣认真地说："你看啊，它长得如此扭曲，多么像缩小版的生姜，虽然生姜偏黄色，而拐枣偏灰色，但看起来真的很像。再看还有点像核桃里面的肉。"

说完，她吃了一簇，意犹未尽地说："这味道有点特别，甘甜，却又带着一点点草涩的味道，给你吃一串再钩。"说着，海兰递给刘天虹一把拐枣。

然后，她俩蹲在村子南头麦草场边的碌碡上，边吃边聊。

刘天虹说："我听人说拐枣又叫万寿果，或者鸡爪子，还是一种药。"

海兰好奇地问："居然是药，治什么的？"

"好像能治疗便秘，还能解酒。"

"没想到这么不起眼的东西，居然这么有用！"

"可不是嘛，这东西也不能咽下去，只能用嘴哑一哑里面的水分。"

南河滩村的拐枣树，不知道是谁种下的，也不知是何年月来到这村里的，平日里没有什么功绩，却在金秋十月给这个小小的村庄，平添了几许欢乐和甘甜。

第四十章 新手打井自寻方

家里的水井，原本是从新建这庄院子时就打好的。压水井就在前院，紧挨着厨房。然而，家里先后来过不少"茅山道士""赤脚大仙"一类的化缘人，有好几个人说，他们家的这口井位置不好，影响风水，进门见井,不好不好。

起初,友成并没有当回事。后来发现井渗漏出来的水,已把紧挨着厨房的那堵墙弄潮湿了。如果再发展下去,那面土墙岂不是要塌了。想到这里,友成便打算将这口井移到院子中间,靠着西面皂角树那边的土墙,这样方便洗衣服排水,也方便把水排到土墙外面。不像现在,洗完衣服的脏水排到了前院,流到大门外。如果排到后院厕所那,距离水井十多米远,只有一个浅浅的排水沟。每到下雨天,污水就会从排水沟里溢出来,流的满院子都是脏水,臭气熏天。

因而,在友成看来,重新打井的事情,刻不容缓。

如今秋高气爽,凉快多了,不比夏天那么热,也不比冬天冻手冻脚,可以说是打井的最佳时机。

友成不信什么风水,是彻头彻尾的唯物主义者,他只相信"吃饱了不饿"。所以,打井的事情对他而言,也很随意。偌大的院子,他想在哪里打就在哪里打。然而,他的权威也就仅限在这个院子里发挥,出了这个院子,就不灵了。他时常被父兄数落、责骂,被村里人欺负,因此,他更加喜欢在自己这一亩三分地的宅院里"折腾",种树砍树,打井挪井,制作各种农具等。这是他的一片自由天地,可以随心所欲地打理。

他在院子里走了好几圈,背着手,看了又看,想了又想。最后,他将井眼的位置选在了院子中央,那棵最粗最壮的泡桐树下。俗话说"大树底下好乘凉",以后压水、洗衣服、洗菜,既不怕晒,还能躲避小雨,岂不美哉!

次日早饭后,友成就开始打井了。一边回忆二十多年前,他和岳父一起建造这座宅院时的情景,一边挥动着镢头,挖呀挖。院子的土质经过多年踩踏,比较坚硬。一般地方打井,得挖两米宽的坑,到后面,甚至人都得下到井里去,才会见到水。在关中平原上打井,相比黄土高原,有太多地理优势。这里随便挖个十米八米,就能见到水了。

他回忆着岳父打井的时候,三四个人打了好几天,并且挖了很深很大的坑出来,而他一边挖坑,一边想到了更好的办法。

打井的第一天,他使用家里的各种工具,打了三米深的井坑。

第二天一早,他拉着架子车去了虢镇大姐所在的五金店,买了压水井的水管，焊接了八米长，一个人用架子车拉回了家。

陇海铁路沿线的柏油马路上还有一些坑坑洼洼的地方，是大货车在上面飞驰造成的，有些地方还没来得及修补，所以，友成一个人拉着车子颇为辛苦。到了坑洼处，他停下来，往手里唾点唾沫，搓一搓，自己喊着"一二，加油！"把车子从坑里拉出来。间或遇到行人顺手推一把，车轮才能安然无恙地从坑里爬出来。

到了村里，人们或从田间地头，或在家门口，或在路上，看到友成拉着这么长的水管子，都停下来驻足观望。

"友成，你拉这么长的管子做啥呀？"有人戏谑地问。

"这人，就是爱折腾。"有人嘲讽道。

友成全然没有搭理他们，目视前方，继续往回走。

到了家，红莲看到友成拉进来这么长的水管，都惊呆了。一家人将水管抬下车，放到地上。友成说要把水管立起来，直接放进现在的井洞里。对于这些事情，红莲一向比较听友成的，因为他的创造力惊人，他说怎么办就怎么办，红莲从不质疑。

友成因为瘦，缺乏力气，手又受过伤，所以他做事不用蛮力，而是绞尽脑汁用巧力。或许是因为瘦弱，所以他才会开动脑筋，想一些办法借力省力。他用长绳子紧紧地捆绑住铁水管的一端，然后将绳子另一头卷了卷，再使劲扔到大树杈上，一连扔了两三次才扔了过去。他又将绳子那头拽了下来，这样就成了一个简易的杠杆。然后，一家四口，除了海峰和海熊之外，都一起拉住绳子，慢慢地将水管一点一点拉了起来，还好这棵树够高。

当水管的一端离地两米多高时，友成让红莲将水管的另一端使劲往井口推。一端在拉，一端在推，大家用了九牛二虎之力才将水管的一端推进了打好的井坑内。还好，这是一棵够粗够壮的泡桐树；还好，这树的枝干也够粗够壮。否则，如何能承受这样重的水管？

水管的一端进了井坑，友成爬上树将另一端直接绑到树干分支上了。接着，他让红莲把铁锤给他递过去，他就骑坐在树上，倾斜着身体，用铁锤砸水管。为了减少噪声，也为了减少水管的损耗，他在水管上放了个干抹布。这样噪声就小了很多，他就这样用力砸水管。刚开始砸一下是一下，水管下降的速度很快，但越到后面，友成明显感觉地质越来越坚硬。

别人家挖水井，大概要挖很深的井坑，才会下水管，而友成就要反其道而行之，他觉得这样直接往下砸水管速度更快。他做事，永远在找各种各样的捷径。

然而，世间的事情，往往遵循着能量守恒定律。虽然省了挖坑的力气，但坐在树上的滋味并不好受，十分费腰。他要坐在树上使力气，还得斜着身子。虽然水管距离大树只有一米左右，但是坐在高处，就感觉距离很远。

打井这项工程，红莲没法帮忙，上不去树，海兰却十分感兴趣。她几次三番跃跃欲试，想要去砸水管。父亲吃饭休息时，机会来了。她快速爬上了树，然而没想到，她没有力气举起那铁锤，只好作罢。

友成吃完午饭，只要不是出去上班干活，通常都要睡个午觉。用红莲的话说，他可会保养自己了。夏睡三伏，冬睡三九，刮风下雨，雷打不动。

等到下午三四点没那么晒了，友成才起床，继续打井。他把木梯搭在树上，又用绳子把梯子绑在了树上，然后站在梯子上继续打井。

"我终于知道，为什么要叫打井了，就是这么一下一下'打'出来的。"

友成边打边自言自语。随着水管的深入，井坑周围已经开始渗水。等到水管穿过了地层中坚硬的部分，后面越打越轻松了。

傍晚时分，友成已经有些紧张了，还有两米，水管就完全没入地下了，然而水还没有喷出来。他心想，难道选错了位置，还是将水位估计错了？八米长的水管，如今在地下差不多有六米了，怎么还没喷水。

如果把水管全部打入地下还没有喷水，那就意味着井眼找错，打井失败了；也意味着那些等着看笑话的人要得逞了；还意味着他要把这八米长的水管从地下再想办法拔出来，重新打井，这可比打进去更费劲。之所以选择"打"井，就是想省力气，却不料更费力了。想到这里时，友成很生气，用力砸着铁管。

有道是："山重水复疑无路，柳暗花明又一村。"就在友成灰心丧气的时候，奇迹发生了。

突然间，水管里喷出了泥水。友成赶紧找来浇地用的塑料水管，将一端扣在铁管口上，另一端对准早已挖好的排水道，泥水顺着塑料水管流出了很多，接着流出了较为清澈的水。友成顾不得高兴，只忙着排水。这是他生平第一次一个人打井，没想到会歪打正着，找到井眼，他为自己高兴。

驻足观看的孩子们，早已开心地手舞足蹈起来。在他们的眼中，父亲的形象随着这口井喷出水的刹那，立刻变得高大起来。

看到女儿、儿子那么开心，看到妻子也高兴得不知所措，友成高兴极了。大锤子抡了这么多时日，总算可以歇一歇了。

他从旧水井上拆下了压水井外壳，装到了新水管上。海兰姐弟三人就蹲在一旁看着父亲安装压水井，这是一项十分复杂的工程，心灵手巧的父亲拧着各种螺丝，敲敲打打后，不多时，压水井就安装完毕。

友成找了水桶过来，放在压水井的出水口处接水，然后，他抓住压井水的压杆使劲向下按压，水流出来了，浑浊如黄河之水。为了清理管道淤泥，友成不断地拉动压杆压水。海兰迫不及待地跑过去，从父亲手中抢过压水杆，也要来试试，但她没想到水井的压杆那么重，她整个人如猴子般吊在压水杆上才把水杆拉了下来，泥水缓缓流了出来。海兰很开心，她能压出水了。然而，压水杆抬不上去，友成站在一旁，帮女儿把压水杆使劲抬了上去。海熊和海珍也走过去凑热闹，姐弟三人一起，双手吊在压水杆上，像三只小猴子挂在树上一般。看到孩子们这么喜欢自己一手打造的"作品"，友成倍感骄傲和自豪。就这样，孩子们边喊着边将压杆压下来，他又使劲抬上去，井水流就在这一抬一放之间，奔涌而出。只是一个小小的简陋的压水井，却让孩子们感到无限欢乐。

红莲听到孩子们的欢呼声，从厨房里探出脑袋，看了看父子父女四个人一起欢笑的场面，会心地笑了笑，继续做晚饭。

这时候，福侠嫂子闻声而来，梁少红、梁少峰、孙云婷、孙云飞也陆续赶来了。压水井的压杆越压越灵活，终于没有那么沉重了。院子里仿佛成了孩子们的天堂，大人们在屋檐下站着聊天，孩子们你争我夺，轮番去玩压水井，仿佛这不是一个水井，而是一个铁玩具。友成将泥水倒了一桶又一桶，经过孩子们反反复复地压水，压水井里的水变得越来越清澈。

土墙豁口外，日头已经渐渐西垂，村子里炊烟袅袅，各家各户拉风箱的声音此起彼伏。小伙伴们回家吃饭去了，海兰看着桶里清澈的水，看着水里的自己，感到新奇。

友成已经开始在土地堂后面的水泥地上设计水槽了。

"吃饭了！"红莲一边摘围裙，一边从厨房走到院子。海兰和海珍听到母亲叫吃饭，赶紧洗洗手，进了厨房。

"新蒸的馒头，还泼了辣椒油，里面加了蒜末。"红莲说着，将一小盆馒头递给海珍，"端出去吧！"

海兰帮母亲从锅里舀玉米榛子（意为"玉米粥"），吃馒头就着辣椒，还有凉拌豇豆。

在关中地区，小麦和玉米是主粮，吃米饭的时候很少，一两个月才吃一次。因为米贵，而红莲家里穷，所以很少吃白米饭，但玉米榛子就着凉拌菜也很好吃。

红莲将玉米榛子盛好后，夹了点凉拌豇豆放在碗中，端给友成，友成就蹲在院子里，边吃边看着自己打好的水井。

海兰则喜欢吃馒头夹辣椒油，上面还撒了点儿盐，吃完了馒头，她才吃了一碗玉米榛子就凉菜。

红莲伺候完老的，还得照顾小的。她端了饭给海峰去喂饭，喂完饭才能吃自己的饭。还好两个女儿懂事，会照顾海熊吃饭，她能稍微省点心。

日子就这样，艰难而又幸福地过着……

第四十一章 背儿秦岭寻神医

海熊已经一岁多了，看到小儿子活蹦乱跳的样子，再看看大儿子，友成的心里还是很难过，他没法放弃。

海峰已经十五岁了，友成心想，再给他一次治疗的机会，也给自己一次能看到儿子走路的机会。如果这次看完病，还医不好，那就彻底没救了。经过千方百计地打听，他终于获得消息，说秦岭里面有一位华神医，很多在医院看不好病的人都去那里找他,看完后都药到病除了。

打定主意后,他请了十天假。这时的制镜厂已日渐衰败,生产效益大不如前,厂长恨不能那些老弱病残统统辞职回家去。所以他请半个月假,很容易就批下来了。

为了给儿子治病,他重燃了希望。他带好盘缠,再次背着儿子,去了秦岭。这时候的海峰已经一米七几了,在同龄人中都算是高的,然而却走不了路。双腿已经无法正常伸展,只能保持弯曲状,否则就会疼痛难忍。友成背一会儿就背不动了,因为海峰的腿使不上劲,所以他找了布条,把海峰的大腿缠住绑在自己的腰上,避免走一走就滑下去。

去往山里的汽车很少,倒了好几趟车才到了秦岭大山里的一个小镇子上。到时天色已晚,夜幕降临。根据别人给的路线,那个华神医住的山村里没有通车,要步行十公里山路才能进去。眼下,父子俩只能住店。友成背着海峰找了一个便宜的旅店住下了。为了省钱,父子俩也没有买饭吃。来时带了咸菜和锅盔,就拿出来吃了些,又喝了点水,之后,父子俩倒头就睡。

次日一早,鸡刚打鸣,友成就背起儿子,戴着草帽,胸前背着绿色的军用背包和水壶,一步一步往山里走去。海峰虽然腿不能走,但脑子好使,能言善辩,口齿伶俐。父亲背着他,走到岔路口的时候,他会主动开口问路边的人:"叔叔,打扰问一下,华水村怎么走?"人家指完路后,他连声道谢。每当这个时候,友成就很高兴。儿子长大了,要是他能走路,一定会成为一个很能干的人。可惜了,这样好看、聪明、善良的孩子却遭此不幸。想到这里,他加快了赶路的步伐。

早晨的山里很清幽。虽是夏天,但是一点儿不热。山路曲曲折折,或上或下,往前走了很久,友成实在走不动了,就找了路边的大石头,把海峰放到上面休息,喝水、吃锅盔。然后,父子俩坐下来,静静地欣赏着大山里的风景。路旁有一条小河,清澈见底,而河床上怪石嶙峋,或大或小,铺满了河床。

围绕着河与路的周围,是很高很高的山石,山上草木旺盛。天空是瓦蓝瓦蓝的,路边有苍松翠柏,奇花异草。偶尔看到路右边的树林里,跑过一只野兔或者松鼠。这是海峰第一次来到秦岭大山里,对他而言,这条寻医路就跟旅游一样，虽然辛苦，但也好玩。

父子俩歇息半天，继续赶路。山里的人，面相显老，但很朴实，热情好客。他们带的军用水壶里没水了，路过一户农家去借水，人家还请他们吃了午饭，一人一碗裤带面。父子俩吃完饭，连声道谢，友成要给人钱，人家愣是没要，还送了几个窝窝头给他们。

他们一路走一走，歇一歇。快到天黑时，终于抵达了华水村。村子不大，就十几户人家，建在山上，错落有致。村子旁边有一条河，房子都是土坯木架结构，一户一两间这样土木结构的房子。唯有一处是三间房，房子很大，也很显眼，有门有院。父子俩站在村口看了半天，友成正在寻思：究竟哪一个才是华神医家？海峰笑着指着那个最大的房子说："爹，凭我的直觉，就是那个最大的房子。"友成看了看说："行，那咱们去碰碰运气。如果不是，就问问路。"

这栋大房子建在半山腰，友成沿着村里的小路，走了半天才上去。海峰敲门喊道："请问有人在吗？这里是华神医家吗？"过了一会儿，从屋里走出来一位老妇人，满脸皱纹，头发雪白，梳了一个发髻在脑后，穿着黑色的粗布长衫。开门后，她打量了半天友成和海峰，慢条斯理地说："这里就是华神医家，请问你们是谁？找他有什么事？"友成礼貌地说："大婶，您好，我叫孙友成，这是我儿子海峰，我们从宝鸡过来的。听说华神医医术高明，来找他给我儿子治病。我儿子十五岁了，得了怪病，医院看不好，现如今走不了路。"说着把背后的儿子转过去给那个老妇人看。

老妇人看了看，又用手摸了下海峰的腿，海峰疼得哎哟一声。老妇人赶紧说："不好意思，我不是故意的。"海峰连忙说："没事没事。"

老妇人带着友成和海峰进了屋。看到满屋子的人，友成和海峰都愣住了，站着的，坐着的，整个客厅里全是人，还好客厅很大。客厅中间挂着神医华佗的画像，放着旧式的案桌，上面摆满了各种供品。老妇人让他们在客厅的椅子上坐下，她去找华神医。

友成把海峰放在椅子上，轻轻扶着。父子俩坐在椅子上打量着客厅里的人，男女老少都有：有的面色憔悴，有的身患残疾，有的眼睛失明……那些人有的打着地铺睡着了，有的靠在墙上，有的在细声细语说话，也有的在打量他们。友成看到他们，觉得自己应该没有找错地方，于是主动搭讪旁边一位穿着中山装、一脸胡茬的中年男子。

"您好,您也是来这里看病的吗?"

"是的,不过不是给我看病,是给我媳妇。"中年男子说着指了指身边微胖的女人,接着说,"她得了头风很多年,最近头疼得厉害,去医院看过,也开了很多药,钱花了不少,病却不见好转,所以来找华神医。"

友成说:"听口音,您不是陕西人啊?从哪里过来的呀?"

中年男子说:"我是从甘肃过来的。等了三天,明天就轮到我们了。听说人特别多的时候,得等十天半个月,我们这次算是很幸运了。"

友成听完吃惊地问:"这客厅里也就二三十人,怎么会来了三天才排到您呢?"

中年男子说:"排队看病的人很多,这里只能容纳这么些人,其他来得晚的都去别家借宿了。明天就诊的今晚都在这里。"

这时,旁边一位三十出头、抱着孩子的女人搭话说:"华神医看病有一个规矩,每天只看十人,超过十人就排到第二天。不管多么紧急的病情,一律这样。不过也有例外,但是这例外,听说十多年也就只有一次。还有他这里只管住,不管吃。为了省钱,我们就在这里打地铺了。对了,你是来给你儿子看病?"

友成点点头,说:"嗯,我儿子五岁之前活蹦乱跳,啥事都没有。可不知道为什么,五岁多不到六岁时,突然有一天发高烧,高烧退后腿脚就不灵便了。去了很多医院,医生说是肌肉萎缩症,也有的大夫说是小儿麻痹症。看了很多年,到现在他已经十五岁了,还是没有看好。这不,听人说秦岭山里有位神医,就过来看看。"

女人说:"原来如此,我儿子才六岁,眼睛却看不清东西,也去了很多医院,没看好,就来了这里。"

友成同情地看了看那女人和孩子,说:"你来第几天了?排到号了吗?"

女人说:"我已经来了三天,明天就轮到我们了。"

友成说:"可怜天下父母心。对了,你知道华神医用什么方法看病吗,是中药,还是道士那样画符做法事?"

女人说:"听说有中药,有针灸,也有驱邪的办法,没有固定的路数,主要看病人的情况。"

他们正聊着的时候，老妇人进来了。她后面站着一位鹤发童颜的老人，精神矍铄，留着很长的白胡子，走路刚健，完全不像七老八十的样子。老妇人对友成说："这是华大夫。"又对华神医说："这位是今天刚到的孙友成和他的儿子。"友成让海峰靠着椅子，他立马站起来跟华神医握手，并笑着说："您好，您好，华神医，久仰大名，这是我儿子海峰。"海峰看了看华神医，立马说了一声："华爷爷好。"华神医只是笑着点点头，并没有说话。他仔细看了看海峰，翻了翻眼皮，又捏了捏两腿，然后又看了看友成，一脸遗憾地对友成说："你明天一早还是回去吧，他这个病我也束手无策。"说完，转身就要走。

友成听到神医说的话，既不敢相信，也不想相信。这是他和儿子的最后一次希望，还没认真看，怎么就立刻下了判断。他不解，更不甘心。他追上去，拉住华大夫的衣袖，说："求大夫大发慈悲，给孩子再看看。"华神医头也没回，往客厅左边的房里走。友成见状，抢走两步，扑通一声跪在了华神医的面前。这时，客厅里醒着的人，包括海峰，都看着友成和华神医。看到跪在地上的中年男人，华神医停下了脚步，闭了会儿眼睛，语气沉重地说："不是老夫不给你看病，是你家孩子的病真的看不好。"

友成跪在地上，焦急地直给华神医磕头。他哀求着说："华神医，您行行好吧，我知道您神通广大，治好了数以千计的疑难杂症患者。我儿子这个真不算什么大病。您行行好，给看一看吧。"

客厅里那个中年男人和抱孩子的女人也顺势搭腔说："就是，华神医，人家背着儿子大老远来一趟不容易，您就给看看吧。"

华神医无奈地扶起友成，说："好，好，你先起来，我给你一个号，但是丑话说前头，这孩子的病已经错过了治疗期，如今华佗再世也治不好了。你非要看，我就给你讲一讲这孩子的病因，让你彻底死了心。老婆子，给他排个号吧。"华神医说完，拂袖而去。

那个老妇人原来是神医的妻子，她给了友成一个手写的号牌，居然是明天的十一号。不是说一天只有十个号吗？他又喜又悲，喜的是，总算拿到号了，可以给儿子好好看看病，而且不用等很多天，明天就可以看；悲的是，别人都等了那么多天才能排到号，说明那些人的病可以医治，而海峰的病是不是因为看不好了，华神医不想他们白等许多天才特意加了一个号？想到这里，他痛苦不堪。

天已漆黑，山里的夜，黑得透彻，没有一点儿亮光。他没有带铺盖，没法打地铺。这时候，华夫人挥手示意，叫他过去。华夫人对他说："这床铺盖是华大夫特意交代给你们的，拿着用吧。"友成说："这怎么好意思，太打扰你们了。"华夫人说："没事，拿着吧。"说完华夫人就走了。看着华夫人的背影，友成连声说谢谢。

友成拿了铺盖到客厅里，抱孩子的女人看到他拿着铺盖说："呀，这是华神医给你的？"友成说："是。"那女人接着说："你运气真好，能得到华神医的特殊照顾，我们在这里打地铺的，不是自己背过来的，就是去附近的小镇或者村里买的。"友成听了觉得自己遇到了好人，心里很感动。

他看了看客厅，边上挨着墙的地方已经全被人占领，只有中间走路的这块地方了，他只好把床铺铺到中间挨着客厅案桌的地方。铺好后，他把海峰放到床铺上，拿出锅盔和水，父子俩吃了些就睡下了。

半夜醒来，他去上厕所时，仔细看了看这座大山。在这漆黑的夜里，山，依然隐隐可见轮廓。整个屋里的人睡得很沉，也有打呼噜的。他有些发愁，于是跪在华佗的画像前，结结实实地磕了三个头。他在心中默默祈求华佗，希望明天华神医能医治好海峰的病。

次日一早，五点多，天已麻麻亮了。友成赶紧把海峰抱起来放到椅子上，收拾好床铺放到客厅的墙角。

客厅里的人也都不约而同地起床了，有的出门去村里找饭吃，有的就吃自己背的锅盔、咸菜。华夫人提了三壶烧好的热水，放到客厅里，示意大家可以自己倒水喝。

因为这屋里就他们夫妇二人，忙不过来，所以一律不管吃住。如果要勉强在客厅里打地铺，他们也不会赶出去。

友成拿出锅盔、咸菜，用杯子倒了杯热水给海峰。父子俩边吃边聊："爹，咱们是几号？"友成看了看周围，大家都在忙自己的，就悄悄对儿子说："十一号，嘘……不要跟别人说，谁要问，你就说大后天的，省的别人知道了，华大夫不好处理。"海峰很机灵，一听十一号就知道是加的号，昨天听到父亲跟别人聊天了，一天正常就十个号码。吃完早饭，他看到拿号的人都已经在椅子上按照顺序坐好了。他背着海峰坐到床铺上，他想观察一下，看一个病人大概需要多久？然后推算一下时间，轮到他们大概是几点。

早晨八点整，客厅内严阵以待，大家都自觉地保持安静。华夫人出来站在客厅叫："一号，请随我来。"拿着一号木牌的那位中年人牵着他媳妇的手，把号牌交给了华夫人，跟着进了右边的偏房。

大约半小时后，中年男人出来了，他的媳妇看起来没有那么病恹恹了，还有了些精神。接着，二号那个抱孩子的女人进去了。中年男人跟媳妇开始收拾他们的行李，准备要回家了。友成走上前追问："大哥，嫂子的病怎么样了？华大夫给开的什么药？"中年男子说："把了脉，说是顽疾，给开了几服中药。"这时，中年男子的媳妇说："华神医刚才把完脉，给我头上扎了几针，现在感觉好多了，头不疼了。但是神医说只是暂时不疼了，要彻底治愈，就要按照他的方法来，喝中药。"

友成听了，心里有了底，赶忙安慰说："大嫂，您是有福气的人，大哥这么照顾您，还遇到了华神医，相信您很快就能康复了。"

那妇人听了开心地说："嗯，大兄弟，借你吉言，一定会好的。希望你的儿子能早日康复。回去的路还远，我们就先收拾东西走了。"

友成说："好的，大哥大嫂一路走好，有缘再见。"

跟这几个病友聊天，让友成看到了希望。

友成背着海峰去上厕所。山里的厕所就是一个茅坑，上完厕所，还得盖上一层土，避免滋生出苍蝇蚊子。借着等待的时间，友成背着海峰在华神医的院子里转了转。三间土木结构的房子，修葺得很精致，房顶的青瓦上长了些花花草草，中间最大的房子是客厅，左边是卧室，右边是书房兼会诊室，布局也很好。厨房在院子左边，单独盖了一个小房子，旁边是小花园，长满了忘忧草，还有各种不知名的小花，看起来很雅致。三间屋子的后面是小菜园，里面种满了蔬菜。再看看远处，炊烟袅袅，雾霭蒙蒙。这个村子的海拔得有五六百米，深呼吸一口，空气格外清新，父子俩觉得这里就是人间仙境。

看完了景色，友成背着海峰回到大厅，已经叫到了四号。友成推算，按照这个进度，大概十二点左右就能轮到他们。

关于这里，他有很多疑问。比如，为什么每天只看十位病人？这么多病人，为什么不请些人来帮忙，把医馆做大一点？华神医为什么对他们父子格外照顾？海峰也纳闷，他建议父亲一会儿见到华神医，可以问一下。

父子俩聊着天，困了，然后躺在地铺上，旁若无人地睡了个回笼觉。一觉醒来，椅子上已经没有人了，客厅墙边上，又来了一批陌生人，正在收拾打地铺。他把海峰放到椅子上，赶紧收拾铺盖卷，正要去会诊室咨询时，华夫人出来了。

这时已是下午一点多了，父子俩饥肠辘辘。看华神医和华夫人似乎也没有吃饭，不禁对二人更加敬佩。华夫人走向前对友成说："号码牌给我，带着孩子过来吧。"友成背着海峰跟着华夫人往会诊室走去。一股中草药味扑面而来，会诊室布置得很古朴。友成一进门就看到华神医端坐在桌子后，左右靠墙是书架，整整齐齐、满满当当全是书。靠近门口的左侧，还有一张小床，上面铺着白床单，大概是检查病情用的。右侧还有一个跟屋顶一样高的药柜。友成进门的时候，快速扫了一圈，感觉华神医仿佛不是这个时代的人。

友成把海峰放到华神医对面的椅子上，扶正了。他站在一旁毕恭毕敬地说："神医您好。"海峰也微笑着问了声好。华神医只是嘴角略微抬了抬，然后说："如果不是看在你儿子的面上，我可能不会打破我这十几年的规矩。"

友成好奇地问："这是为什么？"

华神医说："你儿子的病，病因在你，不在他。他不用把脉了，你看他，坐不稳，站不起，四肢无力，这种情况，经脉已断。其次，两腿发育不良，一长一短，一粗一细，右腿肌肉已经变形。"

友成听了华大夫的话，看看儿子，于是，坐到门口那张床上，抱着头，苦思冥想。海峰听到神医的分析，心下已经绝望，来的时候他已隐约感觉来了也白来，大概是看不好的，自己的病自己最清楚。无奈老爹倔强，不随他来走一次，他此生不甘心。但是，即便有万分之一的希望，那也是希望。然而现在，一切都没有了，那唯一的气若游丝的希望，如今也没有了，心里多少还是有些伤感。

他坐不稳，只一会儿的工夫，已经摇摇晃晃要倒了。华神医赶紧起身，绕过桌子，扶住了海峰。友成看到后，赶紧过来把儿子抱起来放到了床上，让他平躺着。他则坐在椅子上，面对着华神医。

华神医过来给海峰的四肢做了简单的中医推拿，并告诉在一旁站着的友成："这个病虽然治不好了，但是我可以教你一套按摩的办法。你有时间就每天给他做一次按摩，要是没有时间就一周一次，也可以让别人代劳。这个按摩办法很简单，有助于缓解他的痛苦，还有利于防止病情恶化。"

华神医两手握住海峰纤细的胳膊，从上缓缓捏到下，反复三次，又抬起左腿，轻轻推拉，揉捏，右腿亦如此。友成仔细看了按摩方法，熟记于心。

然后，华神医叫友成去了另外一间房中密谈了一个多小时后，回到了诊室。海峰看了看父亲的表情，很是疑惑。

华神医不客气地说："你走吧，该说的我都说了。"

友成看了看华神医，二话不说，背了海峰，向外走去。

华夫人从客厅迎过来，看到屋里老头脸色不好，猜到友成不信老头说的话，于是就领着友成往门外走。

友成问："诊疗费是多少，我给您。"

华夫人说："没有开药，就没有费用，你回去吧。"

说完就关上了门。

友成有点不知所措。海峰问："我刚才睡着了，你们都聊了什么？"

友成难过地说："没事。"

海峰看父亲不想说话，就没再多问，趴在父亲的肩头说："咱们来这，人家对咱们挺好的，多少给人家一些钱吧？"

友成说："儿子，你跟爹想到一处了。"说完，就从兜里掏出来一百元，然后敲了敲门，当他从门缝里看到华夫人走出来开门时，就把钱折了一下，挂在了门环上，然后背着海峰快速走了。

走了二十多米远，回头再看神医家，看到华夫人站在门口，正在给他们父子挥手告别。

在往回走的路上，友成归心似箭，一路在想妻子、小儿子和两个女儿。他觉得大老远跑到这里来找神医，也没什么用。神医没给大儿子治病，反而跟自己说了半天话，肯定是江湖术士，不是神医。友成就这样一路想着，一路走着。来的时候还有心情看风景，回去的时候，却没有一点心情再东张西望。

海峰看到父亲一路上都闷声不说话，也没再言语。任凭父亲背一背，歇一歇，走走停停。

第四十二章 挖坑训子爱成疯

回到家那天，红莲开门看到丈夫和儿子两个人胡子拉碴，头发都长了，衣服也都脏了，灰头土脸的样子，很让人心疼，赶紧让他们进门，做了他们最喜欢吃的棍棍面。

父子俩一人吃了两大碗。友成吃完饭，抱了抱小儿子，就呼呼大睡了。红莲给海峰喂完饭，然后扶他躺下，问："你们找到华神医了吗？医生怎么说的？"

海峰垂头丧气地说："找到了，医生说华佗再世也治不好，医生给我做了按摩，我睡着了。后来不知道他跟我爹讲了什么，我们放下一百元就回家来了。"

红莲听完，觉得事有蹊跷，但看到友成那么累，心想，就等他睡醒了再问吧。

次日一早，友成醒了，这一觉睡了十多个小时，他顿觉缓过了劲。

吃过早饭，他就在院子里开始挖坑。红莲抱着小儿子坐在屋檐下，看着友成这么卖力地挖坑，就问原因。友成说："一会儿挖好你就知道了"。

友成已经四十岁了，因为胃病住过一次医院，在制镜厂又受过一次伤，小时候遇到饥荒，家里孩子多，没吃好，从小体格就弱。红莲想着丈夫的过往，有点可怜他。

海熊看着父亲在院子里挖坑，感觉很好玩，看了一会儿，又瞌睡地睡着了。红莲把海熊放到炕上。就去院子里拿了一个铁锨，帮友成一起挖坑。友成见妻子来帮忙，就说："不用你帮忙，我自己就可以。你不会挖，你就洗洗衣服，准备午饭吧，一会儿孩子们放学该回来吃饭了。"

友成一会儿用铁榔头挖土，一会儿又用铁锨往外刨土，用了一个多小时，挖到汗流浃背，衬衫都湿透了，最终挖成了两个比肩宽一点的圆坑。一个深一米，一个深一米五。他挖好坑，自己溜下去试了试，然后又爬出来，去了小屋。

他坐在炕边对海峰说："爹带你去了多少医院，看过多少大夫了，你心里清楚。爹为你的病，真的尽力了！那个神医你也见了，他也束手无策。医院靠不住，医生救不了你，神医也不行，现在爹只能靠自己想办法救你了。你才十五岁，还小，你的路还很长，爹不会放弃的。你也要相信爹，爹要用自己的办法救你！"

海峰突然听到父亲这样说话，有点诧异，也很感动，他心里清楚，父亲这么多年坚持带自己寻医问药，非常不易。

友成说："爹一觉睡了十几个小时，醒来后，突然想到一个办法。爹挖了两个坑，你每天在里面站一站，锻炼一下。你现在一点儿都走不了，是因为每天都不走，天天在炕上躺着或者坐着。从今天开始，你每天锻炼一下站立，练一练，可能慢慢就好了。"

海峰听了有点蒙，却不知道怎么反驳，于是说："爹，你说咋办就咋办，我听你的话。"

友成说："好，那就从现在开始吧。"说完就把海峰横抱起来，走到院中，然后顺着坑边慢慢地，一点点地将海峰放进了浅坑里。海峰腿上没有力气，站不住，友成一松手，海峰立刻滑了下去，瘫成了一堆。这时候，海峰痛苦地大喊起来："爹，我腿疼，快拉我起来吧。"友成扶起海峰，又试了一次，还是一样的结果。海峰受不住疼痛，大声呼救。这时候，红莲从厨房跑出来，看到海峰满脸痛苦的样子，心里顿时来了气。她厉声吼道："你有病吗？儿子明明都站不起来了，你还把他往坑里推，快把他给我抱出来！"说着忍不住在友成的后背上砸了一拳。友成苦笑着跟拔萝卜一样，把儿子从坑里拔了出来。红莲看到大儿子获救了，就回厨房继续擀面条了。

然而，友成并没有放弃。他看到红莲进了厨房，就开始盘算别的办法。因为海峰的身高已经一米七几了，那个浅坑放进去，他完全没有可以倚靠的地方，所以站不住。如果放到深坑里，他就可以两手扶着坑边了。友成思量完，就把海峰抱起来又放进了深坑里。海峰很不情愿，却无可奈何，任由父亲摆弄。

进入深坑后，海峰只露出地面一颗头和两只手，友成就让海峰用两只胳膊撑住地面，让他的腿竖立在坑中，这回总算能立住了。友成很高兴，突发奇想的主意，看来行得通。然而，坑里的海峰却痛苦得要命，腿上本来就没力气，而且两腿已经畸形多年，不是直的了，脚尖也踩不到地上，如果非要人为压下去，就会如抽筋一般疼痛不已。如果脚悬空，意味着两只胳膊必须使劲架在地面上，撑住全身的重量，而胳膊基本上也没有力气，勉强只能挤出一点点劲。

友成看到试验成功了，高兴地有些不知所措。他跑进厨房，兴冲冲地告诉红莲："你看看，我的办法可以的！让他每天锻炼一两个小时，时间长了，就可以站起来了。"红莲听了赶紧跑到院子里，一看海峰满脸痛苦的表情，就知道这办法行不通。她二话不说就要把儿子从坑里拉出来，友成见状，疯了一般把红莲拉到一旁，差点摔到地上。

红莲大怒道："你到底要干什么？你疯了吗？这是你儿子，你的亲骨肉，你把他放到坑里，要活埋吗？你没看到他有多痛苦吗？"

友成也怒气冲天地大吼道："不是我疯了，是你疯了，你没看到他站起来了吗？我忙着上班的时候，你就不知道带他走一走吗？他腿一疼，你就心疼，就不让他锻炼了，你看看现在成什么样？废人！你还要继续溺爱吗？都是因为你这样溺爱，他才这样的！"

红莲听了气得眼泪直流："你简直就不是人！天底下哪里会有人这么对待自己的亲生儿子！子不教，父之过，他成今天这样怎么就是我的错了？明明是他发烧的时候，你不给看医生，蒙着厚被子给烧坏的，现在全都赖到我头上了！"

友成继续说："就是你的溺爱造成的，你不要再管了，我的儿子我来管！慈母多败儿，你赶紧去做你的饭！"

红莲流着眼泪边走边说："你管，好，你有本事，你管！我看你能管成啥样！"

这时候海熊在屋里大哭起来。红莲走进大屋,看到小儿子哭得稀里哗啦的,她赶紧把儿子抱在怀里哄了又哄,海熊就是哭个不停,而红莲想到友成的话,也委屈地哭了起来。

海峰使出浑身力气硬撑着,看着父母为了自己又一次大吵,他很难过,泪流成河,却一句话都说不出口。他咬着牙,脸憋得通红,强忍着抽筋般的疼痛。

这时,友成站在旁边看着儿子,在坑里撑着,流着眼泪,他也难过得泣不成声。但是他咬咬牙告诉自己,不能心软,那样会害了儿子。他就站在边上,看着儿子。一分钟,两分钟,时间过得那样缓慢,不到三分钟,海峰已经满头大汗,最后大叫一声,跌进坑里了。友成迅速把海峰从坑里提了起来,海峰忍不住叫唤了半天。

听到大儿子的哭喊声,红莲抱着哭闹的小儿子从屋里跑了出来,她已经被气得五脏六腑都快裂了,上去就踢了一脚友成,然后大喊:"你停下来,行不行,这是你儿子,你为什么要这样对他!我上辈子造了什么孽,遇到你这样的男人!"说完抱着海熊坐到地上放声大哭起来。海熊听到妈妈哭,也跟着大哭起来,海峰也跟着抽泣。面对母子三人的哭泣,友成下不了手了,只好把海峰从土坑里拉出来,拍拍他身上的土,送他回屋里去了。

这时,斜对门的福侠嫂子闻声而来。她进来看到红莲抱着海熊坐在地上大哭,关切地问:"你们这是怎么了?又吵架了吗?地上这么凉,快起来。"说罢使劲把红莲拉了起来,然后拉到房间里,严肃地说:"听嫂子的话,快把眼泪止住,别哭了。你是大人了,你一哭,孩子也跟着哭,你先别哭,一会儿海熊也就不哭了。"红莲已经哭得眼睛红肿,看到儿子满脸鼻涕,满衣服口水,赶紧拿手绢擦了擦。福侠嫂子坐在炕边,安慰了半天,红莲跟小儿子才止住了哭声。

友成放下大儿子,本要去安慰妻子,看到福侠嫂子来了,就没好意思出去,只坐在大儿子的房间里,呆呆地坐了好半天。海峰躺在床上,感觉舒服多了,在土坑里,他两腿发冷,稍一用力跟万虫叮咬一般痛苦。他感动于母亲在关键时刻为他挺身而出。他心想,妈妈还是爱我的,虽然有了弟弟以后,对我的照顾没有以前那么无微不至了,但是妈妈的心里还是很爱我的。想到这里，海峰并没有那么伤感，反而有点窃喜，因为他也很爱很爱妈妈。在这个世界上，没有什么能比母爱更让人温暖的了，母亲就是他活下去的信念和力量。

晚饭时，红莲没有像往常那样给友成把饭端过去，照顾几个孩子吃了饭后，她就抱着海熊出去串门了。友成悻悻地自己去厨房端了一碗白米稀饭，拿了一个馒头和一碗凉拌洋葱夹黄瓜，蹲到院里的树下咀嚼起来。他一边吃，一边盯着自己挖的两个土坑发呆。

第四十三章 妹妹救哥泪两行

次日，天气晴好，红莲一早吃完饭就带着海熊去了平阳医院。每次吵架，红莲都会回娘家。对她而言，娘在哪里，娘家就在哪里。她的娘不在家，而在医院里整日洗衣服上班，住在医院的宿舍。所以，娘家就在这个医院的宿舍。

红莲母亲的婚姻，建立在纯粹的物质交换的基础上。外祖父母为了几斗粮，她的母亲就成了南家的媳妇，没有任何感情基础。所以，当红莲兄妹三人都长大了以后，她的母亲基本上就常住在单位宿舍了。一周回去一两次看看丈夫和孩子，给他们洗洗衣服，做做饭，打扫打扫卫生，再留些钱就走了。

那时候，红莲的大哥南思孝已经初中毕业，进了市卷烟厂上班。弟弟南应孝进了县剧团拉二胡。她的父亲那时候患了哮喘，除了种地，农闲时间就在家休息。

红莲一直很后悔，高中毕业后没跟她的同学去北京见识一下外面的世界，也没有学会母亲独立、要强的女强人一般的行事风格。她的性格比较柔，性子也比较慢，像极了她的父亲。

每次在丈夫那里受了委屈，扛不下来的时候，她就去医院看看母亲。找母亲吐吐苦水，这样她心里就会好受些。有母亲在，她感觉就算天塌下来，总有一个依靠。

就在她回娘家的时候，友成请的假还没结束，就没有提前回去上班。他没有打算放弃他的试验，这回他想到了一个好主意，为了避免昨天的情形重现，他去找了两根尼龙绳，院子里树多，土坑的上面刚好是泡桐树王。所以，他快速爬上树，把绳子在树干上绑好，绑了两个圈挂在树上，然后又把海峰抱了出来。他一边把海峰往土坑里放，一边说："儿子，为了你能站起来，爹当一回坏人，希望你不要恨爹，爹也是为了你好。"海峰没有说话，看到树上垂下来的两个绳圈，有些好奇，心想，爹这回又想到什么歪主意了。

友成将海峰完全放入土坑后，就把海峰的胳膊拉起来放进绳圈里套紧，一个圈放一只胳膊，相当于用绳子把海峰挂在了树下。然而，绳子挂得太低，用不上力，友成又用手比画了半天，然后再次爬上树，调整了一下绳套的长度，接着再次把海峰的两只胳膊套了进去。这个办法看似好一些，然而海峰的腰上没有力气，胳膊上也是力气不足。如果胳膊不用力，那两绳套直接就滑了，并无用处。如果他用胳膊使了力气，那么结果就是要耗尽全身力气支撑到胳膊那里，才能让脚不落地。如此一来，跟不用绳索区别不大。吊起来，绳子会晃荡，还不如两只胳膊直接撑在土坑的边上更牢靠。

友成并没有想那么多，他觉得这个办法比昨天的好，于是就把海峰套到两个绳圈上，然后站远了背着手，笑嘻嘻地看着海峰说："这样就挺好的，你每天这样站一两个小时，一个月肯定就能走路了。慢慢来，我先出去了。你好好练习，试着用脚慢慢踩地上。"海峰看到父亲说完，真的关了大门走了，着急得不得了，却又无能为力。

因为长时间没有穿鞋下地走路，他的脚已经与腿平行了。鞋子掉了，他挪动脚尖踩到了坑里的泥土上，泥土很潮湿。就在此时，他晃动了一下脑袋，结果右边的绳子滑掉了。顿时，他被左边的绳子甩了一下，胳膊疼得不行。他在院子里大喊："来人哪，救命啊！"然而，并没有人。父亲真的狠心走远了，两个妹妹一早出去玩了还没有回来，妈妈带着弟弟去了外婆那里，只有他一个人了。刹那间，海峰感到了绝望。如果放开那只绳子，他会立刻掉进土坑里，如果想勾到那只晃荡的绳子，右胳膊的力气还不够抬起来。他思考良久，最终决定拼一把。他迅速抬起了左胳膊，在放开绳子的那一刻，两只胳膊使劲抬起来撑在了土坑的边上，如此有惊无险地救了自己一命。然而，当他试着用脚踩地面时，一阵抽筋削骨的疼痛从脚尖传来，疼得他把牙齿咬得咯咯作响，额头直冒汗。他小心翼翼地反复试了几次，真的踩不下去。

他绝望地仰起头，看着树叶，看着树叶的缝隙里透过来的光。看到了光，却看不到希望，他感到痛苦不堪，生不如死。他想与其这样让父母痛苦，让自己痛苦，不如一死了之。可想到死的时候，他又多少有些害怕，因为他听外婆说过，自杀的人死后，黑白无常不会来接，也进不了阴曹地府，更无法转世投胎，只能在人间流浪，成为孤魂野鬼。想到这里，他有些胆怯了。想到亲爱的妈妈，想到带他看病的老爹，想到可爱的弟弟妹妹，他又有些不舍，难过得眼泪哗哗。

就在这时，两个妹妹回来了。

进门看到院子里的哥哥，两个妹妹急忙跑过去。海兰看到哥哥流眼泪了，用袖子给哥哥擦了擦，说："哥，你别难过，我们这就救你出去。爹太可恶了！怎么狠得下心把你扔在这又湿又冷的坑里。"海珍也说："就是，爹怎么这么狠心呢。"姐妹俩说着，一左一右，拽着哥哥的胳膊，使劲把他从土坑里拉了出来。然而她俩力气不够，无法把哥哥背起来，只好使尽全身力气，把哥哥拖进屋里。到了炕边，他们又找了四方木椅，先抬到椅子上，然后海兰站到炕上，拉着哥哥的胳膊往上拉，海珍则站在地上，把哥哥用力往上推。姐妹俩费了九牛二虎之力，终于把哥哥放到了炕上。她俩又给哥哥换了衣服，倒了水喝。

友成去城门洞里下象棋了，下到忘乎所以。等一盘棋下完，他才想起来儿子还在土坑里站着。看看手表，差不多一个小时了。等他回到家看到院子里没人，就进了小屋。这时，海兰正在炕边坐着看电视。

友成勃然大怒，说："谁把你哥弄进来的？我辛辛苦苦挖了那么深的坑，就是为了让他好好锻炼一下，有一天能下地走路。谁弄的？谁弄的！"

海兰看到此刻的父亲像一头愤怒的狮子在咆哮，然而八岁的她，却没有丝毫要躲避的意思。她大声说："是我弄的！是我把哥哥挪回房间的！"

友成正在气头上，听到海兰说是她弄的，二话没说，直接一巴掌就打了上去。海兰被一巴掌打倒在地，顿时号啕大哭，哭得昏天黑地，撕心裂肺。

海珍在厨房做饭，听到妹妹大哭，急忙跑进屋。看到父亲那副凶神恶煞的样子，她有点害怕。她赶紧把妹妹从地上扶起来，拉着妹妹就要出去，然而海兰很倔，就是不走。她一边哭着一边说："我就不走，他凭什么打我，我没有错！为什么要打我！"说着又哇哇大哭起来。友成一时慌了手脚，他感觉到手发烫，自知下手重了，有些后悔，却不知道怎么安慰。

海峰这时候大喊："爹，你不要打海兰，是我的错！求你了，你快出去吧！我真的站不起来，你饶了我吧！我的腿很疼，你就饶了我吧！我真的不想待在坑里了！要不，你就把我活埋了吧！我也不活了！我也省得碍眼了！"

听到儿子说出这番话，友成心头微微一颤。他没再说什么，掀开门帘走出去了，一路默默往南边的渭河走去。

哥哥跟姐姐哄了很久，海兰才停止了哭泣。哭完自己去大屋的镜子前照了照，发现两只眼睛肿得像核桃一般，乐的自己破涕为笑。然而，那半边脸明显肿了，她看到镜子里的自己，很伤心。她知道父亲从小就不喜欢她，自从她出生后，就一直讨厌她不是个男孩。她的出生让父亲要儿子的梦破灭了，她仿佛是这个家的罪人。但这怪得了她吗？怪只能怪她投错了胎，走错了门，来到这家，受这窝囊气。

因为父亲百般嫌弃，动不动就打她，让她对父亲有了恨意。这股恨的力量，促使她从小跟男孩们一起爬树，一起和泥，一起偷菜，也促使她比别的孩子更加刻苦努力地学习。她要证明给父亲看，她虽是女孩，却一点儿不比男孩差！正因如此，她的骨子里多了一些叛逆和争强好胜。

父亲对于孩子性格的形成影响极大。如果父亲知书达理，那么孩子也会形成良好的性格；如果父亲蛮不讲理，这些孩子只能自认倒霉了。海兰觉得，自己就是天底下这些倒霉蛋之一。

第四十四章 公共澡堂忒羞怯

从山里回来以后，父子俩人浑身散发着一股说不清的臭味。友成有时候会思考这个问题，人为什么很多天不洗澡就会有味道？是因为人体皮肤分泌出来的各种东西没有被及时清理？还是因为人在出门时沾染了旅途中的"尘劳"？难怪神话剧中的神仙们会说人的气味很臭，但人类之间似乎闻不出来。

午饭后，阳光明媚，风和日丽。虽已入秋，但中午时分，院子里的温度还算暖和。海峰经历了两天土坑试验后，浑身已经变味。红莲烧了一锅水，友成从柴房里将又厚又大、直径约一米的砖红色陶瓷盆端了出来。那是全家的洗澡盆。他在压水井旁清洗一番后，端进了海峰的屋里，红莲用洗脸盆给澡盆添满水。友成试了试水温，正合适。于是，关了门，他给海峰脱了衣服，又将他抱起来，轻轻放入澡盆中，开始给他擦拭身体洗澡。

作为一个十五岁的男孩，海峰的身高显然随了孙家，如果直立起来，大约已有一米七几，比他的母亲还高。对于日渐失去行动能力的海峰而言，生命已经完全失控。他无法独立完成一个正常人最基本的活动，所有的活动都需要借助他人。对他而言，这是极为痛苦的。他在炕上度过了无数个春夏秋冬。一日之内，坐在院中的时间有限。他曾无数次想过死亡，并渴望死神的拥抱，但都没有成功。

每次看到母亲拖着疲惫的身体，还给他一口一口喂饭时，他就放弃了自杀的念头，母爱的光辉温暖了他的心，驱散了他心中的阴霾，照亮了他人生的道路。他不能看着母亲因为他再伤心落泪，也不愿看到父亲的努力毁于一旦。他得活着，给父母一个盼头和念想。如果死掉，父母的后半生就会陷入极度痛苦中，他不忍，也不愿。

当父亲忙活着给他洗澡擦身体时，他想了许多。作为步入青春期的男孩，他已经有了羞耻心，他不愿在父母面前裸露身体，但他没有选择。他不能拒绝洗澡，也无法自己洗澡，只能任由父亲擦洗，他看向别处，不敢正视父亲的眼睛。

友成看到自己的儿子长得这么好看，白白净净，个子这么高，然而，除了脸上看起来圆润饱满外，身体却是瘦骨嶙峋。两条腿一长一短，一粗一细，没有多少肉。他给儿子擦洗着身体，心里十分难过。他努力忍住，没有流泪。

他在心里反反复复盘问着：我心爱的儿子，为何会变成这样？如果他没有发烧，如今站起来，就是一位翩翩少年郎了，青春正当时，可为什么会这样？他恨着，却不知道该恨谁。恨自己给孩子盖了被子，还是恨父亲带孩子五六岁就去了寺庙，还是恨那帮庸医治不好病？思来想去，他只能恨自己命不好。小时候母亲给他们姐弟六人去算命，卦师说他命硬。难道是因为命硬克子？他不信命，可在命运面前，他感到自己的渺小和无奈。

晚饭后，红莲又烧了一锅水，等孩子们都入睡了，友成独自在院子里的泡桐树下洗了澡。当男人的好处之一，便是洗澡方便，夏天在院子里晒一盆水，等水有温度了，顺头浇下去，再擦几下，完事。冬天烧个热水，趁孩子们不在家的时候，便在屋子里洗澡。每年秋收时节，友成又忙又累，浑身脏得像从矿洞里钻出来的，因此，他不洗澡，只用热水擦身，再洗个头发而已。

红莲觉得友成太不讲究卫生，但她还是很讲卫生的。以前，夏天夜里，红莲和孩子们在院子里的澡盆里洗澡，冬天也在家烧水洗澡。但现在，孩子们都长大了，在家里也不方便，而附近新开了公共澡堂。

方圆几里，只有一处公共澡堂，便是离家三公里左右的巩泉澡堂。那澡堂其实是电石厂的职工澡堂，对外开放，员工免费，非员工都收费，大人洗一次两元，小孩子收一元。

每逢过年前，大扫除结束后，腊月二十八九时，红莲便会带着两个女儿去洗澡。每次去洗澡时，红莲也会像其他女人一样，呼朋唤友，结伴而去。对于乡村的女人们而言，赶集需要成群结队，洗衣服要三五成群，就连洗澡也是一项重要的社交活动。

红莲还记得去年去公共澡堂的情景。

她叫了咏勤她娘，还有福侠嫂子同行。咏勤她娘又携了两个女儿刘咏勤和刘勤俭同行。

在关中地区的乡村，妇女们的名字随着第一个孩子的出生，就会莫名其妙的销声匿迹，代之以"某某他娘"的名字而常用不衰。比如福侠嫂子，头胎是女儿叫孙福侠，所以人们都称她为福侠他娘。红莲是晚辈，所以称她为福侠嫂子。而咏勤她娘，有三个孩子，一子两女，头胎是儿子，叫刘咏俭，别人都称她为咏俭他娘，但红莲觉得此名不如咏勤他娘好听，就习以为常称呼她为咏勤他娘了。咏勤她娘则称红莲为海峰他娘。村里只有福侠嫂子喊红莲自己的名字，而不是代号。

三个大人四个小孩，一共七个人走在马路边，显得洗澡队伍声势浩大。而路边，前前后后，都有人三三两两结伴，手里提着袋子，结伴前行。

巩泉村紧挨着窑地村和平阳镇，靠着镇中心，村子自然富裕些。村里早些年兴建了电石厂，厂门就开在马路边。电石厂围墙外的水渠也在马路边，水渠里常年流着黄褐色的浑浊的水，且散发着刺鼻的气味。隔着马路的另一侧，沿路堆放了许多浅黄色的小石头，还有采石车，以及铁质独轮车。偶尔路过还能看到戴着草帽、满面尘灰的工人在此用铁筛子筛石头。

红莲每次去平阳镇看望母亲，便会路过此处，只能捂着口鼻快步走过。

如今带着孩子们来洗澡，远远就提醒她们用手捂住口鼻。进了石灰厂大门，顺着毛笔字写的指示牌，很快抵达了澡堂。

海兰第一次进澡堂，没想到澡堂居然那么大，看起来像是工厂的厂房改造出来的。一进门，她就被水蒸气熏得憋气。进去是一个跟自家院子差不多大的换衣间。一米高的水泥石台，围着墙砌了一圈，石台下面是中空的，专门用来放鞋子。石台上面则是一堆一堆的衣服，五颜六色，看起来有点乱。有的人湿着头发正在穿衣服，有的人刚到正在脱衣服。海兰第一次看到五六十人同时在一个屋里穿衣脱衣。除了大人还有很多同龄的女孩和三四岁的小男孩。

福侠嫂子最是眼尖手快，看到有人提着布包往外走，赶紧跑过去占了位置；红莲紧接着环视一周，找到了一处空间，她立刻拉着两个女儿走过去，快速占领了石台一角。咏勤她娘向来反应迟钝，不急不缓地看了好半天，也没有找到一处下脚的地。福侠嫂子一边脱衣服一边喊咏勤她娘："来我这里，地方够宽敞。"咏勤她娘就拉着两个女儿走过去了。

红莲占领的角落距离福侠嫂子很远，刚好是个斜对角，而左右人来人往，异常拥挤，就是脱衣服都伸不开胳膊。海兰第一次见到这么多赤身裸体的人，觉得十分害臊。她不敢仔细看那些人的身体，自己也羞于脱衣服。她站在那狭窄的石台上，抬头看了看澡堂顶上斑驳脱裂而又未落地的石灰墙皮，还有地上五颜六色、大大小小的鞋子，不小心瞥见了几个同龄的女生正在脱衣服，但是她依然没有勇气脱衣服，她觉得害臊、羞怯。等到母亲和姐姐都已经准备好，拿着毛巾香皂要进澡堂里边了，回头一看，海兰还站在石台上，穿得整整齐齐。红莲看到小女儿的样子，忍不住哈哈大笑起来，海珍也跟着笑了起来。

"海兰，快脱衣服！"红莲冷得发抖，急切地催促着。

澡堂里没有暖气，只有澡堂外的一个大锅炉，可以将热量散到这里一些，还有澡堂里面的水蒸气。

"快点呀，妹妹！"海珍拿毛巾捂着胸口，哆嗦着身体，浑身鸡皮疙瘩都起来了。

"我不想洗了！"海兰站在石台上，坚定地说。她的发梢已被屋顶掉下来的水滴弄湿了。

"钱都交了，退不回来。"海珍提醒妹妹。

"就是，快过年了，不能脏着身体过年啊！"红莲一边劝导女儿，一边开始帮她脱衣服。

海兰想出去，水蒸气令她喘不过气来，但是听到母亲和姐姐的说辞，她只好放弃抵抗。

水泥地很光滑，角落里都长了青苔，红莲小心翼翼地牵着两个女儿的手，穿过换衣间与洗澡处的门洞，进了澡堂里。海兰好奇地上下左右打量着这个澡堂。在一团雾气腾腾中站着五六十个女人、女孩，还有小男孩。抬头看一看那挑梁竟比自家的房顶还高。喷头有三十多个，但每一个喷头下，却围着四五个人，因为人多，只能轮流冲水。

海兰看到老太太们干瘪的肚子上垂下来的褶子，阿姨们肚子上暗黄色的竖线，以及有些女人肚子上、大腿上的裂纹，问母亲："那些灰暗的竖线以及裂纹是什么？为什么我没有？"红莲一边用小袋洗发水洗着头发，一边笑了笑，说："那些都是妊娠纹，生过孩子的女人或多或少都会有，你还小。"

海兰一边洗着，一边观察着周围的人。老太太们佝偻着身体，看起来都很矮，跟自己差不多高，从侧面看去，就像一柄弯弓。她们很少有肥硕的，大多是干瘪的，从脸到身体，就像骨头上披了一层皮，而且皱皱巴巴。跟母亲同岁的女人们则大多丰盈，但美中不足的是，几乎各个大腹便便，看起来并不美观。小男孩和小女孩似乎长得差不多，侧看都是一条直线。只有那些比自己年长的年轻女孩们，看起来很好看。

从一进门的羞怯，到进入澡堂，隔着雾气，或隐或现地大胆观察，海兰突然意识到自己变了。这时，她听到，隔壁居然有男人的声音，嘻嘻哈哈在说笑。就像女人的澡堂里，大家顶着一头白沫子，冲着水，还在聊家长里短。她突然感觉到害怕，于是，加快速度洗澡。

澡堂里的女人们大多黝黑，在黄土地上常年耕作的人，大抵如此。但也有少数女人天生丽质，晒不黑，因而吸引了众多注视的目光。

年底洗澡，仿佛成了女人们互相"检阅"的一种方式。各自擦洗着，却总拿眼睛瞟着别人。看看自己跟别的女人相比，是否还算白净好看。

红莲看到澡堂里，许多女人拖儿带女来洗澡，十分辛苦。她也看到了澡堂里的许多女人同自己一样，因为孕育分娩而带来的身体上的巨大变化。胸骨外扩，骨盆前倾还外扩，肚子上、腰部、大腿根部的妊娠纹，还有一些剖宫产的缝合伤口……看到这些，她的内心十分伤感。

身为女人，孕育是天职，她不仅完成了，而且超额完成，但也由此出现了诸多身体上的问题：妇科疾病、腰酸背痛、肚子鼓鼓囊囊等。这或许就是孕产的代价吧！从一个人的身体当中钻出来另一个人，这是一件多么奇妙的事情，总归要付出些代价。这代价，她结结实实地体会到了，也承受了。她同情每一位跟她一样生过孩子的女人。她想，如果有来世，如果可以选择，她一定选择不做女人，因为女人这一生，太苦。

看看那些老太太干瘪的肚皮耷拉着，或许，就是她以后的样子，因而，她深表同情。

在澡堂里洗澡的女人和孩子们，互相搓着后背，聊着天，仿佛忘却了浴室里的冷。这澡堂里，虽然不比傣族的泼水节，人们却也拿集体洗澡当过节一般，放松、欢乐。从进门到出门，几乎都得折腾一个多小时，没有人会匆匆来去，生怕早走一会儿吃了亏。更有甚者，在澡堂里泡到脚趾、手指发白都不愿出来……

红莲很快给两个女儿洗完了澡，一人一条毛巾，从胸口到膝盖，全都遮住了。原本暖烘烘的身体，一出石门洞，进入换衣间，顿时就像热铁被浇了冷水，瞬间鸡皮疙瘩全都起来了。海兰依旧爬上石台，石台冰凉入骨，她踩着衣服，面朝墙壁，迅速穿戴完毕。

红莲和两个女儿穿戴好就先出了澡堂，站在门外等着，福侠嫂子和咏勤她娘几人也先后从澡堂里走出来。然后，大家各自用围巾包裹了头发，避免被冻住，又一起说说笑笑回了家。

因为人多，红莲没去医院看望母亲。回到家才发现，母女三人的头发稍已经结出了小冰丝。家里没有暖炉，只有热炕。母女三人在热炕上坐了一会儿，冰丝才融化。

澡堂一行，仿佛打开了海兰的认知范围，对人的认识，以及对自己的认识。

红莲一边回忆澡堂的经历，一边麻利地收拾完厨房，又泡上一碗红豆，之后就扣上了厨房的铁门扣，回屋休息了。

第四十五章　浣衣南河打落水

自从秦岭寻医归来，友成连续好几天没有睡好。他很绝望，他的绝望比海峰的绝望更甚。他觉得在他四十年的人生中，老天对他的打击实在太狠，命运对他的戏弄实在太多。很多时候，他想离家出走，去终南山，学老子那般，驾青牛而去。要么，去一个很远很远的寺庙或者道观，每天吃斋念佛，青灯黄卷，远离俗世。

他不想看到自己最爱的儿子成天躺在炕上，生不如死般痛苦。他也不愿看到一家六口指着他一个人吃饭，他感到太累。他也不愿再去工厂上班，被人暗算、陷害。他只想安安静静地活着，然而活着，却是这般不易。他很痛苦,他需要发泄,他的内心如海啸般怒吼着!然而,没有人知道他的痛苦。华神医的话或许是真的。然而,他不愿意相信那是真的!若是信了,那无异于承认了自己才是痛苦的根源!他不能相信这是真的!他也无法面对儿子!他痛恨自己!然而说什么都没用了,这一切已经无法改变!

一天夜里,一家人都睡下了,红莲问起秦岭寻医的结果时,友成吞吞吐吐地说:"华神医说海峰得的是绝症,这种病世间少有。估计是海峰五岁那年跟着他爷爷去了一次周公庙,被庙上的哪个神仙看上,收去做了童子,所以才这样。"红莲觉得事有蹊跷,却说不出所以然来,对友成的话将信将疑,也没再追问。

到了十一月立冬以后,天气转凉,树叶都已泛黄,随风飘落。

红莲已经穿上了秋衣秋裤,午饭后,她提了满满两竹篮的衣服去河边洗衣服。

在村里,洗衣服对女人而言是一件大事。因为没有洗衣机,也没有自来水,不像城里那般方便。南河滩村的女人们一般在河堤埝旁的小南河洗,曾经发洪水时,这条不起眼的小河起到了一定的泄洪作用。它的源头据说还是渭河,不过这条小河里的水,平时比较清澈,水流缓慢,适合洗衣服。

除了小南河,还可以在水渠洗衣服。村里有人浇地时,在井口边的水渠两侧,拿上搓衣板就能洗。再不然,就去城门洞内打井水洗衣服。南河滩村只有一口吃水的井,就是城门洞内的那口古井,它养育了这个村子最初的村民。为此,村民在井口旁盖了一座小庙,唤作龙王庙。原本是个气派的小庙,如今只剩两米高、一米宽的影壁,中间挖了一个小洞天,里面供奉着福、禄、寿三官。逢年过节,城门洞内的老人们会给龙王爷点烛上香,敬献贡品。

后来,人口繁衍,城门洞外住的人多了,渐渐地很多人在自家打井,友成家是第一批在自家打井的。因而,当小南河和水渠同时干涸时,南街甚至连东街的街坊邻居们都会来友成家排队洗衣服。友成用青瓦、水泥和沙子自建了一个花瓣形的水泥槽,人们就把水压到水槽里洗衣服。后来,左邻右舍也逐渐修建了自家的压水井,但友成家对面住的孙得寿家,斜对面住的梁望权家没有修建，依旧每天早晚来友成家打水，打了十多年。

关中地区对于水很有讲究，水代表财，轻易不允许别人从自家打水，因为那意味着自家财运被分走了，尤其是正月初一这天，不能洗衣扫地，也不允许别人家来打水或者借火。然而，十多年时间，孙得寿家和梁望权家从来不管这些。每日每夜挑着担子来取水，哪怕是正月初一，也从不避讳。一家挑走至少四桶水，两家八桶水，还不算他们长年累月在这里洗衣服用去的水。红莲每次想到这些就很生气，人善被人欺吗？这南街上除了他们两家没有井，其余六家后来都打了井。

按说孙得寿应该去隔壁他亲哥孙得福家打水，然而，孙得福为人气量狭小，即便是亲弟弟去他们家打水，他也冷脸相对。他媳妇周艳秋在家里还养了一只大黑狗，稍有动静就会汪汪汪叫个不停，动不动就咬人。因而，很少有人去他们家。孙得寿和孙得福两兄弟的媳妇，个个精明，曾经为了家产分配的事情撕破脸皮，大打出手，全村人都曾围观过这两家人打架。妯娌不睦，所以，亲兄弟也生分了很多。因此，孙得寿极少去他大哥家。虽然其他邻居关系也都好，但是人家都不愿意他们每天去挑水。井水虽然不要钱，但也在各家院里。整个村里，没有人像友成和红莲这般仁慈，允许别人从自家汲水十多年。

孙得寿住在友成家正对面，比友成小十岁，友成管他的父亲叫大哥，因而，孙得寿管友成叫三爸。孙得寿的爷爷跟友成的父亲是亲兄弟，所以二人同宗同族，两家关系自是比旁人亲密。

孙得寿，中等个子，脸型瘦长，走路时经常右手插兜里，阔步慢走。他的性格有些极端，发起火来，把他的儿子孙云飞打得满村子鬼哭狼嚎地奔跑；软弱时，被他媳妇骂得躲进马王庙里不敢回自家门。

孙得寿有两女一子。大女儿孙云妮跟海珍是同班同学，小女儿孙云婷比海兰小两岁，经常跟海兰一起玩，儿子孙云飞跟海兰是同班同学。孙得寿的媳妇李烈凤跟红莲不仅同村还是校友。李烈凤的亲姐姐李烈雁和红莲的亲哥哥南思孝是夫妻。因而，算起来两家渊源颇深。

李烈凤人如其名，性格刚烈。她的脸型玲珑有致，双眸漆黑，长得好看，为人八面玲珑，善于交际。这方面正是他的男人所缺的。原本"男主外，女主内"，但在孙得寿家，刚好反过来了。农忙时，李烈凤跟孙得寿两个人在地里忙；农闲时，李烈凤就去外地打工，而她的男人恋家，外出打工没几天就惦记着回家。李烈凤则不然，她拼命打工赚钱，希望三个孩子学有所成，然而，没有一个学习好的。

她想让两个女儿至少读个初中、高中，而儿子是务必要让他考个大学的，但是她的计划落空了。她最宠爱的儿子孙云飞从学前班到小学一年级，没少挨过她的揍。然而，即便打得皮开肉绽，他也没有好好学习，大概随了他们夫妻俩了，天生就不是学习的料。

李烈凤为人做事从来以自己的利益为主。比如打水，她从来不管红莲家怎样，有时候明明小南河有水，村里有人浇地，水渠里也有水，沙泉一年四季都有温泉水，但她也懒得多走几步去河边，去水渠边，或者水泉边洗衣服，而是直接端两大盆脏衣服就到红莲家来洗，常常一洗就是一上午，甚至一整天时间。有时候，红莲的母亲刘春花来看到了，就对红莲说："别让人在你们家洗衣服了，都是脏衣服，把脏水弄到你们家，风水不好，对你们家人的身体健康有损，也晦气。"然而红莲表示很无奈，她开不了口去赶人。

孙得寿家西隔壁就是梁望权家，梁望权是一个个子不高，长相敦厚，看起来通情达理的人。他长着国字形的宽脸，两对眉毛又短又粗又黑，很显眼。他在村委会干了十多年，他们梁家在南河滩村的势力比较薄弱，但因为他的身份，给梁家撑了不少门面。

梁望权的媳妇叫罗素平，跟红莲、李烈凤出生于同一个地方——莲花山下的红塬村，然后，又先后嫁到南河滩村。说来也巧，南河滩村那么大，东西南北四条街巷，而她们三家却门对门，墙隔墙，都住在南街。不仅如此，她们三人生的孩子还在同一个班里上学。罗素平的媒人，还是红莲的母亲。

刘春花经常感叹，给别人家的闺女找的对象一个比一个好，却把自己亲闺女推进了火坑。在乡村，媒婆不多，一个村甚至方圆十里才出一个媒人，因为当媒人的人，自己以及儿女的姻缘往往都不好。至于为什么会这样，村里掉了牙的老婆子们说，这是因为自家的好运在说媒时被别人家分走了。除了这样的理由，迄今为止，红莲还没有听到更为合理的解释。

罗素平育有两子一女。小儿子梁少峰跟海兰同班，小女儿梁少红比海兰小一岁，平时也跟海兰一起玩。表面看起来两家关系应该不错，实际上，两家父母之间平日里没有什么交往。打水这件事情，罗素平家从不含糊，大年初一照取不误。那水井好像不是友成家的，而是他们自己家的井，只是长在了别人家院子罢了。他们也从未在大年三十晚上到友成家里拜年，取水取的理所应当。

　　他们非但不感谢友成和红莲两口子同意他们取水，反而还有些看不起他们。因为梁望权的待遇不错，家里比较富有。而友成近些年给大儿子看病，他自己又受伤看病，两个闺女上学，花了很多钱，已经渐渐从富人沦落为穷人。

　　一个珍贵的东西，别人都不愿意给，而你却免费给对方。对方非但不会感激你，反而觉得理所应当，并且反过来还看不起给予他的人，这叫什么道理？每次想到这里，红莲都很生气。好几次她都打算告诉这两家，不要再来他们家打水了，每天有这打水的时间，还不如花钱找人在你们自己家挖个井。然而，话到嘴边，她却始终没有勇气说出来，也无法跟邻居们撕破脸皮。她只能在心里把这番话想一想，实在觉得憋屈，就在夜里睡下的时候，对着丈夫说一说，骂一骂。

　　友成却不以为然，说："这井水来自地下水，而地下水是天上下的雨渗入地下形成的。那两家没有井，咱们家的井水用得多，井干了，他们两家的地下水就会流过来补充咱们家的井。所以，咱们家没什么吃亏的，顶多就是麻烦点，反正水又不要钱。水井坏了修一修就好了，也费不了多少事。至于初一不允许别人家来打水这件事，纯属老讲究，现在不讲究这些了。"

　　听完友成的话，红莲顿时觉得自己见识短了，不再言语。

　　这一天，天气很好，蓝天白云，阳光暖暖。红莲一路走，一路回忆着种种事情，不知不觉已经到了小南河。

　　小南河位于村子南边一公里左右的地方，紧邻河堤坡。小河宽约两米，水深一两米，河底水草丰茂，河边杂草丛生。水中偶见小草鱼、青蛙、蛤蟆和泥鳅。水流自东向西，缓缓而行，约几公里后汇入引渭渠中。

　　若是春天，整条河处处可见小蝌蚪以及拿着小网兜和瓶瓶罐罐捕捉它们的小孩子。若是夏天，在下游人少的河段，会看到许多光着膀子的小男孩在里面游泳，捉泥鳅。若是秋天，河边则满是洗衣服的妇女。若是冬天，结了冰碴的河面则成了小孩们的天然溜冰场。

总之，小南河的春夏秋冬，在南河滩村人的眼里，都是美的。河上架起的无名桥，将小南河北岸的村庄和南岸的田野紧密地连接在一起。

洗衣服的地方就在小南河的石桥边，不知道何年何月，谁在这里放了两块长方形水泥钢筋楼板，沿着河两侧摆放，刚好方便了洗衣服的人。

红莲抵达时，洗衣服的人很多，已经没有好位置了。楼板上蹲满了人，她就在楼板边的土埂上蹲下来，取出搓衣板洗衣服。

俗话说，三个女人一台戏，那么十几个女人就更热闹了。她们边洗边聊着东家长西家短，时不时放声大笑着。笑声弥漫在小河上，河水也显得没那么冰凉了。

小南河的南边是一大片滩地，也叫南河滩地，简称南滩地。家家户户在这里种果树或者蔬菜。地里忙着的，走过石桥的，还有很多在小石桥上嬉戏打闹的小孩子，有这么多人的陪伴，小南河热闹了许多，也欢快了许多。

红莲自家虽有井水，但她觉得那是吃的水，洗衣服会污染水源，而且井水有限，用来洗衣服太浪费。所以，她很少在自己家里洗衣服，大部分时间都会来小南河或者水渠洗，偶尔也去附近的天然温泉洗。

她洗啊洗，好不容易洗了一大堆衣服，手冻得跟红萝卜一般，她感到腰酸背痛，正要站起来伸伸腰时，却看到小女儿海兰跑过来了。海兰气喘吁吁地站在桥上大喊："妈妈，妈妈，快回家吧！弟弟醒来了，哭得很厉害，我们都哄不下，爹让我来叫你赶紧回去。"

红莲仰起脖子看着女儿，说："我还有两三件就洗完了，你先帮妈妈把这篮子洗好的衣服拿回家去吧。"海兰无奈，从桥上走下来，正要帮妈妈拿衣服。

"你知不知道回家？都出来多久了，洗个衣服需要洗这么久吗？老牛拉套车呢你！会洗就洗，不会洗别在这丢人现眼了！赶紧回家！"

友成突然出现在桥上，不管这河里有多少洗衣服的人，他只管两手叉腰站在桥上厉声吼叫。红莲被友成这无名火给激怒了，这么多人，他一点儿都不顾情面。红莲被骂得满脸通红，她不想就这么无声无息地跟着丈夫回去，那样会让整个在河里洗衣服的女人看不起她。于是，她咬咬牙，也发了火："你是怎么了？又发什么神经病！这么一大堆衣服呢！你回去吧，别叫我了，我还有几件就洗完了。"说完蹲下，低头快速洗着衣服。那些女人们都停下了手里的活，静静地看着这对夫妻在河边吵架。

友成生气了，当着这么多人，媳妇不跟他走，让他很没面子。他一时气上心头，大跨步走下了河边，用力一脚就把两篮子洗好的衣服踢进河里，衣服顿时随着河水往下流去。海兰傻眼了，第一次看到父亲这样对母亲大动干戈，就差打母亲了。等她反应过来的时候，只看到衣服已经随水漂走了。她赶紧跑到石桥那头，跑到河边去捞衣服。看热闹的女人们这时候也慌了手脚，七手八脚地开始帮忙捞衣服。友成把衣服踢下水，顿时心里解了气，头也不回地往家走了。红莲忍不住哽咽起来，她没去捞衣服，而是站起来，坐在石桥边的草地上，呜呜咽咽哭了起来。

福侠嫂子也在，赶紧走上石桥一边安慰红莲，一边骂友成，说："不是人的东西，怎么这样对待自己媳妇呢！"红莲当时难过得都想跳河，然而，想到她的孩子们，她若走了，谁来照顾这四个可怜的孩子。她告诉自己："我不能这么自私，我得活下去！我解脱了，孩子们怎么办？"

海兰跟那些洗衣服的大婶、大妈、大姨们合力把衣服捞了上来。有一件被水冲得太远，小南河过了石桥往西，河两边都是树林，河边的土十分松软，脚踩下去如入沼泽一般，没法打捞那件衣服，海兰只能望洋兴叹。

她拎着打捞上来的衣服，走到石桥上，看了看妈妈，安慰了一下，告诉妈妈，弟弟可能还在哭，让妈妈先回家去，衣服她再洗洗就提回家。

红莲接受了福侠嫂子和小女儿的安慰，木然地走回了家。她已经没有脸面继续蹲在河边面对这帮女人，再谈笑风生地洗衣服了。她感到自己被丈夫当众羞辱，仅有的薄弱的脸面，已经被撕得粉碎。

海兰看着母亲的背影很难过。母亲走了，她只好硬着头皮蹲在河边，把两篮子沾满淤泥的衣服，一件件拿出来重新清洗。洗了好多遍，衣服上才没有了那股腥臭味。

海兰一边洗一边在想，为什么我的父亲是这样的人呢？动不动就对母亲发火，动不动就摔东西砸东西，他怎么就不能跟正常人一样呢？为什么别人的父亲看起来都知书达理，而我的父亲却是这样蛮横无理。

过了一会儿，海珍来了。姐妹二人，一人提了一篮子衣服，回了家。

事后好几天，海兰的脑中总会莫名其妙地浮现出父亲一脚将一篮子衣服踹进河里的一幕，惊恐的画面在海兰幼小的心里留下了挥之不去的阴影。

第四十六章 人到中年失饭碗

因为儿子的病找不到良方医治，友成的心仿佛死掉了一般。

从秦岭寻医回来的那段日子，友成不是打女儿，就是骂媳妇。他感觉自己好似疯了一样，看见什么都想摔碎了，他的内心变得残破不堪。海峰仿佛占据了他的整颗心，而这颗心，缝缝补补这么多年，还是缝不好，补不全。他没有一丁点儿办法，他很抓狂。就在这个时候，下岗就像潮水一样从大城市蔓延到小城市，逐步到乡村小镇。

一九七八年，改革开放的春风缓缓吹到了西北小乡村。友成所在的制镜厂就是在春风的吹动下，于一九八四年成立起来的，属于集体所有制的企业。制镜厂占地大约一个足球场的面积，跟其他工厂比，这个厂子不算大。但是，放到小乡村，那也算数一数二的。厂子里不仅有高达三层楼的员工宿舍，还有独立食堂。工资虽然不高，但福利待遇不错，逢年过节还会发劳保用品。一年到头，友成家从来不缺白线手套、洗衣粉、毛巾和香皂等。

在工厂里，友成干的活既危险又吃力，他负责裁切玻璃兼装卸。一九九二年，他的手第一次受伤，左手被玻璃划伤，伤势严重。伤好后，一九九三年，他的手第二次被玻璃划伤，还好是右手，手背的皮肉全被玻璃切掉了，但筋骨完好。

什么叫人走背字的时候，喝口水都塞牙，友成算是深有体会。

算起来，他已经在制镜厂待了十年，前七年时间都没有出现任何工伤，却偏偏在近三年内受了两次工伤。

最近，厂子里已经召开了几次动员会。厂长说，由于厂子效益降低，会有一批人率先下岗，希望大家做好心理准备。

友成心里也很清楚，厂子里效益确实大不如前，业务少了许多，大家每天看起来都比以前闲散，下岗裁员似乎也是意料之中的事。电视里，从去年就开始报道一些国企改革、下岗的情况。若说心理准备，他算是准备最好的。

两次受伤对他的打击很大。年纪大了，反而怕死了，他怕再次受伤。他隐隐感觉第一批下岗名单里就有他。因为双手都受过伤，他再也干不了重活了，只能裁切无法装卸了。加上海峰的病治不好，他对人生也已心灰意冷。

某天，他主动找了车间主任黄商仁，提出辞职，希望主任能将他的名字写入第一批下岗名单中。黄商仁看了看友成，心想这年头，没活都赖着不走呢，能拿一份工资是一份，居然还有人主动请辞，真是个"人才"。黄商仁假意说了几句挽留的话："你来厂里快十年了吧，也是元老级的员工了，厂里效益再不济，也不会把你下岗的啊，你再考虑考虑，要不要留下？"

友成坚定地说："主任，我已经考虑好了。"

黄商仁内心窃喜，表情却是一副悲悯样，说："那好，我尊重你的决定。下岗的补偿问题，后面厂里会开会公布和统一落实，你不用担心。"

友成如释重负地说："好的，谢谢主任。"

黄商仁回到办公室，打开桌上的文件夹，映入眼帘的是"制镜厂第一批下岗人员名单"，第一个名字就是孙友成。黄商仁莞尔一笑，合上文件，满意地拍了拍文件夹。

虽说孙友成第一次受伤跟他的表弟脱不了干系，他心里也清楚，但因为他和表弟的亲属关系，导致厂里很多同事从那以后，看他时都有些躲闪。又不是他将孙友成弄伤的，为此，他心里憋屈两三年了。如今，终于逮到一个千载难逢的机会，他会放过吗？当然不会。

黄商仁坐在椅子上，跷着二郎腿，点了根烟，看着烟圈从眼前徐徐散开，顿时，感到十分惬意。

三天后，友成如愿成为制镜厂第一批下岗人员，厂里安排了一些补偿款。

刚下岗的几天，他感觉很自在，上了十年班，现在终于自由了。然而几天以后，他却感觉到一种前所未有的空虚和失落。

人到中年，却逢此变故，实属大不幸。村里曾经羡慕他在厂里上班的人，如今却奚落他，他心里很不爽。

于是，他开始借酒浇愁，吃饭时也要喝一瓶啤酒。渐渐地，他还学会了抽烟打牌。以前他也抽烟喝酒，但一天只抽半包香烟，偶尔抽几根卷烟。现在，他买了各种牌子的香烟挨个抽。以前逢年过节才喝点酒，平日里很少喝，现在他端起啤酒当水喝。

下岗后，他就一直在家里待着，也不找工作。白天吃饭睡觉，晚上就在海峰的房里摆上小方桌，跟村里那些闲散人员一起打扑克，一边玩牌一边抽烟。海峰一晚上被烟味熏得头昏脑涨，被他们的笑声吵得心烦气躁，却没有办法阻止。他以为父亲这样玩几天就会停下来，但没想到父亲玩上了瘾，连续一个月左右都这样醉生梦死。红莲好说歹说，劝不住，再劝几句，友成就要挥动拳头了。红莲不敢再劝，于是去了四合院，请公公来主持公道。

孙世列知道儿子这般胡闹后，气得差点把拐棍摔断。他二话没说，跟着红莲就到了南街。孙世列的性子比他儿子更刚烈。他走到海峰屋门口，用拐棍使劲砸门，砸了几下，友成从里面把房门打开了。红莲看到海峰的屋里烟雾缭绕，人都看不清楚。十几个人簇拥在小方桌前，抽着烟，喝着酒，正在打扑克。孙世列看到此情此景，看到儿子蓬头垢面、胡子拉碴的样子，气得五雷轰顶。他举起拐棍，大喝一声："都给我滚出去！"说时迟，那时快，这些人听到孙老头一声大吼，都吓得四散奔逃。

孙世列抓起桌上的扑克撕得粉碎，然后狠狠地摔到了儿子的脸上。"让你玩，让你玩！你知道你是谁吗？你看看海峰，你还有脸玩吗？看看你的四个孩子，你还好意思玩吗？"他厉声说着，用拐棍在儿子的脚上猛地戳了几下，咬牙切齿地说，"咱们孙家，家大人多，好歹也是村里的大姓，你就这么作践自己！你给我清醒点！别一天天给我丢人现眼了！"说完，拄着拐棍，扬长而去。

友成被父亲教训了半天，无话可说。他坐在满是狼藉的桌上，垂头丧气，一声不吭。过了一会儿，他才起身拿了笤帚簸箕，把屋子里扫了扫，又把桌子放到了柴房里。

他知道，他的心已经碎了。不论是谁都缝不好了，不论是谁也治不好了！

他恼怒于父亲动不动就拿孙家曾经的辉煌来压他。好汉不提当年勇，他深知如今的孙氏家族已经衰落了。

这件事后，再也没人敢来友成家打扑克了，大家都怕孙老头。友成没了玩伴，无聊地发慌，就开始每天喝酒。买不起贵的，他就打散酒装进空酒瓶里喝，每天喝得醉醺醺的。

有一次，他喝得酩酊大醉，发起酒疯来。海兰跟海珍刚好放学回家看到了这一幕。

海兰看到父亲拿着酒瓶一边喝，一边对着天空说话，就像一个疯子，腿都站不稳了。他摇摇晃晃地站在后院，说着喊着："老天爷，你为什么要这样对我！病治不好了，工作也没了！"转而，喊着哭着："老天爷呀，你到底要怎么样？为什么要害我的儿子？为什么！为什么！为什么！"

红莲头一次见到丈夫发酒疯，吓得不敢近前。海兰丢下书包跑过去，从父亲的手中一把夺过酒瓶，转手就砸向后院的厕所墙上，只听"砰"的一声巨响，酒瓶瞬间爆裂。

友成瞬间被这震耳欲聋的炸裂声惊醒了。他晃了晃脑袋，看到小女儿既愤怒又惊恐的表情。他举起手正要一巴掌打下去时，海珍快速跑上前，拉住了父亲的胳膊。海珍一边拉着一边喊："海兰，快跑，快跑啊！"然而，海兰并没有挪动脚步。红莲快步走上前拉开了海兰，然后狠狠甩了一巴掌，打在友成的脸上。这是他们结婚到现在，她第一次真正意义上打丈夫，打到友成直接坐倒在地。

海兰去了哥哥的屋里，关了门坐在炕边，眼泪簌簌地流了下来。她一边哭泣一边对哥哥说："爹为什么会这样？去了一次秦岭，怎么感觉跟变了个人似的。咱们的命怎么这么苦，会有这样的爹。"

海峰听到了屋外发生的事情，然而，只能沉默。看到妹妹难过，他也很难过，但他是哥哥，不能哭。他告诉妹妹："爹知道我的病治不好了，所以心里难过，他要喝酒发泄出来，不然憋在心里会憋坏的。"海兰听了表示理解，但一时接受不了父亲性情大变的样子。

屋外，友成坐到地上，开始狂吐不止。红莲跟大女儿慌得手忙脚乱，海珍去拿毛巾，红莲拿铁锨铲土掩埋呕吐物。

友成吐完后感觉好多了，心里也没那么烧得慌了，于是靠着墙根，闭眼坐着，昏昏欲睡。红莲喊了海兰，母女三人使了洪荒之力才把友成连拖带拽挪到了大屋炕上。红莲一把抓住炕凳上的被子，给友成盖在身上，友成闭着眼睛，打着呼噜，呼呼大睡了。

第四十七章 山河故人两相看

穷困潦倒过，烂醉如泥过，痛苦过，绝望过，才能体会人生是怎么回事。

次日晌午，友成才醒过来，肚子已经咕咕叫了。于是，他连吃了两碗燃窝面，才感觉没那么饿了。吃完饭，他去小屋看了看大儿子。海峰正在睡午觉，他就站在门口看了会儿，看到那副英俊的脸庞，长的多像年轻时候的他，然而，只能整日在这屋里、院里待着，哪也去不了。他才十五岁，正值青春年华，却无法出门走走，无法领略祖国的大好河山，哪怕去渭河边看看呢？想到这里，友成再次潸然泪下。

他在心里暗暗怒吼："老天爷呀，你对我真的太狠了！这跟千刀万剐我，有什么区别！"

两个闺女去上学了，媳妇跟小儿子在睡午觉。他独自在院子里转啊转，走啊走。看着自己亲手栽种的一棵棵小树苗，如今已经长成了参天大树，他很欣慰。再看看后院的厕所，破烂不堪，只是一个茅坑。厕所就在猪圈和围墙中间的一米宽的缝隙里，前后都是敞开的，没有任何遮挡。而猪圈这边的围墙比较低矮，是为了让大儿子上厕所时能扶着。

他突然意识到海峰长大了，很沉。他不在家的时候，儿子要上厕所，妻子一个人恐怕不容易背出去了。海峰的肌肉萎缩得更严重了，腿部已经没有力量支撑。所以，需要给他单独做一个厕所，让他坐着上厕所，而不是蹲着或者要人扶着了。

友成灵机一动，想到一个好主意。他在后院的木头堆里挑挑拣拣，找了几根木头。然后，他拿出两个木制工具箱，里面装满了各种工具：木推子、楔子、起子、刻刀、金属锤、木头锤、螺丝刀、十字螺丝刀和各种型号的铁钉子，长到一指长，短到一个小拇指甲那么短，还有纽扣、螺丝等。

他用斧头削了四根木头的外皮，又用小锯去掉四边多余的木料，弄成了四根规整的木条。然后，用直角木尺和铅笔在四根木条的两头量了距离，画了隼接的线，再把木条放在平石板上，用脚踩住，一手拿木刻刀，一手拿铁锤敲击木刻刀把刚才画线的单肩隼接口给刻出来了。一会儿工夫，四根木条都已做好了隼接的口。他又用木槌敲敲打打，两两相接，最后把四根木条都连接在一起。为了让这个长方形的木框能更结实，他又找了八根中号铁钉，在每个接口处钉入一根钉子。如此一来，这个木框就十分牢靠了。钉好后，他用手掰了掰，很紧实。为了防止木头的棱角刮人，他又用镰刀的刀片，将棱角处全都刮掉了，木头没了棱角，变得圆滑了。如此，一个厕所的座圈算是做好了。

接下来，他又找了四根比较粗的铁丝，把座圈绑到后院的那堵墙上。这堵墙与后院的围墙还有三五米宽的距离，原来是养鸡的地方，专门用来放鸡笼的。现在不养鸡了，成了堆砌杂物的地方。所以，在这个地方开辟出一块地，给海峰做个厕所，再合适不过。

他用细长钉穿透了墙，把铁丝穿了进去，再从另一个口穿回来，就这样，座架被牢牢固定在墙上。一个厕所搭建成功了！他高兴地自己坐上去试了试。为了测试这个座圈的牢固度，他抬起双脚，座圈稳稳地没有晃动。

为了坐上去更舒适些，友成又从杂货堆里翻出了废旧的自行车轮胎，他把轮胎洗了洗，然后将轮胎裹在座圈上。友成又找来碎布，撕成了布条，把轮胎裹缠了一圈又一圈，缠得很厚实。如此，算是大功告成。

友成弄完这些，已经下午四点多了。他进了小屋，看到大儿子已经醒了，正躺在床上发呆，就把他抱了出来，放在刚做好的"轮胎厕所"座圈上试了试，大小刚刚合适，高低也合适，海峰背靠墙面，脚刚好够到地面。他坐到这个新厕所上，欣喜若狂。这可是父亲亲手为他制作的，足见父亲还是很爱他的。以后上厕所，再也不用那么费劲了。

天下父母心，都是一样的。有钱的父母会给孩子买各种各样的东西，没钱的父母就靠着勤劳的双手为孩子手工制作一些东西。心，都是一样的。在疼爱孩子这件事上，都是竭尽所有，竭尽所能。

看到儿子笑逐颜开，友成也跟着笑了。

抬头，他看到土墙的豁口外，日头红彤彤地正渐渐下落，映照着西边的云彩，十分美丽。他想带海峰去渭河边转转。于是，喊了红莲来帮忙，让她把住架子车，他拿扫帚把架子车里扫了扫，铺上麦草、被褥和枕头，又将海峰抱起来放到了架子车上躺下。

自从下岗后，友成变得消沉了许多，红莲看在眼里。这几天他心绪不稳，红莲不放心，便抱着小儿子，一路跟着。

友成拉着架子车，一路慢慢地走着。海熊看到哥哥在架子车里，觉得好玩，咿咿呀呀地喊着，也要进车里玩。于是，红莲把海熊放到了海峰身旁。

这是海峰跟弟弟距离最近的一次，他搂着弟弟，感觉到兄弟间的温暖。

为了方便海峰看风景，友成将架子车的把手略微抬高了些。红莲紧跟在一侧，看护着活泼调皮的小儿子。

海峰已经许久没有出门了，当架子车走到河堤埂的时候，他努力眺望四周，东边不远处的天庙村，他小时候去过，如今，许多年过去了，那个原本破落的小村子，看起来有了很大的变化，村子外围的好几处房子都变成了新盖的砖房。

小南河仿佛老了，比十多年前他见过的样子，瘦小了许多。洗衣服的人也没有那么多了，小石桥也仿佛变矮了，没有他小时候见过的那样高大威严。到底是小南河真的瘦了，还是因为他长大了呢？海峰没再多想。

正在河里洗衣服的梁勇涛他娘，听到架子车的嘎吱嘎吱声，便抬头看了一眼，向红莲和友成摆摆手打了招呼，说："带海峰出来啦！"

"是的，带他到渭河边转转。"友成高兴地回应，拉着架子车继续往南走。

海峰看到了路两侧的蔬菜瓜果。有的地里面搭着竹架，种了秋刀豆，有的种了一地南瓜，更多的是韭菜，一片接一片。偶尔还能看到秋黄瓜和西红柿。他知道秋天的黄瓜比夏天的黄瓜粗，味道却不如夏天的好吃，叶蔓也有些枯黄。秋天的西红柿底部多了青绿色，皮也变得厚了些，味道比夏天的更酸。

不知不觉到了自家菜地前，除了韭菜，地里还种了秋刀豆。

许是真的长大了，小时候看自家菜地那么大，如今，一眼就看到头了。海峰又看到自家菜地对面的黄永安家的菜地，居然种了满满一地的落花生。

友成想扶着海峰到自家地里走两步，海峰躺在架子里连连摆手说算了。于是，友成拉着架子车继续前进。路过农场，海峰凝视良久，小时候经常来这里玩捉迷藏。那时候，农场还住着人，偶尔，他还跟住在这里说普通话或者外地方言的人们聊几句。如今，人去房空，只剩下压水井还健在。

在小屋前的鱼塘边，还有人在钓鱼。

"看，这就是新修好的连霍高速西宝段！"友成高兴地指着高速路，转了一下架子车的方向，海峰这才看到了。

海峰高兴地看着，原来这就是高速公路，看起来确实高，足有一层楼那么高。高速路上，大货车、小汽车飞速驶过。

"以后去西安就方便了，不用坐火车，坐汽车两小时就到了。"友成高兴地跟儿子说。

"路修好了，看着就是好啊，以后去哪都方便了。咱们村这地理位置，你看多好。北接陇海铁路和西宝中线，南接连霍高速，交通发达，不愁咱们村子发展不起来。"友成推着架子车走到了高速路的洞口下。

"你扶着，我上去看看。"红莲接过架子车把。友成沿着高速路的斜坡两三步就走上去了。他站在围栏外，举目眺望，整个村子尽收眼底。向南看去，渭河就在旁边，奔腾不息，真是一幅大好河山图啊！

友成下了坡，执意把海峰背上去，让他看看四周的景色。

海峰欣喜无比，活了十五年，第一次站在这么高的地方看自己生活的地方，满眼都是生机盎然的景象。渭河是那样宽阔雄浑，让他忍不住心驰神往，想近前去看看。微风吹拂着他的头发，凉爽而惬意。

"下来吧，海熊也想上去看。"红莲站在坡下，看着架子车，抱着儿子喊着。

"好的。"友成这才回过神来，小心翼翼地背着海峰下了坡，将海峰放回架子车里。红莲抱着海熊也走了上去，站在围栏外，看了一会儿。心想，希望这条路能给村里带来一些发展和变化。

一家四口穿过了高速路下长长的水泥洞，沿着池塘旁边弯弯曲曲的小土路，到了渭河河堤上。

海峰激动地用力抓住架子车的左右扶手，几欲坐起来，但后背使不上劲。

友成扶着架子车，红莲将大儿子扶了起来。

海峰坐在架子车里，瞪大了眼睛，看着渭河，呼吸着河边的空气，一股泥土的芬芳扑鼻而来，这是渭河才有的气息。

风缓缓吹着，带着渭河的问候，海峰感觉到了，他主动要求下车。

友成搀扶着海峰，在河堤上慢慢地艰难地走了几步。友成感觉到海峰的整个身子几乎散架。他全身无力，友成使劲用整个身体架着海峰，只要他松了手，海峰立刻会瘫坐一堆，就像提线木偶，一松手就散了。

海峰努力将脚贴到河堤的草上，但每走一步，他的脚底都如针刺锥扎般疼痛。他看着渭河和南边远阔的秦岭，默默感受着来自大自然的力量，那种巍峨、浑厚、开阔，令人心神愉悦！

远处有山，近处有河，人在堤岸，两两相望。

当友成扶着海峰，静静地驻足观看河景时，红莲紧紧跟着海熊跑来跑去，在堤岸的草丛里捉蚂蚱，摘野草莓，扑蝴蝶。

夕阳西下，渭河边仿佛被夕照点亮了，美不胜收。一家四口，站在架子车旁，静静地看着夕阳，满眼是光。

这时，一句"大漠孤烟直，长河落日圆"落入红莲的心间。

第四十八章 两只小猪养肥肥

为了补贴家用,红莲养了两头猪,小猪崽是年初从咏勤她娘那里买回来的。浅粉色,小白毛,浑身的皮肤很白净,既无杂毛也无胎记。有的猪一生下来,脸上或身上会有黑色的斑块,不知是胎记还是黑猪与白猪杂交的后代标记。红莲喜欢颜色纯正、没有杂色、白白净净的猪,幸好咏勤她娘抱过来的猪,是她所期望的。

小猪崽刚买回来时,总在猪圈里乱窜。慢慢地,两只小猪才适应了新家。

猪圈是友成带着妻儿,一块砖一块砖亲手搭建起来的。在南河滩村,家家户户房子后院的位置,不是猪圈,就是鸡舍,甚至还有牛棚、马棚。后院几乎成了衡量一户人家是否六畜兴旺的重要所在。

友成当初在盖房子时,便给后院留足了空间。猪圈的面积,三米宽,四米长,中间有一个走道,正对面便是鸡舍。友成用各种旧木头和铁丝等材料,把鸡舍一面绑在泡桐树上,另外两面贴着土墙,架在半空,距离地面一米高的地方。养鸡的铁笼子是他用自己买的铁丝编织的。没钱的他,却有一双心思灵巧的手,也就省了很多钱。因而,对于钱,他也没有太多的渴求。

猪吃食的石槽,长一米,宽半米,贴墙穿过了猪圈围墙放着,这也是友成设计巧妙的地方。石槽的三分之一露在围墙外,方便将剩菜剩饭从这里倒进去,而其余三分之二在围墙内,不影响它们进食。然而,方便是方便了,却不料有一天,两只小猪顺着石槽钻了出来。还好红莲及时发现,才没让它们逃走。于是,露在外面的那部分石槽,只好用砖头堵了。

等到猪又长大了一些,无法再钻出石槽了,才将砖头去掉,恢复正常。两头猪食量惊人,以前剩菜剩饭加点草就可以管饱,后来,只能将磨面后不用的麸皮拿出来。红莲每次做饭前,先拿一个旧脸盆盛几勺麸皮,再切点猪喜欢吃的水分较为充足的苜蓿草、车前草,或者叶子宽大的菊苣,或者茎叶泛着紫红色的绿穗苋、马齿苋等,切碎了倒进盆里。等烧开了水，先倒进盆里，把猪食给烫好。猪食中的麸皮、草、水三者比例很重要，既不能太稀也不能太稠，太稀，猪吃了容易拉肚子；太稠，猪吃了容易上火。这个比例也是红莲在实践中不断摸索，慢慢掌握的。将烫好的猪食搅拌均匀后，还得凉一会儿，等到不烫了才能端给猪吃。然后，红莲再倒水添满大铁锅，烧开后灌满两个水壶。那两个红色铝制的水壶壳上，盛开着两朵硕大的牡丹花，写着花好月圆。这还是红莲结婚的嫁妆。虽然发旧了，但这么多年过去，保温效果却始终如初。

　　灌完水壶，锅里已经没多少水了，红莲又用铝制马勺从铁桶里舀出几勺水，将大铁锅添至半满，继续烧水做饭。

　　每天放学回家，海兰都会帮母亲喂猪，每次给猪倒完食，就趴在猪圈围墙上看两头猪崽。它们在猪圈里吃得可真香，哼哧哼哧，边吃还边拱草，草之于猪而言，大抵相当于饭里面的蔬菜吧。猪崽们吃得酣畅淋漓时，还会一边摇着小尾巴，一边挤来挤去。有时候，它们吃得差不多了，才会意识到有人在看它们，于是抬起头，睁大小巧的眼睛，看一看海兰，然后继续狼吞虎咽。

　　厕所夹在猪圈的围墙南侧与后院南墙之间，仅一米宽。为了方便猪圈里的猪粪能及时快速清理，友成将厕所排污道和猪圈的排污道以及后院的排水道，三合一道。于是，一条半米宽的水泥通道，既是整个院子排水道的尽头，也走人粪、猪粪。这样的设计在村里应该很难找到第二家。用红莲的话说，只有懒人才能想到这样的办法。其他养猪的农户，大部分是打开猪圈小门，将猪粪铲出去扔到粪车上，再拉出去倒进地里当肥料用的。还有一部分农户做了两个排污道，厕所一个，猪圈一个，他们通常要穿着高筒雨鞋，用铁锨直接将猪粪从排污道铲到院墙外的粪坑，等积攒几天，够装满一粪车才拉走。

　　友成才不管别人如何，只觉得自己设计的这个三合一道很巧妙，也很实用。在设计这个排污口时，他认识到一个问题，有时候一个院子就像一个人，有入口也有出口，这个世间似乎除了貔貅，都是有出有入的。

　　只是养了两头猪而已，基本配置却一个都少不了，从猪圈到猪窝，再到食槽、排污口等。友成亲手搭建的猪窝，上有砖瓦土木盖的小棚，左边贴着邻居家的土墙，右边盖了一堵两米见长的砖墙。对于两头猪崽而言，风霜雨雪都可以在这个上头有棚、左右有墙的房间里躲避了。猪圈里,更多的空间则是猪们散步用的。这两头猪崽算是幸运的,因为友成盖的猪圈和猪窝比许多人家的面积都要大。他虽然不怎么信因果,却始终认为人与动物都有生存的权利。自己家的房子没钱盖得宽敞些,给猪的房子,他还是有余力盖得宽敞些的。

第四十九章 清扫猪圈人追猪

　　喂猪不算累,打扫猪圈才叫累。每天一小扫,两三天一大扫,这几乎是村里很多家庭妇女的家务活之一。对于红莲而言,没有什么难的,令她头疼的是,每次打扫猪圈就等同于跟家里的两头猪斗智斗勇。别人家的猪怎么样,她不知道,自己家的两头猪,越来越淘气。每次打扫猪圈,她只要开了门,两头猪立刻铆足了劲往外窜,有时候,她反应灵敏,立刻关了简易木板门;有时候,没等她关上门,就被猪崽们得逞了,好几次险些将她撞倒。后来,她只能从猪圈翻墙而入,翻墙而出。为了防止猪们逃窜,友成把木板门换成了铁栅栏门。

　　偶尔,两头猪崽心情不好,还会拱人。打扫猪圈的活儿,变得越来越艰难,最后只能让友成上阵。只要猪崽们敢往外窜,他便会毫不客气的教训它们。比如,拿铁锨拍一下猪屁股,猪崽们受到惩罚就立刻跑进自己的小窝里,虽然还是哼哧哼哧表示不服,但也不敢再为非作歹。

　　秋天里,两头猪不知怎的,每当主人不在家时,就想尽千方百计要"越狱",许是他们膘肥体壮,"翅膀硬了,就想飞了"。起初,它们用硕大的长长的肉粉色的猪嘴拱铁门,后来发现铁门纹丝不动。于是,它们改变了进攻方向,转而扑向猪圈的砖头围墙,并且以它们的最高智商,选择了一处最低矮的地方,那就是紧挨着厕所的那面围墙。

　　有一天周末,友成和红莲去南滩地里除草了,海兰正在院子中央最大的那棵泡桐树下写作业,突然听到两头猪在后院拱门的声音,她没当回事，继续专心致志写作业。

"砰！"只听一声巨响，仿佛山崩地裂，吓得她的心脏怦怦直跳，最后鼓起勇气去了后院。

"我的天呀！"海兰忍不住惊叫起来，"你俩咋这淘气！"

两头猪不知道费了多大劲，居然将猪圈挨着厕所的那面砖墙给撞倒了。再看两头猪，若无其事、得意扬扬地正在鸡舍的大铁笼子下面哼哧哼哧满地拱，看到小主人来了，瞟了一眼，显然不当回事。

海兰平日里看它们在猪圈里吃食的时候，小巧可爱，却没想到，当它们跑出猪圈后，居然像两只庞然大物。那一刻，她的心里十分胆怯。或许，她的胆怯，已被两头猪识破。

正当海兰茫然不知所措时，两头猪从空空如也的鸡舍下寻宝结束，飞速奔向了院子里。它们欢快地、肆无忌惮地在院子里跑啊跑，这应该是它们第一次看到主人家的院子和房子。幼时它们是被捆着装进蛇皮袋中背过来的，除了蛇皮袋的白色编织纹路，什么也看不到。

它们没有想到，主人家住的地方居然这么宽敞、豪华。它们看到了两块红布，上面绣着石榴、牡丹花和鸟。那是门帘，关中地区的人习惯于挂门帘，但猪们不知道，出于好奇，它们扑了上去，门帘的挂环立时被撕掉了，紧接着它们扑进了房间内。

这时候，海兰已被吓得心惊胆战。看到门帘被撕，她怒不可遏，抖擞胆量，急速跑进柴房，拿起炕耙，跑向大屋，正想要打猪，却不料跟正往外跑的猪撞到了一起，还好她躲到了门侧，与猪擦身而过。海兰看到屋里的土质地面，已经被猪拱出了几个坑。

"站住，别跑！你们这两个淘气包！"海兰大喊着赶紧追了出去。

两头猪视察完大屋，又顺道去了隔壁小屋。淡蓝色带绣花的门帘也被扯掉了。它们窜进去后，看到了海峰。这个名字它们并不陌生，自从踏进这个家门，每天都能听到女主人海峰长海峰短的叫无数遍。偶尔，还会看到主人一家抱着他们口中的海峰，到鸡舍旁的轮胎圈那里上厕所。

它们凝视了几秒海峰，想要爬到炕上去，但炕边没有椅子、凳子之类的落脚点。地面还是砖头的，破坏行动无法施展，只好作罢。

海峰在屋里靠墙坐着，听到了刚才的倒塌声，也听到了妹妹的叫声，又看到两头猪进屋了,就像屋里进来了两只动物强盗,他随即厉声呵斥:"快出去!"然后,他攒足了劲,朝两头猪啐了一口,两头猪见势,扭头跑出了屋子。

海兰的速度远不及两头猪。她没进哥哥的屋子,而是站在门口,抡起炕耙,正好两头猪出来了。于是,她狠狠地砸了下去。由于两头猪跑得快,炕耙落下时,只擦着了后面那头猪的屁股。

两头猪长这么大,第一次看到猪圈外的"花花世界",必然不肯束手就擒。它们看到了院子里的小花园,那是海兰精心栽种的小花园,属于她的私人领地。然而,猪们哪管三七二十一,毫无顾忌地闯入花园,各种踩踏、乱拱。

嘴这个东西,在人的身上,除了吃饭,也主要用于讲话。但这个东西长在猪的身上,却成了一个锋利的武器。猪们用它吃饭、拱地、拱粪、拱食,拱它们想去探寻和破坏的任何地方,即便铁门,都不放过。猪,简直把"嘴"的功能发挥到了极致。

海兰平生第一次看到猪翻墙后逃窜破坏的情形,家里像是被劫匪洗劫了一般。她从惊吓到胆怯,再到愤怒!她生怕父亲回到家里数落她没有看好猪。两头猪完全不受控制,海兰的追逐徒劳无功,而两头猪仿佛赢得胜利一般,破坏的力度更加猖獗。院子里,除了水泥铺的部分,土质地面已经面目全非,桌椅板凳全被掀翻。

海兰努力想要像赶羊那样把两头猪赶进猪圈,但显然是办不到的,毕竟猪不是羊,虽然他们家从未饲养过,但海兰知道羊是温顺的,而一向可爱的猪,却力大无穷。正在她大喊大叫,挥动炕耙赶猪的时候,门开了,母亲回来了,手里挽着竹篮,篮子里放着韭菜和小铲子。

红莲进门见状,惊愕不已!她赶紧把竹篮挂在门后的挂钩上,正要转身关门。却不料,两头猪见状,拼命钻空跑了出去。红莲使劲按下门的时候,夹住了后面的猪尾巴,猪疼得尖叫起来,红莲赶紧松了手,猪立刻就跑了。

"快追吧!"红莲一边跟海兰说,一边开门追了出去。海兰跟在母亲后面,快速奔跑,两头猪的速度惊人,平日在猪圈里养尊处优,很少奔跑,却不知它们跑起来竟有如此神速。

两头猪显然很有默契，前后脚跑进了马王庙前堆放柴火的麦场，又在那里面窜了半天，跑去了皂角树附近。

　　这时候，沿路看到的大人小孩们，纷纷加入追捕猪的行列。一时间，围起了一个追捕墙，两头猪在海兰家院墙外的水渠和田野里撒了会儿欢，最后被围堵在院墙外的皂角树下。

　　红莲拿过海兰手里的炕耙，拍着猪的屁股，在十多个村民们的帮助下，终于将猪赶回了猪圈。

　　友成恰好赶了回来，看到红莲在堆砌猪圈的砖头，海兰在旁边拿着炕耙盯梢。他赶紧走过去修猪圈。

　　之后的日子里，两头猪改变了进攻方向，将铁门与砖头围栏的连接处撞开，在院子里乱窜乱拱。再后来，它们居然没有损坏铁门和围墙，而从石槽的上面，越墙而出，而大门恰好没有关，它们跑进了院墙外的玉米地里。红莲一家人费了九牛二虎之力，才把两头猪捉拿归案。

第五十章　勤劳致富把妻娶

　　冬日里的一天，村里传出了消息，刘天虹的大舅刘喜劳要结婚了。

　　一年四季，冬天最冷，但冬天结婚的人却最多。海兰觉得奇怪，问父亲原因。友成一边看电视，一边回答："你这个闷娃，这有啥不能理解的。冬天到处都冰天雪地，地里面没啥活，人都闲着呢，就有时间操办婚礼。因为冷，婚宴上的吃食容易存放，也没有苍蝇蚊子来侵扰。冬天的冷气就是天然的冰箱，自然的冰箱比人工造出来的冰箱管用得多。大自然永远比人聪明。"

　　海兰似懂非懂，只记得父亲常说的一句话："自然的东西永远是最好的。"婚礼在周内，看不了热闹，海兰寻思着放学去看闹洞房。

　　红莲听说，刘喜劳娶的媳妇是渭河以南某个村的人。虽然相距不远，但在村里，只要过了渭河，就算是远处来的媳妇，既不知根也不知底。

婚礼这一天，咏勤她娘和福侠嫂子早早就来喊红莲去城门里看新娘子。红莲抱着海熊，关了门，同去了城门里。

从村口到刘喜劳家的沿途，已经七七八八站满了人。迎新娘子的时间，虽说是阴阳先生专门给掐算好的，但好日子似乎八九不离十，迎亲时间基本是上午九十点左右。因此，村里的男女老少到点便十分默契地守在街巷边，等着看热闹。

很多男人看不起刘喜劳，因为全村他们家最穷。欺软怕硬，恃强凌弱，嫌贫爱富，弱肉强食，或许是人类最深层的特质，或许也是所有动物的特质。区别在于，人类把这种特质隐藏得比较好，而动物则表现得赤裸裸。

上城门口围观的人最多。老人们依旧端个小木凳坐在大槐树下，边聊天边等着看热闹。

红莲抱着海熊和福侠嫂子、咏勤她娘坐到了大槐树旁边的一堆木头上，听老人们讲故事。

住在城门里的小脚老太太君诚他娘说："喜劳这娃，你看不说话，人却灵醒，辛苦几年，今儿终于娶媳妇了。他的父亲刘科连在饥荒年间带着妻儿老小，从山西大槐树村逃难至此，无依无靠，无着无落。一向乐善好施的地主孙长清见他们一家人可怜，就收了刘科连夫妇在家里当长工，负责种地收粮。当时，孙家家大业大，有钱有房，就将自家原本养牛圈羊的小院给他们住，就是他们一家人现在住的地方。起初，那院子没有门，只有一个低矮的土墙和圈牛羊的栅栏门。院子很大，荒草遍地，里面只有两间低矮的土房，那是给牛羊修建的圈舍，所以比正常的房子要低许多，须弯腰才能进门里。这个小院距离孙家中间就隔了两户人家。刘科连一家人把这个牛羊圈清扫完，盘了个火炕就住下了，从此就在咱村扎了根。刘科连来的时候带着喜劳、喜凤，后来又要了喜稻、喜雀。再后来，地主被打倒，孙家的田地被没收了许多，唯独这个小院没被没收，仍旧给刘连科一家居住。因为没有家业，白手起家，加上刘科连身体孱弱，养活一家人，十分艰辛。所以，刘家常常有一顿没一顿，好在孙家人善，一直在接济刘家……"

这时候，人们看到刘喜劳穿着崭新的深蓝色西装，胸口戴着大红礼花从城门内走出来了，在几个族亲的陪同下，兴高采烈地往村口走去。

刘喜劳心想，他的父亲孱弱无能，他作为家中老大，理应帮着家里捡柴火、捡煤球、捡破烂，撑起这个家，然而他的弟弟刘喜稻却受不了这样的生活。

没有吃的，刘喜稻就想办法去偷；没有穿的，也想办法去偷。起初，他们一家人并不知道。直到有一天，派出所民警找到家，询问刘喜稻的下落，刘喜劳才知弟弟三天两头不回家，原来是做起了窃贼的勾当。他寻遍南河滩村的角角落落，两个小庙，还有村小学附近的破砖窑、杨沟村残留的土窑洞，凡是可以藏匿的地方，他统统找了个遍，依旧没有找到。

在他眼里，人穷志不穷，就是穷死，也不能去偷盗。他若找到弟弟，得打断他的狗腿。

一家人寻了很多天，仍没有找到，刘喜稻偷窃的事情却不胫而走。自此，刘喜劳便更觉得没脸见人了。他走路低着头，对面前走过的所有人都视而不见。原本刘喜稻这个名字是他的，刘喜劳是他弟弟的，却不知怎的，户口本上登记错了，他与弟弟的名字被记反了。最后，只能将错就错，他用着弟弟的名字，而弟弟用了他的名字。

后来，他的弟弟被抓进了派出所。因为是未成年，被派出所关了十多天就放了。刘喜稻半夜翻墙回了家，被他父亲发现，抄起棍子打了个半死，一家人都劝不住。那惨烈的哭叫声，响彻了整个村子。

次日一早，刘喜稻再次没了踪影。村里有些好事者，假装来找刘喜稻玩耍，实则来探昨夜打架的结果。刘喜稻的母亲周氏直接破口大骂："人不在，找他干啥，没啥事就走人！别来我们家！"将好事者骂走了。周氏一口山西口音夹着河南口音，更像是两种口音的混合版，一说话，语速很快，如连珠炮，村里几乎没几个人能听懂。因此，除了全村倒数第二穷的梁翠花时常来找她，其余人都很少与她交往。

刘喜稻维持了两三年游手好闲的日子。他不仅偷，还拉了梁翠花的大儿子刘勇彪一起偷，两个人几乎成了派出所的常客。偷钱，偷粮食，偷自行车……总之能上手的东西，他们从不放过。后来，在一次作案中，刘喜稻被抓捕，判了五年有期徒刑。刘喜劳想尽办法，想把弟弟捞出来，都没成功，只能带些衣服和锅盔去看望一下。

就在刘喜稻入狱当年，他们的父亲刘科连去世了，终年五十岁。

一家人的生计从此结结实实落在了刘喜劳的肩上。他靠着年轻力壮，去工地搬砖，当了建筑工人。从搬砖、和水泥等小工开始，日复一日，煎熬了好些年，混到了砌砖、抹灰等大工工种。家里的日子渐渐有了起色，这才连着那三间低矮的土房，又盖了两间砖土混合的新房。

如今，他刘喜劳终于能抬起头来做人了。虽然三十好几才娶得起媳妇，跟他同龄的人，孩子都能打酱油了，但他知足了，一切都是他用双手拼命劳动换来的，他活得踏实。

从小被人欺负，被人戳脊梁骨，他低头走路，走了三十多年。今天，他终于可以扬眉吐气！他挺直后背，仰起头，阔步向前走着。

走到村口的煤渣路上，刘喜劳已经看到新娘穿着红色的喜服，在两位亲人的搀扶下，往他这边来了。

他站在村口等着，那一袭红色的棉喜服，在黑色的煤渣路上，格外惹眼。

人们纷纷围了过来看新娘，大家都惊呆了！第一次看到新媳妇是走着过来结婚的。

红莲看到煤渣路上，那一步一步走过来的红衣服新娘，有些同情。她心想，可以租个轿子，或者三轮车，自行车也行，哪能让人走过来呢？这都什么年代了……她在心里默默叹息着。

刘喜劳何尝不想租个轿子或者汽车，但他已经没钱了。煤渣路上骑自行车容易打滑，怕摔着了，最后就商定让她走过来。

那新娘的脸由远及近，大家都看清楚了，新娘居然一直保持着憨笑的样子。众人看了，开始七嘴八舌，小声议论起来。

"这新娘莫不是傻子？走过来，还笑？"

"这是哪答的女子，看上去咋有点瓜？"

"长得还行，配喜劳，不算差了。"

红莲看到有人开始在地上摆放炮仗，立刻抱着海熊站远了些。负责放炮的是刘喜劳家的邻居梁耀金、梁耀银兄弟俩。看到新娘子还有两三米的距离，就赶紧点燃了早已摆好的拳头粗细的喜炮。"咚！咚！咚！"炸雷一般，吓得众人纷纷捂着耳朵躲闪，新娘也憨态可掬地捂了耳朵。

兄弟俩紧接着又在老母庙旁的树上挂了一长串鞭炮，也点着了。

就在这"噼里啪啦、噼里啪啦"的鞭炮声中，新娘子终于走到新郎面前。

众人纷纷看着他们，刘喜劳牵着新娘子的手，打算就这样走回去。跟在他们身后的人群中，刘龙江、刘伟兵、刘军旭一起吹着口哨，起哄说："抱回去，抱回去。"围观的小男孩们也跟着起哄。

刘喜劳不好意思了，在众人的怂恿下，他使劲抱起了新娘。新娘有些不好意思地搂着刘喜劳的脖子，趴在他的肩上，然后镇定自若，瞪大眼睛，像众人看她那样，仔细打量着围观的人。

这时候，红莲才看清了新娘的脸。新娘长得有点胖，个子很矮，一米五的样子，脸盘很大，虽然涂脂抹粉，却能看出白色粉底下的浅灰色雀斑；三角眼，却是双眼皮；颧骨略凸，嘴唇较小，龅牙明显；短发上别着一串长长的用渔线串好的红色头花。

刘喜劳还没有走到城门楼，就已经有点抱不动了，他没想到这个媳妇这么重，竟比平日里扛过的麻袋、水泥袋都重。他吃力地调整姿势，眼看快到城门楼下了。

那新娘竟一翻身，跳下来了。

"我自己走吧！"新娘说着，就从跟着的娘家人手里拿过一个红色的布包，拎在自己手里，往前走去。跟着看热闹的人都惊呆了，居然还有新媳妇自己走进城门里的。刘喜劳惊讶之余，立刻追上，一手抓着新娘的胳膊，两个人就这样别扭地往前走着。

到了刘喜劳家的门口，梁耀金和梁耀银兄弟俩再次点了炮。这时候，城门内住的人仿佛被震动了似的，各家门内又走出许多人来围观。

刘喜劳家的"门"，是低矮的土墙堵了三分之二留出来的一个口，围着竹制的栅栏，这门有跟没有差别不大。他们住习惯了也不以为然，门是给有钱人用的，穷人要门做什么？没有陌生人来，就连小偷都会绕着走。因此，刘喜劳也没打算修门楼。

众人跟着新郎新娘一起走进土院里，一直往婚房走去。

红莲抱着海熊和福侠嫂子、咏勤她娘站在土墙外看了看，院子里已经摆了几张木桌凳，还有男男女女好些人，她们便径直回家去做午饭了。

这时候，刘喜劳的母亲周氏和二姐喜雀都从厨房里走出来，乐呵呵地看了看来围观的人，又进厨房继续做饭了。

新房的门口，刘天虹端着一木盘剪碎了的彩花和一分钱硬币，朝着新郎新娘的头上撒去，气氛顿时热烈起来，小孩们纷纷蹲地上抢硬币，妇人们则跟着进了婚房，这里看一看，那里摸一摸，然后开始评头论足：

"缎面被子做得不错！"

"这彩色拉花拉得喜庆。"

"地怎么还是土的，该铺个砖的。"

"新娘子长相还行吧，对得起观众。"

刘天虹请了假，特地在家里帮忙。她端着一圆盘花生、瓜子和喜糖，开始给屋里的人散糖，大人小孩全都发。有的拿一颗糖，有的抓一大把，有的兜里装满了再抓一把。

放下圆盘，她又端起另一个长方形漆花木盘，盘里堆满一根根摆放整齐的香烟。她礼貌地递给屋里的男人们，也有年纪大的男孩子趁机抓了一两根去，她也只是笑笑。

新娘坐在炕边，打量着屋里的布置，有些怅然若失。

屋子不大，土炕占了三分之一，土炕的一头是硕大的九格玻璃窗，上面贴着剪纸喜字，屋里四个对角拉着结婚专用的五颜六色的亮纸片长串拉花；另一头是大木箱子，木箱子上整整齐齐摆放了红、绿、蓝、紫四床缎面被子。炕上铺的是红蓝相交的手工粗布床单。

炕沿对她而言有点高，她坐到炕边，脚自然就悬了空。那双红色高跟鞋，虽然是粗矮的鞋跟，但她穿得很累。她看满屋子人，反正也不认识，就任由高跟鞋从脚面滑落。

再看周围，贴墙摆放了一套奶白色衣柜，旁边还有一个电视柜，上面放着一台很小的电视机，看起来也不是新的。地面还是土的，满地都是脚印。墙面是刷了白灰的，天花板则是用红绿花形的图案壁纸糊的。

刘喜劳，人逢喜事精神爽，也学着村里有权有势的男人们的做派，耳后夹了一根烟，在院子里招呼这个，招呼那个。

村里的"笔杆子"刘文厚，穿着一套靛蓝色中山装，头戴一顶蓝色布帽，坐在门口的一张桌子旁，拿着毛笔和红纸，记录礼单。他已经记不清这是第几次写礼单了,虽然今天很冷清,但他依然坚守在红桌前。乡亲们敬重他,这么多年来村子里的红白事,几乎都是由他主笔。他也从不推辞,从年少青丝写到了鬓发斑白……

刘喜劳家原本在这村子里就没有亲戚朋友,只有孙家曾是他们的主家,但因为他们姓刘,于是就主动跟村里原有的刘氏家族靠近。每逢年三十,他们都会去刘氏各家串门,祝酒拜年。渐渐地,刘氏家族的人从名义上接纳了这个外来的刘家后代,但也只是表面而已。在实际劳动生产中,在秋收夏种的关键事情上,刘喜劳家还是单打独斗,除了孙家,没有人给他们帮忙。

孙世列派了老四友怀在婚礼前拿了一百元作为贺礼给了刘喜劳,友成亲自前来帮忙,并随了五十元礼金。他知道自己家穷,却可怜比他更穷的刘喜劳家、刘勇彪家。穷人也只能结交穷人,大有一种惺惺相惜的意思。

来参加婚礼的人不多,院子里摆了八桌,还没坐满。

刘喜劳明白"穷在闹市无人问,富在深山有远亲"的道理,所以也没有奢望,自然无所谓失望。

婚礼仪式十分简单,刘文厚放下笔便充当了婚礼司仪。在村里,没几个人比他学历高,比他有文化,因此,他在这个村子里有着举足轻重的地位。他也是刘氏一族的杰出代表和骄傲。

看热闹的看了会儿就各自散了。刘喜劳的二姐喜雀一家人,左右邻居还有友成以及刘氏族内的几个人,以及新娘子的娘家二人,松松散散坐了八桌。

土院里,一场婚礼,很快就结束了。

到了晚上六七点,闹洞房的人们开始陆续进屋了。

海兰放学吃完晚饭,喊了孙云飞、梁少峰、梁少红和孙云婷一起去了刘天虹家玩耍。

进门就看到新郎、新娘在梁耀金和刘军旭等人的撺掇下,正在"咬苹果"。当新郎、新娘正要同时咬苹果时,梁耀金把拴苹果的绳子快速提了起来,新郎和新娘嘴对嘴碰到了一起,众人哈哈大笑,前俯后仰。

接着到了"点烟"环节,有人问新娘子叫啥名字,新娘子干脆利落地说:"我叫潘翠喜,你们都记住了吧。"众人听了又一起哈哈大笑起来。

"从来没有见过这样的新媳妇，说话如此直爽。"

"渭河南岸的人跟北岸的人就是不一样。"

刘天虹看到同学们来了，连忙端了木盘子散喜糖。然后，大家一起挤在那个婚房里，看着笑着。

不到九点，李烈凤两手插裤兜里，从门口开始边走边喊："云飞，云飞，啥时候了，该回家了。"罗素平还戴着洗碗的袖套，双手插在上衣口袋里，紧跟着李烈凤，一同走到婚房门口，才喊了句："少峰，少峰在吗？"

婚房内的笑声如爆米花炒豆一般，一阵接一阵，直到被这喊声打断。孙云飞和梁少峰从人堆中挤出来。

孙云飞不耐烦地说："在呢，在呢，别喊了，一会儿就回去！"

梁少峰看着他的母亲，平静地说："我们一会儿就回去。"

两个人说完，立刻又进了屋。

这时候，李烈凤和罗素平趁机站在门口向房中观望，仔细打量着新娘。潘翠喜看到从门口投射来的犀利的目光，心想，每个进村的新媳妇都要被如此打量吧。

孙云婷和梁少红听到各自母亲的声音，赶紧从人堆中挤了出来。

"回去吧，都这个点了，明天你们还要早起上学呢。"李烈凤拉着女儿云婷的手说。"我知道了，跟你回去。"孙云婷无奈地说。

"走吧，回去吧。"罗素平拉着女儿少红边走边说。

海兰看到两个小伙伴都走了，屋里男多女少，便也跟着出了门。

当人们散去以后，已是夜里十一点多。刘喜劳很高兴，交杯酒喝了很多盅，已经喝得有点高了，但心里却亮堂。他原以为白天来了那么点人，连八桌都没坐满，晚上也不会有人来了。出乎意料的是，晚上会有这么多人来闹洞房。他觉得这个婚礼是热闹的，成功的。虽然这个媳妇偶尔看起来有点傻乎乎的，但他知足了。穷人家的孩子能娶上媳妇就已经很不错了，还挑啥呢？村里家境比他好的，还有人打光棍呢，他已经很知足了。

唯一让他难过的是，一家六口人无法团聚。他的父亲英年早逝，没有看到他盖房娶妻；他的弟弟还在监狱里蹲着；他的大姐，寻了这么多年，仍下落不明，生死未卜。只剩他的母亲和他的二姐喜雀，还有他的外甥女天虹，见证了这来之不易的一切。

在这洞房花烛夜里，他的内心，悲喜交加，忍不住泪如雨下……

第五十一章 南滩春游槐花香

冬去春又来，友成的炕头墙壁上已经换上了一九九四年的飞雪寒梅图挂历。

在关中地区，春天是一个四处开着桐花的季节，也是杨柳依依的季节。

友成家门口有一棵洋槐树。每到春天，洋槐花芳香四溢的时候，小孩们就拿起竹竿，绑上铁钩，围在树下，钩洋槐花吃。通常钩下来的洋槐花，小孩们直接放嘴里嚼着就吃了，大人们会把洋槐花做成洋槐饭。

春天做洋槐饭，就像夏天穿裙子一样时髦。红莲起先问了邻居们，后来自己尝试。经过多年"锤炼"，她终于找到了做洋槐饭的关键在于洋槐花和面的比例，以及加入的水量。如果掌握得好，蒸出来的洋槐饭就会酥软可口；如果水少了，面跟洋槐就是散开的，捏不成一个饭团；如果水多了，洋槐饭就黏糊了。

红莲一边回忆着自己总结的技术要领，一边将两个女儿钩回来的一盆洋槐花淘洗了一番。滤水后，放入小麦面粉和一点盐，再用手搅拌均匀，接着将沾了面的洋槐花铺到蒸屉里，大火蒸十五分钟左右就熟了。蒸熟的洋槐饭，麦香混合着槐花香，满院香气四溢。

红莲常常会将洋槐饭一分为二，一半加白糖，一半加盐，做成甜的和咸的两种口味。孩子们喜欢吃甜的，而大人们喜欢吃咸的。小孩们常常抓在手里吃，大人们常常用筷子、勺子吃。

蒸洋槐饭，也是考验乡村妇女厨艺的重要项目。很多妇女都不敢轻易尝试，因为在村里，谁家蒸了洋槐饭，都会拿出来与邻居们分享。孩子之间，大人之间，互相分享。

吃洋槐饭，仿佛成了乡村人享受美好春天的一种独特方式。

春天，不仅让万物复苏，也让人们的心情跟着复苏。除了钩洋槐花，吃洋槐饭，春天，也是小孩子们最欢呼雀跃的季节。

在一个春暖花开的周末下午，海兰吃完午饭没有睡午觉，起床去了厨房，站在凳子上，然后爬到了大案板上，又站在案板上，够到了悬挂在厨房木梁上的竹篮，竹篮里面放着苫布盖着的馒头。海兰挑了一块相对白净的馒头，跳下案板，她掰开馒头，涂了一勺辣椒油在馒头上，又撒了一点盐，做成了辣子夹馍。在关中地区的乡村，人们就是这么吃馒头的，制作简单却很好吃。

海兰边吃边看着家里的那棵树王，作业已经写完了，实在无聊，也不想午睡。于是，吃完馒头，她就去了梁少峰家叫他的妹妹一起玩跳皮筋。好在梁少红也没睡午觉，两个人玩了一会儿，感觉没意思，就一起去了城门里，喊了刘天虹、刘小希。四个人在梁少红家门外玩跳皮筋时，孙云飞和梁少峰也加入了，玩了一会儿大家都觉得没意思，便商议去外面玩。海兰提议带着锅碗瓢盆去郊游野炊，小伙伴们都拍手赞成。

刘天虹家里除了她外婆管束，算是最自由的。所以，她主动提出要拿一口小锅和小案板。恰好她的外婆在午休，她就偷偷从厨房拿了小锅和案板。其余小伙伴也都各自回家拿了一些工具和食物。刘天虹拿了锅但不敢从正门出去，只敢从后门走。事实上，他们家没有门，所谓"门"，就是一部分低矮的土墙加一部分柴扉。所谓的"后门"，也只是用两三捆玉米秆堵在被风雨侵蚀的低矮的土墙上而已。她用蛇皮袋装了锅，偷偷从后门钻了出去。

大家约好在马王庙门口集合。马王庙算得上村里的一个古迹，什么时候建成的无人知晓，可能比这个村子建成的时间早，或许晚也不一定。海兰记得奶奶说过，从前的马王庙里还有彩塑的神像，庙里墙壁上的彩绘都很清晰，村里的善人们轮番打扫，逢年过节会大开庙门，供人烧香祈福，后来逐渐破败了。

之所以在马王庙前集合，是因为马王庙的左前方是一大片空地。这里曾有一个戏楼，后来不知何故被毁，再后来村民们在此集合开会，如今，开会的地方换到了城门口的电视房，空地成了堆积柴火的柴场。南街和城门里的十几户人家的麦草垛都集中在这里，一家一堆。因此，马王庙被隐藏在几十个麦草垛后面。这是小孩们最喜欢的逃避大人的地方，因为容易隐藏，站在路边往里看，也看不到什么。除非走进这麦草垛的"丛林"里。

刘天虹拿了锅，海兰用布袋子装了几只小碗，梁少峰和梁少红拿了筷子和蛇皮袋，孙云飞和孙云婷拿了面条和小刀，刘小希用小瓶装了油盐酱醋。大家准时在马王庙门口集合，互相看了看，郊游的东西基本齐全了。

海兰让孙云飞拎着袋子，她人步流星地走在前面探路。春天的田野里，绿油油的麦地连成一大片，满眼是蓬勃的生机。

小南河往南是一片菜地，家家户户的菜地几乎都集中在这一片。响午时分，家家户户的大人似乎都在午休，村子里很安静，田野里更是安静。小伙伴们都不敢大声说话，悄悄地穿过田间的小土路，走过河堤埂那满是杂草的小路，一路向南。途经各家的菜地时，各自去采摘了些韭菜、韭苔等蔬菜。一直走到渭河边的那片丛林，大家才都撒欢了似的嬉闹起来。

那是一片白桦树，树干高大。因为距离渭河岸边近，水土好，所以长得十分茂盛。树下更是杂草丛生，有紫色、粉色的牵牛花，大家都称其为"打碗花"，老人说摘一朵打碗花，就很容易打碎一只碗。打碗花缠着树干长得很高。金黄色的野雏菊和白色的如棉花一样的蒲公英遍地盛开，还有猪尾巴草，大家都叫它咪咪毛，此外还有三叶草、蓟蓟草、马齿苋等。这片树林对海兰而言，是一片乐土。

白桦林面积很大，占地几十亩。大家不敢走太深，怕迷路，也怕林子里有猛兽。距离路边十几米，海兰看了看四周，找了个树中间的位置，就让大家停下来。海兰把蛇皮袋往地上一铺，让大家把拿来的东西全都放上去。然后，孙云飞和梁少峰负责找柴火架锅，刘天虹和海兰去找水，其余小伙伴负责切菜。

从野地里找几块砖头、柴火实在太容易，但要把锅灶架起来可并非易事。刘天虹跟海兰走出了树林，看到路对面的鱼塘旁边，那个压水井还在。

压水井所在的院子，是二十世纪六七十年代，上山下乡的大学生们住过的农场，已经荒废很多年了，但压水井并未荒废。附近走过的人，喝水的、浇地的都会来此取水，无人看管也无人收费。海兰四下张望，没有大人，于是和刘天虹回到树林拿了菜和碗来洗，又往碗里盛满水，二人一起端回了树林。

大家都是第一次野炊，谁也没有经验。于是，海兰和刘天虹往返多次取水。孙云飞和梁少峰用砖块把小锅架起来了，怕不稳定，还和了泥巴，盘了一个灶台用来固定锅。海兰看到他们盘好的灶台，惊叹不已。或许在吃饭这件事上，人总有无师自通的天性吧。

等梁少红、孙云婷在小案板上切完韭菜，刘天虹要炒菜时，才发现没有带油，所以没法炒菜吃，辣椒油都没法泼。刘天虹只好涮一下锅，先烧水了。孙云飞拿了火柴点燃一堆干草树杈。火一点点地燃烧了起来，小伙伴们围着小炉灶，脸都被照得通红，却感觉无比快乐。水烧开了，海兰把干面条放了进去，却发现面条不够分，碗筷也不够。等熄了火，她捞出面条，只盛了三碗。最后她只能往碗里加点干辣椒面和盐、醋拌一拌，再撒上切好的生韭菜，大家你一筷子我一筷子，轮流吃面。味道虽然怪怪的，但大家却都觉得吃起来无比可口。

阳光透过密密的树林，照亮了野炊的地方。大家坐在蛇皮袋上，互相依偎着，聊着学校里的趣事，非常快乐。

就在小伙伴们都感到有些许困意的时候，突然从路边传来了一群男孩子的声音，听起来不像是本村的。大家顿时有些慌张，不约而同地快速收拾了东西。海兰快速拔了些草掩埋了锅灶烧过的地方，并且用脚踩了踩灰烬，避免起火。之后，她说："听这声音是从路边，也就是树林的东边传来的，咱们抓紧从北边撤离。北边挨着咱们村的菜地，先躲进去再说。"说完，海兰带领小伙伴们往北跑去，跑进了一片黄瓜地。

这片树林到底归谁，海兰不清楚，但肯定不是本村的。相传邻村的孩子们比较野，大家见了都会躲着走。本村和邻村的大人们因为地界问题曾大打出手，本村和邻村的大龄青年们也因各种口角而大动干戈过。两个村的人，除了有亲戚的，其余人都心存芥蒂。小孩子们见了邻村的大孩子们，更像老鼠见了猫，只有躲的份儿，不然会被欺负。

其实，小孩子之间，只要没有深仇大恨，轻易不会用"打架"的方式解决问题，多的是"羞辱"，言语羞辱，或者揭露家中丑事，或者在别人脸上涂鸦等。但凡干这种事情的孩子，没有一个学习好的，全都是受了父母或者老师的辱骂甚至殴打的"坏孩子"。或许正因为他们被"虐"过，所以才会乐于干这种"虐人"的事情，借此发泄情绪。

那群男孩子的声音渐行渐远，于是，海兰带着大家一路向北走去，没一会儿，就走到了村里的马王庙。大家依旧在庙门口解散，各回各家。海兰强调，大家都要保密，不然，下次人人该管得更严了，就没法再一起出去玩了。小伙伴们纷纷点头同意，各自用树叶或衣服掩藏了东西，悄悄溜回了家。

第五十二章　舅舅买裙度六一

时光荏苒，春去夏来，麦香四溢。过了年，过了磨性山庙会，过了三月三，便是六一儿童节了。每年的六一儿童节对海兰而言，是最笑逐颜开的。

班里有三十多个女生，跳舞只需要十个。她很荣幸，再次被老师选中。

每天大课间，巨俊兰老师组织大家一起在教室里排练，每次排练时，还要关上后门。这似乎成了各班的惯例，生怕被隔壁班看到，学去了。每个班的节目在六一儿童节比赛前都会保密。

眼看六一儿童节快到了，海兰发愁跳舞穿的演出服。就在愁眉不展时，舅舅来了。似乎每一年，舅舅都会在六一儿童节前来家里做客。

南应孝买了香蕉和点心，进了姐姐家的大门。进门后，他看到姐姐在厨房里擀面，小侄女海兰在拉风箱烧火。

"姐。"他轻轻地喊了一声。

红莲抬头看到弟弟，一脸惊喜，说："应孝，你来了！快进屋坐。"

海兰听到妈妈说话，转身看是舅舅来了，赶紧站起来问候舅舅。

红莲放下擀面杖，在围裙上擦了擦沾满面粉的双手，走出厨房，接过弟弟手中的礼当,带进了屋里。

海兰赶紧进屋拿了一个玻璃杯,进厨房洗了洗,放了茶叶,双手抱起炮弹一样重的水壶,倒满水杯,端进屋里。

家里没有多余的地方,大屋既是卧室,也是会客室,除了个别有钱人家,家家户户基本如此。海珍和海熊在哥哥的屋里看《射雕英雄传》,听到有人来了,也跟着进屋,问了声好,又都出去了。

红莲陪着弟弟聊了会儿。海兰把水杯递给舅舅,回到厨房继续拉风箱烧水。水烧开了,红莲刚好回到厨房,她娴熟地擀面,接着将擀好的薄面饼全都卷到了擀面杖上,然后用菜刀沿着擀面杖划了一刀,切开了卷着的面饼,又以擀面杖为尺,竖着放在切开的面层上,一刀一刀快速地切成了细细的短面条。煮好面,她放了一大勺臊子菜,亲自给弟弟端了过去。

"今天刚好做了你最喜欢吃的菠菜削筋面,来尝尝。"红莲说着递过去洋瓷碗和筷子。

南应孝高兴地接过碗筷,他已经很多年没有吃过姐姐做的菠菜削筋面了。还记得小时候,姐姐背着他爬莲花山,去引渭河边玩耍。母亲太忙,很少照顾他,在他的记忆中,几乎是姐姐一手把他带大的。所以,他对姐姐的感情比对母亲还要深些。他品尝着熟悉的味道,回忆仿佛被味蕾渐渐打开,往事一幕幕在脑海中浮现出来。想到这些,他竟有些忍不住泪湿眼眶。

红莲看到弟弟大口地吃着面,也想起小时候,她带着弟弟游玩、做饭、上学的情景。如今,姐弟俩都已各自成家,奔波在人生的道路上。

海兰盛好饭给母亲端了过来,海珍也给弟弟盛了饭,姐弟三人坐在凳子上,边吃边听着母亲和舅舅的谈话。

"娘好着吗?你最近去平阳看她了吗?"红莲坐在炕边,边吃边问。

"好着呢,我前几天才回去看她。"南应孝一边吃着一边问,"海珍和海兰学习怎么样?"

"你看墙上贴的奖状,"红莲指了指,接着说,"还不错。"

南应孝这才注意到自己坐的椅子后,这面墙上竟然贴了许多张奖状,有"三好学生""学优生""优秀班干部",还有一张"作文比赛一等奖"。他仔细一看都是海兰的。看到这些奖状,南应孝打心底里高兴,忍不住给外甥女竖起了大拇指。

"不错，海兰，才上一年级就有这么多奖状了。好好学习，你妈妈小时候可是全年级第一名。"

海兰听到夸奖，脸都红了，说："我会好好努力的。"

"静军、静文学习怎么样？"红莲问弟弟的两个孩子。

"哎，愁人的很，学习都不怎么样，他们要是拿一个奖状，我都烧高香了。"南应孝想到自己的孩子，一筹莫展。

"没事，孩子还小，长一长，慢慢就知道学习了。"红莲赶忙安慰弟弟。

"但愿如此啊。"南应孝看着墙上的奖状说。

饭后，他等姐姐洗完碗，略坐了会儿。"姐，这个你拿着。"他说着从兜里拿出一张一百元来塞到姐姐手里，"拿去给孩子们买点衣服或者吃的啥的。"说完，起身就要走了。

红莲赶忙推辞不受，南应孝坚决地推了回去，语气坚定地说："拿着，这不是给你的，是给孩子们的，不要推辞了。"

说完，南应孝起身去了小屋，看了看海峰，聊了几句就走了。

红莲和小女儿一起送弟弟出了村口，送到了柏油马路边，看着弟弟坐上了面包车，她才回家。到家后，海珍带着海熊还在看电视。

红莲坐在炕边拿出那张一百元来，打开看了看，然后对两个女儿说："这是你舅给你们的一百元，过几天你们学校不是要办六一儿童节吗？妈给你们买件裙子吧？"

海珍和海兰听了都十分高兴，对于海熊而言，只要有好吃的就行。

她知道两个女儿心心念念要漂亮裙子，已经念叨了很久。她有心无力，家里穷，没有多余的钱买裙子，弟弟一来，倒是解了燃眉之急。

次日，红莲便去虢镇城里买裙子。然而，一件裙子要六十元，她想到九月开学又是一笔不小的开支，于是就买了一件粉红色荷叶边裙子，想着她们姐妹俩可以换着穿，反正个子差不多。

家里，两个女儿都知道妈妈去镇上买裙子了，热切地期盼着妈妈赶紧买回来。这么多年，穿的一直是旧衣服，从来没有穿过一件像样的新衣服，更别提新裙子了。

红莲回到家，海珍和海兰盯着红色布袋，看着母亲一点点从袋子里拿出裙子来。看到裙子，姐妹俩都兴奋不已，争抢着拿起裙子往自己身上比画。显然，裙子比较大，海兰拿着裙子，裙摆都到脚踝了。

"怎么只有一件？不是说我们俩一人一件吗？"海兰有些失望地问母亲。

"裙子太贵了，一百元买不了两件，妈妈就买了一件，你跟你姐轮流穿吧，好不好？"红莲略带惭愧地解释道。

"那这件裙子是给我姐的，还是给我的？六一儿童节那天，我们都要穿裙子啊。"海兰有些生气地问。

"给你姐吧，好不好？你姐先穿，然后你再穿，妈妈特意买了大一号，这样到明年，你们俩都还能穿。"红莲继续解释着。

"呜呜呜……为什么？呜呜呜……凭什么？"海兰听到妈妈说裙子给姐姐的刹那，已经忍不住委屈，泪如雨下。她期盼了足足三年，想要一件属于自己的裙子，可妈妈竟然没有给她买，唯一一件裙子还给了姐姐。她一时无法接受，痛哭不已。

海珍听到裙子是给自己的，心里还是美美的，但是看到妹妹痛哭不止，她又于心不忍。她很喜欢妈妈买的这件粉色裙子，这是她见过的最漂亮的衣服了。她幻想着六一儿童节时穿上这件裙子站在全校同学面前表演节目。可眼下，妹妹哭得如此伤心，她如何能独吞这件礼物呢？

"别哭了，海兰，妈妈都说这是给咱们两个人的，咱俩轮流穿，好不好？表演节目的时候你先穿，节目演完了再换给我穿，好不好，妹妹？"海珍拿着裙子，塞进妹妹的怀里，安慰着。

海兰蹲在地上，双手环抱着把头埋在腿上，蜷缩着身体，谁也不看。

"别哭了，海兰，你都长大了，要懂事！咱们家这么穷，哪里有钱买两件裙子。你跟姐姐轮流穿，好不好？不要哭了，乖，听话！"红莲蹲下，抚摸着小女儿的后背，安慰她。

海兰只管埋头哭，哭到气喘吁吁，天昏地暗。

不患寡而患不均，人们往往如此吧。如果一件都没有，大概她也不会那么伤心。只有一件，却不是给她的，所以她特别伤心。她原本就不受父亲待见，父亲偏爱姐姐，她心里很不舒坦，一直觉得妈妈偏爱她多一些，才找到了一些心理平衡。然而，她万万没想到，平日里偏爱她的妈妈，竟然在关键的事情上选择了姐姐。正因如此，她幼小的心灵第一次深刻地感觉到自己爹不疼娘不爱，就像一个没人要的孩子。

为什么，为什么，为什么！她一边哭，一边在想，到底为什么，妈妈将那唯一一件裙子给了姐姐，她这么努力学习，为什么一点点鼓励都没有？她觉得自己委屈极了。

红莲第一次看到小女儿这样撕心裂肺地痛哭流涕，只是为了一件裙子。她安慰了一会儿，竟然还没有任何反应，还是继续痛哭。红莲心里很难受，作为母亲，她难道不想给孩子最好的东西吗？可她拿什么给，如果只看眼前，后面上学的钱又从哪里来？她也伤心了，她不想听小女儿的痛哭了，因为越听，她越想离开这个家，离开这个无能的男人！

"姐姐，姐姐！"一岁多的海熊说不了多少话，只知道叫姐姐。

"你好好安慰妹妹，妈去地里除草了。"红莲说完，红着眼眶，抱着海熊出门了。她去渭河边的南滩地里拔草。

海珍换着各种说辞安慰妹妹，都没用。海兰的委屈仿佛在肚子里憋了五百年，一下倾泻而出。她痛哭了整整半个小时，哭到浑身颤抖，眼泪、鼻涕把衣服袖子都弄湿了。

海珍递给妹妹手绢，海兰擦了擦脸，继续哭。她在心里呐喊："为什么？为什么我的爹爹不喜欢我，为什么我的妈妈也不爱我！为什么？为什么！我已经很努力学习了，为什么你们都不爱我？难道我是渭河里捡来的吗！为什么要这样对我！"

在海兰的心里，这件事情足以让她的世界电闪雷鸣，天崩地裂。

海珍软言细语劝慰了半天，妹妹还是一个劲地哭。于是，她去了隔壁找哥哥。

"哥哥，哥哥，你听到了吧？海兰哭个不停。怎么办？她嗓子都哭哑了。"海珍站在屋里急切地问哥哥，请求支援。

"你在我这屋里待着，让她先一个人安静一会儿。"海峰躺着，平静地说。

"好吧，让她一个人待着就能好吗？"海珍有些疑惑地问。

"听哥哥的话没错。"海峰说着，眼泪却不由自主地滑到了耳边。

"好吧，试试看。"海珍在哥哥屋里坐着，她竖起耳朵仔细听着隔壁的动静。

果然，妹妹的哭声越来越小，越来越小，不到十几分钟，哭声止住了。

海珍高兴地鼓鼓掌，说："还是哥哥厉害！"她冲着哥哥竖了竖大拇指，然后去隔壁屋看妹妹。

然而，出乎意料的是，妹妹居然不在屋内。她大声喊："海兰，海兰！"从屋里喊出了屋外，厨房、后院、柴房、厕所，甚至连树上，她都找了，也不见人。妹妹不会离家出走吧？想到这里，她心里慌了，连走带跑去了南滩地里找妈妈。

她不知，海兰就在屋里，只是躲进了衣柜里，因为此刻，她不想见任何人。

这是她记事以来第一次痛哭，她没有想到痛哭会这样毁人。她的扁桃体好似肿了起来，咽喉疼痛，眼睛肿胀，连心都仿佛碎了一地。她趁着姐姐出去的工夫，快速将大衣柜里的衣服抱出来扔进了大木柜里，腾出了衣柜中间那个可以容纳她幼小身躯的空间。

她撩起衣角擦了擦眼泪和鼻涕，然后钻进了衣柜中间。她坐在衣服上，周围被各种衣服紧紧簇拥着。听到姐姐的脚步声，她快速合上了衣柜门，只有衣柜的门缝透进来一线光亮，其余，满眼全是黑暗。

还好，姐姐没有发现。等姐姐叫着自己的名字走出了门，她才放下心来，再次思考这件事情，再次沉浸于刚才的悲伤之中。她躺倒在衣服上，抽泣着，她不想出声，更不想被家人找到，就当这是另一种离家出走吧。

她的心里仍在咆哮着："为什么，为什么要这样对我！我究竟做错了什么！为什么爹爹不喜欢我，妈妈也不喜欢我？"她在衣柜里抽泣了好半天，哭得伤心欲绝。

与此同时，海珍气喘吁吁地跑到南滩地，喊了母亲，告知妹妹找不到了。

红莲抱起正在地里面玩草的海熊，快速往家走去。红莲边走边想，海兰会去哪里呢？她的小女儿真是长大了，她似乎对海兰感到有些陌生了，她没有想到一件裙子会引起这样的轩然大波，更没有想到一件裙子会令小女儿这样伤心难过。她平时是那么聪明懂事的孩子，可这次怎么会这样？

走到家门口，红莲轻轻将小儿子放在地上，然后悄悄推开了门，蹑手蹑脚地走到院里，用眼神告诉海珍和海熊不要出声。她感觉女儿并没有出门，只是躲起来了，这就是所谓的母子连心吧。

当她走进大屋时，听到衣柜里轻微的抽泣声。她赶忙打开衣柜，果然，海兰就在衣柜里坐着哭呢，眼睛肿得像核桃似的。

海兰看到母亲开了门，看到姐姐和弟弟张望她的眼神，原本已经快要止住的哭声，却不知怎的像是被二次开了闸一般，泪水再次倾泻而出。

红莲看到小女儿这般难过，赶紧将衣柜的门打开，将女儿抱了出来放到了炕边。

"别哭了，海兰，这件裙子给你好不好，你姐不穿了，你穿着。"红莲一边掏出衣兜里的手绢给女儿抹眼泪，一边说。

"别哭了，海兰，姐姐不穿了给你，好不好，别难过了。"海珍把裙子拿出来，摆在妹妹跟前。

海兰流着眼泪看着妈妈和姐姐，哭声如暴风骤雨一般疾驰而过，不一会儿，渐渐止住了。

看到海兰不哭了，红莲终于松了口气，她想对小女儿说句对不起，可话到嘴边却怎么也说不出口，最终还是咽了下去。她看了看衣柜上的摆钟，时间不早了，就背着背篓去麦场撕麦草，准备回来做晚饭。

海珍把裙子拿起来说："你快穿上试试吧，一定很好看！"

海兰毕竟只是个八岁的小女孩，很快阴转晴。海珍拉上窗帘，海兰不好意思在姐姐跟前脱衣服，就说："你在外面等一会儿，我换好了叫你。"

"好的。"海珍说着就拉上门出去了，站在房檐下，她的心情很矛盾。那件裙子是妈妈照着她的身高买的，她非常喜欢，对她而言，这也是她人生中的第一件裙子，她也很想穿一下。可她知道妹妹还小，她是姐姐，她必须让着妹妹，这是一个当姐姐的最起码的本分。

"换好了。"海兰说着就把门拉开了。

"太漂亮了！"海珍看到门开的刹那，妹妹像天使一般出现在她的眼前，她是那么美丽，光彩照人，这件裙子是那么漂亮，她的心里喜忧参半，矛盾无比。

海兰穿着裙子在屋子里情不自禁地转了一圈又一圈,裙摆转起来就像一只精灵在舞蹈。她是那样光彩夺目,海珍煞是羡慕。

　　海兰从大衣柜上高高悬挂的一排镜子中,看到了自己的样子,开心无比,忘却了刚才的痛苦和忧伤。她只瞥了一眼姐姐,便看到她的表情中掺杂着的复杂的心绪。于是,她立刻停止了摆动。

　　"姐姐,你也穿上试试吧!"海兰说着,便转过身去,"你帮我把拉链拉开吧。"海珍看到妹妹这样真诚,没有了刚才的难过。于是,她帮妹妹拉开了裙子后的拉链。然后再次关了门站在门口,等妹妹换下裙子。

　　"好了,进来吧,姐姐。"海兰的速度很快,已经换上了自己的粉色带叶子的衬衫,那个精灵瞬间消失了。

　　海珍快速穿上裙子,也在镜子跟前照来照去,姐妹俩又嘻嘻哈哈、欢声笑语地聊起来了。

　　红莲背着麦草回来,放到了厨房里,从窗户外看到了姐妹俩欢笑的样子,于是放心地坐到厨房做晚饭了。

　　看着灶台下燃烧的火,红莲心里思绪万千。弟弟的好,她全记在心里了。她很欣慰弟弟还记得他们小时候一起玩耍、上学的事情。还好,弟弟是个有良心的人,她曾经的付出也值了。

第五十三章 假扮孪生编手绳

　　有一阵子,不知道是谁起的头,校园里开始流行编手绳。一角钱可以买五根细细的五颜六色的手工编织绳,有塑料的,也有棉线的,粗细跟笔尖差不多。只是简单的细线绳,同学们却能编出上百种花样来。从一年级到六年级,全校学生都在玩,校园里流行一种东西的时候很疯狂。

　　有一天课间休息时,海兰走出教室,刚好看到班花李傲霜和尉巧芝拿着编织绳坐在教室门外的花园边聚精会神地编织手绳。李傲霜拉着线轴,尉巧芝用另一根绳子上下左右地穿针引线般编织着花形。

海兰看了看一二班教室门口的花园边，也有女生三三两两在编手绳。她十分好奇，就坐在李傲霜旁边看着他们编织。这时候孙俊杰走了过来，他的身边站着张大海、李闻达、杨朔东、杨冠百等人。海兰发现班里这几个同学似乎总是一起出出进进，而孙俊杰总是走在他们中间，手插兜里，俨然一副"老大"的模样。

他一出现准没好事，还没等三个女生反应过来，孙俊杰就一把抢走了她们正在编织的手绳。尉巧芝和李傲霜边追边喊："你这个坏人，快还给我们，还没编完呢！"海兰没有追赶，坐在花园边看着他们围着花园嬉笑追逐着，显然都是在玩。不过她发现，李傲霜追到孙俊杰，抓住他的衣袖时，眼神里流露出一种异乎寻常的东西，跟尉巧芝完全不同。这到底是什么呢？

海兰想了很久，终于在电视剧《红楼梦》里找到了答案，"脉脉含情"，对，就是这个词。她没有多想，觉得小学生其实也有很多情愫，并不是一片空白，喜欢谁，讨厌谁，总是清清楚楚地写在脸上，毫不隐藏。

有一天下课后，海兰正坐在花园边看月季花，李傲霜坐到她旁边说："过几天我要转学走了，我的孪生妹妹会来代替我上课，你到时候帮我好好照顾一下她啊，她叫李傲雪，不过只是为了顶我几天课，所以你们还是叫她李傲霜，别让老师发现就好。"海兰听了觉得有些丈二和尚摸不着头脑，李傲霜为什么要跟她说这个？她俩压根就没交情啊，好奇怪！

次日，李傲霜所说的孪生妹妹真的来了。上课发言说的是普通话，下课跟尉巧芝说的也是普通话。课间操时，海兰刚好站在她的斜后方，她一边做第八套广播体操，一边观察这个孪生妹妹，长得跟李傲霜简直一模一样，不过看起来似乎更好看些。头顶扎了个小丸子，下面的头发散着，看起来很洋气，穿的衣服也好看。关键是，人家说的是标准普通话，所以就感觉很不一样。

自从这个孪生妹妹来了以后，男生女生似乎都开始关注她，下课后一堆人围着她聊天。孙俊杰更不用说，每天跟着这个妹妹玩。海兰越来越感觉这个妹妹有点可疑。她也不知道为什么，就莫名其妙地仔仔细细观察起李傲雪来，从头到脚，每天观察。

半个月后，在下课回家的路上，海兰跟邹书苗说："我感觉这个孪生妹妹有点奇怪，我观察了很久，觉得不像是两个人，而是一个人。"邹书苗听了惊讶不已，说："不会吧，说的话都不一样啊，一个说方言，一个说普通话。"海兰分析说："但是声音和长相是一模一样的。"邹书苗反驳说："不可能吧？难道她自己变个花样，演她妹妹？可是这样感觉也说不通啊。咱们才上小学一年级，谁会有这个脑子，再说演她妹妹，对她自己有什么好处呢？她为什么这样做呢？"

海兰一边思考一边往回走。

次日，阳光很暖和，课间休息时，海兰依旧坐在花园边看花。李傲雪和尉巧芝仍坐在花园边编手绳。这时候，孙俊杰、张大海和李闻达三个人走过来，这次孙俊杰没有嬉皮笑脸，而是一脸严肃，手插在兜里，很酷的样子，从花园边经过时，没有理会海兰或者李傲雪和尉巧芝。

就在海兰看孙俊杰的时候，看到旁边的李傲雪居然也在抬头看孙俊杰。让海兰惊讶的是，那个眼神，就那么匆匆一瞥的眼神，海兰心下立刻断定：这个所谓的孪生妹妹是假的，李傲雪就是李傲霜，李傲霜就是李傲雪，就是一个人！

真是太可笑了，当海兰断定这个事情后，她突然觉得很可笑。什么时候自己化身大侦探家福尔摩斯了，又有点像黑猫警长。不过，发现这个秘密后，她暗自窃喜，却说不清楚为什么。

放学后，她跟一帮小伙伴一起往回走，一路天南海北地聊着。大家一起穿过铁路后，走到了田野边一个安安静静的小土路上。她跟同行的小伙伴说："我发现了咱们班的一个惊天大秘密，你们想知道吗？"

大家不约而同地点点头。

孙云飞说："别卖关子了，赶紧说吧！"

海兰神神秘秘地说："这个秘密就是李傲霜的孪生妹妹其实就是李傲霜本人。"

小伙伴们听了，惊呼不已，纷纷表示："不会吧，这怎么可能呢！"

海兰便讲了讲她这几天的观察、分析和结果。小伙伴们听后七嘴八舌，议论纷纷。

孙云飞率先发言："我觉得可能还真是一个人，我也感觉不像两个人，除了说普通话，打扮的不太一样，走路啥的，没发现不一样。"

梁少峰也附和说:"我也觉得像一个人,明天去了再好好观察下。"

邹若婷说:"这不太可能吧,她一个人演她妹妹有什么意思呢?"

邹书苗说:"这谁知道呢,明天去了咱们看看。"

次日,海兰到了教室,就发现同学们都在窃窃私语,而且很多人都在看李傲霜,包括孙俊杰,真是"好事不出门,坏事传千里"。李傲霜可能已经意识到大家在说什么了,有些局促不安,但是看得出她在努力让自己保持镇静,以免露出马脚。

事后第二天,李傲霜一早逢人就用方言主动打招呼说:"我回来了,我妹妹在咱们班的这段时间,没有给大家添乱吧?"然而,同学们都有一种上当受骗的感觉。虽然也没有失去什么,但是感情上一时接受不了一个人可以这样变戏法一般,把自己变成两个人。

孙俊杰自从知道李傲霜装成自己孪生的妹妹后,就对她有一点儿反感。虽然他也不是一个好学生,但是他真实不做作,他也不喜欢做作的人。没事为什么要装成别人呢?还要装城里人,好像谁不会说普通话一样。对这样的人,他向来嗤之以鼻。

后来,李傲霜多方打听得知这个秘密是海兰首先发现并且说出去的,从此对海兰的讨厌更多了一些。因为孙俊杰的缘故,她本就已经有些讨厌海兰,没想到这件事情居然是她捅出去的,让她现在在班里多么尴尬。她的事情已经成了学校里的笑料,被各个班级的同学传来传去。所以,自从这件事情后,她更将海兰视为眼中钉。然而,她除了讨厌海兰,却也做不出什么伤害她的事情。海兰是班长,深受老师和同学们的喜欢,对人也很友好,她也找不到理由去伤害海兰,只能在心里默默地嫉恨。

李傲霜假扮孪生妹妹本是想吸引孙俊杰的注意,结果却适得其反,孙俊杰离她更远了,为此她感到很苦恼,连她最好的朋友尉巧芝都有些疏远她了。这几天放学后,尉巧芝总跟尉思聪她们同行,她感到自己被孤立了……

她的母亲靳草娥是个苦命的女人,也是个能干的女人。十七八岁的时候,她跟一个男人好上了,由于父母不同意,她与那个男人一起私奔去了四川。后来,那个男人在四川又找了当地的女人,而那时候,她的母亲已经怀了她。从四川回到娘家,家里人嫌她母亲丢人现眼,不予接受,她的母亲就找了另一个男人。

这个男人也是个可怜人，家里父母早逝，只留一处房子，没有别的东西。她的母亲就跟了这个男人，没有嫁妆也没有彩礼，两个人领了结婚证就光明正大地住在了一起。那户院子在他们村的最东边，开了门就是悬崖。悬崖不高，只有十米左右，悬崖下面就是村小学。这个男人就是她的继父李顾青。后来，她的母亲又与她的继父生了一女一子。从此，她有了同母异父的妹妹和弟弟。

因为这样的家庭状况，李傲霜从小就很自卑。她的母亲长得漂亮，她也遗传了母亲的基因。然而，她也知道母亲在村里的名声不好。她的继父又不是亲生父亲，虽然待她也好，但总归是有距离的。她不喜欢学习，上课完全听不进去，下课也不想写作业。她跟她的母亲一样，喜欢美好的事物，漂亮的花朵，长得好看的猫猫狗狗，也包括长得好看的男生和女生，她总会忍不住多看几眼。

假扮孪生妹妹被拆穿的事情对李傲霜的打击并不大，没几天她就缓过来了。毕竟那半个月，她曾风光过，被人关注过。

第五十四章 种地间苗交公粮

交公粮对农民而言，就像小学生交作业，都属于分内事。对于友成而言，交公粮这件事却很坎坷，一年交两次，没有一次是顺顺利利交上去的。

别人家的玉米，在苗长出来以后，都会"间苗"，把十几个一簇的苗，拔除多余的苗，最后剩下一两苗成一簇，间隔一掌宽。这样不仅看起来整整齐齐，稀疏有度，而且有助于增产。友成却跟别的农民不一样，他的种植理念就是"韩信点兵，多多益善"。所以，对于"间苗"，他采取的措施几乎是不作为。别人家"间苗"时，他就去地里面转一圈，看到那簇拥得特别密集的玉米苗，就拔出去几个，剩下的依旧簇拥着，间隔只有半掌。

因此，别人家的玉米地，一眼望去，横平竖直。一个个玉米苗仿佛昂首挺胸、排列整齐的"士兵"，横看成行，竖看成列，井然有序。而友成的玉米地，一眼望去，全是苗，杂乱无章不说，还一簇一簇的。不论村里多少人提醒他："友成，你的玉米苗得拔一拔了，这么密，长不开的。"他都嗤之以鼻，说："没事，密点好，多产多收。"

到了收玉米的时候，别人家的玉米地还能看到点空间，友成家的玉米地已经密不透风了。别人家的玉米秆长得又粗又壮，友成家的玉米秆又细又高。全村种的是同一种玉米种子，别人家的玉米个大厚实，友成家的玉米各个又细又小，就连玉米籽的颗粒都比别人家的小很多。

现实如此残酷，而友成仍旧不认输，仍然觉得自己的种植理念没有错，要的就是多。别人家的玉米棒子、玉米秆子少，但是结出来的玉米籽又大又多。友成一意孤行，偏要靠着又小又多的数量取胜，并且数年如一日。红莲几番劝诫，友成根本不在乎。别人见了棺材就流泪，他是见了棺材也不流泪。

海兰、海珍跟着父母做农活也比别人家辛苦，因为玉米产量相当于别人家的两倍。别人家的玉米地都腾出来了，自己家还在掰玉米。玉米秆多得要拉十几架子车，每一车都沉如千斤，在那潮湿松软的玉米地里拉着十几捆沉重的玉米秆，架子车的车轮都凹陷出两个深深车辙来。一家人年年拼了命地拉玉米，拉完玉米又拉玉米秆。即便如此，友成依然坚持己见。

以前收粮的时候，家家户户需要自己拉着架子车，将晒干的最好的粮食带去大队粮站排队交粮。现在政策变了，每年估摸着粮食收完、晒干的时候，政府的收粮车就来了。

收粮车队伍由一辆拖拉机、一台机械磅秤加三个工作人员组成。一个人负责验收、称重，一个人负责登记、核算，一个人负责装车、开车。他们都穿着靛蓝色的长袖工作服，一般在村里只停留一两天。因此，每逢交粮时，时间紧迫，村民们都十分紧张，拉着架子车一早就来排队。

收粮车到了南河滩村，起先以城门洞口为站点，集中收粮，但城门洞是整个村子的中心，不利于车辆往来。后来，收粮车就挪到了南街东头，老村组长刘广田家门口的那块空地上。

每家每户争先恐后拉着粮食来交粮，在南街上住的人自然是近水楼台先得月。

　　公粮按照人头交，所以友成家很吃亏。因为超生和户口问题，他只种了五个人的地，但他要交六个人的公粮。村里的地五年或十年才变动一次，而海兰出生的时候，因为没有户口，所以没有分到地。海熊出生的前一年，村里刚分完地，又没赶上。因为两次错过分地，导致八年来，他每回交的粮食都比实际分到的土地份额多。村里有那种家里老人去世好几年的，地还被活着的人种着。但像他这样，生一个孩子没有地，再生一个也分不到地的，全村找不到第二户。一想到这个问题，友成更加笃定了自己的做法，因为他吃了太多亏。

　　夏末交小麦，秋末交玉米。别人家的粮食交完以后还有一半余粮。到了友成家，每年几乎都没有余粮，人多地少是根本问题。

　　别人家的粮食顺顺利利就经过了粮站工作人员的检测，入库登记。到了友成家，每次都是抽检不合格，基本是因为粮食太潮湿而不合格。虽然那抽检的工具看上去就是一根小指粗细、长约一米的带钩的铁棒子。验收的人把铁棒子插进粮食袋里，拔出来的时候，铁钩会带出来粮食，验收人就抓几颗粮食用手搓一搓，放进嘴里咬一咬，然后就确定是否合格。看不懂到底是靠什么来确定干湿度的，但无人质疑。

　　友成总有一些小心思，就是潮湿的粮食重一点，这样实际交上去的粮食就会少一些。如果晒得太干，就意味着交上去的粮食多了。他才不傻，所以故意没有晒得那么干。因此，屡次被打回，要求重新晒粮食，过几天再自己拉着架子车去粮站交粮，逾期不交，就要罚款。

　　友成就只好把要上交的粮食再晒一晒，晒到那种差不多可以够到收粮的最低标准，他就不晒了。他始终不愿上交太多粮食，因为他分到的地比别人家少，但家里人多，小时候饿得吃树皮的经历，让他终生难忘，也让他对粮食有着深厚的感情。每每吃饭，他总会吃得干干净净的，哪怕胃里撑得吐酸水，他依旧要吃完，保证碗里一粒饭菜都不剩。偶尔，孩子们吃不完了，他就把孩子们的剩饭全倒进自己的碗里吃。如果还吃不完，他必会放到下一顿，甚至下下顿吃完。总之，他宁肯让饭菜腐烂在自己的肚子里，也不会看着饭菜腐烂在碗里或者垃圾堆里。

　　交公粮的事情，不仅牵扯到农业税的问题，还牵扯到孩子们上学的事情。

　　因为友成耍小聪明,两个女儿三番两次被学校通知回家。只有交了公粮,纳了农业税,才能继续上课。还好这样的事情一年也就一两次。学校也就象征性地让学生回家去,上午回去半天,下午依旧回学校上课,老师们也不好说什么。

第五十五章　和平鸽见婆媳斗

　　虽说远亲不如近邻,但因为贫富差距,近邻却常常不如远亲。红莲家西边的邻居,是黄氏一脉,这个姓氏在村里属于稀有的,掐指算来也没几家,却各个显贵。

　　黄达贵只比友成年长十岁,却高出一个辈分。友成每次见了黄达贵都要喊叔,因此海峰虽然同他的子女年纪相差无几,却要喊他们叔或者姨。

　　黄达贵,瘦高个,脸型方阔,天庭饱满,发际线很高,皮肤比村里一般男人白,常年寸头,耳后别根烟,穿着西裤、白衬衫、黑皮鞋。他有一子两女,两个女儿名唤黄燕格、黄燕云,小儿子唤作黄燕刚。

　　黄燕刚自小就喜欢喂养鸽子,村里还有一个人叫吴浩笃,也喜欢养鸽子。后来,他的儿子吴爱搏长大了,鸽子便成了吴爱搏的独宠。因为共同爱好,黄燕刚便和吴爱搏成了好朋友,加之年纪相仿,因而倍觉亲切。他们时常往来,交流喂养鸽子的心得。

　　起先,黄燕刚只喂养了两三只鸽子,后来不知从哪里飞来了野鸽子,每到喂食的时候,便飞来抢食,黄燕刚心慈,连同野鸽子一起喂养,因而,把原来放在屋檐下的小竹笼换成了大铁丝网笼。为了方便鸽子们飞落,黄达贵还帮儿子把笼子放到门楼顶上去了,说架高了也可以防着黄鼠狼吃鸽子,或者是老鼠们骚扰鸽子。由于鸽子笼架高了,每次上去喂食就要在门楼上搭木梯爬上去。

　　海峰与黄燕刚、吴爱搏两个年岁相当,也喜欢看那温顺、乖巧、可爱的鸽子，更喜欢看鸽子呼啸着展翅翱翔的样子。

海峰六七岁时，还能走路。一次，海峰跟着吴爱搏、黄燕刚爬上了木梯。门楼本就狭小，两米长、一米宽的样子。三个人站上去，自是拥挤不堪。黄达贵的媳妇庞雀儿本就看不起红莲一家人，连同红莲的孩子也不喜欢。她看到三个孩子在屋顶，立时就站在院中大喊大叫，生怕红莲听不到一般："海峰，你快下来，门楼那么小，你们三个怎么挤得下！"

海峰本就因为腿脚不便而自卑，如今被隔壁燕刚婆说了一下，更觉难过，两腿一软，差点从楼房上摔下来。红莲在隔壁做饭，听到庞雀儿说海峰，立刻站在西边土墙豁口处朝庞雀儿家看去，恰好看到海峰险些掉下来的场景。红莲忍不住大叫一声："我的儿！"赶紧跑去了邻家。

彼时，海峰被黄燕刚拉住了胳膊，没有摔下去。海峰站稳后，慢慢从木梯上爬了下去，恰好母亲来接他，就跟着母亲回了家。自此，红莲对庞雀儿就生了厌恶。她愤愤地对友成说："两个孩子，她为什么不喊吴爱搏下梯子，而要喊咱们海峰？这不是看不起人是什么！"友成却说："不就喊了一下嘛，也没摔着，行了行了，别抱怨了。"

那群鸽子时常会在红莲晒麦子或者晒玉米子时前来啄食，还常常停留在晾衣铁丝上小憩，以至于土墙根或者院子里常常留下白色的粪便。原本红莲可以忍受这些，可如今，庞雀儿这般态度，她便感到前所未有的气愤。你们家养的鸽子，拴住了，看好了，有本事别跑我们家来拉屎撒尿。但这些事情、这些话，红莲只能在心里跟自己说一说，抱怨抱怨，还没有勇气跟隔壁那女人争吵。吵架不是她的强项，自从嫁给了友成，她已经惯于忍气吞声了。

海兰上学前，经常去隔壁找黄燕云、黄燕刚玩，但每次去，庞雀儿总沉着个脸，时间久了，海兰也就知趣地不去隔壁玩了。

黄达贵在宝鸡啤酒厂上班。红莲听说，黄叔在厂里步步高升，当了领导，后来，黄家在宝鸡买了房，庞雀儿偶尔便带着孩子去市里住。之后，就很少见到他们了。只有夏收秋种时，一大家人才回来住几天，收种完庄稼就又回城里去了。

事情还要从多年前说起。黄达贵原本有个老母亲黄氏，年纪比友成的母亲还要虚长八九岁。老太太白发苍苍，弯腰驼背，满脸皱纹耷拉在脸上。那黄色的皮肤与褶子如同树皮一般，好似没有洗过脸的样子，但实际上，她每天都坚持用香皂洗脸。

她也是村里为数不多的小脚老太太，连同友成的母亲王氏、刘老太太、君诚他娘，是南河滩村最后一批小脚老太太。因此，这几个老太太时常走动串门，关系都很好。她们的装束也惊人的相似，这大概就是时代留给她们那一代人的烙印吧。

黄氏常年用黑色发网套个小小的发髻扎在脑后，用大小不同的黑色发夹夹住左右散发，显得颇为利落。头发虽已稀疏，却并不剪短发。她时常穿着藏青色或者黑色的斜襟衣服，春夏秋冬莫不如此。脚上穿着黑色绣花鞋，虽是纯黑色，却因为脚尖处绣着绿叶红花而显得极为精致。她常年挂个光溜溜的黄色木拐棍，端个四腿小木凳坐在门口晒暖暖。

比起老一辈人的绣花鞋，到了红莲这一代人，怕已失传大半。那时候的一双鞋，从鞋底到鞋面全都是手工缝制且绣了花的，一双鞋也就显得金贵，如今的鞋子却是再简单不过了。女人的鞋子和男人的鞋子，除了颜色不同，做法没甚两样。女人们也没有时间绣花，全都忙于照顾孩子和下地干活了。

黄达贵家，进门左手边是厨房连着灶房，中间是院子，右手边原是三间土房，后来赚了钱，拆了土房盖了两层红色砖房，上下一共四间砖房。除了孙友德家的砖房外，这应该算得上整个村里第二处砖房了。砖房上下两层一共四间屋子。起先，老太太和老头住在砖房一楼进门左手边的房子里。后来，黄老头去世了，因为婆媳关系不和，吵过几次架，老太太就搬到了灶房里住，那时候已经病恹恹的了。

所谓灶房，并不是厨房，而是紧挨着厨房建造的小房子。在村里，很多人家的房子都是这么修建的。厨房的火道连接着灶房的炕道。因此，冬天的时候，只要厨房烧火，灶房里就十分暖和，也省去了烧炕；夏天的时候，却要用大石头将连接的孔道堵住，即便如此，由于炕台是紧挨着灶台那堵墙砌的，免不了会有温度。因此，这种灶房时常冬暖夏热。黄达贵的母亲就住在这个灶房里，可想而知，夏天得多么受罪。

自从红莲家搬到南街后，也时常去黄氏那里串门聊天。老太太寡言少语，却为人和善，待人亲和，她的儿媳妇庞雀儿却是村里出了名的牙尖嘴利。她长相中等，个子也不高，面黄肌瘦的样子，常年短发齐耳，然而，人家命好，摊上个会赚钱的男人，吃香的，喝辣的，还在城里买了房子。红莲对这个邻居极为羡慕，但对这个邻居的为人嗤之以鼻，素日里也鲜少往来。

黄达贵是个十分孝顺的人。老父亲去世以后，他一直对老母亲照顾有加，然而，媳妇容不下，时常寻衅滋事。他在市里上班，一周才回来一两次。每次回来都嘘寒问暖，还给老母亲买各种好吃的糕点、水果。大概也因此，使得媳妇心生嫉妒。以至于，每每他出门，媳妇就会在家里给他的老母亲摔盘子摔碗。黄氏被气得整日里一句话也懒得说。和她同龄的君诚他娘，拄着拐棍时常来看黄氏。有时候，儿媳妇不给做饭了，红莲和福侠嫂子就会给黄氏端过去一些小米粥或者泮汤糊糊。老太太嘴里没几颗牙齿了，吃不了多少东西，整日里就吃些流食类的东西度日。即使这般，庞雀儿也很少服侍婆婆，都是邻居们过来帮忙照顾老太太。

没多久，黄老太太病逝了，还是君诚他娘和刘老太太一起来看黄老太太的时候才发现的。黄达贵知道后，几乎哭死过去，但他对媳妇也只是责骂几句而已，并不再说什么，更不会像友成对红莲那样破口大骂。他永远都是那副彬彬有礼、温文尔雅的样子，几乎从未见他对谁急赤白脸。

自从婆婆去世后，庞雀儿不敢独自在家里待着了。三个孩子去上学，她就赶紧从家里走出来，不是去地里待着，就是去串门。她总感觉婆婆的鬼魂在家里飘荡，所谓做贼心虚，大抵如此。婆婆活着的时候，她嫌弃她脏，嫌她病恹恹，家里什么活都帮不上忙，还得她来照顾。如今死了，又怕婆婆阴魂不散来报复。

庞雀儿整日里疑神疑鬼，婆婆去世没多久，她就生了一场大病，见人就说家里有鬼，她害怕。黄达贵原本是唯物论者，见到媳妇如此这般，连工作也没法安生去了，就请了假在家陪着媳妇。眼看汤药无治，媳妇危在旦夕，最后只能听从了丈母娘的意见，请来了大仙作法驱鬼。

村里胆子大的男女老少们，忍不住好奇心，为了见识见识大仙做法的阵仗，将黄达贵家围了个水泄不通，就连红莲都没忍住，被咏勤她娘一喊就跟着一起去看了。

后来，黄达贵防止媳妇再次病倒，举家搬到城里住，三个孩子也跟着转学到城里去了。黄燕刚喂养的那一笼鸽子，也只好送了吴爱搏。鸽子之交，便从此断了。

自此，村里只有吴爱搏家喂养鸽子了。

清晨日落时，一群鸽子呼啸着飞起来，飞过南河滩村的房舍，飞过泡桐树的枝头，飞向那一片自由广阔的天空，那是多么美好的画面。同那鸡鸣狗吠下的乡村画面不同，当鸽子飞起时，人们看到的是希望，是和平，是爱与自由。

第五十六章 少年命丧毛退渠

海兰从记事起就玩拍洋片。学前班的时候，她经常和孙云飞、梁少峰、堂弟孙丽鹏，还有孙云飞的堂弟孙少辉、表哥李小强、表弟李小壮一起玩。

记得有一次在海兰家的院子里，他们一起玩拍洋片，战况激烈。海兰很少输，虽然她是女孩子，但她总能把一堆男孩子给赢了。从开始的一张洋片，到最后赢得几十张在手。然而，李小强来的那天，她输了，这是第一个让她输了的人。那天在院子里的树墩上拍洋片，拍到夜幕降临也难分胜负。最后，海兰赢得的所有洋片，都被李小强赢走了。

李小强生于一九八四年，跟海珍同龄，是孙云飞的姑姑孙福侠的大儿子，住在虢镇城里。他的父亲在虢镇东门批发市场做生意，开了个门店，专门批发日用百货。李小强的脸型比较瘦，五官清秀，皮肤黝黑，话不多，做事却有板有眼，聪明懂事，学习好，属于大人们都喜欢的那种小男孩。

李小强虽比海兰年长两岁，但他和孙云飞一个辈分。按理，他要管海兰叫一声"姨"。海兰本以为他会跟孙云飞一样不好意思喊尊称，没想到他每次来海兰家玩，总是很有礼貌地叫她"海兰姨"。

那次，李小强赢了海兰所有的洋片，最后却把全部赢到手的洋片还给了海兰。这件事情让海兰感到震惊，甚至可以说心灵受到触动。因为她从未见过这样既大方又懂事的男生。上天或许也偏爱这种小孩。

八月里的一天，海兰在院子里的大树下正和一群男生玩拍洋片的时候，忽闻噩耗：李小强去世了。海兰听了，眼泪夺眶而出。她万万没想到她的小伙伴会去世，才十岁！一个人怎么可能只活到十岁就去世呢？这是她的年纪所不能接受的事情。

后来，海兰听母亲说，李小强是跟同学一起在他们老家门前的毛退渠游泳时，被水冲走的。他的父母、家族亲戚一起沿着毛退渠往下游寻找，打捞了三天三夜，最后在毛退渠汇入渭河的入口水闸那里，找到了尸体。然而，为时已晚。他的母亲孙福侠为此差点得了失心疯。亲戚们都赶去他们家慰问，海兰也跟着母亲去了。

海兰听母亲说，李小强兄弟二人在城里上学。只有逢年过节或寒暑假才回他们五壹村的老家住几天。出事的当天，福侠姐在店里忙活，福侠姐夫在地里忙活。

当海兰跟着母亲经过毛退渠上的石板桥时，她被渠水的气势给吓住了。这个简易小桥大约十米长，而毛退渠的渠面上宽下窄，那黄沙滚滚的流水卷着许多垃圾从北塬上奔腾而下，气势磅礴，一路向南，通过闸口汇入南边不远处的渭河。

李小强老家在村子边缘，走到小路旁就是他们家。

海兰站在门口就看到一座院落，从前院到后院都是红砖房，这在村里并不多见，与自家的一院土房形成了鲜明对比。但她从未见过李小强有嫌贫爱富的表情，每次小强跟他母亲来南河滩走亲戚，都会来家里玩。因此，海兰更觉得这个小伙伴品质高尚，也更觉失去的伤感。

红莲提了一袋鸡蛋、两把挂面和一盒点心，进门就看到孙福侠躺在大屋的炕上，面无表情地看着天花板。有人进去了也不问。她的母亲也就是福侠嫂子坐在炕边暗自垂泪，来了人就打个招呼倒杯水，然后继续坐在她女儿身边。

海兰看着悲伤欲绝的福侠姐，想到自己的小伙伴，难过得眼泪哗哗直流。

孙福侠那时才三十出头，丧子之痛让她伤心欲绝。她头发散乱，看看天花板，仿佛想到了大儿子的音容笑貌，突然悲怆地号啕大哭起来，一边哭喊着说要去渭河找儿子，一边疯狂跳下炕，要出门。屋里所有亲戚急忙把她按在炕上，她声嘶力竭地挣扎着，疯了一般地哭喊着，哭声响彻了整个院子。海兰被吓得跑出了屋子，福侠姐哭喊时狰狞的样子，还有那凄厉哀绝的声音，让她毛骨悚然，她只好站在院子里等母亲。

　　看着院子里枯萎的月季花，她想，生命是如此脆弱，也是如此无常。不久前，大家还在一起玩洋片，开开心心的，转眼却消失得无影无踪，这让活着的人如何承受。

第四卷

第五十七章 班长班副抄题忙

时间就像飞鸟，掠过了我们的生命树。九月开学，海兰已是小学二年级的学生。

班主任换了新老师，是一个又瘦又高，瓜子脸，圆眼睛，高鼻梁，短发，看起来很干练的中年女人，名叫冯爱虢。

她教学严肃，上课认真，批改作业一丝不苟，平日里也很少跟同学们开玩笑，大家都有点怕她。但她的教学水平全校一流，曾多次荣获县级"优秀教师"的荣誉称号，她既是班主任也是语文老师。

海兰仍是正班长，原来的副班长吕丁成了劳动委员，学习委员则是尉雪妮，而原来的学习委员梁涌文成了副班长。

梁涌文长得麻秆一般，又高又瘦，脸瘦长，眼睛大大的，鼻梁高高的，四方口，嘴唇较薄，唇色略深。大家都说他跟某个武术明星长得特别像。因为个子高，他走路总是猫着腰。或许，他已经习惯了俯下头跟人说话，所以时间长了，不知不觉就有点驼背。

小学二年级的课业明显增加，课程没有那么轻松了。听说冯老师是从虢镇重点小学调过来的，不是本地老师，没有什么顾忌，因而对学生的要求十分严格。除了学校统一配发的练习作业，她还单独买了习题书。每次自习课，她都会让两个班长轮流给大家抄题。

从冯爱虢的角度来说，她想让学生学得更扎实，不至于虚度年华。如果换一个老师，可能会直接让全班同学买练习题。然而，她出身贫苦人家，靠自己努力奋斗才走上今天的岗位，她深知那一二十元对于贫穷家庭来说是雪上加霜。所以，为了给孩子们省点钱，只好如此。她自己花钱买了一本练习册，然后选了几道好题，让班长和副班长两个写字好、学习好的同学，把题抄到黑板上。

海兰是比较喜欢写粉笔字的，因为她有一个梦想，就是当画家，她很喜欢写写画画。梁涌文自幼出生在书香门第，他的爷爷曾是一名私塾老师，他的父亲也曾当过教师，所以他从小就被严加管教。

早晨五点，不论春夏秋冬，严寒酷暑，他的父亲都会叫他起床，带着他和他的妹妹去跑步。在乡村，早起跑步无异于城里人早起喝牛奶咖啡，是一件很有品位的事情。因为在乡村，平时的农活已经够锻炼人了，所以没有人会晨跑。

梁涌文的父亲梁书升却不然，他要让自己的孩子不仅学习好，还要身体棒，这样的父亲着实伟大。试问有几个父亲能坚持每天早晨五点起床呢？为了孩子的成长，这位父亲也付出了很大的心血。晨跑这件事情，因为村里有早起下地干活的人见过他们，所以一传十十传百，全校都知道了。有些同学很羡慕他有这样的父亲，有的则为他喊累。不管怎样，梁涌文已经习惯了早起。习惯成自然，不用闹钟，睡到五点自然就醒，生物钟比闹钟可要厉害千倍万倍。

除了晨跑，梁涌文每天放学回家还要练毛笔字。写不够两页纸，他的父亲是决然不让他出去玩的。他的父亲比班主任更严苛，写不好就要罚站，甚至挨打。据说他的父亲曾经高考以几分之差落榜，所以他把毕生未完成的梦想，都投注在儿子身上，希望儿子能考上名牌大学，方不辱没"书香门第"这四个字。梁涌文本人也属于那种比较听话的孩子，偶尔会有一点儿叛逆，但是他的叛逆在父亲循循善诱的教导下，统统化为乌有。

这一天自习课，冯爱虢拿了习题进来，点名让两位班长来抄题。为了避免那些淘气的学生捣乱，她让表现最差的几个学生，每次自习课都轮流坐在讲桌前。班长抄题时，就把讲桌平移到黑板的左前方。当海兰走上讲台，拿着习题书给同学们抄题时，孙俊杰被老师点名坐在讲桌前。他很尴尬，尽管很不情愿，但是面对一个认真严肃的老师，他实在没法调皮捣蛋。海兰也有点尴尬，自己面对着黑板抄题，旁边还坐着一位男同学，这么近距离地盯着。为了方便抄题也为了缓解尴尬，孙俊杰把讲桌端起来，移到了讲台的侧面，这样他只需向右抬头即可看到黑板，向左也能看到同学们。

冯爱虢分配完任务就回自己办公室批作业了。她对两个班长很放心，她不在班上的时候，他们班自习课的秩序总是最好的。流动红旗到了他们班，基本能守好几周，甚至连续一两个月。校长或者教导主任基本每天自习课都会挨个教室来巡查。流动红旗能挂到哪里，就看一个班级的卫生环境和学习状况。

海兰抄题时，一般把黑板分两栏或者三栏，中间画一条竖线作为分界线，方便同学们看清楚。冯老师走了二十多分钟后，教室里调皮捣蛋的同学们终于憋不住了。第一、二排的孙云飞、梁少峰开始悄悄说话了。倒数两排的张大海、尉巧芝也聊了起来，而孙俊杰作为调皮学生的"老大"，怎能不呼应？

海兰抄题时，用眼角余光看到孙俊杰在跟最后一排的张大海远程说话。他们跟演"哑剧"一般，只说话，却不发声，互相猜测对方说的话，因此互相逗乐了。他们一边比画一边"说"，把下面抄题的同学也给逗乐了。李傲霜抄着题，时不时偷偷看几眼孙俊杰，然后脸上泛起笑意。

海兰看到这些行为后，并未立刻数落他们，低头又在黑板上抄了一个填词造句的题。之后，扭头发现他们不但没收敛，闲聊的声音反而越来越大。这时候，海兰转过身，严肃地对旁边的孙俊杰喊了句："这是自习课，请安静一些，一会儿校长该过来了。前两排还有后两排的几位同学，我就不点名批评了，请你们遵守课堂纪律，好好抄题！"

孙俊杰被当众批评，有些恼怒，心想：你比我小两岁呢，还在众人面前教训起我来了！海兰说完，教室里顿时安静了许多。张大海和尉巧芝在后面捂着嘴偷偷乐，笑话他们的"老大"被"欺负"了。海兰才不管这些。

经过半个多小时，海兰将一黑板抄得满满当当全是字，胳膊手腕已酸痛。然后，她坐回自己的座位，拿出本子才开始抄题。同学们七嘴八舌地说："抄完了，换后面的题。"这时，海兰走到第五排梁涌文的座位前说："书给你，这回换你抄题吧，差不多也是抄一黑板，刚好就抄完了。"梁涌文却板着脸说："我写字比较慢，要不还是你抄吧？"海兰没想到这个看起来高大威猛的男同学，干起活来却是这般推三阻四。她不甘示弱地说："刚才班主任说的，让咱俩一起抄，我已经抄完了，轮到你了。"梁涌文一边抄题一边心不在焉地说："没事，你抄得快，你继续抄吧。"海兰心想，我抄了这么久，抄得胳膊酸痛，你就不能体谅体谅，男子汉一点，抄一抄题，让我歇会儿吗？看他如此木讷，海兰没好气地说："我刚抄完，手腕都抬不起了，你赶紧上去抄吧，一会儿都放学了。"梁涌文这才抬头看了看海兰，说："要不这样吧，咱们一起抄。我在黑板左边抄五六题，你在右边抄七八题，这样更快，怎么样？"海兰听了，沉默片刻，无奈地说："好吧，就这样吧，抓紧过来抄吧，同学们都催着呢。"

就这样，梁涌文拿着书在黑板左边抄题，而海兰站在黑板的右边，看一下梁涌文手中的题，心里默背一段，然后在黑板上抄一段。海兰抄完默背的题，往左边看书的时候，梁涌文默契地把书放到黑板中间，都不用海兰说什么，他俩就这样配合着，一个在黑板左边写，一个黑板在右边写。

梁涌文在他父亲的指导下，从小练习楷书，粉笔字写得刚劲有力，十分漂亮，甚至比学校许多老师都写得好。海兰的粉笔字力道显然弱了些，只多了几分清秀，没有梁涌文的字那般飘逸，但看起来也算工整漂亮。左右板书对比下来，颇有点刚柔并济的意思。

孙俊杰坐在讲台旁，看着他俩站在黑板前抄题，心里有点不舒服。他说不出来为什么，就是觉得心里堵得慌。

第五十八章　虢镇东门卖天天

冬天很快就到了，鹅毛大雪飘落的时候，是这冬天里关中平原上最美的时候。站在塬上往下看，屋顶、麦田里、树枝上，白茫茫一片。那种一白到底的感觉，既肃穆，也让整个世界变得更加干净和整洁。

孙友成下岗后自甘堕落了一段时间，被他的父亲骂醒后，开始尝试去找工作。听说虢镇东门的早市边上，有很多人在"卖天天"，他打算去"天天集"转转。

所谓"卖天天"，就是按天结算工资的一种短时用工。东门的早市已经有十多年历史。闲散在家的人，一般早上五六点就站在虢镇东门的十字路口旁，等着包工头或者私人要雇佣劳务的主顾来。有时候刚站一会儿，就有人被叫去干活了，有时候等一天也没人找去做活。

这些主顾大部分都是城里人，也有一些装修公司，还有地多忙不过来、找人干活的农场主。这些主顾过来挑人的时候，主要看眼缘。有的能说会道，就跟着走了。有时候几十个人围上去自我推荐，主顾却一个都不要，最后会选一个安安静静坐在一旁的人去。

这样的劳务市场在城乡接合处比比皆是，不仅在陕西，其他地方也有。不仅现在有，就是古代也有这样的劳务市场。这种地方人员不固定，没有多少人会坚持每天来，每天聚集在一起的，多是陌生人。

一日早起，孙友成戴着棉军帽，穿着绿色的军大衣，骑着自行车去了东门天天集，等待着主顾找他干活。他带了锅盔和咸菜。冬天很冷，天天集上的人也少了很多，不过也有近百人。他属于不会说话的那种人，他带一本书，找个木头或者砖块，铺张报纸坐下来，一边看书一边等。虽然他只是小学毕业，但他从小就喜欢看书，医学、宗教、小说、地理、绘图等统统都看。他看书从来不挑，看到什么就读什么，很随意。

这天，他坐在天天集上，看的是一本《气功》书。书里图文并茂地讲述修习气功的基本要领，颇有点武功秘籍的样子。早年间，他见过一些走街串巷表演气功的人，他们可以隔空打破酒瓶，熄灭蜡烛。友成认为气功是中国民间一种特有的"轻武术"，有点像太极拳，但不是，气功因而才能自立门户，成为一种身心锻炼的方法。他想，既然那些医生术士都治不好儿子的病，不如另辟蹊径，没准可以成功呢。他想，任何事情只要他没有彻底放弃，这件事就没结束。没结束就不是盖棺论定的结果，就还有希望。想到这里，他重燃希望，为了海峰，他要努力学气功。

一天时间，就在他看书的时候，转瞬即逝。等了一天，无人问津。来一个主顾，围上去一堆人，来一个围一个。等他站起来的时候，人家都围了一大圈，他根本没法近前说话。冷了就站起来走几步，跺跺脚，跟旁边的"天天"们聊一会儿；饿了，吃几口锅盔；渴了，喝点水壶里的热水；然后接着等，实在无聊了，再看会儿书。等到下午两三点，人们先后骑着自行车回家去了。他也想骑着自行车回家，但又觉得不好意思。孩子们很快就放假了，过完寒假就要升学，又要花钱。钱！钱！钱！哪里少了它能转。友成心里忧愁苦闷，却又没奈何。他一直等到下午五点多，夜幕快要降临时才骑着自行车回了家。

从天天集到家里，骑自行车得一个小时，下雪天更不敢快，所以到家时都六点多了。红莲已经做好了晚饭，孩子们也放学回来了。他强颜欢笑地跟家人一起吃饭。

红莲问："今天有活儿吗？"

友成心虚地说："有。"

红莲追问："什么活儿？"

友成一时没想好干什么活儿，就说："今天很累了，你就别问了，反正赚了二十元钱。"

红莲一听这话立刻就明白了，没再多问。友成吃完饭就躺下睡了。

海兰和海珍帮母亲在厨房干活，海兰洗锅，海珍洗碗，姐妹俩配合得默契十足。红莲抱着小儿子，看到两个女儿可以帮她分担很多家务活了，心里很高兴，觉得自己的女儿很懂事。

打扫完厨房卫生，海珍和海兰回到大屋，开了灯要写作业，友成却反感地厉声说："写什么写，赶紧关灯睡觉！"海兰反抗道："我们明天一早就要查作业，我是班长，更得完成作业。"友成却不管，直接拉灯绳关了灯，海兰又拉了一下灯绳开了灯。父女俩就这样一个拉灭、一个拉开，几个回合下来，友成怒了，使劲一拽，灯灭了，开关绳也断了。

红莲柔声劝小女儿说："算了，睡吧，明天早晨起早一点再写吧。"海珍很聪明，也很会揣摩别人的心思。她看到父亲的样子，就知道父亲在外面受了窝囊气，如果要对抗下去，肯定没好果子吃，就赶紧上炕睡了。

但是，海兰不肯，她跟她的父亲一样倔。十五瓦的灯泡用不了，还有煤油灯呢。于是，她摸黑去门外屋檐下找来煤油灯点上，然后拿出作业本，坐在凳子上，趴在大木柜上开始写作业。

煤油灯的亮度比电灯泡暗了许多，但也足够照亮书本。她认认真真地写着作业，然而才写了三行字，友成再次勃然大怒："别写了，你一个女孩子家，学什么习？赶紧睡觉吧！"海兰怒道："凭什么女孩子就不能学习？女孩子就不是人吗？你不让我开灯写也就罢了，我点着煤油灯写，你还要怎样？"友成怒回："你这个女娃，人小脾气大。爹给你说，你学再多长大也是无用。赶紧睡吧，点着煤油灯屋里太亮，晃眼睛。"海兰没再争执，她知道父亲有十万个理由和借口，可以说到天亮。她直接端了煤油灯坐到哥哥窗台外面去写作业了。

她穿着棉袄、棉裤、棉鞋，围着围巾，戴着毛线短手套，就这样趴在窗外写作业。偌大的院子里，只有她眼前的这盏煤油灯亮着光，还好是冬季，没有蚊虫围过来。虽然雪没有化，但是夜晚却没有想象中那么冷。没有风，雪在夜里也泛着白光。她的铅笔在作业本上沙沙作响，那声音在雪夜是如此清晰。虽然她胆子小，但是比起没有完成作业挨老师训，不如挑战自己，独自坐在外面写作业。哥哥叫她进屋写。她说："不用了，灯太亮晃眼睛，影响你休息。"然后，趴在窗台默默地写。海峰也没再言语，他了解小妹的脾气。

　　过了一会儿，红莲起床叫小女儿回屋睡觉。海兰说还有一点儿就写完了。红莲无奈，回屋把友成的军大衣拿出来给女儿披在身上，叮嘱她抓紧写，深夜会越来越冷，别冻坏了。

　　妈妈的话如一股暖流在海兰的心头荡漾。有妈妈的爱护，海兰觉得自己学习有了动力，立刻打起精神，快速写作业。

第五十九章 寒窗苦读作业缘

　　因为给同学们在黑板上抄题，抄完之后自己还要再找同学的笔记抄一遍，导致海兰很多次都没法在睡前完成作业，最后只能一个人黑夜趴在自家窗台上写作业。经过上一次的教训，海兰现在很自觉，不用父亲撵她，只要父亲关了灯，她就直接拿了书本，坐到屋外窗台边写作业。虽然手已经起了冻疮，但她还是坚持不懈。她的父亲还是那么执拗，只管埋头睡大觉，不管女儿。从此以后，在海兰眼里，父亲就是一个自私自利的人，不但自私，还蛮不讲理。

　　海兰写着作业，心里埋怨着父亲，看看对门那家，孙云飞常常因为不写作业而被他的妈妈打得鸡飞狗跳。而我们家呢，爹却常常因为我要写作业而打骂我，有这样不可理喻的父亲，真是倒了大霉，说出去都会让人笑掉大牙。

母亲给她买了一角钱一根的"棒棒油",这是跟粉笔一样长短,却比粉笔粗一点的膏状护肤品,专门用来抹手治冻疮。这几天,她一直装在文具盒里带着,下课时就拿出来抹一抹。

今天大课间,由于下雪没有出操,她就拿出棒棒油抹起手来。二年级的她已经坐在教室中间的位置,而孙俊杰因为个子高坐在最后一排。

他看到海兰就过来问:"你拿这个是做什么用的?"

海兰微笑着说:"手起了冻疮,抹点儿会好得快。"

孙俊杰又一副嬉皮笑脸的样子,说:"你看看我的手。"说着便伸出两只手给海兰看。

海兰看了忍不住笑出声来:"你的手也起冻疮了啊,男生不都是血热吗?"

孙俊杰被海兰笑得有点尴尬,说:"我是冷血动物好吧。"

海兰看他有点不高兴了,赶紧说:"手放平了,我给你抹。"

孙俊杰转而笑嘻嘻地说:"这还差不多!"然后乖乖地把手放在桌子上,等待着海兰给他抹。

海兰正要抹,突然觉得不合适,为了避免流言蜚语,就放下棒棒油,说:"你自己来吧,左手抹右手,右手抹左手就好。"

孙俊杰看到她泛红的脸,自己也有些不好意思,就把棒棒油拿到自己的座位上去抹了。抹完拿过来,很冷酷地放在海兰的桌子上,转身回了自己的座位。

下午自习课上,冯爱虢想到管理学生的新招——分学习小组。按座位划分,一共八列,两列为一小组,每组选一个小组长,每个小组长负责监督检查各组的课后作业,还要负责自习课的纪律管理。这样不仅她的工作量一下子减轻了许多,而且可以促进学生们自我管理。

冯爱虢还是按照以往的原则,每组挑选一位学习最好的学生担任小组长。

海兰被任命为第二组小组长,而孙俊杰虽然距离她三排,但是也属于她这个组管理。小组长听命于班长、副班长和班主任。海兰既是班长又兼着小组长。

之后,每一天上课前,海兰都要来得更早。她负责检查第二学习小组十四个人的课后作业,没有写完的就要趴到教室门外的窗台上去写。海兰做起事情来有板有眼,一点儿也不含糊。不论是谁,跟她关系如何,她都铁面无私,该怎么处理就怎么处理,所以,大家对她都有几分忌惮。班主任每天都在本子上统计每个组完成作业的情况,海兰负责的组每次都是完成率最高的。

有一天,海兰检查孙俊杰的作业。他一副冷酷的表情,从书包里拿出本子递给海兰。海兰看到他的作业本跟其他同学的居然不一样,是一个公司的信纸,白纸红道的那种。他写的字硕大而潦草,一个题写一页纸,字都没有写满就写第二页了。这个本子二三十页,都没几页是写满字的。

海兰翻看了半天才检查完。孙俊杰有点不耐烦地说:"检查完了吗?"

"完了,给你!"海兰边说边递给孙俊杰。

"完了,我就扔垃圾桶了。"

"才写了多少页,你就扔,这样写作业太浪费纸了!"

"反正也不是我自己花钱买的,扔了就扔了!"

"对你无语了!"海兰看着孙俊杰说。

孙俊杰才不理会,这种本子在他们家有一大堆。

过了几天,孙俊杰早晨来得早了些,因为他昨晚放学后玩得忘记写作业了,就赶早来学校,看看谁在教室,想借同学的作业抄一下。此时,教室里只有海兰。他放下平日的冷酷架势,走上前去摆出一副嬉皮笑脸的模样,说:"班长,借你的作业抄一下,我昨晚忘记写了。"海兰听后有点诧异,又有点犹豫不决。她挠挠头,半天不说话。孙俊杰又说:"赶紧给我吧,一会儿我写不完作业,老师查起来,你这个小组长怎么混?"海兰听了,没再反驳,就从书包里摸索了半天本子,拿出来给他。孙俊杰拿到作业本,看了一眼,吃了一惊,举起来问:"这,是你的作业本?"

海兰尴尬地点点头。孙俊杰说:"好吧。"然后就拿到自己座位去抄题了。

这是孙俊杰长这么大第一次看到这样的作业本。青色偏暗黄的纸,薄得透亮,边缘不规则,本子最上面是一道白色手工缝线,缝的也不规整,看起来是很笨拙的针脚。封面是影拓的"作业本"三个字,下面划了两道横线,写着"二年级一班,孙海兰"。打开作业本,他惊呆了!在那一页不规则的纸上,是一行行小巧玲珑的字,密密麻麻,跟绣花一般。他简直不敢相信自己的眼睛，居然会有人这样写作业。再仔细看一眼，他发现每页纸都有折痕，字虽然很小，一行行却写得很工整。

孙俊杰这时候才意识到刚才跟她要作业，她为何会犹豫不决了。他又想起来前几天检查作业时，孙海兰说他浪费纸的一幕。跟她一比，他那样确实是浪费。

他快速地抄写作业，抄完后抚平了这个薄薄的小本，然后毕恭毕敬地还给了海兰。海兰看到他那严肃的样子就问："是不是被我的作业本吓到了？"孙俊杰赶快恢复嬉皮笑脸的样子说："没有啦，怎么可能呢，这个本子挺好的，自己缝的吧？挺不错的，我都不会。"海兰也笑嘻嘻地说："真会说话。"孙俊杰又说："对了，我家里堆了好多本子，给你拿几本吧？"海兰说："谢谢，不用了，我这个手工做的本本还有很多。不过你那些用完了要扔掉的作业本，可以给我，课后习题我可以在本子的背面写。"孙俊杰不好意思地抓了抓头发，说："可以，没问题，我明天就给你带过来。"

"好的，非常感谢！"

"不客气。"

因为父亲下岗已经有段时间了，她跟姐姐两个人上学开支很大，弟弟还小，要喝牛奶，所以没钱买作业本。学校发的作业本都不够写正式作业的，课后题都要自己花钱买本子。她很少开口跟母亲要钱买本子，用完学校发的作业本，她都会反过来在背面写课后练习题，这样一个本子就可以用两次。

学校对面有一个造纸厂，她经常会在造纸厂的后门那里捡一些废纸。有时候是薄的，自己拿回家折一折，用刀子裁好，再用针线缝一个作业本。有时候是厚一点的纸，她就拿回家裁成A4纸大小，用铅笔在上面画画。除了造纸厂的废纸，她每天放学回家路上，还要走一段公路，偶尔会有货车经过，掉下来一些包装用的废纸片，她就捡回家，裁裁剪剪，缝成作业本。只是那些废纸大部分都是灰黑色的，材质粗糙，写起字来很费劲，有时候铅笔尖都会被磨断。即便如此，海兰还是坚持捡废纸缝作业本，一个学期算下来，能给家里省很多钱。

海兰心想，这下好了，以后不用再发愁练习本的事了。她虽然有点不好意思，但还是很开心有人愿意把用过的旧本子给她用。其实，新本子她也想要，但是她记得母亲说过的话，"无功不受禄"。拿他用完要扔的本子，心里没负担，做人还是不贪心的好。

第六十章　顽弟损姐画家梦

或许，每个人都有梦想，而梦想却是最遥远的期待。

当母亲反复强调让她以后考大学的时候，海兰意识到唱戏的梦想大概此生无缘了。于是，她开始痴迷于绘画。要说她是什么时候开始喜欢上绘画的，大概是从她看到母亲在鞋垫上描画样开始。同样一根线，可以弯弯曲曲，或正或斜，绕出文字，也可以飞马流星，围出一幅画来，这是一件多么神奇又美妙的事情。

于是，从那时起，她便认认真真地上好每一堂美术课。课外，她还把从马路上捡回来的废纸当作宝贝一般，在那原浆发黄发黑的纸片上画出一幅幅画来，画了爸爸、妈妈、哥哥、姐姐和弟弟，还画各种鸟兽虫鱼。一日日，一页页，她把绘画当成了课后最大的消遣。那是她可以渲染的世界，无论彩色还是灰暗，都由她勾勒，由她主宰，她喜欢这种创造的感觉。

有一天，在放学回家的路上，她又看到一辆大卡车上飘落下来几片皱皱巴巴的纸片，就落在马路对面。于是，她快速看了看马路两边，没有车。她一手扶住自己的书包，快速跑到马路对面，捡起那张又黄又黑、粗糙到连麦草的叶子都可以看到的纸片，却如获珍宝一般。然后，她小心翼翼地把纸卷起来，装进了父亲给她的绿色帆布书包里。就在高兴之际，她忘记了左右看车。当她刚到对面马路边站定，一辆卡车嗖的一声，几乎擦着她的衣服飞驰而过。那一刻，她的头发随风起立，心脏怦怦直跳。如果晚一秒，恐怕就成大卡车的轮下鬼了，太危险了！

这张纸几乎是她冒着生命危险捡回来的，她想，回去得好好画画了。

就这样日积月累，她在深浅不同、大小各异的纸片上，凭着自己的观察和想象，画出了几幅铅笔画。一日晚饭时，她高兴地拿出自己的得意之作给父母看。母亲端着饭看了一眼，说："画的不错，继续努力！"父亲端着一碗红豆稀饭，蹲在屋里电灯泡下的炕头，一边就着菜吃饭，一边漫不经心地说："你呀，学习就学习，画什么画？那是咱们穷人家玩的吗！"

海兰听了，心想："穷人怎么啦？穷人就不能画画了？画画是靠天分的，跟贫富有什么关系？"她实在不能理解父亲的这些谬论。

这时候，两岁半的海熊看到姐姐拿了一张纸在父亲面前晃悠，进门就跑过去，一把夺过那张纸，转头就跑院子里去了。海兰立刻追了出去，海熊正在撕这幅画。海兰跑过去抢，海熊已经把碎片扔到了土院里。海兰气得直接一巴掌打到弟弟的后背上。海熊哭喊着跑进屋里，海兰追进屋里想要打弟弟。

她当着父母的面冲弟弟喊道："我辛辛苦苦画的画，你就这么给我撕掉了，你赔我画！"海熊一副幸灾乐祸的样子，看到窗台上还有一摞姐姐的画，顺势抓起来扔的满屋子都是，抓在手里的就撕扯着。海兰看着自己的画像羽毛般从高高的上空飘落一地，顿时泪流满面。一切已经无法挽回，她拼死捡回来的纸，用尽全力画出来的画，她人生的第二个梦想，就在这一刻，碎裂了！毁灭了！她气得颤抖着痛哭起来，以至于她发疯一般，从地上随手抓起画，不论是否完好，不论是不是她曾经钟爱无比或自鸣得意的力作，统统抛诸脑后，她无法阻挡自己内心的猎豹出没，她疯狂地撕碎了所有的画，一边撕一边流着泪大喊："你这个坏蛋，你要撕，好，我帮你撕！"

友成吃着饭，看到小女儿如此这般，并没有动容，反而镇定自若地说："别打你弟，他还小！"

如果角色互换呢，痛哭流涕的是他的宝贝儿子，恐怕他立刻雷霆大怒，早就一巴掌把她打翻在地了，到底还是重男轻女。海兰听到父亲的话，心里忍不住这样想着。

红莲从厨房闻声而至，刚进屋就看到小儿子飞奔而出，小女儿哭坐在地上撕画，友成还在气定神闲地吃着晚饭。海珍本来在大哥屋里看电视，此刻也赶过来了，却已无力回天。

海兰伤心地失声痛哭，泪如泉涌，哽咽地说："我以后再也不画画了！"

对她而言，伤心的不仅是弟弟撕画，还有父亲对这件事的态度。这个家里，有什么公平可言！她从小梦想着，父亲待她能如弟弟或者姐姐一般，然而，她永远都看不到这一幕。就像曾经有一天，放学路上，她和姐姐一起背着书包，父亲骑着自行车下班往回走，他并没有下车，而是一边骑着自行车，一边问："你俩谁坐自行车？"她俩已经走到村子东边，还有不到一公里就能到家，但因父亲从未接过她们下课放学，这样的待遇实数千载难逢，于是，她们姐妹二人都急切地往父亲的自行车上扑去。

结果，姐姐在父亲晃悠着自行车等她们上车时，率先跳上了自行车后座，而她正要抓着后座，跳上姐姐腾出来的一点儿空位时，父亲却头也不回地加速蹬车了，瞬间把她甩了出去。她跌落在地，眼看着父亲骑着自行车载着姐姐从她的视线里，渐行渐远……

她平生第一次体会到一种似得而复失的空前的失落感，那种近在眼前却抓不住的失落和被亲人遗弃的痛心和失望。她永远都记得父亲头也不回地说："你自己走回家去！"

她觉得自己就像姐姐课本里写的那只"丑小鸭"，处处被人嫌弃。她到底做错了什么，以至于父亲这样不待见她？她绞尽脑汁，苦思冥想，大概就是因为性别吧，她要是个男孩就好了。可姐姐呢，姐姐也是女孩，为什么父亲还是那么喜欢她呢？想到这里，她更加痛苦，有那么一刻，她甚至觉得自己或许不该降临人世，更不该来到这个家。好在有母亲的疼爱和鼓励，她才感觉到人世间还有一些美好和留恋。

第六十一章　课后辅导三人行

自从看到孙海兰的作业本后，孙俊杰心里很震撼，于是，特意将家中书房里的作业本整理了一些，一共七本都给了她。海兰看了很高兴，打开后一看，她有些吃惊，每一个本子都没有用完，二十多页的本子就用了不到一半。写了字的，字如斗大，松松散散，也只有几行。她心想，这家伙真够奢侈的。孙俊杰看到她开心地接受了，也觉得挺高兴。或许，这就是大人们说的"赠人玫瑰，手留余香"的感觉吧。

后来，在放学回家的路上，他一直在想，为什么要给她那些作业本呢？是出于同情、怜悯，还是可怜？还是感谢她给他抹那个棒棒油？他思来想去，自己也没有想明白，到底为什么会帮她。

后来，孙俊杰每用完一个本子，都会在海兰检查作业时递给她，而她也高高兴兴地收下了。但时间久了，她总觉得心里不踏实，因为母亲教导她"滴水之恩，当涌泉相报"。虽然是人家用完要扔掉的作业本，但海兰总觉得欠了他似的。于是，她想，可以给孙俊杰辅导一下功课，以此来报答他。

有一天检查作业时，她一边看孙俊杰的作业题，一边小声说："马上就要期末考试了，你复习得怎么样？需不需要我帮忙？"说完她自己都脸红了，生怕别人听到会说闲言碎语。孙俊杰听到后，先是一愣，然后立刻说："需要需要，太需要了！我学习那么差，你要不救救我，期末考不好，就升不了级了。"由于孙俊杰说的时候没有注意把控音量，他的同桌张大海听到了，立刻问："需要什么？"孙俊杰转头冷冰冰地说："不关你的事！"

海兰检查完作业，把本子递给了孙俊杰。回到座位，她写了个小纸条，趁着下课，海兰转头看到孙俊杰在座位上，于是快速走过去，把小纸条放到他的桌上后就快速走出教室。

孙俊杰打开纸条一看：下课晚点走，给你讲课后题。看完后，他立刻把纸条捏成了纸团，面露微笑。旁边的张大海看到了这一幕，立刻伸出手要把小纸团夺过去。没想到孙俊杰反应灵敏，他没有抓到。张大海再次饿狼扑食般要夺的时候，孙俊杰手里攥着小纸团在空中划了一圈后，直接把纸团放到嘴里，然后边嚼边戏谑张大海，说："来啊来啊，来拿啊！"张大海见状，无奈作罢。

上课铃响了，文艺委员肖晶晶起唱："太阳当空照，花儿对我笑，预备起！"大家都在齐声唱歌时，张大海和孙俊杰只是对口型，没有出声。除非老师站在后门，或者老师嫌大家唱歌声音太小，没有隔壁班洪亮，他俩才会放开嗓门跟着唱。

很快下课了，同学们三三两两结伴回家了，最后教室里只剩下海兰和孙俊杰两个人。孙俊杰拿着语文练习册从后面座位走到海兰旁边。

他站着说："今天的练习题，你帮我讲讲吧？"

海兰抬头看了他一眼，说："好啊，你先坐下吧。"

孙俊杰看着海兰，手指着她旁边的座位，用问询的目光似乎在说，他坐在旁边吗？海兰心领神会，用手指了指对面说："你坐我对面吧，错开坐，明白吗？"

孙俊杰白了海兰一眼，但还是乖乖地坐到了海兰的斜前方，态度看起来还挺诚恳。

海兰看他平时趾高气扬，但在她面前还算收敛，于是笑着说："咱们班你也知道，男女同坐的桌上，中间都有一条分界线，不是粉笔画的，就是墨水画的。你看我这桌子上也有呢。"

"好吧，你说让我坐哪就坐哪呗。"

"嗯，这就对了。"

接着，海兰让孙俊杰先自己做题，然后再看答案。挑出来做错的题给他讲为什么错了，课本中对应的位置哪里有答案，以后再遇见类似的问题怎么解决，海兰讲得十分详细。

他们虽然趴在一张桌子上，但是面对面错开坐的，所以海兰说话时，孙俊杰就一直侧脸看着她。讲完了题，孙俊杰用手把自己的头扳正了，就像机器人转头那样。

海兰看了哈哈大笑，孙俊杰却哭笑不得地说："你这个没心没肺的家伙，还笑得出来呢，看我这头都快扳不正了！"

海兰站起来，抑制不住，笑地前仰后合。

如此，辅导功课的事情，断断续续进行着。

有一天，李傲霜下课后也迟迟不走，海兰和孙俊杰两个人一前一后，挤眉弄眼，指指那个李傲霜，等了半个多小时，人家还不走。海兰写了小纸条：要不今天不讲题了，咱们各自回家吧？写好后，她从桌子下面远远地扔给了孙俊杰，没想到，孙俊杰爬到地上捡起来看了看，直接揉成一团，扔到身后的垃圾桶了。接着，他拿了练习题，径直走到海兰跟前，大大方方地就坐下来了。

他俩的小动作，李傲霜看在眼中，没有吱声，继续假装写作业。她想看看他俩到底在搞什么名堂。

孙俊杰坐下后，海兰看了看李傲霜，没有看他们，于是也不管三七二十一就开始按照之前的方法，继续做题、讲题。李傲霜就在距离他们不远的侧面靠墙的那排坐着，不时偷偷地看看他们，发现一切正常，只是讲题而已，于是就收拾东西出去了。

不一会儿，他们做完了所有的课后作业，高高兴兴地关了门窗，背着书包都往回走了。在校门口说再见时，海兰看到孙俊杰身后不远处，李傲霜背着书包站在小卖部门口，吹着泡泡糖，正在看他们。海兰没有多想，转身就往回走了。

说完再见，孙俊杰转身也看到了李傲霜，挥手打了个招呼，就往家走。李傲霜直接走上前来，顺手递给孙俊杰一块大大泡泡糖。她一边嚼着口香糖一边问："你们每天都一起写作业呢？"孙俊杰有些惊讶地说："怎么了？有问题吗？"李傲霜闷闷不乐地说："没什么，随口问问。"边说边踢着脚下的小石子，跟着孙俊杰走着，双手抱臂吹着泡泡，一副心事重重的样子。孙俊杰问："你不回家吗？跟着我干吗？"李傲霜说："我外婆家不是在你们家附近吗，我今天去外婆家。"孙俊杰说："哦，那一起走吧。"

于是，他俩结伴而行，一路上聊了很多有趣的事情，互相都感觉聊得很投缘。不知不觉走到了家门口，孙俊杰要跟李傲霜说再见时，看了一下李傲霜，他平日里没怎么注意观察这个女同学，今日仔细一看，发现她长得的确很漂亮。鹅蛋形的脸，一弯柳叶似的淡淡的眉，一双水灵灵的大眼睛，她站在路那边，显得亭亭玉立。

孙俊杰打量李傲霜时，突然想起了她假扮孪生妹妹的事情。夕阳下，二人相视而笑，说了声再见，各自回家了。

第六十二章 差生进步父母拦

期末考试成绩出来了。孙俊杰拿到成绩单后十分开心，欢呼雀跃。因为他的成绩第一次全部及格，虽然都是六十多分，但对他而言，已是奇迹。因为以往的考试中，他每次都是二三十分，很多次全班倒数第一，但现在，他不是了。

下课后，他开心地跑到海兰跟前说："谢谢你！" 海兰说："有进步就好，说明努力没白费。"海兰的成绩全都一百分，仍然是全班第一。看到海兰的成绩后，孙俊杰显得有些失落。

他回到了自己的座位上，心想，我什么时候可以考一百分，在她面前，这六十多分太丢人了。这时，李傲霜也拿着成绩单走过来了。

"看看我的！"李傲霜一脸不屑地说。

"什么？你才三十多分？"孙俊杰吃惊地问。

"是啊，这有什么，不就是分数嘛？有什么大不了的！"

"是啊，不就是分数嘛，没什么大不了！"孙俊杰也附和道。

李傲霜回了座位，孙俊杰心里顿时感觉平衡多了，终于找到了"知己"。

同桌张大海拿出自己的成绩单放在桌上，用手指着说："看看我的，数学0分，语文8分，厉害吧！"孙俊杰看了，说："不错，兄弟，有长进，今年这'第一名'，不对，这倒数第一名的大旗交给你了！"张大海听后，朝着孙俊杰做了个鬼脸。

回到家，孙俊杰拿出成绩单给他母亲看。

他的母亲叫高贵丽，四方脸，小眼睛，头发有些自来卷，个子很高，身材苗条，很会打扮，面相和善，性格柔和。看到儿子的成绩单，她喜出望外，拉着儿子的手说："俊杰，考得不错啊，比前几年都好，我儿子学习进步了这么多呢，真棒！"这时，孙俊杰的父亲孙多财，一个脸型瘦小、身材瘦小、五官精致的男人坐在沙发上，跷着二郎腿，抽着烟，看着报纸说："考了六十分就算好了，那考一百分的算什么？不要骄傲，再接再厉，好好学。爸不指望你考大学，能考上大专我就谢天谢地了。"

高贵丽接过话说:"你这说的什么话,儿子好不容易考试全及格了,你却说这样的话,就不能好好说几句,鼓励鼓励儿子吗?"

孙多财反驳道:"知子莫若父,我还不知道他啥样吗?得了吧!不给咱丢人就算不错了。"

孙俊杰听了父亲的话,有些生气,拿着成绩单就要出门,结果被他母亲给拉住了。高贵丽说:"别生气了,你爸就这脾气,一会儿吃饭呢,妈妈做了你最喜欢吃的红烧肉。"孙俊杰一听有红烧肉就回了自己的房间。他放下书包,正要玩游戏机时,父亲在客厅问他:"你们班第一名是谁啊?他父母做什么的?"孙俊杰原本不想说话,但他害怕父亲打他,所以,一边玩游戏,一边心不在焉地回答:"第一名是我们班的班长孙海兰,他们家在南河滩村,他父母做什么的我不清楚,只听说她大伯在乡政府上班。"

"他大伯是孙友德,他爸叫孙友成,是不是?"

"好像是吧!"孙俊杰边玩游戏边回答。

"这南河滩村的老孙家,势力庞大,据说他们家祖上是大财东,后来家道中落了。你们同学的父亲我听说过,是老孙头四个儿子里面最没本事的那个老三。他怎么能生出那么聪明的丫头呢,看来他家祖坟要冒青烟了。"

这时,高贵丽围着围裙,端着一盘菜进了客厅,听到了丈夫的话,就接上话说:"你前段时间放学回家比较晚,说是你们班班长给你讲题,是这个孙海兰吗?"

孙俊杰听到母亲在说班长的名字,立刻放下游戏机,走到客厅,高兴地说:"就是她,给我讲了很多题。要不是她,你儿子我这次肯定没法及格,也没法升级了。"

高贵丽说:"那你以后跟人家多学习学习,上课听不懂了多问问人家。"

孙多财立刻说:"错!以后不要跟这个女孩来往。乡政府重建时,你老爸我去竞标,给他大伯孙友德送礼,他大伯不但没收礼,还把我刷掉了,一点儿都不顾念同姓氏的情分,这事得记在他们孙家的头上。这女孩他们家太穷了,不适合跟你一起玩。"

孙多财从沙发上站起来,指着儿子的鼻子,郑重其事地说:"记住了，以后你不懂的问题，直接问你们老师。放学了就往家走，不要再让人家给你辅导作业了，听见了没有！"

孙多财从一个小包工头起家，善于经营，会赚钱，如今开着一家建筑公司。他与邹树财过去是同学，如今是合作伙伴，偶尔也是竞争对手。两家的孩子年纪相仿，如今还在一个班。

孙俊杰听到父亲的话，吓得只管说："知道了，不去就是了。"高贵丽没敢多话，回厨房继续做饭去了。

当整个尉堡村的房子是土木结构时，孙俊杰家已经盖了砖房。当别人家都要拉风箱烧柴火时，他们家已经在用蜂窝煤做饭了。孙俊杰还有一个妹妹叫孙俊秀，家里只有他们兄妹二人，而其他同学家里都是兄弟姐妹三四个。

孙多财对两个孩子都很宠溺，平时要什么买什么，然而脾气很大，他就是家里的天，只要他一发火，家里的人都要听他的。孙俊杰小时候反抗过，被他父亲打得嗷嗷叫。从此以后，他再也不敢反抗了。

对于班长，孙俊杰也说不上什么好恶，只是觉得大家一起学习很欢乐，很有趣而已。既然父亲不让他们来往，那就不来往了，也没什么大不了的。

第六十三章 飞雪迎冬六畜怕

一九九五年的元旦是农历腊月初一，雪没有跟任何人打招呼，自顾自地纷纷扬扬地飘落下来。关中的雪是绵软的，洁白的，如杨花一般，淡定且从容，不紧不慢地撒满了整个关中平原，仿佛给绿油油的麦子盖了一层白色的棉衣。被雪庇佑的大地，用喜悦的心情接纳了来自天空的赠礼。天空与大地之间，雪与万物之间，无声无息，而又惺惺相惜。

城里的人们看到雪，欢喜了片刻，欢呼着："下雪了。""有雪才叫冬。""可以堆雪人，打雪仗了。"然而，只是片刻的欢愉。等到下班后，城里的人们便开始抱怨了:"哎,下什么雪,快晴了吧,路上多滑。""交通又要堵塞了。""好冷啊,没法穿裙子了……"雪,对于城里人而言,只是三分欣赏,七分惆怅。

村里的人们看到雪,想的是"瑞雪兆丰年""冬天麦盖三层被,来年枕着馒头睡"。他们把手装进衣兜裤兜里,或者戴着棉袖筒,出门去赏雪,听路上踩出来的咯吱咯吱的声响,或者堆个雪人,孩子们一起欢快地打雪仗。雪,对于村里人而言,是三分欢喜,七分踏实,是老天爷在冬天赐予他们的一场风花雪月的浪漫。

雪,继续飘落着,不似燕山雪花那般大如席,却始终不急不躁地飞舞着落到人间。

对于六畜而言,雪的到来意味着冬天的到来,也意味着它们的劫难即将到来,甚至可能是生命的终点。

六畜当中,最难过的大概要数"猪"了。因为马、牛、羊、狗、鸡都具有可持续生存的技能,而猪,吃了睡,睡了吃,对于人类而言,似乎除了吃它的肉,别无用处。马和牛,干的是辛苦活,替人拉车犁地;羊和鸡,一个产奶,一个产蛋,都是人类生存必需品,不到万不得已,很少会有人拿它们开刀,何况鸡还有打鸣叫早的功能;而狗呢,看家护院,忠心耿耿,还能当作宠物养。猪们好吃懒做,平日便把一生的福气都享用完了,到了年底,人类欢喜着要过年的时候,猪便成了首当其冲的第一道菜。

自从红莲嫁到南河滩村,只见过两匹马,还是在南街东头的孙保良家,没几年便被卖了。不知何故,似乎从未见过谁家养牛,养羊的倒是有几家。隔壁的孝宁嫂子便养着一只羊,羊奶自产自销。对面的孙得福家有只大黑狗,此狗性子极烈,只要有陌生人路过,立刻吼破喉咙狂吠一通,不论黑天白夜。有时候,陌生人去孙得福家,大黑狗便会冲过去咬。有一年三十夜里,海兰跟着父亲去给福侠大大拜年时,就被那只大黑狗给咬了一口,幸好穿着厚棉袄,她跑得快,没被咬破皮,但也感受到来自那只狗的尖牙利齿所产生的痛感。

养鸡的人家倒是不少,红莲刚嫁过来时,村里家家户户都养鸡。后来,养鸡的人越来越少。经济宽裕了,人们都开始买鸡蛋吃了。红莲养过三四年鸡，大公鸡身上的毛色很特别，是橙色、墨蓝色以及两者的渐变色。她清晰地记得那只高傲的大公鸡，每天早晨天没亮就打鸣，一年四季，准确无误，比家里的大摆钟还要守时。打鸣，就像是一只公鸡在展现自己的存在感。看到母鸡们产蛋，主人高兴，它呢，只能靠打鸣来赢得主人的赞许吧。

左边两头猪、右边一群鸡的后院秩序，维持了一段时间。每天早晨听着鸡鸣狗叫的声音，乡村的一天便在炊烟袅袅中拉开了序幕。

鸡鸣狗叫的声音就像战场上击鼓吹号的声音，而袅袅炊烟就像那狼烟一般。生活有时候如同打仗，每一天都得打起精神，做好"战斗"的准备。

后来，红莲忙不过来了，没有时间照顾鸡群，而鸡蛋也卖不了多少钱，只好在年底时，把一窝鸡全都卖掉了，换几个钱过年。

到了腊月，家家户户筹备过年的气氛便越来越浓了。

腊月初四的早晨，天刚蒙蒙亮。红莲刚做好了红薯玉米榛子，把绿萝卜切丝凉拌好，便听到划破天际的一声惨叫，紧接着是一串惨叫声。不用看都知道，是有人家在卖猪。红莲被吓得哆嗦了一下，端着饭进了大屋里，友成和孩子们都被惊醒了。

"快起床！去看看谁家卖猪呢，叫猪贩子顺道来看看咱们家的猪。"红莲一边放下碗筷，一边催促着友成起床。

"行，我这就起。"友成一边回答，一边迅速穿衣。孩子们揉揉眼睛继续睡觉。

过了一会儿，红莲听到很多人进门了，赶忙从厨房里走了出来。

友成带着猪贩子进院里了，那人已谢顶，穿着毛蓝色长袍，背着手拿着一个铁弯钩，锋利无比。旁边还跟着一个貌似老板的人，手里拿着一个砖块一般厚的手包。还有村里几个男人前后跟着，门口放着三轮蹦蹦车。

红莲也跟着去了猪圈。两头猪看到十几个人来势汹汹，大概已经有所感应。人的命人知道，猪的命，猪大概也知道。

友成跟猪贩子交头接耳了几句后。红莲听到他们说："成交。"

紧接着，友成打开了猪圈的铁门。一进去，两头猪立刻往猪窝的墙角里钻。穿蓝袍的人，一只手将铁钩藏在身后，跟着友成一起，从墙角把两头猪赶了出来。他们想尽办法捉拿猪，然而临死之际，两头猪奋力抵抗。友成抓了猪尾巴，却没有抓住。猪贩子眼疾手快，就在一头猪慌不择路地瞎窜时，他从背后甩出铁钩，瞬间将铁钩刺进了猪的脖子，猪惨叫一声，趴在了地上，猪血立刻奔涌而出。猪贩子将抓获的猪拖出了猪圈。

另一头猪见状，立刻往猪圈外挤，被门外一众男人喝退，就在它要折回猪窝时，被友成伸手提起了一条猪后腿，紧接着扯住了另一条腿。当猪双蹄离地时，其他人搭了把手，这只猪也被擒获。

两头猪声嘶力竭地嘶吼着，那叫声，惨绝人寰。

红莲在旁边看着，听着，只觉得惊心动魄，不敢再多看一眼那流血的猪。她甚至起了同情心，这毕竟是她辛辛苦苦、一手喂养长大的猪。从两头活泼可爱的小猪崽，到如此庞然大物的两头成年猪。虽然，从一开始她就知道，养猪是为了卖钱，但等到这一刻来临的时候，她却无比伤感。

猪圈外的五六个男人，七手八脚地用绳子将猪手猪脚紧紧捆绑，连拖带拉抬进了蹦蹦车上。与此同时，猪贩子又将铁钩刺进了另一头猪的脖颈处。男人们捆绑好那头猪后，又回来将剩下的这头猪也绑了去。

等到两头猪都进了蹦蹦车的铁栅栏里，貌似老板的人给了友成五张一百元。友成拿了钱，对着天空照了照，纸钞里面有金线，他心想，是真钱，然后满意地收进了他的蓝色中山装口袋里，并扣上扣子。他跟开车的猪贩子摆了摆手，也顺口跟刚才帮忙的男人们说了谢谢。

"你先回去，我还得去给别人家帮忙。"友成跟红莲说完这句话，就跟着人群去了别家。

站在门口，目送那两头猪离去时，红莲的眼泪莫名跌落下来。她没有想到，自己会因为这两头猪而流眼泪。她不知道该以什么样的心情来面对这两头猪。

她失魂落魄地回到厨房，继续择韭菜。村里不时传来猪们惨叫的声音，那声音，凄楚可怜，哀怨无比……

自此以后，红莲再也没有养过猪。

第六十四章　过了腊八就是年

腊八到了，天未亮，摸着黑，红莲就已起床烧了两壶热开水，又往大铁锅中加了凉水，继续在厨房烧水熬腊八粥。红豆泡了一晚上，水开就跟白米一起下了锅，又加了昨天特地买来的花生米、红枣和葡萄干。至于桂圆、莲子、百合、枸杞都属于贵重食材，就当时的经济条件还吃不起。有这几样熬粥，红莲已经觉得很满意了。

友成起床洗漱后便点了一把香，往大门口的一堆沙土中，土地堂的香炉里，还有房檐下的香炉里，厨房大铁锅上的灶台香炉里，压水井旁的土里，各插了一根香。这几处，分别供着门神、土地公公、天地神、灶神和井王爷。

红莲提醒他每一处上三根香，友成却说："一根代表一心一意，三根是三心二意，并且一根省钱又省事。"红莲不再言语，她知道，友成虽不是教员，肚子里却藏着一堆指教人的话，他小学都没毕业，却时时刻刻想要指教她这个高中生。她总是秀才遇到兵，有理说不清，最后不得不沉默，否则，友成会没完没了地跟她辩论下去。

有句顺口溜，"小孩小孩你别馋，过了腊八就是年"。腊八节的到来意味着过年的序幕拉开了；意味着虢镇街上，摆地摊的开始抢位置卖年货了；意味着妇人们要开始盘算过年的事情了；意味着男人们要开始筹划过年的红包一个包多少，包多少个的问题了；也意味着小孩子们盼着穿新衣戴新帽、吃好吃的、拿压岁钱的日子快来了。

然而，"娃娃爱过年，大人怕花钱"。这不，红莲一边拉着风箱做饭，一边思考着过年的种种工序，愁眉不展。

友成向来心里不挂事，天大的事情似乎也从未入过心。他一贯主张，有钱就过年，没钱就不过年。过啥年？有啥可过的？因此，给神仙们烧过香，他就去了"道场"。

果然，"道场"里已经挤满了人，大部分都是老年人，大家拿着自家的碗都在排队等"道场"里施粥。

友成没有拿碗,他进厨房去帮忙烧火。厨房里好几个老婆子,还有村里几个为数不多的小脚老太太。

道场是什么?在友成看来,这里是公堂断案的地方,谁家媳妇婆子心里苦,有冤无处说,就到这里来说一说,诉一诉。这里也像心灵医院,心情不好时来转一转,走一走,哪怕是上根香,走出院子后,都感觉心情好多了。

这世上哪里有什么神仙爷爷,都是骗人的,还不是自己和自己和解。可他为什么还按时上香,但不磕头?可能是从小受父母影响吧。他的父亲和母亲已茹素多年,那一套,他早都看会了。看会了,就像形成习惯一样,过节不烧香,就好像是对神仙爷爷的不尊重。你把人请回来,不给人吃点东西,就不好意思了。而且,这村里似乎家家户户都供着几位神仙爷爷,大家都供着你不供,好像也说不过去。就像大家都种小麦,你非要种大麦,怕也不合适。人还是随大流,吃得开,走得远,玩得转。

孩子们已经放了寒假,天亮了,还都睡着没有起身。红莲熬好了粥,就开始了一天的忙碌。她洗了脸,抹个雪花膏,然后一手端起脸盆,一手撩拨点水,撒在屋子地面上,紧接着拿起高粱秆扎的笤帚开始扫地。地面是土的,若不洒点水,立时尘土飞扬。扫完地,她又用抹布沾着剩下的半盆洗脸水,擦抹桌椅板凳。

这时候,海珍和海兰终于醒了,看到母亲已经把屋子收拾得干干净净,忙将炕头的棉衣、棉裤塞进热被窝里暖一暖,准备起床。

红莲又到后院柴房里提了一捆已经晒干的土黄色玉米秆,放到大屋房檐下的炕眼门前,她蹲着用手拔开了两个炕眼门,将玉米秆头部的干玉米花折下来一撮,接着将玉米秆塞进去了几根,然后左手捏着干玉米花和火柴盒,右手拿出两根火柴,往火柴盒上快速划了一下,又用火柴点着了干玉米花。她双手像捧着火一般,立刻将火引送进了炕眼里,引燃了其余玉米秆。她立刻站起身,拿起窗台上的小矮凳和大竹扇,开始坐下来煽火。火在扇子的调服下,很快窜到土炕道的里面,紧接着,另一个炕道的玉米秆也被引燃了,因为炕道的中间是贯通的,只有首尾两部分有土墙支撑整个炕面。因此,当左边的火喉窜出炕门时,红莲赶紧用扇子扇了几下,否则,把握不好就会被火燎到头发甚至脸部。海兰有好几次烧炕时,就被火燎了头发。

当整个玉米秆从头到尾全都烧着了以后,火从橙色变成了深红色,红莲拿起两米多长的炕耙伸进炕眼里,捅了捅沉底的柴火,接着将炕眼门塞上,还用脚踹了个结实。炕眼门不大,是友成用边角木料做的,状如书本大小,厚度却如一块发糕,面上钉着扒钉,里面则已烧出了乌黑发亮的焦油。

红莲接着又烧另一边,只轻轻扇了几下扇子,里面的玉米秆就已烧得差不多了,她又用炕耙往炕眼里捅了捅,塞上炕眼门,大屋的炕就算烧完了。

她顾不得烟熏火燎,又接着去给海峰屋烧炕。

海珍和海兰已经被炕烟熏地睁不开眼睛了,赶紧从被窝里拿出暖好的衣服穿戴整齐。海兰打开门,放了会儿烟味。

烧完炕,红莲先给海峰喂了饭,然后才进大屋里开始吃早饭,八宝粥就凉拌红萝卜丝,一家人吃得很开心。

饭后,红莲喊了两个女儿帮忙制作腊八蒜。她洗了小瓷缸,海珍和海兰蹲在厨房地上剥了两大碗蒜瓣,起身淘洗干净后,又将蒜的头尾切干净,放在了案板上。

红莲一边回忆小时候母亲腌制腊八蒜的步骤,一边自己尝试。她将案板上的蒜倒进了瓷缸里,加醋淹没了蒜瓣,然后放了一点儿盐进去,用洗干净的透明塑料袋封了瓷缸口,准备腌制三天后再吃。

午饭,红莲特意做了臊子面,这一天的臊子面叫腊八面,跟过年一样隆重。平日里太忙,村里的女人们通常做的都是简易版臊子面,没有鸡蛋薄饼小切片,也没有木耳。只有逢年过节、红白事、满月酒、生日宴等,才会制作步骤完整、配料完备的标准版臊子面。不仅有猪油做的臊子汤,还有鸡蛋薄饼小切片、煎豆腐切片和木耳等配料。

一家人吃着臊子面,感觉比平日里好吃得多。不知是因为过节气氛的烘托,还是因为加了那些丰富的配料,所以才特别好吃。海兰吃着面,心想,盼望着,盼望着,终于到年根了,总算有过年的气氛和味道了,开心!

第六十五章　城门何来祭灶神

到了年根，时逢三九，最是寒冷。农田仿佛进入沉睡期，就像动物冬眠般，大地一片寂寥。农田里基本没什么活可干，于是，农民们便有了一个充分的修整时期，而这仿佛是上天特意给他们放的寒假。

男人们茶余饭后聚集在城门楼下，开始掀花花。老人们依旧坐在城门口的大槐树下，一边晒暖暖，一边聊着村里的逸闻趣事，抚今追昔，忆苦思甜。小孩们就在旁边可劲地玩着打四角，拍洋片，跳皮筋，打沙包，城门口颇为热闹。

这个小小的土城门，整体看上去土灰色，就像一个年迈的老人，稳稳地坐在南河滩村的中心，凝视着村里的一切动静，有人出生了，有人死去了，它自岿然不动。其实，这个小城门，宽不到十米，高不过六米，一个土城楼而已。上面还接了半高的楼，也是土木结构，有纯木雕花的门和窗。

友成曾听父亲讲："这个城门原本有城墙围绕。城墙的由来也是这个村子的由来。据说清光绪三年（即一八七七年），山西大旱，灾民在清政府的组织下，向周边城市迁徙。其中有十八户人家，大约一百多人，被分配到渭河北岸这一片。祖父孙长清当时只有十几岁，跟着曾祖父孙宝璋和曾祖母还有曾叔父一家，来到了这片土地。除了看到一处高高隆起的沙土城岗，便是一马平川，野草丛生。向北看，距离不远的村子叫太庙村，那里早已人口密集。往南不远，是渭河，水土丰沃。于是，他们便在此处安营扎寨，并给此地起名叫南河滩村。这土岗有点像军事设施，许是'明修栈道，暗度陈仓'时留下的古迹，也未可知。

"十八户人家，你爸爷（意为"曾祖父"）是驻守管理这群难民的官员。他组织难民们自力更生，将城门和城墙略加修补，在城门内盖起了房子。将城门外的野草拔除，开垦了农田。你爸爷可能是四品官员，因此可以住二进四合院。你看咱们家的布局，全村唯一一个二进四合院，有汉白玉雕花题匾的二门，大门口还有一块牌匾，却忘了写的是什么。"

"这个城门就像古代城池那样,后来还曾充当过碉堡。城门原本有一对厚重的大红木门和门闩,也曾保卫过这个村子的安宁。后来,不知是战争原因,还是别的原因,城门的'门'被拆了。因此,只剩下一个没有门扇的土门楼,但它的历史地位在整个村子举足轻重。"

不知不觉中,城门俨然成了南河滩村的中心,村里如有大事发生,村组长要召集开会,就拿个铜钹在这里敲敲打打,村民们会默契地赶来此处集合。城门也是村里的文化中心,村里有丧事,那么哭丧的灵位便会设在这里;若是婚嫁,也必然要从城门前走过。城门也是村里的休闲中心。农闲时间,男女老少聚在这里,玩的玩,聊的聊,做女红的做女红。

友成心想,城门口的这棵大槐树,似乎也很有来头,大约是建村第一天便种下的吧,与山西大槐树遥相呼应。如此算来,也有百年历史。大槐树与这残破的土城楼两两相望,成为整个南河滩村的核心所在。

当男人们、老人们、小孩们在休闲时,女人们依然在忙碌。

过年对男人、老人和小孩而言,是娱乐、放松、休息;对女人而言,反而比平日里更累、更忙。红莲有时候觉得自己像一头驴,绕着家这个磨盘没日没夜地转着,走着,很累很累,却看不到尽头。只是,看到孩子们长高了、懂事了的时候,心里会有喜悦;等到男人干活乏困了,回来骂天骂地的时候,又感觉眼前一片黑,看不到一丝希望。

如果说腊八节是为了告诉人们,要过年了,该重视起来做准备了。那么腊月二十三便是告诉人们,小年到了,大年马上也要到了,倒计时还有七天,要切实行动起来了。那么,腊月初八到腊月二十三这段时间,便属于"过年缓冲期",没完成的事情,需要抓紧完成。然后,到了腊月二十三这一天,关中地区就会"祭灶"。灶王爷都要上天去"述职",总结这一年他所驻守的这户人家的善恶功过,以奏报玉帝,便于公平地分配福、禄、寿给这户人家。

因此,每逢祭灶这天,家家户户都格外重视,要拿献果给灶王爷送行。一方面感谢灶王爷守护了一年,让一家人有饭吃;另一方面也希望灶王爷能"上天言好事,下地降吉祥"。还有说"地上到天上,需要七日期",因此,献果对灶王爷而言,也是他路上吃的干粮。

关中西府地区的献果基本上就是"灶饼"和水果或干果,灶饼是一定要摆的，而水果或干果可有可无。

每逢这天午后，女人们便在厨房里待着，忙忙碌碌开始做灶饼，红莲自是一样。和面，醒面，揉面，她将撕下的一个个面剂子，擀成一张张厚如指肚般的小圆饼，在饼上撒了五香粉、茴香、黑芝麻和盐。又把平日里很少用的木梳子洗干净，倾斜四十五度在面饼上印下一排排匀称的梳齿痕，左右交叉，便形成了类似平行四边形的花纹，简单而美观，一个面饼坯子就这样做成了。饼面上的纹路也常常看心情，主要在于女主人的巧思妙想和设计。为了赶时间，红莲没有多加思考，按她母亲曾经做过的样式，依葫芦画瓢做了出来。

面饼坯子做了一半，红莲就在大铁锅中倒了几滴油，再用油刷子把油刷均匀了。她在围裙上擦擦手，坐在灶台前点火，把晒干的玉米叶子点燃一撮，引燃小木柴，用小火烧着，及至闻到菜籽油的香味了，她立刻擦擦手，将面饼坯子一个个快速放入锅中。她一边照料锅中的饼和锅下的火，一边加速将剩余的面剂子全都做成了面饼坯子。等到第一锅灶饼烤至两面金黄，满屋飘香时，第二锅面饼坯子也制作完成了，依次下锅继续烤……如此，赶在晚饭前，红莲终于做好了一盆灶饼，她十分满意，闻着灶饼的香味，所有的辛苦都似乎被香味冲淡了。

海兰和海珍从外面跳完皮筋回到家，闻到厨房的香味，立刻进门帮着母亲拿碗端盘子，洗苹果，然后把献果装了四个盘子，每个盘中放了三个灶饼，两个苹果。

友成每逢过节，只管点烛焚香，从不管献果的事情。他总觉得"人争一口气，佛争一炷香"。对神仙们而言，香比献果更重要。献果是给人吃的，而神仙们要的是"香"。在红莲看来，很多稀松平常的事情，友成总有一套自圆其说的"歪理"。她也没奈何，因为说不过友成。整个村子，还没有谁能从"道理"上说过友成的。即使他亲爹都说不过，常常气得跳脚，脱了鞋子就甩过去教训友成。

每回家中祭祀，海兰总会端着献果恭恭敬敬地拿给家里的列位神仙，然后鞠躬拜三拜。虽然她只有九岁，却早已对这套礼节了然于心。虽是祭灶，但每次都会将门神、天地神、土地公公，一并供奉。

当香烛燃起，摆好献果，红莲便从屋里拿出一沓黄表纸，纸上印着许多个红色圆圈,圆圈内是一圈又一圈细小的字,红莲从未研究过这个红圈里写的什么,她见福侠嫂子和村里几位小脚老太太烧,说是烧给灶神的盘缠,于是,她也烧。她生怕礼数不周,被灶神怪罪。她还见过她们给灶神烧纸折的金元宝,但那种纸太贵,她没钱买,只好作罢。

烧完黄表纸,她又开始烧米汤做晚饭。泡了一晚上的红豆加玉米珍,熬成一锅粥,再弄个凉拌菠菜加豆芽红萝卜,算得上一顿大餐了。晚饭做好时,香烛差不多燃尽,神仙们大约也吃完了,海兰这才将献果全都收到厨房。

这时候,红莲把大铁锅左侧土墙上贴的纸质灶神像,小心翼翼地撕扯下来,放入锅眼门里,随火烧掉了。

海珍洗完碗筷,递给母亲,红莲左手拿碗,右手拿铝制汤勺盛粥。一勺一碗,只有友成和海峰的碗是绿色的洋瓷碗,其余人都是印花白瓷碗。海兰先给哥哥将粥和菜端了过去,放到窗台晾着,又回到厨房和姐姐一起将其余饭菜端进大屋。

红莲将厨房简单收拾了一下,将刚才给神仙们献过的灶饼热了热,然后放进一个粉红色印着玉兰花的搪瓷盆里,端进了大屋。友成依旧如坐山雕般稳蹲在炕头的十五瓦灯泡下,一边喝着小米粥,一边看着电视剧《倚天屠龙记》,海兰和海珍一边照顾弟弟吃饭,一边也看着电视。

红莲放下灶饼,走进海峰的屋里,给他喂完饭后,才回到大屋里吃饭……

饭后,她在厨房洗碗,想到明天就是腊月二十四了,是大女儿海珍的生日,也是她人生的第二个受难日,遂感慨万千。

第六十六章 米饭蛋糕人鼠战

腊月二十四的生日,用老话说,"岁,有点空",因为一年将尽了。老人们常常将这种岁末出生的时间,用首尾二字加两个生肖名一起描述。因而，海珍出生的时间就是牛头鼠尾。

红莲清楚记得，海珍生下来时是多么瘦弱，只有五斤多，还好她健健康康地活了下来。友成爱大儿子海峰，但当大女儿出生以后，他才深感一个父亲对女儿的疼爱远远超过对儿子的疼爱，仿佛那是与生俱来的偏爱，就像大部分母亲通常偏爱儿子那样，父亲通常偏爱女儿。虽然，他重男轻女，但他依然很爱这个女儿。

生日对每个人都是十分重要的。每逢孩子们生日，红莲总会早起给孩子做一碗带荷包蛋的挂面，意为"长寿面"。中午，她会蒸点米饭并炒盘菜。因为米贵，所以一家人极少吃米饭。

红莲常常在大铁锅里直接放米和水，然后蒸出来一大锅米饭，够吃两顿。偶尔也会在锅底加点水，将一个Y形木叉子横放在锅中，然后，把晒干的高粱秆做成的圆形蒸屉放在木叉上，又将小搪瓷盆里放入洗好的米和相应的水，再将搪瓷盆放在蒸屉上，烧水蒸米饭。

大铁锅后面是小铁锅，一大一小两口铁锅配合得十分默契。大铁锅蒸米饭，小铁锅就用来炒菜。红萝卜切成薄条状，佐之以粉丝、豆芽，炒出来总是喷香喷香的。

海兰和海珍最喜欢吃妈妈做的米饭炒菜，每次都能吃两大碗。

没有电视里的生日蛋糕，海珍也从未奢望过，她知道家里的情况。虢镇城里似乎只看到过一个卖蛋糕的小店。蛋糕之于乡村人，就像广阔空间之于城里人，都是奢侈品。

友成认为，蛋糕是西洋人搞的玩意儿，中国人过生日就要有中国人的样子，吃荷包蛋、长寿面、米饭炒菜就已经很好了。他小时候常常饿肚子，吃糠咽菜，哪里还过什么生日，肚子都填不饱。如今的生活比他小时候已经再好不过了。人得时不时地忆苦思甜，才能感受到什么是幸福。

红莲很注重节日，也很注重每个节日的仪式感，包括生日。虽然无法隆重一些，只能给孩子们做顿好吃的米饭炒菜，一家人围着桌子坐在海峰的屋里，一起吃着饭看着电视，相守相伴，也算是很好的生日了。

午饭后，红莲要开始大扫除了。按说关中地区的大扫除，堪称是腊八节之后的一项重要家务。往年，红莲都是按照习俗在腊月二十三之前除尘扫灰，把屋子收拾得干干净净，然后迎接腊月二十三的小年。

然而，即将不惑之年的她，已经深感力不从心，或许更年期提前了也未可知。她每天有忙不完的事情，四个孩子的吃喝拉撒，还有一大堆家务、农活，她越来越感觉到自己的衰弱无力。以至于今年，她拖到了腊月二十四才开始扫舍。

虽然，今天是她的受难日，理应休息休息，但若休息就没时间扫舍了。每年过年，她最发愁的就是扫舍。

关中地区所谓的"扫舍"，就是对整个屋子、院子进行彻底的清洁和整理，也可称作大扫除。

红莲之所以发愁，是因为大扫除常常需要三天时间才能完成。之所以慢，不是因为房子有多大，而是因为主要由她一个人负责。她的男人向来袖手旁观，仿佛这个家跟他没关系，而她也不是他的媳妇。无论红莲央求多少次，他都无动于衷。最好的一次表现就是去麦场撕个麦草，背个柴，烧个炕，典型的关中懒汉。

三间土房，厨房的面积最小。于是，红莲便在饭后将厨房的一应物什往院子里腾挪。海兰和海珍依旧很懂事，帮着母亲搬东西，拿不了重的，就拿轻的，姐妹俩一边哼唱着歌，一边挪着盆盆罐罐，自得其乐。

红莲每次看到两个女儿懂事的样子，就被感动得眼眶湿润。她常常想，有闺女真好啊，又懂事，又孝顺，又安静。为什么她的男人就喜欢儿子？又费事，又闹腾，年纪大了还得考虑给儿子盖房娶妻，父母老了也很难指望儿子们养老。这世上，不孝的儿子比比皆是，不孝的女儿却寥寥无几。所以，在她看来，养闺女胜过养儿子。

她满心喜欢两个女儿，一个九岁，一个十一岁，就已懂得心疼自己的母亲，不用指教，就知道积极主动干家务，干农活。红莲心想，以后谁要娶了我闺女，那真是积了八辈子的德了。

所有东西被挪出去以后，厨房变得空空荡荡，就剩下一块厚重而硕大的案板和门后的双层木架。由于挪不动，只能留在原地，其余都搬出去了。

当厨房一无所有的时候，院子里已经摆放得像十三花一般。碗筷盆罐，锅铲壶杯，诸如此类。母女三人配合默契，海兰和海珍从后院把木梯子抬进了厨房，红莲戴上夏日农忙时用的草帽，穿上围裙，戴上橡胶手套，将木梯子竖起来靠在厨房的墙壁上，然后登上梯子。海珍扶着梯子，海兰举起大扫帚递给母亲，红莲便开始"扫舍"了。

大扫帚长约两米，由二十多根指头粗细的竹子捆扎而成，这是大自然赐给人类的清洁工具，十分简单，却极为好用。扫地、扬麦、扫舍时，都能用到。一位妇人一年总得用废一两把扫帚，就像文人一年用废几根毛笔那样，都是勤快能干的另一种表述。

能站在案板上够得着的地方，红莲就站在案板上，左左右右，上上下下，将墙壁上的蜘蛛网、灰土全都扫落下来。站在梯子上，她颤颤巍巍举着又大又重的扫帚，将木梁上的土扫了扫。她伸直胳膊将能够着的土墙壁全都清扫了一遍。

扫完了厨房的上半部分，就开始扫下半部分。红莲将两个铁锅用力提了起来，倒扣在厨房地上。又将锅底灰用除草用的小铁铲全部铲掉。当黑灰掉落一地时，她突然感叹："可惜了！"因为锅底灰有很多用处。最后，她将铁锅下的烟道中所有残留的烟灰、木炭和木柴残渣，全部用小笤帚清扫了一番，才将两个铁锅放回原位。

与此同时，海兰和海珍正在院子里捏白土。

那白土，不是一般的土，而是一种天然特殊的土质，是土中的"白玉"。因为比别的土要白，所以土如其名，就叫白土，就像黑土、红土的取名办法一样。

每年扫舍之前，红莲都会让友成去买白土，而卖白土的地方很少，距离最近的在王庄村。一般常见的白土有散状的，还有块状的。为了方便拿回家，友成通常都会买块状的。一块白土的价格抵得上一小瓶油的价格，并不便宜。因此，每逢红莲扫完舍，福侠嫂子或者孝宁嫂子便会来家里找她要剩余的白土。她也十分慷慨，只要有剩余，便会分给她们一些。

清扫完整个厨房，接下来需要用白土抹墙。红莲每次都会在扫舍前，掰出来一大块白土，泡在脸盆中，通常需要半天时间才能将白土从块状泡成粉末状。然后，还需用手搅拌，让水和白土充分融合为一种类似牛奶的乳液状态。

当红莲扫完厨房来到院里时，海兰和海珍已经用手将泡了半天的白土块中未融化成粉末的硬疙瘩给捏成了粉末，又用手搅匀了白土水。红莲将泡好的白土水倒入另一个盆，又提了水桶，将沉淀在盆底的白土小块加满了水，继续泡着。这样的操作需要反复十多次，甚至二十多次，其间，如果白土含量太少，还得反复添加白土，这取决于抹墙的面积大小。

她端起一脸盆白土水进了厨房，拿着抹墙专用的长柄硬毛墙刷子蘸取白土水，开始仔仔细细刷墙。墙刷子的刷头是从镇上买来的，近似大号的无柄马毛刷，刷杆是友成用树枝削出来的木棍。即便是这样一件不起眼的小工具，到了年根，也会有许多村民来友成家借用。仿佛友成家的农具是村里给买的，而不是自己修造及购买的；仿佛看到别人借用工具，自己不借用一下就吃了大亏一般；仿佛友成家是整个村子的免费工具百宝箱一样。任是什么东西，大到架子车、木梯子，小到洗衣粉、油盐酱醋、针线刷子、木钉锯墨，诸如此类，每天都有好些人来借东西，比村里刘小希家新开的小卖部还要忙碌。

人们来友成家借用各种东西，有的还，有的不还。红莲除了忍着，别无他法，她没办法拒绝。因为只要有人来借，友成从不推辞，立刻翻找，甭管是在吃饭，还是马上要入睡。很多东西，即便被人借走用坏了，他也从不说什么；有些农具，即便被人借走不还，他也从不讨回。吃穿用度的花销全由红莲操持，友成赚了钱便给她，没钱便不给，他从不忖度家里有多少钱，能用多久。凡事他必高高挂起，全然不放心上，仿佛他是这个家里的过客，而不是男主人。因此，他活得十分自在，而所有该生的"气"，统统由红莲一人扛下。

红莲一边用白土抹墙，一边想到这些烦心事，心中很不痛快。

她的男人，仿佛是上天派来专门与她作对的一般。她说往东，他永远往西，意见似乎从未达成一致。幸而有两个女儿帮忙，让她感觉到世间温暖，让她觉得自己不再那样无助，否则，她连活下去的希望都看不到了……想到这里时，她看了看厨房门外。

院子里，海珍用玉米芯将压水井出水口下面的花瓣形水泥石槽里的排水孔塞住，海兰用压水杆压了一池子水。然后，两个人开始在水池里清洗厨房里的瓶瓶罐罐和过节要用到的碗碟盆缸。姐妹二人，配合默契。

土房的优点是冬暖夏凉，但缺点也很明显，尘土飞扬。每天都会有无数落土从房而降，落在厨房里的每一件炊具上，落在卧房的每一件家具上，落在房中每个人的身上。还有土房里的常驻小动物——老鼠，白天躲着睡懒觉，晚上精神百倍，打洞窃食，四处啃噬。

偏偏村里的猫儿相对少，只有隔壁孝宁家养了两只猫，间或夜里从房顶跳跃而来，钻入楼上半高的矮房中，与那一窝老鼠，玩起经典游戏——猫捉老鼠，这千年宿敌，怎生化解？于是，无数个夜里，尤其是三更半夜，便能听到猫与老鼠殊死搏斗的嘶吼声，还能感觉到天花板震动而掉落下来的土疙瘩砸到脸上。甚至偶尔，老鼠也会偷偷溜到土炕上，钻进人的被窝里，却不知是冷，还是想寻求人的温存。

曾经有一年冬天夜里，两只老鼠不知怎的起了架，激战许久，僵持不下，居然从房中距离土炕最远的天花板那的老鼠洞掉了下来，可谓"自己挖坑自己跳"。友成竖起耳朵听了许久，没有开灯，预备好的打鼠棍已悄悄攥在手中，只听掉落位置，友成立刻抢起棍子，摸黑抽打过去，边打还边用脚踩。睡在窗户这边的海珍立刻拉了灯绳，灯亮了，顿时，两只老鼠从地上窜到炕上，奋力直跑，吓得海兰从炕上跳起，裹紧被子，看都不敢看一眼。红莲和海珍帮着一起满屋子追打老鼠，海熊依旧在梦乡。友成守在门口，生怕老鼠窜出。几番追打，老鼠又叫又跳，试图爬回鼠洞，却不料，老鼠终究没有壁虎的爬墙技能，一着急，脚底下打滑，居然掉到地上，被友成一闷棍打晕过去。另一只老鼠却趁此时机爬到了镜框上，从而轻易就扑回了鼠洞，逃之夭夭。友成迅速提起那只打晕的老鼠尾巴，开了门，即刻抢到土墙外去了。

自人鼠大战以后，许多个深夜，楼顶消停了许多。虽然放在楼顶木仓里的粮食，还是避免不了被啃噬；虽然楼上安放了两个夹鼠板，还放了老鼠药，却依然无法完全消灭老鼠。老鼠的命，仿佛九头鸟或者九尾狐，能起死回生；又如野草一般，"野火烧不尽，春风吹又生"，顽强得惊人，比人的命坚固太多。

友成每逢在土楼上安装夹鼠板时，便会有此感慨。

还好，白日里老鼠相对安分，红莲大扫除时，没有见到半只老鼠。白土水添了一盆又一盆，红莲举着长长的刷子，在土墙上，上上下下、整齐地涂抹着，就像一个粉刷匠。但刷子举得久了，汗流浃背，腰酸背痛。海珍和海兰清洗完所有搬出去的厨具，便进了厨房，替换母亲来刷墙。红莲这才能喘口气，走进卧室，看看熟睡中的小儿子，稍作休息。

当厨房的里面和外面全都刷过两遍白土后，厨房扫舍的任务算是完成了多半，接着便是等待日光的照射，晾晒。这时候，母女三人在厨房里进进出出，看一看扫舍后的成果，闻一闻白土的土香味，海兰甚至忍不住土香的诱惑，抠了门后的一小块白净的墙皮吃进嘴里，顿觉心满意足。

晾晒墙皮的时候，海珍和海兰又开始清洗木质门窗，红莲也再次卷起袖子，投入扫舍的"战斗"中。她烧了一大锅热水，放在大案板上，然后，开始用刷子刷洗两只铁锅乌黑的木锅盖和大案板。海兰将厨房窗户上残留的窗花和白纸屑统统撕掉，又用抹布蘸了热水，擦了一遍又一遍木窗框。海珍则站在木凳上，擦洗厨房木门。

一番擦洗过后，太阳落山了，墙面也基本上晾干了。红莲拉了灯绳，开了电灯。整个厨房在灯光的照亮下，焕然一新。虽然厨房里没装竹棍天花板，一眼便可看到屋子的椽、檩和横梁，以及通往房顶的烟囱孔，却不影响红莲喜欢这个简陋的厨房。或许对于一个家庭主妇而言，厨房才是自己的"主场"。在这里，她可以尽情挥洒自己的创造才华，将自己一生所学的烹饪技术尽情展示，不受任何人的指摘。为了孩子们健康成长，她做饭也有了动力，每日绞尽脑汁、翻着花样给孩子们做好吃的。她一边感叹着，一边将院子里的厨具收进厨房。海兰和海珍依旧认认真真地帮着母亲收拾东西。

及至天黑，友成才回到家中，进门便搓着双手问："饭做好了吗？"

"没有，刚打扫完厨房，你就回来了。"红莲一边烧锅一边冷冷地回答。

"炕烧了没有？"友成闻到土香，看到厨房干净整洁了，立刻意识到了某些问题。

"没有呢！"红莲头也没回，只管拉风箱烧火做饭。

"那我去掐点柴，把炕烧了。"友成说着便往马王庙前南场堆玉米秆的地方走去。

村里主要有四大片堆放柴火的麦场，东边的叫东场，西边的叫西场，南边的叫南场，北边的叫北场。友成家的柴火堆放在东场和南场。东场放麦草，南场放玉米秆，其余人家将柴火堆放在距离自家最近的麦场，以方便日常取柴做饭。

海熊已经哭醒,海珍和海兰开了电视机,在哥哥屋里哄着弟弟一起看动画片《葫芦小金刚》。

友成自觉地烧了炕。当土炕的裂缝里冒出千丝万缕的白烟后,友成便在房檐下喊:"烟来了,快跑!"屋内姐弟三人被烟呛地捂住口鼻,直往门外跑。又怕错过某个镜头,就站在门槛上看一眼屏幕。当浓烟窜满整个房间时,他们不得不跑得更远些。没一会儿,又折回屋里看一眼,接着再次跑远,如此反复数次,直至屋里的浓烟渐渐散去,这才踏踏实实地一起坐在炕边,聚精会神地继续看动画片。

第六十七章 扫舍探箱撕麦草

腊月二十五和二十六这两天,红莲早已规划好,用一天时间扫大屋,另一天时间专门打扫海峰的小屋、柴房及整个屋子的房檐。

厨房与大屋、小屋并靠在一起,南北狭长而东西较窄。厨房建在靠近门的位置,大屋居中,小屋则靠近后院。大屋门开在最右侧,进门可见一个高约一米五的大衣柜,橙色带漆画。紧挨着大衣柜的左边是大木柜,再往里便是土炕,贴着三面墙而盘。

盘炕的手艺近乎失传,村里已经没几个人会盘炕了,只有友成敢自己琢磨自己盘炕。然而,炕墙容易砌,难的是炕道和烟囱,盘不好就会四面漏烟。比如友成家的炕,每次烧炕就跟进了火场一般,屋里满是烟雾,烧炕的这头也是烟雾弥漫。如果遇到逆风,火苗则会瞬间冲出炕道,直将人的头发燎烧,更严重时,甚至烧到脸部。烫手似乎是经常发生的事情,村里的人也习以为常了。

土炕的西头是一扇木框加玻璃的窗户,高度从炕头上一尺处到靠近天花板一尺的地方。炕的东头有一个长木炕凳,专用来放置叠好的被子和枕头。炕凳的上方是一块长木板,一头深嵌在土墙里,另一头则用三根铁丝吊挂在天花板上。长木板上面靠墙摆放了一只枣红色带漆画的大木柜，长约两米，宽、高约一米。大木柜右侧放了一只橘红色带漆画的小木柜。

除了这些，还有许多东西。整个家里，大屋的东西最多，因此扫舍最耗费时间，单是将所有大件小件、零零碎碎的东西搬到院子里就耗费一个多小时的时间。

早饭后，友成照旧出门去遛弯下象棋了。两岁多的海熊去了哥哥屋里玩耍，红莲继续与两个女儿一起大扫除。

海兰摘下门帘、窗帘，与此同时，海珍把枣红色木椅搬了出去，红莲则把炕上所有的被褥、羊毛炕毡子、竹席子，还有席子下面铺的干麦草，统统都清理了出去。海兰和海珍又一起将炕头的长木炕凳抬了出去。

海兰时常想翻一翻架在炕头一米多高的两只红漆描花的大木箱子，那是母亲的嫁妆。

那里有父亲和母亲的诸多宝贝，但父亲总想方设法藏了钥匙。海兰也只能等到父亲开箱子的时候，垫着被子和枕头，站在上面观望箱子里面的"宝贝"。偶尔，父亲兴致来潮，便会一件一件拿出来，一边展示，一边洋洋自得地讲解每件宝贝的来历，之后再整理一番，放回原处。

还记得夏天庙会前大扫除，父亲夜里打开大箱子，取出要用的一块香皂和一条毛巾，接着又从里面拿出一件绿色军大衣，说："这是你爹我退伍时保留下来的唯一一件军大衣。"

大箱子里还有几件旧军服，父亲一直舍不得扔，那是他当兵五年的历史见证，还有几枚发旧的肩章和几枚徽章。一袋白色棉线手套，十几块香皂和十几条毛巾，都是制镜厂发的劳保用品。还有一件黑色呢子大衣，他一直舍不得穿，说是门子里的君诚伯送给他的，那人也当过兵，比他年长几岁。每逢过年，父亲都会把呢子大衣拿出来摸一摸，看一看，就是舍不得穿。

海兰依旧站在两床被子上踮着脚，贴着大木箱的边缘处。她伸手摸到了一支木笛，她让父亲吹，父亲接在手中就熟练地吹了起来，只是一小段，笛声悠扬，声声入耳。海兰用崇拜的眼神看着父亲，没想到父亲还会吹奏乐器。海熊夺过木笛，放在嘴里胡乱吹着。海兰又伸手到木箱中摸出了一本书，书页残缺不全，纸张却是罕见的又黄又薄，上面的字像是用毛笔写的再印刷出来的。书只有一掌见宽，繁体字，还需从上向下、从右向左看，显然是本古籍。海兰拿在手中看了又看，看到书中还有插图，却不甚明白。父亲解释说："这是一本明清戏本，叫《西厢记》。这本书还是从你祖爸爷手里继承下来的古董。"海兰又踮起脚，翻出了十几枚特别的"硬币"，上面写着"中华民国三年造""中华民国八年造"等。"这是你爷爷给我的响元，是民国时期的钱，俗称'袁大头'，又叫银圆。"父亲解释说，说着他拿了一枚放在嘴边吹了一下，又快速放到海兰耳边，"你听，是不是有响声？"海兰竖起耳朵听着，海珍也把耳朵凑过来听，然后一起惊喜地说："有，有，真的有响声。"父亲接着说："这就是响元，有响声的银圆。"海熊跟着捣乱，将响元捏在手里玩耍。

海兰继续踮着脚，翻出了一枚"硬货"。父亲赶紧拿在手里对海兰说："这是在战场上捡到的废弹壳，这个不能跟别人说，你们要保密。"海兰从父亲手中拿了过来，仔细对着灯泡看了看，拇指粗细，铜质，用手掂了掂，还挺重。

大木箱里还有一个黑白棋格的布包袱，母亲拿了出来，打开包袱给他们看。这里面有一盘十几种颜色的彩线，有七八匹红色、白色、灰色、蓝色的布，还有几对黑色柱状两头绣花的枕套、长方形绣花枕套、几双绣花鞋垫和一件绣花红肚兜。母亲说："这件肚兜是你奶奶亲手缝的，送给你哥哥的满月礼物，可惜……"为了免去伤感，母亲没再说下去。

海兰带着好奇心将垫脚的被子挪了挪位置，开始探索小木箱。这只箱子比大木箱体积小一半，一臂见宽，橘红色底漆，上面用黑色的漆，画着喜上眉梢图。打开后，里面放着两本厚厚的相册，是父母年轻时拍的照片。

每次看相册，姐弟三人便抢着看许久。海兰看到年轻时的父亲母亲是那样好看。有父亲穿着军大衣站在天安门前拍的照片；有母亲推着自行车和哥哥拍的照片；有父亲小时候和爷爷奶奶一大家人拍的全家福，爷爷还戴着黑色瓜皮帽，穿着黑色对襟套衫；有母亲、小姨和穿着白大褂、戴着白帽子的外婆在平阳医院门口的合影；有父亲跟制镜厂的同事们在法门寺游玩的照片；有母亲跟一个关系要好的朋友在西安游玩的照片；还有好几张哥哥的照片。虽然大部分都是黑白照片，但看起来依然清晰，而照片里的人也那么清秀好看，竟比彩色照片还要好看。

海兰看照片时突然发现，父母年轻时原来拍了这么多照片，就连哥哥都有许多照片，而她长这么大，只和姐姐拍过一次照。父母自从生了他们姐弟三人后，居然一张合影都没拍过。想到这里，她有些难过。或许正是她的出生连累了父母，连累了这个原本并不贫穷的家。有时候，当她看到父亲偏疼哥哥、姐姐或弟弟的时候，便觉得自己像个多余的。

她没敢再顺着思路想下去，箱子里还有几本书，是母亲的高中课本，还有父亲写的几本记事本，密密麻麻，正面反面都是字。海兰看不懂，翻了翻，就放回了柜中。

大扫除还在继续，海兰从回忆的思绪中挣脱出来，把大木柜上靠墙摆放的收音机、两个水壶、一个茶盒和两个水杯全都拿了出去。

红莲站到大木柜上，将墙面上挂着的五张木框镜画逐一摘下来，递给两个女儿，拿到院中。海兰自告奋勇爬上了大衣柜顶，将挂在墙上的两面大玻璃相框摘了下来，递给母亲，又将大衣柜顶上固定摆放了很多年的棕色木质欧式摆钟和母亲的双层木质雕花的古朴梳妆匣递给姐姐端了出去。

接着，海兰又和姐姐将土炕内侧墙面上钉的画张除去，把那些小画钉一个个放进了梳妆匣的小抽屉里面，又将画张叠放到一起，放进了柴房。边角有褶皱破碎的画张，便依着母亲的叮嘱，直接卷起来扔进了炕眼里。

木椅后面的那块墙面，原本贴的也是画张，后来贴满了海兰的荣誉证书和奖状。每次大扫除，红莲都会小心翼翼地摘下画钉，生怕抠破了奖状。她深知每一张奖状后面，海兰付出了多少辛苦。这面荣誉墙是逢年过节最引人注目的地方，也是红莲最引以为傲的地方。如果说她的男人让她感觉在人前抬不起头的话，那么这面荣誉墙便是她能找到安慰的地方。这面墙不仅让海兰看到了希望，也让她看到了希望。

一间屋子就这样从上到下、由大到小、从里到外清理一番后，仿佛回到了初始状态。

红莲用大扫帚和小笤帚合力将屋里清扫了一遍，接着开始抹白土。她一边抹白土，一边思考着人生种种。

打扫卧房和厨房有什么不同？如果说厨房是柴米油盐酱醋茶，那么卧房便是吃穿住行用。如果说厨房是解决一个人肉体存活的地方，那么卧房便是解决一个人除了吃以外的地方。在这里，有夫妻、父子、母子、父女、母女、兄弟姐妹这些人际关系；有一台收音机和电视机负责人的精神世界，以及与外界的关联；还有一台摆钟，负责人与时间的连接。人们除了睡在这个屋子里，还在这里思考和做梦，而梦是通往未知世界的通道，因此，卧房连接了虚与实，也连接了时间和空间。

海兰与海珍继续在院子里擦洗着木框镜画和玻璃相框。那五面镜画，其中有两面横版的常挂在大木柜顶端靠近天花板的位置，三尺见长，两尺见宽，上面印的是两只灰喜鹊，站在一棵梅花树上的图案，与小木柜上的图案颇为相似，却比小木柜的喜上眉梢图颜色丰富，线条更清晰细腻。横版镜画下面，仅一个铁钉的间隙，紧挂着的是三面竖版镜画。其中两面图案相同，左右对称，一尺半见宽，两尺见长，中上位置都有一个"囍"字，边角下方画的则是一树五颜六色的五瓣花，还有蓝色小鸟站在树上；中间那面镜画最窄，只有一尺见宽，两尺见长，是蓝色、黑色、黄色组成的一幅抽象画。

就是这样几块镜画，点缀了整个卧房，正对着那面荣誉墙，为整个屋子增添了一些文雅之气。这五块镜画，除了中间那块较窄，被画填满外，其余四块，还有空余处可以照人。因此，这些镜画，不仅是装饰品，也是穿衣镜。

海兰每次清洗这些镜画时，总是边擦边触摸镜画。她纳闷，这些凹凸有致的画，是怎样与镜子合二为一的？这么多年都没掉色，既能看画，又能照人。

红莲知道这套镜画是友成所在的制镜厂生产的，但他也说不清楚其中的工艺技术，因为他只负责原料裁切和装卸货物。

天气原本很冷，然而等红莲刷完白土，已经热得满头大汗。她看了看院子里的摆钟，时间已近晌午，海熊从哥哥的房里走出来，站在院子里大喊："妈妈，宝宝饿！"于是，红莲只好洗洗手，先去厨房做饭。

为了赶时间，只能快速做饭。她和好了面，然后迅速擀开，将整个面卷在擀面杖上，再用刀直接在卷着的面上划了一道口，面饼就被切成了五六层长方形的大面片。她接着用刀横在那几层大面片上，贴着擀面杖，切起了小面片，很快就做好了切面片。她切了一半细面片给孩子们吃，又切了一半宽面片给友成吃。至于她自己，哪样剩的多，就吃哪样。

海兰和海珍就像两个小大人一样，一上午时间几乎不用母亲指教就知道自觉地干活，也知道怎么干活，知道清洗完镜画就清洗茶具，擦洗桌椅板凳和收音机、摆钟、梳妆匣等。

清扫画张需要格外小心，海兰和海珍将画张平整地摆放在四方桌上，用半湿的毛巾擦几遍画张正面，等晾干后再反过来将背面的土灰擦掉。有的纸张好，擦几遍后还能重复用；有的纸张太薄软，擦一遍就已皱皱巴巴，没法再挂到墙上去了。因此，只能扔进炕眼内烧了，跟年集的时候另买新的。

饭做好了，而友成也进门了，这么多年，夫妻之间仿佛形成了默契，友成每回都是饭做好才进门，偶有失手。红莲常说他，家道早已中落，却总拿着孙大少爷的架子，拿她当丫鬟使。人到中年，她早已参悟，谁也改变不了谁，凑合着过吧，为了孩子们有个完整的家，她没法走上离婚的路。

大屋在扫舍，友成只好端着一洋瓷碗干拌面片去海峰的小屋里吃，吃完，连碗筷都不送厨房，直接躺在海峰的炕上就睡着了。而海峰吃饭，还得红莲一口一口喂。

海珍和海兰一起照顾弟弟吃完饭，然后才各自吃了饭，接着她们进了厨房，一个洗碗，一个刷锅，将厨房收拾干净。海熊吃完饭，继续在哥哥屋里玩耍、睡觉。

母女三人继续扫舍。上午抹的白土也差不多晾干了。红莲把摘下来的床单、被罩和枕套全都洗了。尽管腊月的水很凉，但井水却没有那么寒气逼人，而是一年四季冬暖夏凉。冬天，压水井压出来的水不是刺骨的冰冷，而是有一点温度的。夏天，地表那么热，就连压水杆都像发烧了一般烫手，但压出来的水却是冰凉甜口的，就跟机井里用水泵抽出来的水差不多。大自然对人类没有那么冷酷，反而，人类自己对自己，冷若冰霜。

海珍背着背篓和海兰一起去了东场的麦场撕麦草。铺炕用的麦草要那种草叶长且干净的，不要那种又黑又短又碎的麦草。床单被罩太大，沾了水更重，她俩洗不了，拧不动，所以只好来撕麦草。

麦草垛还用玉米秆堵着"入口"处，为防止别人家来偷，家家户户都是如此。麦草之于农民，就像蜂窝煤、天然气之于工人，因此，无不谨慎小心的。海珍放下背篓，将掩护麦草的玉米秆抱到旁边，就像打开了麦草垛的"门"一般，然后，姐妹二人开始撕麦草。

　　海兰胆子小，总怕麦草垛里藏着蛇，因此撕得战战兢兢。海珍胆子大，从不害怕蛇鼠之类。不一会儿，一背篓的麦草就撕好了。她们又拿两捆玉米秆堵了"入口"处。偶尔，东街和北街上离麦场近的人家散养的鸡会钻进麦草垛下面，躲在玉米秆后面下蛋。它们总以为能躲过主人的搜查，却没想到，鸡蛋总不翼而飞。不是被主人捡走，便是被邻居或者那些玩躲猫猫的调皮的小男孩们捡走。

　　母鸡们一次次失落，自己下的蛋，还没看到东边的太阳，就莫名失踪了，去寻，却总寻不到。然而，母鸡却神奇地依然能下蛋。下得多了，渐渐也就麻木了，只希望能有一两只蛋孵出来，长得毛茸茸的，让她看看自己孩子的模样。它们却不知，除了留下几只卖钱的鸡崽，下蛋是它们存在的意义和价值，也是它们活下去的唯一途径。它们更不知，如果不下蛋，它们便很快会成为刀下鬼。没有主人养着鸡既不杀也不用下蛋的，除非你会打鸣，但打鸣的公鸡，一只便够了。因此，母鸡的宿命似乎就是下蛋，下蛋，不停地下蛋，下到腹内空空，再也下不了一只蛋为止，最后化为一碗鸡汤。

　　姐妹俩撕了一背篓长长的干麦草。海珍作为姐姐很自觉地将手伸进背篓的两个细竹背带上，而海兰见状，一把抓过来，背到了自己肩上。因为她虽然比姐姐小一岁多，但长得比姐姐高大，看起来更健壮。

　　姐妹俩进门便看到母亲在烧炕，知道这样能让白土抹过的炕面和整个大屋里的土墙面干得更透彻。于是，她们将麦草拿进大屋，倒在炕上。海珍脱了鞋子站在炕上，用手把麦草一点点铺展均匀，而海兰站在炕边协助。土炕上很快就铺了厚厚一层麦草，看起来整整齐齐。这时候，呛人的烟雾已经席卷了整个屋子，她们赶忙跑了出去，就连隔壁小屋里的海熊也被熏了出来。

　　红莲塞上炕眼门，径直走到后院柴房，随手拿起一根短木棍，然后让海珍和海兰把用了很多年的竹席拿到后院拽开，她俩一手拽着席角，一手捂住口鼻。母女三人就在院子里开始给暗黄色发旧的竹席掸土。红莲用短木棍使劲敲打着竹席，尘土顿时从席子中四散逃逸而出，阳光下，看起来十分明显。正面敲打敲打，再反面敲打敲打，等到敲打不出灰尘，就算是干净了。

海珍和海兰把竹席略微卷一卷，抬进了大屋，铺展在刚才铺好的麦草上。这时候，红莲已把羊毛毡上的灰土敲打完了，卷了一下就抱进屋里，铺在竹席上。姐妹二人又将前院挂在尼龙绳上晒好的褥子，用棍子敲打了半天，然后从绳子上取下来，抬进了屋内。红莲接过褥子，铺在了羊毛毡上。海珍从大衣柜中专门放床单被罩的那个木格子里，拿了一套新洗的床单被罩。母女三人拽着粗布床单，铺到了褥子上。这时才算铺完了炕。母女三人看一看，都很满意。从麦草、竹席、羊毛毡、褥子到床单，关中平原的西府地区就是这样讲究，铺炕需要铺五层。虽然比不了弹簧床垫，却都是大自然赐予人类的东西，仅仅这四样——草、竹、羊毛、棉花，就能制造出许许多多的东西来。

铺好炕后，红莲去厨房烧水。海珍把炕头上方半吊着的两只木箱子的表面和木炕边擦了擦，海兰把大衣柜和大木柜擦了擦，接着便开始从外向内拿东西。早晨搬出去的，此刻都得搬回来。海熊跟着满院子进进出出，瞎捣乱，而姐妹俩也没办法，还好他下午睡的时间久，否则没法干活了。

母女三人忙活了半天，终于把大屋内的东西都归位了，然后坐在炕边，高兴地打量着屋里的角角落落，满心欢喜。

这时，海兰感觉手上的冻疮又疼又痒，不觉挠了起来。虽然是用温水擦洗的家具物什，然而寒冬腊月，手早已冻得红肿。海兰看着自己每根手指上冻出来的几个深红色硬疙瘩，有点难过，再看姐姐的手，亦是如此，再看母亲的手，像树皮那样皲裂，手指甲周围的肉，和往年一样都裂开了几条长短不一的肉缝。她知道母亲的脚后跟上，亦是如此。于是，她起身找了小凳子，站在凳子上够到了梳妆匣，拉开小抽屉，拿出了棒棒油，一个塑料纸包裹的白色胶棒一样的东西，涂抹到手背和脚后跟上油乎乎的，却能有效化解冻疮，这算是最便宜的护肤品了。比起外婆用的那种蓝色小圆饼铁盒子的滋润蜜，或是五颜六色花团锦簇的小圆饼铁盒子里的润肤脂，这个包装显然简陋至极，但也只能如此了。

母女三人互相涂抹了手背，海熊也跑进屋里，吵吵着要给他涂抹，海珍抱了弟弟去哥哥屋里玩耍。红莲看看窗外，夜幕降临，赶紧去了厨房做饭，海兰则开始继续整理屋内。

她把大衣柜里的衣服全都抱出来放到了炕上。除了哥哥的衣服，一家五口人的四季衣服全装在这个衣柜里。比起亲戚家的，这个衣柜算是小的，一米五高、一米二宽，竖着三列，左右两门对开，中间的宽门右开。左右两边又分了三个横格，中间的那一列只有上下两层，其中上面一层不放衣服，而是摆了铜制喇叭口状的酒壶、白瓷酒瓶、绿色酒瓶、青花瓷小酒盅、一瓶白糖和一瓶红糖，还有一个绿色酒瓶泡着的肉肠样的东西。家里的烟酒茶糖都储存于此。只有年底时，才能看到红色盒子的白塔山、蓝色盒子的金丝猴，还有好猫烟，父亲平日里常抽的是旱烟末。

每逢磨性山庙会，父亲便会买回旱烟叶，拿回家自己用铁碾子磨成烟末，装进铁质饼干盒内，再买一卷白纸，自己裁剪，自己卷烟。因此，大木柜上，时常摆放着一个装有旱烟末的小铁盒。父亲抽烟随了爷爷的样子，习惯了现吃现卷，只有农忙或出门上班时，父亲才舍得抽成品卷烟。

此柜中常见的是秦川大曲、太白酒和西凤酒，偶尔也能看到西安特曲、秦洋特曲、城固特曲、长安老窖和杜康酒。海兰就把这些瓶瓶罐罐全都拿出来，摆在大木柜上，挨个擦一遍，然后把整个大衣柜里面用抹布仔细擦几遍，再把瓶瓶罐罐放进去。过庙会时接了亲戚的礼当，什么麻花、饼干、糕点、罐头之类，除了放在大木柜内嵌的小柜子里，匀出来的便放进这个大衣柜的固定小格子里。因此，这个衣柜也是海兰和姐姐弟弟最喜欢翻腾的地方。

海兰看了看炕上堆积如山的衣服，感觉好累。还记得很小的时候，每次大扫除过后，都是母亲亲自整理大衣柜，而她就坐在旁边看着。自从有了弟弟，母亲不知怎的也变得懒散了些，于是，她只好代为整理。

她一边叠衣服，一边分类。把父亲母亲的衣服放一格，姐姐和自己的衣服放一格，弟弟的衣服单独放一格，全家人的袜子、手套、围巾集中放一格，再把毛衣、棉袄、棉裤全都铺放在最下面的大格子里。就这样，她一个人认认真真地整理了近一个小时。还把父亲穿破的衣服单独拿出来，放在厚毛衣的上面，等着母亲晚间得空时，缝补缝补。而淘汰出来的几件无法再穿的衣服，就放到袜子那一格，等着母亲拆洗布料，加点棉花做成

"棉袖筒"用来御寒，或者做成鞋底鞋面。总之，一件衣服在他们家，从无扔掉的道理。实在穿不了，就把它打回"原形"，再重新"塑形"。实在无法重塑重生，就把它做成抹布，负责擦抹的清洁工作。

晚饭后，红莲哄着小儿子早早就睡下了，一夜无话。海兰闻着满屋子散发出的淡淡土香，总有一种想吃的冲动。她没敢吃卧房里的，毕竟是土，做人，怎好随意吃土？但其实她已尝过厨房的白土味了，就当是验收自己的扫舍成果吧。就像厨师炒好了菜，自己先尝尝味那样。

她曾见过自家的猪拉稀，母亲用一点白土搅拌在猪食里，猪们吃了以后，真就好了。她想，这世界真是奇特，抹在墙上的土，居然可以药用。还有衣柜里的那瓶用酒泡着的肠子一般肉乎乎的东西，有点可怕，又很神秘，已经放了很多年，父亲说那是他泡的药酒，但也从未见他喝过，而她也没有胆量打开，一探究竟。就在这样乱七八糟的思考中，海兰不知不觉也睡着了……

第六十八章　抹白土忆开木锁

已经腊月二十六了，红莲一早起来为了能早些大扫除就做了速食——泮汤。

水烧开，照例先灌满两壶水，然后加点水继续烧开，再徐徐倒入半碗面粉，一手倒一手快速用汤勺搅拌，又将切碎的菠菜和红萝卜丝倒进去搅拌搅拌，然后烧开，泮汤就做好了，有点像疙瘩汤，却不是。

海兰每次喝泮汤都会加盐、醋和辣椒，还会把炒好的馒头丁放进去一些；如果是夏天，就把炒好的玉米粒放进去拌一拌，又是另一种风味。

冬天似乎是吃泮汤的时节，或许是因为冬天太冷，人们懒得动，吃的太厚重不易消化，于是便发明了这种面糊糊一样的流食，做起来简单，吃着热乎，有利于消化，也不会积食。

饭后，友成主动将海峰抱去厕所，上完厕所，又把他抱进大屋，接着就出门去城门洞下棋。只要下棋的男人们铺开那张楚河汉界的"地摊",掀花花的人立时伺机涌入,蹲在象棋摊旁边,也往地上铺张旧报纸或塑料之类,开始"摆摊"。

城门洞下的面积并不开阔,但被男人们围了几个小摊。下棋的一摊,以老年人居多;掀花花的一摊,以中年人为主;打扑克的一摊,以青年人居多。少年们则不敢造次,只能站在边上嗑着瓜子看一看热闹。小男孩们则手捧着各种吃食,或肉夹馍,或菜夹馍,或花卷,或一角锅盔,或一块绿萝卜,或一袋酸梅粉,或一袋方便面,窜来窜去,一会儿挤在这里看看,一会儿又站到那边去瞧瞧,没个定性。

还有年纪更大一些的,七老八十的老头老太太们,照旧拿个小木凳坐在城门口外的大槐树下晒暖暖,间或看看城门洞下热闹玩耍的晚辈们。偶尔瞅一眼过路的行人,或是目空一切地看看远处,眯缝着眼睛打个盹儿,或回忆过去,或放空一切,享受人生最后的静美时光。

城门洞俨然已经成为人们心中的"休闲广场"。

男人们优哉游哉的时候,正是女人们忙忙碌碌的时候,家家户户无不如此。

红莲饭后继续打扫海峰的房子。进门右手边是一个绿色大木柜,这是友成自制的带合页柜门的工具箱。它的特别之处是侧开门,里面有三层木架,装满了斧头、刀锯、锯条、墨斗、钳子、锤子、锥子、钉子、尺子、瓦刀、水泥刀等,堪称友成的"百宝箱",也堪称南河滩村的"百宝箱"。虽然柴房里已经有一个木制工具箱,但不足以放下他的所有工具。绿箱子一米五长、一米高,合上柜门可以当长凳用,也可以当架子放置一袋袋晒干的粮食。

箱子旁边是一面两米宽、一米高的大木框玻璃窗,窗下便是炕。海峰的炕并不大,只有一米五宽、两米长,紧挨着窗户那面墙而盘,因而光线特别好,但冬冷夏热。友成每次用窗帘给他遮光,用塑料纸蒙在窗外,抵挡寒冬腊月的冷风。

因为这样的布局,所以海峰的炕有两个炕边,空阔处的面积也是炕面大小,原本空无一物,后因楼上的圆形木粮仓被老鼠啃噬得不成样子,友成便把粮仓搬到了海峰的房中。在那块空地上,友成用砖头堆砌了三堵矮墙，又用木板钉了一个大木床，横盖在上面。因此，海峰的炕看起来仿佛加宽了一倍，但一面是炕，一面却是空芯木床。木床板下方足有一米高，友成便将夏秋收获的麦粒和玉米粒装进化肥袋中，扎紧袋口后，一袋袋放入床下存储。

但也没有因此躲过老鼠的追击，只不过去磨面和磨玉米珍子时，方便了许多，只需把床板掀起来便可拿出粮食，再也不用像以前那样支个木梯子，爬到两米多高的漆黑一片的小二楼上，再将粮食从梯子上扛下来，或者用生锈的铁质小吊钩将粮食一袋袋从楼上吊下来。友成常常因为扶不稳粮袋而导致脱钩，粮袋跌落楼下，粮食撒落一地，嵌入土院里的麦粒扫不出来，最后只能放出鸡来啄食干净。

友成在木床上方一米多高的地方，挨着墙吊了一块又宽又长的大木板，堆放家中杂物。比如，洗干净的化肥袋子、破烂不堪已经无法再穿的衣服、合线用的麻绳，还有海峰的四季衣物，全都堆放在此。红莲常常被家务缠得晕头转向，还要照顾一大一小两个儿子，因此无暇收拾。友成是有时间，却懒得整理。海珍嫌脏，懒得动手。因此，几乎每次都是海兰负责清扫整理。

每次清理时，她都会边看电视，边把那架子上的所有东西拽下来，然后分类整理，再重新摆放。不出两三个月，这个拽一下，那个翻一下，就又乱如麻了，海兰就重新翻动整理。虽然海兰长得一点儿也不像父亲，但性格有时却像父亲当兵时那样，爱整洁，爱干净。

红莲每次打扫海峰的小屋时，海兰便会把木板架上的东西全都清理到院中，再把床板掀起来，把床下的"粮仓"清扫一番。

海峰的屋子比大屋小了许多，而无家具陈设，东西相对少，因此打扫起来也十分容易。只有一处比较麻烦，就是他的被褥。他很少吃肉，却不知为何，凡他睡过的床单、被罩、枕套、枕头上全都是油，并且，久而久之，那些床上用品全都变得油光锃亮，仿佛被油渍浸染过一般，用洗衣粉都洗不干净，每次清洗都需浸泡好几个小时。就连海峰的衣服上、头发上也都是油渍，并且有种臭烘烘的味道。红莲常常猜测，这是什么东西？因为日常吃饭，除了辣椒油，就连炒菜用的菜籽油也并不多放。一年到头，吃肉的时候也就过庙会和过年时。说没洗澡也不是，夏天隔几日就会给他洗澡；冬天与她们一样，也是一两个月洗一次。难不成是因为人不能行走时，身体中的油分散发不出去，于是散发到头发、被褥和衣服上？还是别的什么原因？红莲百思不得其解，而友成也没有找到原因。

海峰的屋子，进门就能看到一块四方小木板高高的悬在半空，这是友成专门为海峰安放电视机而钉的板子。刚买电视机那一年，海峰的房中几乎每天人满为患，整个屋子挤满了来看电视的人，福侠嫂子是常客，其他人则是忽来忽不来，而电视机也在大屋和海峰的小屋之间来回转移。这两年买电视机的人多了，来家里看电视的人便相应少了，也因此清净了许多。电视机从海峰的房中搬到了大屋，没几日，友成又给海峰搬了回去。因为电视机的事情，友成不得不在两个屋子的隔墙上穿个电线孔，以方便挪动电线。

东西很快都搬出去了，海兰按着压水杆压了一池子水，然后把哥哥的床单、被罩、枕套全都泡在水池里，又倒了许多白色粉末状的洗衣粉。红色粉末状的洗衣粉已经不时兴了，只有上了年纪的老太太们在用。年轻人都已经用新款的白色粉末状的洗衣粉。洗衣粉仿佛也进入一个快速发展的时期，从原来只有一种到如今的许多种。从红色粉末到白色粉末，有的洗衣粉甚至在白色粉末中掺杂了一些绿色的粉末作为点缀。再后来，在白色粉末中看到了五颜六色的小颗粒点缀，显然比单色颗粒的点缀看起来更色彩缤纷，令人愉悦。

红莲仍旧头戴草帽，身穿旧衣，双臂套上自己缝制的袖套，拿着大扫帚将海峰房中的墙面和天花板全都扫了一遍，接着走出门外，扫了扫三间瓦房的房檐下的灰尘和蛛网。海兰就在屋里拿个小笤帚，将大扫帚扫下来的灰土全都扫到门口，这时，海珍拿了铁簸箕将一堆垃圾兜到厕所那儿，倒进厕坑里。海兰拿起墙刷子便开始给墙面抹白土，海珍帮忙在盆里添水添白土。红莲扫完房檐又将柴房扫了扫。够不到的地方，她只好搬出椅子来站在上面。大扫帚很沉，凭空举着，最是累人，不像扫屋里，好歹可以倚靠墙面，省些力气。

海熊吃完饭，依旧屋里屋外来回乱蹿，毕竟年纪小，红莲让海珍跟着照看。于是，海兰便自然而然成了干活的主力军。母女俩齐心协力，你扫屋外，我刷屋内。之后，红莲去做午饭了，海兰又端了一盆水去擦玻璃窗户,擦木板架子,擦父亲的绿色大工具箱。还好哥哥的玻璃窗格比较简单,都是竖着排列的木条状,里外都好擦,只需上下擦拭,而大屋的窗户是窄木格子拼接的花形,很是复杂,需要一个格子一个格子擦拭,没法连片擦。

在大屋窗户的最上面分布了十个四四方方的木格子,下面又分了三块左右是对称的两木交叉的斜方格,中间是一朵小方格拼接的花。这窗户居然也是父亲年轻时做的。每次看到父亲的"杰作",海兰都会有种引以为荣的骄傲感。虽然父亲懒散,却有着旁人不会的诸多"特异"技能,如此,也算安慰了。

海峰的房间很素净,墙面上没有张贴任何画张之类的东西。海兰曾经试图贴一两张,但哥哥不要,说太乱。哥哥的脾气在某些方面随了父亲,偶尔会很暴烈,但大多数时候是温顺的。他就像一座活火山,不知道什么时候会爆发。

扫舍的这几日,阳光还算和煦,冬日比不了夏阳的温度,却给人暖暖的舒适。饭后,屋里新抹的白土干得差不多了。母女三人又开始往屋里搬东西。土炕依旧是一层一层铺上去,最后换了干净的床单被罩。红莲抱着海峰的腰,海兰和海珍各抬着一条腿,母女三人同心合力将海峰从大屋抱进了他自己的小屋。友成午休后,依旧去了城门洞下棋。

十七岁的海峰已经长成了大小伙。他的身高,如果伸展开身体,已经与友成不相上下了,大约一米七五。除了四肢长得有点畸形,头部和身体都是正常人的样子,体重也不轻。前些年,红莲一个人尚且能抱动,如今长大了,个子高了,体重也增加了,而红莲老了,她一个人是无论如何都无法将海峰从一个屋子挪到另一个屋子,就连抱下床,都可能连她一起被拖倒在地。她也懒得去城门洞叫友成回家,母女三人自力更生,直接把海峰抬回了屋里。

关上所有的门,红莲拿起大扫帚,将整个院子从前到后全都扫了一遍,而海兰用小笤帚将自家的小土门楼,里里外外也扫了扫。

小土门楼开在整个院子的西北角,两米多高,两米多宽。一扇右开旧木门是爷爷四合院里的老物件。漆色不全,木门左边装了一个铁门环,在距离门环左侧一掌宽的门框旁的土墙上,凿了一个长方形的小洞,只够一只手伸进去，木锁的一半就安放在洞中，还是明清时期的那种古木锁，双齿木头钥匙只有一把，因而，每当友成或红莲外出锁了门，海兰回到家，进不去的时候，就会设法将那一尺高的门槛使劲提起来，抽出去，然后从门下爬进院中。即便被孙云飞或者梁少峰看到了，也无所谓。若是海珍遇到这样的情况，她宁肯多走几步路去南滩地找父母取钥匙，也不会钻门槛。她觉得女孩子从门槛位置钻进去，有失体统，被人看到了，会很尴尬。

　　钻门槛已是陈年旧事了。如今海兰长大了，爬到一半脑袋就被卡住了。如果门锁着，她就直接走到南街后面的那条小路，从皂角树旁的矮墙豁口处翻墙而入，她觉得那样很酷。跟孙云飞和梁少峰一起玩耍时，她也从没觉得自己是女孩，平日里与他们就如哥们儿一般。只有过年家族聚会时，孙云飞才会喊她姑姑，临时表现一下亲戚关系。

　　海兰一边打扫门楼，一边回想着往事。想起有一次，她钻门槛时，被门卡住了头，进不去出不来。危险之际，恰好孙云飞路过，问是谁，她听到有人，立刻呼救。孙云飞拉着她的双脚，给她拽了出来。然后，她又让孙云飞去钻门槛开锁，没想到他竟然钻了过去，成功打开了木锁。

　　还有一次，她在家里用门闩将门插上了，孙云飞要进来，她没开门，没想到孙云飞居然找了根树枝，从门缝里将门闩一点点推移开，从而自己开了门。

　　那木锁很复杂，海兰一边擦一边研究。门上安装了两套木锁，一套安装在门与门框的中间位置，相对复杂；另一套安装在门后靠下位置，相对简单。上面的锁负责从外锁门，锁了就成"将军不下马"，只有门锁好了，木钥匙才能拔下来，而下面的锁负责从内锁门，类似木门闩。

　　这个复杂的木门锁被小偷破坏过，后来父亲仿制了一个，海兰从旁看到过。父亲把一个圆柱形的树干，用锯条锯成一块短小的木头，又用斧头削去树皮，砍成方木块，接着用木工刨把方木块抛光，对照旧木锁，又用铅笔在木块上画线，用大小不同的木刻刀，一点点将木屑拱出方木块腹中，最后留下一个迷宫一般的木腹，就做成了木锁的锁体，然后比照这个木锁体，雕刻出了一把木钥匙。木钥匙整体形状类似木簪子，"簪头"那边是凹凸不平的两个木齿。当木钥匙从左侧塞入锁体中，还需像钻迷宫一般旋转,进入另一个狭小空间,卡住木齿后,再一拉木钥匙,锁体与门框的连接才能解除,门才能打开。

因此,开木锁对海珍和海兰而言十分不易。虽然她们用过许多次木钥匙,但每一次都像开新的锁一样,旋转好几次才能打开木锁。父亲因此锁了门以后,间或会把木钥匙藏在门楼左侧的土墙顶。因此,海兰偶尔还需爬树,然后像猴子一般,双腿夹住树干,一手抱住树,一手从旁边够墙头的钥匙。

母亲觉得钥匙放在墙顶并不安全,容易被人发现。因此,但凡她出远门,总会将木钥匙带走。与此同时,孙云飞家的门锁已经换了新式的铜锁,家中人手一把金属钥匙。南街上,只有他们家是单扇侧开的门,其余人家都是双扇对开的门。海兰很羡慕别人家的门,自家的门并不窄,却是单扇。父亲就说,对开的门不安全,很容易被人用铁丝从门缝中间撬开。

海兰每逢过年大扫除的时候,尤为觉得自家门楼是南街上最丑最难看的,对比城门内爷爷家的差太多了。那个门楼,据说建于清代,高有三五米的样子,宽也有三五米。门口还有两个石狮子和两块拴马石。后来全都被毁了,就剩门槛左右两块虎头衔环的石门墩。门很宽,黑色打底,描着红边,单扇侧开。门上有门楣,门楣上画着花鸟人物图。门楼上铺的是青瓦,瓦上长着茂密的瓦松。

海兰一直觉得,瓦松是换牙后,扔到房顶的那些牙齿长成的。老宅的瓦松多,但新宅几乎很少看到瓦松。老人们还说瓦松有止血、治疗创伤的功效。能不能止血她不清楚,只记得有一次爬到房顶拨天线时,顺手拔了一棵瓦松,还摘了叶子放在嘴里嚼过,味道有点咸,肉乎乎的,有点像仙人掌,却比仙人掌水分更饱满。

想到大伯家新盖的门楼,已是由砖瓦砌成。门廊较窄却很长,双扇对开的大红门,十分显眼。门框描边用的是银漆,门上镶嵌着一排排圆形大铁铆钉。两个虎头铁门环镶在门正中,看起来十分威武。二伯家的门是原木色双扇对开,没有大伯家的精致,但看起来也比自家的门气派。

"海兰,扫完门楼了吗?"红莲站在院中喊道。

海兰这才如梦初醒般从自己的回忆中钻了出来。

"打扫完了!"海兰一边回应,一边关门,正好梁少红她娘来挑水,她又将门打开。

"你们扫完舍了?"罗素平一手拿着木扁担,一手拎着两只铁桶的铁攀攀,一边寒暄一边往压水井那走。她熟练地将花瓣水泥槽上的一只装满水的大搪瓷杯端起来,将水倒进压水井里,连续快速地压了好几下,用这一瓷缸水成功引出了井水。然后,她缓慢地匀速压水,很快便将两桶水都压满了。这时,罗素平的大儿子梁义红也进了院子,帮着她母亲,将两桶水用扁担挑了起来,晃晃悠悠地往回走去。

海兰看看院子,打量了半天三间瓦房,外加一间柴房和门楼,全都打扫完毕,心情也随之豁然开朗。干净整洁的环境,真好!

过年过年,感觉年过了一半了。迎接过年最浩大的工程——扫舍,总算告一段落,后面可以好好睡个懒觉,休息一下了。

第六十九章　跟年集识西虢城

大扫除后,红莲马不停蹄地计划去跟年集。腊月二十七一早,红莲在厨房里把几个馒头切成了小丁,炒了半锅馒头丁盛到厨房专用的搪瓷盆里。海兰闻到香味,进了厨房直接抓在手里吃起来,又往碗里加了点开水,放了点盐、醋、辣椒和昨天的剩菜,然后将炒好的馒头丁泡进去,吃汤泡炒馍。这种吃法算得上西府地区特有的泡馍方式。有时候,她会把凉拌绿萝卜丝夹入馒头中,弄成菜夹馍,也是不错。间或用开水煮个鸡蛋,加热水后放点盐、醋、辣椒,便是一碗荷包蛋了,还可以往里加点前一天剩下的臊子菜或者撕几块馒头丁扔到碗里。冬天的早饭,对红莲来说,大体如此了。

饭后,红莲带着海兰去了虢镇,海珍留在家里照顾哥哥和弟弟。虽然海珍很想去赶年集,但她知道赶年集需要拎很多东西,以她瘦弱的身体,确实帮不了多少忙,所以只好留在家里,毕竟弟弟还小,需要人照看。

红莲拿了三个自己缝的布袋,与海兰一起穿过陇海铁路,走到了柏油马路上。这条看似其貌不扬的柏油马路竟是西宝中线。原本，红莲只知道从宝鸡到虢镇、虢镇到平阳的路段是通畅的，脚下这条路从土沙结合，到煤渣铺路，再到铺上柏油，也没几年时间。前不久在电视上看到宝鸡新闻，红莲才知道平阳到蔡家坡之间的路修通了，这也意味着西宝高速公路中段的重要路段——宝蔡（宝鸡到蔡家坡）段修通了。

南河滩村的西边有虢镇火车站，东边有平阳火车站和蔡家坡火车站。虢镇和平阳这两处火车站，曾经有一段时间作为客运，如今都已退居二线，做了货运车站，因而蔡家坡火车站的地位自然而然就上升了。

宝蔡路开通前，短途客运居多，多是宝鸡到虢镇、虢镇到平阳，最远便是宝鸡到平阳。如今，车辆显然增多了，长途客运也增加了。等了十多分钟，过来了一辆中型面包车，母女二人几乎是被售票员连拖带拉拽上去的。车门半天都合不上，车里密密麻麻塞满了人，或坐或站，几乎没有多余的空间，就连司机后面的油箱铁盖上都坐满了人。红莲拉着海兰往后面挤了挤，抓住了旁边座位的靠背孔站着。中年短发女售票员的手中拿着车票夹，有红、黄、绿三种颜色，印着"伍角""壹元""贰元"，走过来说："两个人一块五。"红莲随即从兜里掏出了两元钱递给售票员。售票员在摇摇晃晃的车中，麻利地找零钱，撕车票，然后一起递给了红莲。

收完钱，女售票员又从人堆中挤到了车门口的台阶下，背靠在折叠自动车门上，一手抓着门侧的金属手把。海兰仔细地观察售票员，她斜挎了一个小布包，满脸黄雀斑，又高又瘦，看起来很干练。

汽车驶过每一个村口，都会停下来，哪怕是没人，也会晃荡着暂停几秒。如果有人，女售票员就快速下车，摆动胳膊，边喊边招揽乘客："快点！快点！马上走了！"距离马路边还有十几米，甚至二十多米的人，看到车停了，立刻奔跑着来坐车。也有年纪大的，腿脚不灵便的，只顾慢慢悠悠地走着。这时候，车里的人偶尔会抱怨几句。当中年男司机还在得意又捞了几条"鱼"的时候，却不料，从他的左侧飞速而过一辆客车，这时候，男司机立刻挂了档，瞥了一眼车门，大声喊句："人都上来了吗？"女售票员快速回应："上来了，走吧，走吧。"男司机立刻一脚油门向前追去，车里的人不约而同地向后倾倒，坐着的人紧紧抓住前面的靠背孔；站着的人险些摞成肉饼，忍不住"啊"了一声。这"啊"字，喊得有重有轻，有大有小，有细有粗，有急有缓，就像车内临时组成的大合唱，让人忍俊不禁。

男司机显然已经见怪不怪了，继续踩着油门飞快地向前疾驰，然而，目之所及的乘客，都被前面那辆客车接走了。他面色凝重，行驶到五壹村口时，终于趁着那辆车停下来接乘客的间隙，快速超车而去。这时候，男司机的嘴角和女售票员的脸上，不约而同地露出了微笑。

红莲站着，一边看看左右两旁窗外的风景，一边看看司机和售票员。这一路上的几辆车似乎都处于"赶超"状态。就像水池里的鱼，谁也没法独占一个鱼塘，到处都是竞争。就像这一路的客车，谁的车子也没法独自揽下所有顾客，都得分杯羹给别人。

沿途经过的村子，渐渐地都有了自己的特色，杨沟村有卫生院，太庙村有学校、砖窑和纸厂，尉堡村有肖家泉，五壹村有纸厂，西秦村有酒厂。

然而，南河滩村向西到虢镇，沿着陇海铁路的南边这一大片地，却没有村庄，全都是农田。因此，南河滩村显得比较孤独。别的村子，左邻右舍还是村子，而南河滩村只有东邻是天庙村，南邻渭河，西邻土场窑，北邻陇海铁路。它虽是太庙村下辖的一个村民小组，却因独居铁路以南而像个独立的小村庄。

车停了，红莲的思索暂时搁浅，她自问不是个哲学家，却总喜欢思考一些事情，这点竟和友成不谋而合。这大概也是他们夫妻二人最为共通共鸣的一点了。

海兰已有一年多时间没到过虢镇城了。平日里，学校、家里两点一线，勉强可以再加个平阳医院外婆那儿。因此，下了车，她立即认真地打量起这个镇子。方便面厂首先映入眼帘。海兰心想，这段时间，同学们的小零食已经从伊面换成了方便面，原来厂子就在这里。

海兰跟着母亲继续往前走，边走边看。红莲生怕丢了海兰，紧紧抓住她的手。她常常会想起刘兮兮被人贩子拐卖的事情，因此带着孩子的时候，她时刻保持着警惕。

她一边走一边跟海兰讲："咱们下车这里叫东堡，你看马路对面是小商品批发市场，紧挨着是东门市场，卖各种吃食。"海兰看到路旁有个农村信用合作社。当她们站在十字路口等车时，红莲指了指左手边，说："看南边，那是虢镇渭河大桥，过了桥就是河南（指渭河以南），磻溪镇、天王镇就在那个方向，钓鱼台就在天王镇。"

绿灯亮起，红莲牵着小女儿的手，快速穿过了马路。

人、自行车、汽车，全都在绿灯时间以各自的方式过了马路。十字路口就像一个机器转盘，把时间切成片，每一片上放置不同的人和物，绿灯亮了，放这群人；红灯亮了，放那群车，有板有眼，永远不急不缓，红绿灯就像时间一样公平，甭管是谁，该红脸就红脸，该绿脸就绿脸，毫不客气。

虢镇正街上的人很多。所谓正街，是整个镇子的中轴线，也是最宽阔、最繁华、最热闹的一条街道。镇子的东南西北四个方位各有一个村子，名唤"东堡""南堡""西堡""北堡"。红莲记得友成给她讲过虢镇的历史由来。

商末，周文王率众打猎，打死了一只老虎，虎临死前在地上划了个"弢"，于是，周人便将此地命名为"虢"。武王伐纣胜利后，将虢地赐给了两个叔叔虢叔和虢仲，其中，虢叔掌管河南荥阳一带，史称东虢；虢仲掌管宝鸡陈仓一带，史称西虢。

西虢乃西周王朝的诸侯国，居渭水北岸隆起的一片"龟背"似的土地上。西周末年，西虢迁至河南三门峡及山西南部一带。

公元前655年，春秋时期，晋国的晋献公欲成霸业，连年灭掉周边许多小国。而后，他想灭掉虢国，但要去虢国，必路过虞国。于是，晋献公用玉石车马贿赂了虞国公，借道一用，穿过虞国去攻打虢国。虞国公得了好处，同意了晋献公的计谋。而另一方面，晋献公又撺掇犬戎与虢国交战。于是，当晋献公假虞灭虢时，虢国陷于两线作战，最终被晋献公攻克城池而亡国。晋军回师时，顺路把弱小的虞国也灭了。这段历史既是虢镇的根由，也留下了"假虞灭虢"和"唇亡齿寒"的历史典故。

因此，虢镇本是西虢国的都城，四面都有城墙，城墙上有碉堡，每个碉堡下是双重城门，而每个城门上均有石刻门楣，东门写着"华岳呈祥"，南门写着"秦山环翠"，西门写着"吴峰洪瑞"，北门写着"周原启秀"。清朝年间，有后人在东西两门新增了两座牌坊，东门写了"武都故郡",西门写了"西虢遗封"。四个城门外,有东堡、南堡、西堡、北堡,四堡拱卫,城内还有街市、庙宇等。

虽然西虢国后来东迁到河南三门峡,但虢镇城却搬不走。这个曾经当过都城的地方,东西长,南北窄,虽然历代有修葺,但终究在历史变迁中逐渐褪去了繁华。城门、城墙后因战祸等原因被毁,但它的历史已然被载入史册,任谁也无法抹去。

如今,每年一次的农历四月初八庙会,据说是为了庆祝当初西虢国的都城建成而设立的。三千多年了,能传承至今,实属不易。

红莲深深记得友成给他讲虢镇历史时,是何等激动和自豪,就仿佛他是历史学家,又或是他住在虢镇城里面一样。但其实,南河滩村距离虢镇城还有四五公里远,只属于虢镇的管辖范围而已。

但友成的解说让她对虢镇从此肃然起敬。一个小小的镇子,居然在古代还是一个小国家,这个地名居然能沿用三千多年之久,历经数代王朝更迭,还能保留至今,实属难得。红莲心想,这个城在古代大概如西安的城墙那样,有东、南、西、北四条街。

虢镇的正街,就是整个虢镇城的东西主干道,以邮局为中心点,往东叫东大街,向西叫西大街。正街并不平坦,从东门到西门,中间只有一段是平坦的,两边却是陡坡,落差大约有十米。因此,虢镇城的形状,如"龟背"。

红莲带着海兰,边看边走。街道中央,车水马龙;街道两边,人山人海,颇有一种四月初八赶庙会的感觉。红莲发现,很多商品似乎都固定了位置。比如东大街南侧东头,专卖粮油、种子、化肥。往前走,凹进去的地方有个门洞,她知道那是铁牛庙。遗憾的是,铁牛庙中无铁牛,但庙依然在。只是庙小得已经捉襟见肘,只有一百平方米的小院那么大,且三面被民房包围,显得十分落魄和憋屈。

红莲看过铁牛庙的简介,于是,她边走边跟女儿讲这个庙的来历。

铁牛庙,可以上溯到东周时期,原是秦昭襄王为其母秦宣太后修建的行宫的一部分,秦汉时期,成为皇帝祭祀渭水之神的祭址。到了唐代,乡民在旧址上修建了供奉"九天玄女"的圣母宫。清代乾隆年间,渭水泛滥成灾,虢城百姓不堪其苦,修建了重达五千斤的铁牛。

但关于此，民间还有两种说法。

一则说，渭河发大水，导致虢镇城墙周边的良田被毁，危及虢镇城百姓生命，乡民在宫内铸造了铁牛，焚香祈福，以镇渭水。后来，洪水退去，乡民便觉铁牛有灵，从此，供奉铁牛，香火不断，乡民便称此庙为"铁牛庙"。

二则说，渭水泛滥成灾，祸及城池时，有一铁牛，奔到水患处，用牛头一顶，竟令洪水退去，因而护住了虢镇城中的百姓免受灾祸，但铁牛因此丧生。有联颂："牛耕沃野为众民，铁筑金身吞洪水。"人们为了纪念这只铁牛，便塑了铁牛雕像，置于圣母宫中。自此，称此处为"铁牛庙"。

清代同治年间，圣母宫被毁坏。清代光绪年间，虢镇村民重修了铁牛庙，并增加了关公、太白等其他神像，九天圣母不再是唯一主神，因此改名为"清泰宫"，意为"清明安泰"。后因铁牛名气越来越大，1912年后，百姓便逐渐称此处为"铁牛庙"。后来，铁牛被毁，庙中只遗牛角。但每年农历四月初八，人们来到虢镇城，依然会到铁牛庙朝拜。

听完母亲的讲解，海兰有种引以为荣的感觉，虽然她没有记住多少，却记得她脚下踩着的青石板街道。她立足的这个镇子有着悠久的历史，她为生在这样一个地方而倍感自豪和骄傲。

母女俩继续在拥挤的人潮中前行。路两侧有无数个小货摊，有的搭着棚子，有的没搭。搭棚子的，有的以绿色帆布为棚盖，有的以红、白、蓝三色条纹的彩条布为棚盖。没搭棚子的，有的把货物直接放在地上铺的报纸上，有的把货物放在折叠床或者木板床上，还有的把货物直接放在地上。

许多小货摊之间为了隔开，用绳子拉起了分界线。红莲看到地上有很多石灰粉，往年都是乱七八糟的摆摊，连车道和人行道都被挤占了，如今看来规范多了，小商贩们都在石灰粉画出来的小方格里搭棚子、摆货摊。

从铁牛庙再往前走，还有一长段坡道，人们习惯称之为"东门坡"。这段路南侧有三四个小铺子都在卖冥币、花圈、金元宝和香花烛纸等，再往前有两三家卖小五金，还有两三家卖家具的，门店很宽敞。

走到金水巷附近，就有四五家店卖家纺用品，各种手工织品、床单布匹和缎面的被面等，还有近年流行的机器绣花的门帘、被罩等。旁边就有两家店专门弹棉花、缝被褥。红莲听说金水巷以前叫水巷，南北走向，是虢镇城里排水的地方，而古代人们也将粪水称为金水，所以，金水巷在古代很可能是走粪排污水的一条通道。

再往前有两个小店专卖调和面，还有八角、桂皮、香叶、罗汉果、姜粉、陈皮、茴香、丁香、甘草、花椒、芝麻、干辣椒、粉丝及油盐酱醋等，门口还摆了两个大药碾现磨辣椒面。前面便是虢镇大药房。

海兰一边走，一边仔细地观察这里，仿佛她第一次来这里一般。从前她也来过这里，但每年也就来一两次，从未仔细打量过。这一次，也许因为母亲的介绍和自己的成长，所以才会有这样的心思。

在大药房里，海兰看着母亲买了两袋酵母片和两袋大山楂丸。那种黑褐色的裹着纸衣的丸药，原本是父亲胃部不适时吃的"药"。但于她，却是酸酸甜甜的零食。她时常趁父母不在家时，偷偷拿一颗山楂丸当零食吃。对于那袋小小的浅棕色的酵母片，既不酸也不甜，吃了仿佛没吃，她也会抓几颗放兜里吃着玩。父亲的胃病旷日持久，因而这两种健胃消食的药，一年四季家中几乎从未断过。海兰的"药"零食，也因此从未断过。

药房旁边就是供销大厦，一层卖各种电器，有电视机、收音机、收录机、磁带、冰箱、洗衣机等，卖收录机的那边正播着歌曲《九月九的酒》，往前走几步，海兰看到柜台上的彩色电视机，正在重播《北京人在纽约》。她呆呆地看着、听着，感觉城镇的气息扑面而来。

红莲发现，许多沿街店铺和临时小货摊为了吸引顾客，用收录机和音响设备持续播放着流行歌曲，满大街都能听到《纤夫的爱》。

妹妹你坐船头，哥哥在岸上走，恩恩爱爱纤绳荡悠悠。小妹妹我坐船头，哥哥你在岸上走，我俩的情，我俩的爱，在纤绳上荡悠悠，荡悠悠……

还有《九百九十九朵玫瑰》：

我早已为你种下，九百九十九朵玫瑰，从分手的那一天，九百九十九朵玫瑰，花到凋谢人已憔悴，千盟万誓已随花事湮灭……

还有《轻轻地告诉你》：

让我轻轻地告诉你，天上的星星在等待，分享你的寂寞，你的欢乐，还有什么不能说……

大街上混杂着各种声音，车马人畜声混合着自行车车铃声、叫卖声以及这些歌曲的声音，共同为城镇平添了许多热闹，比起人声鼎沸，音乐就像飘在街巷里，人们赶集时的伴奏。

红莲略作思考后，看到小女儿站在彩电前看着电视都走不动道了，赶紧拉着她往外走去。路过一家炒货店，专卖瓜子、花生、栗子，还有玉米棍、爆米花等。没几步就到了邮局，对面是国营的五金店，家里的电视机就是从这买的。友成的大姐就在这里上班，住在附近的楼房里。除了逢年过节，红莲和友成几乎从不去姐姐家叨扰，海兰一年也只去大姑家一两次。

红莲很有自知之明，无论是放在她们南氏家族，还是放在友成的孙氏家族，他们家都是最穷的。她从未想过高攀谁，因此也从不刻意去讨好和取悦谁。就这点而言，她与友成又是不谋而合的。

邮局南边是权家巷，红莲听友成讲过，说是清代晚期一户姓权的人家在此巷卖棉花、开当铺，生意兴隆，还乐善好施，捐钱修路，赈济穷苦，后来人们就称此巷为权家巷。

这是一条通往南门的下坡路，坡段也叫南门坡。虢镇城到现在仍然保留了东门、南门、西门、北门的称呼，对应的坡段叫东门坡、南门坡、西门坡、北门坡，对应的街道有东大街、西大街、北大街，却唯独没有南大街。而通往南边的路，就数权家巷最宽阔，位置最靠镇中心，所以，红莲猜测，权家巷在更名前就是虢镇城的南大街。

权家巷往南，沿路售卖各种各样的小吃食，有推着三轮自行车卖擀面皮的，还有拉着架子车卖蜂蜜粽子的，有挑着扁担卖豆花的，还有拎着两只大竹篮卖麻花的。再往南走，便是大型家具市场，以及花鸟鱼虫小摊，还有一个南天门公共澡堂。由此向前就到了南门坡，有卖菜的，卖家禽的，还有卖肉蛋奶的，人来人往，好不热闹。

红莲带着海兰走马观花一般转了转，买了一束淡紫色带花瓶的假花，便往北边的业校巷走去。除了大姑姐的五金店，往北还有许多卖衣服的小店。业校巷与人民街的十字交会口西，有一个搭着绿色塑料棚的市场，因为靠北边，所以人称"北市场"，里面售卖西府地区的特色小吃。每个摊位大约只有两米宽，一块石条长桌前摆放一条长矮木凳就是一个摊位，如此有三五十个小摊位。其中，约有一半都在卖擀面皮、肉夹馍、菜夹馍和红豆粥。其余在卖各种面食、搅团、蜂蜜粽子、醪糟、饸饹、豆花泡馍、凉粉、甑糕和酸辣粉等。一到饭点，市场里是人山人海。

红莲带着海兰在北市场里吃了擀面皮，喝了醪糟，就出来继续往北走，到了北操场。

这里是一片十分辽阔的空地，本是虢镇体育场，但人们习惯称它为"北操场"。不知何故，这片空地与旁边的人民街有五六米的高度落差。因此，入口处是一条下坡路。坡路左右各有一块大约一个足球场大小的土广场，就在坡路右手边的土广场上，有一座坐北朝南、土木结构的戏楼，据说建于1972年，是虢镇方圆十里最为高大、设计最为精致、年代较为久远、保存较为完好的戏楼。

戏楼的西北方向不到五十米就是宝鸡县政府大院。

坡路的左手边空地上，有几个上了年纪的篮球杆。平日里，这块空地是虢镇中学的学生操场。其余时间，这里便是城中居民的休闲区，老人们在这晒暖暖，年轻人在这约会散步，小孩们在这追逐嬉戏，有打沙包的、滚铁环的、跳方格的，还有放风筝的，可谓丰富多彩。因此，北操场已经不只是个操场了，在不知不觉间已经成为类似宝鸡人民公园、西安兴庆公园那样的存在。只是，这个小镇还没有给它相应的"名分"。

逢年过节时，北操场便回到它最受欢迎的身份——"戏楼"。宝鸡县人民剧团或者凤翔县人民剧团会在这里演出，戏楼上会悬挂绣有演出剧团名字的红布白字横幅。

只要没有天灾，几乎每年的四月初八，戏楼都会热闹三五天，甚至十天。过年时，大概因为太冷，很少唱戏，间或初一唱一天。不过到了夏天特别热的时候，虢镇城内还会举办"纳凉晚会"，请一些小剧团，傍晚时在戏楼唱戏。

如果虢镇城唱大戏，住在北塬上周原镇、慕仪镇的人们会纷纷从塬上下来看戏，住在渭河以南的磻溪镇、天王镇的人们也会纷纷跨过渭河大桥来看戏。距离近的有三五成群地走着来跟会，也有骑着自行车的，赶着牛车的，骑着摩托车的，蹬着三轮车的。距离远的有坐蹦蹦车的，坐面包车的，坐客车的。总之，十里八乡的人全都会涌到这里来，可谓人声鼎沸，热闹非凡。

今年虽然没有唱戏，但北操场依然有许多摊位。有套圈圈的，地上摆了许多便宜的小物件，有的专摆毛绒玩具，有的专摆小五金，有的则摆着各种家用小物件。因为各自摆放的东西大小不同，所以套圈圈的"圈"分了大圈和小圈。其次，便是打气枪的，一排排小气球，两把长气枪，玩的人也不少。还有那种游走的小商贩，背着大木盒子，装着各式香烟，在人群中来回穿梭叫卖。还有卖气球的，一个人拽着几十个五颜六色的气球，老远看去，上半身都被淹没在气球里。还有卖棒棒糖的，卖棉花糖的，卖糖葫芦的，可谓五花八门啥都有。

这里也是整个年集会场最休闲、最宽敞的地方。红莲带着海兰在北操场转了半天，喘了口气就往回走。她知道再往西走，无非是一排排卖灯具五金的，还有电影院、县医院和卖烟酒茶糖的，基本没有什么可逛的了。

她带着海兰走到了人民街，人们常说这是"背街"，因为路宽人少。不多时，她们路过了虢镇中学门口，母女二人都停下了脚步，往里看了又看。大铁门上横挂着一块蓝色匾额，写着"虢镇中学"四个鎏金大字。

红莲心想：以后我闺女要是考上这个中学，那我真是死也瞑目了。虢镇中学的前身可是省立二中。

"望子成龙，望女成凤"大概是普天之下每个做父母的愿望。即使身在泥潭中，也依然对子女们抱有一丝希望，哪怕这希望的光亮有些闪烁。

海兰看着母亲，心想：我一定要努力考进这所中学，为母亲争光，为家族争光！

母女二人彼此心照不宣，对视一眼继续往前走去。到了十字路口，红莲看到了北大街的指示牌，往北便是通往北塬的虢凤路，是连接虢镇城与凤翔城的主动脉。往东走是书香巷，虢镇小学就在那里。往南走，则与东大街会合。她们不约而同地往东大街的新华书店方向走去，路过了天外天和楼外楼。

这两栋楼是虢镇城目前最高的楼，大约有十多层，建于1993年，是虢镇城的地标性建筑。天外天大酒店和楼外楼商场驻扎在北塬下，渭河岸，虢镇城。作为最高建筑，两栋楼相依相伴，相辅相成，可谓相映生辉。

地理上，以权家巷旁边的邮局为虢镇城的中心，虽然邮局最初和新华书店紧邻，后来几经搬迁，但心理上，人们早已习惯将新华书店作为虢镇城的中心。

书店旁边有几个银行，书店北侧向东有条巷子叫木梁市巷，也叫梁家巷，历史悠久。友成曾讲过，这条巷子曾经有几个木工店，多为姓梁的人经营，卖木箱柜，卖棺材，还卖各种木制品，慢慢地就形成了一个木业市场，渐渐地人们就称这里为"木梁市巷"。据说1925年，杨虎城将军还曾在此驻扎过。巷子北侧还有一座建于清代的关帝庙。

红莲带着海兰站在木梁市巷口看了看，这里跟北市场很像，也是搭着绿色的塑料棚，两头都敞开的，一眼就能看到里面卖什么，有多少人。

棚子里面，有几十个小摊位卖着各种小吃食；棚子外面，能看到几个小店面，有肉店、水果店、干果店、调料店、小卖部，还有几个小饭馆，但没看到木头店。市场虽小，占尽地理优势，南来北往，十分红火，不逊于东门市场。

她们没往巷子里走，又返回了新华书店门口。每逢过年，这里集中售卖画张、对联、灯笼等。街道两侧的树之间，挂了许多尼龙绳和麻绳，绳子上挂着许多各式各样的灯笼。有雍容华贵的宫灯，有喜气洋洋的大红灯笼，还有千姿百态的生肖灯笼。海兰听说副班长梁涌文家做灯笼，估摸着应该也在此处售卖吧。于是，她下意识地边看边寻，没想到"踏破铁鞋无觅处，得来全不费工夫"。就在书店北侧转角处，她看到了梁涌文的妹妹梁涌娣。小姑娘长得瘦瘦高高的，脖颈较长，四肢纤细，皮肤略黑，脸小，五官也小，一双黑葡萄样的眼睛，算不上大，却炯炯有神，看一眼便知是那种特别机灵的小姑娘。他们兄妹二人长得还算比较像，都是瘦高体型，五官匀称，长得都算好看，学习也都很好。听女同学们聊天时说，梁涌文不仅有一个学霸妹妹，还有一个学霸姐姐梁小妮，比他们高两级，每次考试都是全班第一，不过是他的堂姐，他只有一个亲妹妹。

海兰看到梁涌娣旁边还有一个中年妇女，正在给人递灯笼，那大概就是梁涌文的母亲张菊青吧。长相很普通，似乎看一眼也说不出个所以然来，整体感觉个子略高，比较清瘦。海兰又看了一眼，不敢再看，她生怕看到梁涌文，会有些尴尬。她也怕被他妹妹看到，因为他的妹妹认识她。

红莲看到海兰呆呆地看着那个灯笼摊旁的人，便问了句："是你同学吗？"

海兰赶忙收回目光，连说不是。

除了灯笼，还有其他文玩字画、对联、凤翔木版年画、画张等都在此处，隔着旧报纸铺在地上卖。

家家户户几乎都要买几副对联、一对门神、一幅天地神、土地公、灶王爷，还有个别买龙神、财神的。

"请个啥神呀？"一位头发花白的老婆子问红莲。

红莲看了半天灶神，问："灶神怎么请，有什么说法来着？我总分不清。"

"狗往外尿（意为'咬'），鸡往进钎（意为'啄'），你看你屋的灶神贴在哪面墙上，朝哪个方向。"

红莲思索一番，说："我屋的灶神贴在北墙，面朝南，灶房门朝西。"

"那你买这一幅。"老婆子说着便从地上小心翼翼地拿起来一幅灶神像递给红莲。

红莲双手接过来，仔细看了看，又拿起来比画了一下，说："狗往外尿，鸡往进钎，对，这个对着呢，再给我把其他几幅也配上吧。"

"好，好。"老婆子说着，便将其他几幅神像也逐一揭了下来，然后叠放在一起，卷成一个小细卷，用细麻绳扎好，递给了红莲。红莲从棉袄兜中掏出两元钱给老婆子。

母女俩又看了半天画张，红莲问了价格嫌太贵，决定去平阳镇买。

来的时候，她们从东大街南侧一路上行；回去的时候，母女俩便选了东大街北侧一路下行。红莲心里想着什么买了，什么没买。海兰的心思都在观察这个镇子，还看看过往的行人中会不会邂逅同学。

母女俩从新华书店门口沿着东大街北侧一直往东走，沿路经过了几个杂货店、县剧团和县剧院，还有一排低矮的土房门店，房顶的瓦松密密麻麻，有一尺多高。房子看起来有些"虚弱"，有种随时要倒的样子，其中一间却跟古代的染坊一样，挂了几十条粗布床单，还有时兴的种种红花堆砌的被罩、门帘等。还有一个小店，在这拥挤的繁华街市中，显得尤为扎眼，门口贴着几张大黄纸，上面写着硕大的黑字"拆迁大甩卖，所有商品，一律两元！"与此同时，门口挂着一个大喇叭，循环播放着男老板毫无波澜的叫卖声："两块，两块，一律两块，两块钱你买不了吃亏，也买不了上当……"上了街的人，几乎没有不进去转转的。在那两间小房中，几乎囊括了所有常用的小商品：镜子、梳子、水杯、塑料脸盆、塑料桶、塑料衣架、牙刷、雨伞、剪刀、清凉油、雪花膏、针线盒、画张、指甲油、马勺、笤帚、锅铲、扑克牌、溜溜球和风筝，诸如此类。

再往坡下走，还有一排卖日用品、五金器材的小商铺。

母女俩已经拎了一大堆吃穿用度的东西。下东门坡时，红莲看到了一个店在卖门帘，想到被猪拱坏的门帘，不得不新买一条了。她一手拎着东西，一手翻看着墙上挂的几十条花花绿绿的门帘。看了好半天，最后才挑了一条橘红色绣花门帘。海兰看到母亲选的颜色，与自己中意的粉红色相去甚远，立刻上前阻拦。

"这个颜色太难看了，咱们换成粉红色吧，哪有挂橘红色门帘的？"

"这颜色怎么了？挺好看的呀，怎么就难看了？"

"是啊，挺好看的，今年流行，好多人买这个的。"老板娘见缝插针地说。

"真的太难看了，咱们别买了，行不行？"海兰依旧倔强地劝阻着母亲。

"你小小年纪懂个啥，这颜色耐脏，粉红色不耐脏，掉色后就成一片白布了。"红莲被女儿当众反驳，已经有些气上心头了，而且她手里拎着的几个布袋子实在太重，勒的手掌上都有红印了。她想速战速决，尽快买完回家，没想到小女儿竟然屡次阻止，这倔劲跟她爹一个样。

"买这么丑的颜色，还不如不买，挂着太难看了。"海兰不听母亲的解释，依然坚持自己的看法。

红莲被小女儿的倔强气得抓狂，但大庭广众之下，她不能骂孩子。最后,她选择了妥协,再争论下去天都要黑了。她尊重小女儿的意思,买了粉红色门帘。

海兰很开心,母亲听了她的判断和主张,她的心里莫名有种胜利的喜悦,但仅仅只是一瞬间的喜悦,之后便像吃了黄连一般。她本以为母亲的审美应该与自己是一致的,可为什么如此大相径庭?她有些伤感,最爱的母亲并不是处处和她一样的,她的心里五味杂陈。她几乎从未和母亲有过争执,可今日是怎么了,为何会跟母亲发生争执?

在回家的汽车上,她和母亲坐了一辆从虢镇到平阳的始发车,因而有座位。在摇摇晃晃的汽车上,海兰想了许多,心中懊悔不已,为什么一定要坚持自己的观点?为什么要当众和母亲吵架?在家里都没有吵过,却跑这么远来吵架了?她一路自责,后悔不迭……

第七十章 平阳探亲买年画

跟年集与过庙会的感觉几乎相同,都是喜庆事,也都是花钱的事。城里过端午、中秋的时候,恰好赶上乡村人最忙碌的夏收秋种,因而无暇过节,等到农忙结束,终于有庙会和年集过一过。人们正好趁着集、会之际,抛却一些无谓的烦恼,往心里拢一拢喜悦的事情,以期让自己活得舒展些,不再那样憋屈。

跟年集无异于把自己置身于茫茫人海中,感受世间的滚滚红尘,人声鼎沸,再深刻体验一番天下熙熙和天下攘攘的景况,然后勉励自己,要努力赚钱,才能买得起想买的东西,照顾好想照顾的人。不然,等到了集市,只能望洋兴叹。

每年跟年集,红莲总会先去虢镇买东西,再去平阳镇填补没有买到的东西。近年来,平阳镇的年集也越来越热闹。除了医院旁边的小市场,还有市场外一大片土路上摆满的琳琅满目的食物和货物。

如果说虢镇城的中心地带是新华书店和北操场,那么平阳镇的中心地带便是平阳医院和邮局。从医院到邮局之间的这段土路，便是平阳镇街市所在地，而此地已经从两个车道逐年拓宽，变为四个车道，如今已是八个车道。因而，小商贩越来越多，路两旁的店铺也随之如雨后春笋般增多。原本平阳镇附近的高庙村、新秦村、联合村、宝丰村、梁家庄、十家村、同心村、东夹马、西夹马村等逢年过节常去蔡家坡镇跟年集的几个村子，这几年都改道来平阳镇跟年集了。

每次去平阳镇，红莲定然少不了给母亲拿些东西。街上卖的，母亲都有。论衣服，母亲穿得比她光鲜亮丽，时髦上档次。她虽然年纪不大，却没钱打理自己的妆容服饰，只能穿一穿母亲或邻里们给她的旧衣服。自从有了小儿子，她就再也没买过新衣服。她有时甚至羡慕母亲，一个人吃饱全家不饿，洗洗衣服，打扫打扫卫生，赚了钱，想买什么买什么，喜欢吃什么就吃什么，活得很潇洒。她自己呢？已经被这个六口之家压弯了腰，沧桑了脸，连头发都白了许多。虽然她才三十九岁，可看起来却像四五十岁的人。母亲虽然已经五十九岁了，但看起来也就四十岁的样子。她与母亲相差二十岁，走到一处倒像是姐妹。虽然平阳只是一个小镇，南河滩村只是一个平原上的小村，并不在深山老林，但她与母亲却似差了十万八千里。母亲的打扮妆容总是那么洋气，而她的形象，总像鲁迅笔下的孔乙己那样潦倒。

因此，她带给母亲的东西，除了新打的粮食和新鲜的蔬菜瓜果，似乎也寻不到更好的了。当然，平日里她也会按照礼节买一袋白糖、两把手工挂面、一大盒饼干和一瓶黄桃罐头，诸如此类。但大多数时候，她拿给母亲的是粮食，比如新磨的小麦面和玉米糁子。若是夏天，便磨点大麦仁和颗粒较大的玉米糁子，这是西府人最常吃的消暑食物。到了冬天，人们转而都吃细如沙砾般的玉米糁子。

腊月二十八，早饭后，红莲到海峰的房间里将工具箱上放的半袋面提下来放到地上，又找了个红布袋装了半袋玉米糁子。两袋加一起，四五十斤重。友成吃完早饭，一抹嘴又溜出门了，剩下一大家子一大摊事，全然不顾。红莲倍感疲累，却无可奈何。

昨日，红莲带了海兰单独去了虢镇，海熊和海珍都有些不高兴了。今日，她便带了三个孩子一同去赶集，顺便带他们去看看外婆。

海兰帮着母亲手提肩扛变换着姿势，拿着五六斤重的玉米榛子，而红莲扛着小麦面，走一走，歇一歇，海珍仍旧一路照顾弟弟。

天气很冷，每到年关，恰逢三九天，即便没有下雪，也会冻得人瑟瑟发抖。

他们四人沿着村子东路走一走，搓一搓手，喘口气，走了很久才到马路边。这时，红莲看到马路对面的碌碡村，三五成群的人们纷纷往路边赶。于是，马路两边的人会到了一处，等着公共汽车。

及至汽车过来，车上满员。他们四人被售票员连拖带拉扯进了车内。红莲感慨，坐一趟汽车太不容易，跟历劫一般。还好有人让座，红莲抱着海熊坐下了。

每到一个村口，汽车照旧会晃荡几下，似停非停，或上来几个人，或下去几个人。因而，站着的人很受罪，免不了被推搡。车内的小孩们，被挤在这罐头似的车厢里，却很少见哭的，因此说，乡村的孩子们够皮实，自小便有一种吃苦受累的觉悟。

半路有人下车，海兰和海珍终于落了坐。刚坐下一会儿，售票员便大声喊道："到平阳站的，到窑底村的，赶紧往门口走，马上到站了！"

晃荡的车内，又一次人员大挪移。等到车门开了，人如滚豆一般落在路边，而另一波人又挤了上去。

平阳镇上，车来人往，好不热闹。红莲背着面袋子，海珍抱着海熊，海兰抱着布袋子，穿过拥挤的人流，走到了医院宿舍门口。

"看你娘来了？"一位穿着白大褂的女大夫热情地向红莲打招呼。这种明知故问型的打招呼方式，不知是不是关中地区特有的，人们见面都习惯于这样开场。

红莲转身一看，是给海兰接生的刘大夫，正要从宿舍楼往外走，她就住在母亲宿舍的斜对面，于是连忙回应："嗯，我娘在屋里吗？"

"在呢，屋里门开着呢。"刘大夫一边打量着他们四人，一边匆匆往住院部走去。这么多年来，她一直羡慕刘老师有个孝顺的好女儿，时常来看她，还给她背面拿吃的，自己的女儿考上大学以后，去了上海生活，一年只见一两回面。因此，她时常把自己女儿和儿子小时候的旧衣服拿给这位同姓的同事，间接地接济她的孝顺女儿红莲。海兰和海珍也因此穿过男孩的衣服和裤子。

红莲带着孩子们到了宿舍二楼,在黑洞洞的筒子楼里,借着楼道尽头窗户处照进来的光,可以勉强看清脚下的路。在大多数房间门口都放着一个蜂窝煤炉子和一堆蜂窝煤,有的还放着鞋架,或脸盆架等生活用品,因而使得原本狭窄的楼道更显拥挤。如果稍有不慎,还可能踩坏别人家门口的蜂窝煤。

此刻,刘春花正在门口换蜂窝煤。

"娘,我们来了。"红莲远远就喊了话。

"舅婆!"三个孩子亦是参差不齐地问候了外婆。

刘春花转头一看,女儿一家来了,连忙用火钳子摆好煤块,放好水壶。

"快进来!"刘春花说着,把粉红色的绣花门帘掀了起来。

红莲一鼓作气将半袋面背进了屋内,放到了左手边横着的堆满杂物的床上。海兰将玉米榛子也放到了旁边,海珍抱着海熊坐到了窗口竖着摆放的床边。

红莲和母亲寒暄了一会儿,就一起带着孩子们下楼去买东西。

海熊嚷着要吃油糕,于是,红莲带着海熊和海珍去了医院旁边的小市场买油糕。海兰跟着外婆去看画张。

西府人习惯于将木版年画以外的年画,统称为"画张"。

平阳的画张果然比虢镇还多,海兰情不自禁地感叹。医院宿舍门口向东十多米,摆了好几个摊位都在卖画张。海兰兴奋不已,她最喜欢看画张。

有竖版的那种单页画张,有的上面是图案,下面带年历;有的只有图案,不带年历。

有娃娃系列的画张,上面画着穿红肚兜的小胖娃娃手里抱着一只红色鲤鱼,写着"年年有鱼";有的则是扎着小发髻,穿着肚兜的胖娃娃,手抓鱼鳍,脚踩莲花、金元宝、钻石、珍珠和玛瑙等;有的则是胖娃娃穿着红肚兜,坐在鱼背上,手举金元宝,胸前佩戴着长命锁。

有神仙系列的画张,比如,弥勒大肚图、观音送子图、观音净瓶图、财神图、八仙贺寿图和麻姑献寿图等。

有花卉系列的画张，比如，牡丹图、百花图、寒梅瑞雪图和梅兰竹菊图等。

有以人物为主的画张，比如，黛玉葬花图、宝黛读书图和天女散花图等。

有动物系列的画张，比如，虎啸图、龙凤呈祥图、双龙戏珠图、虎啸龙吟图、仙鹤图、熊猫吃竹图、金鸡报晓图、黄牛犁地图和骏马奔驰八骏图等。

这些画张海兰只看一眼，因为每年看到的似乎相差不多。娃娃画张、财神爷、寿星以及花卉主题的，频繁出现在画张上。不同的是戏剧画张，每年都能看到新鲜的内容，海兰最喜欢看的便是戏剧画张。

戏曲题材的，比如《花木兰》《白蛇传》《西厢记》《牡丹亭》《桃花扇》《红楼梦》《香罗帕》《蝴蝶杯》《鸳鸯谱》《天仙配》《人面桃花》《屠夫状元》《血箭传奇》《才子佳人》《醉打金枝》《三侠五义》《穆桂英挂帅》《西施与范蠡》《梁山伯与祝英台》《樊梨花与薛丁山》《王宝钏与薛平贵》《唐明皇与杨贵妃》等。

电影题材的，比如《少林寺》《烈火金钢》《旋风小子》《唐伯虎点秋香》等。

电视剧题材的，比如《渴望》《西游记》《西游记——三打白骨精》《西游记——三调芭蕉扇》《西游记——四探无底洞》《红楼四美》《七侠五义》《射雕英雄传》《桃园三结义》《贾宝玉与林黛玉》等。

除此之外，海兰还看到了许多明星画张。

海兰看得眼花缭乱，最后买了一幅《花木兰》，右下角写着"对开两张，一号四条屏"。她不懂何意，但看每张画张上有八幅戏剧图案，每幅图下写了两三行剧情介绍，十六张图与文字连在一起，就像读了一本戏剧故事书。海兰每次出门走亲戚，必会在亲戚家里仔细阅读墙面上的戏曲、影视剧画张。

红莲带着吃完油糕的海熊和海珍，找到了母亲和海兰。她买了一幅一九九五年的观音净瓶图挂历。所谓挂历，就是挂在墙上看的日历。通常十二张画张用塑料线圈钩串在一起组成一个挂历，比较厚重。每张挂历上有一幅花鸟画，画的下方留白处印着单月月历。十二幅画加十二个月的月历便是一个完整的挂历。还有简易版的挂历,将十二个月的月历缩印在一张画之下,方便纵观全局。

友成每年都会在挂历的日期上做标注,记录重要的事情,比如亲朋好友和村里人婚丧嫁娶的时间,或者重要开支,比如随礼的时间、金额,发劳保的时间、物品等。红莲很清楚他的习惯,因此,其他画张都可以不买,但挂历必须买一个,而且拿回去必须挂在他睡觉的炕头那面墙上,方便他随时记录。

刘春花看着大女儿拖家带口在这拥挤的集市上,感觉很木乱,于是,她借口做饭先回了宿舍。红莲无奈地带着三个孩子继续在集市上转悠。最后,红莲又买了几十个小馒头,半张锅盔,一部分装回盘用,一部分自己吃;还买了几个水煎包和两份擀面皮带回去给丈夫和大儿子吃。如此,再加其他的东西,母女三人手里都拎了东西。红莲一手紧抱着小儿子,一手提着一大袋馒头,倍感疲累和无助,两个女儿的手里也已提了大包小包的东西。好在这几年出现了塑料袋,装东西方便又轻巧,不然,她拿的几个布袋子根本不够用。

他们四人回到了医院宿舍,刘春花已经炒好了臊子菜。看到他们回来了,就开始煮面条。饭后,刘春花又从自己的杂物床上,翻了好几个布包袱,拿出了几件她的旧衣服,有裤子、上衣、秋裤,甚至还有两条粗布缝制的红色小花图案的老太太大裤衩。红莲似乎从未拒绝过母亲的馈赠,即便是破的,她也会拿回去补一补,继续穿。

红莲将碗筷放进小铝锅中,端去了走廊里唯一的洗手池清洗。海兰跟过去帮忙,她被头顶的灯给吸引了。虽然近在洗手池上方,却昏暗无比,似有若无的样子,与医院厕所那几盏灯颇为相似,昏暗到会怀疑自己的眼睛是否近视。水池外的地面,永远像是"水漫金山"后的样子,走过去鞋子都会湿。因此,有几块残破不全的砖头充当了垫脚石,那砖头几乎长在了水池边一样,一年四季都可见到。如果遇到三餐正点,刷锅洗碗还需排队等候。整个楼层大约住了三四十户人,但只有一个洗手池,池中只有两个水龙头。海兰仔细观察着外婆住的医院宿舍楼,不知是不是跟医院一样,1970年建的,全都是青砖堆砌而成。

洗完碗,红莲收拾了东西,带着孩子们坐车回家了。刘春花一路送女儿一家坐上车后才回宿舍午休。下午两三点，她起床后继续洗衣服，这就是她的工作，只有"洗衣服"三个字。日复一日，年复一年，没有休息日，但时间相对自由。洗完衣服，她偶尔可以外出走亲戚，甚至去女儿家，或者儿子家。

红莲到家放下东西后，告知友成忘记买花生、瓜子和洋糖了。这时候，友成才勉为其难，骑着自行车去了杨沟村采买。几乎每年，他买回来的年货，无外乎这些，偶尔再添一袋苹果，或者一袋旱烟叶子。

海熊吃了好吃的就睡下了。红莲端着碗跪在炕上，给海峰喂了一碗擀面皮吃。然后，她又在院子里铺了塑料布，坐在上面拆床单被罩，准备去弹棉花。还好有两个女儿再度给她帮忙，因而，很快就拆完了两床被子。

她把套子里的棉花絮全都装进了蛇皮袋中，装了好几个袋子才勉强装下。然后，她准备拉着架子车就去南旸村弹棉花了，海兰依旧坚持要跟着去，而海珍依旧在家守着哥哥和弟弟。

眼看日头一点点下移，渐渐收了耀眼的光。母女二人，一拉一推，走地飞快，还好赶在人家关门前到了。

这家弹棉花的小店开在离马路边四五米远的地方。门口堆满了废旧品，挂了木牌，红漆刷着"弹棉花，收废品"六个歪歪扭扭的大字。所谓的店，搭建在田野上，左右后面都是麦地。只这一片大约三五分地，开辟出来经营店铺，而店面则是用木板拼凑的十分简易的小房子。

每逢腊月，来此处弹棉花的人便需要排队。红莲带着海兰把架子车上的棉絮卸下来提进木屋里。在昏暗的灯光下，海兰看到一张比炕还大一点的木板上铺着一床雪白雪白的棉花。旁边站着一位黑黝黝的老人，正在用手中的弓一边敲打一边弹棉花，旁边围了一圈妇孺观看。

一位老婆子将红莲手中的袋子接过，用炭笔在袋子上写了"南河滩海峰"以此为记号，并告知最快年三十上午可以来取。红莲看了看屋里，地上还堆放了很多排队中的棉絮，有的用蛇皮袋装着，有的用大床单直接包成了一个大粽子样。

海兰仔细盯着弹棉花的人打量，这竟然是她长这么大第一次亲眼看到弹棉花。以往村里有骑着自行车喊"弹棉花"的，也有路边墙上的白灰粉刷着"弹棉花"的，但从未目睹。如今看见，她感到诧异。原来这就是所谓的弹棉花。也就在这一刻，她才全然理解弹棉花为何这么贵。

一位看起来五六十岁的老汉，皮肤古铜，寸发花白，弯腰驼背，穿着一身藏蓝色衣服，腰上绑着半张吊弓，弓上套着带弦的木棉弹弓。老汉左手执弓，右手拿着一个木槌，频频敲打左手的弓弦。

红莲在一旁看得真切，那结成硬块的棉絮，在弓弦无数次的震动、弹击下渐渐起死回生，从趴着的状态变成了站立的状态，从黑黄变成杏白，从硬块变得松软。

这一床棉絮，大约得敲击千万次木棉弹弓才能完成一次棉絮的重生。这哪里是弹棉花，更像是在拯救僵死的棉絮，又或者说，这些"弹棉郎"更像是棉花的整形师，把新的棉花弹成一床床新被或新褥，把旧棉絮拯救成一床床八成新的被子或褥子。这些人，使得棉花的生命和价值得到了延续和提升。

红莲以前虽也见过弹棉花，却从未认真观察和思考过这么多。大概因为这间小木屋比较幽暗，利于思考吧，又或是年纪渐长，对于同一件事情的认识便有了更加成熟的看法。

一堆豆腐渣般又黑又硬的棉絮，在"弹棉郎"的木棉弹弓下变成了一床洁白的棉花。这种如获新生的过程，让观看的人也仿佛获得了重生的力量，从而感慨万千。

红莲想回家，海兰央求道："再看一会儿，就看一会儿。" 红莲不语，跟着女儿一起看。

接下来，老汉与老婆子一起将细细的棉线穿过弹好的棉花，然后加了一层薄薄的纱布固定棉花，老汉用双手提起了木磨盘，在做好的一床被褥上打着圈，慢慢摩擦，抹平。最后，一床厚厚的棉被就算絮好了。

"回去吧，天都黑了。"红莲说着往门外走去，海兰赶紧跟着母亲。红莲拉着架子车，路上，让海兰坐进架子车里面。

红莲边走边跟女儿讲："棉花弹好加了薄纱，就叫套子。套子拿回去，再缝一个被面和里子，就是一床新被子。"

"以前总觉得弹棉花贵，今天看到这个弹的过程，感觉价格不贵，弹棉花看起来很辛苦。"海兰一脸同情地说。

"是啊，世间事没有一样容易的，你长大后就能体会到了。"红莲说。

"妈，我来拉吧，你坐在架子车里。"海兰说着，从架子车里面跳了出去，然后抓过母亲肩膀上的架子车攀带，斜套在自己的肩膀上，双手扶着车把。

红莲确实走累了，看到女儿如此盛情邀请，她便坐在了车轮上方的护栏上。上坡时，她就跳下车，帮着推；下坡时，她就坐一会儿。

南河滩村距离南旸村很近，母女俩轮着拉架子车，夜幕中，很快到了家。

红莲再次进入厨房，正要做饭时却发现锅里已经有面片了。

"你做饭了？"红莲闻声走到海峰房中，看到友成和两个孩子正在吃面片。

"等你回来，黄花菜都凉了，赶紧去吃吧，我已经弄完了！"友成一边看着电视，一边面无表情地吃着饭。

"难得你下一次厨。"红莲说完转身去了厨房。

海兰已经舀了两碗面，递给母亲。红莲端着碗，挑起了一条面，只见面宽如裤袋，厚如刀背，里面只有煮青菜。她心想，也罢，有一顿现成的饭就很知足了，以前可从未见他下厨，今天刮的什么风？

红莲和海兰各自端了碗面，走进海峰的屋里。

红莲问了一句："海峰吃了吗？"

海珍忙回答说："我哥已经吃过了，你跟妹妹快吃吧。"

一家人或坐或蹲，挤在海峰的房间，看着电视剧《三国演义》。

饭后，母女三人一起洗了碗，又一起进屋贴了画张。海兰最喜欢贴画张，这些年，她看了许多画张。于她而言，画张就像大号的连环画。每次贴好她都要一遍又一遍地看。每次当她重复看画张时，父亲都会批评海兰说："这有啥好看的？还能看出花来吗？有时间多看看《西游记》，这才是经典作品。"

海兰知道，这些年，几乎每年寒暑假期间，电视里都会重播《红楼梦》和《西游记》，而父亲会一遍又一遍地看《西游记》，却不看其他的。她也理解不了父亲，于是，父亲说她时，她会顶嘴说："那你的《西游记》有什么好看的，至于看这么多遍？"父亲总会说："你看了就知道了。"却从不告诉她，具体有什么好看的。父亲说话总是藏一半露一半，让她捉摸不透，她也懒得去琢磨。因此，海兰觉得跟父亲说话太费劲，尽可能避免沟通。正因如此，她更喜欢母亲。

第七十一章　母女忙蒸西府包

过年对红莲而言，如打仗一般，紧张激烈而又动人心弦。

腊月二十九的早晨，天还未亮，淡蓝色的天空中挂着一弯淡淡的月亮，她的生物钟便已提前响动。五点多，她起床走进厨房，用热水壶里的开水浇化了水桶里面的冰块，又提着这桶冰水试图浇开被冻住的压水井，然而并不奏效。最后，她只好提起热水壶将热水灌进压水井，融化了井身内的冰。

刚从压水井里压出来的水是刺骨的，压了一会儿，便成了温热的。红莲压了一桶水，摇摇晃晃，用力提到了厨房，倒进大铁锅中，复又重压一桶水，提进厨房，放在门口的案板下，盖上桶盖。

她坐到了风箱前的小矮凳上，从棉袄兜里掏出两只用破旧衣裳裁剪缝制的棉袖筒，套在手腕上，顿时感觉暖和多了，接着她摩擦火柴，点火做饭……

每日清晨，是属于她一个人的。在那暗黑、宁静又寒冷的氛围中，空气格外新鲜，偶有鸡犬之声相闻。在与寒冷打交道的几十年中，她回回落败，年年受伤。指甲缝冻裂了一个口，很疼，脚指头和脚后跟依旧有肿块。袜子穿了两层，棉鞋也穿着，却仍旧扛不住腊月里寒气的穿透力。

她右手拉着风箱，左手烤着火，思考着一天的劳作安排。

没有人告诉你怎么过年，每天应该安排什么任务。过年对于家庭主妇而言，就像一道没有标准答案的试卷。一切都由家庭主妇做主，操持，因而，过年这道题，既是最简单的，也是最复杂的。

她想了想，原本昨天要清洗床单被罩，但还没有来得及洗；要洗澡，也没来得及去洗；还想烫染头发，修葺围墙；还得蒸馒头，蒸包子，蒸面皮，做凉粉和冻冻……想到这么多事情还未安排，她就感觉一个头两个大。

七点多，她终于做好了早饭，喊了友成和孩子们起床。然后，她将一小盆辣椒花卷和油花卷端到了大木柜上，又将凉拌好的红萝卜丝拌菠菜端了出去。海兰和海珍赶忙去厨房端了南瓜稀饭到里屋。

红莲径直到了海峰房间，吃力地将他扶起来，给他穿好衣服，又从地上拿起一个剪去了瓶口的大矿泉水瓶，给他接尿。倒完尿，红莲在压水井那儿洗了手，接着，走进厨房里盛饭。

这时候，友成端着一盆温水到小屋里给海峰擦脸，接着，他自己蹲在地上洗脸。这时，红莲已经把饭菜端进了屋，跪在炕上给海峰喂完，这才走回大屋自己吃饭。

饭后，她把家务活做了分配。海兰和海珍压满一池子水，把床单被罩泡上，而友成负责修葺后院的围墙。

与此同时，红莲在厨房里和好了一大盆面团。因为温度低，她特意用温水化开了酵母粉来发面。若是夏天，她每次只用自留的晒干了的酵面来发面。

发面是关中地区做面食的重要环节。不论是蒸馒头、蒸包子还是炸油饼，如果面发不好，那么蒸出来的馒头、包子，势必如石头一般坚硬。

她将苫布盖在面盆上，又在面盆上扣了另一个大一些的面盆，然后端放到大屋热炕上的角落里。为了保证温度，她掀起了一角褥子盖在盆上，这样就能保证面团发酵得快些、旺些。作为一位农村妇女，这些基本的生存技能几乎快练就成了生存本能。

发好了面，她便开始做包子馅。在关中地区，包子有很多种类，但大体可以归为两类：一类是菜包子，一类是甜包子。

所谓菜包子，有很多种菜馅，可分一素一荤两类。素馅的，比如韭菜鸡蛋馅、青椒茄子馅；肉馅的，比如猪肉白萝卜馅、猪肉粉条馅、猪肉大葱馅。但年前，许多人家通常都做红萝卜粉条馅的菜包子。红萝卜搭配红薯粉条，几乎成为冬天里西府地区人们最爱吃的包子馅。

别人家的红萝卜粉丝馅包子，便只这两样馅料。红莲则通常会把红萝卜切成碎末，加点蒜苗、粉条、黑木耳、鸡蛋，做成五色馅的素包子。就像岐山的臊子面一样，讲究五色五行，色香味俱全。

因为家里穷，所以只有逢年过节时，红莲才会去割点猪肉，炒个臊子肉，拦（意为"炒"）个臊子菜。可能平日里习惯了吃素，因此每逢年关，一家人对于吃肉也无多少期望。所以，红莲从不做肉包子，年年都做素包子过年。

所谓甜包子，基本就是豆沙包和糖包子。

做豆沙包前，红莲已经把红豆泡了一夜，做的时候将泡好的豆子放入锅中煮熟，自然冷却后加点面粉，作为馅料包起来。上锅蒸出来后，红豆已成了豆泥状态，味道是极好的。

糖包子有两种，一种是白糖包子，蒸好以后，里面如琼浆玉液一般，但容易漏出来，通常都会在白糖中加点面粉，并且包成三角形，以区别于其他馅的包子。另一种是红糖包子，从形状上看与菜包子没有两样，但蒸好以后，红糖通常会从包子的封口处溢出来些，或从包子皮薄的部分显露出枣红色，因此也容易区分。

因为有这么多种类的包子，所以红莲这一天十分辛苦。若是前些年，她只能勉强做些菜包子。如今两个女儿长大了，能帮上忙，又因小儿子爱吃甜食，所以，她便准备了做各种类型的包子馅料。

红莲端了大瓷盆放在院中，加了水，嘱咐海珍和海兰洗红萝卜。与此同时，她在厨房里做其他馅料。

不一会儿，海兰姐妹俩便洗好了一大盆红萝卜，然后自去厨房帮母亲做馅，包包子。

红莲用木质擦丝器，将一大盆红萝卜一个个擦成了细丝，红萝卜丝在案板上越堆越高，海兰和海珍轮流用双手紧握大菜刀，将案板上的萝卜丝剁成了细末。

接着，红莲将剁好的红萝卜细末搅进菜盆里，海兰从小铁锅中捞出煮了八分熟的粉条和黑木耳，放在案板上用菜刀剁成了细末，倒进菜盆里。海珍在大铁锅里炒好了鸡蛋，也切了细末倒进菜盆里。红莲将小蒜苗切了几根，也丢进了菜盆里。

最后，红莲往这馅料里放入了菜籽油、食盐、味精和五香粉，搅拌好，便去大屋里看面团的发酵情况。

没想到面团在温度和酵母粉的化学作用下，不仅长得白白胖胖，还将上面扣着的盆子顶了起来，白肚子挤出了面盆之外，一部分黏在了褥子上。红莲赶紧将面从褥子上抠下来放入盆中，然后端起盆走进了厨房。

海珍和海兰很懂事地走到院子里，接着清洗床单被罩。因为泡了许久，床单被罩揉搓起来就很容易洗干净了。然而，拧干水分却不易。对她俩来说，床单被罩本就长得巨无霸一般，浸湿后更是重如千斤。姐妹二人齐心协力，站在水池边，各拽一头床单，分头拧水。一个向左拧，一个向右拧，拧了好几遍，床单依旧湿漉漉的。二人干脆将蜷曲的床单拉直了，再次反向拧水。海兰向右拧，海珍向左拧，最后，床单越拧越缩到了一起，像个布卷子。姐妹俩跟着床单的蜷缩力，步步向前，最后走到一起，互相看着，不约而同地哈哈大笑起来。

接着，海兰用手将拧成麻花般的床单提了起来，然后走到院子里的晾衣绳旁，左手抓着床单下方，右手捏住床单中间，用力向内一甩，将"布麻花"成功搭到了绳子上。海珍也走过来，姐妹俩合力将床单从绳子上扯拽平整。

红莲在厨房中，先将发酵好的面团从面盆上撕扯下来，堆放到案板上，接着和了一小碗碱面水，用拳头在蜂窝状的面团上按下几个拳头坑，然后将碱面水倒进去了一点，便开始揉面。揉了一会儿，她又加了点碱面水，接着揉面。以此防止蒸出来的馒头、包子吃起来面质发酸，也能使碱面水添加得均匀一些，不至于蒸出来的馒头上出现黄色的硬块。这是乡村妇女众所周知的揉面技巧。虽然很多人说不出"酸碱中和"的道理，但并不妨碍她们蒸出喷香的馒头、花卷和包子。

揉好了面团，红莲让它又醒了几分钟，然后，切出一块面团，其余用面盆扣住避免风将面团吹干裂。她很快就将切出来的面团做成了包子皮，接着开始包包子。

这时，洗衣服的姐妹俩也忙完了，走进厨房继续干活。

她们三人很快进入了包包子的"战斗"状态，包完了五色馅的素包子，又包了糖包子和豆包子。

红莲将包好的包子依次放进大铁锅的竹制双层蒸屉时，海兰自觉坐到灶前烧火，海珍则揉面，攒馒头。

红莲安放好了一个个包子,将友成制作的木板拼接的锅盖盖到蒸屉上。为了避免蒸屉漏气导致馒头发青或成面疙瘩,红莲还将苫布盖在锅盖上,又用力搬起了磨刀石压住了锅盖。

冬日虽冷,但在厨房里忙活了半晌,母女三人都已汗流浃背。

眼看快到中午了,红莲将大铁锅后面的小铁锅洗刷出来,加了水。等水开后再烧点白米红枣花生仁稀饭,就着蒸好的包子凑一起,当作午饭吃。

海兰拉着风箱,身体随着风箱杆一前一后,不一会儿,脸都发烫了。虽然人在灶外,火在灶中,两不相干,但距离近,还是免不了被火烧火燎。

每逢母亲蒸馒头包子,海兰便深感拉风箱之不易。那风箱也是个神奇物件,明明是前后推动,风却从侧方的小口跑出去了。

拉风箱时,如果坐直了不动,仅靠着手臂发力,会越拉越吃力,以至于胳膊酸痛。即便左手倒右手,依然感觉很累,随之,后背会如抽筋一般酸痛。如果整个身体随着拉杆前后推动,便是浑身发力,因此会感觉省力轻松些,但姿势却不美观,并且还有可能用力过猛,把风箱从几块垫砖上拽下来。

拉风箱在关中地区也有讲究,要尽可能地优雅从容。那些上了年纪的老年人,仅凭一个人拉风箱的样子就能说出这个人的性格特点,是急是缓,是柔是刚,全在拉风箱时见真章,尤其是妇道人家。男人们很少进厨房做饭,更何况拉风箱。

拉风箱讲究技巧,有的人拉得快,火势却小;有的人拉得慢,火势却大。海兰每次一边拉风箱,一边体会和总结技巧。她将所有能想到的拉风箱的姿势全都试了一次。有时候,她坐在小矮凳上,背靠后面的案边,尝试过用双脚推拉风箱的拉杆,拉倒是可以拉动,却坚持不了多久,腿便发抖了。

红莲看到小女儿如此这般的时候,便会严肃地告诫她:"厨房是个神圣的地方,虽然看起来破破烂烂,下雨时房顶还漏水,但这里供着灶神,灶神掌管一家人的兴亡祸福,可不敢这样无礼,如此放肆。"

海兰听后便再也不敢造次。如今要蒸包子,她已拉到浑身无力,就将风箱的拉杆扯到最长,以至于双脚踩着风箱下面,整个身体几乎被自己拉成了直线。

海珍看到妹妹拉风箱的样子,便知道她拉得太久,已经有些受不了了,便在围裙上擦了擦手,替换妹妹拉风箱。海兰幸得姐姐"救命",立刻跑去了院子里,仰着脖子,伸开四肢,活动筋骨。

"帮妈去把竹簸箕拿出来洗一洗吧!"红莲一边攒馒头,一边跟海兰说。

海兰得令后,去柴房中将竹簸箕拿出来放在水池中,用刷子刷洗了一遍,又放在院子晾晒。

不一会儿,包子蒸熟了,闻着香味,海兰端着竹簸箕进了厨房,取了干净的苦布盖在上面。

"你俩先站门口,小心烫着了。"红莲说着便一手拿了一只抹布,将发烫的磨刀石和苦布从锅盖上取下,然后用左手快速将锅盖一点点向前拉开,再快速放到灶台左侧靠墙而立,避免了水蒸气蒸到面部和胳膊。

"为什么不等冷却后再掀锅盖,非要赶这么烫?"海兰站在门口问母亲。

"如果现在不掀锅盖,过一会儿,水蒸气就成了冷凝水,落到了包子上就会出现硬水痕。"红莲一边攒馒头,一边耐心解答小女儿的疑问。

"原来如此。"海兰恍然大悟地说。

过了几分钟,红莲将包子一个个从蒸屉中取了出来,分三堆倒放在竹簸箕的苦布上。海兰和海珍已经忍不住蹲在地上,吃起了菜包子。

友成一个人在院子里、柴房中来来回回,修葺好了院墙。他闻到了香味,立刻走进厨房,端了只碗,从竹簸箕中拾了满满一碗包子,去了海峰屋里。

海熊正在哥哥的房中玩几块掉漆的积木,看到父亲端来的包子,便抢着拿了糖包子,自己吃上了。

友成扶起海峰,等他坐稳后,把菜包子放在海峰手里。海峰将包子用力固定在蜷缩的膝盖上,接着挪动自己的头部,蜻蜓点水一般,咬一口,再咬一口,如此吃完了几个包子,感到心满意足。

这边,父子三人边吃包子边看电视剧;那边,母女三人还在攒馒头。

过年蒸馒头在关中地区的乡村是一件大事。不仅要蒸小馒头，还要蒸大馒头。小馒头如拳头大小，作为亲友送礼回礼用，而大馒头如大苹果大小，平日里自家吃。

除了蒸馒头，还要蒸花卷。如果说馒头有刀切馒头和圆馒头之分，那么花卷便有五香花卷和辣椒面花卷之分。若论形状，花卷也有两种，一种刀切花卷，一种拧成花的花卷。

红莲通常把面团擀成薄饼后，放入一勺食盐、两勺菜籽油，再加点五香粉，用面饼不断对折、互沾，使得调料涂抹均匀。然后，她将面饼用手压实，再卷成卷，接着用刀切几块，便是刀切花卷，再切点细面卷，取两块搭成十字，像拧麻花那样捏住两头向反方向拧去，两手捏住面头压到一起，面花也就出来了，再放案板上稍微按一按，一个拧成花的花卷便做成了。

红莲一边做一边给两个女儿讲解做花卷的技术要领。海兰和海珍跟着母亲的节奏，努力尝试着做，拧完花卷后，自己都不好意思地放到了案板上。

"没事，熟能生巧。"红莲一边快速拧花卷，一边鼓励两个女儿。

姐妹俩在母亲的鼓励下，继续尝试拧花卷，第二次显然比第一次拧得好。于是，二人信心大增，继续跟母亲一起做花卷。

等到后锅的稀饭熬好了，馒头已上锅。为了加快进程，红莲去找了斜对门的福侠嫂子，借了一层蒸屉，将花卷也放到了蒸屉中。如此三层，红莲这才踏踏实实地坐在小凳上，开始拉风箱。

海珍舀饭，海兰则负责将粥端给哥哥、父亲和弟弟。

最后才轮到她们姐妹吃饭，二人已经累到浑身瘫软，若不是因为饿，便直接躺到炕上去睡了。

忙完厨房里的事情，已到下午两点多，红莲疲惫不堪，想到还没洗澡，她赶紧收拾了东西，带着两个女儿去了巩泉村的电石厂职工澡堂洗了澡。

回到了杨沟村，又在理发店中染了黑发。

晚饭后，她又和面、洗面，直到深夜十一点多才躺到床上。彼时，孩子们都已入睡，就连村子里的猫儿狗儿都没了叫声。

红莲已经精疲力竭，倒头便睡。

第七十二章 除夕拜年上祖坟

  大年三十的清晨，日未升，月未落，天地之间还挂着淡蓝色的幕布。红莲在睡梦中，被遥远的鞭炮声吵醒，那声音仿佛来自一个很遥远的地方，大概是渭河南岸吧。然而，浑身困乏的她，翻了个身，看了看窗外，又闭上了眼睛，心底浮出来一句话：真想多睡一会儿！

  友成已经早早起床，拿了一把香和红色小蜡烛去了村里的马王庙和老母庙。

  早有村里的老婆子们赶在除夕前给庙里做了洒扫。只有逢年过节，村里的两个小庙才会开门，平日里都是锁着的。老婆子们没法日日守着庙，只能锁着门以免被本村和外村的那些不务正业的人打砸破坏。

  友成每年都来村里的小庙上香，虽然每年他都赶不到第一个进庙，但他无所谓，也从不与人争先后。

  上完香回到家中，原以为红莲已经做好了早饭，结果却看到她和孩子们都还睡着。

  "快起床！你看看都几点了？还睡！今天是大年三十！"友成坐在炕边，不耐烦地催促着红莲。

  "知道了，马上就起！"红莲拖着疲惫的身体，挣扎起床，开始了一天的忙碌。

  友成见她已起，便起身背着手，慢慢悠悠，哼着电视剧《三国演义》的主题曲"滚滚长江东逝水，浪花淘尽英雄，是非成败转头空，青山依旧在，几度夕阳红，白发渔樵江渚上，惯看秋月春风，一壶浊酒喜相逢，古今多少事，都付笑谈中……"去南河滩转悠了。

  他才四十出头，却活得像个六十多岁的退休老干部。农闲时，除了下棋，便在南河滩转悠，要么就去渭河边散步。还没到五十知天命的年纪，他却像已经活明白了整个人生那般，心性也不似从前那样疾风骤雨，暴跳如雷。

这么多年过来了，红莲深知她指望不上丈夫。友成对她而言，已经活成了一个"丈夫"的符号，每日里得跟"爷"一样端着，供着，伺候着，永远指望不上他来分担家务。家务似乎永远是她一个人的"战场"。每每红莲想改变这一切，想拉他入"场"，结果都以失败告终。日久天长，她已麻木，不屑于再与他争什么。她已经做好了累死的准备，什么时候累死，什么时候也就能彻底休息了。

她不敢去想，曾经作为校花的她，在学校和村里有多风光，如今的她大概已经沦为别人眼里的"笑话"了吧。为了这个家，她彻底放弃了自己的愿望和梦想，放弃了成为独立女性的机会。她每日里将自己掩埋在家务中，掩埋在灶前锅后，掩埋在四个孩子渴盼被爱的眼神里。也许，这就是她的宿命吧！有时候，她与自己和解，告诉自己，放弃挣扎，接受命运，如此，心里才不会那样煎熬和痛苦。

可她深知，她的梦想，在不知不觉中已寄托在小女儿海兰身上。从她的身上，她能看到年少时的自己那种勤奋努力和不甘人后的要强劲。小女儿是她最后的希望，因此，再苦再难，她都全力支持小女儿的学习和成长。

按照风俗，三十、初一要泼汤（一种简单的祭祀仪式）。红莲起床后，便做了臊子面。她将做好的第一碗臊子面小心翼翼地端着，有道是"近水楼台先得月"，她先给灶神泼了汤，接着走到大门外，一边鞠躬一边给门神泼了汤，回到院中又依礼给土地神、天地神各自泼了汤。泼完汤，这才开始给孩子们舀面。

海兰和海珍听到厨房里母亲拉风箱的声音停止了，料定饭已做好，这才赶忙揉揉眼睛，将埋在被窝里焙热了的棉衣棉裤穿上。

海熊还在熟睡中，姐妹二人没敢叫醒弟弟，洗漱完便去了厨房。

这时，红莲刚好将面条夹到了碗中，海珍端起碗，拿着小汤勺先盛了一点臊子菜，又将汤勺放在后锅的臊子汤中加满了汤，这才连菜带汤倒入碗中。

红莲看到海珍盛臊子面的手法很娴熟，自去小屋将海峰扶起，给他穿戴好衣服。海兰端了一碗面去了哥哥屋里，跪在炕边，给他一口一口喂饭吃。

红莲又进了大屋将小儿子叫醒，给他穿戴整齐。海珍端着一大一小两碗面进屋。红莲赶忙接过一碗面，给海熊喂饭。

这时，友成从渭河边转悠回来了，看到红莲在喂饭，海珍也在吃饭，又去小屋看了海峰。

海兰看到父亲回来了，便去厨房里盛了两碗臊子面，递给父亲一碗，自己也端了一碗，坐到大屋里吃起来。

友成蹲在地上，边吃边说："我刚去渭河滩，看到有些人在靠近渭河河堤的河床上开垦了几片地，种着冬小麦呢。我寻思咱们家人多地少，孩子们的地到现在也没分上，不如，咱也开一片河滩地？"

红莲一边喂饭一边说："你想的太美了，河堤边现在干着，那是冬天雨水少，到了夏天你再看看，渭河水都涨到河堤埂上了。"

"你没看这几年雨水少嘛，渭河一到冬天，都快干了，就剩下河中间那一点点小溪般的水还流着。想我小时候，不管春夏秋冬，渭河水都是满满的。"

"那你随便，反正你闲着也是闲着，万一要是淹了，不过费几颗种子和一点儿化肥的事情。"

友成听后心情沉重，风卷残云般吃完了一碗面，然后站起来不屑一顾地说："你这妇道人家，你懂个啥！"

"就你懂，把你能得很！"红莲没好气地反驳。

友成将面吃得干干净净，一粒饭渣都没剩。他将空碗放在大木柜上，起身就往门外走，边走边说："大过年的，我就不跟你一般见识了。我还是去下我的棋！"

红莲还想理论几句，但想到今天是年三十，老讲究说不能吵架，得和和气气，一家人来年才能"家和万事兴"。于是，她忍气吞声，没再回嘴。给海熊喂完了饭，她才去厨房自己盛了面，坐在灶前的小矮凳上囫囵吃了一碗。

之后，她打开厨房地上扣着的几只面盆看了看，沉淀了一晚上的面水已经清浊分层了。她将一只面盆端到院中水池边，小心翼翼地把盆中上浮的青色水倒了一多半出去，留下光滑无比的乳白色细末在盆中，这是一张面皮的精华所在。村里，几乎家家都在夜里洗面，沉淀一夜后，次日蒸面皮。

蒸面皮的锣锣，大如一面铜锣。海珍将两张面皮锣锣洗干净后，用一个大面盆盛了许多水，放在风箱板上。红莲在大铁锅中倒了两马勺水，海兰烧水时，红莲便将乳白色的面末和余留的青色水搅拌均匀。这时，盆中出现了面糊糊，她快速在面皮锣锣上刷了一层菜籽油，接着舀了一汤勺面糊糊倒进了面皮锣锣中。她双手抓住面皮锣锣的手扣开始左右轻晃，为的就是让面糊糊均匀地铺在锣锣上。为了面皮能薄厚适中，她又将面皮锣锣放到风箱板上有水的面盆中，进行水平校正。几秒后，她快速提起锣锣，放入开水锅中。

"用大火烧。"红莲吩咐小女儿。海兰得令便双手抓住风箱拉杆，用力拉了起来，还不时地往灶下添柴加火。

红莲将昨晚洗面后所留下的面疙瘩放进了小瓷碗里，将碗浮在后锅的水中，打算蒸熟了。蒸熟后，这块面疙瘩便会破茧成蝶般变成"面筋"。

当锅板上方被白色雾气团团笼罩时，红莲忙掀开锅盖，双手垫着抹布将烫手的面皮锣锣迅速从锅中提出来，放在水盆里冷却。这时，海珍已经在第二张面皮锣锣上放好了面糊糊。红莲赶紧拿过锣锣转一转，然后快速放入锅中。

红莲小心翼翼地用手将在水盆中冷却好的面皮从锣锣中扯了下来，摊在案板上的圆铁盘中。面皮光滑完整，她露出了满意的微笑。

经过多年实践，她已总结出制作蒸面皮的技巧。面糊糊的浓稠度，几乎决定了面皮的软硬度。如果面糊糊太稠，蒸出来的面皮会裂开；如果面糊糊太稀，蒸出来的面皮可能都无法成型，扯都扯不下来。另外，火候大小也很重要，如果火力太猛，蒸出来的面皮也会裂开；如果火候太小，面皮半生不熟，容易黏着。所以，要做出一张薄厚均匀、完整无裂的面皮，重点就在面糊糊的浓稠度和火候大小。

如果想吃劲道一些的蒸面皮，便可以在面糊糊中加点粉面，蒸出来的面皮就会硬一点。这也是红莲平日里拉家常时，听老婆子们说的秘诀。

面皮吃起来爽口，做起来却十分耗费时间，单是洗面就得花去三五个小时，其间还要不停地换水、加水。所以，一年当中也只有逢年过节或者农闲时间蒸面皮，大多时间，红莲会蒸面笋吃。

关中地区的面笋是一种类似面皮的吃食，但从形状看，面笋比面皮更厚、更软、更面。蒸法类似蒸面皮，也需要用面皮锣锣来蒸。区别便是不用和面，也不用洗面，只需要在面粉中加点水，再加一丁点粉面，调成黏稠一些的面糊糊，然后将面糊糊加到面皮锣锣中，铺厚一些，在锅里蒸得久一些。蒸出来以后切成条状，加点水煮的红萝卜丝、绿菠菜、黄豆芽三种菜，凉拌吃，味道也不错。

红莲感觉，面笋就是简易化制作的面皮。因为不用洗面，所以没有面筋。但实际上，在吃面皮时，最为画龙点睛的便是面筋。没有面筋的凉皮，就像一盘没有小葱的豆腐，吃起来淡而无味。因此，没有面筋的面笋，便需要加以各种配料相佐，才会以假乱真，偶尔代替面皮，让人吃得津津有味。

红莲常会油泼一碗醋汁，再浇到切好的面笋条上，因而虽是面制品，比面条厚两倍，却依然可以当作凉拌菜，就着玉米糁子或稀饭吃，甚至可以夹到馒头中吃。

红莲一边蒸面皮，一边思考着面皮与面笋的区别和联系。有时，她感觉，做饭也是一种修行。

在两个女儿的协助下，红莲很快就做好了二十多张蒸面皮。然后，她拿了两个瓷盘、四张面皮，将面皮两两对折分别放入盘中，一盘端给了隔壁的孝宁嫂子，一盘端给了福侠嫂子。这两家既是孙氏族人，也是先后，平日里往来密切。如果孝宁嫂子打了搅团，会给红莲和福侠嫂子一人端一碗，而福侠嫂子酿了醪糟，也会给红莲和孝宁嫂子送过来。

红莲深知"端饭"这件事是乡村妇女之间表达友爱最直接和最重要的方式，哪怕是一块玉米粑粑或者一碗麦仁粥，都足以令她珍惜先后们之间的情谊。然而，孙氏四大家的先后们却很少这样密切往来。说不清为什么，好像各个家族的女人都是如此。

送完面皮，已近中午。红莲看到隔壁两邻开始贴对联了，不远处，鞭炮声已经此起彼伏了。

"叫你爹贴对联吧。"红莲拿着两只"卸货"了的空盘子，赶忙对海珍说。

友成每次下棋，总会掐着饭点回家。他看到红莲在忙着蒸面皮时，已经悄悄走进了海峰屋里。他靠墙坐在海峰的炕上，正看着电视剧《我爱我家》。听到大女儿叫他贴对联时，他才想起来贴对联的事情。

于是，他赶忙起身，走进大屋，从立柜中间取出了一副对联、一串鞭炮、一盒火柴和一把香，递给海珍。他又走到柴房，将小木桌端到了门口。

红莲已经用铝勺在锅眼门打好了浆糊。海兰在一旁看着母亲用玉米花秆秆搅拌面糊糊，直到面糊糊的颜色从白色变成了面青色，才让她拿去粘对联。

这时，海珍已将对联反着平放在木桌上，海兰则把浆糊往对联背面涂抹，海珍也跟着帮忙。姐妹俩起先用玉米花秆秆涂抹，后来觉得太慢，干脆用手涂抹起来。

友成看着两个女儿配合默契，便拿了抹布去擦门。

海兰把抹好的对联递给父亲，因为门框不高，友成站在地上举着对联，海珍站远了看着左右高低，指引着父亲贴正了。

友成挪动两下手中的对联，便直接按了下去，海兰又递上了下联……如此，父女三人很快贴好了大门上的对联、门神和五彩旗。

海兰指着对联念："上联：门迎春夏秋冬福。"

"下联：户纳东西南北财。"海珍说。

"横批：吉星高照！"友成说。

姐妹俩看着辛苦半天的"杰作"，高兴地鼓掌！

原本一扇破旧的门，因为贴了五彩斑斓的对联而焕然一新，让人眼前一亮，心生喜悦。

因为是单扇门，两位门神印在一张纸上，而不必剪开。海兰仔细看了看今年请回的门神，只见他们头顶处写着日和月，脚下靠外侧，写着秦叔宝和尉迟恭，画像庄严肃穆，望之生畏。

在关中地区，所谓贴对联是指包含贴对联、贴门神等在内的一整套民俗活动。除了对联和门神，还有五彩旗，这种纸旗通常有大小之分，宽窄之别，但长度一致。大彩旗通常有一张A4纸那么大，用红、黄、蓝、绿四种颜色的彩纸剪成四个寓意美好的剪纸，比如"五谷丰登""五福临门""福禄寿喜""年年有余""心想事成""风调雨顺""新春快乐"等。而小彩旗的宽度是大彩旗的三分之一，颜色比大彩旗多一种桃红色，凑成五种颜色，并且都剪成带"福"字的剪纸，或者都剪成"招财进宝"的合体字样。大彩旗与小彩旗通常互相间隔，并排贴在门楣正中央。在海兰看来，这样的装饰就像是给大门穿上了新衣服一般，五颜六色十分喜庆。彩旗不仅可以贴在大门的门楣上，还有一种迷你版的五彩旗，通常贴在土地堂、天地神和灶神的画像上方，像是给神仙们加了一个三分长的门帘那样。

海兰看完彩旗，赶紧进了屋，帮着姐姐贴土地堂的对联。

进门约五米处是土地堂，一座一米见方的小土房子，里面供奉着家家户户都供奉的"土地公"。很多人家贴一张印着"土地堂"的木版年画。友成不知何时，从路上捡到了一尊土地公公的彩色塑像，便拿回来放进了土地堂中。因此，有些年，他会将土地公的画像贴进去，有些年则不贴。毕竟，已经有彩塑神像了，但土地堂的小对联和小五彩旗是年年都贴的。

对联的横批写"土地堂"三字，上联写"土中生白玉"，下联写"地中产黄金"。宽窄如火柴盒的五彩旗是一个形如花瓣的剪纸。

海兰和海珍刚贴完土地堂的"对联"，抬头一看父亲，已经贴完了天地神的画像和对联。

画的正中央，从上到下竖着写了"天地三界十方万灵"字样。海兰记得去年买的天地神年画上写的可是"天地三界十方真宰"，大概不同版本的称呼不同吧。而"三界十方"四个字，海兰看了心里有些触动，说不清那是一种怎样的恢宏气概，才能凝聚成这几个字。

对联的横批写了"天地神"三字，上联写"天悬三星神"，下联写"地载万物灵"。海兰将这副对联看了又看，读了又读，一头雾水。时间紧迫，她和姐姐转而走进了厨房。

在大铁锅左侧的土墙上，距离灶台一米高处钉着两根旧筷子，上面横放一块小木板，木板的上面还放着一块大一些的木板。红莲将两块木板递给海兰，海兰接过去拿干抹布擦了擦灰土，海珍将涂抹好浆糊的灶神画像，小心翼翼贴到了大木板上。只见横批写着"一家之主"四个字，上联写"上天言好事"，下联写"下地降吉祥"。

"妈，你看是不是狗往外咬，鸡往进钎？"海兰看着灶神像问母亲。

红莲看了一眼，说："对着呢。"

贴灶神像的木板比神像刚好大一圈，是友成专门为灶神制作的。因为大铁锅左侧的土墙常年被做饭的水蒸气熏染，以至于墙皮常常脱落且熏得发黑，用图钉将神像订到墙壁上容易脱落，故而在墙上钻孔放了小木架，又做了木板贴灶神像。木架上不仅可以摆放神像，还可放置烛台和灰炉。天地神的神位也是这样放在木架上的。

贴完神仙们的画像，海兰笑着说："咱们家的这些神仙就属土地公公最享福，有个自己的小房子。其次，应该是灶神，他在厨房里，做了好吃的第一个能闻到吃到，还不用淋雨。而天地神在厨房窗户外的房檐下，免不了日晒雨淋，感觉最辛苦。"

"可不敢胡说，今天是年三十，不能乱讲话，尤其是对神仙评头论足。"红莲听到小女儿的话，感到有些震惊，没想到小女儿这么小会有这番见解。只是民俗有讲究，三十这天要"口吐莲花"，说好话，讲好事，一年才能顺顺利利顶到头。

等海兰和海珍走出了厨房，友成已经在大屋和小屋的门上分别贴了红纸黑字的"福"字。至此，"对联"才算真正贴完了。

与此同时，老大孙友德家也贴完了对联。他手里捏着半根烟，看着自家门口的对联"奋发图强兴大业，勤劳致富建小康"，横批"天道酬勤"，满意地点点头。接着，他又拿出一沓专为龙王爷请的对联和五彩旗。这对联还是找村里的教书先生刘文厚专门写的，"神佑灵泉万代流，井如德水千秋涌"，横批，"风调雨顺"。

孙友德从四合院搬出来以后，逢年过节便给家门口旁边的龙王爷洒扫、祭拜和贴对联。就像村里的几个老婆子自发供养马王庙和老母庙那样，没有人计较得失。

孙友德虽然不信鬼神，却难免受他父亲的影响，心里依旧敬着鬼神。何况家里没有打井安装压水井之前，都是从这个井中打水，饮水思源的道理，他一日也不敢忘。

贴完对联，家家户户不约而同地点了鞭炮。

一时间，南河滩村的鞭炮声此起彼伏。有的鞭炮声噼里啪啦，脆亮脆亮；有的鞭炮声像被蒙了层被子，咚……咚……咚……慢慢悠悠。

友成放完鞭炮，对两个女儿说："听到没？同样都是鞭炮，差别很大呢。"

海兰忙问："为什么呢？"

友成随手点了根烟，边抽烟边说："道理很简单，闷声响的，声音迟缓的那些鞭炮，大多是受了潮，或者放久了，或者土加多了，火药量不够；而声音脆亮，一个接一个的鞭炮，通常是火药够量，新炮，没有受潮的。"

"原来如此。"海兰心想，没想到一个鞭炮声居然也有这么多门道，她再次佩服起父亲来。

贴完对联，放完鞭炮，红莲已经切好了面皮和面筋，在面皮里面放了水煮豆芽、红萝卜丝和青菜，又将醋汁用熟油泼好，往切好的面皮上浇一勺，人手一份，当作午饭了。

一家人再次挤在海峰的屋子里，边吃边看电视。

饭后，孙云婷和梁少红来找海兰玩耍。于是，海兰带着她们去村里转悠。

海兰喜欢看各家各户门上贴的对联和门神。在她看过的所有门上，只见过两个门神，有的写秦叔宝、尉迟恭，有的却写秦琼、敬德。她记得父亲说过，秦叔宝就是秦琼，尉迟恭就是敬德。古人有名、有字，她也分不清，就当一个是大名，一个是小名了。父亲还说，中国最早的门神是神荼和郁垒，元代以后才是秦琼和敬德。

虽然是一样的门神，但贴在千家万户门上的却是姿态万千。有的贴着门神的站像，秦琼双手双剑，敬德双手双锏；或者秦叔宝手持瓦面金锏和尖枪，尉迟恭手持竹节钢鞭和大刀；或者秦叔宝双手各持金锏，尉迟恭双手持竹节鞭，两两对望，身后插着令字小旗，一个红脸，一个黑脸，戏曲人物的装扮；有的各持一柄大刀，再各自拿着金锏和竹节鞭对看；有的贴着门神的骑马坐像，两个门神分别骑在马上，举着双锏、双鞭等。不过，据海兰观察，门神的姿势以站像居多，骑马坐像较少。他们手中的武器多为双剑双锏，即使有变，也基本在金锏、钢鞭、大刀和大锤这四样中。

海兰看了几幅，没甚意思，便提议读一读对联，一人念一句，就当学语文长知识了。梁少红和孙云婷欣然同意。于是，三个人就从南街开始往东街、北街转悠。

重复的对联，她们直接走过，草书的对联看不懂字，也只能走过。遇到能看懂的，便读一读。

海兰念："和顺一门生百福。"梁少红念："平安二字值千金。"孙云婷念："横批，喜迎新春。"

梁少红念："天增岁月人增寿。"孙云婷念："春满乾坤福满门。"海兰念："横批，户纳千祥。"

孙云婷念："喜猪拱户院生财。"海兰念："金榜题名广耀第。"梁少红念："横批，辞旧迎新。"

就这样，三个人边走边念，念完了东街的对联，到了北街，海兰提议一人念一户的对联，梁少红和孙云婷欣然同意。

海兰看着一户人家的对联念："爆竹声声辞旧岁，锣鼓阵阵迎新年。横批：万事如意。"

梁少红走到下一家门前，看着对联念："一帆风顺年年好，万事如意步步高。横批：五福临门。"

孙云婷走到对面一户门前，看着对联念："福旺财旺运气旺，家兴人兴事业兴。横批：财源广进。"

海兰已经站在下一户门口，手指着对联念："百业兴旺家富裕，一帆风顺人安康。横批：年年有余。"

梁少红快跑到另一家门口，手舞足蹈地念："人兴财旺年年好，心想事成步步高。横批：百业兴旺。"

孙云婷小跑到对面一户门口，摇头晃脑地念："良操美德千秋在，高风亮节万古存，横批：思亲难忘。"

孙云婷话音刚落，海兰立刻跑过去拉着她说："赶紧走，蓝色的对联是守孝对联，意味着那家人三年内有亲人去世，咱们不念那个，只念红对联，快走！"说着，拉了孙云婷和梁少红往西街跑去。

每逢有人在门口站着、蹲着或坐着吃饭的，她们便不好意思地走过。城门里的街巷，她们没敢去，海兰最怕见到大伯。她们从南街走到东街，又从东街走到西街，整个村子仿佛披了彩衣一般，被对联、年画装点得五彩缤纷，年味十足。

当她们走到刘文厚家门口时，海兰念了门上的对联："农家日月年年好，祖国山河处处新。横批，国泰民安。"

"你们看人刘老师家的对联，就是不一样。"海兰忍不住赞叹。

"确实，看着就是大气。"梁少红附和道。

"就是，就是。"孙云婷也跟着附和。

回去的路上，海兰感觉念了那么多对联，归结起来不外乎求财、求平安、求福禄寿喜顺、求人丁兴旺、求事业步步高升，求国泰民安的寥寥无几。很多对联的字面意思基本一样，只是变了几个字而已。门神也是家家户户相差无几。或许是因为对联的字数有限，而人们的心愿也差不多，因此在有限的字数内，便不在乎对联是否别具一格，但求表达心中的愿望吧。通过各家大门上贴的对联，海兰最后发现，大家的愿望都不谋而合。

红莲吃完午饭，便一个人守在厨房，做起了凉粉。弹的棉花也没时间去取，她让友成拉着架子车去南旸村拿回来。岂料他骑个自行车，后座上绑着一捆尼龙绳就出门了。

和往年一样，红莲买了冻冻，没买凉粉。和往年一样，她要自己做凉粉。

红莲特别喜欢吃凉粉，但她不喜吃冻冻。从那种胶状的样子看，她觉得凉粉和冻冻应当算同宗同源，就连做法也十分相似。

水烧开后，她把前几天从虢镇街上买回来的野寺村粉面倒进去三马勺，接着小火慢炖。她用Y形木叉，快速搅动锅中的粉面糊糊，等到锅中气泡不断，便不再往灶下塞柴火，而是快速用马勺将粉面糊糊舀出来，倒进一个小铝盆中，等待凉粉冷却成型。

红莲继续做冻冻的配菜。红萝卜、黄豆芽、绿菠菜这三种颜色的菜，几乎成为凉拌菜的绝佳配菜。煮熟了既可以放入冻冻中，也可以放入凉粉或者面皮中拌着吃，主要是因为冬天能吃的菜不多。

红莲把菜切好放入锅中煮时，往锅眼门里塞了几根木柴，火毕毕剥剥进入了自动燃烧的状态，只需隔一会儿再把木柴往里推一推即可。红莲便开始切冻冻，摆盘子。

除夕夜里拜年，每家手里都得端一盘凉拌冻冻，只需要摆好盘，不用浇醋汁。别人家的盘子里，除了"红、黄、绿"这三样常见的打底配菜，通常还会摆牛肉片或猪肉肘子片、香肠片等。如何配菜，全看女人的心思。

红莲将煮好的三色配菜捞出来放入小菜盆中，又用筷子捞出来一点儿放入盘中，堆成小山状，她将切好的牛肉片和香肠片倾斜着围绕配菜摆了一盘，再将切好的红、黄、绿三色冻冻，错落有致地一片压着一片围在牛肉片和香肠片上。如此三层，从半透明的冻冻中可以看到肉，透过肉的缝隙处又能看到一点红萝卜丝或者黄豆芽或者绿菠菜。只是一盘称为"冻冻"的菜，竟有诸多巧思。红莲在摆盘时，渐渐体会到先人们的妙想。

她在厨房里忙到下午三点多，还好太阳穿门而入。天气虽冷，到了下午，却觉得暖和，甚至有点热。

这时，友成回来了，两袋雪白的棉花夹在自行车后座两侧。红莲忙走过去卸了下来，友成提起袋子就走进海峰屋里，放到了杂物架上。

"三爸，我三爸在吗？"突然有人敲门而入，站在院中大声喊道。

红莲一看是大侄子孙志峰，忙回道："在呢！"

"我爷说让去埒里（意为'坟地'）烧纸起（意为'去'）。"

这时，友成从海峰屋里走了出来，笑着回说："是志峰啊，我知道了，你先去，我拿上东西马上就去。"

这时，海兰回到了家，看到父亲端着木盘，盘中已经放好了香烛、纸钱和一瓶太白酒。她进屋喊了姐姐，一起跟在父亲身后，往城门里的四合院老家走去。

父女三人刚进了二门，就看到院中已经聚齐了三大家。

"人齐了，走吧！"孙世列坐在房檐下，看着院中儿孙，对老大友德说道。

"好，走吧！"孙友德一手插兜，一手捏着半根香烟，像领头羊一般迈开步子走在前面，他穿过客厅，往后门走去。老二友东、老三友成、老四友怀各自端着盘子，紧随其后。

"别忘了，给你爷把茶端上。"孙世列提醒老四。

"拿个铁锨，把坟头修整一下。"王田课坐在炕上，听着院中的动静，大声叮嘱儿子道。

"放心，忘不了，端着呢。"老四看了一眼父亲，转身又对他儿子丽鹏说："你把铁锨扛着。"

"行。"孙丽鹏说着，便从后院的房檐下拿了铁锨，提在手里。

老大的儿子孙志峰端着盘子跟老四的儿子孙丽鹏并肩紧跟在长辈们后面。

老大的孙女自美，老二的儿子云卫、三女儿小云，老三的女儿海珍和海兰，老四的女儿丽梅和小丽，一共七个人，三三两两聊着天，跟在队伍后面。

大家一起出了后门，声势浩大地往村子北面的坟地走去。

路边有人看着，也有其他家族的人，三五成群，手提着喇叭状的白瓷酒瓶，拿着票纸往坟地走去。

孙友德刚走到老母庙前就看到邹树财一门三兄弟，带着几个孩子往北路走来。还没等他打招呼，邹树财便大声说："全村就属你们孙家人最多，士气最盛！"

孙友德哈哈一笑说："那是肯定的嘛，你们邹家人也不少啊！"

邹树财人高马大，紧走几步便追上了孙友德。忙点了根烟，递给孙友德说："来，尝尝我这根进口烟。"

孙友德看了他一眼，说："不用了，我这根烟还没抽完呢。"

"来吧，尝一尝味道。"邹树财不依不饶。

"给我吧，我大哥不习惯抽洋货。"老四赶忙走过去，两指夹住烟。

邹树财还没反应过来，烟已经被孙友怀夹走，而孙友德已经大步流星往前走去。他只好悻悻然，返回自己家族的队列中。

孙友德带着孙家的子孙后代沿着北路往坟地走着，靠近铁路向东拐弯时却发现，邹树财带着他们家族的人竟然从老母庙那儿斜穿过麦地，已经快走到坟地了。

孙友德感叹说："给你祖爸爷上坟都要打铁路（意为'走捷径'），你说把这号人，咋说？"

"管他呢，愿意打铁路让他们打去，咱们走大路。"老四抽着烟，随声附和。

"年轻人不懂事，就是这样。"友成端着盘子笑着说道。

老二只是笑了笑，什么都没说。微笑是他对待很多事情的态度，不言是他这辈子最会的言语。

邹家一家老小到了坟头开始烧纸时，邹树财双手插兜、得意扬扬地看着孙友德一群人还在大路上走着。

孙友德远远地瞪了他一眼，带着一家老小开始在第一个坟头烧纸。

每年来上坟时，就属老大家的木盘子装的献果最为丰盛，一盘素菜、一盘糖果和苹果。其他三家拿的东西基本一样，不外乎票纸、蜡烛、烟、酒和茶。

孙友德抽着烟站在坟地外围，放眼看去，四面八方，三五成群，人们络绎不绝来上坟了。

坟地的火堆，不一会儿，相继点燃了。

老二将坟头旁边的三块旧砖捡了过来，两竖一横，临时搭起一个小香堂。他将蜡烛点燃，又引燃了香，接着面带微笑地引导着孙辈们上香，点烛，烧纸。

友成则拿起小侄子丽鹏手中的铁锨，开始修整坟头，铲掉衰草，用锨将雨水冲刷到低处的土拢一拢，填到已经坍塌多年的坟头上。

孙友德一边抽烟，一边对正在烧纸的晚辈们讲话："这是你爸爷（意为'曾祖父'）的坟头，也是咱们南河滩村坟地的第一块坟。甭看他邹家、刘家、梁家这几年势大，跟咱们孙家比，就是九牛一毛。"

海兰听着大伯的话，感觉很提气。她一边烧纸，一边心里默念："爸爷，您在天有灵，保佑咱们孙家兴旺发达，保佑孙家的子孙后代兴旺发达，保佑我以后考个好大学，为咱们孙家光宗耀祖。"

丽梅、小丽和自美三个人在一处烧纸，这时，平地忽然刮起了一阵小旋风，裹着燃烧中的票纸旋转着飞了起来。三个人大叫一声，立刻起身往后躲闪，生怕被票纸烫到。海兰和海珍也赶忙跳起来跑远了，众人惊讶地看着票纸在坟头上旋转着，飞舞着……

海兰心想："莫非是爸爷听到我刚才说的话，显灵了吗？"想到这里，她瞬间感到浑身发冷，鸡皮疙瘩都起来了。

"没事，不用怕，这都很正常。快烧纸吧，烧完磕个头，走下一个。"孙友德淡定地对晚辈们说。

老四端起茶杯，躬身朝着坟头洒了一些，边泼茶边说："爷，这是我爹给你熬的罐罐茶，你尝一下。"

友成一言不发，一会儿就把满目疮痍、狼狈不堪、已经塌陷的坟头除了杂草，添了土，修整得干干净净，焕然一新。

这时，孙友德把酒瓶打开，在坟头洒了三盅酒。他的儿子志峰用筷子夹了素菜往坟头上放了许多，又将盘中的苹果在坟头上放了一个，将糖果撒了几块。

"好了，都跪下吧，给你爸爸磕个头。"孙友德说完，自己先跪在坟头最前面，带头磕了起来。其余人，前后左右依次在坟头前面的空地摆开，跟着老大的节奏，齐齐地磕了三个头。每次磕头，除了海兰，其余人几乎头不点地，只有她磕头最认真，每次磕完额头上都沾了土灰。

"走吧！"孙友德说着，再次带头走到队伍前面。

坟地不大，约半个足球场的面积。坟头大约百十个，间距很窄，面积有大有小，有立碑的，有没立碑的。有的石碑高大气派，金龙盘顶；有的石碑矮小落魄，连刻字都已被风蚀。有的坟头常年无人烧纸修整，已经塌陷成一个浅坑；有的坟头尖尖上，放着一块砖头，压着几张折叠的票纸，代表有人祭拜过。

友成看着坟地，心中感慨，同样都是坟，依然千差万别，其实活着的人又何尝不是。人常说，活着的时候不平等，死了都一样，但事实上一样吗？显然是不一样的。有的人死了就真的死了，子孙不孝，连个烧纸钱的人都没有，坟头的草长得比人还高，更别说树碑立传了。有的人死了，子孙遗孝，烧纸立碑，做法超度，坟头年年修整，先人们死了，也死得比旁人体面。所以，子孙孝道，不可荒废。

友成想到这里，突然心思拐了个弯，思忖道，哎，想那么多干啥？徒增伤感，以后的事情以后再说，管它呢。

坟地里并不只有坟头，还有枯死的诸多矮小杂草，以及高高站立的蒿草秆，四季常青的松柏散布在坟头之间。最显眼的大概要数那一棵"鹤立鸡群"的柿子树了，放眼看去，就像坟地的碉楼一般，那是乌鸦常年的栖息地。

村里的老人们常说，只要坟地的乌鸦连叫三天，过不了几日，村里便会有人去世。乌鸦仿佛成了"报死鸟",就像喜鹊负责报喜,布谷鸟负责喊人割麦一样。这些鸟儿仿佛是上天派来给人报信的信使,不同的鸟儿用不同的叫声传达不同的讯息。

友成虽然不信鬼神,但对自然界这些有灵气的鸟儿,依然保持着敬畏之心。

一群乌鸦参差错落地站在高高的树枝上,俯瞰着坟地上的人们烧纸,竟然没有叫唤。

坟地没有固定的路,路都得自己走出来。孙友德穿梭在半人高的蒿草秆里,偶尔不得不踩到别人的坟头上,因为坟头之间几乎没有多余的空间。其余人跟在后面,先后给几个族内故去的长辈上香、点烛、倒酒、烧纸。

孙氏族内的几个支派也先后赶到坟地,互相之间,远远地摆摆手打个招呼,便各自忙碌。

一时间,南河滩村的坟地竟热闹起来。烧纸的烧纸,抽烟的抽烟,聊天的聊天。这应该是坟地一年四季中最"热闹"的一天了。

除此之外,清明节、盂兰盆节、寒衣节,也讲究上坟烧纸,但很多年轻人懒得去坟地或者害怕去坟地,便趁着夜黑之际,在家门口烧点纸,草草了事。一年之中,只有年三十的上坟是最受重视、最为隆重的。

孙家四兄弟在父亲的教导下,长年累月都坚持去坟地烧纸祭祀,只是年三十的时候,一家人最齐整。其余时间,孙辈的能躲就躲掉了。但年三十这天,上坟是家族大事,所有人都得前去祭拜祖先,这是家规。

上坟的人群中,几乎看不到妇女,大多是男人和五岁以上的小男孩,小女孩也很少见,除了孙家的女孩们几乎倾巢而出,其余家族的女孩很少来上坟。

老人们说,女人属阴,不适合去上坟。其实,小孩也不适合去坟地,但孙家的规矩就是男女老少都得去。儿媳妇们是外姓,不用去,也因为儿媳妇们要在家里准备年夜饭,所以不用去。

孙友德带着家族众人上完坟后,从坟地东边的田间小路往回走去。上坟有讲究,不走回头路,更不能回头看。孙友德严守着祖辈的传承,不管别人家如何走捷径,如何不讲究,在坟地说说笑笑,只要他还是老大,孙家就得有模有样。

红莲看到友成带着孩子们去上坟了，便趁着天气暖和，烧了热水，在院子里洗了头发。

小儿子海熊还在大屋里熟睡，大儿子也在午睡。红莲看到两个儿子都睡着，洗完头发便继续进厨房里，蒸甑糕。

当她把一面盆的配料入了锅，正拉着风箱烧火蒸的时候，友成带着两个女儿回到了家。

海兰和海珍自觉地将上坟时穿的衣服全都脱了下来，换了平日里穿的衣服，然后二人合力将大屋炕上的床单、被罩和枕套，全都换了新的，也将哥哥屋里的床单、被罩换了干净的。

接着，姐妹二人蹲在院子里的水池边洗衣服。

天色渐晚，红莲把甑糕蒸好了，喷香喷香。她切出来一大块放在盘中，又烧了红豆稀饭，热了馒头和包子，拌了一碗面皮，一盘凉粉，一份冻冻。

友成将四方小木桌端到海峰屋里，又把院里的板凳归拢了几个。接着，他靠在墙边，看着电视，坐等吃饭。

海兰姐俩刚洗完衣服，海熊哭醒了，海珍哄着弟弟到了哥哥屋里看电视。

红莲把菜一盘又一碗端放到桌上。海兰帮着母亲拿碗拿筷子，忙得不亦乐乎。友成双手袖在袖筒里，只顾看他的电视，等到所有饭菜都上齐了，才从床边挪到了板凳上。红莲给海峰喂完饭，自己才开始吃饭。

一家六口看着《新闻联播》，享受着过年的喜悦。

饭后，友成到后院抱了干玉米秆，开始烧炕。

红莲则进了厨房，装好木盘———一份冻冻，一份凉皮，然后刷锅洗碗。她提醒两个女儿赶紧换上新衣服，准备去四合院老屋。

海兰和海珍欢天喜地回了大屋，海兰从褥子下垫的麦草里翻出了钥匙，开了大木柜的锁，翻出了两件新外套。那是红莲前段时间去平阳专门扯布找裁缝店给缝的。

海兰把红底黑格子布衫套在棉袄上，看着大木柜上的镜子高兴不已。海珍也把橙红色的布衫套在了棉袄上。姐妹俩在镜子前左看右看，格外高兴。

这时候，海熊跑进屋来，姐妹二人手忙脚乱，又给弟弟换了新布衫。友成烧完了炕，掀起门帘，进屋看到姐弟三人换好了新衣裳，便说："别照镜子了，俊得很，快走吧，咱们别又去晚了。"

海兰看父亲还穿着去坟地的脏衣服，于是，赶紧从衣柜里找出前几天洗干净的藏蓝色中山服。姐妹俩拉着父亲，给他脱下旧外套，换上了新外套。

红莲把摆好菜的木盘子端进了大屋，从大木柜里翻出了新钱，悄悄塞给友成。

"走吧，赶紧走！"友成催促孩子们说，"把酒提着。"

友成端着木盘子走在前面，海兰提着一瓶西凤酒，海珍牵着弟弟的手，高高兴兴地往四合院走去。

这么多年过去，红莲深感，所谓"过年"其实是给孩子和男人过的节日。对女人们而言，这哪里是过年，比平日里还要累许多倍。但话说回来，看着一家人高高兴兴，她也心甘情愿，累并快乐着。

《新闻联播》还没有播完，南河滩村的人们已经陆续端着盘子，提着酒，开始走街串巷、互相拜年了。

友成带着三个孩子径直往四合院走去。路上遇到好些人，也都三三两两端着菜、提着酒去拜年。

家家户户门楼上的灯泡亮了，村里的两三盏路灯也亮了。这是一年当中，整个村子唯一一次灯火通明的夜晚。挨家挨户都把屋里、院里的灯打开了，这是三十晚上的传统，寓意一年红红火火。

男人们带着孩子出门拜年时，女人们则在家里继续忙碌。

红莲收拾完厨房，先将门楼处和房檐下的灯绳拉了拉，打开了十五瓦灯泡，再将大屋和小屋的地扫了扫，将桌椅板凳擦了擦，又把炕上的被子床单拉得平平整整。然后，她将花生、瓜子和糖果混合成一盘摆在过庙会时才用的圆桌上，将一瓶太白酒和两个白瓷印花小酒盅放在旁边。接着，她端了一盘摆好盘的冻冻和凉皮放在桌上，将一碗醋汁和几双筷子也摆在旁边。最后，她点了香烛，给门神、土地神、天地神、灶神分别上了香，又点了红色小蜡烛。

在厨房的脚地上，红莲给灶神烧了万贯钱，据说烧一烧可以还阴债补财库。这回烧之前，她仔细看了看那万贯钱，黄表纸上整整齐齐地印着红色的圆圈图案。图案最外层，分四个角写着繁体字"万贯胜钱"，内层印着十八枚铜币，内方外圆，由上到下，从右到左，依次写着"玉皇宝通"四个字。十八枚铜钱内是一个大圆圈，中心是一枚小铜币，在大圆圈到小铜币的夹层处，由大到小分布了五圈文字，什么"微妙""大尊""上清""金真""宝赦"之类的字句，红莲左看右看，横看竖看，就是读不通一句话，更不懂里面写的什么意思。

时间紧迫，她没再研究万贯钱，赶紧烧了纸、磕了头，将地上的纸灰收拾干净。

紧接着，红莲端了面盆和一碗水去了海峰屋里，一边看中央电视台的《春节联欢晚会》，一边和面，准备包饺子。

电视机前，孙世列老两口分坐在热炕两头，儿孙们陆续抵达。

老四早已将屋里收拾得干干净净，一尘不染。脚地上摆了桌子，放了烟酒茶糖，还有一盘苹果，几个玻璃杯和酒盅。友成带着孩子们进屋时，大哥一家都已到齐，二哥一家还没到。

海兰把西凤酒放到了大木柜上，她看到木柜上已摆放着竹叶青酒、泸州老窖和汾酒。

"上炕来吧，炕热得很。"王田课虽已双目失明，却能感知到屋里的各种声音。

"上吧，上吧，脚底下没地方站。"丽梅作为孙辈中年长的大姐姐，极力催促着几位堂妹、侄女上炕坐。

"都上去吧！"孙友德手里夹根烟说道。

海兰和海珍素来害怕大伯，见大伯发话就赶紧脱了棉鞋，坐到了炕上。因为爷爷向来严肃，海兰赶紧坐在了奶奶身旁。

王田课感觉到旁边有人，拉着手摩挲了一下便问："是海兰吧？"

"是我，婆。"海兰看着奶奶说。

王田课高兴地拉着孙女的手，十多个孙子中就属海兰最喜欢听她讲故事，拉家常。尽管她不怎么喜欢老三和老三媳妇，但她对这个孙女却格外喜欢。

丽梅、小丽、自美全都上了炕，一时间，小小的炕上坐满了人。

姐妹几个高高兴兴地并排坐在炕中间，背靠着墙边窗户，互相交换着看手上套的棉袖筒。

老四媳妇张凤芹进屋一看，立刻端了一盘花生瓜子递给大人孩子们吃。屋里人手抓了一把，边吃边聊，边吃边看春晚。

友成抱着小儿子海熊坐在靠门口的炕边上，志峰抱着儿子自强坐在靠炕柜的炕边上。海熊只比自强大一岁，但辈分却高出一辈。就连七岁的自美，也得喊三岁的海熊为"熊爸"。

志峰的媳妇孙秀秀也来了，坐在桌前，吃着瓜子。

孙友德一手插兜，一手夹着烟，在屋里和客厅之间来回转悠。

"你二哥咋还没来？"孙友德问老四。

"你看我二嫂歪木木朗朗的性子，估计还没吃晚饭呢吧。"老四站在客厅门口，抽着烟说道。

"丽鹏，去把你二伯叫一下！"孙友德朝老四的儿子喊道。

丽鹏收到大伯的命令，赶忙跑出了城门洞，跑进了二伯家院子里，大喊道："二伯，我大伯叫你快来老屋呢。"

"行，知道了，马上就过去。"友东闻声从屋里跑出来，手里还拿着筷子，回复侄子。

四合院，老屋的电视机里，正在播放歌曲《万事如意》。

三百六十五个夜晚，最甜最美的是除夕，风里飘着香，
雪里裹着蜜，春联写满吉祥，酒杯盛满富裕。
红灯照，照出全家福，红烛摇摇摇，摇来好消息，
亲情乡情甜醉了中华儿女，一声声祝福，送给您万事如意……

正当全家人挤在主屋里屏气凝神看着电视时，老二带着三个孩子进门了。

"爹，娘，新年好！"老二手里提着一瓶古井贡酒，一进屋便微笑着对父母说。孙世列老两口听到二儿子的亲切问候，眼泪都差点掉下来了。

"你终于来了！"老大略带埋怨地说。

"不好意思，让大家久等了。"老二略带歉意，微笑地说。

老四立马给二哥递上烟，老二接过烟就夹到了耳后。然后，他一手拉开灰色呢子大衣的翻领，一手伸到自己的贴身口袋里，拿出了一沓崭新的人民币。

"过年呢，我把压岁钱给娃们都准备好了。"老二说着，正要挨个发。

"你先别急，按顺序来。"老大连忙用手挡住，极力维护秩序，"先让咱爹发完了。"

"就是嘛，先让咱爹和大哥发完了，你再发。"老四吃着瓜子站在旁边附和道。

友成看着笑了笑，一边嗑着瓜子给海熊喂，一边看电视。

"爹，你先发吧。"孙友德看着老父亲说。

"那我就在炕上发吧，不下地了。"孙世列说着，从身后的雕花红漆炕柜中拿出来一沓新纸币。

"你们都下来，给你爷和你婆磕头。"孙友德用手指着侄女和孙女说道。

"不用跟过去那样磕头了。"孙世列说。

"快下来。"孙友德坚持维护着往日的规矩。

海兰姐妹们见状，纷纷下了炕。

"按长幼辈分，排队领压岁钱。"孙友德在旁说道。

孙世列见孙辈们都下了炕，就起身拉了拉老伴儿的胳膊，二人端坐在炕中间。他拿出一张五十元纸币，说："来，先给小芳。"

老二的二女儿小芳赶紧走上前，双手领了压岁钱，高兴地向爷爷奶奶鞠躬，说："谢谢爷和婆。"

大人们围在屋子的边角处，看着孩子们站在脚地上一个个领压岁钱，就像看一台戏那样认真。王田课手里拿着小叶紫檀的念珠，不停地用手捻着珠子。

"下一个是云卫吧？"孙世列看着老二问。

"对，就是云卫，云卫比丽梅大两岁。"老二赶忙补充说。

老二的儿子云卫歪着头，肩膀一高一低，面无表情地走过去，一只手接过压岁钱，胆怯地说了句："谢谢。"

孙世列每次见到这个孙子心情都很惆怅。他这辈子承蒙上天眷顾，一共有二十个孙子，其中六个外孙，十四个亲孙子，却独独出了这么一个孙子。他时常在心里自责，上辈子造了什么孽，以至于祸及子孙，也因此他心疼老二。四个儿子当中，就属老二长得最端正，脾气秉性最温和，做事最有章法，却偏偏生了这么一个娃。老二一共有四个孩子，三女一男，唯一的根脉还不够成数（正常人为十成数，智力欠佳的人不够十成数）。这时常让他痛心不已！

　　"下一个是丽梅。"孙友德仿佛看透了父亲的心思，看他走神了，赶忙提醒。

　　"对，下一个。"孙世列立刻回过神来说道。

　　老四的大女儿丽梅走上前，双手接过压岁钱，高兴地说："爷，婆，新年快乐！"

　　孙世列老两口听到孙女的话，笑得合不拢嘴。四个儿子中，就属老四一家人最会说话，时常讨得老两口的欢心，也因此讨得了老两口的所有房产和众多祖物。

　　"接下来是小云吧？"孙世列拿出一张纸币。

　　"是的，爷。"老二的三女儿小云说着走上前，双手接过压岁钱，腼腆地低着头。

　　"你们自己按大小排好队，人多，你爷也记不住你们的年龄。"孙友德在一旁提醒侄子侄女们。

　　老三的大女儿海珍赶紧走上前，接过了爷爷手中的压岁钱，说："爷，婆，新年快乐，身体健康。"

　　孙世列看着海珍，笑着说："好，我娃乖。"

　　接着，老三的小女儿海兰走上前，双手接过爷爷手中的钱，鞠躬说："爷，婆，祝你们新年快乐，福如东海，寿比南山。"

　　孙世列头一次听到孙辈中有人说出这么文绉绉的话，高兴地开怀大笑。

　　"听说我娃学习很好，还在班上当班长呢。"

　　海兰看着一屋子人，紧张地居然不知道该说什么，还没等她说话，老四的儿子丽鹏抢先发言："我海兰姐在班上学习好得很，得了很多奖状呢。"

"那不错,好好学习,考个好大学,给咱老孙家扬眉吐气!"孙世列高兴地说。

接下来,丽鹏双手接过爷爷的压岁钱,说:"爷,婆,祝你们新年快乐,吃好喝好身体好。"

"好,好,好,我娃乖得很!"孙世列摸了摸孙子的头,怜爱地说。

接着老四的小女儿小丽笑嘻嘻地走过去,双手接过爷爷的压岁钱。说:"爷,婆,新年快乐,祝你们笑口常开!"

"好,说得好!"孙世列环顾了一下屋内的孩子,"还有海熊吧?"

"是的,孙辈中就属海熊年龄最小。"老四接过话。

"算了,不给他了,他还小啥也不懂,你留着钱自己花。"友成接话。

"你再别胡说了,多大多小,都得给压岁钱,一个也不能少!来,把娃抱过来。"孙世列说着,抽出来两张五十元纸币,塞到了海熊的手里。

"一张给你,另一张给你海峰哥。"孙世列摸了摸孙子的小嫩手说。

海熊还不到三岁,把钱攥在手中,高兴地说:"吃糖糖!"一屋子人全都哈哈大笑了。

"你看,这么小的娃就知道拿钱可以买糖吃。"孙友德说道。

自美看了看左右,大家都领到压岁钱了,就剩下她这个重孙辈了,忙走上前去。

"爸爷,新年快乐,身体健康。"她一边微笑地说着,一边接过压岁钱。

孙世列看到重孙女都长这么大了,高兴地眉开眼笑,四世同堂不容易,人丁兴旺很重要啊!

"最后一个是自强吧?"孙世列说着,将压岁钱塞到一岁多的小重孙手中。

"好了,你爷把年钱都散完了,你们都坐炕上去吧,脚底下冷。"孙友德一边说着,一边从黑色呢子大衣中掏出来一沓崭新的人民币。

"来,先给你二老一人一张大的。"孙友德说着就拿出两张一百元,一张塞到了母亲手里。王田课把钱捏在手里,心中感动不已。她面带微笑地说:"我儿有心了。"然后从衣兜里摸索出一个折叠的手帕,放在被上,双手摸索着打开手帕，将钱放进一沓折叠的纸币上，又把手帕叠好装进了口袋。

孙友德把另一张一百元递给父亲。

"你拿着吧，我们不用。"孙世列倔强地一手推辞。

"拿着吧，门口卖豆花的来了，你就拿着买，不要舍不得吃，舍不得穿。"孙友德见父亲拒绝，直接将钱塞到了父亲的衣服口袋里。

他接着说："来，你们都坐好了，我一个个发。" 孙友德说着便开始从左到右，每个小孩一人两张十元钱，孩子们拿到钱都高兴地说谢谢。

老二紧接着也拿出新钞，挨个发了二十元。

老三见状，有些不好意思，他只准备了十元，但也没办法。他硬着头皮从贴身秋衣兜中掏出了一沓崭新的十元纸币，给孩子们人手一张。

孙世列清楚老三家的情况，老大老二也理解自己兄弟的难处，就是炕上坐的小孩们也都理解，大家都没有说什么。

老四接着掏出纸币，面带微笑，一人发了两张十元钱。

老四媳妇张凤芹站在客厅，探头进来看了看，然后拉了拉老四的衣袖，说："把桌子摆开，吃饭吧？"

老四说："好，你拿筷子去吧。"

老四赶忙招呼屋子里的人，把桌椅摆好，准备吃饭。

"一桌坐不下吧，摆两桌吧，炕上一桌，炕下一桌。"孙世列看了看屋里的人说。

"也行，听您的。"老四素来都顺着父亲的意思办事，说着便立刻去厨房拿了一张洗干净的化肥袋内的透明塑料，裁开铺在了炕上。

大家一起动手帮忙，很快就摆好了两桌菜。

老大带了一盘肉冻冻和一盘粉蒸肉，老二带了一盘五花肉冻冻，老三带了冻冻和凉粉，老四自备了两份一模一样的凉皮、蜂蜜粽子、糖拌花生米和素炒红萝卜鸡蛋粉条。

孙世列两口子退到靠窗户的位置坐着，老两口只吃了几口素菜。

孩子们一年难得见到如此丰盛的饭，看得口水直流，吃得酣畅淋漓。有的蹲在炕上，有的坐在炕上，大家围着几道菜，吃得油光满面，神采奕奕。

炕下，坐在桌前的大人们则边吃边互相敬起了酒。

孙友德四兄弟各自给父母敬了茶，原本按规矩是要敬酒的，但父母常年茹素，不吃肉不喝酒，只能敬茶。孙世列老两口高兴得合不拢嘴，除夕夜，是他们一年中最开心的日子，儿孙满堂，人丁兴旺，对于七八十岁的老人而言，还有什么比这更开心的事呢？大人敬完茶，孩子们也敬了茶。人多，老两口只能抿一口盖碗茶，意思意思。

接着，兄弟四人开始互相敬酒，孙友德本就长得白净，一喝酒，面红耳赤十分明显。老三长得并不白，古铜色的，然而一喝酒也面红耳赤。老二一直是白面书生，酒不多喝，面不改色。老四常年开车种地、做生意，面色早已晒得黝黑，酒量更是惊人。

老大的儿子志峰作为家族长孙，自然免不了敬酒、喝酒。这时候，志峰媳妇秀秀立即把儿子自强抱到炕边坐着。

老四媳妇张凤芹就站在门槛外，手扒在门框上，一边看着电视，一边看着屋里的状况。筷子掉地上了，她赶紧去厨房取新的；酒盅不够了，她赶紧去屋里拿过来；醋汁不够了，她赶紧去补做……这么多年，她似乎习惯了这样旁观和照顾一大家人。

看到堂哥敬完酒，十七岁的孙小芳也坐不住了，在她的带领下，孙辈们纷纷开始主动给伯父、叔父们敬酒。

透过那扇贴着红色剪纸的玻璃窗，伴随着春晚的悠扬歌声，欢声笑语洒满了老孙家的四合院。

虽然四个兄弟分了家，但每逢除夕夜，父慈子孝、兄友弟恭的场面，在茶碗里、酒盅里、饭菜里又变得清晰起来，感动和温暖着每一个孙氏子孙的心。

孙世列多想说几句振聋发聩的话，告诉他的子孙后代们，要勤劳勇敢，努力奋斗，振兴家族，光耀门楣，可话到嘴边却说不出口，他不想打破这难得的幸福喜悦的气氛。

正在这时，有人喊了声："爷，婆！"

众人抬头一看，是孙得福和孙得寿两兄弟，带着各自的儿子孙少辉和孙云飞，端着盘子，提着酒来了。

"快来，进来坐！"孙世列看到侄子来了，赶忙伸手招呼着。

老四和媳妇张凤芹赶忙走出屋，从客厅里搬了两把凳子进去。孙得福兄弟俩将一瓶秦川大曲和一瓶太白酒放在桌上，接过凳子坐下了。两个孩子将盘子放到桌上，自觉地站在脚地上。

孙云飞笑嘻嘻地看着海兰，小声问候："海兰姑。"也就每年的除夕夜，孙云飞才喊海兰为姑姑，其余时间都是大呼小叫，没规没矩。海兰听到他叫姑姑，满意地点点头。

孙友德与孙得福等堂兄弟几个见了面，寒暄几句，便开始互相敬酒。

张凤芹很有眼力见地赶忙添了四双筷子，加了一盘凉皮。孙得寿几人，象征性地吃了几口。

孙友德看了看大衣柜上的钟表，说："时间不早了，走吧，去我们家吧。把咱们几家走完了，还得去门子里其他家拜年呢。"

"就是，你们收拾一下，快去吧！"孙世列说道。

老四对孙得福、孙得寿两人说："你们两家的盘子没动，一会儿直接端上就行。"

"把盘子里的冻冻放下吧，我一会儿再回去拿。"孙得寿不好意思地说。

"没事，咱们自家人不用客气，你直接端上走。" 老四说着把盘子递给孙得寿。

志峰和丽鹏迅速将桌子往边上挪了挪，坐在炕上的女娃们纷纷下来穿鞋。

孙友德跟父母打了个招呼："爹，娘，那我们过去了，你们看电视吧，一会儿估计门子里其他人都过来看你们呢。"

"知道了，你把咱孙家的队伍带好，给你伯叔们都把年拜到。"孙世列又挪到了炕柜跟前坐着，嘱咐大儿子。

所有人陆续走出了卧房，站在客厅里闲聊。

"知道了，爹，你放心。"孙友德说完跨出门槛，对客厅里的族人说，"走吧，往北头走。"

男人和孩子们欢聚一堂的时候，女人们几乎全都守在自家，以招呼随时可能来拜年的族人或友邻。

此时，一群人，端盘子的端盘子，提酒的提酒，跟着的跟着，说着、笑着走到了老大家。

老大孙友德家，是孙氏整个大家族里房子盖得最好的。门口三间平房，后院三间大房连着一个小厨房，整个院子里都是水泥石灰房子。这在偌大的南河滩村也属于少见的富户了。

孙秀秀赶忙进了厨房，帮着婆婆李改香准备饭菜。

所有人簇拥着进了大房客厅，客厅里的墙壁上挂满了孙友德的各种奖状，大的小的，横的竖的，加框的没加框的，还有几块用玻璃木框装裱好的"风清气正""梅兰竹菊"之类的字画。

海兰一年来不了几次大伯家，每次来了都会看看大伯的奖状。这些奖状是大伯的荣耀，也是家族的荣耀，是他乐于和众人分享的成就和荣誉。

孙志峰麻利地将几个屋里的凳子端进客厅，老四帮着一起摆好了桌凳，二十多人簇拥着围坐在大圆桌前。孙友德将果盘端了出来，递给小孙女自美，让她给大家散糖果。

孙自美端着混合了瓜子、花生、核桃和糖果的大果盘，走到每个人面前，说："爷，吃瓜子。""姑，吃糖。""哥，吃核桃……"

走到海兰面前时，海兰扫视了一眼盘中的糖果，相中了几个漂亮的糖果纸，就把它们抓在手中，说了声谢谢。对她而言，那些设计精美、花里胡哨包糖果的塑料糖纸比糖果更有吸引力。四家买的糖果品种不一样，每家总能见到几个不同样式的糖纸。她每次去了，人家给她递果盘时，她都会下意识地抓几个糖果揣进衣兜、裤兜里。她喜欢收藏这些糖纸，每年都会攒二三十张。

众人或坐或站，嗑着瓜子花生，或口中含着糖果，正聊着一年的发展或收获的时候，孙秀秀和婆婆从厨房里将饭菜端了出来，摆了一桌。

一大家人欢欢喜喜，热热闹闹，边吃边聊，男人们纷纷起身给孙友德和李改香敬酒，孙友德一一满口喝下，李改香则站在桌边，蹙眉抿几口。

孙小芳带头给大伯和大伯母敬了茶，也给堂哥志峰和堂嫂秀秀敬了茶，其余兄弟姐妹也纷纷效仿，敬茶，拜年。

饭后只坐了片刻，老二便起身走到客厅外的房檐下，说："走吧，去我们家。"

于是，众人纷纷起身，端盘子的端盘子，提酒瓶的提酒瓶，六家代表一起兴高采烈地往老二家走去。

城门里,家家户户的门楼上都是张灯结彩,开灯的开灯,挂灯笼的亮着红灯笼,除了刘天虹家门口漆黑,院子里只能看到纸糊的卧房窗户所透出来的昏暗灯光。

一年当中,除了夏收秋收的农忙时节,海兰和几位堂兄弟姐妹们很少见面交流。虽然上学路上经常见到,也只是打个招呼而已。只有除夕夜,一大家兄弟姐妹才能促膝长谈,姐妹们胳膊挽着胳膊连成了一排,乐不可支。

老二家就在城门洞的正对面,门洞与他家房子之间就是城门洞外的"休闲中心"。

老二不急不慢地走在前面,迎面看到了黄家、梁家、刘家的人也都端着盘子来来往往,大家互相打个照面就走过去了。

孙小芳带着十二岁的妹妹孙小云在人群前面小跑着回了自家,进了厨房。

老二家的前院已经盖了三间小平房,后院还是土房。

老二媳妇唐享福红光满面,穿着枣红色的呢子大衣正坐在炕边啃着苹果看春晚。见众人来了,赶紧起身,进了厨房,帮着两个女儿将饭菜端到了屋内的茶几上。

老二家新买了彩色电视,小孩们纷纷挤进卧室里,并排坐在炕边。大人们则坐在沙发和小矮凳上,围坐在低矮的茶几旁,边抽烟边看春晚小品。

孙小芳端起自家的果盘,挨个给众人分发糖果。

"把醋汁浇上,吃吧。"唐享福站在门口对众人说。

"不吃了,坐一会儿就走了。"老大言简意赅地说。他看着老二家新买的彩电,有些羡慕。

"不吃了,嫂子,我们坐一会儿就走了,还得去门子里其他家呢。"老四站在旁边,热情地回应道。

众人纷纷说不吃了,唐享福将一把筷子放在桌上。

海兰和海珍坐了一会儿,看看时间差不多了,拜年的队伍快要起身出发了。姐妹俩抱着弟弟赶紧从屋内挤了出来,姐弟三人牵着手往自家走去。

男人们给老二和二嫂敬了酒，女孩们给二大大敬了茶。"走吧，去老三家。"老大手里夹根烟，站在房门口说道。

众人呆呆地看着大彩电里的春晚小品，听到老大说话才回过神来，纷纷起身，端起各家的盘子和酒，往老三家走去。

南河滩村最南边的一排街道就是南街，街巷的南北两侧，两两对门，一共住了八户人家，除了老三家还是十几年前的土门楼，其余人家都已盖了砖门楼。

每次走到这条街上，老大孙友德的心里都感觉有点不是滋味。他清楚地知道，如果不是因为给海峰看病，老三不至于这么穷。因此，每年除夕拜年，他都会带着族人在老三家里多坐一会儿。

姐弟三人提前到家，进了哥哥屋里。"人都来了，马上到。"海兰跟通讯员一般，气喘吁吁地向母亲汇报。"好，你俩帮我把这些东西先放到厨房案板上去。"红莲说着，起身将海熊抱起，放到了海峰的被窝里，然后将小案板上切好的韭菜倒进了小菜盆里。海珍拿着擀面杖和案板，海兰端着菜盆，姐妹俩同去了厨房。红莲赶紧从门后把笤帚拿出来，扫了扫地，把桌子挪好了位置。

"海峰！"孙友德大步流星地边走边喊着大侄子的名字进了屋。

"大哥来了。"红莲问了好，看着从门外涌入的族人，忙说，"快进来坐，快进来。"

这时候，屋里的人，一个个问候红莲。

志峰、小芳、小云喊了句："三娘。"

丽梅、丽鹏、小丽喊了句："三大大。"

自美、云飞、少辉喊了句："三婆。"

海兰和海珍刚从厨房出来，看到大家都已进了屋，赶紧从人群中钻了进去，海珍倒茶水，海兰端着透明玻璃水杯，按长幼辈分，一杯杯递给伯叔、兄弟姐妹和侄子侄女们。

海峰坐在炕上，看着族中亲人，高兴不已，问候大家："大伯、二伯、四爸、志峰哥、得福哥、得寿哥。"长辈们全都站在地上，围在炕边看着他，与他寒暄打招呼，他顿时有种受宠若惊的感觉。

同辈和晚辈们都目不转睛地盯着黑白电视机,看春晚。

孙友德带头将压岁钱塞到了海峰的外衣兜里,老二、老四依样画葫芦。

海峰不好意思地说:"伯,不用给我了,我都十七岁了,长大了就不用压岁钱了。"

孙友德略带训斥一般的口吻说:"你再别胡说了,在伯这里,只要你没结婚,再大都是小娃。"提到"结婚"二字,孙友德自知言多语失,心想,真是哪壶不开提哪壶。他立刻扭转话锋说:"炕热着吗?"孙友德一边问,一边将手放到褥子上试了试温度。海峰说:"热着呢,我娘晚饭前刚给我烧了炕。"话音未落,孙友德自问自答一般说:"炕热着呢,那就好,那就好。"

友成端着塑料果盘,给族人们将瓜子花生和糖果递上去。有人抓一大把,有人抓小把,有人只抓几个糖果,有人不要。

这时,红莲到厨房拿了筷子和醋汁过来,说:"我把醋汁浇上,一起吃点菜吧。"

"不用了,别忙活了,坐一会儿就走了。"孙友德双手插在衣兜里,率先回应。其他人也跟着附和说不吃了,都吃好几遍了。

老四把酒瓶拿出来,开始给三哥敬酒,给三嫂敬茶。长辈不用给晚辈敬酒,所以这时,老大和老二坐在炕边看电视。孙友德抽着烟,不时扭头看看瘫坐在炕上、脑袋硕大、四肢骨瘦的海峰和一直歪着脑袋、话也说不清楚的云卫,惆怅满怀。他心想,曾经盛极一时的孙家,二十多个子孙后代,缘何会出来这两个不齐全的?哎……真是家族不幸,兄弟不幸,亦是两个孩子的不幸。

小辈们给友成和红莲敬酒、敬茶,于是,友成喝着酒,一盅又一盅,红莲喝着茶,一杯又一杯。一年三百六十五天,只有这一时一刻,红莲才感觉自己是被人尊敬的。听到老四敬茶时说:"三嫂,你辛苦了。"她的眼泪差点流出来。只是这样简单的一句话,却似胜过了千言万语。什么时候她的男人能说这么一句话,她便是为这个家累死也值了。可惜,她知道,友成永远说不出这样的话来。

友成不胜酒量,从四合院到自家,这一圈喝下来,已经面红耳赤,有点晕乎乎了。看到满屋子穿着新衣、活蹦乱跳的孩子们，再看看海峰。他的眼泪同酒，一起灌进了肚子里。这么多年来，为了海峰，他操碎了心，用尽了法子，却看不到任何转机，也看不到一丝一毫的希望。他多么希望海峰有一天能走下床，满院子跑起来，像其他孩子那样……他努力控制自己，不敢多想，他生怕在一大家人面前露怯。

众人敬完酒，吃了瓜子糖果，也看了春晚，于是端着各家的盘子，提着酒瓶，又一起出了门。红莲一家人将族人们送到了大门口，目送他们离去。

孙友德带领族中的男丁们，接着去孙氏大家族的其他支脉拜年。友成端着盘子、提着酒瓶跟在后面。这时候，女眷们便不用抛头露面了，各自回了家。

海兰和海珍将哥哥的屋子又打扫了一遍，为了避免见到族中别家人来访，姐妹俩又一起去了四合院老屋。

红莲将桌子摆好，将绿色塑料壳的电壶提到了桌边。

海熊年纪小，到了夜里已经困得东倒西歪。红莲将小儿子抱去大屋哄睡后，又回到海峰屋里，继续包韭菜鸡蛋馅饺子。

海兰和海珍到了爷爷家，站在院子里透过玻璃窗便看到屋里坐了许多人，她们没敢进去。看到四爸家的房子里亮着灯，听到有人说话，于是进了屋。没想到小芳姐、小云姐、丽梅姐，还有小丽和自美，五个人正在屋里玩扑克牌。

海兰和海珍也加入阵营，从七王五二三、勾圈开、炸金花玩到斗地主。海兰不会玩斗地主，便和小丽、自美三人用另一副扑克牌玩起了弥竹竿。

玩了一会儿，孙小芳看了看四爸家墙上挂的金黄色钟表，已经九点半了，便拉了妹妹小云要回家去。海珍看到两位堂姐要走了，便拉了海兰也往回走。自美还在和小丽玩扑克，等着她妈妈来接她。

回去的路上，姐妹俩看到各家族三五成群、南来北往去拜年的"队伍"，相当热闹。可惜这热闹是男人们的，女孩们都得回家去，妇女们都得在家守着招呼人。夜渐渐深了，海兰感觉寒气阵阵，冻得双手跟冰棍一般，她赶紧把手塞进了棉袖筒里。

她发现，今年的拜年仪式已经有了变化。以前拜年讲究每家至少端一盘菜，多是凉菜，冻冻、面皮或者凉粉之类。不论端到哪家，都要"卸货"，把菜留给人家，走时拿着自家的空盘子。去下一家时，得回自家再去"装货"，再端盘菜。因而，年三十的下酒菜，一个菜样通常要准备四五盘，甚至九十盘才够用。今年不一样了，端出去的两盘菜都没动筷子，都把盘子放在人家桌上亮个相，走时再原封不动地端走。只有酒，还继续倒；茶，还继续喝。

姐妹俩到家后，看到母亲已经包好了两盘素饺子，高兴不已，因为好久没吃饺子了。红莲把饺子放到了厨房案板上，用大面盆盖住，怕老鼠掀开了面盆偷吃，又将磨刀石压在面盆上。

这时候，有一拨人进了院子。

"我三哥在吗？"孙宝仁耳后别着烟，提着酒瓶问道。身后跟着他的弟弟孙宝义和儿子、侄子们。

"没在家，去拜年了。是你们兄弟俩啊，快进屋坐。"红莲从厨房出来，赶紧招呼族人们进了海峰的屋子。

海兰和海珍正坐在炕边吃着瓜子看春晚，见到有人进来，立刻跳下炕边，问候来人。

"爸，好。"（此处意为"叔叔"）

"哥，好。"

海兰和海珍继续端茶倒水，递糖果。孙宝仁和孙宝义两兄弟端着热茶水，看了看海峰，寒暄了几句。

这两兄弟的父亲，名唤孙忍四，与友成的父亲孙世列是堂兄弟关系，膝下两子一女，女儿名唤孙宝晴，已出嫁他乡。

兄弟俩个子都不高。孙宝仁长得又瘦又白，孙宝义长得又胖又黑。孙宝仁生了三个儿子，名唤精精、亮亮、星星。海兰记不住，便给这三兄弟取了个长名，叫天上星星亮晶晶。每次只要见到他们，海兰就会说："天上星星亮晶晶来了"。

孙宝义育有一女一子，名唤瑶池和越雷，拜年时，只带了小儿子。

这六人轮番给红莲又是敬酒又是敬茶，红莲不好推辞，抿了一口酒，顿觉心里烧得慌，赶紧喝了口茶压压惊。

海兰姐俩与这一门四兄弟，年纪相仿，面面相觑，有些尴尬。虽然都是族内人，但平日鲜少往来，只有除夕夜才会这样近距离见面说话。

略坐了会儿，孙宝仁便起身告辞。已上初中的孙精精和上小学一年级的孙越雷各自端了盘子，跟在大人后面出了门。

红莲母女三人将这两家人送到了大门口，看到他们去了隔壁孝宁家，才转身回屋。

如此反复来了好几拨人，母女三人就在家里招呼族人。友成中途回家放下盘子，只拿了一瓶酒便急匆匆出门去了。

夜里近十一点时，红莲算了算门子中的人都来过了，应该不会有人再来，洗漱完便回大屋睡下了。海珍也困得不行，回屋去睡了。只有海兰还在哥哥屋里看春晚，等着父亲回来。

她一边看春晚，一边将压岁钱从兜里全掏了出来，摆在床边，用手将一张张纸币按压得平平整整，然后又对折起来，小心翼翼地装进了自己用两块布片给自己缝制的所谓的"钱包"里。

海峰见状，对妹妹说："把哥兜里的钱也拿出来整理一下吧。"

海兰便将哥哥的钱也拿出来捋平整，又给他装回了口袋。

"海兰，把哥放平吧，我累了，想睡觉了。"海峰连续坐了好几个小时，虽然变了好多个姿势，但已筋疲力尽。

"好的。"海兰说着便跪在炕边，一手扶着哥哥的头，一手顶着后背，小心翼翼地让哥哥平躺在枕头上，又给他盖上被子，帮他调整好枕头的位置。然后，海兰将电视机的声音旋钮调小了。她没有回大屋，仍旧坐在炕边等父亲回来放鞭炮。

为了过年，红莲忙碌了大半个月，当她贴到热炕上的时候，深感浑身酸痛。

过年，过什么呢？她思考着，对小孩而言，或许是穿新衣、戴新帽、收压岁钱、嗑瓜子、吃花生糖果。对男人而言，或许是发红包、喝酒、抽烟、拜年。对女人而言，其实就是做饭、洗碗、招呼族人。用俗语来说，就是"小孩爱过年，大人怕花钱"。

夜里十一点半，远处的鞭炮声开始此起彼伏地响起来了。

海兰听到大门有响动，赶紧掀起门帘朝大门口看了看，正是父亲。

"转完了吗？"海兰问父亲。

"转完了，都能喝酒的很，今晚两瓶酒都喝完了。"友成边说边走。

"现在放炮吗？"海兰继续问父亲。

"等到零点吧。"友成双手交叉入袖，戴着绿军帽，冻得嘴唇发白。进屋脱了鞋就坐到了海峰的炕上，看起了春晚。

海兰看看时间快十二点了，因为初一有讲究，不能扫地。她再次把笤帚拿出来扫了地，又擦了桌子。

不一会儿，电视机里开始倒计时。海兰快速跑进大屋，拿了一串鞭炮出来递给父亲。友成拿了鞭炮，点了根烟，便走出了大门。海兰跟着父亲也出了门。

"来，你放个炮试试。"友成把烟头递给海兰。

"我不敢，拿着香点还可以，拿烟头我可不敢。"海兰没接，往门里躲了躲。

这时候，对门和隔壁几家都有人出来放鞭炮。友成二话不说，一手提起鞭炮，一手拿着烟头，快速用烟头点燃鞭炮，扔到了门口。只听噼里啪啦，噼里啪啦，鞭炮声霎时打破了夜的宁静。南街的几户人家门口，鞭炮声此起彼伏，全都响了起来。不一会儿，整个村子里的鞭炮声也都络绎不绝地响了起来，甚至还有震天响、窜天猴，炸雷一般响起，照亮了半个夜空。

海兰用手堵着耳朵，看着，听着鞭炮声，心想，年就这样过去了吧，新的一年到了。她看着鞭炮大声喊道："新年快乐！"

除夕夜的守岁以鞭炮声作为结束。海兰打了个哈欠径直回了大屋，友成将门闩拉上，又拿木棍顶了门，接着走进海峰屋里，关了电视、电灯和房门。最后，他走到房檐下，拉了灯绳，整个院子顿时漆黑一片。

妻儿们都已熟睡，友成最后一个睡下。窗外传来阵阵爆竹声，或远或近，不绝于耳。屋内不时被窜天猴的余光照亮。

这样热闹的深夜，一年只有一次，纵使正月十五，也只从夜里七八点热闹到十一二点。只有除夕夜，这样的喧闹可以持续到半夜一点左右。

当喧闹还给了人们，寂静又还给了夜。

第七十三章 初一邂逅讲究多

正月初一，凌晨四点半，村子里已经有几户人家陆续亮了灯。

咏勤她婆、君诚他娘等几个小脚老太太已经惦记着去庙里烧香了。除此之外，还有孙家的老四友怀、邹家的老大邹树财相继开了灯，穿戴好衣服，准备好香火，掐着时间，争着抢头炷香了。

俗话说，一元复始，万象更新，正月初一是中国人新年的第一天。

六点多，天刚蒙蒙亮，友成起床拿着香烛去了庙里烧香。红莲起床做早饭，按照老讲究"初一饺子初二面"，所以她将昨晚包好的饺子煮了。

每到过年时分，天气异常寒冷，清晨的厨房如同冰窖。案板上的所有东西都结了冰，冻住了。从抹布到碗盘、筷子、面盆、饺子等，包括大案板本身也冻住了。案板上结了一层薄薄的冻得硬邦邦的白霜。案板下的水桶里结了一层厚厚的冰。每次早起，红莲都要倒点电壶里的热水化开了水桶里的水，然后提着桶里的冰水再去灌压水井引水。

红莲一边烧火，一边思考，大年初一这一天的诸多老讲究、老规矩。当初母亲传给了她，她便有责任传给儿女们。

正在思考之际，鞭炮声响起，原来是友成在大门口放炮呢。这时，村里的鞭炮声，争先恐后再次噼啪响起。

爆竹声落，满地都是红色碎纸片，整条南街乃至南河滩村东南西北的四条主街道上，全都是碎红一地，仿佛把年味铺了一地。家家户户，张灯结彩，看起来喜气洋洋。

友成放完鞭炮便跨进厨房，看到红莲的早饭做好了，便自顾自舀了两碗饺子，端去海峰屋里吃了。

海兰和海珍刚洗完脸，海兰用抹布沾着洗完脸的热水，一边擦大木柜和大衣柜，一边问母亲："今天有什么忌讳吗？每年都听您说，但我只记住了一条，不能使剪子。"

红莲一面照着门口右侧土墙上挂的一方镜子，在脸上抹着雪花膏，一面回答："今天忌讳很多，除了不能使剪子，还不能用笤帚、扫帚去扫地、扫院子，也不能倒垃圾，否则好运、财运就扫没了、倒没了。不能将水分给别人家，水代表财，比如别人来家里打水，都很忌讳，意味着别人会分走咱们家的财运。还不能用针线，否则新的一年会害红眼。不能打骂人，说脏话，否则家里一年不太平。不能洗头、洗澡、洗衣服，否则会洗掉好运和财富。不能吃药，否则意味着一年药不停，病好不了。不能打破镜子、碗、碟、盘子等玻璃、瓷器品，寓意破财。如果打碎了，就得说碎碎（岁岁）平安，或者'落地开花，富贵荣华'之类的吉祥话。不能全都做新饭，还要吃点除夕晚上的剩饭，寓意年年有余。"

海兰听完感觉脑袋都变大了，皱着眉说："竟然有这么多忌讳，那不能使剪子是什么说法？"

红莲说完，给海兰的脸上也抹了雪花膏，说："如果使剪子，就会破财，不利于平安。"

海珍从厨房端来了饺子，听到母亲和妹妹的对话，忙问："既然这么多讲究，那今天能干啥？"

红莲继续说："这一天有许多合时宜的事情，比如一家人吃团圆饭，寓意一年团团圆圆。逢人就说吉利话，寓意一年顺顺利利。适合登高望远，寓意见多识广，芝麻开花节节高。做自己喜欢的事情，比如书娃娃，初一就多看看书，寓意一年学业有成。患病之人多走一走，病好得快，一年健健康康。这一天也适合烧香祈福去庙里，还适合互相拜年问声好。"

海珍听得津津有味，说："没想到，初一这一天，这么神奇！"

"是啊，也不知道是从啥时候开始讲究的。"红莲一边给海熊穿衣服，一边说，"不仅初一神奇，整个正月还有很多讲究呢。"

"记得您说过，什么正月不剃头。"海兰将抹布在盆里洗了洗，继续擦柜子上的小物件。

"是的，正月除了不能剃头，还不能烧干锅，就是除了炒菜，不能烙锅盔、馒头或炒棋子豆等。不能说'破''死'等不吉利的字眼。没有紧急或重大疾病，尽可能不吃药不去医院，不然就说一年到头疾病缠身。"红莲给海熊穿好了棉衣外套，又给他喂饺子吃。

这时，院子里响起了熟悉的声音。

扁担的铁钩撞击铁桶的声音由远及近，由小到大。红莲听到声音便知是罗素平家来提水了,她立时就有些生气。端着海熊的小碗,她走出房门去看,果然是她。

罗素平看到红莲站在房门口正看着她,有些不好意思地赶紧打了声招呼:"吃早饭呢。"边说着,就将扁担和铁桶放到地上,熟练地用水槽边的大搪瓷杯里的水倒入压水井,引出井水,然后灌满大搪瓷杯,接着将铁桶放进水槽中,开始压水……

红莲站在门口瞪了一眼罗素平,立刻回屋继续给海熊喂饭。海兰和海珍也走出去,站在房门口看了看,哑口无言。

等罗素平走后,从水槽到大门口,便多了一条水桶泼溅出来的"水花路"。

海兰气得站在院中小声骂道:"明知正月初一不能从别人家挑水,还要来挑水,脸怎么那么大!就不能提前一天把水挑好了吗?你们家有水缸呢,又不是没有,真是揣着明白装糊涂!还嫌我们家不够穷吗?非要初一来把我们家财运挑走两桶!"

原本这些话是红莲想骂出口的,没想到还没等自己开口,小女儿先开了口,不愧是母女连心。

红莲气得在心里暗暗骂道,看看她刚才的样子,明显是"做贼心虚"。若是年轻人不知道也就罢了,你跟我一个村里长大的同龄人,你不知道初一啥讲究?装啥装?你咋不去跟你关系要好的庞雀儿家打水?大年初一,你看人家让你打水不?他们家就在你家正对门,你为啥要舍近求远,来我们家打水?你摸着良心说一说!

红莲气完了罗素平,又想起"门"的事情,她生起友成的气来。放完鞭炮,原本红莲就担心对门那两家来打水,把财运分走了,她是关了门的。可罗素平是怎么进来的?门是怎么开的?她不用问就知道是友成干的。只要他在家,一年四季大门常开,仿佛随时随地欢迎一切牛鬼蛇神进门来。

一想到友成,她的心里就堵得慌。她赶紧给小儿子喂完饭,自己吃起饺子来,蘸着醋汁,味道十分可口。她努力把注意力集中在饺子上,不去想不开心的事情。刚刚才给女儿们讲了初一的讲究,自己怎么犯起糊涂来了。大初一生闷气,这一年岂不都得生气了?她没敢再多想,赶紧起身收拾碗筷去厨房了。

还没生海熊的时候，家里没有这么忙乱。每逢除夕夜准备完凉菜盘子，她还常给福侠嫂子和隔壁孝宁嫂子去拜年。如今多个孩子，突然感觉忙乱不堪。除夕没来得及拜年，那就初一补上。

忙完厨房，红莲去了福侠嫂子那儿。刚进门就被孙得福养的大黑狗的几声狂吠给吓住了。

"别怕，我用炕扒给你挡着，你进来。"福侠嫂子站在院中，双手攥着长长的炕扒挡着黑狗。虽然大黑狗的脖子上拴着尼龙绳，但那呲呲逼人的气势，有点"狗咬吕洞宾，不识好人心"。

福侠嫂子生养了四个孩子，两子两女，其中大女儿夭折了，小女儿孙福侠出嫁了，大儿子孙得福，小儿子孙得寿。一家人原本住在三间土坯房中，后来两个儿子都娶了媳妇，地方不够住。老两口便给小儿子在土坯房西隔壁买了庄基地，盖了三间土房。小儿子一家搬了过去。福侠嫂子和大儿子一家五口依旧住在老屋。

福侠嫂子的两个儿媳妇周艳秋和李烈凤素来不睦，时常吵架。因此，福侠嫂子虽是住在自己的老宅里，但因丈夫去年去世，按照老讲究，家中新丧，不能去别人家拜年。因此，她不能出门给红莲和孝宁他娘去拜年。

红莲知道这点，因此主动过来给福侠嫂子拜年，顺便看看她，宽慰宽慰。

红莲自小就怕狗，尤其怕黑色的狗，看起来就很吓人。她小心翼翼地拎着一包用淡黄色麻纸包裹的四方纸包，里面包着空心江米条，走进了土房过道。

"人来就行了，还提啥东西呢，太见外了。"福侠嫂子说着接过点心，高兴地走进她的房中，将点心放到了她的木柜上。木柜上方的土墙上贴着观音菩萨的画像。

"没事，就一个点心，拿过来你尝尝。"红莲说着，坐到了炕边。

两人聊了半天。福侠嫂子的左袖上方还用别针别着黑布绣着白字的"孝"带。

红莲坐了一会儿就告别福侠嫂子去了对门。福侠嫂子站在门口目送红莲走进对门孝宁家。

孝宁嫂子的体型与福侠嫂子恰好相反。福侠嫂子长得十分清瘦，人也白净；而孝宁嫂子，圆脸圆发型，身体也浑圆硕大。福侠嫂子说话快，做事干脆利落；而孝宁嫂子说话慢，做事也慢慢悠悠。南河滩村，与孝宁嫂子脾性十分相似的还有一位，便是红莲的二嫂唐享福，只是二嫂比孝宁嫂子长得更为浑圆健硕。大概是因为形体相似，秉性相投，唐享福与孝宁嫂子走得很近，素日里往来密切，关系甚好，就像红莲与福侠嫂子这样。

　　红莲出门拜年时，海熊跟他的同龄玩伴飞鹏和蛟龙在哥哥屋里看电视。海珍坐在旁边看着弟弟，虽然也很想出去玩，但她知道自己是姐姐，弟弟不到三岁，年纪尚小，妈妈出去拜年了，她得看着弟弟。

　　海兰原本也在看电视，但孙云飞和梁少峰各自带着妹妹来叫她一起去磨性山玩。海兰看到弟弟有姐姐看着便出去玩了。

　　大年初一对海兰而言，无外乎去钓鱼台、磨性山，或是渭河边。前几年，海兰和小伙伴们走路去了钓鱼台，因为那时大年初一免费开放，但现在又收门票了，所以今年改去磨性山。

　　大家各自穿着新衣服一路招摇，生怕有人没看到自己穿了新衣服一样。海兰走在中间，左右跟着梁少红和孙云婷。走到天虹家后门院墙的位置时，海兰提议把刘天虹、邹书苗一同叫过去。

　　于是，几个人站在已经坍圮的土墙豁口处，朝墙内大声喊："刘天虹！刘天虹！"

　　这时，刘天虹正在吃早饭，闻声而出，看到土墙豁口外的海兰几人，兴奋地回应道："等我啊，马上过来！"说完就跑进屋里跟她外婆说："婆，海兰叫我出去玩呢，我出去了啊。"

　　刘天虹的外婆周氏，仍旧穿着一身黑色斜襟衣服，戴着黑色小帽，满脸褶皱，吃着面，一脸不悦地说："去吧！去吧！早点回来干活，知道不？"

　　刘天虹已经跑到院子里，边跑边说："知道了！"

　　那边，孙云飞和梁少峰已经跑到了西街西头的邹书苗家门口，孙云飞学着女孩的声音，喊道："邹书苗，邹书苗，有人叫你呢！"

　　过了一会儿，隔着门听到脚步声，有人来开门了。门一打开，竟然是邹书苗她妈，孙云飞和梁少峰顿时尴尬地跑远了。

"是你俩呀，叫我书苗干啥？"邹书苗的母亲贾红瑛一脸严肃地问。

"孙海兰让叫的，说去磨性山玩。"梁少峰不慌不忙地站在远处说道。孙云飞已经尴尬地跑远了，迎面就看到海兰带着梁少红和孙云婷走进了西街。

"谁啊，谁叫我呢？"这时邹书苗也走出门来，"原来是你们，去哪里玩啊？"邹书苗站在门口问。

"磨性山，去不去？"海兰赶忙走上前问。

"去吧，反正也没啥事。"邹书苗刚说完，她弟弟也跟了出来。

"我也要去！我也要去！"七岁的邹书凡急切地抓着姐姐的衣袖说。

"走吧，一起去吧！"海兰说道。

邹书苗的母亲看到一群孩子来叫她闺女，颇有一些得意，便自顾自回了屋里。

"刘大虹来了！"孙云飞站在西街与出村的主干道交界处喊道。

"走吧！天虹也来了，出发！"海兰说着像一军统帅般把手一挥。

"好，走吧！"大家参差不齐地边回应边走着。

出村的北路上，远远看去，三五成群的小孩们、大人们，仿佛将那条路人为地切割成好几段。

海兰一共领着七个人，却像领着千军万马一般，浩浩荡荡地向磨性山进发。

一路上，她见到了许多熟悉的面孔，有乡里乡亲，同学朋友。大人们常去磨性山烧香磕头，祈求新的一年人财两旺、五谷丰登。小孩们只顾去爬山游玩，看人多，凑热闹。

快要抵达山脚时，路上的人越来越多。虽不及二月十五庙会那么多人，却也比平日里热闹许多。路边卖东西的不多，走到山门下时，才见几个卖鞭炮、卖香烛的人。

初一这天，磨性山免费开放。

站在山门下，看着笔直的楼梯竖在眼前，而南天门的牌楼则远在楼梯的那一头，小伙伴们互相看了看，二话没说，争先恐后地拾级而上。

很快进了南天门和庙门，庙内香火鼎盛，人头攒动。大家在庙里转了一圈就出了庙门，向山上走去。八个人你拥我拉，走了好一会儿才到山顶。大家站在山顶的小庙前，个个气喘吁吁，口中哈着白气。

就在他们并排站在山顶俯瞰山下的风景时，海兰用余光看到了一张熟悉的面孔。

"居然是他！"海兰转头看了一眼，心里咯噔一下，真的是他，那个学习很差、长得很帅的男生——孙俊杰。

"你们也上来了？"孙俊杰面带微笑双手插裤兜里，朝海兰走来。只见他梳着偏分头，穿着一身红白相间的运动服，围着一条灰色围巾，脚蹬一双白色球鞋。在他身旁的还是张大海、杨朔东、杨百冠、李闻达几个人。

"是啊，你们也来了。" 海兰回应时，其余小伙伴也都看到了孙俊杰几个人。

孙云飞和梁少峰立刻走了过去，与几位男同学寒暄。

海兰说完，继续看山下的风景。远处的秦岭，雾气朦胧，仿佛一幅水墨画；近处有冬小麦，大片大片覆盖着土地；还有村庄，像点缀在绿色田野上的小花，一朵又一朵；通往磨性山的路上，人来人往，小如蝼蚁。

刘天虹站在旁边不时地看看孙俊杰。

"走啊，咱们去庙里看看。"一旁的邹书苗拉了拉刘天虹。海兰带着女孩子们在山顶转了转，然后就往山下走去。孙俊杰看到她们往山下走了，便带着众人不远不近地跟在后面，也往山下走去。

友成和大儿子吃完早饭，便将碗筷探身放到了案板上，脚还在厨房门外，然后就去渭河边散步了。

渭河边的人很多，男女老幼都有。没想到的是，今年渭河边的大人们没多少，小年轻们却多了许多，一看就是谈对象的男男女女。

友成看了看浑浊的渭河水，还有那一人多高略显凌乱的蒲草，随风摇摆的枯黄的芦苇，靠近岸边窃窃私语的野鸭，以及远远看去，横在眼前的秦岭，他觉得自己像是来给它们拜年的。他在渭河堤岸上极目远眺，转了又转，看了又看，仿佛所有的烦恼都随着湍流的渭河水奔涌向西，一去不返，而心里空空如也，于是，他往回走去。路过自家南滩地的地头，他看了看庄稼，土粪已经苫好了，来年可期大丰收。

麦苗上的露珠还没有完全掉落，因而将麦苗衬托得生机勃勃。

友成背着手，慢慢悠悠地走着，正享受着田野间青草与泥土的香味时，突然看到远处有个人。

他觉得难以置信，大年初一居然有人在地里头挥锄除草。定睛一看是刘勤虎，在马王庙后头住的那户人家，他们家距离马王庙只有十米远，房子坐西朝东，是独立的一户人家，不属于任何一条街，偏居村子西南一隅，除了左边是西街一条，院子前后、右边都是村里的粮田。

"真是勤劳啊，过年都不忘锄地。"友成忍不住佩服起这个年轻的农民——刘勤虎。这小子才三十出头，正是年富力强、下地干活的时候。虽然他也不过四十出头，但总感觉像是五六十岁的人了。

他自觉已没有二三十岁时那种顽强的拼劲和急切的渴求了。他深感自己已经老了，与命运搏斗了半辈子，终究还是命运的手下败将，他已经认输了。往后余生，他打算听任命运摆布。没有了那种逆天改命、谁都不服的对抗，顿觉人生自在、豁达了许多。

从渭河滩回到村里，他径直去了城门洞下，那里是男人们的天堂。

一年四季，尤其是农闲、下雨时节，那里永远聚集着一群男人。就跟摆摊一样，男人们依着年龄和爱好的不同，自然而然地围了三圈。平日里基本是两圈，只有过年时才有这么多人。

友成在城门洞下玩了数十年，每回都是年轻人围一圈打扑克，中年人围一圈掀花花，老年人围一圈下象棋。有的人自带小矮凳坐着，有的人站着，大多数人则蹲在地上。

"蹲"对陕西男人而言，之所以成为陕西八大怪，不仅是"怪"，更是一种功力。这种"蹲"的功夫，对一般人而言，坚持十几分钟半小时是稀松平常的，坚持一两个小时就有些困难了，但对陕西男人而言，蹲一两个小时是起步，连续蹲三四个小时才算稀松平常。

友成也不例外，作为地地道道的陕西汉子，他时常蹲着吃饭、拔草、下棋、掀花花。"蹲"功不说练到了炉火纯青，也算到了少有人及的地步。

在每一圈蹲着的人身后都站了一圈看客，看客们通常比正主还急，尤其是下象棋那圈。七嘴八舌，你一句我一句，甚至喊得声嘶力竭。每次喊得最大声的便是老村组长家的儿子刘军旭。他天生好玩，一会儿玩扑克，一会儿掀花花，一会儿又去看象棋，嘻嘻哈哈，村里谁都认识，除了他爹，谁都不怕。

男人们玩的时候，村里的女人们便互相串门，走动拜年。很少有人见面会说"新年好"三个字，人们习惯用"吃了吗，喝了吗，在屋呢"这些常用的明知故问型的短句来表达新年好的意思，但谁都知道初一来访，就是拜年的意思。有的提一包江米条，有的拿一盒点心，有的提一袋苹果，甚至有的端一盘凉菜，礼物很简单，也很朴素，情意却浓厚得像五月的槐花，六月的荷，七月的绣球，八月的瓜。

友成很快走到了城门洞下，看了看拥挤的人们，他站到了象棋圈里。起先，他蹲在人群缝隙里只观不语，几盘棋局结束后，终于拿到了棋子，蹲在了楚河汉界的一端。任由旁人七嘴八舌地指教他棋子的走向，他只管气定神闲，按他的本意走，不管别人说啥。

红莲从孝宁嫂子家刚转回来，咏勤她娘双手袖在棉衣袖筒里，慢慢吞吞地走进了院里，跟她寒暄了几句，便回去做午饭了。

红莲原想去几个妯娌那转转，但有些自卑。自卑使她见不得别人的眉高眼低，自卑使她对几个有钱的先后们望而却步。她借着做午饭的借口，终究没去妯娌那儿。

初一的午饭，通常都是臊子面，相对简单，但晚饭却很丰盛，一大桌菜，热的凉的，都是孩子们喜欢吃的饭菜。

这一天，几乎家家户户门口都像撒了红纸屑一般，看起来很有年味。

除夕没有来得及拜年的人们，赶在初一继续拜年。如果说除夕主要是同族之间的推杯换盏，那么初一便是不同族姓之间的你来我往。

住在东街东头卖豆花的刘谦让，每年初一都会来找友成，偶尔还给友成说说自己的心里话。友成与刘谦让的哥哥刘谦录是战友，但平日里往来甚少。

贫富之间似乎存在一条天然的鸿沟，有的人能跨越，有的人却无法跨越。友成自知跨越不了那道鸿沟，因而从不结交权贵。只要有人与他交往，再穷他都不嫌弃。他觉得，别人与他交往，是看得起他，因为他自觉是全村最穷的。

他的战友刘谦录家里有钱，在虢镇城里买了房，把三个孩子也带去了镇里上学，因此友成与这位战友渐行渐远。

不知何时，战友的弟弟、比友成小八九岁的刘谦让，因为向友成借了几次农具，友成为人友善，没有拒绝，自此以后便与友成往来频繁，时常跟友成聊天。

然而，在红莲看来，刘谦让来看友成，从没有什么好事。一年四季，总会来借各种各样的东西，还常常赖着不还，大到架子车、木梯子，小到一针一线，而友成却不在乎这些。他觉得村里那么多人看不起他，有个人能主动与他攀谈、借东西，就是看得起他。因此，红莲感觉任何荒诞的事情，在友成那里总能说得头头是道，无可辩驳。

两个男人之间的距离拉近了，也带动了两家的女主人渐渐走近了。

红莲与刘谦让的媳妇，平日里也会互相串个门，一起坐在门外树下或者院子里纳个鞋底，绣个鞋垫，织个毛衣……这就是乡村妇女的交往方式。在劳动中相互陪伴，互相解忧。

大人们的交往也影响着孩子们的交往。刘谦让的大女儿妮妮和海珍是同班同学，看到大人们时常走动，海珍跟妮妮也渐渐开始一起玩耍。

正月初一的年夜饭十分重要。一家人在海峰的屋里看着《新闻联播》，刚吃完年夜饭，刘谦让就进门了。他中等个子，四方脸，棱角十分清晰，浓黑的眉毛，黝黑的脸庞，戴个棕色的毛线帽，穿着黑色皮夹克，双手交叉在袖筒里，弯腰驼背。

友成递了一盘瓜子花生给他，他连连摆手说不吃，闷声坐在炕边，看着电视。友成又卷了一根旱烟递给他，他接过烟，夹在手中，一边盯着电视，一边开始跟友成闲聊，哥长哥短，说着家事、国事、天下事。友成就像给弟弟答疑解惑般悠然自在地抽着烟，回答着他的困惑和问题。

有道是"酒逢知己千杯少，话不投机半句多"。虽然对友成来说，刘谦让的思想境界、人文涵养，距离他的"知己"还差十万八千里，但他尊重每一位尊重他的人。别人敬他三分，他便回敬十分，这便是他的处世之道。

第七十四章 初二回门莲花山

正月初二的头等大事,就是回娘家。不管是刚嫁过门的新媳妇还是结婚多年的"老"媳妇;不管是山高水远,还是天涯海角,只要老家有人,都要回娘家。回娘家的路对女人而言,要走一辈子,走到父母下世、兄弟也殁了为止。

红莲仍旧一早起床做饭,友成起得不晚,偶尔兴致来了还会拿着大扫帚扫扫院子和大门口,这就已经了不得了。友成惯常地喜欢跷着二郎腿,坐在炕上发呆、小憩,或者去渭河边转悠,渭河才是他的知己。

今天,友成知道姐姐秀兵和妹妹玉兵要来,便早早地起床,拿起大扫帚将院子里外打扫得干干净净。之后,他去了海峰屋里,靠着床边的一卷被子,睡起了回笼觉。

年前已经炒好了臊子菜,只需煮个面条,调个臊子汤,切个韭菜鸡蛋薄片,一顿早饭便做好了。红莲两手各端了一碗面到海峰房中,先将父子俩的饭伺候到位,又走到大屋,叫醒三个孩子起床吃饭。

还没等孩子们吃完饭,友成的姐姐孙秀兵已经带着她的丈夫、儿子进门了。

红莲进厨房舀了面,孙秀兵说已经在大哥家吃完了。接着,给三个孩子发了红包,一人两张崭新的十元纸币。孙秀兵还特意去看了看海峰,塞给他压岁钱。友成赶紧给外甥何元利发了红包。

友成问:"元梅和元红怎么没来?"

友成的姐夫何平生说:"在大哥家玩着呢,没有过来。"

友成已经记不清多久没见到两个小外甥女了,许是嫌弹他三舅太穷吧,连个坐的地方都没有。每逢节日,只有小外甥何元利会跟着姐姐来看他。因此,友成偏爱何元利,加之何元利的年纪只比海峰小一岁,他每次见到何元利,就像看到海峰恢复了正常。何元利也能感受到他三舅比其他几个舅舅更疼他。因此,每回走亲戚,他都会来三舅家。

按照西府风俗,初二回娘家要吃两顿饭。早上要喝汤(意为"吃臊子面"），中午要吃炒菜、稀饭和馒头。

有几年，红莲早晨做了臊子面，大姑子小姑子来家后，说已在四合院老屋吃过了。在红莲看来，可能人家嫌弹她做的饭不好吃，或者屋里小，或者别的什么原因，不管因为啥原因，红莲感觉被嫌弹了，此后就很少给他们两家备饭了。

久而久之，孙秀兵和孙玉兵到了孩子他三舅家，坐一会儿，聊几句就走了。直到下午回家前，她们会派各自的儿子何元利或杨小伟来取装礼当的布袋子。红莲每次出门前，都会装好回盘，十个小馒头加三根麻花。

红莲知道，一般的讲究是，亲戚拿三样东西，回礼回三样。时代更迭，现在已经没有那么多讲究了。如果亲戚拿了一袋油茶，不好分开，就多回几个馒头，甚至可以加几个苹果。

孙秀兵发完红包就出门去了，因为没有喝汤，友成心里过意不去，便送大姐走到了二哥家。

这时，孙友东家刚做好了臊子面，端放在茶几上，孙友东的大女儿孙云芳也回娘家了。屋子里人很多，十分热闹。

孙友东端了一碗臊子面塞到大妹妹孙秀兵手里。孙秀兵虽然已在大哥家吃过了早饭，但不好推脱，只好再吃一遍早饭。孙友东见三弟也来了，就顺手给友成也塞了一碗臊子面。友成闻着面香，忍不住接过碗就狼吞虎咽地吃起来，但他已经在海峰屋里吃过一碗面了。

"我二嫂做的面，味道不错啊！"友成吃完一碗面，忍不住夸赞起来，然后自觉将碗放到了厨房案板上。

孙友东心想，不是你二嫂做的饭，是你二哥我做的。他回应三弟说："好吃，就再吃一碗。"

过年时吃的臊子面和红白喜事的臊子面是一样的规格，碗较小，半碗汤，一筷头面，一两口就吃完了，通常要吃好几碗，甚至十几碗才能吃饱。因此，这种臊子面，人称"一口香"。

友成没推辞，连吃了两碗一口香才回了自己家。连孙秀兵都替三弟觉得不好意思，友成却丝毫没有感觉到。

"你送人送哪去了，怎么半天才回来？"红莲在厨房一边用炊帚刷锅一边疑惑地问。

"送大姐到了二哥家，人家做了面，就跟着吃了两碗。"友成说着，往海峰屋里走去。

"什么？你去二哥家吃面？你不是吃过面了吗？怎么跑人家家里当亲戚去了，真是丢人！"红莲听了很生气，愤愤地说，"你去别人家吃面，你哥你姐还以为我没给你做早饭呢！哎！你真是，一点人情世故都不讲！"

友成全然不顾媳妇的数落，进了海锋屋里，打开电视，坐在铺着竹席的木板床上，双手抱头靠着被子，只管看电视。

"三哥……三哥！"

听到院中的喊声，友成便知道是妹妹玉兵来了，赶紧坐起身。

这时候，孙玉兵已经掀开门帘进了屋，跟在她身后的是丈夫杨礼堂，两手拎着礼当，三个孩子跟在后面。

友成接过礼当，放在桌上。兄妹俩寒暄几句，友成让座，然而妹妹一家都站在脚地上，唯独那个身材矮小、长相憨厚的妹夫杨礼堂坐到了木床边上，友成这时候才体会到被嫌弹的感觉。

红莲听到脚步声，刚从厨房出来就见人都进了海峰屋里，赶忙在围裙上擦了擦手，倒了茶水，端了进来。

孙玉兵接过玻璃茶杯，看到三嫂出了门，没有喝就直接放到了桌上。她拿出崭新的二十元纸币，塞到了海峰手里，还捏了捏海峰的棉衣，蹙眉说道："我娃穿得冷不冷？棉袄有点薄吧？"

红莲端了果盘进屋，赶忙回应道："不冷，一天烧两三次炕，屋里暖和着。男娃嘛，火力壮，穿太厚了热，还容易发烧。"说着，红莲将果盘递给三个孩子。

海兰听到小姑来了，去了哥哥屋里。姐妹俩赶紧关了门，快速穿了新衣服，然后，姐妹二人进了哥哥屋里。

"岁姑，姑父，小伟哥，小超哥，小婷。"姐妹二人挨个问好。

"你俩来得正是时候，姑正要给你们发年钱呢。"孙玉兵说着从兜里又掏出两张纸币，"来，一人一张。" 海兰和海珍害羞地接过了压岁钱，小声说了句谢谢。

这时，友成也从兜内掏出来一沓纸币，新的旧的全混在一起，放眼看去一元居多，还有五角一角。友成一手拿钱，一手从纸币中抽出了三张较新的钱，说："来，小伟、小超，还有小婷，三舅也给你们一人一张年钱。"三个孩子也接过了压岁钱，高高兴兴地装进了衣兜。

这时，红莲把海熊抱进了屋里，看着海熊说："快叫姑姑。"

海熊看了看满屋子人，奶声奶气地喊了声："姑姑。"

孙玉兵高兴地露出了一颗前不久刚补好的金牙，将压岁钱折了折，塞进了海熊胖嘟嘟的小手上，说："熊娃，真可爱，我三哥这回算是看到希望了。"

此话一出，海峰的心里像被泼了盆凉水，那种自卑、难过和委屈一齐涌入他的心里。他顿时觉得那二十元压岁钱对他而言像是一种侮辱。

就在这时，院中传来了声音："三爸。"孙志峰走进院中就喊了起来。

友成掀起门帘走出屋，还没开口。孙志峰说："我岁姑在吗？我爹叫喝汤呢。"

"在呢，在呢。"孙玉兵赶紧走出屋子，站在院中说："三哥，那我去大哥家了。"

"中午你过来吃个饭嘛？"红莲抱着海熊走到院中，挽留道。

"不用了，嫂子，你们不是要去平阳嘛，时间也不早了，赶紧收拾去吧，我们中午在四合院老屋吃饭，你就不用操心了。"孙玉兵说着，用手示意她的三个孩子往门外走。

"好吧，那你慢走。"红莲抱着海熊，送小姑子一家走到大门口，方才止步。友成则是送妹妹一家走到了大哥家里，又闲聊了几句，才回到自家。

这时候，红莲已经同孩子们穿戴整齐，也装好了两袋回盘，正要出发去娘家。

"臊子菜在小瓷罐里，中午你就下个面，把海峰照顾好。"红莲抱着海熊，边往门外走，边叮嘱友成。

"嗯，知道了，你把海熊给我抱好。"友成摸了摸小儿子的手说。

"放心，回盘已经装好了，在厨房案板上，你记得拿给你姐和你妹子。"

"知道了，别啰唆了，快走吧，下午早点回来。"

"看情况，今晚可能不回来，累（意为'住'）一晚上，明儿再回来。"

海兰和海珍手里拎着母亲从两个姑姑拿来的礼当中挑选出来的三样礼当：两把挂面，一红盒点心，一大瓶黄桃罐头。几乎每年都是如此，为了省钱，红莲只能将两个姑子拿来的礼当，挑几样拿给母亲。

　　按理，友成要跟着红莲回娘家的，但海峰得有人照顾，因此，友成没法跟着去。这么多年来，一直如此。

　　初二回娘家的日子，路上的行人比初一多了许多，往来的小客车、面包车也多了许多。每每站在路边等车时，记忆便像回流一般，涌入红莲的大脑。

　　想到前些年，每逢初二回娘家的日子，人们都是三五成群，呼朋引伴，提着礼当，走着去，走着回。那时候，才叫真正的"走"亲戚吧。还有骑着马、赶着牛车回娘家的。路上的人成群结队，就像赶集一般热闹。后来，自行车渐渐多了起来，大家开始骑着自行车走亲戚。

　　友成也没落伍，买了飞鸽牌自行车。红莲记得海峰小时候，友成骑着自行车，载着他们娘俩，一家三口回娘家的情景。那时候的路都是土路，一路上都是坑坑洼洼的，遇到上坡，还得下车走一段，再接着骑一段。

　　后来有了海珍，变成一家四口骑着自行车回娘家。海峰坐在前面横梁上，红莲抱着海珍坐在后座，一路摇摇晃晃，颠颠簸簸。记得有一次，车轮被一个石子顶到了，车子瞬间翻倒在路边野地里，一家四口摔了一身土，好在地质松软，没有受伤。

　　再后来有了海兰，那时海峰八岁了，长成一个大男孩，然而走路却不利索了，肌肉萎缩得越来越严重。从那时候开始，海峰便再也没有去过舅舅家，没有去过平阳外婆那儿，也没有跟过母亲回娘家。

　　海珍两岁多时，海兰不满一岁。每次出门，红莲都是左手抱一个，右手抱一个……每每想到那几年的艰苦岁月，红莲的心里就泛起阵阵酸楚。两个女儿年幼的那几年，应该是她一生当中最艰难困苦的时光了。

　　自行车出现没几年，马路上便出现了那种烧柴油的三轮蹦蹦车。许多人走到一半，便坐上蹦蹦车回娘家了。刚开始，三轮车上除了左右一掌宽的细条长凳外，人们只能蹲在中间，四面可见风景。后来，三轮车加了绿色帆布篷，开了两个小窗户，但没有门，冬天坐在车里依然很冷。再后来，帆布篷加了小铝门，但关了门车厢内太黑。直到最后，帆布篷加了两片厚塑料门帘，才算改造得比较理想。但每逢刮风下雨，三轮蹦蹦车遇到大水坑，或者大石块，赶上车里人多，偶尔就会翻车。

后来，马路上出现了四轮汽车：大的客车，小的面包车，走路回娘家的人少了，坐车的人多了。马路边上不拥挤了，车里变得拥挤了。

当一辆客车驶来的时候，红莲的思绪从回忆中挣扎出来。她看到车里已是黑压压的人头了。

她抱着小儿子，在售票员的生拉硬拽下，挤进了车内。一个中年男人给她让了座。海珍和海兰提着礼当，被售票员从车外使劲推进了车里。

红莲感觉时代的发展越来越快，日子一天天仿佛缩短了，不知是因为自己年纪大了，还是怎样。

想到孩子的两个姑姑，年年都来家里，礼当一样不少，还给孩子们发年钱，但每回来了，都没在家里吃过饭，她的心里总觉得有些歉疚。

她还不得不在这一天回娘家。想到自己的母亲，虽有两子两女，但两个儿子都不在身边，初二这一天，两个儿子都要跟着媳妇回娘家。小妹自幼给了人，初二也没有来过。母亲身边似乎只有她一个人，她若初二再不回去，老人该是多么的伤心落寞。

这个矛盾，一直未曾解开。

好在友成兄弟四人，两个姑姑可以在其他家吃饭，这让她的歉疚疏解了几分。

车到了巩泉村，短暂停留了几秒，红莲带着三个孩子下车往北塬上走去。好在没有下雪，走了半小时，就到了她的老家红塬村。

"应孝和媳妇孩子去他老丈人家了，今晚也不回来，你就累一晚上吧？"刘春花一边在厨房做饭，一边对女儿说。

"好啊，我爹呢？"红莲抱着海熊，从里屋转到院子里。

"你爹在你大哥那屋呢。"

"我过去看看。"

"你去吧，看完就回来吃饭吧。"

"好的。"

红莲说完就带着三个孩子，拿了一盒饼干和一瓶罐头，去了隔壁大哥家。

红莲的老家原本是一处十分宽敞的大宅子。老式的庄基有七八分地。

因为婆婆和两个儿媳妇不和，两个儿媳妇之间也时常闹别扭，把一个大家庭慢慢拆散了，也把三个男人的感情慢慢拆散了。

自从老头得了病，两个儿子都不愿意照顾。那时，刘春花已经在平阳给派出所的食堂做饭了，她还要赚钱给老头看病买药，也没时间回家照顾老头的饮食起居。

刘春花最后被逼无奈，将两个儿子告上了法庭。此事闹得沸沸扬扬，满城风雨。有批评刘春花的，说她为老不尊，居然将自己的亲儿子告上法庭；也有批评两个儿子的，说养儿防老，这两个儿子算是白养了。

那时候，红莲刚生完海兰，还在月子里，身体虚弱。当她知道这件事的时候，法院都已经宣判完了。

刘春花的官司最后打赢了。法院的判决是，一个儿子照顾一个老人。老大南思孝的媳妇李烈雁指示老大选老头子，因为年纪大了，又得了病，活不了多久。老二南应孝和媳妇左利霞商量，选了老母亲。因为她还年轻，又能赚钱养活自己，领了她，不用费事照顾。

开庭当日，老大生怕弟弟选了老头，老二生怕大哥选了老母亲。

结果，审判长让他们两兄弟做选择的时候，兄弟俩喜出望外，大家各自如愿，没争没抢。

回去以后，兄弟俩便划了"楚河汉界"，院子一人一半。老大将院中角角落落的碎砖烂瓦拾掇了一下，在院中起了一米多高的院墙作为"界"墙。院中原本三间联排土房，没法切割。两间划到了老二家，只有一间小灶房刚好划到了老大家。老大便让他的老父亲住在里面。

从此，一个宅子一扇门，一墙之隔后，变成了两个宅子，两扇门。

从此，大儿子管父亲，小儿子管母亲，谁也不说谁。

刘春花也如了愿。因为她向来偏爱小儿子南应孝，小儿子刚好也选了她。自此以后，老了也不愁没人照顾。但对于南公而言，他的心里很伤感。他更喜欢大儿子，但他不愿意跟老伴分开。然而，现实却难以如愿。老了老了，都奔八十岁的人了，却没有伴儿，活生生被拆散了。

一堵墙，从此将一家人彻底分隔开来。

红莲看到这堵墙，心里堵得慌。从自家门口走出来，向左绕了半圈才看到大哥家新凿开的黑色大门。进了门，右手边是两间砖土混合的房子，看起来很洋气，地基也打得高。再看左手边，一间破旧的土房矗立在院子的边角处，比砖混房低了半米有余，就像在一个土坑里。她没想到短短几年，大哥家已经拆了两间土房，盖了新房子。左右这样鲜明的对比令红莲十分难过。

她进门时，大哥南思孝一家四口刚好穿戴一新，准备出门。红莲与大哥大嫂寒暄了几句，便带着孩子们径直去了父亲的屋里。

那低矮的房门，大约只有一米五的样子，站在门槛上还需弯腰进去。脚地的宽度只有一门宽，左手边是土炕，也只有一米多宽，窄如单人床。木方格窗户，已被炕烟烤得焦黑如炭。

南公躺在炕上不停地咳嗽，炕边放着一个痰盂。红莲见到此情此景，险些落泪。一墙之隔，天渊之别。

她的母亲穿着光鲜亮丽，甚至可以说穿着时髦，比她都穿得好；而她的父亲满头白发，胡子拉碴，瘦骨嶙峋，病病恹恹。

她简直不敢相信，小时候带她去莲花山玩耍、摘野果吃的善良的哥哥，如今怎么会变成这样？怎会如此对待他的亲生父亲？

红莲坐到炕边，摸了摸床单被褥，还好是母亲给拆洗过的。

"爹，我来了。"红莲关切地问，"你咋成这样了？"

南公看到女儿和外孙们来了，缓缓起身，将痰盂放到地上，说："我娃来了，快坐。"说话间，又咳嗽两声，"我这病就这样了，好不了了。"

红莲看了看父亲窗台上放着的一个铁罐，里面装着黄色的旱烟末和白色卷烟纸片。

"你不要抽旱烟了，旱烟危害大，你换成红塔山那种带过滤嘴的盒装香烟吧。"红莲坐在炕边，放下海熊说。

海兰和海珍叫了声："舅爷。"然后将手中的礼当放在脚地上的大橱柜上。

南公见到外孙女叫他，高兴地侧了身子，从棉袄里兜翻出来了一沓钱，皱皱巴巴，一角、两角、一元、五元，加起来不过二三十元。他抽出来三张相对较新的一块钱，递给三个外孙子。

"舅爷没钱，给你们一人一块钱，买糖吃吧，别嫌少。"海兰和海珍不好意思要,说:"不要了,舅爷,我们已经长大了。"

"爹,你别给她们了,你自己留着买吃的吧。"红莲用手挡着不让给。

"压岁钱有讲究的,这不能少,不能不要。"南公倔强地举着钱。

红莲一看,父亲年轻时候的倔劲又上来了,再拒绝该发火了,赶紧示意俩女儿收下。

海兰和海珍看到外公不高兴了,战战兢兢地接过了年钱,装进衣兜里。然后,海兰小声跟母亲说,想出去玩一会儿,红莲点头同意了。

"让娃上炕来坐一下,屋里冷。"南公靠在窗台边咳嗽边说。

这时,海兰和海珍已经跑出了门外。

"算了,不叫了,小孩都喜欢跑,让她们出去玩吧。"红莲说着把自己的鞋子用脚踩掉,把海熊的鞋子也脱了,母子俩坐在了土炕的另一头。

红莲和父亲拉了半天家常,临走时,红莲从兜里掏出来五十元纸币,塞给父亲。

南公倔强地用手推开钱,说:"你的日子过得不容易,爹知道,咋能要你的钱,你留着给孩子买吃的,我不要!"

红莲推了好几次,说:"爹,你拿着吧,我现在照顾四个孩子身心疲惫,没办法时常来看你,照顾你,这就是我的一点心意,你拿着吧。"

南公依旧推辞,红莲拗不过,看了看屋里,就把钱放到了大橱柜上。

"快中午了,一会儿你过去老屋,一块儿吃饭吧。"

"不去了,你哥跟你弟一直闹得不愉快,官司过后,两家也不说话了。我过去了,应孝媳妇到时候再拉着脸骂人,大过年的,算了。"南公靠墙坐起来一点,咳嗽了几嗓子,要吐痰,红莲赶忙将痰盂端起来,南公忍不住吐了一口浓痰。红莲放下痰盂,盖上盖子。

"应孝带着娃们已经去媳妇家了,今天不在家,就我娘一个人在屋呢。"

"爹年纪大了,活不了几天,也吃不了多少东西,人世场的东西,也就那样,吃多了就没啥味了。"

"那你平时中午饭怎么吃?"

"你哥和你嫂子做了饭,给我端来吃。"

"那就好。"红莲说话间,已经穿好了鞋子,抱着海熊,对父亲说,

"给你拿的饼干罐头,你平时就吃。"

"好,你走吧,我乏得很,睡一会儿。" 南公很想在女儿面前告状,告诉女儿,他过得很不好。

大儿媳妇李烈雁总趁着大儿子上班不在家时,拿些剩菜剩饭端给他,大冬天常常给他冷菜冷饭。他没有灶房,想用人家的厨房热一热饭,大儿媳妇一把将饭碗打翻在地,骂道:"想吃就吃,不想吃就甭吃了!看你那不讲卫生的脏样子,还好意思进我的厨房!"

南公已经病病恹恹,浑身无力,争执下去怕人家将他赶出门,连个住的地方都没有,于是,便忍气吞声,人家给什么就吃什么。

他多么想对女儿哭诉一番,他的老伴刘春花除了给他换洗一下衣服床单被罩,一周回来一两次,拿点馒头花卷,买点药,几乎没有什么交流。

可他明白女儿的处境,他宁肯一个人忍受,也不愿大过年给女儿添堵。反正也活不了几天,死了就再也不用受谁的气了。

红莲看到父亲那么倔强,便不再打扰,抱着孩子回了老屋。海兰和海珍已经回到了屋里,正在支桌子,端饭。

"娘,我刚看我爹咳嗽得厉害,带到医院看看吧?"红莲将海熊放到炕上,走到厨房跟母亲说。

"你爹就是那样,十多年了,老抽旱烟,劝说不下,你有啥办法?"刘春花一边拿碗,一边说,"前几天我刚给他买了药,吃了药就好些了。"

红莲听到母亲的回答,感觉自己很无奈,她多想带着父亲去医院拍个片子,看一看病,可她根本没有钱,那五十元还是临出门从友成兜里翻出来的。她深感惭愧,作为女儿,却无法尽孝。

"娘,你抽空多陪一陪我爹吧,我感觉我爹今年状态一概不如去年。"红莲拿了一把筷子跟在母亲身后进了屋子。

"都坐下吧,吃饭吧。"刘春花麻利地将碗筷摆好。

红莲把小儿子从炕上抱下来,搂在怀中,海兰和海珍早已坐好,只等外婆说"开饭"二字。

刘春花看大家都坐好了,就说:"吃吧,吃吧,应孝不回来,就咱们娘母母。"

"先给我爹端点饭吧,我哥一家去丈母娘家了,中午没人管饭。"

"好,你去厨房拿个大碗,捡样夹点菜,拿几个馒头,给端过去吧。"

"行。"红莲说完,很快拿碗夹了菜,菜上面放了三个馒头,满满一大碗,端了过去。

"咱们先吃吧,你妈一会儿就回来了。"刘春花说着将海熊搂在怀里,夹了一筷子土豆丝喂给海熊。海兰和海珍也跟着放开吃了起来。

把香喷喷的小圆馒头掰开后,往里面夹几筷子韭菜炒鸡蛋是海兰最喜欢吃的菜。还有蜂蜜粽子、糖拌花生米、江米条、擀面皮、凉粉、冻冻、青椒土豆丝和红萝卜炒豆芽木耳……

虽然只有女儿一家,但刘春花仍旧做了满满一桌菜。

红莲不知父母之间到底出了什么问题,似乎分居很多年了。不管父亲咳嗽成啥样,母亲似乎一点儿也不着急。她只知道母亲爱干净,爱拾掇;父亲有些邋遢,不太讲卫生。

红莲给父亲端完饭,回到屋里吃起了饭。

看到院里那堵墙,她真想推倒。因为这堵墙,一家人成了两家人,一步之遥,却要出门绕半圈。

饭后,红莲哄着小儿子睡了午觉。

海兰姐妹俩去了莲花山。这座山属于北塬上较高的一处山,状如莲花,因此叫莲花山。山上有庙,庙里住着道士。莲花山与磨性山的地理位置相似,都在引渭渠以北,临渠而建,且都属于北塬的一部分。

磨性山与莲花山就像嵌在虢镇和平阳之间的北塬上的两颗明珠,一个镇守西边,一个镇守东边。

海兰和海珍边走边玩,过了引渭渠上的一座小石桥,没几步便走到了山门外。此时,正是晌午时分,路上人不多。姐妹二人看到庙门开着,并不收费,便小心谨慎地进了庙。

严格来说,这里和磨性山一样,也属道观,但村里的人们都将此称作"庙"。这里既是大人们布施祈福的地方,也是小孩们玩耍放风的地方。大人们进来要磕头烧香,而小孩们只管在窑洞一般的"神仙洞府"中看一看,转一转。

莲花山的庙小,人也少。院子里有人烧香跪拜,也有小孩放鞭炮,姐妹二人很快转完了庙,接着就下山了。

晚饭时，红莲再次端了饭菜去大哥家给父亲，又给他烧了炕，这才回到弟弟家。祖孙三代坐在热炕上，看起了电视。偶尔，红莲还能听到父亲的咳嗽声，她的心里忐忑不安。

虽然她多次叫父亲过来这边看电视，但他坚决不过来。也许他还在生气，气他的小儿子应孝当初在法庭上没有选他。所以，宁死也不愿再踏入小儿子的院中。但这一方院子可是他年轻时一手盖起来，然而物是人非，老了老了，房子还是房子，儿子却不要老子了。他的心里比三九天的冰，还要凉。

第七十五章　坐山观虎争水槽

正月初三，天气阴沉。吃过早饭，红莲去隔壁跟父亲告别，然后带着孩子们回了自己家。

刘春花则拎着红莲带过来的两包挂面，又买了一捆麻花，步行去了东头——东泉村她的娘家。

她的父母早已仙逝，回去也只是看看她的哥哥和弟弟。哥哥与她同父同母，弟弟与她同母异父。因为她父亲早逝，母亲改嫁，使得她有了两个家。

刘春花自幼家境贫寒，但好胜心强，一心要过上好日子。后来从磨性山下的东泉村嫁到了莲花山下的红塬村，婚后的日子却并没有好到哪里去。

以前，她带着丈夫、儿女们一起回娘家；后来，回娘家的路上，只有她和孩子们；再后来，孩子们长大了，便只剩她一个人从西走到东了。

她一路边走边想，一个女人的一生就像这回娘家的路，越走人越少，最后，只剩下自己一个孤家寡人。这条路，一年至少走一回。每一次回家，对女人而言，都是一次望乡。不论你走得多远，飞得多高，都要回娘家看一看，看一看自己出生的地方，看一看来时的路。

女人这一生终究要离开自己出生的地方，另谋出路，这就是女人的命吧。不像男人那样，生在哪里，几乎永远在那里，也不用背井离乡。

刘春花一边走一边思考人生，对于年逾五十岁的她而言，回到东泉村，已经没有多少人认得她了。正所谓"少小离家老大回，乡音无改鬓毛衰，儿童相见不相识，笑问客从何处来"。

回娘家的路，她走了四十多年，路也变了，从穿街过巷过水坑，到一条小路，后来，小路变成了一条笔直的大路，再后来，大路变得更加宽阔。

路两旁的房屋和庄稼也跟着变了，日新月异，以前路两旁都是土房，后来，渐渐多了红砖房。坡上的人们渐渐搬到引渭渠下的平地住。路变得越来越好，那条熟悉的长满野花野草的路却渐渐变得陌生。站在门口和她打招呼、亲切呼唤她乳名的人，也越来越少。

当她再次走回东泉村时，觉得自己仿佛成了陌生人。对这个村庄而言，她成了一个遥远的陌生人。她不知道，有生之年还能再回几次娘家。没有娘的"家"还算"娘家"吗？但她谨记母亲的训导，要有礼数。虽然成家立业后的哥哥和弟弟已经变得不再像儿时那般亲切，但她还得坚持回娘家，这是礼数，也是老讲究。老讲究寻根究底是谁说的，她不知道，也从未想去探究，但在她心里，老讲究重如泰山，堪比金科玉律。

刘春花走了半天，终于到了小溪旁边。推开那扇红色的对开木门，她边往里走，边喊："生良在吗？"

院子里跑出来一个小女孩，看到刘春花，高兴地喊道："姑婆！"

红莲到家后，发现厨房的洗碗盆里放了一盆没洗的碗筷碟子，她深深地叹了口气。

"没有我，看你咋活呀！碗筷都懒得洗。" 红莲说着，将母亲给的回盘放到了厨房案板上，打开袋子看，是一袋小馒头，还有几根麻花。

日子到了初三，红莲感觉"年"快过完了，没有什么压力，舒服了许多。

友成每日依旧去城门洞那下象棋或者掀花花。有时候，下棋下到了双方胶着便连饭也不吃了，女人们做好饭，看不到男人，都纷纷派了孩子来城门洞下，叫他们的父亲回去吃饭。也有孩子叫不动，女人们只好戴着袖套,亲自前来叫吃饭。

等到人们相继散去回家吃饭了,友成还在跟老村组长的小女婿刘永和在下棋较劲。海兰跑去叫了三回,友成才起身回了家。进了厨房,看到一碗面都粘在碗里了,友成端起电壶,往碗里浇了点热水,搅拌搅拌,坐到海峰屋里,狼吞虎咽地吃了起来。

下午,红莲在院子里洗衣服。她用压水井压水时,从土墙坍圮的豁口处向外看了看,绿色的田野上,竟然看到了刘勤虎夫妻俩在拔草。他们家的地就在墙外水渠边上。

"这才初三哪,你看看人家!"红莲自言自语道。

刘勤虎夫妻,正值年轻力壮,膝下两子,学习都在班里名列前茅。夫妻两个干起活来也颇有动力。

别人家除草、施肥、浇地都当任务一样完成,唯有刘勤虎夫妇把种地当栽花一样,精耕细作,呵护备至。别人家的地长了许多杂草,才去拔一拔,刘勤虎夫妇眼见到杂草就顺手拔了。极少看到他们夫妻二人在人堆里谝闲传。他们属于沉默寡言、闷声干活的那类人。红莲每每见到这对夫妻时,总见他们在地里干活。

她多么羡慕这对年轻夫妇,夫唱妇随,从不见他们吵架,也不见那男人喝酒下棋、掀花花、打麻将。她一边洗着衣服一边想,友成要能有刘勤虎一半勤劳,这家里的日子也不至于如此。想到这里,她感叹自己,命哈得很(意为"坏透了")!

还没等红莲洗完衣服,对门住的李烈凤提着一大攀笼衣服进来了。红莲很生气,很想当面说出来,但只能在心里生闷气:咱们这里过年有讲究你不知道吗?还没过破五,就在别人家弄污水,不合适吧,你们家不是有井有水槽吗?实在不行,打点水,上你们自己家洗去啊。

李烈凤笑嘻嘻地说:"三娘,你一会儿洗完了,喊我一声,我也洗一哈衣服。"说完,李烈凤将一攀笼衣服,放在水槽旁边。

红莲一边压水,看都没看她,面无表情,迟疑了几秒,说:"嗯。"

面对这些明知故犯的人,红莲已经忍气吞声了许多年,但依然没有勇气撕破脸去说什么。"人善被人欺",自古如此。李烈凤家隔壁是她的亲妯娌,也是她男人孙得寿的亲哥哥孙得福家,她怎么不去呢?她不敢啊,她要敢去，她嫂子周艳秋就敢当面给她轰出来。

红莲一边在心里愤愤地想着，一边洗着衣服，不一会儿就洗完了。她不打算去对面喊李烈凤。

红莲刚端了一脸盆衣服，正在院中搭衣服时，罗素平又来了。只见她端了一大盆衣服，面带尴尬的微笑，说："红莲姐，你洗完衣服啦。"

红莲一边搭衣服，一边看了一眼，很不高兴地应和："嗯。"

"那刚好，我还来得巧。攒了几天衣服，今天天气也好，我说洗一洗。"罗素平说着，便自顾自走到了水井旁，开始堵住水槽出口，压水。

红莲正要告诉罗素平，李烈凤刚才来过，衣服还在水槽旁放着呢。

还没等红莲开口，李烈凤大步流星进门来了，看到罗素平在压水，旁边放了一盆衣服，顿时就明白了。

她气势汹汹地走近水槽旁，说："素平姐，你也来了。"

"是啊，天气好，我过来洗一下衣服。"

"我刚才来的时候，我三娘还没洗完呢，我说过来看一下，没想到你也来了。"

"你刚才来过了？"罗素平压水时，其实已经看到了水槽旁的一攀笼衣服，听到李烈凤这句话，立刻松开了手中的压水杆。

"是啊，你看我衣服还在这呢。"李烈凤瞪大眼睛看着罗素平，丝毫没有退让的意思。

罗素平心想：你就不能让我先洗吗，我的衣服明显比你的少，而且我都压了半槽水了。

红莲原想说话，但她没说，坐山观虎斗吧，原本她俩谁都不该今天来洗衣服。

李烈凤看到罗素平没有说话，便走到压水井旁，从罗素平松了又抓紧的手中接过了压水杆，说："来吧，我自己压水就好，辛苦你了，我一会儿也给你压半池子水。"

"没事，那你洗吧，我一会儿再来。"罗素平虽然话说得很礼貌，但心下已经十分恼怒，愤愤地走出了孙家的院子。回到自己家，开始骂骂咧咧："什么人啊，一点眼力见都没有，我都压了半槽水了，你进来就夺过去了，一点道理都不讲！"

罗素平的男人梁望权听后，说了句："算了，就洗个衣服，没必要生气，大过年的。"

"什么叫算了，凭她是谁！敢跟我叫板了！也不看看老娘的男人，还在村委会呢！"

李烈凤看到罗素平垂头丧气出门去的样子，自鸣得意，就像打赢了一场架似的，干劲十足地用力压着水。她才不管罗素平的男人是干啥的，跟她有什么关系。要不是看在两家孩子是同学，关系还不错的份上，她早就开骂了，何至于客客气气地跟她说话。

红莲不愿卷入任何争斗中，只管搭衣服，搭完就进了厨房，开始准备晚饭。她一边烧火，一边思考：我们三人，都是从红塬村走出来的女子，为何脾气秉性相差这么大？为何我总被这两个比我年纪小的女人欺负？不就是因为她们嫁得比我好吗，何至于这样？有本事自己家打井吃水，来我们家天天打水，算怎么回事？罗素平家跟对门的庞雀儿家关系甚好，她也知道庞雀儿的为人，因此，正月初五前，她不敢去人家里洗衣服。而李烈凤跟周艳秋是一大家，初五前也不敢去人家里洗衣服。但都敢来我们家洗衣服，把脏水都弄到我们家来。真是气人！

晚饭时，红莲给友成说了此事，友成淡定地说："别人能来咱们家，是看得起咱们家。想那么多干啥，好好吃你的饭！"

听到友成的话，红莲自觉能喷出一口血来。外人做事已经很气人了，然而最要命的却不是外人做的事，而是自己家人说出的话。你以为他能给你几句宽慰，没想到却是添堵。

晚睡时，她反省自己，是不是太小气了？还是自己太拿老讲究当回事了？可若自己小气，为何左邻右舍，初五之前都不让别人去他们家洗衣服、挑水？可若自己太拿老讲究当回事，为何左邻右舍都在遵照老讲究办事？唯独对门和斜对门这两家不讲规矩，搞破坏？

她没法撕破脸去跟那两个女人讲规矩，曾经是一个村的，又远里八舍嫁到了同一个村的同一条街，还门对门，三对面，说起来也算有缘，但没想到，不是善缘，而是恶缘。

红莲听说，"一命二运三风水"。如果说一命二运无法改变的话，那么她试图从"风水"方面去改一改，调一调，让这个家能像别人家那样，日子越过越红火。然而,她所有的不满、气恼都只能憋在心里,暗暗跟自己较劲。她无法当着人家的面说出口,可能碍于面子;可能碍于那两个女人跟她的娘家同在一个村里,小时候还曾在同一个学校上课;也可能碍于一个是村委会干部的媳妇,一个是族人的媳妇;也可能碍于她自己性格软弱,即便撕破脸,也吵不过那两个女人……

总之,所有的假想、叱责最后都止步于她的脑子里和想象中。对外,她还得继续忍气吞声。

第七十六章 破五泼汤送五穷

正月初四,平平淡淡,友成在下棋中度过,红莲在做饭中度过,海峰在孤独中度过,海兰在人海中度过,海珍在无聊中度过,海熊在睡梦中度过。

天擦黑时,友成才下完棋往回走,路上遇到了刘校长,从南河滩村走出去的老师并不多,刘校长算一位,且德高望重,众人景仰。

刘校长,本名刘文厚,算得上村里第一代"秀才"。早年间,在本村小学当老师,后来调到了巩泉小学,没几年当了教导主任,之后一路高升,做到了校长。

他头发花白,眉毛浓黑且长过眼尾,长得就像一位得道高人的样子。他中等个子,长相清瘦,头发略长,时常梳一个三七分的偏分头,而头发总是一丝不苟地匍匐在头顶,根根分明,仿佛喷了摩丝,大概跟很多人一样,只是在梳子上沾了水梳头而已。刘校长总是穿着蓝色、灰色或黑色的中山装,皮鞋擦得锃亮,时常蹬着凤凰牌自行车上下班,几十年如一日。即便三轮蹦蹦车出现,即便小汽车开始普及,也很少见他不骑自行车。

作为教师,他写得一手好字,不论是钢笔字、粉笔字还是毛笔字。只要是字,只要出自他的手,就没有不好看的。他写的钢笔字,就像刻在本子上的字模;他写的粉笔字,就像一朵朵秀在黑板上的花;他写的毛笔字,苍劲有力,如行云流水。因此,每到年根,他都会写许多副对联赠送给亲戚友邻,南河滩村大小红白事的文书工作几乎全由他负责,而他这么多年来义务为村民们帮忙,不论是当小学教师时,还是升为一校之长时,他都会坐在宴席棚前的小桌那儿,拿着毛笔认认真真地写礼单。

他的大儿子刘乃文继承了父亲的衣钵,从师范院校毕业后,当了一名人民教师,之后留在虢镇城里教书。他的小儿子刘孝林,也从小练字,习得一手好字。不过,他没有走教育路线,而是选择了彩绘。给每家的门楼刷漆,刷完漆,然后手绘各种花鸟植物,再用金漆写个"宁静致远""五福临门"等字。方圆十里,很多人家的木门楼,几乎都是刘校长的儿子给做的油漆和彩绘。

刘校长不仅喜欢写字,还喜欢吟诗作赋,画花鸟鱼虫。村里很多人家的门口都是光秃秃的,或者长了几株野花野草,而刘校长将门口辟出一个小花园来,还用砖头错开倾斜45度围成了一个低矮的栅栏,种了四季竹和紫鸢尾。每逢春夏时节,紫色鸢尾,青青翠竹,在他们家门口随风摇曳,几乎成了整个村子的一道亮丽风景线。他家门口不知何年何月长起来一棵合欢树。每到夏季,红色如羽毛扇般的花朵盛开在树头,人们路过无不驻足欣赏。

刘校长,为人谦虚,尊老爱幼,不论男女老少,他都待之以礼。友成在村里几十年,从未见过刘校长跟谁发火。作为一名老党员,刘校长把"为人民服务"的思想践行到自己的日常工作和生活中,深受村民爱戴。

友成打完招呼,想到刘校长的为人处世,心中暗自佩服,又联想到村里另一位误入歧途的老师,心想一条路也能走出两个样子,所以,人生的路或许重点不在于路,而在于走路的人。一个人即便走错了路,如果能迷途知返,就如同重获新生,未尝不是上天的恩赐。

正月初五一大早,鞭炮声起得比人早,噼里啪啦响彻每个村庄,遍及田野、山川与河流。

在关中地区,正月初五叫"破五",也叫小年。这一天,像是在过年的浪潮中略微平静了几天后掀起来的小浪花。过了这一天,"年"可算暂告结束了。

友成早起放了鞭炮,算是接了"财神",又去了老母庙和马王庙里烧了香烛，回到家，也给家里的神仙们上了香。

红莲做好了臊子面，将舀出来第一碗面给家里的神仙们都泼了汤。红莲一边泼汤一边想，人过年，神仙也跟着过个年，求神仙保佑，家宅安宁，一家老小平安健康。

饭后，红莲从院中到大门口将屋子里里外外扫了一遍。老讲究是初五扫一扫，叫赶五穷，将名叫智穷、学穷、文穷、命穷、交穷的五个穷鬼扫地出门，驱除晦气、霉运和灾病，迎来财源广进，五福临门。

从初一攒到初五的垃圾全都堆在后院的葡萄树下，破五这天，终于可以拉出去倒了。红莲打扫完卫生，便帮着友成将垃圾全都用铁锨装到了架子车上。友成拉着一架子车的垃圾，倒去了河堤埂边的垃圾堆。

这一年的这一天，既是破五，也是立春。田野里没有一个人，除了他。友成拉着架子车顺道去了南滩地里，在地头拔了几根绿萝卜，拉回了家。

破五这一天，老讲究要求不能动土，过了初五才能动土。如果不是立春，拔萝卜都不可以，友成才不管这些讲究，他想拔就拔。

友成将绿萝卜洗净后，切成了一段段小圆厚片，放了一盘。他端到了海峰屋里，撕去一块萝卜皮，给海峰放到手里。海峰吃着绿萝卜，虽然甜中带辣，但心里美滋滋的。连吃萝卜"咬春"的习俗，父亲都惦记着他呢，他的心里暖烘烘的。父子俩一边吃着萝卜，一边看着电视。

红莲将过年时买的诸多好吃的余下的部分又拿出来，做了一大桌菜。烧了红豆稀饭，腾了馒头包子。

一家人欢欢喜喜吃着饭。过了破五，也算过完了年。

第七十七章　舅送灯笼齐进城

正月初六，红莲一家还在吃早饭，老四的儿子孙丽鹏边喊着"三伯！三伯！"边进了院子。

孙丽鹏掀起门帘，看到三伯家在吃饭，便站在门口说："我大伯叫呢，说今天一块儿去我大姑家。"

按照西府习俗，正月初二到初四之间是女人回娘家的日子。破五以后，也就是初六开始到正月十四之间，是舅舅家给外甥送灯笼的日子。从正月初六到正月十五之间，小孩们可以游灯笼。

"好的，马上就来。"友成说完，将一碗鸡蛋醪糟大口喝完。从衣柜中间拿出来一盒红塔山纸烟、一盒火柴，装进衣兜。

"我走呀，你们谁跟着去走亲戚？"友成看着三个孩子问道。

"我想去！"海兰边吃菜夹馍边说。

"我也想去！"海珍吃完饭，端着空碗说。

"我也要去！"海熊满脸吃得跟小花猫一样，奶声奶气地学着姐姐说。

"你太小了，等你长大了再去。"红莲抱着海熊，哄着说。

"海熊别去了，你俩要去就赶紧走！"友成对女儿们说着话，就掀起门帘走出了房门。

"你别着急，先让两个孩子换上新衣服呀！"红莲冲着门外喊了一句。

"我先去老屋等着，让她俩抓紧换好衣服来找我。"友成说话间已走出了院门。

海兰和海珍兴奋地从大衣柜里拿出了新外套，快速换了衣服，一起从家里跑到了城门洞内的老屋——爷爷家的院子。

老大带了儿孙三人，老二带了一儿一女两人，老四带了三个孩子，都已在院中候着了。

"你抓紧先！"老大看到老三来了，有点着急地催促道。

每次走亲戚，南河滩村里，只有孙家依然延续传统，一大家人一起去，一起回。每次都在四合院老屋集合，老二和老三几乎每次轮番迟到。

"来了，马上就到。"友成尴尬地向大哥解释。

正说着，海兰和海珍跑进了院子里，看到一院子大人，不好意思地挨个问了好。海兰低下头，不敢看大伯，仿佛大伯是头会吃人的狮子一般。实际上，他属虎，但老虎与狮子，似乎都算森林之王，有种不怒自威的先天优势。这使得村里很多小孩，都怕孙友德。

"走吧！"老大说着，带领一大家人从后门走了出去，穿过煤渣路和铁路，走到了杨沟村车站。

车站的路边，已经摆了几个临时摊位，卖麻花的、卖糕点饼干的、卖灯笼的、卖擀面皮的、卖蜂蜜粽子和鸡蛋醪糟的，看起来好不热闹。

车站的柏油马路边，一会儿就站满了人。

来了车，大家蜂拥而上，将一辆小客车挤得满满当当，就连司机身后的发动机大铁盖上都坐满了人。

友成的大姐孙秀兵嫁到了虢镇城，姐夫是铁路工人，一家人住在城里。

每逢过年、四月初八虢镇城庙会，友成兄弟四人才会去她家走亲戚。其余时间，都是她回去看他们。六个兄弟姐妹之间，一年至少走动两回。

实际上，孙秀兵和孙玉兵两姐妹一年回娘家四五趟，除了正月初二，还有两次庙会，以及端午节和中秋节。但娘家人只需来她们家三次，正月送灯笼，还有两次庙会。

孙秀兵是南河滩村第一个嫁到城里的女子，人人羡慕，各个夸赞。她的男人何平生比她矮半头，长得有些胖。每次跟她回娘家，他都不高兴。因为大舅子小舅子加起来有四个，单是走亲戚都能把人走穷了。每家得照着五六十元来买礼当，还得散年钱。走一次亲戚，就得成百上千元，这可不是小数。因此，每逢回娘家，买礼当和发年钱都是孙秀兵自己掏钱。如此，何平生才免去了忧愁苦恼，每次跟在媳妇身后默不作声。自己没花钱，连说话的底气都不足。

孙秀兵知道，其实妹妹家也是如此。妹夫是一个地地道道的农民，除了种地卖菜，没有别的本事。而妹妹孙玉兵高中毕业，后来进了村委会做妇联工作，一大家人的生活才有了些许保障。

孙友德带着一家老小进了虢镇城。

初六的虢镇城热闹异常，就像年三十来跟年集的人，满大街都是人，只不过，卖的东西变了些而已。

走到大妹妹家的小区门口时，孙友德才发话，让他们看看各家要买啥礼当，抓紧时间在附近买，一会儿就在这门口集合。孙友德来时已经让儿子拎了两个女儿初二时提来的礼当。

孙秀兵家的三个孩子都已长大，最小的儿子何元利都十六岁了。所谓的送灯笼，也不过是个噱头，主要在过年时，亲戚间互相走动走动，拜个年。

孙友德站在小区门口，一边抽烟，一边等着三个弟弟。孙志峰提着礼当在附近闲转，他害怕单独和他的父亲相处。

孙友德一根烟还没抽完，各家都到了。

老四友怀说："小丽和自美在十字路口那买糖葫芦呢，不等她们了，咱们先上楼吧。"

孙友德将烟拿在手里，严肃地批评："那怎么行，一家人就得一起去，你快去催一下，就说大家都在等她们呢。"

老四看了看大哥一脸严肃的样子，不容辩解，也不敢顶嘴，只好迈开步子走过去，把两个孩子叫过来。

孙友德看到两个孩子回来了，满意地说："这回人齐了吧？"

老四赶紧说："齐了，齐了！"

老二和老三，参差不齐地说："齐了，就走吧。"

孙友德大声说："好，出发！"

海兰和海珍提着礼当，跟在后面。一家人有说有笑，步行上了五层楼。

孙秀兵关着外层的防盗门，开着内层的木门。听到一群人的嘈杂声，料定是娘家人来了，赶紧开了防盗门，摘下袖套，站在门口迎接。

兄弟姐妹们相见，分外亲切。一家人欢欢喜喜进了屋。

进门就能看到厕所和厨房紧挨在一起，空间十分狭小。左手边是客厅连着主卧，十几平方米，右手边是一个六七平方米的小房子。

地方小，一家人进去，显得地方更小了。

海兰和海珍跟着丽梅姐，去表姐的小屋参观，路过厨房，发现小姑已经在厨房戴着袖套、穿着围裙帮忙炒菜做饭了。

小屋是两个表姐的房间，有一扇十分宽敞的窗户，因而屋里十分亮堂。

姐妹几个挤在屋子里，坐在床上，玩起了扑克牌。

孙秀兵的大女儿叫何元梅，长发，瓜子脸，长得颇像她，五官小巧精致，性格开朗，扎着高马尾，二十出头，护校毕业，已经在镇医院上班。小女儿叫何元红，圆脸，学生头，性格内向，个子比姐姐高半头，即将高中毕业。

看到舅舅们来了,何元梅端了果盘,从主卧到次卧,挨个分发糖果瓜子。何元红则有些少女的羞怯,站在厨房里帮忙打下手,偶尔进次卧招呼表妹们。

孙秀兵的儿子何元利,已上初三。个子比他爸爸高一头,眼睛很大,四方脸,高鼻梁,皮肤白皙,长相帅气,一家人都叫他利娃。他毫不怯场,见到四个舅舅和表兄弟姐妹们十分开心,难得这么多亲戚来家里。他表现乖巧,给舅舅们端茶倒水拿水果,又和表弟们一起聊天,玩扑克。

每逢正月初六、四月初八和十月初一,对孙秀兵来说,是一年当中最累的三天,却也是她最开心的三天。兄弟姊妹五家人都会来家里做客,屋子里挤满了人,异常热闹。虽然住在镇子上,每天都可以看到人来人往,热闹不减,但于她而言,真正的热闹只有这三天,兄弟姐妹六家人大团圆。前些年,父母健朗,还能过来看她,如今父母都七八十岁走不动了,便只能兄妹们团聚了。

孙秀兵在客厅招呼家人时,何平生便在厨房炒菜,而妹妹玉兵帮着一起做饭。每次一大家人聚到一起时,玉兵总在厨房帮忙,烟熏火燎,从不抱怨,因此,她很感谢妹妹。

开饭前,屋里的男人们纷纷把桌椅摆好了位置,一桌坐不下,就摆了两桌,客厅一桌,次卧一桌。女孩子们不论大小,都站在厨房门口,自觉地排队端盘子、端碗。大人们都凑到了客厅,小孩们自觉坐到了次卧,一边吃着炒菜小馒头,一边聊着各自感兴趣的话题。

孙秀兵坐在客厅这桌吃着聊着,突然看着大哥说:"大哥,有件事情,我愁得很,想问一问你的意见。"

"啥事,你说?"孙友德干脆地问。

"咱利娃今年十六岁了,年后六七月就初中毕业了,学习也不好,日后可怎么办?"

"这有啥愁的?咱利娃个子高,长得白净又好看,哪里还找不到工作?"

"有心让他上个高中,但这娃学习也不好,高中费用又贵,元红也在上学,经济压力大。找工作吧,说让他跟他爸去铁路上工作,人家还不去，嫌弹他爸。"

"要不去当兵吧，等十八岁刚好够征兵的年龄了。"友成吃着馒头，突然发表建议。

"哦？"孙秀兵愣了几秒，居然没想到这条路。一向很少说话的三哥，没想到语出惊人。

"当兵也不错。"孙友东一手拿着筷子，一手拿着小馒头，微笑着说。

"就是，当兵也可以，你看咱二哥，当了几年兵，退伍转业成了正式工人，以后老了还有退休金，多好得。"老四一边吃着，一边附和。

"说的都有道理，不想上学又不想上班，那就去部队锻炼锻炼吧，磨炼几年，啥苦都能吃得下了。再说了，一人当兵，全家光荣，保家卫国，再好不过。"孙友德严肃地说。

"哥哥们说的有道理。" 孙秀兵看了看儿子，问，"利娃，你舅舅们说让你去当兵，你去不去？"

何元利迟疑了几秒，看了看舅舅们，又看了看母亲，勉为其难地说："去吧，反正我不想上学了，没啥意思。"

"你的意思呢？娃他爸？"孙秀兵问她的丈夫。

何平生看着媳妇，识趣地说："咱家不是你说了算嘛，你说去就去。"

面对媳妇的四个兄弟，他纵有天大的胆子也不敢违拗，更不敢有不轨之举，否则，这孙家四兄弟不得把他打成肉饼，装怂在他看来是上上策。

孙友德打一开始就瞧不上两个妹夫，一个比一个矮，一个比一个矬，没一个能配得上他两个美丽能干的妹妹。他心想，要不是这两个妹夫还算老实，没啥花花肠子，他早都想给两个妹妹改嫁另找了。但话又说回来，都给人家生了两三个娃了，又能咋办？只要他们跟他妹妹踏踏实实过日子，他也敬他们是条汉子。

孙秀兵最发愁的事情就这样放在饭桌上三言两语解决了，她很高兴，还是娘家人亲。旁人谁给你操这心，你爱干啥干啥。她欢喜地打开了一瓶饮料，挨个倒了一杯，大家举杯畅饮，气氛高涨。

吃到一半，孙秀兵姐妹俩又回到厨房，开始加菜，韭菜炒鸡蛋、八宝甑糕等轮番上桌。接着，她们又做了臊子面，一碗一碗往桌子上端放时，小辈们都起身帮忙端臊子面给长辈。等长辈们人手一碗时，小辈们才各自端了一碗自己吃。这样的传统在孙家，已经习以为常。

孙秀兵姐妹俩一直忙碌到所有人都吃完菜和面，歇息看电视闲聊的时候，才各自端了一碗臊子面坐在桌前，边吃边聊。

海兰很羡慕两个表姐有独立的卧室，也羡慕姑姑家烧的是蜂窝煤炉子，而且还是两个，做饭又快又干净。

两个舅舅家都在城里，大姑家也在城里，每次来城里走亲戚，她都会感到自卑，感觉自己像个乡巴佬。因为这种自卑让她有了动力，她要努力改变这一切，别人有的，她以后也要有。

孙友德看着两个妹妹吃完了饭，等到她们洗完了碗，他说："时间差不多了，我们来了大半天，这就回去了，你们今儿辛苦了，好好休息一哈。"

"再坐一会儿吧，时间还早呢。"孙秀兵挽留道。

"回去了，咱这人多，拥到这里，你们也没地方休息。"老四说。

"就是，我们回呀。"友成说着便起身要往门口走。

孙秀兵赶紧挡住说："你别急，再急，也得等我把回盘给你装好了。"

"就是，你别急，等一会儿。"孙玉兵也赶紧过来挡住门。

"不要回盘了，咱自己人，要啥回盘呢。"友成连忙说道。

"别说笑了，回盘这事都是老讲究，咋能少呢。" 孙秀兵一边说，一边到次卧开始给每家的布袋子装回盘。每个袋子里装了十二个如拳头大小的馒头、两根麻花和两个苹果。

孩子们吃完饭也累了，全都横躺在床上，头靠墙，双腿垂在床边，摆得紧紧凑凑，整整齐齐。

"大哥，你把我三哥管住，别叫他走了。"孙玉兵说着就进了次卧，帮着姐姐装回盘。

"放心，有我在，他跑不了！"孙友德说着，拉住了友成的胳膊，"你可急那么一哈哈组啥去？等一会儿，咱一搭来一搭走。"

"行嘛，听你的就是了。"友成背着手，面无表情地站在门口。

孙秀兵很快装好了回盘，递给各家的孩子。

穿鞋的穿鞋，穿外套的穿外套，孙秀兵夫妇把娘家人送到了小区门外，一直走到了虢镇邮局门口，才挥手告别。

"明天去我家啊，姐，别忘了。"孙玉兵一边招手，一边回头说。

"放心,明天我们一早就过去。"孙秀兵喊道。

孙玉兵也给哥哥弟弟们说了一遍,然后一起走到了虢镇东门上了车。车到了杨沟村停下后,孙友德与妹妹一家挥手道别,带着一大家老小步行回了村子。

自从有了电视机,一家人晚上聊天的时间明显少了许多。尽管只有陕西一套和宝鸡一套能接收到清晰的画面,中央一套只能带着雪花看,虽然声音清晰,但画面模糊。就这已经足以让一家人看得废寝忘食了,尤其是友成和小女儿海兰。

红莲每日忙于一家老小的吃喝拉撒,没心思看电视。海珍觉得电视剧就是电视剧,假的,也没什么好看的,看或不看都不影响休息。只有海兰看得入了迷,茶饭不思,甚至通宵达旦。还好电视节目播到夜里十一点,基本就剩下广告和一个圆形中套着五颜六色条块的背景图,想熬夜看也没得看。对友成而言,只要有《西游记》,哪怕屏幕带雪花,他也能盯着屏幕看一天。

这一晚,许是走亲戚累了,一家人饭后早早就睡下了。

红莲觉得一家人很久没有凑到一起同时入睡了,便开启了卧谈。

她问友成:"今天都谁去大姐家了?"

友成闭着眼睛,敷衍地回道:"都去了,大哥带队呢,谁敢不去。"

红莲说:"像咱们家族这样,一大家人一起去走亲戚的,如今真不多了。"

"是啊,要不是大哥带头,估计我们哥几个也走不到一起,早都各走各的了。"

"大哥心地不错,就是有时候说话太气人。"

"他就那样,面子大,脾气大,嗓门大,爱悍火(意为'数落、责备')人。"

"大姐跟你妹子咋样?好着吗?"

"好着呢。"

"还在那个家属楼里住着?"

"嗯。"友成一个字便回了红莲,困意来袭,多一个字他都懒得说。

"她们姐妹俩长得一点都不像,脾气秉性也不像,但找对象的眼光却出奇的一致，你说神奇不神奇？"

"这有啥神奇的。大姐长得像我娘，瓜子脸，脾气性格也柔些；妹妹长得像我爹，脸盘宽大，脾气倔强，但人很历练。"

"两个女婿，你看个子都不高，一米六七左右，长得也都一般般，甚至可以说不好看。但她们姐妹俩一米七左右，要个子有个子，要模样有模样，还都很能干，咋就找了这样的下嫁呢？"

"是啊，我也为她们感到委屈，但这有啥办法呢？父母之命，媒妁之言，咱们不也是吗？"

"咱们怎么比？你意思，我还配不上你？"

"当然不是，是我配不上你。你高中毕业，我小学毕业，咱俩文化程度差的码码有点大。"

"说你姐和你妹呢，怎么又扯到咱们俩了？"

"不说了，各人自有各人命，谁能咋？睡吧，我乏得很。"

"不说就不说了，我只是为她们俩感到惋惜。原本以她们的才貌、家庭背景可以找个条件更好的男人。哎……可惜了……"

"你想说啥？'一朵鲜花插在牛粪上'了？这世道就是这样，你看个子高的女人，找的男人往往比自己矮半头；个子矮的女人找的男人却常常是人高马大。很少看到像咱村邹树财夫妇那样，两人长得都又高又瘦，麻秆一样。"

"说的也是，看起来都是互补的。就像咱俩，你那么高，我却长得这么矮。"

"这些都是次要的，日子能过下去就行了，谁还讲究那么多。有一口饭吃，到哪都是过日子。"

"男人还是现实，不像女人家，总幻想王子配公主。"

"过日子就是这么现实，哪有那么多白马王子，即便有也轮不到你啊。"

"你可真会说话！"

"睡吧，睡吧，明天一早还要去玉兵那儿呢。"

"睡吧。"

第七十八章 古井打水杨沟村

　　正月初七，阴云密布，十分寒冷，天空飘着零星小雪花。红莲裹着红围巾，戴着棉袖筒，压水时向墙外张望，不远处的地里面，刘勤虎夫妇已经在拉粪施肥了。

　　友成洗漱完，问两个女儿谁跟他一起去小姑家。海珍嫌太冷，说不去。

　　原本海兰也不想去，因为自觉已经长大了，有些擦人（意为"腼腆"）。去了见到那么多人会尴尬，不知所措。但想到，逢年过节时，小姑一家人都来家里，每次还带许多礼当，却很少在家里吃饭，她心里总感觉过意不去。虽然每次母亲给两个姑姑的回盘装的总是比别家多，但她心里依然有种说不出的歉意。虽然她只是一个小学二年级的学生，但心中存着"大义"，知道"滴水之恩，当涌泉相报"的道理。因此，她犹豫再三，决定跟父亲去走亲戚。

　　四合院里，一家老小再次集合，这一次明显比昨天快了许多。

　　海兰站在房檐下，仔细看了看爷爷的四个儿子。

　　老大戴着他的方框褐色大眼镜，鸭舌帽，身穿一身笔挺的中山装，双手插在衣兜里，表情严肃，看起来像去开会的领导。

　　老二穿着黑色的休闲夹克，领口露着红毛衣和白色高领套头衫，戴着深灰色的手工毛线帽，面带微笑，双手环抱着。

　　老三穿着深蓝色的中山装，领口处可见棉袄和深蓝色的矮领秋衣，戴着绿色的军帽，双手交叉塞进自己的棉衣袖里。

　　老四则穿着黑色皮夹克，耳朵冻得通红，头上戴着棉绒火头军帽子，双手插在裤兜里。

　　小孩们全都穿着昨天和年三十穿过的新衣服，活蹦乱跳地跟在大人后面，步行穿过陇海铁路的道口，走上柏油马路。

　　再往西走几百米便到了杨沟村的村口，卖礼当和灯笼的小摊已经排满了路两边，各家分头行动买礼当。

　　友成带着海兰去买了一捆麻花、一袋鸡蛋糕、一个莲花灯笼和一个红火炭灯笼。海兰知道小伟哥已经上初一了，过了十二岁就不用游灯笼了，所以每家只需要买两个灯笼。

海兰还记得母亲讲过，过年送礼当有讲究。女子回娘家，去娃她舅家，要买一盒点心、两把手工挂面，或者十个拳头大的馒头等，再加些其他礼当，但不能送麻花。舅舅家去姑姑家走亲戚，则一般必带一捆麻花。除此之外，可加点罐头、饼干、鸡蛋糕、一袋白糖或者红糖之类，一般不带馒头、挂面、点心。

想一想这个讲究，所带的礼当似乎是相反的。姑姑家拿给舅舅家的礼当，舅舅家一般不能拿给姑姑家。姑姑家送过去的，一般都是比较瓷实的礼当，比如馒头和挂面。舅舅家带过去的，一般都比较轻巧，比如麻花等。

海兰一路在想，是谁设的这个讲究？又有什么更深的含义在里面？是不是可以理解为，姑姑出嫁后，带回去的馒头、面条，都是她在这个家生长了二十多年吃的粮食，过年走亲戚时再送回家，有种还债的意思，而舅舅们则不用还，只需略表心意。所以，姑姑去舅舅家，礼当重，而舅舅去姑姑家，礼当轻。在这轻重之间，是不是说明乡村人的根本思想就是重男轻女？

海兰拎着背心式双耳纯色红布袋，走在队伍后面。突然眼前一亮，她发现各家的晚辈们都提了不一样的袋子。

志峰哥拎着枕头一般大小的白绿红三色手提塑料编织篮，麻花都冒出来了。小云姐拎着书包式的花团锦簇帆布袋，塞得鼓鼓囊囊。丽鹏则提着书包式的的确良印花蓝色袋，塞得满满当当。

路上尽是走亲戚的人，穿着新衣服，三五成群，来来往往，好不热闹。

老大孙友德依旧大步流星地走在前面，带领孙家走亲戚的队伍穿过主干道，向东拐进了杨沟村的城门洞时，小雪花已经变成了大雪花。女人们用围巾裹住了头，男人们把帽子扶了扶，小孩们把手缩进棉袖筒里。

走到城门洞下时，友成提着莲花灯笼，抬头仔细看了看城门洞，然后对海兰说："你看这个城门洞比咱们村的城门洞更有年头，城门上的碉堡也坏了，而门楼左右的土城墙却比咱们村的更坚固厚实，左右还有五六米长，算是保存得比较好了。你看地基都是用大石头堆砌的。"

老二孙友东听了说："这村子年代久远，比咱们村子也大得多，估计是明清时候修建的。如今，年久失修，已经坍塌得不成样子了。"

老四孙友怀也跟着说："听说住在靠近门楼跟前的几户人家，为了占地，已经偷偷把土城墙拆毁了许多。前些年来的时候，还有十几米长的土城墙，你看现在，只剩下城门洞左右五六米长的城墙了。依我看，再过几年，估计这土城楼都可能没有了。"

说话间，一大家人已经穿过城门洞，往前走了几十米，看到一棵大桐树，右转进入一个土巷子里。家家户户都是土房土墙土门楼。巷子里第三家便是孙玉兵家，门前三米处，有一条长长的小水沟。

海兰问父亲："这条小水沟是做什么用的？"

友成回答女儿："浇地时，可以在门前洗衣服，平时就作为生活废水的排水沟。"

海兰又问："那杨沟村的人都姓杨吗？是不是还有很多水沟？"

友成听了，笑着说："杨沟村的人，大多数姓杨，而'杨沟'既是一个村子的名字，也是一个乡的名字。小到村子，坐落在平地通往北塬的半坡上，村子里的房舍，一半在平地，一半在高高的土崖上。大到一个乡，方圆十里，囊括了十个村子，都属于杨沟乡管理。这里为啥叫杨沟村？我也记不清楚了。记得小时候听你爷讲，这个村子里水沟水渠多，姓杨的人家多，所以就叫杨沟村。"

老四听到三哥给侄女的讲解，笑着说："没想到海兰小小年纪，想的事情还不简单。"

海兰以为四爸在说她想太多了，小孩子不该想这些，所以羞愧地低下了头，躲在父亲的身后。

友成听了笑着说："小娃嘛，都是这样，好奇心重。"

老四叹息着说："哎，我丽鹏就不问，你看丽鹏跟海兰一样大，就差两个月而已，就没有这个勤学好问的精神。"

丽鹏提着礼当，跟在志峰哥的后面，隐隐听到了父亲的叹息，便假装没听见。学习不是他的特长，他既不爱问，也不爱学。

"好了，别说话了，到了。"孙友德站在门口，看着一大家人，"进去吧！"

于是，一大家人穿过土门连着的通道。

"玉兵！玉兵！"孙友德大声喊着。

孙玉兵和孙秀兵穿着围裙，戴着袖套，微笑着先后走出厨房，她们的丈夫和孩子们也都从房间里走了出来，接过礼当，互相问好。

"大舅、二舅、三舅、岁舅。"孙玉兵的大儿子杨小伟首先问好。

这边，海兰和堂兄弟姐妹们也问候两个姑姑："大姑、岁姑、姑父好、元红姐、元利哥、小伟哥、小超哥、小婷好。"

海兰感觉见面的问好就像两边发出的"连珠炮"一般，又像鞭炮声，噼里啪啦，一阵轰鸣，很是热闹。

就在这时，孙玉兵的公公婆婆也从大屋里走了出来。

杨老头个子不高，年近七旬，弯腰驼背，方廓形的脸庞，寸发花白，前额已谢顶，眼睛又圆又大。他穿着一身深蓝色中山服，脚上穿着黑色老式布鞋，头戴一顶深蓝色的冬款鸭舌帽，一脸憨厚的样子。

杨老太太，年逾七旬，站在老头身旁，显得更为小巧。一米四五左右，瓜子脸，颧骨高耸，细小的眼睛陷进深深的眼眶中。她头戴白色圆顶布帽子，身穿老式黑色斜襟棉袄，黑色阔腿裹脚裤，足蹬一双黑色绣着石榴花的小鞋子。

老两口一脸慈眉善目、和颜悦色地忙出来问候孙家四兄弟和孩子们。

孙秀兵早早到了妹妹家，就像妹妹给她帮忙一样，每回她也给妹妹帮灶。

进了院子，大人们坐在一起便开始闲聊，小孩们聚在一起就是玩耍。

每逢这一天，孙玉兵的女儿杨小婷最是开心，跟她同龄的孩子，每年都只能收到两三个灯笼，而她可以收到八个灯笼。

杨小伟挑着扁担，手里提着铁桶，要出门去打水。海兰看了看院子里的压水井，疑惑地问："小伟哥，压水井坏了吗？"

杨小伟说："没坏，好着呢，我去旁边井里挑点水，井水做饭更好吃。"

这时，丽鹏、小云、小丽、自美也全都听到了，都说要跟着一起去井边玩。于是，杨小伟带着一众弟弟妹妹和外甥女们，去了家门口不远处的水井边。

年长些的元红、元利、丽梅几个人则坐在屋里聊着天。

海兰看到水井旁有一棵大桐树,树枝遮蔽了整口井,如果在春夏,可想而知,水井会在树叶下乘凉。井旁是一块一人高的厚厚的长方形圆头青石,上面安装着木质辘轳。井口一臂见宽,上面盖着锅盖一样的木盖子。

杨小伟刚把扁担和铁桶放下,孙丽鹏已将木井盖挪开了。

其余人立刻站在井口周围,围成一圈,将头凑到跟前去看井眼。不料,头碰了头,大家不约而同地摸摸自己的脑袋哈哈大笑起来。

杨小伟年纪最大,赶紧抓着弟弟妹妹们的衣服往外拉,急切地说:"你们当心点,别掉下去了。"

众人霎时四散跑开,默然无声,聚精会神地站远了看着杨小伟用辘轳打水。

拇指粗细的麻绳和铁钩缠在木辘轳上。他弯着腰,把铁桶挂到了铁钩上,然后站在井口边,开始逆时针方向转动辘轳手柄,放绳子,连同铁桶一起放入了井眼里。及至水桶触到了井水,他迅速双手拽紧了绳子,左右摆动了几下,看到水进了桶,立刻顺时针方向转动辘轳手柄,卷绳子。这时候,小孩们全都围上前来,争相抢着转动辘轳手柄。

杨小伟一边喊着维持秩序,一边双手拽紧了绳子,生怕弟弟妹妹们一不小心转错了方向,使铁桶掉下去。好不容易打了一桶水,杨小伟又提起第二个铁桶,弟弟妹妹们纷纷表示要尝试打水,于是,杨小伟将铁桶给了丽鹏,他像模像样地照着小伟哥的样子,把铁桶挂到了铁钩上,刚挂好,孙小丽和孙自美已经坏笑着牢牢抓住了辘轳手柄,开始逆时针转了起来,杨小婷站在旁边,给她俩加油打气。

"一定得慢点,转得快了,桶容易脱钩!"杨小伟紧张地站在井口旁,扶了扶金丝方框眼镜。他双手叉腰,焦急地指导着一群猴子样顽皮的小亲戚们。

"放心,放心。"孙小丽一手抓着手柄一手抓着孙自美的肩膀说,两个人一边笑一边转。

孙丽鹏生怕妹妹不小心把铁桶弄掉,赶紧站在井口旁,用手扶着绳子,一点点往下放。

海兰站在旁边看着,不敢靠太近,因为她感觉到井口一股寒气逼人。

这口水井似乎比南河滩村的那口井更大更深。不论冰雪可以冻住多少压水井，却冻不住这些老井。而灌溉农田用的机井，在冬天还可以看到浮冰。难道是因为井口太大，井水太浅？海兰看着想着，不得其解。

在离井口不远处的一户人家门口，坐着一位七八十岁的老太太，她呆呆地看着井口，心想，已经很久没有看到这么多人在老井旁了。这口井也不知道有多少年头了，大概跟这个村子的年代一样久远吧，千百年之久也未可知。村子的寿命已经没人能说得清楚了，就像这口古井的寿命。世代相传的东西，传着传着，也可能就没有了。

生命轮转不息，有多少人会向后回望？

自从嫁到这个村子，就开始在这口老井打水。喝了一辈子这口井的水，到了到了，子孙们换成了压水井，虽说汲水方便，省时省力，但味道却变了，压水井里冒出来的水，终究不如老井里的水那样清冽甘甜。

这口井记着这个村子的兴衰和发展，也记着投生到这个村里的人们的生生死死，却唯独没有记着给自己取个响亮点的名字，人们从来只叫它"老井"。而这个名字，遍布左邻右舍的村子。

海兰一抬头，看到了远处的老奶奶，心想，如果这棵桐树是这口老井的守护神，那么老奶奶便是这口井的见证人。

两桶水很快就打完了，杨小伟弓着腰，晃晃荡荡地挑着两桶水往回走。弟弟妹妹们簇拥着，欢声笑语和水桶里溅出来的水，洒了一路。

因为人多，午饭摆了三桌才勉强让亲戚们拥挤地坐下。

孙玉兵的房子里坐了一桌，婆婆屋里摆了两桌，一桌铺了油布，众人盘腿坐在炕上吃；一桌摆在脚地上，众人围坐在高矮胖瘦、颜色新旧不同的凳子上吃饭。

冬天坐席吃的菜没有夏秋时候丰盛，却有不同的滋味。

海兰和几个姐妹们坐到了炕上吃饭。她很喜欢吃小姑做的拔丝地瓜，但这个热菜，往往在整个宴席的中间或者最后才出场。

刚坐下，能看到凉拌三色冻冻、凉粉、擀面皮、蜂蜜粽子、猫耳朵、江米条、糖衣花生、凉拌五花肉、凉拌香肠片和凉拌牛肉。

吃着凉菜时，杨小伟带着弟弟杨小超和妹妹杨小婷在厨房等着热菜出锅，然后一盘一盘端进屋里。不仅有素菜青菜炒鸡蛋、红萝卜豆芽炒粉丝、山药木耳炒红萝卜、麻婆豆腐、甑糕；还有荤菜鱼香肉丝、东坡肘子、麻辣鸡、蘑菇炒肉片和梅菜扣肉等。

海兰拿着小馒头就菜吃，让她望眼欲穿的拔丝地瓜终于在最后一刻上了席。每到这个菜，所有人都拿起筷子，瞬间，一扫而光。

众人吃饭的速度由快变慢，渐渐开始聊天。这时，孙玉兵姐妹做好了一口香臊子面。丈夫和三个孩子端完菜，接着端臊子面，一人一碗。

小辈们看到臊子面上桌时，便纷纷下炕下桌，主动去厨房帮忙端面，待到长辈们人手一碗，才端了自己的面吃起来。

海兰吃完面，和元红姐、丽梅姐、小云姐、丽鹏一起帮着姑姑把空碗碟收进了厨房。这时，看到两个姑姑一人端了一碗面走进屋里，坐到桌前，就着桌上的剩菜剩饭，聊着天，开始吃面。

对海兰而言，走亲戚最开心的时刻莫过于坐席吃饭的时候，其余时间多半不开心，姑姑总是会问海兰考了多少分，成绩怎么样，有没有当班干部之类的问题。因此，海兰尽可能躲着两个姑姑，生怕她们问起。于她而言，如果没有考到全班第一名，总感觉不好意思讲自己的成绩。好在这次期末考试成绩位列全班第一。

饭后，雪停了，天空变得亮堂了些。

大人们继续三三两两地聊着天，小孩们便在门楼下的过道里玩起了跳皮筋。

孙友德透过玻璃窗，看到妹妹去了前院的屋里，装好了回盘，便喊了三个弟弟，说："回家吧，雪晴了。"

于是，众人纷纷起身，各自提着已经装好回盘的手提编织篮子、布袋子和布兜子，结伴而归。

第七十九章　老母替儿走亲戚

正月初八，刘春花头戴白色医生帽，围着灰色棉线围巾，穿着过年新做的绿色缎面绣花棉袄，手腕戴着红黑色缎面棉袖筒，腿上穿着黑色竖条纹的确良裤子，脚踩胶底加绒棉鞋，站在印花镜前照了照，又戴上一对金耳环，一只金戒指，这才出了门。

她买了三只灯笼，提着麻花、黄桃罐头和芝麻饼干，坐车往女儿家去送灯笼了。

很多时候，她是不好意思正月里来送灯笼的。按照习俗，送灯笼是舅舅的事情，但她的小儿子把家落到了雍城，距离太远，回来一趟不方便。而且过年时候演出多，儿子忙着唱戏挣钱，她也不好意思要求儿媳左利霞来送灯笼，那张臭脸，她懒得看。

所以，作为母亲，她只能代替儿子来送灯笼。戏文里有"花木兰替父从军"，现实中，有她刘春花替儿送灯笼。

没想到，这一送就是十多年。

她怕送灯笼，不是怕路远花钱，而是怕听到村里的闲言碎语，说"你两个儿子好好的，不来给外甥送灯笼，却让一个老婆子年年来送灯笼，这家人是咋回事？"

其实，这闲话早已灌进她的耳朵里若干年，她也很无奈。家家有本难念的经，就是这样吧。

每当她感觉到不好意思的时候，就逢初二红莲去看她时，提前买好灯笼，让外孙们自己拿回家。回盘给女儿添点儿礼当，就当他们南家人送过灯笼了。

红莲对母亲这样的安排，虽然心有不满，但也找不到更好的办法。除了接受，没有什么可说的。友成则不同，毕竟不是他亲娘，他不会试图去理解这样的安排，只觉得别人家初六开始就有舅舅上门送灯笼，因此常说："看看你们家！两个舅舅，过年的时候，有一个来的吗？有，等于没有！你们南家人，不懂礼数！"

友成抱怨几句，红莲却无力反驳。

偶尔，她也反驳道："我们南家人怎么了？我娘隔三岔五就来咱们家，给你拿吃拿喝，你良心去哪儿了？"

友成也不甘示弱，说："那你哥哥弟弟呢，怎么解释？"

"他们不是距离远吗，要是在村里，也会来的。"红莲勉强解释道。

友成据理力争说:"富在深山有远亲,穷在闹市无人问,不就是这样吗? 嫌弹咱们家穷吧!如果过年时候来了,发红包就得一大笔钱,给多了他们觉得亏;给少了,自己又觉得没面子。"

"我不想跟你吵了,你爱怎么想就怎么想!"红莲丢下话,没再搭理友成。

海兰兄弟姐妹四人,多年以来都盼着舅舅能来送灯笼,可年年盼,年年失望,时间久了,也就没有盼头了。

前一年,刘春花没有来送灯笼。这一年,她想亲自来送灯笼。

因为海熊快三岁了,她喜欢这个漂亮的小外孙。老话都说"外甥像舅舅",仔细看,海熊的眉眼间还真有点像她的小儿子应孝。她想,这大概也是她格外喜欢海熊的原因吧。

早饭后,海兰问母亲:"今天都初八了,舅舅会来送灯笼吗?外婆会来吗?"

红莲无奈地说:"不知道呢,你外婆可能会来,舅舅们都忙,来不了。"

母女俩正说着,只听到院子里传来声音:"红莲,红莲,娘来了!赶紧把娘接上。"

海兰和海珍飞奔出去,高高兴兴地喊了声"婆!"然后接过了灯笼。红莲高兴地喊了声"娘,你来了!"接过礼当,掀起门帘,请娘进屋。

刘春花进屋坐了会儿,抱了抱小外孙,又到小屋看了看海峰,闲聊了几句,便回大屋上了热炕,一会儿就打着呼噜睡着了。红莲看出了母亲的疲乏,双鬓斑白的她,还要每天辛苦劳动,养活自己,着实不易,她很心疼母亲。于是,她在厨房给母亲做了许多她素日里爱吃的菜。

三只灯笼让姐弟三人都十分满意。她们高兴地拿到了哥哥屋里玩,海兰给弟弟的猴灯点了蜡烛,海熊迫不及待挑着猴灯的短细竹竿,满院子开始游了。

游着游着,他进了哥哥的屋子,挑起灯笼给哥哥看,还用稚嫩的语气说着"哥哥,哥哥,灯笼!"

"哥哥看到了,很好看!"海峰看着弟弟的猴灯,羡慕地说。彼时,他靠在窗户边,盖着被子坐在炕上。

他坐着的时候,几乎只有手指可以动,但总需要将一条腿立起来支撑住整个上半身，而头相对身体的比例比较大，也比较重。所以，每次家人扶他坐起来，都需要摆弄一阵，才能找到他身体重心的平衡点。也有很多时候，他刚坐稳，脑袋却痒痒，仰头与脖颈摩擦时，不小心失去平衡，上半身顷刻摔在炕上。如果这时家里没人，妹妹们上学去了，父母带着弟弟去田里干活了。他倒下后，没人搀扶起来，上半身狠狠地压住了腿，那个疼痛无人可诉。他多么渴望自己能拿着灯笼，带着弟弟妹妹们一起去游玩。

他记得七岁时，妈妈带着他晚上游灯笼的情形，那是多么美好的画面，而记忆就定格在了七岁那年，之后就走不利索了，也没再游过灯笼。想到这里时，海峰心里有些难受。

海熊仿佛看出了哥哥的伤感，便出门去转悠了。海珍和海兰把莲花灯笼挂到了哥哥屋里土墙的长钉上后，去厨房帮母亲做饭。

午饭时，家家户户的院子里飘出了饭菜的香味。友成闻着饭香味才放下棋子，从城门洞那儿走回了家。进屋便看到丈母娘坐在炕上，他不好意思地打了招呼，然后进了厨房。红莲已经把做好的饭菜摆满了大案板。友成识趣地去了大屋，摆开了桌椅。海兰和海珍则主动端了饭菜摆上桌面。红莲见海熊还没回来，忙叫两姐妹去寻找。

海兰和海珍出了门，一左一右分两个方向开始边走边喊找弟弟。不一会儿，海兰便在马王庙前看到了弟弟，他正在看一群男孩们拍洋片。猴灯已经烧毁，海兰把弟弟拉回了家，她又出门去喊姐姐。好在姐妹之间心有灵犀，走到城门洞下时，姐妹俩碰了面，便一起回家。大家都已坐在桌前，姐妹俩也赶紧坐定。一家人陪着外婆吃了顿年饭。

刘春花在女儿家歇了会儿，觉得楼房还是不如土房接地气，住着舒服。于是，她打算累一晚上。

晚饭后，海兰和姐姐正在院子里拿着莲花灯笼和红灯笼点蜡烛，梁少红提着兔灯，孙云婷提着鸡灯已经来找海兰了。不一会儿，刘天虹挑着红火炭灯笼，刘小希挑着油纸宫灯，结伴而来。一时间，院子里点点烛光，十分美丽。虽然厨房门口的屋檐下亮着微弱的橘黄色的十五瓦灯泡，却不如这烛光在夜里明亮耀眼。

为了不打扰外婆休息，点好蜡烛后，海兰挑着莲花灯笼，带着小伙伴们出门游灯笼了。

大家边走边聊，走街串巷，看看这家门口贴的对联，看看那家门口挂的灯笼，一路欢声笑语，十分热闹。

走到东街时，邹书苗挑着大白菜灯笼，刘兮兮挑着折叠式灯笼也一起加入海兰的游灯队伍。走到城门洞时，孙自美挑着葫芦灯笼，孙小丽挑着花瓶灯笼，邹小丽挑着西瓜灯笼，看到海兰这边一群灯笼，也跟着队伍一起走了。

大家走得参差不齐，走到街道狭窄处，梁少红和孙云婷因为并排走着聊天，脚下一滑，蜡烛倾斜，灯笼起火了。大家惊叫着围了上去，七手八脚帮忙扑火，但已来不及了，火在一瞬间就将灯笼吞噬了。二人只好迅速脱手，将灯笼扔到了地上，最后，灯笼只剩一点儿残余的竹条框架。梁少红和孙云婷两个满面愁容，看着地上的火光渐渐消失。

另一边，大家帮忙扑火时，邹书苗的灯笼随着身体的倾斜也跟着倾斜了。这边火光刚灭，那边邹书苗的灯笼也化为一团火，瞬间烧没了。这次，大家再也不敢上前施救了，都小心翼翼地照看着自己的烛火，生怕重蹈覆辙。

还没走多远就已经报废了三个灯笼，于是，海兰提议说："小伙伴们，为了安全起见，保住灯笼，咱们这样排队走，走成一行，每个人间隔一臂宽，按照大小个子排队。"大家纷纷表示赞成。

海兰拿出平日管理班级秩序的班长架势，组织大家排队，说："孙小丽、邹小丽和梁少红走在前面，其次是孙云婷、邹书苗、孙自美，接着是刘小希、刘兮兮，最后是刘天虹，你个子最高，排在队尾，顺便保护大家。"小伙伴们挑着灯笼，谈笑间便排好了队伍。走到南街时，梁少红和孙云婷快速跑回家拿了新灯笼出来。

每逢过年，小孩们几乎人手两三个灯笼，甚至五六个，主要看舅舅的多寡，舅舅多了灯笼自然就多些。因此，烧坏一个灯笼，大家并不发愁，因为人人都有好几个灯笼。

为了方便邹书苗回家取新灯笼，海兰提着灯笼走在前面，带领大家一起往西街走去，她家住得偏僻，路上很黑，海兰怕她一个人回去路上不安全。

邹书苗家在西街二巷的最西边,再往西就是西麦场和农田了。因为他们家偏居一隅,且是老宅地,所以,宅基地的面积比许多人家的都大些。

海兰听父亲说,她家祖上好几辈人都曾经住在这里。她的父亲是家中最小的儿子,她的爷爷奶奶将整个宅子都留给了他们家。她的大伯、二伯全都搬出去了,但也没搬多远,她的大伯家在西街一巷的西头,也就是邹书苗家的正前方,她二伯家紧挨着她大伯家。

在乡村地区,小儿子往往是有福气的,上有父母宠爱,下有哥哥姐姐照拂,长大了,基本都能承袭祖业。

邹书苗的父亲邹惠军因为得了祖业,所以做起了小生意,自己家里做了一个豆芽坊,兼着制卖食醋。大多是本村和邻村的人来采买,生意红火。进门先看到的是土地堂,左拐便是土坯的大房联排四间,右手边有两间小土房,是厨房和杂物间,院子的西边有两间小砖房,便是发豆芽和酿醋的作坊。北边是一个杂物间和厕所。白天,邹书苗的母亲守在家里卖豆芽卖醋,父亲就蹬着三轮车去附近村庄卖菜卖醋。

海兰带着小伙伴们在邹书苗家的院子里等着,邹书苗进屋匆忙拿了一包蜡烛,提着一个老式圆柱体状的小铁网红灯笼就出来了。

邹书苗的母亲贾红瑛,个子不高,四方脸偏长,大小眼,短发,自来卷,穿着棉袄,跻着暖还(意为"棉鞋"),双手带着棉袖筒,站在屋门口,眯缝着小眼睛,看了看院子里的小孩们,对着书苗喊道:"早点回来,别让我去喊你。"

海兰带着小伙伴们赶紧出了院子,继续排好队伍,往北街走去。除了夏收时节和年三十晚上,村子里会在十字路口的电线杆上挂一个灯泡作为路灯,其余时候,路灯不开。所以,天很黑,漆黑漆黑。海兰壮着胆子走在前面带路。

有那么一阵,大家谁也没说话,路上也没见到一个人,北街原本就靠近坟地,因而,大家都有些战战兢兢。海兰突然急中生智,想到了一个壮胆的办法。她转身对小伙伴们说:"咱们唱着歌,游灯笼吧?"小伙伴们纷纷赞同。于是,海兰起了一首近年流行的大家都会唱的歌曲。

海兰说:"先唱一首《中华民谣》,朝花夕拾杯中酒,预备——起!"于是,小伙伴们边走边唱:

朝花夕拾杯中酒，寂寞的我在风雨之后；醉人的笑容你有没有，大雁飞过菊花插满头。

　　时光的背影如此悠悠，往日的岁月又上心头；朝来夕去的人海中，远方的人向你挥挥手……

　　唱着歌，恐惧感渐渐退去。为了保障灯笼安全，保持队形美观，海兰让大家按照"前左后右"的原则挑灯笼。这样，游灯队伍远远看去就像是一只脚下亮了灯的蜈蚣一般，煞是好看。

　　走过了偏僻的北街，海兰说："咱们接着唱电视剧《倚天屠龙记》的片头曲《刀剑如梦》吧，我唱第一句你们直接跟唱就好。"

　　我剑何去何从，爱与恨情难独钟，我刀划破长空，是与非懂也不懂。
　　我醉一片朦胧，恩和怨是幻是空，我醒一场春梦，生与死一切成空。
　　来也匆匆，去也匆匆，恨不能相逢，爱也匆匆，恨也匆匆，一切都随风。
　　狂笑一声，长叹一声，快活一生，悲哀一生，谁与我生死与共……

　　一曲结束，海兰对小伙伴们说："我提议，后面按照队伍的排序，每个人起一首自己喜欢的歌，唱之前说一下歌名，唱开头一段或者中间高潮部分，词少的唱整首。"大家点头同意。

　　孙小丽立刻清了清嗓子，说："《同桌的你》。"众人齐唱：

明天你是否会想起，昨天你写的日记，明天你是否还惦记，
曾经最爱哭的你，老师们都已想不起，猜不出问题的你，
我也是偶然翻相片，才想起同桌的你。谁娶了多愁善感的你，
谁看了你的日记，谁把你的长发盘起，谁给你做的嫁衣……

　　邹小丽一秒接上，说："《祝你平安》。"众人齐唱：

你的心情现在好吗，你的脸上还有微笑吗，人生自古就有许多愁和苦，请你多一些开心，少一些烦恼。

你的所得还那样少吗，你的付出还那样多吗，生活的路总有一些不平事，请你不必太在意，洒脱一些过得好。

祝你平安，噢祝你平安，让那快乐围绕在你身边。

祝你平安，噢祝你平安，你永远都幸福，是我最大的心愿……

梁少红迟疑两秒，说："《样样红》。"众人齐唱：

青春少年是样样红，你是主人翁，要雨得雨，要风得风，鱼跃龙门就不同。

青春少年是样样红，可是太匆匆，流金岁月，人去楼空，人生渺渺在其中。

荣华富贵呀飞呀飞，世上的人呀追呀追，荣华富贵呀飞呀飞，何时放下歇一歇，能不能愿昼吉祥夜吉祥，愿用家财万贯，买个太阳不下山……

孙云婷用温和的声音说："《小芳》。"众人齐唱：

村里有个姑娘叫小芳，长得好看又善良，一双美丽的大眼睛，辫子粗又长，在回城之前的那个晚上，你和我来到小河旁，从没流过的泪水，随着小河淌。

谢谢你给我的爱，今生今世我不忘怀，谢谢你给我的温柔，伴我度过那个年代，多少次我回回头看看走过的路，衷心祝福你善良的姑娘，多少次我回回头看看走过的路，你站在小村旁……

邹书苗想了想说："《风中有朵雨做的云》。"众人齐唱：

风中有朵雨做的云，一朵雨做的云，云的心里全都是雨，滴滴全都是你。

风中有朵雨做的云，一朵雨做的云，云在风里伤透了心，不知又将吹向哪儿去。吹啊吹吹落花满地，找不到一丝丝怜惜，飘啊飘飘过千万里，苦苦守候你的归期。每当天空又下起了雨，风中有朵雨做的云，每当心中又想起了你，风中有朵雨做的云……

孙自美声音洪亮，说："《千年等一回》。"众人齐唱：

千年等一回，等一回啊，千年等一回，我无悔啊。
是谁在耳边说，爱我永不变，只为这一句，啊断肠也无怨。
雨心碎，风流泪哎，梦缠绵，情悠远哎，西湖的水，我的泪，
我情愿和你化作一团火焰，啊……

刘小希干脆利落地说："《潇洒走一回》。"众人齐唱：

天地悠悠，过客匆匆，潮起又潮落，恩恩怨怨，生死白头，几人能看透。
红尘啊滚滚，痴痴啊情深，聚散终有时，留一半清醒，留一半醉，至少梦里有你追随。我拿青春赌明天，你用真情换此生，岁月不知人间，多少的忧伤，何不潇洒走一回……

刘兮兮抓耳挠腮，停顿了几秒说："《好人一生平安》。"众人齐唱：

有过多少往事，仿佛就在昨天，有过多少朋友，仿佛还在身边。
也许心意沉沉，相逢是苦是甜，如今举杯祝愿，好人都一生平安。
谁能与我同醉，相知年年岁岁，咫尺天涯皆有缘，此情温暖人间……

刘天虹落落大方地说："《爱的奉献》。"众人齐唱：

这是心的呼唤，这是爱的奉献，这是人间的春风，这是生命的源泉。
再没有心的沙漠，再没有爱的荒原，死神也望而却步，幸福之花处处开遍。

啊，只要人人都献出一点爱，世界将变成美好的人间。

啊，只要人人都献出一点爱，世界将变成美好的人间……

一曲接一曲，全都是小伙伴们耳熟能详的歌曲，歌声划破了整个村子的上空，响彻四方。人们听到歌声，纷纷走出家门，站在街巷里看海兰带领的"唱歌游花灯队伍"。有的老太太夸赞说："这群小娃娃唱得真好听！这么些年，还没有这么多人一起夜里游灯笼还唱歌的，很多小娃都是出门走几圈就回家去了。"海兰听了心里美滋滋。

前几年，海兰还小，村里女孩子们以年长的堂姐孙丽梅为首。过年时候，都会去她们家坐一坐，聚一聚，但除了说说笑笑，就是打扑克、翻交交（意为"翻花绳"），没有新颖的活动。如今海兰长大了，有一群小伙伴来找她玩，于是她就鼓起勇气，开始组织活动了。

海兰带着小伙伴们，将歌声撒遍了南河滩村的东、南、西、北四大街巷，最后，众人以一首《梅花三弄》收尾。

红尘自有痴情者，莫笑痴情太痴狂，若非一番寒彻骨，那得梅花扑鼻香。

问世间情为何物，直教人生死相许，看人间多少故事，最销魂梅花三弄……

回到海兰家院里时，蜡烛快烧没了，大家从衣兜里掏出了自备的红色小蜡烛，纷纷开始更换新的蜡烛。

海兰一手捏住莲花灯笼的两根竹架上端，另一只手轻轻提起纸糊的灯笼罩至顶端，松开手后竹架撑住了整个纸灯笼，露出那方又窄又长的小竹片。她先用手抠掉了竹片上厚厚的一层烛泪，接着点燃了一根蜡烛，又往竹片上滴了几滴蜡油，然后快速将蜡烛放在刚才的蜡油上，这样蜡烛就稳稳地粘在了竹片上。她再次捏住灯笼竹架，一手将纸穗拨了拨，然后将灯罩放了下来。

蜡烛之于灯笼，就像心脏之于人吧，灯笼的能量球——蜡烛可以换，而人的心脏却不能轻易换。

给灯笼换蜡烛，最不易换的是莲花灯。桃红色的花簇常常搭配着绿色的灯罩穗穗，一不留神就把灯穗点着了。其他灯笼，比如那种大肚子的红色灯笼，人称"红火炭"；状如白菜的白菜灯笼，状如花瓶的花瓶灯，还有形如兔子的兔灯、状如公鸡的鸡灯，装的通常都是长方形或正方形的薄木板蜡烛底座，也没有垂下来的纸条穗穗，因而换蜡烛都相对容易。

换好了蜡烛，海兰带着小伙伴们在自家院子中间，围了个圆圈，做起了"丢手绢"的游戏。大家齐唱："丢，丢，丢手绢，轻轻地放在小朋友的身边，大家不要告诉他，快点快点捉住他……。"这原本是几年前玩的游戏，这一晚，大家玩得仍是乐此不疲。人手一个灯笼，灯笼围成圈，看起来就像漆黑的夜里，地上开了一朵朵金灿灿的五颜六色的花朵。

尽管院子里有点冷，但小伙伴们不是带着毛线织的手套，就是带着奶奶或外婆们给缝制的棉袖筒，套在手上格外暖和。

夜里，红莲打扫完厨房的卫生，安顿好了海峰，就带着母亲去找福侠嫂子聊了会儿天。等她们回到家时，看到满院子小孩，而小女儿像个"小领导"一般组织着游戏。她从不干扰小朋友们的玩乐，便去门外寻小儿子。

然而，若是这群小孩一起去别人家，别人家的家长不是脸拉得二尺长，就是直接将他们打发出门。只有在海兰家，小伙伴们才能放松愉快地玩耍，因为红莲从来不说孩子们。这也是海兰很爱母亲的一个重要原因，她的母亲很大度。

刘春花进屋洗漱后就躺下了。她听着院子里小孩们银铃般的欢笑声，感觉很悦耳，这是在医院宿舍里听不到的声音。

小伙伴们一起玩了好一会儿，正在兴头上，罗素平站在海兰家大门口大声喊道："少红，少红，我少红在吗？"

梁少红听到母亲在喊她，立刻提了灯笼，站起来对小伙伴们说："不好意思，我妈叫我了，我先回家了。"

梁少红刚走，孙自美的母亲也来找了，于是，城门里住的孙小丽、刘小希、刘天虹也都跟着一起回去了。

刘天虹很羡慕小伙伴们总是有人惦记，有人找，却从没有人喊她回家，喊她吃饭。她的外婆几乎从不找她，她也没有爹娘，每次跟这些比她小几岁的小孩们一起玩耍时，心里总有些自卑。海兰偏偏看出了她的不自在，因而每次做游戏时，都会邀请刘天虹参与。

小伙伴们都走了，临走前，大家口头约定明晚继续唱歌游灯笼。

第八十章　游灯唱歌遇打灯

正月初九，早饭过后，刘春花便提着女儿装的回盘回平阳医院了。

红莲带着一家老小五口人把母亲送到了马路边，看着母亲上了车，才往回走。回去的路上，红莲抱着小儿子说："该走的亲戚走完了，该接的亲戚也接完了，年就算过完了！"

友成却说："哪里，还没过十五呢，过了十五才算过完。"

"你不就是想再下几天棋吗？你看看村里还有几个人守在城门口下棋呢？年轻人过了破五，有些都去打工了，留下来的人都开始下地干活了。"

"不要看别人，咱们是咱们，过了十五再说下地干活的事。"

"哎！算了，我不跟你置气了，我也说不过你，你不嫌丢人，就守在那里下棋吧！让大哥看到，不说你才怪呢！"

"看到了再说。"友成一向害怕他的父亲和大哥。

"哎……"红莲边走边深深地叹了口气。她知道，只要她再多说几个字，友成还有一大堆话等着回击，这样吵下去就没完没了了。面对三个孩子，大正月吵架，实在不妥，他没有觉悟，只能由她先鸣金收兵。

晚上，海兰早早喝了米汤，准备好了灯笼和蜡烛。

海珍却对走街串巷游灯笼的事情没有一点兴趣。大冷天的，她宁肯在哥哥屋里待着看电视也不愿出门去。她不知道妹妹哪里来的热情，手脚都起了冻疮，却还兴冲冲地要出去玩。

这时候，梁少红提着兔子灯笼来找她了，孙云婷提着折叠的黄色西瓜灯也紧跟着来了。每次集合，几乎都是她俩先到，也因为距离近吧，都在对门住着。

海兰依旧提着莲花灯笼,带着梁少红、孙云婷一起往城门洞里走去。一路上遇到好几个小伙伴,刘兮兮提着花瓶状的灯笼,邹书苗提着八角灯站在南街的十字路口那儿,看到他们来了,就跟着一起走。走到城门洞那,孙小丽、邹小丽也挑着灯笼加入队伍。大家一路走到了刘天虹家门口,这时孙自美提着白菜灯笼迎面而来,也加入游灯队伍。

刘天虹正在洗碗刷锅,大家提着灯笼,进了院子里,闲聊了一会儿,等她忙完,才一起挑着灯笼走了。刘小希住在刘天虹家对面,看到一院子的灯笼也跟了过来。于是,大家自觉排好了队伍,十多盏灯笼,在城门洞内的街道上铺开,照亮了整个街道,连水井前的龙王庙都照亮了。

海兰站在队伍前面说:"咱们跟昨晚一样,一人起一首歌,不重复昨天的歌曲,另外,昨天从第一个开始的,今天咱们从个子最高的开始。"

刘天虹指了指自己:"那我当仁不让了,《我的未来不是梦》。"众人齐唱:

我知道我的未来不是梦,我认真地过每一分钟,
我的未来不是梦,我的心跟着希望在动,
我的未来不是梦,我认真地过每一分钟,
我的未来不是梦,我的心跟着希望在动,跟着希望在动……

刘兮兮低头抠着手指头,刘天虹提示她唱《故乡的云》,于是众人齐唱:

天边飘过故乡的云,它不停地向我召唤,当身边的微风轻轻吹起,
有个声音在对我呼唤,归来吧,归来哟,浪迹天涯的游子,
归来吧,归来哟,别再四处漂泊……

刘小希昂首挺胸说:"《敢问路在何方》。"孙小丽和邹小丽嬉笑着用口技学开场的伴奏音乐:"噔,噔,噔蹬。噔,噔,噔噔。"众人笑着齐唱:

你挑着担我牵着马，迎来日出送走晚霞，踏平坎坷成大道。
斗罢艰险又出发，又出发，啦啦啦啦啦啦啦啦啦。
一番番春秋冬夏，一场场酸甜苦辣，敢问路在何方，路在脚下……

孙自美生怕前面听不到，声如洪钟说："《小草》。"众人齐唱：

没有花香，没有树高，我是一棵无人知道的小草，从不寂寞，从不烦恼，你看我的伙伴，遍及天涯海角。
春风啊春风，你把我吹绿，阳光啊阳光，你把我照耀。河流啊山川，你哺育了我，大地啊母亲，把我紧紧拥抱……

邹书苗毫不迟疑地说："《梦驼铃》。"众人齐唱：

攀登高峰望故乡，黄沙万里长，何处传来驼铃声，声声敲心坎。
盼望踏上思念路，飞纵千里山，天边归雁披残霞，乡关在何方。
风沙挥不去印在，历史的血痕，风沙挥不去苍白，海棠血泪……

孙云婷激动地说："《我的中国心》。"众人齐唱：

河山只在我梦萦，祖国已多年未亲近，可是不管怎样也改变不了，我的中国心。
洋装虽然穿在身，我心依然是中国心，我的祖先早已把我的一切，烙上中国印。长江、长城、黄山、黄河，在我心中重千斤，无论何时，无论何地，心中一样亲……

梁少红说："《童年》。"众人齐唱：

池塘边的榕树上，知了在声声叫着夏天，
操场边的秋千上，只有蝴蝶停在上面。
黑板上老师的粉笔，还在拼命叽叽喳喳写个不停，等待着下课，等待着放学，等待游戏的童年……

邹小丽看着天空坏笑地说："我妈会唱的歌，《牧羊曲》。"众人齐唱了两句就稀稀拉拉没几个人唱了，最后成了海兰一个人的独唱。

日出嵩山坳，晨钟惊飞鸟，林间小溪水潺潺，坡上青青草。
野果香山花俏，狗儿跳羊儿跑，举起鞭儿轻轻摇，小曲满山飘，满山飘……

孙小丽笑呵呵地说："我爸喜欢听的《甜蜜蜜》。"众人笑着齐唱：

甜蜜蜜，你笑得甜蜜蜜，好像花儿开在春风里，开在春风里。
在哪里，在哪里见过你，你的笑容这样熟悉，我一时想不起，
啊，在梦里，梦里，梦里见过你，甜蜜，笑得多甜蜜，是你，是你，梦见的就是你……

海兰认真地说："这首大家都会，《难忘今宵》。"众人齐唱：

难忘今宵，难忘今宵，不论天涯与海角，神州万里同怀抱，
共祝愿祖国好，祖国好。
难忘今宵，难忘今宵，不论天涯与海角，神州万里同怀抱，
共祝愿祖国好，祖国好，共祝愿祖国好，共祝愿祖国好……

唱到调子高的地方，小伙伴们扯着嗓子往上喊。邹小丽唱到声音劈叉，自己先憋不住笑出了声，紧接着其他小伙伴也跟着哈哈大笑起来。

游灯队伍从城门洞一路边走边唱，几乎绕着村子走了一圈。第二圈走到马王庙东侧，梁少红家的大门外，大家停下来给灯笼换了备用蜡烛。就在这时，突然听到了一声枪响，那种游戏枪的声音。顿时，只见孙小丽的灯笼被打穿了，还好蜡烛没有灭。

"谁！"孙小丽一手护着灯笼，一边看向旁边的麦场。大家吓得纷纷

用身体或手护住了自己的灯笼,然后七嘴八舌喊:"谁?"海兰见状,带着小伙伴们躲进了梁少红家的门厅里。躲了一会儿,她趴在门缝看了看,外面没动静。于是,大家一起出了门,继续游灯笼。

当她们走到东边麦场旁的东路时,再次遇"袭"。这一次,刘天虹的灯笼被打到了蜡烛,瞬间就燃烧了起来。与此同时,只听麦草垛后面,霎时传来许多人声,有人喊:"打中了,快跑!"寻声看去,黑暗中只见十几个男孩子,有大有小,有高有低,从麦草垛后面蹿了出来。

"那不是邹书苗的弟弟邹书凡?"

"还有刘辉宏!"

"我看到梁耀银了!"

大家七嘴八舌指着不同的人影说道。海兰看到形势不妙,立刻组织大家将一列长队首尾相接,围成一圈,把灯笼围在圈内。小伙伴们很快围起来,围成了一朵硕大的灯笼花。当各种形状的灯笼聚合在一起时,那光照,映红了每个人的脸……

等到那群"坏蛋"跑远了,大家才散开来,继续列队往前走着,却不敢再出声唱歌了。黑夜中,大家安安静静地走了一段路,然而都觉无趣,于是,鼓起勇气继续唱歌,边唱便警惕地四下环视。

当他们再次回到海兰家门口时,恰巧看到一群男孩子,有认识的也有不认识的,正在安装玩具枪的"小子弹"。

两支队伍在星夜下相见,都来不及躲避。梁耀银竟一手揪着刘小希的灯笼,一手用"枪"贴着灯笼打。邹小丽和孙小丽则拿着灯笼,直接上去抢夺邹书凡手中的玩具手枪。其他人也互相撕扯着。不到一会儿,几个灯笼被倾斜的蜡烛点燃了,大家看着灯笼烧起来了,立马将灯笼扔到地上,几个人围着用脚将火踩灭了。男孩们站在一旁哈哈大笑,女孩子们各个哭丧着脸。

"别打架了,快走吧!"海兰站在边上看清楚了,为首的是梁少红的哥哥梁义红。于是,她想"谈判"。照他们这样用枪打下去,以后这灯笼还怎么游?

"别打了,咱们先去少红家躲一会儿"海兰边喊边拉着旁边的刘小希、邹书苗往梁少红家走去,其他人也都快速地跟上。

失了灯笼的人并没有那么生气，大家在梁少红家的门厅内，边笑边聊着刚才是如何与男生混战的局面，都把这事当成一件趣事在谈。或许这样的追逐与打闹，反而增添了游灯的趣味吧，否则这"年"过得有点太平淡。

孙云飞和梁少峰起初也跟着海兰一起游灯笼，然而，看到其他男孩子都在玩枪和爆竹，就放弃了游灯笼，加入男孩们的队伍中去了。

聊了一会儿，海兰见梁少红的妈妈回来了，就带着小伙伴们出了门。梁少红家门口的右手边堆放了很多木头，那是他们家原来的旧房拆出来的。梁义红带着一帮"小弟"们正参差错落地坐在木头上。

梁义红跟海兰的堂姐孙丽梅是一个班的，比海兰年长四岁。个子不高，脸型较瘦，浓眉大眼，目光炯炯，鼻梁高挺。南河滩村的"小孩头头"已经换了一茬又一茬。梁义红便是继邹江龙之后，小学生们的新头头，且已当了好几年。这帮男生打架惹事样样在行，就是学习不行。

大人有大人的游戏规则，小孩也有小孩的游戏规则。不论是大人的规则，还是小孩的规则，都有相似点，便是"欺软怕硬"和"物以类聚"。欺软怕硬的自不必说。物以类聚的，比如乖小孩们都找学习好的当"老大"，调皮的小孩自然找那个学习差、爱干坏事的当"老大"。

海兰看到梁义红坐在木头上，就鼓起勇气走上前去，说："义红哥，可不可以让你的人别再打我们的灯笼了？我们今晚七八个灯笼都被你们给打坏了。"

梁义红看了一眼孙海兰，他知道海兰是弟弟的同班同学，是妹妹的闺蜜，但跟他没关系。

"他们我可管不了，你跟他们说吧。"梁义红冷冷地说。

海兰看到梁义红这番说辞，一时不知该说什么，便转身朝着黑暗中一群"坏男孩"说道："你们玩归玩，别破坏我们的灯笼！你们玩你们的枪，我们玩我们的灯笼，井水不犯河水，没事别招惹我们！"

那群男孩们摆弄着手中的玩具枪，嘘声一片，以至于海兰很尴尬。梁少红更尴尬，脸都红到耳根了，因为那带头大哥是她的亲哥哥。她想站出来说些什么，却还是胆怯。她心想，这么多人呢，还有大哥并不似二哥那样亲切，大哥总让她有种敬而远之的感觉，所以她不敢说话。

这时候，梁义红从坐着的木头上站了起来，双手插裤兜里，摆着一副大哥模样，说："去玩吧，别打她们灯笼了！"这话说得很随便，没有一点命令的口吻。

紧接着，他们陆续撤走了，边走还边扔"响炮"。这种炮扔到地上就"啪"的一声响，安全级别比较高，是男孩们过年时几乎人手必备的"武器"。男孩们常常会在不经意间扔出来一个，吓小孩，吓女孩，吓比自己弱小的男孩们，那也是男孩们恶作剧常用的装备。

梁义红看到"兄弟"们散了，就回了自己家。海兰带着女孩们往相反的方向走了，继续游灯笼唱歌。

虽然那些"坏蛋"看似是一体的，但也有很多没有"入伙"的。女孩子们也有"独立"的，不合群的。比如东街的刘晓文、刘博文兄妹；西街的刘小欢、刘小乐兄弟等。

所以，尽管刚才那群男孩子们不再"骚扰"，但海兰与小伙伴们走了一会儿，发现不对，还有男孩们扔响炮，或者打一枪就跑的。但毕竟他们只是两三个人，面对这群"娘子军"，还是有几分忌惮的。女孩们团结起来，力量也是惊人的。

游灯笼最怕的是遇到外村的男孩，出于安全考虑，海兰从不敢带着一群小伙伴们去外村游灯笼，她自己本身就胆小怕黑。后来有一天夜里游灯笼时，遇到了外村的男孩，有人说是隔壁天庙村的小孩，但不确定。

那十几个人就在马王庙前的麦场路边。他们有的摔响炮，有的在打枪，有的在摔跤。海兰带着小伙伴恰好路过，大家的歌声不约而同戛然而止，漆黑的夜里，顿时没了声响。大家都开始胆战心惊起来，不知道该掉头跑还是继续往前走。

海兰挑着灯笼站在队伍最前面，停下了脚步，因为那群男孩子横七竖八地站着挡住了路。海兰的心里紧张得要命，但她告诉自己，不能紧张，不要害怕，这是在自己村里，怕他们做什么。再说，这里距离梁少红家门口很近，距离自己家也很近。

"麻烦让一让，借过一下！"海兰犹豫几秒后，鼓足勇气说道。

"不让，路又不是你们家的！"突然站出来一个高大的"坏男孩"双手交叉抱在胸前，蛮横地说道。

"也不是你们家的吧！"海兰毫不客气地反击，并且说话间就要带着队伍穿越火线一般，穿过这丛"荆棘"。

然而，外村的男孩们并不礼让，海兰带着队伍使劲向前冲去，外村的男孩们各种阻挡，就在这场混战中，有的灯笼被挤扁了，有的掉地上烧毁了。总之，当队伍冲过"障碍物"时，灯笼几乎全军覆没，满地都是被烧毁的灯笼灰烬。

就在大家面面相觑时，梁义红带着本村的男孩们恰好路过，看到情况，心下也就明白了几分。他认识天庙村的"老大"，看起来同岁。他找那个男孩聊了聊。海兰看他们交头接耳，而两队男孩之间也在互相聊天，玩闹着，看起来一团和气。

海兰心想，真是狼狈为奸！于是趁机带着女生队伍迅速跑了。大家一口气跑到了海兰家。在院子里，大家七嘴八舌地议论着刚才发生的一切，各个心有余悸。

此后的几天，海兰照例带着小伙伴们唱歌游灯笼，却再也没有看到外村的那帮坏孩子们。她想，她可能错怪了某人……

第八十一章 烟花作别元宵节

过年是从年前腊月的准备开始，一直持续到正月十五放花灯为止。自古至今，人们对于大型节日的庆祝，似乎都是一系列活动。正月十五的早晨，红莲一边拉着风箱在厨房里做早饭，一边思考着人生。

友成又一次早起，到门口放了鞭炮，去庙里烧了香烛。

这一天，最热闹的时候不是白天，而是夜晚。人们要以璀璨的烟花告别"年"。

这一天，家家户户的灯笼都要拿出来游一游，最后烧掉。因为过了正月十五不允许游灯笼，否则会害红眼病。

傍晚时分，村里的男人们挑了灯笼纷纷向坟地走去，大的小的，全都是红灯笼。友成也不例外,特意去杨沟村单买了一盏新灯笼作为坟灯,还拿了苹果,又抓了一把瓜子花生洋糖。挂坟灯是元宵节这天非常重要的事情。自从友成分家搬到了南街后,就开始单独给他的爷爷送坟灯,十多年来,风雪无阻。

到了坟头,友成先给灯笼提手上绑了根小木棍,接着拉起灯笼罩,点了根蜡烛粘到了小竹片上,然后合上灯笼罩,小心翼翼地将小木棍插在了祖先的坟头上,灯笼就挂在木棍上。最后,他把贡品放在灯笼旁边,嘴里念叨了两句:"爷,好好过年。"

他去时坟头已有两个灯笼了。其中一个,只剩自燃后烧毁的残留框架。

他看了看周围,有的坟头孤零零,一盏坟灯都没有;有的坟头挂着三五个坟灯,对比鲜明。整个坟地上红灯笼星星点点。他想,这应该是坟地里一年四季最有年味的一晚了。

灯笼在元宵节这一天,仿佛成了思念亲人的凭证,又像是活着的人献给亡亲的一束红花。

看看夜幕马上降临,他便立刻转身离开。路上见到好几个挑着灯笼的人,有认识的,也有不认识的,他都摆摆手打个招呼,然后一路向南,往回走。

红莲已经将晚饭做好,一桌饭菜很丰盛,还有煮好的五仁馅元宵,一人一碗,甜滋滋的。一家六口边吃边看宝鸡一套转播的中央电视台元宵晚会。

饭后,红莲继续刷锅洗碗,海兰和海珍带着弟弟去了村里游灯笼。

放烟花是南河滩村一年当中的大事,也是过年时,全村最盛大的欢庆活动。家家户户都会买些烟花爆竹来燃放,但都是少量,因为烟花太贵,大多数人家等着看个别几户放烟花。

南河滩村的四大家族,在这个万众瞩目的一天,怎么会错失表现良机?于是,持续了很多年的"斗烟花"便在饭后拉开帷幕。

孙家以孙友德为代表,占据北面城门里的核心地理优势;邹家以邹树财为代表,占据东街的地理优势;梁家以梁望权为代表,占据南街最宽阔的街巷;刘家以刘文厚为代表,占据西街紧邻出村路的地理优势。

每一年,全村村民都会忙碌地在这四家门口跑来跑去,生怕错过任何一家的烟花。谁家先开始放烟花，则成了斗烟花成败的关键。四家人都在琢磨，如果放早了，很多人还没吃完饭，万一赶上另外一家在放烟花，那么观众少一半；如果放晚了，人都回家了，也没多少人看。

孙友德吃完饭，站在门口一边抽烟，一边思考。以他多年的经验分析，放烟花的黄金时段就在饭后两小时。

斗了这么多年，他从未输过。这就像一个游戏，看谁先喊一，喊一的人往往胜算高，而后面几个人还不能同时喊二，得一个一个来。这样的游戏靠的是默契、观察和智慧。

孙志峰正带着女儿自美将买来的烟花从后院往门口挪。这时，老四孙友怀一家刚好赶到。老四媳妇张凤芹向来与老大媳妇李改香交好，因而趁着看烟花，进了厨房去拉家常。老四带着儿子丽鹏，一起帮忙搬烟花。

孙丽梅和妹妹孙小丽站在大伯家门口看着烟花，偶尔搭把手。她仔细看了看这堆烟花，算起来得有十几捆，从形状上看，有长方体状、正方体状、六面体状，还有蝴蝶状、蜜蜂状、陀螺状、棍棒状；从颜色上看，红、黄、蓝三色居多，大多数是五颜六色；从数量上看，有的是三十六发，有的是二十五发，有的是十九发，还有很多单发的烟花。很快，大门口堆了半人高的烟花墙。

这时，孙友德家大门口外已经围满了前来看烟花的男女老少。女人们聊着天，男人们有的嗑着瓜子，有的三三两两聊天，小孩们有的在人群中追逐嬉戏，有的在玩摔炮，有的在玩擦炮，有的甩着小神鞭，有的点着了电光花。

孙友德在暮色中看看人群，又借着门楼上挂的灯笼，看了看手表，八点了，心想差不多了。他生怕下一秒，邹家、梁家或者刘家抢了先。他赶紧下令志峰，点炮。

老四将一捆三十六发闪光雷从门口端放到门前三米远处。孙志峰拿着香头，小心翼翼地点了引线。

所有人不约而同地捂住了耳朵，果然是闪光雷，一炮闪出去几百米高，在半空中砰的一声巨响，一朵璀璨的烟花绽放在星空中，照亮了半个村子，也照亮了围观的乡里乡亲的脸庞，每个人的表情由惊讶变成喜悦。

紧接着是第二响，第三响，速度很快，一响接一响……

海兰姐弟三人，急忙将灯笼在城门洞外的水渠边烧了。这是母亲叮嘱她们的重要事情，每年都是如此。当年的灯笼不能过正月十五，要在十五晚上游完后就烧了，不能放到来年游。

海兰姐弟三人紧赶慢赶，看到了第三响烟花。海兰仰头呆呆地看着烟花，这是一年才能享受一次的眼福。

听到第一声炮响时，邹树财刚刚把烟花堆在门口大树下。他叹了口气，自知又一次败给了孙家。他叹息道："果然，姜还是老的辣！"

原本站在邹家门口的几个大人小孩，看到城门内的烟花，立刻就跑去看孙家的烟花了。

刘家和邹家倒是不紧不慢，才开始做准备工作。

红莲和友成也陆续赶到了大哥家门口。红莲看到里三圈外三圈的人，心想，村里这样人山人海的景象，除了唱大戏的时候，也就只有正月十五看烟花的时候了。

烟花，一簇接一簇绽放在遥远的夜空中。孙志峰一个人根本忙不过来，还好有他四爸和堂弟孙丽鹏帮忙。

闪光雷结束，人群中站着的刘军旭，双手插兜，一脚将烟花筒踹到了一边。这时，村里的小男孩们如饿狼扑食般蜂拥而上，抢夺烟花筒。男人们看着笑着，不时还给小孩们加油助威。

几秒钟的抢夺战后，又是一段烟花秀。孙丽鹏已将照明弹烟花握在手里，孙志峰快速点燃。手臂粗细的照明弹威力不小，孙丽鹏一手掩耳，一手紧紧抓着一臂长的烟花朝向天空。然后，火光喷出上百米高空，拖着长长的烟雾尾巴，突然一声炸响，红绿交织的光点随声散开，光尾在天空噼啪作响，最后，消失不见。

连响十次后，孙丽鹏摇了摇烟花筒，空了，还没等他扔地上，孙云飞直接上前一把夺走。

孙志峰紧接着便点燃了两个地陀螺，一时间，众人将目光从天空转移到了地上，只见两个地陀螺发着绿光和红光，一边飞速旋转，一边冒出一米长的火星，乍看起来就像地上开了两朵巨大的花。一个很快就熄灭了，另一个窜到了人群中，众人跳起脚往后躲，梁耀银一脚就踩住了，他正要得意时，地陀螺瞬间熄灭了。

这时，孙丽鹏飞速点燃了两只蝴蝶炮。海兰仔细看着地上状如蝴蝶的小炮，原以为它会翩翩起舞，谁料它嗖的一下就旋转着腾空而起，发着绿光，带着刺耳的声音，刹那间就飞到了对面梁望权的哥哥梁望才家的门口，众人慌忙躲闪，蝴蝶炮撞到了门框上，点燃了一丁点对联，掉地上熄灭了。另一只腾空后，刚飞起来一米高，转而头朝下栽倒地上，接着像个老鼠一般四处乱窜，把围观的众人吓得纷纷跳脚躲避，顿时一阵喧闹和欢笑。

老四拿出了两捆雷王，并列放在一起。他直接用烟头点燃了一个引线，紧接着，便看到十几条光点长龙由地面窜入云霄，飞到几十米高处，啪的一声脆响。海兰站在旁边看着，她觉得这个烟花像孔雀开屏的样子，十几条光点同时飞到高空并没有炸开一朵花，而是以响声收尾，它的看点仅在于像九尾狐瞬间伸出来的九条尾巴，自下而上飞起来的过程。

这时，孙志峰和孙丽鹏已经各自手持一个窜天猴，雷王刚熄火，他们立时点燃。海兰赶紧捂住了双耳，那一声尖细的长长的声音，实在有点刺耳。窜天猴常常迷失方向，有时候飞到别人家的瓦片上，有时候飞到麦田里。

孙友德将剩余的半捆窜天猴拿在手里，分发给围观的小青年们。于是，在众人围观的圈内，只见七八个二十多岁的青年，同时点燃了手中的窜天猴，然后互相看看，又一齐望向天空……

接着，老四又拿出一捆礼花炮，点燃后只听到几十米高空啪啪作响的爆竹声，看到烟雾腾空，一阵火药味，众人纷纷捂住口鼻。海兰一手捂住弟弟的口鼻，一手捂住自己的。

后来，青年们也帮着孙家点烟花。

每一簇烟花燃烧完毕，小男孩们便拿出百米冲刺的速度，纷纷去争抢烟花筒。海兰很好奇，问站在旁边的孙云飞："你们抢这个能做什么？"孙云飞说："你不懂，长筒的那个连珠炮筒可以当金箍棒玩。一捆的那个，拆开了几十个纸筒，往里面加点土，就可以当"手榴弹"，玩警察抓小偷的游戏。"海兰骇然。

烟花没了，男孩们正要去用脚去踢那捆纸筒，却被突如其来炸出来的烟花炮给吓得大叫起来，众人也被吓了一跳，却又不约而同地哈哈大笑起来。

烟花燃放了半个多小时，孙友德站在自家门前双手抱臂，很是得意！他心想："总算给我们孙家把这口气争上了。"

老二孙友东带着三个孩子站在人群中看了半天烟花，也看到了大哥脸上难以掩饰的高兴，他为有这样一位大哥而高兴，也为孙氏家族而高兴。

孙世列和老伴王氏听到烟花弹的声音，便知是大儿子在放烟花。王氏已经失明，外面放不放烟花与她没多大关系，耳朵听个热闹便知足了。孙世列走到门外，远远地看到大儿子家门口被围得水泄不通，人们看到绽放的烟花无不欢呼雀跃。他也没打算近前去看，只抬头看了几朵烟花，用手摸了摸短须，便满意地背着手回了屋里。

烟花还在继续，最后出场的是众人喜欢的火树银花。这簇烟花喷得并不高，大的喷到三五米高，小的喷到一两米高，但它们喷出的花却像一棵树那样，开满了五颜六色的光点花，横向伸展了五六米宽。众人纷纷往边上挪了挪，围观的圈由小变大，人们屏气凝神地看着烟花，在那一明一暗的光火之间，想着各自的心事。

红莲心想，做人或许应该像这树烟花，如果没有高度，那么就增加些宽度，也是一样迎人的。

海兰和姐姐轮流抱着弟弟，挤在人群前面目不转睛地看着。

烟花放完后，落幕时，是一串长长的鞭炮，噼里啪啦，噼里啪啦，那活力四射的样子，仿佛代表所有烟花在谢幕一般。

众人慢慢散去，正寻思去哪里看下一场烟花秀。东边的烟花炮紧接着便响了起来，众人有的走着，有的跑着，有的携儿带女纷纷往东街赶去，看方位都知道是邹树财家。几捆烟花对邹树财而言是毛毛雨，要的就是人气。一个人发展再好，到最后还是得回归家族，他的努力就是要壮大邹氏家族的声望。

海兰和海珍在赶去的路上，遇到了在城门洞口守候多时的母亲。红莲把儿子抱到怀里，说："你俩去看烟花吧，我带海熊回去休息。你们注意安全，别靠太近了，看完早点回家。"红莲抱着小儿子，在村子里有亮光的地方转了转就回了家。

海兰和姐姐一溜烟跟着人群跑到了东街，然而只赶上半场烟花，海兰觉得无趣。因为看烟花的人不多，无人遮挡，因而站在同学家门口显得有点尴尬。于是，海兰和姐姐牵手往回走。路过梁少红家门口，围了很多人正在看烟花。她们也站到人群中，看着梁义红和梁少峰兄弟俩跑来跑去点放烟花。梁望权看着两个儿子点着的烟花，又看看围观的人群，心想也算给梁家人撑门面了。

众人正看着火树银花时，突然一声巨响，抬头只见西街上空绽放了一朵硕大无比的烟花。众人纷纷议论，有人说："一看就是刘文厚家在放烟花。"刘文厚自知慢了一拍，让孙家、邹家抢了先，他也不甘人后。梁家偏居一隅，常常会被忽略，而烟花又多安静小巧的手持弹珠类烟花，很少有那种咋咋呼呼、引人注目的烟花。于是，他假装没看到，一捆闪光雷点燃，西街住的人立刻被吸引过去。

这时，海兰四下观望，才发现村子的四面八方都响起了烟花爆竹声，远处的村庄上空也能看到烟花朵朵，络绎不绝地回响在夜空。一时间，整个村庄乃至关中平原上，星光点点，花火四射。海兰心想，这应该是所有村子，一年当中最美的时刻了吧！

刘春花在医院忙了整整一天，夜里步行赶回了老屋。兄弟阋墙，她在小儿子家的厨房做好了一碗热汤面，又煮了元宵，端到了大儿子家给丈夫。趁他吃饭的时候，又给他拿了药，烧了炕。南公吃完饭又吃了药，就躺下了。虽然墙外的爆竹声和人们的欢笑声此起彼伏，而他丝毫不为所动，因为他的心已死，只等着阎罗王来找他。刘春花端着丈夫吃完饭的两只空碗从大儿子家失落地走回了小儿子家。她看到了丈夫脸上一种视死如归的表情，心情沉重。她没有吃饭，而是站在门口的碌碡上，看了看塬上塬下的烟花，心想这样美丽的烟花，或许能让她短暂地忘记烦恼和痛苦……

友成坐在小屋的热炕上，聚精会神地看中央电视台的元宵晚会。海峰与父亲常常相顾无言，只好默默不语地跟着父亲一起看电视。或许，无言的陪伴，也是一种爱。

海熊睡着了，红莲从大屋走到院里，看着夜空中此起彼伏的烟花，心想，"年"，以爆竹开始，以烟花作别，而人生呢，以呱呱坠地开始，该以什么作别？

世人都渴望人生能有璀璨夺目的时候，哪怕像烟花一样，拼尽一生的努力，也能一飞冲天，绽放所有光辉。哪怕只有一时半刻，照亮夜空，释放它所有的美，也能温暖每一个看到它的人。看到的它的人，不知作何感想？是否能从中感受到爱、热情、勇气和力量？

2009年12月28日起笔
数易其稿
2024年11月第一部定稿

后 记

十五年苦苦求索，时至今日，我的长篇小说处女作《山河故人》第一部终于定稿！还记得2022年8月初定稿时，我忍着病痛坐在床上，支着小桌、敲着键盘时，那种想哭的冲动和状态。

为了让这本书经得起时间的检验，稿子一改再改，交稿时间也因此一拖再拖，感觉很对不起编辑老师。而疾病的突袭，也让我几度垂死挣扎。每次受挫时，想到玄奘法师历经磨难才取得真经，我便有了坚持下去的勇气。

促使我将这本书写完的最大动力，来自我的母亲南堂莲。每当我想要放弃的时候，一想到她，来到这个世间，受了那么多苦，一声不吭就走了，我就无法释怀。拼尽此生，我也要为她写本书！

其实，我的记忆力并不好，但当我下笔写这本书时，却发现诸多往事会在不知不觉间浮出脑海，汇入笔端。其实，《山河故人》第二部已完稿，原想一次性出版，诸多因素，举步维艰。于是，先将第一部与众分享，余下的也特别希望有机缘能够与大家见面。

写这本书的难点对我而言，是如何将现实与艺术完美结合。现实方面，时过境迁，许多事情已经无从考证，记忆也不一定准确，回忆总难免跑偏。尽管我写到五十多万字的时候，还特意去找了地方志参阅，以避免所写内容出现偏差。即便如此，可能还是避免不了零星疏漏。

书中所写的标注和方言，是我根据自己对陕西关中及西府地区方言的理解而作的诠释，恐难免有误，还望读者朋友们批评与指正。艺术方面，我尚无建树，全靠直觉，所思所写相对简单质朴，容易理解。虽然整部书的内容基于现实主义，但也融入了一些超现实的元素和内容在其中，以期能有所提高和突破。

这是一场历经十五年的艰苦跋涉，是一个人的马拉松赛，亦是一个人刀光剑影的征途。此刻，我终于可以暂时鸣金收兵了！

在此书的创作过程中，特别感谢我的父亲孙发成，在我多年来无数次的追问和采访中，讲述了诸多人和事，为本书创作提供了重要素材和线索。

感谢，陪我一起度过美好童年时光的小伙伴们！

感谢，看着我长大成人的父老乡亲们！

感谢，人生路上提携我的贵人和伯乐们！

特别感谢陈朴老师给予我的肯定、指导和帮助。感谢郑春雨老师多年来给予我的鼓励和支持。感谢钟琪老师在我写作迷茫期所给予的指导和鼓励。感谢刘慧明老师对我的创作鼓励和帮助。衷心感谢为本书撰写推荐和评论的老师们。

感谢苏那嘎、奥丽雅、马亚辉等老师，对本书出版所给予的指导和帮助。

感谢在文学道路上，与我一同前进的文友们所给予的默默支持和鼓励。

感谢在我成长的过程中，鼓励、指导和激励我的良师益友们。

感谢家人们对我的支持和包容。

感谢容纳我写作的诸多空间和场地。

感谢亲爱的故乡，感谢故乡的山、河、故人！

感谢苍天大地……以及默默支持我的人，谢谢你们！

这一路翻山越岭，跋山涉水，点滴在心。我已将它结集成册，他日付梓，与诸君分享，这十五年的心路历程和创作感悟。

再次，感恩，感谢，感念……

文澜珊

2022年8月16日写

2024年11月26日改

于北京